HEYNE <

MARK BILLINGHAM

ZEIT ZUM STERBEN

THRILLER

Aus dem Englischen
von Irene Eisenhut

WILHELM HEYNE VERLAG
MÜNCHEN

Die Originalausgabe TIME OF DEATH
erschien 2015 bei Little, Brown (London)

MIX
Papier aus verantwortungsvollen Quellen
FSC® C083411
FSC www.fsc.org

Verlagsgruppe Random House FSC® N001967

Vollständige deutsche Erstausgabe 07/2016

Redaktion: Tamara Rapp
Printed in Germany
Umschlagillustration: Nele Schütz Design unter Verwendung
von © shutterstock/Helen Hotson
Satz: Greiner & Reichel, Köln
Druck und Bindung: CPI books GmbH, Leck
ISBN 978-3-453-41951-3

www.heyne.de

Für Caroline Braid. Sie weiß, warum.

PROLOG

ALLE UND JEDER

Er sitzt in dem einzigen einigermaßen annehmbaren Café, trinkt Tee und zupft an einem Muffin herum, als er das Auto auf der gegenüberliegenden Seite entdeckt. Es fährt langsamer und hält am Straßenrand. Das Beifahrerfenster gleitet herunter, und ein Mädchen, genau wie das, an das er gerade denkt, tritt lächelnd heran.

Natürlich lächelt sie. Warum auch nicht? Sie kennt den Fahrer.

Sie beugt sich vor zu dem geöffneten Fenster, wirft das Haar zurück und grinst über etwas, dass der Fahrer sagt. Strafft die Schultern, streckt die Brust heraus. Sie hört zu und nickt.

Er isst den Muffin auf, schließt kurz die Augen und genießt den Rausch, den der Zucker in seinem Körper auslöst. Noch ein Rausch, der dem soeben erlebten folgt. Als er die Augen wieder öffnet, steht die Bedienung vor ihm und fragt, ob sie seinen leeren Teller wegräumen kann und ob er noch Tee haben möchte.

Er lehnt dankend ab.

Natürlich kennen sie sich mit Namen. So ist das an einem Ort wie diesem. Sie beginnt eine Unterhaltung, spricht mit hoher Stimme. Erzählt irgendwas von dem Fluss, der ein paar Meilen weiter unten über die Ufer getreten ist. Wie schrecklich es doch sein muss für die armen Anwohner, das ganze Schmutzwasser in den Wohnzimmern. Der Gestank, die

Scherereien mit der Versicherung, die Kosten für neue Teppiche.

Er nickt an den passenden Stellen, erwidert etwas, behält aber die ganze Zeit den Wagen und das Mädchen im Auge. Schließlich wendet er sich der Bedienung zu und starrt sie so lange an, bis sie versteht und mit dem leeren Teller davonzieht.

Das Mädchen richtet sich jetzt auf, tritt zurück auf den Bürgersteig und blickt nach rechts und links. Der Fahrer beugt sich vor zur Beifahrertür und öffnet sie. Auch wenn sie ihn kennt und ihm vertraut, weiß sie, dass sie eigentlich nicht in sein Auto steigen sollte. Sie macht sich keine Sorgen, dass etwas Schlimmes geschehen könnte. So was gibt es hier nicht. Sie will wahrscheinlich einfach nur nicht dabei gesehen werden, hat keine Lust auf die Standpauke, die ihre Eltern ihr wohl später halten werden, mehr nicht.

Er umfasst den Becher, rückt den Stuhl noch etwas näher ans Fenster und beobachtet gebannt die Szene. Er genießt die wenigen Sekunden ihres vorsichtigen Zögerns. Die Tatsache, dass es nicht mehr als ein paar Sekunden *sind* und dass es für ihre Vorsicht eigentlich keinen Grund gibt, lässt ihn daran denken, wie es ist, hier zu leben, und wie lange er schon aus der Stadt weggezogen ist.

Die Gründe, die ihn an diesen Ort haben kommen lassen.

Anfangs war es zweifellos ein Kulturschock für ihn. Er, der Städter schlechthin, wachte mit einem Mal zum Geruch von Kuhmist und dem Gezwitscher von Vögeln auf. Vögel, deren Namen er nicht kannte, und Glockengeläut, das von den Feldern herüberdrang. Es dauerte ein paar Wochen, bis er begriff, dass er gar kein Gehupe von genervten und wütenden Autofahrern mehr hörte, zu denen er früher selbst einmal gehört hatte.

Die Atmosphäre dieses Orts war ausschlaggebend gewesen. Der Gemeinschaftssinn – oder wie immer man es nennen wollte. Das, was, so glaubte er, gemeinhin als Verbundenheit bezeichnet wurde … na ja, auf jeden Fall im Vergleich zu dem, was er bis dahin gewöhnt gewesen war. Auch wenn die Menschen nicht unbedingt aufeinanderhockten, waren sie sich des anderen zumindest bewusst. Die Größe des Orts hatte natürlich etwas damit zu tun. Mit dieser Nähe und dem Gefühl gegenseitiger Anteilnahme. Mit dem getuschelten Tratsch und der vermeintlichen Abwesenheit von Gefahr.

Aber auch hier gibt es gelegentlich Ärger. Auch hier laufen freitagabends Betrunkene auf der Straße herum. Auch hier mangelt es nicht an Idioten. Ihm ist klar, dass ein oder zwei von ihnen durchaus ein Messer in der Tasche haben könnten oder glauben, jemanden verprügeln zu müssen, weil ihnen seine Nase nicht gefällt. Doch er hat die Namen der meisten relativ schnell in Erfahrung gebracht und weiß, wer ihre Freunde oder Eltern sind.

Das Mädchen macht die Beifahrertür zu.

Sie wirft den Kopf zurück, und er kann sehen, dass sie über etwas lacht, während der Fahrer den Blinker setzt und in den Spiegel schaut. Sie greift nach dem Gurt, so wie es sich für ein braves Mädchen wie sie gehört. Ihre Freunde, ihre Lehrer an der St. Mary's Schule am Ende der Straße, ihre Mum, ihr Dad und ihr Bruder kennen sie so. Als das brave Mädchen.

Sie kennt den Fahrer. Er kennt den Fahrer. Der Fahrer kennt die Bedienung, und die Bedienung kennt das Mädchen.

So ist das hier. Und genau deshalb mag er diesen Ort.

Er trinkt den Becher aus. An der Tür dreht er sich um und verabschiedet sich mit einem Winken von der Bedienung. Dann tritt er hinaus in die Kälte unter das Vordach, knöpft seine Jacke zu und beobachtet, wie das Auto um die Ecke verschwindet.

An einem Ort wie diesem weiß jeder von jedem, was er macht.

Nur nicht von ihm.

ERSTER TEIL

ALLES WUNDERBAR

1

»Also, ein schöner fetter Sonntagsbraten?«, hatte Thorne gefragt. »So was in der Art?«

»Und mit etwas Glück Tee und Scones am Samstagnachmittag.«

»Kein Herumstöbern in irgendwelchen Antiquitätenläden?«

»Kein Herumstöbern.«

Sie verstummten und hielten die Luft an, als sie Alfie nebenan husten hörten. Glücklicherweise schlief er weiter.

Thorne rückte sein Kissen zurecht. Schniefte. »Ein ordentlicher Pub mit einem knisternden Kaminfeuer.«

»Na, das hoffe ich doch schwer.«

»Wir gehen auch ganz bestimmt nicht wandern?«

»Nur bis zum Pub.«

Thorne hatte leicht geseufzt, Helen näher zu sich herangezogen und über den Vorschlag nachgedacht. »Und wir bleiben nur übers Wochenende … ja?«

Jetzt, einen Monat nach diesen vorsichtigen und heiklen Verhandlungen im Bett, schlenderten sie an ihrem ersten Urlaubsabend zurück zum Hotel. Sie hatten in einem mehr als ordentlichen Pub zu Abend gegessen, und Thorne kam zu dem Schluss, dass er ziemlich glimpflich davongekommen war. Es hatte sie beide einige Mühen gekostet, ihre Urlaubszeiten aufeinander abzustimmen. Ganz zu schweigen von den diversen Gefallen, die sie bei verständnisvollen Kollegen hatten einfordern müssen. Thorne wusste, dass Helen heimlich geplant hatte, mindestens eine Woche der Ferien in den Cotswolds zu verbringen.

»Das Essen war gut, nicht?«, fragte Helen.

»Ja, ganz in Ordnung.«

Sie schüttelte den Kopf. »Du erbärmlicher, alter Penner!«

Thorne konnte zwar das verschmitzte Lächeln sehen, aber nicht ahnen, dass auch Helen Weeks fand, das Beste für sich herausgeschlagen zu haben. In Thorne steckte nicht unbedingt Abenteurerblut. Er fühlte sich immer noch unwohl bei dem Gedanken, Zeit irgendwo südlich der Themse zu verbringen. Helen wusste, dass er, wenn er denn die Wahl hätte, sich lieber selbst massakrieren würde, als kostbare Freizeit auf dem Land zu verbringen. Schon die Erkennungsmelodie von *The Archers* genügte – einem Hörspiel, das seit Jahrzehnten im Radio lief –, um ihm eine Gänsehaut über den Rücken zu jagen.

»Selbst gemachtes Chutney und dämliches Laientheater«, hatte er einmal gesagt. »Darauf kann ich echt verzichten.«

Alles in allem entsprach ein Wochenende, ein *verlängertes* Wochenende über den Valentinstag, Helens Vorstellung einer angemessenen Gegenleistung für die Zeit, die sie hatte aufbringen müssen, um Thorne davon zu überzeugen, dass ihnen ein paar Tage auf dem Land guttun würden. Nur sie beide. Danach würden sie eine Woche irgendwohin fahren, wo es schön und heiß war. Eine nette Ferienanlage mit angeschlossenem Kinderklub, zum Entspannen und Nichtstun, bis die Arbeit sie wieder rief. Dafür hatte sie das »Wanderverbot« gern in Kauf genommen und auch bei dem etwas strittigen Punkt des »Herumstöberns« nachgegeben. Die Wanderschuhe hatte sie trotzdem heimlich im Kofferraum untergebracht, und auf der Hauptstraße war dann doch noch wie aus heiterem Himmel ein nett aussehender Antiquitätenladen aufgetaucht. Helen zog eine behandschuhte Hand aus der Jackentasche und hakte sich bei Thorne unter. Sie war sich ziemlich sicher, dass das Himmelbett, das im Hotel auf sie wartete, eine neue Gesprächsrunde zu diesen Themen einläuten würde.

»Na gut, das *erbärmlich* nehme ich hin«, erklärte Thorne. »Das *alt* weniger.«

Sie bogen auf die gepflasterte Seitenstraße ein, die zu ihrem Hotel führte. Auf halbem Weg kam ihnen eine Frau mittleren Alters mit einem Spaniel entgegen, dem die Kälte scheinbar genauso zusetzte wie Thorne und Helen. Thorne lächelte die Frau an, die sofort wegschaute.

»Hast du das gesehen?« Thorne schüttelte den Kopf. »Ich dachte, hier auf dem Land sind die Menschen freundlicher. Ich bin schon Serienmördern begegnet, die netter gewesen sind als diese mies gelaunte Schnepfe.«

»Du hast ihr wahrscheinlich Angst eingejagt«, nahm Helen die Frau in Schutz. »Kein Wunder bei deinem furchterregenden Gesicht.«

»Wie bitte?«

»Wenn man dich nicht kennt, meine ich.«

»Na toll«, meinte Thorne. »Dann bin ich also neben erbärmlich und alt auch noch furchterregend.«

Helen grinste, als Thorne einen Schritt nach vorne trat, um die Eingangstür des Hotels mit der Schulter aufzustoßen. »Ja, und das sind deine *guten* Eigenschaften.«

Thorne lächelte die junge Frau hinter der Rezeption an, doch sie reagierte nicht viel liebenswürdiger als die Frau mit dem Hund. Achselzuckend nickte er in Richtung der kleinen Bar. »Trinken wir noch einen Absacker?«

»Ich finde, wir sollten hochgehen«, antwortete Helen. »Den können wir auch im Bett trinken. *Danach* …«

»Oh …«

»Oder davor …«

Thorne legte sich unwillkürlich eine Hand auf den Bauch. Er bedauerte mit einem Mal, ein Dessert gegessen zu haben. »Vielleicht musst du mir noch zwanzig Minuten Zeit lassen.«

»Schlappschwanz.«

»Na gut, dann fünfzehn. Aber du übernimmst die Arbeit.«

Helen spazierte zur Treppe voraus. Thorne war im Begriff ihr zu folgen, und sein Blick traf den des Mädchens hinter der Rezeption. Sie musste ihre Unterhaltung mitbekommen haben, denn plötzlich lag ein Lächeln auf ihren Lippen.

Thorne putzte sich gerade die Zähne im Bad, als Helen nach ihm rief. Beim Anblick ihrer ordentlich aufgereihten Toilettenartikel musste er unwillkürlich lächeln. Sie hatte sie gegen die kostenlosen Proben ausgetauscht, die bereits in den Tiefen ihres Koffers lagen.

»Tom …?«

Die Zahnbürste immer noch im Mund, schlenderte er zurück ins Schlafzimmer. Zahnpasta spritzte auf sein Hank-Williams-T-Shirt, als er ein gedämpftes »Was ist?« hervorbrachte.

Helen hockte auf der gepolsterten Truhe am Fußende des Betts. Sie deutete mit dem Kopf zum Fernseher. »Die Polizei hat jemanden verhaftet.«

Sie hatten beide den Fall verfolgt, seit das erste Mädchen vor drei Wochen entführt worden war. Allmählich war das Thema von fast allen Titelseiten verschwunden, und auch im Fernsehen war die Geschichte in den Hintergrund gerückt, bis sich die Geschehnisse gestern wiederholt hatten. Dieses Mal hatten

Zeugen beobachtet, wie die Teenagerin, die kurz darauf als vermisst gemeldet wurde, in ein Auto gestiegen war. Mit einem Schlag war das Interesse der Medien neu entfacht worden.

Thorne eilte zurück ins Bad, spuckte die Zahnpasta aus und spülte sich den Mund mit Wasser. Mit wenigen Schritten kehrte er ins Schlafzimmer zurück und setzte sich neben Helen, die die Fernbedienung auf den Fernseher richtete, um den Ton lauter zu stellen.

»Das war zu erwarten«, murmelte Thorne.

Als Polizeibeamtin im Dezernat für Kindesmisshandlungen verfolgte Helen eine solche Ermittlung natürlich mit besonderem Interesse. Als jemand, der ganz genau wusste, wie viel Leid solche Vermisstenfälle in den wartenden, hoffenden Hinterbliebenen hervorriefen.

Als Mutter.

Doch dieser Fall war anders.

Eine junge Reporterin, eingehüllt in einen schicken Mantel und einen dicken Schal, sprach direkt in die Kamera. Auch wenn ihre Miene angemessen ernsthaft schien, war ihr die Aufregung anzusehen, als sie von der jüngsten »bedeutsamen Entwicklung« sprach. Eine kleine Gruppe Einheimischer drängte sich hinter ihr, die das Filmteam wohl aus dramaturgischen Gründen dort platziert hatte. Sie standen auf einem Marktplatz, den Helen gut kannte.

Es war die Stadt, in der sie aufgewachsen war.

Die Reporterin kommentierte soeben den Filmbericht, der bereits am Abend zuvor gezeigt worden war: Polizeibeamte in Sicherheitsjacken, die sich in einer versetzt angeordneten Reihe langsam über ein dunkles Feld bewegten; ein verzweifelt aussehendes Paar, das von Verwandten getröstet wurde; ein anderes gleichermaßen bestürztes Paar, dem ein Weg durch eine Traube von Journalisten gebahnt wurde, die ihre Kameras und Mikrofone auf sie draufhielten. Die Reporterin berichtete, dass laut Quellen aus dem Umfeld der Untersuchung ein Anwohner zwischen dreißig und vierzig als Tatverdächtiger ermittelt worden war, der sich zurzeit in Gewahrsam befand. Sie gab den Namen des Mannes preis und wiederholte ihn noch einmal. Freundlich und langsam. »Die Polizei wollte weder bestätigen noch dementieren, dass es sich bei der Person, die sie zurzeit festhält, um Stephen Bates handelt«, fügte sie hinzu.

»Autsch«, seufzte Thorne. »Jetzt reißt sicher gleich ein leitender Ermittlungsbeamter irgendeinem großmäuligen Schwätzer den Arsch auf.«

»Die undichte Stelle kann überall sein«, entgegnete Helen.

»Trotzdem übel, oder?«

»Ist aber so gut wie nicht zu ändern, auf jeden Fall nicht *dort*. Vermutlich hat irgendjemand gesehen, wie der Verdächtige zur Wache gebracht wurde, und es weitererzählt.« Ihr Blick war noch immer auf den Fernseher gerichtet. »An einem Ort wie diesem ist es nicht einfach, was geheim zu halten.«

Thorne wollte etwas erwidern, aber Helen brachte ihn mit einem »Psst« zum Schweigen. Auf dem Bildschirm erschien ein Foto, und die Reporterin verkündete stolz, dass dies das Bild des Mannes sei, der gerade von der Polizei verhört werde, und von einer exklusiven Quelle aus dem direkten Umfeld der Familie stamme.

»Eine exklusive Quelle«, stöhnte Thorne. »Natürlich.«

Helen bedeutete ihm noch einmal, still zu sein. Sie stand auf und trat zum Bildschirm.

Dem Anschein nach war es ein relativ neues Hochzeitsfoto, auf dem das glückliche Paar vor dem Standesamt posierte. Der Bräutigam, dessen Kopf eingekreist war, trug einen einfachen blauen Anzug und lächelte in die Kamera, eine Zigarette in der Hand. Das Kleid der Braut war im Vergleich dazu etwas zu schick.

»Der Kerl sieht aus wie ein richtiger Schwerenöter ...«

»O mein Gott!«, unterbrach ihn Helen.

»Was ist?«

»Ich kenne sie.« Helen zeigte auf den Bildschirm. »Ich war mit ihr zusammen auf der Schule. Mit der Frau des Verdächtigen.«

Thorne erhob sich ebenfalls und trat neben sie. »Verdammt!«

»Linda Jackson. Na ja, so hieß sie zumindest damals.«

»Bist du dir sicher?«

Helen nickte und starrte auf den Fernseher. »Wir waren in derselben Klasse ...«

Sie schauten sich die Sendung noch ein paar Minuten länger an, doch nun wurden nur noch die gleichen Nachrichten durchgekaut. Als es auch keine entsetzten Anwohner mehr gab, die man hätte interviewen können, und dieselben Bilder zum dritten Mal über den Bildschirm flimmerten, verzog sich Helen ins Bad.

Thorne stellte den Fernseher leiser und begann sich auszuziehen. »Diese Reporterin sieht total selbstzufrieden aus«, rief er. »Rechnet offensichtlich mit einer baldigen Beförderung.«

Helen antwortete nicht. Thorne kletterte gerade ins Bett, als sie kurz darauf aus dem Bad kam. »Ich will dort hinfahren«, verkündete sie.

»Was willst du?«

»Dort hinfahren. Nach Hause.«

Thorne setzte sich auf die Bettkante. »Warum?«

»Denk doch nur mal daran, was sie gerade durchmacht. Sie hat Kinder.« Helen zeigte zum Fernseher. »Haben die gesagt.«

»Moment mal, wie lange hast du sie schon nicht mehr gesehen? Fast zwanzig Jahre?

»Na und? Ich kenne den Ort. Ich weiß, wie's da ist, Tom.«

»Tja, ich kann dich nicht davon abhalten, aber ich finde, dass das keine kluge Idee ist.«

Sie schwiegen ein paar endlose Sekunden lang. Schließlich öffnete Helen den Kleiderschrank und nahm ihren Koffer heraus.

»Warte mal, du hast ja wohl nicht vor, *heute Nacht* noch zu fahren?«

»Dad erwartet uns nicht vor Sonntagabend zurück«, wandte Helen ein. Sie öffnete eine Schublade, zog eine Handvoll Socken und Unterwäsche heraus und trug sie hinüber zu ihrem Koffer. »Er kümmert sich um Alfie, wir müssen uns also keine Sorgen machen.«

»Ich weiß, aber trotzdem.«

»Wir können in anderthalb Stunden da sein … oder noch früher.« Sie wanderte zurück zur Kommode. »Um diese Uhrzeit ist kein Verkehr auf den Straßen.«

Thorne stand vom Bett auf und griff nach einem der beiden Frotteebademäntel im Kleiderschrank. Er war zwar zu klein, aber er zog ihn trotzdem an. Dann positionierte er sich strategisch zwischen Helen und ihrem Koffer. »Von deiner Familie lebt niemand mehr dort, oder? Wo denkst du zu übernachten?«

»Ach, da wird sich schon was finden.«

»Dort wimmelt's gerade von Polizisten und Reportern. Selbst wenn du heute Nacht fährst, wirst du nichts Passendes auftun.« Er ließ einen Moment verstreichen und bemerkte erleichtert, dass sie noch einmal über ihr Vorhaben nachzudenken schien. »Jetzt komm, wir entscheiden das morgen, okay?«

Sie nickte zögernd. »Ich fahre aber auf jeden Fall.«

»Wenn du unbedingt willst.«

Helen blickte noch einmal zum Fernseher. Scheinbar gab es immer noch nichts Neues zu berichten. Sie ging zurück zum Bad und blieb in der Tür stehen.

»Du musst nicht mitkommen. Das weißt du, oder?«

»Ja, weiß ich. Aber was soll ich hier allein?«

»Du könntest nach Hause fahren«, erwiderte Helen. »Ein paar Tage mit Phil verbringen.«

»Wir reden morgen drüber, okay?«, sagte Thorne.

»Du meinst, um es mir auszureden?«

»Na ja, ich halte deinen Plan *tatsächlich* für keine kluge Idee.«

»Ist mir egal.« Helen setzte an, noch etwas sagen, aber genau in diesem Moment klingelte ihr Handy. Sie griff danach und meldete sich auf eine Weise, an die sich Thorne mittlerweile gewöhnt hatte; ihre Stimme klang leicht angespannt. Am anderen Ende der Leitung war Jenny, Helens Schwester. Thorne gehörte nicht zum erlauchten Kreis ihrer Lieblinge, und die Abneigung beruhte auf Gegenseitigkeit. Auch Helen konnte Jenny zumeist nur schwer ertragen. Die Bevormundung durch ihre zwei Jahre jüngere Schwester ließ sie oft ungeduldig werden.

»Ja«, sagte Helen. »Das hab ich gesehen. Ich weiß …« Sie verdrehte die Augen, als sie auf ihrem Weg zurück ins Bad Thorne ansah und die Tür hinter sich schloss.

Thorne legte sich aufs Bett und stellte den Fernseher wieder lauter. Die Reporterin sprach mittlerweile mit ihren Kollegen im Studio.

»Die Atmosphäre hier zu beschreiben, ist schwer«, sagte sie. »Auf jeden Fall ist viel Wut zu spüren.«

Thorne konnte Helen zwar im Bad sprechen hören, aber die Worte nicht verstehen.

Vor der mittlerweile größer gewordenen Menge kam die Reporterin gerade zum Schluss ihres Berichts. Die Enden ihres Schals flatterten im Wind. Ihre Stimme klang verhalten, auf beherrschte Weise dramatisch. »Zwei vermisste Mädchen und ein Einheimischer, der im Zusammenhang mit ihrer Entführung gerade vernommen wird, lassen die Anspannung fühlbar werden.« Sie warf einen Blick über die Schulter. »Das hier ist eine Gemeinschaft unter Schock.«

Thorne konnte sehen, dass die Frau versuchte, ihren Bericht zu beenden und Mühe hatte, über die lauten Stimmen der in der Nähe stehenden Menschen hinweg gehört zu werden. »Unsere Mädchen« und »Gerechtigkeit für unsere Kinder« riefen sie. Schließlich noch etwas, das so klang wie »der Mistkerl soll hängen«.

Er griff nach dem Kissen hinter sich und verpasste ihm einen Boxhieb.

So hatte er sich seinen Urlaub nicht vorgestellt.

2

Sie fuhren zur M40 und dann Richtung Norden durch Oxfordshire, wo ihnen auf kleinen Straßen zahlreiche schlammverkrustete noble Geländewagen begegneten. Um Branbury herum waren viele unterwegs, um ihre samstäglichen Einkäufe zu erledigen. Das schlechte Wetter war seit ihrer Abfahrt nicht besser geworden. Auf jeden Fall sah es so aus, als würden sie länger als die eineinhalb Stunden brauchen, in denen sie die Strecke gestern Abend bewältigt hätten.

»Eine Woche in der Sonne hört sich verlockender an denn je«, meinte Thorne, und blickte von der regengepeitschten Motorhaube des BMW zu Helen auf dem Beifahrersitz. »Wie wär's mit Portugal? Oder Teneriffa?« Ein weiterer Blick. »Dave Holland redet ständig davon.«

Helen nickte nur und starrte weiter auf die vorbeiziehenden Läden, Häuser, regennassen Mauern und Hecken. Sie hatte sehr wenig gesagt, seit sie nach einem enttäuschenden Frühstück und einem gereizten Gespräch mit dem Hotelmanager abgereist waren. Zuvor hatte sie eine halbe Stunde am Telefon verbracht, um Vorkehrungen für ihre Reise zu treffen. Seitdem schien sie ihren Gedanken nachzuhängen. Sie war unvermindert entschlossen, aber eindeutig besorgt, was sie beide an ihrem Zielort erwartete.

Im Radio war die Topnachricht die jüngste Entwicklung in Polesford.

Die Polizei weigerte sich noch immer, die Identität des Mannes zu bestätigen, den sie in Gewahrsam genommen hatte, räumte aber ein, ihn weiterhin zu verhören. Ein leitender Beamter gab eine kurze Erklärung ab, in der er verkündete, dass man weitere Informationen publik machen würde, doch erst zum geeigneten Zeitpunkt. Wie bereits die Reporterin abends zuvor sprach auch die Korrespondentin ziemlich ausführlich über die Atmosphäre in der Stadt.

Über die Wut, die Angst, den tiefen Schock.

Vor allem aber, fuhr sie fort, herrsche unter den Anwohnern das überwältigende Gefühl, dass so etwas in einer Stadt wie dieser eigentlich nicht passierte.

Im Anschluss ging der Nachrichtensprecher im Studio zu den jüngsten Arbeitslosenzahlen über, woraufhin Thorne den Ton leiser drehte. »Also, was ist Polesford denn nun? Eine Kleinstadt oder ein großes Dorf?«, fragte er. »Bei dir klingt es immer so, als wäre es winzig.«

Erst nach ein paar Sekunden wandte sich Helen ihm zu, als hätte sie die Frage gar nicht richtig mitbekommen.

Thorne schüttelte den Kopf, um ihr zu verstehen zu geben, dass es nicht wichtig war. Er schaltete vom Radio auf den iPod um, und Lucinda Williams erklang. Dann stellte er den Scheibenwischer schneller. »Ja, ein bisschen Sonne wäre doch gut«, murmelte er und sprach dabei ebenso zu sich wie zu Helen.

Zehn Minuten später, sie quälten sich gerade über die volle Autobahn, rang Helen sich eine Antwort auf seine Frage ab. »Genau genommen ist Polesford eine kleine Marktstadt. Wir haben in einem kleinen Dorf etwas außerhalb gewohnt. Es gibt mehrere davon, so eine Meile um die Stadt herum«, sagte sie.

»Hört sich nett an«, erklärte Thorne.

»Ist aber nicht zu vergleichen mit dem, wo wir gestern waren.«

»Keine Antiquitätenläden zum Herumstöbern?«

Helen lachte. »Wohl kaum. Landschaftlich ähnelt es schon den Cotswolds, aber ohne Männer in knallbunten Kordhosen; dafür hat es mehr Fast-Food-Läden.«

»Na also, ist doch gar nicht so schlecht.«

Thorne setzte den Blinker und überholte einen Lastwagen, der die Mittelspur in Beschlag nahm. Als er vorbeizog, durchbohrte er den Fahrer mit seinem Blick.

»Als ich fünfzehn war, fand ich Polesford aufregend«, fuhr Helen fort. »Freitags oder samstags sind wir abends dorthin ausgegangen.«

»Aha. Ihr seid also um die Häuser gezogen, oder was?«

Sie schüttelte den Kopf. »Nein, wir haben nur so viel Bier mit Cidre getrunken, wie wir uns leisten konnten, und in der Bushaltestelle ein bisschen Gras geraucht.«

»Du, ein wilder Teenager? Hätte ich nie von dir gedacht.«

Helen lächelte zum ersten Mal, seit sie losgefahren waren. »Zu deiner Zeit gab's wohl nur Zigaretten, oder waren die immer noch rationiert?«

Thorne erwiderte das Lächeln.

Die Tatsache, dass er mit größeren Schritten auf die fünfzig zuging als Helen auf die vierzig, war ein Punkt, über den sie sich immer mal wieder gemeinsam lustig machten. Er tat dann so, als wäre er entsetzt, dass sie sich nicht an die Sex Pistols erinnern konnte, wohingegen sie ihn fragte, wie es war, Bill Haley and the Comets auf der Bühne gesehen zu haben. Einige von Helens Äußerungen ließen Thorne vermuten, dass die Kommentare ihrer Schwester und von ein paar ihrer Freundinnen zu ihrem Altersunterschied noch sarkastischer ausfielen.

»Die Stadt war früher mal ganz nett«, bemerkte Helen. »Und ein paar schöne Ecken gibt's noch immer. Unter anderem eine Abtei.«

Thorne versuchte, einen ländlichen Akzent nachzuahmen. »Ach ... zu viele Zugereiste, oder was? Städter, die wie Heuschrecken über den Ort herfallen und ihn ruinieren?«

»Polesford liegt nicht in Cornwall, mein Lieber«, entgegnete Helen.

»Das ist der einzige Akzent, den ich beherrsche.«

»Na, dann versprich mir bitte, es in Zukunft zu lassen.« Sie blickte aus dem Fenster hinaus. »Das hier ist Warwickshire. Wenn, dann klingt der lokale Akzent eher wie bei *The Archers*.«

»O Gott, steh uns bei!«, stieß Thorne hervor.

Eine Stunde später fuhren sie von der Autobahn ab. Kurz darauf rollten sie langsam über die Hauptstraße von Dorbrook, zwei Meilen südlich von Polesford. Das Dorf, in dem Helen ihre Kindheit verbracht hatte. Thorne erkannte, was Helen gemeint hatte, als sie von ihrem Heimatort gesprochen hatte. Es gab mehr Fassaden aus Stein als Dächer aus Stroh, und Thorne bezweifelte, dass im Sommer viele Rosen über den Eingängen wuchsen.

Sie verließen die Hauptstraße und fuhren an kleinen Reihenhäusern vorbei, die aus den Zwanziger- oder Dreißigerjahren zu stammen schienen. Die Autos parkten meist in der Nähe der Eingänge und halb auf dem Bürgersteig, damit schwere Fahrzeuge vorbeikamen. Auf der anderen Straßenseite gab es einen Lebensmittelladen und einen chinesischen Imbiss, daneben eine kleine asphaltierte Fläche mit einer Schaukel und einem Karussell darauf.

Helen zeigte auf ein Haus. »Das da«, sagte sie, und Thorne fuhr noch etwas langsamer. »Das war unseres.« Sie drückte auf den Fensterheber, und die Scheibe glitt bis zur Hälfte hinunter. »Als wir dort wohnten, war die Haustür rot, und es gab noch keine Doppelverglasung.«

Thorne hielt den Wagen an und vergewisserte sich, dass niemand hinter ihm war. »Willst du aussteigen und es dir ansehen?«

»Es schüttet!«

»Hinten liegt ein Regenschirm«, meinte Thorne. »Geh und klopf an die Tür! Schau nach, wer da jetzt lebt.«

Helen schüttelte den Kopf, der Blick immer noch auf das Haus gerichtet. »Nein, ich glaub nicht.«

»Dauert nicht länger als fünf Minuten.«

»Wer zum Teufel will schon, dass ein Fremder an seine Tür klopft und die Nase in sein Haus steckt?« Sie ließ das Fenster wieder hochgleiten.

»Ich dachte nur, es würde dich vielleicht interessieren.«

»Ich will zu Linda«, sagte Helen, und ein leicht scharfer Unterton schwang in ihrer Stimme mit. Sie wandte sich zu Thorne, blinzelte langsam und lächelte schwach. »Außerdem, was soll das schon bringen?«

Der Regen ließ nach, als sie die wenigen Meilen weiter nach Polesford fuhren. Die schmalen Straßen waren kurvig mit hohen Hecken oder kahlen Bäumen am Rand. Nachdem sie den Fluss zum Ort überquert hatten, entdeckte Thorne den Wegweiser zum Markplatz. Mittlerweile hatte es fast aufgehört zu regnen.

Es war zwar Samstag, doch Thorne vermutete, dass auf dem Marktplatz noch etwas mehr los war als normalerweise üblich. Nicht allzu viele Anwohner schienen gekommen zu sein, um gebrauchte Taschenbücher, Parfümimitate oder andere Angebote zu kaufen. Eine Handvoll Händler hatten dem schlechten Wetter getrotzt, doch sie wirkten nicht gerade, als müssten sie sich die Kunden mit Knüppeln vom Leib halten. Die meisten von ihnen saßen plaudernd unter Plastikvordächern, die in dem starken Wind flatterten, und tranken Tee aus Thermosflaschen.

Ihre Mienen waren steinern und enttäuscht.

Die Menschen, die sich zu dritt oder zu viert zwischen den Ständen zusammendrängten oder am Rand des Marktes herumschlenderten, schienen eher an einer angeregten Unterhaltung interessiert zu sein, als daran, etwas zu erwerben. Thorne beobachtete sie, als er langsam um den Platz fuhr. Männer drängten sich in Eingängen und rauchten. Eine Gruppe von drei Frauen schob ihre Kinderwagen auf derselben Stelle vor und zurück. Köpfe wurden geschüttelt, es wurde genickt und mit Fingern gezeigt, und selbst aus der Entfernung fühlte es sich an, als würde der gesamte Platz von Geschnatter und aufgeregtem Spekulieren brummen.

»Paula meinte, wir sollten versuchen, hinter dem Supermarkt zu parken.« Helen zeigte auf eine Abbiegung, und Thorne folgte ihren Anweisungen. »Von da aus können wir zu Fuß gehen.«

Paula. Die Frau, in deren Haus sie offenbar übernachten würden, wenngleich Thorne noch immer nicht viel über sie oder ihre Beziehung zu Helen herausgefunden hatte.

»Du hattest recht mit deiner Vermutung«, hatte Helen morgens nach einer Reihe von Anrufen gesagt, und dabei eilig Sachen in den Koffer geworfen. »Ich kann noch nicht mal ein Zimmer in Tamworth finden, geschweige denn in der Stadt. Aber ich glaube, ich hab's geschafft, uns woanders unterzubringen …«

Als sie sich dem Supermarkt näherten, erspähten sie gegenüber der kleinen Tankstelle ein eingezäuntes unbebautes Grundstück. Ein Mann in einer nassen grünen Regenjacke stand in der Einfahrt, die Kapuze tief ins Gesicht gezogen. Er deutete mit dem Kopf zu dem Schild, das an einer behelfsmäßigen Schranke klebte. PARKGEBÜHR PRO TAG £ 7,50.

»Wahnsinn«, stieß Helen hervor. »Der zockt die Leute aber richtig ab.«

Sie starrten ihn an, als sie langsam vorbeirollten. Viele hatten ihm die Summe bereits hingeblättert.

»Er wird nicht der Einzige sein«, bemerkte Thorne.

Auf dem Parkplatz hinter dem Supermarkt angekommen, fiel ihnen auf, dass die Hälfte der verfügbaren Fläche mit Leitkegeln abgetrennt und von einer großen Zahl an Einsatzfahrzeugen belegt war. Mannschaftswagen, Streifenwagen, ein Krankenwagen, der dort zur ständigen Bereitschaft stand, wie sie wussten. Helen stieg aus und verrückte ein, zwei Kegel, sodass Thorne neben zwei Polizeimotorrädern parken konnte. Während sie nach ihrem Mantel und einem Regenschirm auf dem Rücksitz griff, stellte Thorne die Kegel wieder an ihren ursprünglichen Platz zurück und legte einen Ausweis der Metropolitan Police in die Windschutzscheibe mit der Aufschrift POLIZEIEINSATZ

Sie gingen ein paar Minuten schweigend nebeneinanderher und kamen an einer Schule und einer kleinen Ladenzeile vorbei. Im Gegensatz zum Marktplatz waren die Straßen nicht besonders belebt, doch standen immer noch hier und da Menschen vor ihren Häusern, und aus einem überfüllten Pub drang Stimmengewirr.

Linda Bates, ehemals Linda Jackson, lebte in einem Reihenhaus, das dem von Helens früherem Elternhaus in Dorbrook ähnelte. Ein paar Fotografen hingen davor herum, doch die Mehrzahl der Journalisten war bereits fort, da sie wussten, dass die Familie von Stephen Bates nicht mehr hier wohnte.

Der Medienzirkus war weitergezogen.

Faktisch gehörte das Anwesen der Warwickshire Police so lange, bis die Spurenermittlung ihre sorgfältigen Arbeiten abgeschlossen hatte. Thorne und Helen bahnten sich einen Weg durch die Handvoll Schaulustiger, die mit gezückten Smartphones auf der anderen Straßenseite standen. Ein Absperrband spannte sich um das Haus. Eine geschlossene Reihe von Polizeiwagen und Fahrzeugen der Spurenermittlung verstellte die Sicht auf die Vorderfront. Rechts und links des matschigen Vorgartens stand ein uniformierter Polizist, und zwei weitere Beamte befanden sich in der Mitte der Straße, um sicherzustellen, dass keine unbefugte Person sich dem Haus nähern konnte. Die Polizisten sahen äußerst gelangweilt aus, wenngleich Thorne bemerkte, dass wenigstens einer den Anstand besaß, dies zu verbergen, als ein paar Meter vor ihm ein Fotoapparat aufblitzte.

»Ja, ja … morgen kann sich der Herr Polizeihauptwachtmeister auf der Titelseite der *Daily Mail* bewundern«, lautete der ironische Kommentar eines alten Mannes mit einem Drahthaarterrier.

Helen nickte, aber sie und Thorne wussten, dass die ganz großen der Medienbranche dort zu finden waren, wo die Musik spielte.

Und die spielte in dem Haus, wohin sie beide gerade auf dem Weg waren.

Es war jene Art Siedlung, über die sich die Anwohner wahrscheinlich entrüstet hatten, als sie vor zwanzig, dreißig Jahren gebaut worden war. Eine glühbirnenförmige Ansammlung identisch aussehender Häuser, die frühzeitig gealtert waren. Hässliche Garagen und rote Ziegeldächer, die vor Satellitenschüsseln nur so strotzten.

Neben der zu erwartenden Reportermeute war auch eine ziemlich große Anzahl Schaulustiger vor Ort, die sich dicht an dicht auf dem Bürgersteig gegenüber der Hausnummer sechs drängten. Mütter und Väter mit kleinen Kindern auf den Schultern. Thorne konnte hören, wie das Murmeln lauter wurde, als er auf die Absperrung zutrat, und dem uniformierten Beamten seinen Dienstausweis zeigte. Nachdem Helen ebenfalls ihren Ausweis gezückt hatte und die beiden unter dem Absperrband hindurchgeschlüpft waren, um zur Haustür zu gehen, begannen die Fotoapparate hinter ihnen zu klicken.

Die Tür öffnete sich, als sie den Eingang erreichten.

Die Kriminalbeamtin, die darin auftauchte, groß und schlank, war Ende zwanzig. Das aschblonde Haar war streng zusammengebunden, sie trug eine dunkle Hose und ein dunkles Jackett. Thorne vermutete, dass sie eine Opferschutzbeamtin war und sich noch mehr Beamte im Hause befanden, sowohl uniformierte als auch Kriminalpolizei in Zivil.

Sie musterte Thorne und Helen und prüfte ihre Ausweise und Gesichter, bevor sie sie hereinwinkte.

Sorgsam schloss sie die Haustür, drehte sich um und stellte sich als Detective Constable Sophie Carson vor. Ihr Auftreten war nicht sonderlich kollegial. Sollte sie Details auf den Ausweisen wahrgenommen haben, schien sie nicht besonders beeindruckt davon, mit zwei ranghöheren Beamten zu sprechen. Sie wartete darauf, dass Thorne und Helen etwas sagten. Nach einem Moment peinlicher Stille machte sie einen Schritt von der Tür weg.

»Sollte ich irgendwas von Ihrem Besuch wissen?«

»Da gibt's nichts zu wissen«, erwiderte Thorne. Wenn diese Frau tatsächlich Opferschutzbeamtin *war*, würde ihr ein etwas freundlicherer Umgangston besser zu Gesicht stehen, ging es Thorne durch den Kopf. »Detective Sergeant Weeks ist eine alte Freundin von Linda«, sagte er, nachdem er und Helen sich noch einmal vorgestellt hatten.

»Aha«, sagte Carson. Sie nickte, sah aber mit einem Mal unsicher aus. Als sie auf die beiden zutrat, wanderte ihre Hand automatisch zum Funkgerät, das an ihrem Gürtel befestigt war.

Der Flur war so eng, dass Thorne und Helen sich gegen die Treppe drücken mussten, um DC Carson vorbeizulassen. Sie klopfte an eine Tür und öffnete sie. Nach einem flüchtigen Blick in das Zimmer steckte sie den Kopf hinein und murmelte ein paar Worte, die weder Thorne noch Helen verstanden. Mit einem weiteren Nicken bedeutete sie ihnen schließlich einzutreten. Sie folgte ihnen hinein und schloss die Tür hinter sich.

Eine Frau in Jeans und einem schlabbrigen Sweatshirt hockte vornübergebeugt auf einem abgenutzten schwarzen Ledersofa, daneben ein Mädchen im Teenageralter. Zwei uniformierte Beamte, ein Mann und eine Frau, saßen auf Stühlen auf der anderen Seite des Raums. Offenbar hatte man hier vor Kurzem Tee getrunken. Die Reste davon standen noch auf dem Couchtisch: Becher, eine Milchtüte und eine offene Packung Kekse. Der Fernseher lief, wenngleich der Ton leise gestellt war.

Thorne und Helen standen wartend nebeneinander. Das Zimmer war überheizt und ziemlich stickig aufgrund der zugezogenen Vorhänge. Thorne konnte Stimmen von oben hören; ein Radio oder einen weiteren Fernseher.

Carson wies mit dem Kopf hinüber zu Helen. »Sie sagt, sie ist eine Freundin von Ihnen.«

Die Frau auf dem Sofa starrte Helen kurz an und erhob sich dann langsam. Sie runzelte die Stirn, doch dann wich die Verwirrung aus ihrem Gesicht, und sie erkannte die Freundin von früher wieder.

»Helen?«

»Dann lassen wir Sie mal allein«, sagte Carson. Sie winkte den beiden Beamten, die einer nach dem anderen aufstanden und an ihr vorbei auf den Flur hinausmarschierten. Thorne beobachtete Carson aufmerksam, als sie ihren Kollegen nach draußen folgte. Noch während sie die Tür über den dicken Teppich zuzog, drückte sie auf ihr Funkgerät und sprach hinein. Er konnte hören, wie sie der Einsatzzentrale Bericht erstattete.

Sekunden später fiel Linda Bates weinend in Helens Arme.

3

Sie versucht zu schlafen, aber nicht, weil sie müde ist.

Wach ist ihr kalt, obwohl sie den dicken Mantel behalten durfte. Außerdem ist es stockduster, nicht das geringste Licht dringt herein. Das Klebeband sitzt immer noch fest auf ihrem Mund, und sie spürt, wie sich allmählich ein Wundschmerz zwischen den Beinen ausbreitet, da sie dem Drang ihrer Blase hat nachgeben müssen. Zuerst hat es sie etwas gewärmt, doch dann wurde es feucht und kalt. Der Boden unter ihrem Hintern ist rau und nass, und das Rohr, an das sie gekettet ist, hat zahlreiche Schrauben, die sich in ihr Rückgrat bohren, selbst durch den dicken Mantel hindurch. Sie ist schon länger hier. Ein, zwei Tage mindestens, glaubt sie. Doch das einzuschätzen ist schwer bei der Dunkelheit und der Stille, in der außer dem tropfenden Wasser nichts zu hören ist. Sie weiß, dass sie sich unter der Erde befindet. Zumindest in dem Punkt ist sie sich sicher. Er hatte ihr so viel von dem Zeug aus der Flasche gegeben, dass sie sich nicht wehren konnte, aber sie war nicht völlig bewusstlos. Sie erinnert sich, wie sie aus dem Regen in eine stinkende Stille gebracht wurde und gleich das Gefühl hatte, diesen Ort von früher zu kennen.

Wach ist ihr schlecht vor Hunger, und ihre Kehle brennt, wenn sie schluckt. Obwohl sie weiß, dass irgendwelche Tiere ihr durchs Haar krabbeln und über die Beine laufen, wenn sie schläft, kann sie damit allemal besser umgehen, als mit dem bohrenden Schmerz in ihrem Bauch und dem verzweifelten Verlangen nach Essen, das selbst durch den widerlichen Geruch dieses Ortes nicht lange in Schach gehalten werden kann.

Wach leidet sie unter jeder Sekunde, in der sie allein ist und nicht weiß, wann der Mann zurückkommt, der sie hierhergebracht hat. Anfangs war sie von dem Gedanken beherrscht, was er tun würde, wenn er zurückkäme. Mittlerweile dreht sich alles um seine Abwesenheit. Darum, dass sie an diesem Ort sich selbst überlassen ist.

Wach versucht sie, sich einzureden, dass es eine Art Machtspiel ist und er probiert, ihren Willen oder was auch immer zu brechen. Sie versucht, sich einzureden, dass es Essen geben *wird*, wahrscheinlich aber nur als Gegenleistung für das, wovor sie sich so entsetzlich fürchtet. Das Angebot wird jedoch erst dann erfolgen, wenn sie genug gehungert hat. Wenn sie es nicht mehr ausschlagen kann. Sie weiß, dass eine der Ratten hier unten ist, und sobald sie wieder einmal hört, wie etwas in der Dunkelheit über den Boden jagt und durchs Wasser huscht, fragt sie sich, ob der Mann zurückkommt. Ob die Ratten seine Fußschritte über ihrem Verlies hören können, ob sie sie durch das Wasser und das verfaulte Gemäuer spüren können. Doch dazu kommt es nie. Er taucht nie auf.

Wach gibt es nichts zu tun, außer dazusitzen, zu horchen, vor sich hinzusummen, zu weinen und sich angestrengt einzureden, dass es Menschen gibt, die sich verzweifelt bemühen, sie zu finden. Es gibt nichts zu tun, außer sich die Hölle vorzustellen, die ihre Eltern gerade durchleben. Sie rückt auf dem Boden herum, versucht es sich etwas bequemer zu machen. Die Kette ist gerade lang genug, um sich hinlegen zu können. So nett bin ich zu dir, hat er gemeint. Das waren seine letzten

Worte. Nein, nicht ganz. Tut mir leid wegen der Duftwolke, hat er noch gesagt, bevor er die Stufen hinaufgeklettert ist.

Die Duftwolke …

Wach hält sie die Luft an und kämpft gegen den ständigen Brechreiz an, den der widerliche Gestank in ihr auslöst. Sie malt sich aus, wie sich Geruchspartikel auf ihr Gesicht legen und sie sie durch die Nase einatmet.

Sie legt sich hin, einen Arm unter dem Kopf, um das Gesicht vor der Feuchtigkeit zu schützen.

Es gibt so viel, was sie nicht weiß oder versteht. So viel, was sie nur vermuten und versuchen kann zu verstehen. Was sie aber genau weiß, ist, dass sie nicht allein ist. Zumindest nicht genau genommen.

Wach weiß sie, dass in der Nässe und der Dunkelheit ihres unteririschen Verlieses eine Leiche liegt.

4

Thorne blieb noch ein paar Minuten im Haus, obwohl es ihm unangenehm war, und er sich mehr oder weniger vorkam wie ein Voyeur. Er starrte vor sich hin und fragte sich, warum er überhaupt mitgekommen war. Er hatte geglaubt, Helen würde auf seine Gesellschaft Wert legen, doch das hatte sich schnell als Trugschluss herausgestellt. Er war so überflüssig wie ein Kropf. So erklärte er Helen, dass sie ihn anrufen solle, wenn sie abgeholt werden wollte. Sie meinte, sie würde wahrscheinlich noch eine Weile bleiben und später wieder zu ihm stoßen.

»Polesford ist klein«, sagte sie. »Ich werde dich schon finden.«

Auf dem Weg nach draußen sprach er mit niemandem. Sophie Carson hing immer noch am Funkgerät.

Die Auslöser sämtlicher Kameras wurden gedrückt, als er aus der Tür trat. Mehrere Journalisten riefen ihm die üblichen Fragen zu, als er sich duckte, um wieder unter dem Absperrband hindurchzuschlüpfen. Stumm den Blick geradeaus gerichtet, beschleunigte er seine Schritte. Er bezweifelte, dass er lange unerkannt bleiben würde. Irgendein gewiefter Polizeireporter würde ihn bestimmt bald erkennen. Er war oft genug Gegenstand von Zeitungsberichten gewesen. Erst vor wenigen Monaten hatte sein Konterfei die Titelblätter geziert.

Als ein Gefangener geflohen war, den er begleitet hatte. Als vier Menschen starben. Als Thorne beinahe seinen besten Freund verloren hätte.

Er spazierte zurück zum Ortskern und sah, dass die meisten Händler vor dem Regen kapituliert hatten, der wieder eingesetzt hatte. Sie waren gerade dabei, ihre Sachen einzupacken. Bei seinem weiteren Weg über die Hauptstraße, begriff er, dass Helen den Ort richtig eingeschätzt hatte. Er hatte sehr wenig gemein mit einer durchschnittlichen englischen Marktstadt wie jener, von der sie heute Morgen abgereist waren. Es schien, als gäbe es hier ein ausuferndes Angebot an Nagelstudios und Friseuren. Neben einem Internetcafé und einer kleinen Spielhalle zählte Thorne innerhalb von fünfzig Metern noch vier Schnellimbisse. Ein Antiquitätenladen war weit und breit nicht zu entdecken.

Er blieb vor einem Zeitungskiosk stehen, kaufte sich das örtliche Blatt und schlenderte auf die andere Straßenseite zu einem Café namens Cupz. Nachdem er einen Kaffee und ein Wurstsandwich bestellt hatte, begann er die Zeitung zu studieren. Die jüngsten Neuigkeiten über das vermisste Mädchen und das inzwischen fast überall kursierende Hochzeitsfoto von Stephen und Linda Bates nahmen die ersten vier Seiten ein. Die Titelzeile war wie immer markant und zweifelsohne schlagkräftig:

LIEBE, EHE UND ENTFÜHRUNG?

Mehrere Seiten widmeten sich der Überschwemmung der Dörfer im flacher gelegenen Norden. Es gab Bilder von dem über die Ufer getretenen Fluss Anker, von Schmutzwasser, das gegen Haustüren schwappte, von einer Familie, die in einem kleinen Schlauchboot ihre Einkäufe erledigte. Die Not werde sich noch verschlimmern, hieß es in einem Bericht, da man weiterhin schlechtes Wetter erwarte und die Helfer mit ihren Mitteln und ihrer Kraft bereits am Limit seien.

Thorne blickte aus dem Fenster und beobachtete, wie Menschen sich beeilten, Schutz vor dem Regen zu finden, der jetzt heftig auf farbige Regenschirme niederprasselte.

Eine junge Frau brachte ihm das Essen. Sie nickte in Richtung der vor ihm liegenden Zeitung. »Ist das nicht furchtbar?«

»Was?«, fragte Thorne. »Die vermissten Mädchen oder das Hochwasser?«

Die Bedienung sah etwas verunsichert aus. »Na ja, beides«, antwortete sie. »Ich meine, ich versuche natürlich nichts miteinander zu vergleichen. Nur Gott allein weiß, was diese Familien durchmachen müssen.« Ihr Gesicht färbte sich rosa. »Ich meine, die Familien dieser armen Mädchen.«

Thorne nippte an seinem Kaffee, der nicht so heiß war, wie er oder jeder andere es gern gehabt hätte. »Haben Sie sie gekannt?«

»Ich hab sie ein paarmal gesehen«, erwiderte sie. »Nach der Schule, zusammen mit ihren Freundinnen.«

Thorne blätterte zurück zur Titelseite und zeigte auf das Hochzeitsfoto von Bates. »Und ihn? Kennen Sie ihn?«

Die Bedienung verzog das Gesicht und schüttelte den Kopf. »Gott sei Dank nicht!«

»Er ist noch nicht angeklagt worden«, wandte Thorne ein.

»Wird er aber.«

Thorne biss in sein Sandwich und wartete.

»Immerhin gab's Zeugen, nicht? Ein paar von Poppys Freundinnen haben beobachtet, wie sie in sein Auto gestiegen ist.«

Poppy Johnston. Der jüngste Entführungsfall. Ihr Name wurde immer noch häufiger in den Zeitungsberichten erwähnt als das Mädchen, das drei Wochen zuvor verschwunden war. Mittlerweile war sie aber für alle nur noch »Poppy«, selbst für diejenigen, die sie nicht persönlich gekannt hatten.

»Beweist aber trotzdem nicht, dass er sie entführt hat.«

Thorne betrachtete das Mädchen, das sein Urteil offensichtlich schon getroffen hatte und jetzt mit den Schultern zuckte.

»Also, eigentlich wollte ich Sie bloß fragen, ob Sie Ketchup wollen.«

»Würzsoße«, sagte Thorne.

Nach dem Mittagessen schlenderte Thorne zurück zum Marktplatz und folgte den Schildern zu der dahinter liegenden eingeschossigen Memorial Hall. Das Gebäude, das neben einer kleinen Gemeindebücherei und einem Gesundheitszentrum lag, war zur Polizeileitstelle umfunktioniert worden. Hier am Eingang waren deutlich sichtbar Tafeln mit der Nummer der Einsatzzentrale aufgestellt worden, und ein paar Uniformierte sprachen gerade mit Bürgern. Die Leitstelle koordinierte die Suchtrupps; Freiwillige wurden von dort aus organisiert – beziehungsweise von ihrem Vorhaben zu helfen wieder abgebracht, da sie häufig unbeabsichtigt Beweise zerstörten, was den Nutzen ihres Einsatzes immens schmälerte. Anwohner kamen hierher, um Informationen oder Klatsch auszutauschen, und sich an dem kostenlosen Tee und den Keksen zu bedienen. Normalerweise versammelten sich auch die Medien dort, wenn es offizielle Pressemitteilungen gab.

Thorne spazierte hinein.

Er hatte schon oft von Journalisten gehört, die sich nach ihrer Rückkehr aus Kriegsgebieten im normalen Alltagsleben nicht mehr zurechtfanden und deshalb unbedingt wieder zurückwollten. Scheinbar gab es Menschen, die ein starkes Verlangen nach jenem Rausch verspürten, den die Gefahr mit sich brachte. Es war schlichtweg eine Droge. Auch wenn Thorne diese Begriffe nicht verwendet hätte, um seine eigenen Gefühle zu beschreiben, genügten die Aufregung und der Druck einer so großen Ermittlung wie der in Polesford, um in ihm Endorphine freizusetzen.

Als er morgens von dem auf romantisch getrimmten Hotel abgefahren war, hatte er sich selbst versichert, dass er Helen lediglich Gesellschaft leisten wollte und nichts mit dieser Sache zu tun haben würde. Das war keine Frage der Zuständigkeit. An und für sich war er gerade in Urlaub; einem Urlaub, den er seit den Ereignissen auf Bardsey Island, die erst wenige Monate zurücklagen, dringend brauchte. Doch hatte er anderen schon immer besser etwas vormachen können als sich selbst. Die langsame Fahrt um den Marktplatz hatte bereits genügt, um sein Blut in Wallung zu bringen. Das Geschnatter, das er jetzt hörte, und der Geruch bitteren Tees und feuchter Uniformen taten ihr Übriges. Auch wenn die Leitstelle nicht zu vergleichen war mit einer Haupteinsatzzentrale in London, war das geschäftige Treiben das gleiche. Das Verlangen, sich umzusehen und von allem einen Eindruck zu bekommen, war so stark wie der Impuls eines ertrinkenden Menschen, an die Wasseroberfläche zu gelangen.

Thorne konnte einfach nicht anders.

Ein stämmiger rotgesichtiger Polizist in Uniform trat auf ihn zu und fragte, ob er Hilfe bräuchte.

»Können Sie mir sagen, wo Stephen Bates in Gewahrsam gehalten wird?«, fragte Thorne.

Der junge Police Constable seufzte. »Würden Sie bitte weitergehen, Sir?«

Jetzt war Thorne an der Reihe zu seufzen. Er zückte seinen Dienstausweis.

»Oh. Entschuldigen Sie, Sir.« Ein völlig anderes »Sir«. Der Polizist trat etwas näher und senkte die Stimme. »Er befindet sich in Nuneaton, soweit ich weiß.«

»Danke.«

Thorne wollte gerade wieder gehen, als dem PC offenbar klar wurde, dass alle an der Untersuchung beteiligten Detectives die Antwort auf Thornes Frage gewusst hätten.

»Könnte ich bitte Ihren Dienstausweis noch einmal sehen, Sir?«

Thorne fischte ihn erneut heraus und hielt ihn dem Beamten vor die Nase.

»Seit wann ist die Metropolitan Police in diesen Fall eingebunden?«

»Ich bin nur in beratender Funktion hier«, antwortete Thorne.

»Aha.« Der PC blickte noch immer misstrauisch.

»Hören Sie, ich kenne den Chef, okay?«

»Und der heißt …?«

Thorne gab sich äußerste Mühe, verärgert auszusehen, während er sich den Kopf über den Namen des leitenden Detective zerbrach, der im Radio gesprochen hatte. Dann fiel es ihm ein. »Ich bin ein Freund von Tim Cornish.«

»In Ordnung.«

»Zufrieden?«

Der Polizist nickte und trat weg. »Guter Junge!«, sagte Thorne. »Dann helfen Sie mal weiter brav unseren älteren Mitbürgern dabei, über die Straße zu kommen …«

Auf dem Weg zurück zum Auto überkam Thorne ein schlechtes Gewissen, weil er dem jungen Constable gegenüber einen so überheblichen Ton angeschlagen hatte. Er hatte sich schon lange mit der Person abgefunden, in die er sich bei seinem Job mit Leichtigkeit verwandeln konnte; hatte sich an die Nebenwirkungen dieses geschäftigen Treibens gewöhnt, die aus Ungeduld, Intoleranz und der Fähigkeit bestanden, sich wie ein Riesenarschloch aufzuführen.

Er fuhr vom Parkplatz herunter, drehte die Musik auf und versuchte, den Vorfall zu vergessen.

5

Lindas Tochter war sechzehn und hieß Charli. »Sie schreibt ihren Namen so«, hatte Linda erklärt, und mit den Achseln gezuckt. Eine machtlose Mutter. Das Mädchen war größer als ihre Mom und etwas schwerer. Im Gegensatz zu Linda war sie stark geschminkt und trug ihr Haar kurz geschnitten. Außer einem gemurmelten »Hallo« hatte sie nichts gesagt, als Linda sie vorgestellt hatte. Nachdem sie ein paar Minuten vor sich hingestarrt hatte, war sie aufgestanden, und hatte wortlos das Zimmer verlassen. Helen konnte hören, dass eine der Polizistinnen sie fragte, ob alles in Ordnung war, doch sie erhielt keine Antwort. Nur das Geräusch stapfender Fußschritte entfernte sich auf dem Weg nach oben.

»Danny ist oben«, bemerkte Linda. »Ihr Bruder. Seitdem wir hier sind, ist er kaum runtergekommen. Nur, um sich etwas zu essen oder zu trinken zu holen. Dann verschwindet er gleich wieder. Ein Beamter hat den beiden netterweise einen Computer gebracht, den sie benutzen können. Das hätte er nicht tun müssen, oder?« Sie sah Helen an. »Sie haben die Laptops der beiden mitgenommen.« Sie schüttelte den Kopf und strich einen unsichtbaren Fussel vom Rock. »Sie haben alles mitgenommen.«

»Ich weiß«, sagte Helen.

»Du machst dir keine Vorstellung. CDs, DVDs, einfach alles. Tütenweise.«

»Ich weiß«, sagte Helen noch einmal. »Ich bin Polizeibeamtin.«

Linda blickte sie an, öffnete leicht den Mund und schloss ihn wieder.

»Deswegen bin ich aber nicht hier. Ich bin nicht im Einsatz. Ich bin gekommen, weil ich dein Bild in den Nachrichten gesehen habe und mir dachte, dass du vielleicht eine Freundin gebrauchen kannst.«

»Ach, dachtest du?«

Helen erkannte, wie ihre Worte geklungen haben mussten. »Ich meine, ich bin mir sicher, dass du viele Freunde hast, aber … ich dachte bloß, ich könnte vielleicht helfen.«

Linda nickte und beugte sich über den Tisch. Sie griff nach einem Keks, legte ihn aber wieder zurück. »Mir war nicht klar, das wir Freundinnen sind«, erklärte sie. »Wann bist du von hier weg?«

»Vor fast zwanzig Jahren«, antwortete Helen.

»Und seitdem warst du nicht mehr hier?«

Helen schüttelte den Kopf.

»Wir hatten ein Klassentreffen. Du hättest kommen können.«

»Wollte ich auch …«

Für einen Augenblick sah Linda aus, als könnte sie sich nicht entscheiden, ob sie Helen glauben sollte oder nicht. Dann beschloss sie anscheinend, dass es nicht weiter wichtig war, oder sie glaubte ihr wirklich. »War sogar richtig witzig.«

»Vielleicht gibt's ja noch mal eins.«

Linda fuhr sich mit den Fingern durch das dicke krause Haar, das am Ansatz bereits viele graue Stellen aufwies. Ihr Gesicht war abgespannt, die Falten um Augen und Mund ausgeprägt. Ihre Lippen waren spröde. Helen wusste, dass auch sie sich in den letzten zwanzig Jahren ziemlich verändert hatte, doch die Frau, die neben ihr saß, war kaum noch als die lächelnde Braut auf dem erst vor Kurzem entstandenen Hochzeitsfoto wiederzuerkennen.

»Im Moment kann ich mir nicht vorstellen, dass eine von uns hingehen würde«, wandte Linda ein. »Du etwa?«

Sie schwiegen eine Minute, vielleicht auch länger. Die Beamten draußen unterhielten sich, und plötzlich erklang Musik von oben. Kein Text, nur ein sich wiederholender Beat. Wie ein rasender Puls.

»O Gott, ich muss mich anhören wie eine undankbare Zicke«, sagte Linda.

»Schon in Ordnung.«

»Nein, wirklich, ich bin froh, dass du gekommen bist. Das hättest du nicht müssen.«

»Ich wollte aber.«

Es klopfte, und ein uniformierter Polizist steckte den Kopf herein. Er fragte, ob sie noch mehr Tee wollten, was beide bejahten.

Als die Tür wieder geschlossen war, verdrehte Linda die Augen. »Andauernd Tee. Er kommt mir schon zu den Ohren raus. Das bringt man euch wohl bei, oder?«

»Was?«

»Auf der Polizeischule, oder wo auch immer. Im Zweifelsfall den armen Schweinen immer einen Tee machen.«

Helen lächelte. »Ich weiß, es sieht so aus, als würden sie versuchen, Normalität vorzugaukeln. Manchmal geht es nur darum, nett zu sein. Meistens aber weiß man einfach nicht, was man tun soll.«

»Ja, verstehe.« Linda beugte sich wieder vor. Dieses Mal nahm sie den Keks.

Helen blickte sich im Zimmer um. Die Einrichtung war weitgehend modern, aber abgenutzt, so wie das Sofa, auf dem sie saß. An einer Wand hingen Poster in Wechselrahmen; Bilder von Motorrädern und Dragster-Rennwagen. Der Teppich war hellgrün, die Vorhänge hatten einen dunkleren Farbton und waren mit Blattmotiven bedruckt. Es gab einen Kamin aus bräunlichem Marmorimitat, in dem ein Gasofen stand. Der Fernseher daneben war zwar einigermaßen groß, doch das Fabrikat war Helen völlig unbekannt.

»Wem gehört das Haus hier eigentlich?«, fragte sie.

»Niemandem.« Linda steckte sich den letzten Keks in den Mund. »Na ja, irgendwann wohl schon mal, aber ich habe die Besitzer nicht gekannt. Das Haus wurde zwangsvollstreckt.« Sie zuckte mit den Achseln. »Wer immer es war, sie hatten nicht viel Glück.« Sie blies die Wangen auf und war sich offensichtlich der Ironie ihrer Worte bewusst. »Ich glaube, wir tun zu wenig, damit die Dinge sich ändern.« Bevor Helen antworten konnte, blickte Linda auf. Sie wirkte plötzlich heiterer, als hätte sie Angst, die Stimmung zu trüben und wieder in eine dunklere Ecke zu geraten, die sie versucht hatte zu meiden. »Wie geht's deinem Vater?«, fragte sie. »Den mochte ich immer gern.«

»Gut«, erwiderte Helen. »Häufig peinlich und lächerlich, aber so werden sie nun mal im Alter, was?«

»Und deiner Schwester? Jenny, oder? Wie geht's der?«

»Auch gut. Verheiratet mit Kindern.«

»Und wie sieht's bei dir aus?«

»Alles in Ordnung.«

»Ich meine mit Kindern.«

»Ein Sohn, zwei Jahre.«

»Verdammt, da hast du aber bisschen spät angefangen, oder?«

»Die Arbeit«, wandte Helen ein. »Na ja, wenn ich ehrlich

bin, lag's nicht nur daran.« Sie grinste, dachte an Alfie, der ihren Vater wohl mittlerweile um den Finger wickelte. »Er ist großartig. Hält mich auf Trab, so viel steht fest.«

»Und was ist mit ihm?« Linda nickte zur Tür. Dorthin, wo Thorne zuletzt gestanden hatte. »Gehört er zu dir?«

»Na ja, wir sind nicht verheiratet«, antwortete Helen. »Und er ist auch nicht Alfies Vater.«

Linda wartete, doch Helen wollte nicht mehr erzählen. Sie konnte nicht mit Sicherheit sagen, ob Paul, der Mann, mit dem sie zusammengelebt hatte und der während ihrer Schwangerschaft gestorben war, der Vater ihres Kindes war. Sie hatte eine Affäre gehabt. Ein tragischer Fehler, der noch nicht ganz aus der Welt geräumt gewesen war, als Paul umgebracht wurde, doch sie hatte seither mit ihrem schlechten Gewissen bitter dafür bezahlt.

Wenigstens gab es jetzt Alfie in ihrem Leben.

»Er ist aber schon nett zu ihm, oder?«

»Tom? Ja, er ist großartig. Ich meine, wir sind noch nicht sehr lange zusammen, es ist alles ziemlich frisch.«

»Er ist auch Polizist, nicht?«, fragte Linda, woraufhin Helen nickte.

»Ja«, meinte Linda, »er hat diesen Blick.«

»Und ich nicht, oder was?«, sagte Helen.

Linda neigte den Kopf zur Seite und betrachtete ihre Freundin, als versuchte sie, sich darüber klar zu werden. »Könnte sein, dass du auf dem Weg dorthin bist«, antwortete sie. Sie bemerkte die leichte Anspannung in Helens Miene. »War nur ein Witz.«

»Es würde mich nicht wirklich wundern«, meinte Helen.

»Du lebst also in London. Muss ein verdammt raues Pflaster sein.«

Helen kam es eigenartig vor, dass sie diejenige war, die die ganzen Fragen beantwortete und über ihr Leben sprach. Sie vermutete, dass es für Linda einfacher war, als von sich selbst zu erzählen. Vielleicht glaubte sie, dass bereits genug über ihr Familienleben spekuliert wurde. Wie auch immer, Helen war alles recht, solange es Linda die Befangenheit nahm.

»So schlimm ist London gar nicht«, entgegnete sie. »Genau genommen ist es nicht schlimmer als irgendwo anders. Ich arbeite mit Kindern, deshalb ...« Sie hielt inne, da ihr bewusst wurde, dass sie auf ein Gebiet zusteuerte, das Linda unangenehm sein mochte. Sollte es so sein, zeigte sie es nicht.

»Es gibt aber bestimmt mehr Kriminalität als hier.« Ein weiteres Kopfschütteln, noch ein Keks. »Na ja, auf jeden Fall bis jetzt.«

»Wie steht's mit dir?«, fragte Helen. »Seit wann bist du mit Stephen verheiratet?«

Helen sah, wie Linda kurz erstarrte, als der Name ihres Mannes zum ersten Mal fiel. Sie räusperte sich. »Oh, erst seit fünf Jahren«, antwortete sie. »Er kommt nicht von hier. Charli und Danny sind nicht seine Kinder.«

Helen hielt die Frage zurück, wie er mit ihnen zurechtkam, doch Linda war der Grund ihres Schweigens offensichtlich klar. »Und ja, er kommt großartig mit ihnen klar. Als wären es seine eigenen. Nur damit du's weißt. Wirklich, deine Gedanken stehen dir ins Gesicht geschrieben.«

»Entschuldigung«, sagte Helen. »Ich bin nicht zurückgekehrt, um sofort mal ordentlich ins Fettnäpfchen zu treten und dich in Verlegenheit zu bringen. Ehrlich nicht! Ich bin hier, um dir Gesellschaft zu leisten. Wenn du das möchtest.«

Lindas Gesichtsausdruck wurde weicher. »Das wäre toll.« Sie deutete mit dem Kopf zur Tür. »Der Haufen da draußen ist schließlich nicht gerade ein Ausbund an Fröhlichkeit.« Sie hob eine Hand, bevor Helen etwas sagen konnte. »Ich weiß, ich weiß, sie machen nur ihre Arbeit. Aber mussten sie wirklich die Mülltonnen und meine Schmutzwäsche durchwühlen und den Abfall mitnehmen?«

»Es geht um Gründlichkeit«, erklärte Helen. »Jede noch so winzige Kleinigkeit kann wichtig sein und dazu führen, der Wahrheit auf die Spur zu kommen.« Sie hielt kurz inne, bevor sie weitersprach, da sie unbedingt wollte, dass Linda die nächsten Worte richtig verstand. »Im Moment ist die Polizei gleichermaßen daran interessiert, die Unschuld wie die Schuld deines Mannes zu beweisen. Das solltest du nicht vergessen, okay?«

Linda dachte kurz nach, dann lehnte sie sich zurück, als wäre sie endlich doch bereit, das Thema anzusprechen, das in aller Munde war. »Er hat es nicht getan, verstehst du?« Sie packte Helens Hand und bohrte unwillkürlich ihre Finger hinein, während sie sie eindringlich ansah. »Er hat diese Mädchen nicht entführt.«

Es klopfte an der Tür, und eine fröhliche Stimme verkündete den Nachschub von Tee.

Helen nickte, da ihr nicht viel anderes übrig blieb.

6

Als Bates und seine Anwältin wieder Platz genommen hatten, schloss Detective Inspector Tim Cornish die Tür und ging hinüber zum Tisch. Er nahm sich einen Stuhl, setzte sich und begann Fotos aus einer grünen Mappe hervorzuholen. Anschließend zog er ein letztes Mal an seiner E-Zigarette, deren Spitze blau aufleuchtete. Dann steckte er sie in die Brusttasche seines Jacketts.

»Sind Sie fertig? Können wir weitermachen?«

Die Pflichtverteidigerin war eine junge Frau namens Tasmina Khan. Sie hatte noch nie etwas mit Cornish zu tun gehabt; genauso wenig hatte sie sich je mit einem Fall auseinandersetzen müssen, dessen Ermittlungen auf ein so großes öffentliches Interesse stieß. Falls sie von der plötzlichen Berühmtheit des Mannes eingeschüchtert war, ließ sie es sich jedoch nicht anmerken.

Sie lehnte sich in ihrem Stuhl zurück. »Mein Mandant hat das Recht, sich jederzeit mit mir unter vier Augen zu beraten.«

»Selbstverständlich«, erwiderte Cornish. »Ich möchte nur gern weitermachen. Je früher wir hiermit durch sind, desto eher kann Mr. Bates zurück zu seiner Familie.« Er lächelte Stephen Bates an. »Zu Linda und den Kindern.«

Khan sagte nichts. Ein Blick genügte. Sie wusste so gut wie Cornish, dass Bates seine Frau und die Kinder wahrscheinlich nicht so bald wiedersehen würde. Auch wenn die vierundzwanzig Stunden, nach denen Cornish den Verdächtigen entweder anklagen oder freilassen musste, bald verstrichen sein würden, war ihr klar, dass er eine Haftverlängerung beantragen und sie auch bekommen würde.

Cornish drückte auf den roten Knopf des Aufnahmegeräts, das in die Wand des Verhörraums eingelassen war. Er blickte zu der in der Ecke installierten Kamera und anschließend hinüber zu dem Einwegspiegel. Dahinter verborgen saßen leitende Beamte und einige seiner Kollegen und beobachteten sie.

»Wiederaufnahme der Vernehmung von Stephen Oliver Bates um 14.37 Uhr am Samstag, den 14. Februar.« Er nannte seinen Namen und den von Khan. Seine Finger klopften auf die Brusttasche. »Sie haben also Poppy Johnston vorgestern zum ersten Mal in Ihrem Auto mitgenommen, ja? Sie haben sie noch nie zuvor gesehen?«

Bates zögerte und blickte seine Anwältin an.

»Das ist eine einfache Frage, Mr. Bates.«

Stephen Bates war dreiundvierzig Jahre alt und hatte der Polizei gegenüber als Beruf selbstständiger Maler und Raumgestalter angegeben. Er hatte helle Haut, einen rötlich-braunen Stoppelbart und dunkles Haar, das etwas kürzer war als auf dem Hochzeitsfoto. Er war dünn; seine Jeans war ausgebeult, genauso wie das mit Malerfarbe gesprenkelte Poloshirt, das er tags zuvor getragen hatte, als die Polizei ihn nachmittags zu Hause verhaftet hatte.

»Gesehen schon«, antwortete Bates. Seine Stimme war ruhig und tonlos. Er sprach mit einem Akzent aus den Midlands. »Gegrüßt auch. Aber mehr nicht.«

Khan wandte sich ihm zu, und Cornish begriff, dass auch nach mehr als einer halben Stunde Unterredung, in der die Anwältin mit ihrem Mandanten die möglichen Alternativen besprochen hatte, immer noch nicht abschließend geklärt zu sein schien, ob es für Bates von Vorteil war, überhaupt auszusagen.

Das war gut zu wissen.

»Wie lange, sagten Sie, war sie in Ihrem Auto? Fünfzehn Minuten?«

»Weniger. Zehn vielleicht oder so. Ich hab ihr gesagt, dass ich sie nicht den ganzen Weg mitnehmen kann, sie aber gern bis zur Bushaltestelle auf der Tamworth Road bringen würde.«

»Nett von Ihnen.«

»Es lag auf meinem Weg. Außerdem sah es schwer nach Regen aus.«

»Worüber haben Sie beide gesprochen?«

»Ich kann mich nicht mehr erinnern.«

»Über die Schule? Freunde?«

»Keine Ahnung. Vielleicht.«

»Und Sie haben auf Ihrem Weg nirgendwo angehalten?«

»Wie ich Ihnen bereits gesagt habe, ich habe sie zum Bus gebracht. Direkt dorthin.«

»Weil Sie dachten, es könnte regnen«, sagte Cornish.

»Was es seitdem ja auch die ganze Zeit tut, oder?«

Cornish grunzte etwas und blickte auf seine Notizen. »Erzählen Sie uns noch mal, was Sie gemacht haben, nachdem Sie Poppy abgesetzt hatten.«

Bates seufzte, doch er antwortete ziemlich selbstsicher. »Ich bin wegen eines Auftrags nach Atherstone gefahren. Eine Kundin möchte ihr Haus von außen gestrichen haben, und da bin ich hingefahren und hab's mir angeschaut.«

»Um halb sieben abends? Im Stockdunkeln?«

»Ich musste es mir nur kurz ansehen, mehr nicht. Mir einen Überblick verschaffen, was auf mich zukommt.«

»Und danach?«

»Das habe ich Ihnen bereits gesagt. Ich bin ein paar Häuser weiter auf ein Bier in einen Pub gegangen. Das können Sie gern bei meiner Frau überprüfen.«

»Haben wir gemacht. Und Sie haben ihr das gewiss auch *erzählt*, als Sie sie anriefen.« Cornish schielte wieder in seine Notizen. »So gegen halb sieben, laut ihrer Aussage.«

Bates sah zufrieden aus. Als würde das genügen. »Na bitte!«

»Sie hat uns aber auch erzählt, dass Sie erst nach neun zu Hause waren.«

»Ich hab ein paar Bier getrunken und was gegessen. Um ehrlich zu sein, hatte ich es nicht eilig, nach Hause zu kommen. Linda und ich hatten uns morgens gestritten, deshalb …«

»Gestritten? Warum?«

»Daran kann ich mich nicht mehr erinnern. Wahrscheinlich wegen nichts.«

»Es gibt da nur ein Problem, Mr. Bates. Wir können niemanden in diesem Pub finden, der bestätigen kann, dass Sie dort gewesen sind.« Cornish lehnte sich zurück. »Auch der Wirt kann sich nicht an Sie erinnern.«

»Warum sollte er auch?«, entgegnete Bates. »Der Laden war proppenvoll. Im Fernsehen lief ein großes Fußballspiel.«

Das hatte sich bei Cornishs Überprüfung allerdings als richtig erwiesen. Chelsea hatte in Stamford Bridge gegen Arsenal gewonnen. Daher waren an diesem Abend in der Tat mehr Gäste als üblich in dem Pub gewesen.

Cornish zog drei Fotos von Poppy Johnston hervor und legte sie in einer Reihe auf den Tisch. Auf zweien posierte sie mit Freunden in einem örtlichen Pub. Sie war die auffallendste von allen. Blond und blauäugig. Geschminkt und gestylt für den Abend. Die Zeitungen hatten sich für das etwas sittsamere

Foto des Mädchens in ihrem hübschesten Partyoutfit entschieden. Ein frisches Gesicht mit einem eher zaghaft wirkenden Lächeln.

Cornish tippte auf das Foto. »Sie hatte sich an diesem Donnerstagabend aufgebrezelt, nicht? Glänzendes Oberteil und kurzer Rock. ›Zu kurz‹, meinte ihr Dad.«

»Ich weiß nicht mehr, was sie anhatte«, sagte Bates. »Auf jeden Fall trug sie einen Mantel. Einer von diesen wattierten.«

»Also haben Sie nicht angehalten und ihr angeboten, sie mitzunehmen, weil sie gut aussah? Weil sie was Nettes anhatte?«

Bates schüttelte den Kopf.

»Sondern deshalb, weil Sie ein gutes Herz haben.«

»Ich hab Ihnen ja schon gesagt, dass Sie diese Fragen nicht beantworten müssen, wenn Sie nicht wollen«, wandte sich Khan an Bates.

Bates blickte Cornish an. »Ich soll jetzt wohl sagen, dass ich sie nicht hübsch finde, was? Das möchten Sie doch. Mein Gott, ich bin nicht blind, ja?« Er stach mit dem Finger auf das Bild. »Natürlich ist sie hübsch. Wollen Sie das hören?«

Cornish ließ ein paar Augenblicke verstreichen. Die Worte schwebten im Raum, bevor er ein weiteres Foto hervorzog und es über die verschrammte schwarze Tischplatte schob. »Würden Sie sich das bitte ansehen?«

Nach ein oder zwei Sekunden blickte Bates darauf, aber nicht sehr lange. »Schauen Sie noch einmal hin!«, forderte Cornish ihn auf. Als Bates noch einmal hinsah, beugte sich Cornish vor zum Aufnahmegerät. »Mr. Bates betrachtet ein Bild von Jessica Toms.«

»Das ist das erste Mädchen, das verschwunden ist.«

»Haben Sie sie gekannt?«

»Lediglich vom Hallosagen.«

»Das sagen Sie zu vielen fünfzehnjährigen Mädchen, oder, Mr. Bates?«

»Ich rate Ihnen, auf die Bemerkung nicht einzugehen«, warf Khan ein.

»Menschen sehen sich nun mal an, oder?«, erklärte Bates. »Im Pub, auf der Straße, wo auch immer.«

»Haben Sie Jessica Toms am 23. Januar dieses Jahres mitgenommen?«

Bates schüttelte den Kopf. »Nein, hab ich nicht.«

»War Jessica Toms je in Ihrem Wagen?«

»Nein.«

»Sind Sie sich da ganz sicher?«

»Sie war nie in meinem Wagen.«

»Sie wissen schon, dass wir Ihr Auto beschlagnahmt haben.«

»Wenn Sie es beschädigen, kommen Sie hoffentlich dafür auf.«

»Sie wissen auch, das wir den Wagen auseinandernehmen und es herausfinden werden, *wenn* sie darin war, oder? Es gibt dann nämlich Spuren, die sie hinterlassen hat. Die hinterlässt jeder. Heutzutage können wir sogar von einem Kuss auf der Wange DNA ziehen. Ich meine ja nur, falls Sie noch ein bisschen über Ihre Antwort nachdenken wollen.«

»Ich habe sie nie mitgenommen.«

»Wissen Sie noch, wo Sie am 23. Januar waren?«

»Und Sie?«

»Ich bin nicht derjenige, der hier verhaftet wurde«, wandte Carson ein.

»Nein, weiß ich nicht mehr«, antwortete Bates. »Arbeiten.«

Cornish nickte. Vorläufig würde er sich mit dieser Antwort zufriedengeben, aber nicht sehr lange. Er blickte zu dem

Einwegspiegel und nahm dann das Foto von Jessica Toms zur Hand. Er betrachtete es kurz und legte es wieder hin. »Also, *finden* Sie sie hübsch?«

»Und *Sie*?«, entgegnete Bates süffisant. Zum ersten Mal huschte ein Lächeln über sein Gesicht.

»Glauben Sie etwa, es würde Ihnen etwas nützen, wenn Sie hier nur Gegenfragen stellen?«

Bates kratzte sich am Bart. Das Lächeln war verschwunden, genauso wie seine Selbstsicherheit.

Khan beugte sich vor. »Okay, ich möchte mich mit meinem Mandanten noch einmal beraten, unter vier Augen.«

»Schon wieder?«, meinte Cornish bissig.

Bates wandte sich an seine Anwältin. »Tatsache ist doch: Wenn ich nichts sage, dann gehen sie davon aus, ich hätte was zu verbergen.«

»Es ist Ihr gutes Recht, die Aussage zu verweigern.«

Bates hörte ihr nicht zu. Er blickte Cornish an und nickte. »Stimmt doch, oder?«

Cornish hielt die Hände hoch.

»Wenn ich Ihnen nicht antworte, sondern bloß ›keinen Kommentar‹ sage, glauben Sie doch nur, dass ich das deshalb mache, weil ich schuldig bin.«

»So funktioniert das nicht«, wandte Khan ein.

»Miss Khan hat völlig recht«, erklärte Cornish. »Sie können den ganzen Tag hier sitzen und nichts von sich geben, wenn Sie wollen … allerdings dürfen wir daraus sogenannte ›nachteilige Rückschlüsse‹ ziehen.« Er wartete, um sicherzugehen, dass Bates verstanden hatte, was er meinte. »Erinnern Sie sich, was Ihnen bei der Verhaftung gesagt wurde?«

»Das habe ich schon alles mit ihm besprochen«, blaffte Khan Cornish an. »Der Fall hier ist nicht mein erster.«

Cornish, der sie ebenfalls ignorierte, beugte sich vor zu Bates. »Daran, was passiert, wenn Sie versäumt haben, etwas zu erwähnen, worauf Sie sich später vor Gericht berufen? Dass das Ihrer Verteidigung schaden kann?« Er lehnte sich zurück und verschränkte die Arme. »Aber die Entscheidung liegt natürlich ganz bei Ihnen.«

Bates starrte auf den Tisch.

Khan wandte sich wieder zu ihm. »Mr. Bates, erinnern Sie sich an unser Gespräch von vorhin? An die drei Möglichkeiten, von denen wir gesprochen haben?« In ihrem Ton lag ein Nachdruck, der an Bevormundung grenzte. Sie war offensichtlich zu dem Schluss gelangt, dass ihr Mandant entweder unfähig war zu erkennen, wann ihm ein vernünftiger Rat gegeben wurde, oder einfach nicht zu den Hellsten gehörte. Cornish nahm das erfreut zur Kenntnis. »Sie können, wenn Sie wollen, Fragen beantworten, oder eben nicht. Die dritte Möglichkeit ist, der Polizei gegenüber eine schriftliche Aussage zu machen, und danach die Beantwortung jeglicher Fragen zu verweigern.«

»Ja, ich erinnere mich«, erklärte Bates. »Sie finden also, ich sollte das tun? Die letzte Möglichkeit in Anspruch nehmen?«

»In der jetzigen Situation halte ich das für das Beste.«

Cornish musste ein Lächeln unterdrücken. *Weil du Angst hast, schuldig auszusehen, aber du kannst dein großes Maul nicht halten …*

Bates dachte noch ein paar Sekunden nach. Dann nickte er und schaute Cornish ins Gesicht. »Ich entscheide mich für diese Möglichkeit.«

Der DI blickte wieder zum Spiegel. »Wie Sie meinen«, sagte er.

Dann beendete er offiziell die Befragung und begann, die Fotos einzusammeln. Er nahm das Bild von Jessica Toms zur

Hand und schaute es noch einmal an. »Sie ist wirklich hübsch«, meinte er. »Das kann jeder Idiot sehen.« Er griff nach seiner E-Zigarette. »Ehrlich gesagt, Stephen, wäre ich zehnmal misstrauischer gewesen, wenn Sie das Gegenteil behauptet hätten.«

7

Thorne wartete bereits eine gute halbe Stunde in der Einsatzzentrale des Polizeireviers Nuneaton, als Cornish endlich erschien. Er hatte sich die Zeit damit vertrieben, mit so vielen Menschen wie möglich zu sprechen, die den Fall bearbeiteten. Auch wenn er nichts Neues erfahren hatte, war der Kaffee hier immer noch um einiges besser als das Zeug, das man im heimischen Becke House bekam.

Es stellte sich schnell heraus, dass Nuneaton viel besser ausgestattet war als die Einsatzzentrale zu Hause. Die Computer schienen neuer zu sein, die Tafel weißer.

Das Revier hinterließ keinen ganz so müden Eindruck.

Wahrscheinlich war es nur eine Frage der Finanzierung und der effizienteren Verteilung der verfügbaren Mittel. Oder vielleicht passierte hier einfach viel weniger. Während Thorne auf Cornish wartete, drängte sich ihm die Frage auf, inwieweit die Atmosphäre an der Energie und dem Tatendrang der Menschen lag, die hier arbeiteten. Waren einige seiner Kollegen zu Hause womöglich ausgebrannt oder gingen ihrer Arbeit nur noch der Form halber nach? Er fragte sich, ob je der Tag kommen würde, an dem ihn das schlechte Gewissen plagte, weil er nur noch »seine Stunden abriss«. Und falls ja, ob es ihm jemand sagen würde. Holland vielleicht? Wahrscheinlich nicht. Hendricks …? Ja, Phil Hendricks würde das wohl tun.

Cornish war ziemlich einfach zu erkennen. Er war nämlich

derjenige, auf den sich gleich ein Mitglied seines Teams stürzte, als er hereinspazierte, und der herüberblickte, als man ihn auf den wartenden Besucher aufmerksam machte.

Thorne stand auf, und Cornish winkte ihn zu sich, in sein Büro.

»Haben Sie schon Kaffee getrunken? Nach ein paar Stunden im Verhörraum lechze ich förmlich danach …«

Cornish war ein paar Jahre jünger als Thorne. Auf seinem Kopf war kein graues Haar zu entdecken, und falls er doch welche hatte, waren sie geschickt kaschiert. Seine Statur war gedrungen und drahtig, wie die eines Fliegengewichts. In seinem schicken Anzug und der randlosen Brille erinnerte er Thorne an einen Buchhalter, der einen ohne Zögern k. o. schlagen würde, wenn man seine Zahlen infrage stellte.

»Wieso hat das so lange gedauert?«, fragte Cornish, nachdem er sich hinter einen chaotischen Schreibtisch gesetzt hatte.

»Wie bitte?«, fragte Thorne verdutzt und nahm auf dem angeboten Stuhl Platz.

»Ich habe Sie schon erwartet, Mr. Bond!« Cornish zog eine E-Zigarette aus der Tasche und paffte theatralisch.

Sophie Carson hatte ihrem Chef zweifelsohne einen vollständigen Bericht über die Besucher aus London erstattet.

»Aber kein Problem«, fuhr Cornish fort. »Bei uns laufen ein paar von Ihrer Sorte herum. Können nicht mal für einen Tag abschalten.«

»Ich schlage hier nur Zeit tot«, erwiderte Thorne.

»Natürlich.«

»Ich weiß nicht, was ich sonst sagen soll.« Thorne lachte, aber Cornishs Bemerkungen hatten ins Schwarze getroffen. War das aus ihm geworden? Ein »Berufsalkoholiker«? Das war die Bezeichnung für die Kollegen, von denen Cornish gerade gesprochen hatte. Auch Thorne nannte sie so. Normalerweise waren damit Polizisten gemeint, die streng nach Vorschrift arbeiteten und eher sterben würden, als davon abzuweichen. Thorne wusste, dass er selbst nicht so war, auch wenn es ihm eindeutig schwerfiel, den Job hinter sich zu lassen. Vielleicht ging es nicht darum, ob man »Berufsalkoholiker« war oder nicht. Möglicherweise war es nur eine Frage des Lieblingsgetränks.

Manche Menschen standen einfach auf Hochprozentiges.

Thorne zeigte auf die E-Zigarette, als Cornish einen weiteren Zug nahm. »Wie schmecken die?«

»Verdammt gut, wenn man die richtigen nicht rauchen darf.« Cornish beugte sich vor und reichte sie Thorne, damit er sie genau betrachten konnte.

»Ganz schön schwer«, stellte Thorne fest.

»Die Polizeigewerkschaft versucht, sie in Polizeigebäuden zu verbieten.« Er beugte sich wieder vor, um sie zurückzunehmen. »Aber zurzeit … ist es einfach himmlisch.« Er nahm erneut einen tiefen Zug, blies den Rauch oder Dampf aus oder was immer es war. »Sind Sie Raucher?«

»Gewesen.«

»Sie sollten mal eine von denen hier ausprobieren.«

»Zu gefährlich«, wandte Thorne ein. »Ein paar Tage damit, und ich stehe morgens wieder als Allererstes mit einer Packung Zigaretten im Garten.«

»Sind wohl der klassische Suchttyp.«

»Wahrscheinlich«, räumte Thorne ein. Er blickte sich um. Selbst das Büro war netter als das, was er sich zumeist teilen musste. Es hatte zum Beispiel ein Fenster. Er schnupperte unauffällig, und der Duft von Rasierwasser stieg ihm in die

Nase – eines, so glaubte er, das eher nicht vom lokalen Markt stammte. »Wie läuft die Suche denn?«

»Ich sag's Ihnen, ein verdammter Albtraum«, antwortete Cornish. »Wegen dem Hochwasser können wir manche Gebiete nicht so gründlich durchkämmen, wie wir wollen. Bei einigen ist es überhaupt nicht möglich. Die schnelle Strömung des Flusses macht es für die Taucher schwierig. Die Feuerwehr hat uns zwar Spezialausrüstung zur Verfügung gestellt, aber wir stoßen noch immer an unsere Grenzen, was das Einsatzpersonal betrifft. Und das Wetter macht alles noch schlimmer, als es ohnehin schon ist.«

»Hilft Ihnen die Armee nicht aus?« Thorne hatte in der Zeitung davon gelesen. »Ich meine, in den überschwemmten Gebieten.«

»Ja, aber die können sich nicht um die zusätzlichen Verbrechen kümmern, die wir zu klären haben.« Er bemerkte die Verwirrung in Thornes Gesicht. »Nichts im Zusammenhang mit den Mädchen …, es hat Plünderungen in Häusern gegeben, die die Bewohner verlassen mussten. Irgendwelche Mistkerle, die mit ihren Geländewagen von Ashby und Burton-on-Trent hergekommen sind. Natürlich liegt unser Hauptaugenmerk auf den Mädchen, aber irgendjemand muss sich ja auch diesen Dingen widmen.«

»Glauben Sie, dass sie dort sind?«, fragte Thorne. »Im Fluss?« Es war unnötig, um den heißen Brei herumzureden. Beide Männer hatten schon oft genug mit Fällen wie diesem zu tun gehabt. Egal was öffentlich gesagt wurde, insgeheim gingen sie davon aus, dass Poppy Johnston und Jessica Toms bereits tot waren.

»Wäre das Naheliegendste«, erwiderte Cornish. »Die Strömung ist an manchen Stellen so stark, dass sie in null Komma nichts weggerissen werden würden.« Er schnippte bekräftigend mit den Fingern und lehnte sich zurück. »Das Wetter eignet sich hervorragend, um Leichen loszuwerden.«

»Dann müsste aber doch mittlerweile eine von ihnen aufgetaucht sein«, gab Thorne zu bedenken. »Und wenn es fünfzig Meilen weiter wäre.«

Cornish blickte ihn an, drehte die E-Zigarette zwischen Daumen und Zeigefinger. »Tja. Müsste.«

»Was sagt Bates denn so?« Auch wenn es interessant war, etwas über E-Zigaretten und die logistischen Herausforderungen einer Suche bei schlechtem Wetter zu erfahren, war er gekommen, um genau das herauszufinden.

Cornish wusste das wohl auch, schien aber tatsächlich kein Problem damit zu haben. »Er hat eine schriftliche Aussage gemacht.«

»Die besagt?«

»Die besagt, dass er Poppy bis zur Bushaltestelle drei Meilen außerhalb der Stadt mitgenommen hat. Sie war auf dem Weg nach Tamworth, um auszugehen. Er glaubt, dass es so gegen halb sieben war, ist sich allerdings nicht mehr ganz sicher. Wir haben das überprüft. Der Bus, auf den sie hätte warten sollen, stoppte dort um 18.37 Uhr. Sie war aber nicht da. Er leugnet nicht, sie mitgenommen zu haben … na ja, wäre auch schlecht möglich. Zu viele Leute haben sie bei ihm einsteigen sehen. Es war nicht gerade schwer, ihn zu finden.«

»Wohin wollte sie in Tamworth?«

»In eine Bar. Sich mit einem Jungen treffen.«

»Ach ja?« Ehemänner, Ehefrauen, Liebende. Menschen, bei denen sich eine Untersuchung immer lohnte.

»Laut ihren Freundinnen nichts Ernstes. Nur jemand, mit dem sie ein paarmal ausgegangen ist.«

»Ich nehme mal an, er ist frei von jedem Verdacht.«

Cornish nickte. »Er hat auf sie gewartet und ist dann schließlich in die Bar gegangen. Zahlreiche Leute können bestätigen, dass er den gesamten Abend dort war. Damit bleibt Mr. Bates auf der Liste der Verdächtigen, die aus einer Person besteht, ganz oben.«

»Was ist mit dem ersten Mädchen?«

»Er sagt, dass er sie nie mitgenommen hat. Deshalb sind wir natürlich sehr daran interessiert, etwas in seiner kleinen Mistkarre zu finden. Einen Blutfleck, eine Haarsträhne, irgendwas. Die Kriminaltechniker ziehen sämtliche Register, das Auto hat höchste Priorität. Ich hoffe, noch heute Abend oder gleich morgen früh ein paar gute Neuigkeiten zu hören.« Er zog wieder an der E-Zigarette. »Falls ja, werde ich ihn unter Anklage stellen.«

»Und falls nein?«

»Werde ich es wahrscheinlich trotzdem tun. Wir haben genug.«

»Klingt vernünftig.« Thorne bemerkte, dass Cornish auf seine Uhr spähte. »Hören Sie, ich bin schon weg …«

»Ziemlich scheußlich«, sagte Cornish nachdenklich. Er blies die Wangen auf. »Diese Geschichte auf der Insel.«

Es dauerte kurz, bis Thorne antwortete, und er versuchte nicht ganz so verdutzt auszusehen, wie er war. »Oh, ja.«

»Ganz im Ernst, alles in Ordnung mit Ihnen?«

Die körperlichen Verletzungen, die Thorne auf Bardsey Island erlitten hatte, waren nicht lebensbedrohlich gewesen. Ein kurzer Aufenthalt im Krankenhaus, wo er zusammengeflickt worden war, und ein paar Sitzungen beim Zahnarzt, mehr war nicht nötig gewesen. Er wusste, dass Cornish nicht davon sprach.

Er stand auf und blinzelte ein unliebsames Bild weg. »Ja, mir geht's gut«, erwiderte er.

»Freut mich zu hören.« Cornish erhob sich ebenfalls.

»Ich mag Ihren Anzug«, sagte Thorne, um die Unterhaltung auf ein anderes Thema zu lenken.

Cornish blickte an sich herunter, als wäre er sich dieses Kleidungsstücks gar nicht bewusst gewesen. Er nickte und zeigte auf Thorne, die E-Zigarette immer noch in der Hand. »Na, ihr Superburschen von der Metropolitan Police müsst euch nicht so anstrengen.«

Thorne zuckte mit den Achseln. Er trug eine Jeans, Timberlands und eine braune Lederjacke über einem dicken Pullover, unter dem sich das schmutzige Hank-Williams-T-Shirt verbarg. »Ich bin im Urlaub.«

»Ach ja. Hab ich vergessen.« Cornish lächelte. »Sie und Ihre Freundin. Detective Sergeant Weeks arbeitet im Dezernat für Kindesmisshandlungen, nicht?«

Thorne blinzelte wieder und sagte nichts. Diese Information hatte Cornish nicht aus den Zeitungen.

»Machen Sie das Beste aus Ihrer Freizeit«, fuhr er fort. »Auch wenn das Wetter zu wünschen übrig lässt, gibt es immer noch viel, was man sich ansehen kann.« Er riss die Augen auf, als ihm etwas einfiel. »In Shuttington haben sie ein tolles Miniaturdorf, wenn Sie so was interessiert.«

»Ich glaube, eher nicht«, entgegnete Thorne grinsend.

Cornish lachte. »Na ja, zurzeit steht es sowieso zwanzig Zentimeter unter Wasser. Wie ein echtes Dorf, das von einer riesigen Flutwelle getroffen wurde. Aber ernsthaft, wenn Sie aus Polesford rausfahren, egal in welche Richtung, natürlich weit genug weg von den Hochwassergebieten, werden Sie wundervolle Landschaften sehen. So schön wie im Rest von England.«

»Vielleicht machen wir das.« Thorne steckte die Hände in die Taschen und ging zur Tür.

Cornish trat um seinen Schreibtisch herum und streckte ihm die Hand entgegen. »Wir bleiben aber in Kontakt«, sagte er.

Er sah aus, als meinte er es so.

8

Die Polizei glaubt, es ginge um Sex, das glaubt sie immer.

Dass die beiden Mädchen ein netter Anblick gewesen sind, hat selbstverständlich eine wichtige Rolle gespielt, aber aus einem anderen Grund, als die Polizei annimmt. Er weiß sehr gut, dass es dem durchschnittlichen Beamten schwerfällt, das zu verstehen und nicht gleich an was Schmutziges zu denken.

Beide waren sehr gesprächig im Auto und haben munter drauflos geplappert; zumindest so lange, bis er langsamer fuhr und von der Hauptstraße abbog. Als er das Auto schließlich an den Straßenrand lenkte und den Motor abstellte, verstummten sie. Der Blick in ihren Gesichtern in genau diesem Moment, *das* ist es, worum es wirklich geht. Die Mädchen haben natürlich auch gedacht, dass es auf Sex hinausläuft. Sie haben sich gewappnet, als hätten Männer grundsätzlich nichts anderes im Kopf.

Klar, Männer. Immer nur Männer.

Nach einem Mann sucht die Polizei natürlich sofort, was auch Sinn macht, allein schon wegen der Statistik. Zwar gibt es immer mal wieder den ungewöhnlichen Fall, dass eine Frau beteiligt ist oder einem Mann bei seinen Taten hilft, doch in der Regel können sie ziemlich sicher sein, dass sie hinter einem Kerl her sind. Der Vater ist normalerweise der Erste, den sie unter die Lupe nehmen. Natürlich. Zu häufig haben Daddys in der Vergangenheit in Kameras geblickt, geflennt und mit brüchiger Stimme um die unversehrte Rückkehr ihrer kostbaren Lieblinge gefleht. Und währenddessen halten sie ihre Töchter auf dem Dachboden versteckt oder haben längst dafür gesorgt, dass sie im Schrebergarten die Radieschen von unten betrachten. Und letzterer Fall tritt besser gar nicht erst ein, das muss sichergestellt werden. Deshalb ist der Vater als möglicher Verdächtiger auszuschließen, bevor jemand anders ins Visier genommen wird.

Wahrscheinlich sind diese Ermittlungen genauso verlaufen. Zumindest bis das zweite Mädchen verschwunden ist und Zeugen sich gemeldet haben, die Poppy in das Auto haben steigen sehen. Das hat natürlich eine Wende bedeutet. Sie haben eine Personenbeschreibung und mehrere Buchstaben eines Kennzeichens. Und prompt setzt die routinemäßige Polizeiarbeit ein, einschließlich der Auswertung technischer Daten: die Suche nach Fingerabdrücken und DNA, das Durchforsten von Computerdateien, das volle Programm.

Der sexuelle Aspekt wird bei ihren Erkenntnissen höchstwahrscheinlich noch einmal auftauchen. Heutzutage sind menschliche Überreste eher auf einer Festplatte zu finden als in einem Schrank.

Er will auch gar nicht abstreiten, dass Sex eine Rolle spielt.

Etwas hat er eindeutig gespürt, als er zu den Mädchen hinüberblickte, während sie versuchten, von ihm weg zur Beifahrertür zu rücken. Und auch als er die Treppe hinuntergegangen ist zu dem ersten Mädchen, ihr das Essen zugeschoben und in der Dunkelheit zugeflüstert hat. Das Schlimme an der Situation jetzt ist, dass er das zweite Mädchen nicht sehen, sie nicht besuchen kann. Wie fühlt sie sich, so allein dort unten?

Was denkt sie von ihm?

Er sitzt da, geht sämtliche Details durch und fragt sich, wie viel Cornish inzwischen herausgefunden hat. Denkt an früher und stellt sich vor, wie es wohl wäre, einer der Polizisten zu sein, die den Fall bearbeiten. Führt sich die einzelnen Schritte der Untersuchung vor Augen, seit jenem ersten verzweifelten Anruf von Jessica Toms' Eltern.

Haus-zu-Haus-Befragungen, die Überprüfung von Alibis, ein kleiner scharfer Blick auf Mum und Dad.

Anschließend die Fragen. Die Mutmaßungen. Das Stellen von Fallen. Die klugen Worte der Pflichtverteidigerin.

Am Schluss fragt er sich, ob genügend vorliegt, um Anklage erheben zu können, sollten die Jungs vom Labor aus irgendeinem Grund mit leeren Händen dastehen. Natürlich nur rein hypothetisch, denn er hätte nie etwas gemacht, ohne nicht vorher gut darüber nachgedacht zu haben.

Er macht sich keine Sorgen.

Er weiß, was sie in diesem Auto finden werden.

9

Linda hatte eine Viertelstunde oben bei den Kindern verbracht. Charli war nicht wieder heruntergekommen, und Danny hatte sich überhaupt noch nicht blicken lassen. Endlich verstummte die Musik, die in den letzten paar Stunden gelaufen war, während sie sich hier im Wohnzimmer unterhalten hatte. Helen ging davon aus, dass Linda versuchte, dringend notwendigen Schlaf nachzuholen.

Helen stand in der Küche und trank Tee mit Sophie Carson und einer der uniformierten Polizistinnen, einer sehr viel kleineren Frau namens Gallagher. Da es wenig zu tun gab, war der zweite Police Constable im Wohnzimmer geblieben, um sich eine Gameshow im Fernsehen anzusehen.

»Ich vermute, sie schläft mittlerweile tief und fest«, sagte Carson. »Ich habe ein paar Beruhigungsmittel gesehen.«

»Man kann's ihr kaum verübeln«, meinte Gallagher. Sie sprach mit hartem schottischem Akzent, der im Widerspruch zu ihrem runden weichen Gesicht mit den vielen Sommersprossen stand.

Helen nickte und dachte: gesehen – oder *gefunden*?

Eigentlich war das ziemlich egal. Helen wusste, dass Carsons Arbeit und die der anderen Opferschutzbeamten weit über das Verteilen von Tee und das Bekunden von Anteilnahme hinausging. Beides war natürlich wichtig, doch waren sie vorrangig Ermittler. Ihre Anwesenheit zielte darauf, das Zusammenleben der Familie zu beobachten und so etwas in Erfahrung zu bringen, das den Ermittlungen dienen konnte. Im Grunde suchten sie nach Anzeichen von Spannungen oder irgendetwas anderem, woraus eventuell zu schließen war, dass die Verbrechen auf Vorkommnissen im Haus beruhten. So war die übliche Vorgehensweise, und sie war entscheidend, um festzustellen, inwieweit Bates' Frau möglicherweise etwas wusste oder ahnte. Außerdem trug das Beobachten der Familie dazu bei, sich ein klareres Bild von Stephen Bates zu verschaffen.

Das Gleiche traf auch auf die Kinder zu.

Helen, deren Job es war, Kinderschänder zu fassen, wusste sehr genau, wonach Carson und ihre Kollegen sonst noch suchten. In einem Fall wie diesem, in dem die Opfer Jugendliche waren, war es wichtig, Bates' eigene Kinder im Auge zu behalten. Vielleicht gab es Hinweise darauf, dass er die Verbrechen, wegen derer er festgenommen worden war, nicht zum ersten Mal begangen hatte.

Die Arbeit war schwierig und komplex. Die unmittelbaren Angehörigen verhielten sich unter diesen Umständen selten normal. Charli und Danny Bates konnten traumatisiert sein, was sich in Stimmungen oder Handlungen offenbaren mochte, die denen von Opfern physischer und sexueller Misshandlungen ähnelten.

Ein geschultes und erfahrenes Auge war notwendig, um den Unterschied zu erkennen.

»Ich frage mich, ob sie sie schon vorher genommen hat«, meinte Carson.

»Was?«, fragte Helen.

»Die Tabletten.«

Gallagher nickte, als könnte das bedeutsam sein.

Auch wenn die Situation sich durch das Verschwinden des

zweiten Mädchens grundlegend geändert hatte, wusste Helen, dass Poppy Johnstons Eltern in den ersten Tagen nach der Vermisstenmeldung ihrer Tochter genauso unter Beobachtung gestanden hatten. Es war einfach das übliche Vorgehen. Man überwachte und stellte simple Fragen. Wie waren die Familienverhältnisse? Hatte das Mädchen einen Grund gehabt zu verschwinden, hatte es das vielleicht schon vorher einmal getan?

Stammte sie aus einer »guten Familie«?

Helen wusste, dass es Polizisten gab, wo es schlichtweg auf Vorurteile hinauslief, auch wenn sie Statistiken und ihre Erfahrung als Entschuldigung vorschoben. Wenn das Kind eines Börsenmaklers aus Surrey gesucht wurde und schicke Autos in der Einfahrt standen, waren die Ermittler normalerweise besorgter als bei einem Kind, das aus einfacheren Verhältnissen stammte oder dessen Eltern gar arbeitslos waren.

Das war eine unausgesprochene Tatsache, die stets Unbehagen in Helen auslöste.

»Selbst wenn?«, fragte Helen. »Ich kenne viele Leute, die auch schon mal mehr als nur eine Glückspille brauchen, um den Tag zu überstehen.«

»Stimmt«, pflichtete Carson ihr bei und nippte an ihrem Tee. »Und darunter sind auf jeden Fall mehr als nur ein paar Polizisten. Das steht fest.«

»Da mixe ich mir doch lieber weiterhin einen großen Gin Tonic«, konstatierte Gallagher trocken.

Helen lachte und dachte an die Packung Diazepam ganz hinten in ihrem Nachttisch, an die wenigen Tabletten, die noch übrig waren. Sie hatte das Mittel zweimal genommen: einmal in den Monaten nach Alfies Geburt und Pauls Beerdigung, und später noch einmal über mehrere Wochen hinweg, nach einer bewaffneten Belagerung, bei der sie als Geisel gehalten worden war. Ein Vorfall, der ihr ein erneutes Rezept und einen neuen Partner beschert hatte, Tom Thorne.

Zwei Faktoren, die sich ziemlich gut ergänzten, wie sie manchmal dachte.

»Sind Sie oft hier?«, fragte Carson.

Helen schüttelte den Kopf. »Das erste Mal seit langer Zeit.«

»Keine Familie mehr?«

»Nicht hier.«

Sie spähten alle automatisch zur Decke, als ein Knacken von oben zu hören war; das Geräusch eines Menschen, der sich im Bett umdrehte.

»Muss eigenartig sein, Linda nach so vielen Jahren wiederzusehen«, bemerkte Gallagher.

»Irgendwie schon«, sagte Helen. »Und die Umstände sind nicht gerade hilfreich.«

»Wie war sie denn früher so?«

»Ich weiß nicht … wir waren alle ein bisschen wild, denke ich. An einem Ort wie diesem gibt's nicht viel, womit junge Mädchen sich die Zeit vertreiben können. Außer so viel Alkohol wie möglich trinken und Jungs nachstellen. Was das betrifft, war sie ziemlich fleißig, soweit ich mich erinnern kann.«

»Sie nicht?«, fragte Carson.

»Doch. Wahrscheinlich noch fleißiger als Linda.« Helen drehte den Becher in ihrer Hand und dachte an früher zurück. »Ich hab in irgendeinem Schlafzimmer Grunge gehört oder mich in abgerissenen Klamotten mit einer Flasche Cidre in der Tasche in einen Pub gestohlen.«

Gallagher blickte Carson an. »Was ist Grunge?«

Carson war zwar jünger als Helen, doch selbst sie warf ihrer Kollegin bei dieser Frage einen schiefen Blick zu. »Verdammt, vielleicht solltest du besser oben bei Charli sein und auf diese Trance-Musik chillen, oder was immer wir da gerade gehört haben.« Sie verdrehte die Augen, als sie sich Helen zuwandte. »Was macht Ihr Kollege gerade? Äh, Thorne.«

Es klang wie eine unschuldige Frage, doch Helen befand, dass es wahrscheinlich das Beste war, Carson nicht zu verraten, wie viel mehr Thorne für sie war. »Keine Ahnung«, antwortete sie. Auch wenn Helen nicht genau wusste, wo Thorne sich im Moment aufhielt, war sie sich ziemlich sicher, dass er sich auf keiner Besichtigungstour befand.

Wieder drangen Geräusche von oben herunter. Falls Linda tatsächlich schlief, dann wohl nicht besonders gut.

»Wie lange sollen wir sie schlafen lassen?«, sagte Gallagher.

Auch wenn die Frage an Carson gerichtet war, antwortete Helen. »So lange wie möglich«, erklärte sie.

»Um fünf Uhr gibt's eine Presseerklärung. Die wird sie wohl sehen wollen.«

»Ich werde sie kurz vorher wecken«, sagte Helen.

Carson lehnte sich gegen eine der Arbeitsplatten. »Da wird wohl nichts Weltbewegendes bekannt gegeben. Mir ist nichts zu Ohren gekommen, was darauf schließen lässt, dass ihr Göttergatte irgendwas zugegeben hat.«

»Sie gehen also davon aus, dass es was zuzugeben gibt.«

»Na ja, die Ergebnisse der Kriminaltechnik liegen zwar noch nicht vor, aber eine Wette dagegen würde ich nicht abschließen.« Sie blickte Helen an und schien etwas zu sehen, dass ihr nicht gefiel. »Sie waren nicht hier, als wir ihn eingesperrt haben.«

»Reden Sie nur weiter.«

»Man kriegt ein Gefühl dafür, oder? Wenn jemand unschuldig ist, reagiert er ganz natürlich.«

Helen tat so, als würde sie kurz über diese Theorie nachdenken. »Ich habe schon Leute geschnappt, die Kinder über Jahre hinweg missbraucht haben. Aggressive, rücksichtlose Pädophile. Dann taucht man vor ihrer Tür auf und hat das Gefühl, Mutter Teresa zu verhaften.«

Carson wollte offenbar nichts davon hören. »Bates wirkte nicht gerade entsetzt, mehr sag ich gar nicht.« Sie nickte zur Decke. »*Sie* übrigens auch nicht.«

»Nun, das Mädchen war in seinem Auto, das wissen wir. Ihm muss wiederum klar sein, dass sie beim Einsteigen beobachtet wurde, also hat er vielleicht mit Ihrem Besuch gerechnet.«

»Hat für mich aber nach mehr ausgesehen«, sagte Carson.

Helen trug ihren Becher zur Spüle und wusch ihn ab. Sie ließ das Wasser länger laufen als notwendig und blickte durch das hintere Fenster. Der heftige Regen hatte nachgelassen und sich in ein Nieseln verwandelt. Die Beete waren nicht bepflanzt, aber relativ sauber angeordnet; der Rasen hier und da matschig und zugewuchert, jedoch einigermaßen in Ordnung gebracht. Das Wetter war dem Garten nicht zuträglich, doch wer auch immer hier gelebt hatte, hatte sich um ihn gekümmert, auch wenn er die Hypothek nicht hatte zahlen können.

»Geben Täter je etwas zu?«, fragte Gallagher. »Ich meine, von sich aus, bevor die Beweislast sie erdrückt.«

»Ja«, erwiderte Carson. Sie gehörte offensichtlich zu denjenigen, die andere gern mit ihren Erfahrungen beglückte. »Manche sind stolz wie Oskar. Können es nicht erwarten, ihr Herz auszuschütten.«

Gallagher nickte langsam. »Ja, wahrscheinlich. Das sind diejenigen, die ihre Taten genießen.«

»Haben Sie denn schon mal an einem Fall wie dem hier gearbeitet?«, fragte Helen die PC.

Carson blickte sie an. »Wollen Sie ihren Lebenslauf sehen?«

»Ich frag ja nur«, meinte Helen beschwichtigend.

»Hören Sie, gut möglich, dass Sie einen höheren Dienstgrad haben als wir. Aber soweit ich weiß, sind Sie nur hier, weil sie eine Freundin von Linda sind, oder?«

Helen nickte.

»Gut. Ich bin mir nämlich gerade nicht sicher, warum Sie jetzt auf einmal Beamte nach ihrer Berufserfahrung fragen.« Sie hatte ihren Standpunkt mit einem kurzen, dünnen Lächeln klargemacht.

»Ich unterhalte mich nur«, bemerkte Helen.

Gallagher zuckte mit den Achseln, und die Sommersprossen verschwanden, als sie leicht errötete. »Normalerweise betreue ich die Familien der Opfer«, erklärte sie. »Die Familien, die jemanden verloren haben. In der Familie des Verdächtigen zu sein ist anders, nicht? Ich meine, da muss man sich nicht mit Trauer auseinandersetzen.«

Helen fiel Lindas Blick ein, als sie ihr erklärte hatte, ihr Mann sei unschuldig. Helen wusste nicht, ob das die Wahrheit war. Linda wahrscheinlich auch nicht, vermutete sie. Sie konnte noch immer spüren, wie sich Lindas Finger in ihre Hand gruben, die Nägel bis zum Nagelbett abgekaut.

Helen blickte zuerst Carson und dann Gallagher an. »Doch«, entgegnete sie. »Muss man.«

10

Thorne war nicht unbedingt auf einer Besichtigungstour, doch da er wissen wollte, was die Polizei in ihrer täglichen Presseerklärung zu sagen hatte, und er bis dahin noch eine halbe Stunde totschlagen musste, hatte er sich für einen erneuten Rundgang durch die Innenstadt entschieden. Es gab Straßen, die er noch nicht erkundet hatte. Er wollte ein Gefühl für den Ort bekommen und sehen, ob er irgendeine dieser netten Seiten entdeckte, die Helen erwähnt hatte.

»Machen Sie das Beste aus Ihrer Freizeit«, hatte Cornish gesagt.

Das hatte Thorne vor.

Die Hauptstraße bog in zwei Richtungen ab. Er folgte einer davon und kam an einer weiteren Reihe von Läden vorbei, ähnlich denen, die er bereits gesehen hatte. Nach einem Buchmacher, einem indischen Restaurant und einem Pub namens »Star«, dessen Fenster mysteriös verdunkelt waren, stieß er auf eine billige Milchbar, die eingequetscht zwischen leeren Ladenlokalen lag und neben den üblichen Getränken und Speisen auch amerikanisch angehauchte Souvenirs zum Verkauf anbot. Spiegel, geformt wie Cadillacs; amerikanische Flaggen; Leuchtreklame. Thorne warf einen Blick durch die Tür. Außer einer jungen Frau, die hinter der Theke saß und sich die Nägel lackierte, war der Laden leer. Er fragte sich, wie das Lokal sich überhaupt über Wasser hielt, egal mit welchem Konzept.

Ein paar Meter weiter blieb er vor einem Geschäft für Partyzubehör mit dem bezeichnenden Namen Celebrations stehen. Das unbeleuchtete Schaufenster war mit herzförmigen Luftballons, Glückwunschkarten, Schleifen und Teddybären dekoriert. Thorne konnte nur vermuten, dass es aus Respekt vor den kürzlichen Ereignissen geschlossen war. Man hatte wohl erkannt, dass es für die Menschen in der Stadt wenig zu feiern gab, selbst wenn die Zeit um den Valentinstag herum für ihr Geschäft Hochsaison bedeuten musste.

Gesten waren wichtig, dachte Thorne. Wenn man schon sonst nichts tun konnte.

Er kehrte um und bog in die andere Richtung der Hauptstraße ab. Diesem Abschnitt war sofort anzusehen, dass sie durch den älteren Teil der Stadt führte, oder zumindest durch denjenigen, dessen Sanierung noch nicht abgeschlossen war. Er kam an einem großen, imposanten Gebäude vorbei, blickte nach oben zu der Inschrift auf dem kunstvollen Mauerwerk und erkannte, dass es einmal eine Schule gewesen war. Die riesigen Fenster waren mit Brettern vernagelt, die im Erdgeschoss halbherzig beschmiert worden waren. Er war sich nicht ganz sicher, ob bandenmäßige Graffiti bereits bis nach Polesford vorgedrungen waren, doch wenn ja, war der Spruch TRACY IST EINE SCHLAMPE der ausgesprochen jämmerliche Versuch eines Tags.

Auf der anderen Straßenseite reihten sich noch ältere Gebäude aneinander; die Mauern waren schief und mit Fachwerk durchzogen. Stammten sie aus der elisabethanischen Zeit? Oder der jakobinischen? Thorne wusste noch nicht einmal, welche der beiden die frühere war, doch brauchte er keinen Abschluss in Geschichte, um zu sehen, dass sie leer standen und ziemlich verfallen waren. Das Haus am Ende der Zeile war zu einem Pub umgebaut worden. Nach dem Schild auf dem Gehweg zu urteilen, hatte das Magpie's Nest seinen Gästen eine ganze Menge zu bieten.

Quizabende mit TOLLEN Preisen. Karaoke. Premier-League-Fußball LIVE und eine UMFANGREICHE Speisekarte.

Ein Blick hinein genügte, um festzustellen, dass das Angebot den Geschmack seiner Kunden aus Polesford traf. Hier war auf jeden Fall mehr los als bei der Konkurrenz ein paar Häuser weiter. Thorne fragte sich, ob er sich kurz ein Bier genehmigen sollte, entschied sich dann aber dagegen.

Er setzte seinen Weg fort, und kurz darauf tauchte ein großer Torbogen auf, der zu jener Abtei führte, von der Helen gesprochen hatte, und der offensichtlich noch älter war als die Häuser, an denen er gerade vorbeigekommen war. Thorne blickte zu den Wasserspeiern oberhalb des Eingangs und zu der Fahne des heiligen Georg auf, die über den Türmchen flatterte. Eine Anschlagtafel wies darauf hin, dass Teile des Gebäudes aus dem dreizehnten Jahrhundert stammten und das Torhaus sogar noch vierhundert Jahre älter war. Es gab Bilder von Wandteppichen, geschnitzten Chorschranken, Gedenktafeln und den berühmten Buntglasfenstern in der Taufkapelle. Außerdem war vermerkt, dass ein umfassender Führer zum historischen Innenraum und dem angrenzenden »Garten der Sinne« im Besucherzentrum erhältlich war.

Thorne hielt sich nicht damit auf hineinzugehen.

Ein langer gerader Fußweg, nicht breiter als ein Meter, zu dessen beiden Seiten jeweils ein Eisenzaun mit Spitzen entlanglief, führte Thorne zum Fluss. Auf der Brücke, über die Helen und er vor ein paar Stunden gefahren waren, hielt er an. Ihm fiel Helens Schweigsamkeit auf dem Weg in die Stadt wieder ein, die seltsame Atmosphäre im Auto. Sie hatte entschlossen gewirkt und gleichzeitig besorgt. Wie jemand, der zwar wusste, dass er den Schmerz loswerden musste und trotzdem den Besuch im Krankenhaus fürchtete. Nein, das traf die Sache nicht ganz, dachte Thorne. In Wahrheit konnte er nur vermuten, was in Helens Kopf vorgegangen war – ihre Stimmungen waren ihm einfach noch nicht so vertraut.

In seinem Kopf konnte er Hendricks Lachen hören. *Ja, und außerdem bist du sowieso ein unsensibler Holzbock …*

Ihr Verhalten war wahrscheinlich nur darauf zurückzuführen, dass sie nach Hause zurückkehrte, zu ihren Wurzeln – oder so ähnlich. Da konnten durchaus gemischte Gefühle aufsteigen, vermutete Thorne. Mehr als vermuten konnte er jedoch nicht, da er im Gegensatz zu Helen seinen Heimatort nie verlassen hatte, nie aus London weggezogen war. Dabei hatte es viele Gelegenheiten gegeben, bei denen er sich gefragt hatte, ob er es nicht hätte tun sollen.

Er starrte über den Brückenrand auf das grün-braune Wasser und den niederprasselnden Regen. Hier und da trieb eine Plastiktüte oder -flasche darin und wurde von dem Strom mitgerissen. Die Ufer schienen einigermaßen solide, doch hatte der Anker sich nicht weit entfernt in tiefer liegenden Gebieten mit dem steigenden Hochwasser vereinigt. Daraufhin war Wasser, das mindestens genauso unappetitlich war wie dieses hier, in die Wohnzimmer der Menschen eingedrungen. Thorne hatte im Ansatz mitbekommen, wie die Bewohner von Polesford mit einer von Menschenhand herbeigeführten Tragödie umgingen, doch nun fragte er sich, wie sie mit einer Naturkatastrophe fertigwerden würden. Er spürte, dass die Stadt nicht stolz auf sich war, trotz all des Geredes, im Entsetzen oder der Empörung über die Ereignisse vereint zu sein. Er dachte an die historischen Gebäude, die mittlerweile verfallen waren oder aus denen freitagabends laute Karaoke-Musik drang. Wer immer die Anwohner von Polesford dazu bringen wollte, bei »Unser Dorf soll schöner werden« mitzumachen, hätte wohl alle Hände voll zu tun.

Eine Gemeinde, die aufgrund eines Verbrechens zusammenrückte, gab stets eine gute Story ab. Doch wenn die Leute nur an sich selbst zu denken schienen, fand Thorne das fast noch bemerkenswerter.

Er blickte auf seine Uhr.

Noch zehn Minuten bis zur Presseerklärung.

Thorne wanderte über die Brücke und raus aus der Innenstadt, bis er auf St. Mary's stieß, die Schule von Poppy Johnston und Jessica Toms. Das Gebäude unterschied sich erheblich von dem auf der anderen Seite der Brücke, wo das Gemäuer mit Spanplatten und Graffiti verziert war.

Hier dominierten graue Gasbetonsteine und Glas. Man sah einen trostlosen Schulhof mit ein paar Pfützen.

Kleine Blumensträuße und durchweichte Trauerkarten schmückten die verschlossenen Tore; durchnässte Plüschtiere waren am Metall befestigt oder zwischen die Gitterstäbe geklemmt worden. Thorne hatte nichts anderes erwartet. Heutzutage gab es immer gleich einen Schrein, den offenkundigsten Ausdruck einer »in Trauer vereinten Gemeinde«.

Es war fast wie ein Reflex …

Er betrachtete das Wasser, das an der Zellophanverpackung eines Stoffhasen herunterlief und von den Ohren tropfte. Thorne versuchte, seinen Zynismus wenigstens für kurze Zeit zu unterdrücken, um sich zu vergegenwärtigen, wie wichtig solche Gesten für die Menschen sein konnten. Dass die meisten sie ehrlich meinten und tiefe Gefühle sich darin ausdrückten.

An den Toren unten stapelten sich noch mehr Blumen. Die meisten davon waren verwelkt oder zusammengedrückt, außer denjenigen, die frisch hingelegt worden waren. Sträuße von der Tankstelle.

Thorne bückte sich, um einige der Nachrichten zu lesen.

11

Die Vorhänge im Schlafzimmer waren zugezogen. Da sie jedoch dünn und schlecht angepasst waren, schien das restliche Tageslicht hindurch oder stahl sich um die Ecken. Helen schob einen der Vorhänge leicht beiseite und spähte hinaus, um zu sehen, was auf der Straße vor sich ging. Fast augenblicklich blitzte eine Kamera auf, sodass sie den Kopf schnell wieder zurückzog. Alle Anwohner außer den hartgesottensten waren durch die allmählich einsetzende Dämmerung und das schlechte Wetter vertrieben worden. Glücklicherweise waren die Polizeibeamten den Journalisten mittlerweile zahlenmäßig überlegen. Deren erfahrenere Vertreter hatten ihren Standort vorm Haus bereits verlassen, um sich die besten Plätze für die bevorstehende Presseerklärung zu sichern.

Helen sah eine Frau auf das Fenster zeigen und ließ den Vorhang wieder zurückfallen. Sie ging hinüber zum Bett und beugte sich vor, um eine Hand auf Lindas Arm zu legen.

»Linda.« Sie wartete ein paar Sekunden, bevor sie den Namen noch einmal sagte und dabei sanft über die Haut strich, die sich rau und kalt anfühlte. Sollte Linda sich zugedeckt haben, musste das Federbett heruntergefallen sein, als sie sich im Schlaf bewegt hatte. Sie trug ein übergroßes T-Shirt und eine Unterhose. Der Rest ihrer Kleidung – Schuhe, Jeans, Sweatshirt – lag in einem Haufen neben dem Bett. Ein verdrehter schwarzer BH-Träger war auf ihrer Schulter zu sehen.

Linda drehte sich langsam um. Ihre Augen zuckten kurz, bevor sie sie mit einem Mal öffnete und zur Wand rückte. Sie schloss die Augen wieder und stöhnte.

»Tut mir leid. Ich hab kurz vergessen, wo ich bin.« Ihre Stimme war leise und brüchig.

»Macht nichts«, sagte Helen.

»Und was passiert ist.«

Wieder legte Helen eine Hand auf Lindas Arm. »Soll ich dir ein bisschen Wasser oder irgendwas anderes bringen?«

»O Gott.« Linda beugte sich zur Seite, um eine Lampe neben dem Bett anzuknipsen. Sie setzte sich auf und blickte sich im Zimmer um. Ein einfacher weißer Kleiderschrank und eine passende Kommode. Lindas Koffer und mehrere Mülltüten, vollgestopft mit Kleidern, standen neben der Tür. »Dabei dachte ich schon, *wir* leben in einem Drecksloch.«

Helen lachte kurz und bemerkte dann die Stimmen nebenan. Charli und Danny. Sie sprachen gerade laut genug, um ein oder zwei Worte ihrer Unterhaltung verstehen zu können. Plötzlich befürchtete Helen, es könnte etwas sein, dass sie oder Linda nicht hören wollten, und sie räusperte sich.

»Die Polizei gibt in fünf Minuten eine Presseerklärung ab. Ich dachte, du würdest sie vielleicht gern unten im Fernsehen verfolgen.«

»Macht das Sinn?«

»Ehrlich gesagt, ich weiß es nicht.«

»Was glaubst du, wie groß die Chance ist, dass sie sagen werden: ›Tut uns leid, wir haben Mist gebaut und den falschen Mann verhaftet‹?« Glücklicherweise ließ Linda die danach eintretende Stille nicht allzu peinlich werden. »Geht wohl gegen null, was?«

»Wahrscheinlich werden sie zehn Minuten damit verbringen, so gut wie gar nichts zu sagen«, meinte Helen. »Die Untersuchungen dauern an, wir sind dankbar für die Mitarbeit der Bevölkerung, bla, bla, bla. Sie müssen die Presse eben mit irgendwas versorgen.«

»Die Presse hat doch *uns*«, wandte Linda ein. Sie zeigte zum Fenster, zu denjenigen, von denen sie wusste, dass sie sich vor dem Haus versammelt hatten. »Für die sind wir Frischfleisch.«

»Ich weiß, dass es sich so anfühlen muss.« Helen war sich nicht sicher, ob Linda mit »uns« auch ihren Mann meinte. »Aber glaub mir, das hört auf.«

Linda betrachtete sie, und Helen konnte sehen, wie sehr ihre Freundin ihren Worten Glauben schenken wollte, es letztendlich aber nicht konnte. »O Mann, ich bin so müde. Am liebsten würde ich mich selbst k. o. schlagen, und versuchen, die ganze Sache schlafend hinter mich zu bringen.«

Helen schielte zum Nachttisch, sah aber nichts von den Tabletten, die Carson bemerkt haben wollte.

»Kann ich aber nicht, was? Ich muss alles zusammenhalten.« Sie nickte zur Wand. »Für die zwei da drüben. Gott allein weiß, wie's für die beiden ist.«

»Nicht einfach.«

»Was wohl in ihren Köpfen vorgeht.«

»Sie werden sich natürlich Sorgen um dich machen.«

»Sie werden sich Sorgen um ihren Dad machen«, sagte Linda schnell. »Als den betrachten sie Steve nämlich, und sie werden wissen wollen, wann er endlich nach Hause kommt.«

Offenbar konnten Charli und Danny hören, dass ihre Mutter wach war, denn die Musik setzte wieder ein. Ein tiefes Brummen, dann ein Zischen, als wäre eine Sprühdose an einen Verstärker angeschlossen worden; ein paar wütende Spritzer, bis schließlich das Schlagzeug einsetzte.

»Pubertierende Jugendliche und der ganze Kram, der dazugehört«, sagte Linda. »Wutanfälle, Drogen und Gott weiß was. Damit kann ich umgehen, aber *dieser* Mist hier …«

Helen lachte wieder, und Linda stimmte mit ein. Für einen kurzen Moment erkannte Helen in ihr das junge Mädchen von vor zwanzig Jahren wieder. Damals hatte sie Linda bedrängt, ihr den Cidre zu geben, oder war bekifft bei Pearl Jam und Nirwana eingenickt. »Gott sei Dank dauert das bei mir noch eine Weile.«

»Wird früher kommen, als du denkst.«

»Sag so was nicht!«

Linda schwang die Beine aus dem Bett, rieb sich kurz die Oberschenkel und beugte sich dann vor, um die Jeans aufzuheben. Helen bückte sich, um ihr zu helfen, ergatterte die Hose zuerst und reichte sie ihr.

»Du kennst dich aus mit solchen Fällen wie dem hier, stimmt's?« Lindas Blick ruhte auf ihr. »Mit Mord und Vergewaltigung, meine ich. Schweren Verbrechen.«

»Ja«, bestätigte Helen.

»Aber die Polizei irrt sich schon mal, oder? Manchmal machen sie Fehler, von denen wir wahrscheinlich meistens nichts mitbekommen, weil keiner schlecht dastehen will. Es passiert aber, oder? Irgendjemand versteht was falsch. Ist nicht die Schuld der Polizei, sie haben einfach eine wertlose Information erhalten oder so. Ich will damit nur sagen, dass sie schon mal Fehler machen, stimmt's?«

Helen war daran gewöhnt, dass Menschen sich immer wieder verzweifelt an Strohhalme wie diesen klammerten. Selbst nach ihren wenigen Kenntnissen im Fall Stephen Bates konnte es aber realistisch betrachtet nicht mehr sein als das. Strohhalme.

Sie holte tief Luft. »Linda …«

Linda stand ruckartig auf und stieg in ihre Jeans. Die Musik war etwas lauter geworden. Wortlos schnappte sie sich ihr Sweatshirt und marschierte aus dem Raum. Helen hörte, wie sie die Tür zum Schlafzimmer ihrer Kinder öffnete und sie bat, die Musik leiser zu drehen. Sie schrie nicht. Sie sagte »bitte«.

Ein paar Sekunden später erschien sie wieder in der Tür und schüttelte den Kopf. Sie zwang sich zu einem Lächeln. Die Anstrengung war ihr anzusehen, genauso wie die Tatsache, ihre Tränen oder den Wunsch loszuschreien, in Schach zu halten.

»Ja, wir machen Fehler«, räumte Helen ein. Das war schlichtweg die Wahrheit. Dennoch änderte es nichts daran, dass sie dieses Mal fast sicher glaubte, dass die Polizei alles korrekt gehandhabt hatte. »Wir machen viele Fehler.«

12

Man hatte sich auf dem kleinen Parkplatz versammelt, der den Besuchern der Bücherei, des Gesundheitszentrums und der Memorial Hall dazu diente, ihre Autos abzustellen. Ein handgeschriebenes Schild wies auf einen Flohmarkt am nächsten Wochenende hin. Rund ein Dutzend Journalisten der schreibenden Zunft waren anwesend sowie noch einmal halb so viel an Fernsehjournalisten. Kameras von BBC, ITN, SKY und Channel Five standen in Position, und mehrere Techniker hielten tragbare Lampen bereit, da es dämmerte.

Thorne stand hinter den Medienvertretern; er war neben den Anwohnern, die, statt sich einfach die Presserklärung zu Hause im Fernsehen anzusehen, dem kalten Wetter getrotzt hatten, nur noch ein weiterer interessierter Beobachter.

»Ziemlich bescheuert das Ganze. All diese Leute …«

Thorne fand sich neben demselben alten Mann mit dem Terrier wieder, der Helen vor dem Haus der Bates angesprochen hatte. »Warum sind Sie dann hier?«, fragte er.

Der alte Mann blickte ihn an, als sei die Frage völlig idiotisch. »Ich muss doch den Hund ausführen.«

Thorne wandte sich etwas von dem Mann ab und zog sein Handy heraus.

»Ist aber schon ein bisschen morbide, finden Sie nicht auch?«

Da der alte Mann nicht wissen konnte, dass er Polizeibeamter war, hielt er Thorne vermutlich ebenfalls für morbide veranlagt. Hörbar zog er den Rotz hoch und räusperte sich.

»Ich nehme mal an, wir werden nichts erfahren, was wir nicht ohnehin schon wissen. Und Fragen werden auch keine beantwortet.«

Die beiläufig erteilte fachmännische Meinung legte die Vermutung nahe, dass der alte Mann in den vergangenen Wochen bereits an etlichen Veranstaltungen dieser Art teilgenommen hatte. Sein Hund brauchte eindeutig *viel* Auslauf. »Und was wissen Sie schon alles?«, fragte Thorne. Der Hund schnüffelte an seinem Bein.

»Er hat die beiden Mädchen ja wohl entführt, oder? Bates.« Er spuckte den Namen aus und zog den Hund zu sich zurück. »Sie suchen noch immer nach ihnen, weil er ihnen nicht erzählt, wo sie sind. Aber Typen wie er verraten so was nie.« Er deutete mit zitternder Hand auf die Kameras. »Sie *genießen* dieses ganze Theater. Den Ruhm.«

Thorne erwiderte nichts, wenngleich er nicht leugnen konnte, dass ihm ein paar Exemplare dieser Gattung Mensch bereits begegnet waren. Insbesondere ein bestimmter Mann. Ihm stockte der Atem, als sich über das leise Geplapper um ihn herum plötzlich das dröhnende Geräusch brandender Wellen erhob, das Geschrei von Seemöwen erklang, und er etwas Ekelerregendes zwischen seinen Fingern spürte.

»Gelegentlich verirren sich schon mal Touristen hierher.« Dem alten Mann schien es egal zu sein, dass die Unterhaltung sich in einen Monolog verwandelt hatte. »Um die Abtei zu besichtigen und so … In Zukunft werden sie dann wahrscheinlich wegen dieser Sache herkommen. Und gleich mit Fremdenführer, würde mich jedenfalls nicht wundern. Nur um zu sehen, wo alles passiert ist. Ein paar der Ladenbesitzer werden bestimmt nichts dagegen haben. Auch nicht die Restaurants.«

Thorne entfernte sich von dem Mann. Er wählte Helens Nummer und schlenderte zurück auf den Bürgersteig.

»Ich bin's«, sagte er, als Helen sich meldete. »Alles in Ordnung?«

»Aber ja.«

Thorne erzählte ihr, wo er war, und machte einen Schritt zurück, als ein weißer Kleinbus um die Ecke schoss und durch eine große Pfütze preschte.

»Wir werden uns die Presseerklärung auch ansehen«, sagte Helen.

»Wie läuft's denn so?«

»Na jaaa …«

Thorne begriff, dass Helen nicht frei sprechen konnte, und so hakte er nicht nach. Er fragte sie, wann er vorbeikommen sollte, um sie abzuholen.

»In etwa einer halben Stunde?« Sie klang müde und schien reif für den Feierabend.

Die Lampen hinter ihm wurden eingeschaltet, woraufhin Thorne zurück zum Parkplatz marschierte. »Bis gleich«, verabschiedete er sich.

Flankiert von mehreren Beamten in Uniform und Zivil, schritt der Assistant Chief Constable von Warwickshire zügig durch die Tür der Memorial Hall. Er war ungefähr so alt wie Cornish; jünger als Thorne. Ein schlanker hochgewachsener Mann, der in seiner Paradeuniform imposant und Respekt einflößend aussah, wenngleich die Mütze vielleicht etwas zu groß für seinen Kopf war. Als er ein Notizbuch aus seiner Tasche zog, trat eine schick gekleidete junge Frau vor ihn und wandte sich ans Publikum.

»Assistant Chief Constable Harris wird jetzt eine kurze Erklärung abgeben, nach der leider keine Zeit bleiben wird, um Fragen zu beantworten.« Augenblicklich setzte verärgertes Murren ein, doch die Pressereferentin hob wie selbstverständlich eine Hand. »Ich bin mir sicher, dass Sie sich in einer Ermittlung wie dieser der Wichtigkeit des zeitlichen Faktors bewusst sind, und danke Ihnen daher für Ihr Verständnis.«

Sie lächelte, nickte dem ACC zu und trat zurück.

Harris blickte auf sein Notizbuch und wandte sich dann der versammelten Menge zu, ohne noch einmal hineinzuschauen.

»Im Zusammenhang mit der Entführung von Poppy Johnston und dem Verschwinden von Jessica Toms befragen wir weiterhin einen dreiundvierzigjährigen Einheimischen. Wir werden in diesem Ermittlungsansatz alle denkbaren Anstrengungen unternehmen, um den Aufenthaltsort der Mädchen zu bestimmen, und wir hoffen nach wie vor auf einen positiven Ausgang. Weitere Informationen werden zur Verfügung gestellt, falls und sobald der geeignete Zeitpunkt dafür gekommen ist. Bis dahin jedoch kann ich Ihnen versichern, werden wir alles in unserer Macht Stehende tun, um den Fall zu lösen, der für uns höchste Priorität hat. Ich danke den Bewohnern von Polesford noch einmal für ihre Unterstützung und Mitarbeit in dieser Angelegenheit. Vielen Dank …«

Kurz und schmerzlos. Die Pressereferentin sah zufrieden aus.

In dem Moment, als der ACC zurücktrat, schrien die Journalisten auch schon die Fragen heraus, die aus zeitlichen Gründen nicht beantwortet werden konnten.

»Können Sie bestätigen, dass der Mann, den Sie festgenommen haben, Stephen Bates ist?«

»Glauben Sie, dass die Mädchen noch leben?«

»Was sagt Bates zu den Anschuldigungen …?«

Die Journalisten filmten und riefen dem ACC noch immer Fragen zu, als der sich bereits mit seinem Gefolge in die Memorial Hall zurückzog. Es lohnte sich stets, Bildmaterial zu haben von einer Polizei, die sich weigerte, Fragen zu beantworten.

Dann schlossen sich die Türen, und Thorne beobachtete, wie die Menge sich aufzulösen begann. Die Lampen wurden ausgeschaltet. Journalisten und Kameramänner kletterten in Kleinbusse oder begaben sich auf die Suche nach dem nächsten Pub.

Der alte Mann und sein Hund spazierten an ihm vorbei. »Hab ich's nicht gesagt?«, rief er. »Völlige Zeitverschwendung.«

Thorne drehte sich um und marschierte in die andere Richtung. Einer der Reporter, die ihn vor ein paar Stunden mit Fragen bestürmt hatten, als er das Haus verließ, in dem Linda mit ihren Kindern untergebracht war, ging zufällig neben ihm. Der Mann hatte ein Aufnahmegerät um seine Schulter geschlungen. Im Laufen nahm er das Mikrofon ab, wickelte das Kabel auf und steckte es in seinen Rucksack.

Er nickte Thorne zu. »Was halten Sie davon?«

Thorne konnte nicht sicher sagen, ob der Mann ihn wiedererkannte. Auf jeden Fall schien der Reporter sich nicht sonderlich für ihn zu interessieren, weder beruflich noch anderweitig, und wollte sich nur unterhalten.

Allerdings hatte Thorne so oder so keine Antwort parat.

»Wie der Mann schon gesagt hat, wir dürfen die Hoffnung nicht aufgeben, was?« Der Reporter hob den Rucksack auf seine Schulter. »Das wird auf jeden Fall der meistzitierte Satz und die Titelzeile der morgigen Zeitungen sein.« Er hob eine

Hand, als wollte er in der Luft schreiben. *»Lasst uns weiterhin hoffen …«*

Ohne Kommentar lief Thorne über die Straße zum Supermarkt, wo er den Wagen abgestellt hatte, und dachte an die Blumen und einige der Nachrichten, die im Tor von St. Mary's gesteckt hatten.

Worte, die verblasst oder im Regen zerronnen waren.

ICH BETE FÜR EUCH.

ALL UNSERE GEDANKEN SIND BEI EUCH, WO IMMER IHR SEID.

UNSERE KLEINEN ENGEL.

Die Andeutung war deutlich genug. Und ernüchternd.

Hoffnung war schön und gut.

13

»Wir hatten eigentlich keine große Wahl«, sagte Helen.

Thorne verzog das Gesicht. »Ich fange an, dieses Hotel zu vermissen. Werden wir unser eigenes Bad haben?«

»Von mir aus kannst du auch gern in deiner verdammten Karre schlafen.«

Mithilfe ihrer Schwester hatte Helen eine Übernachtungsmöglichkeit bei einer Frau namens Paula Hitchman gefunden. Sie wohnte außerhalb der Stadt, dort, wo die Wohngegend Feldern und Bauernhöfen wich. Paula hatte dieselbe Schule besucht wie Helen und Linda, sie war nur zwei Jahre jünger als sie. Helen konnte sich vage an sie erinnern, wenngleich sie eine von Jennys Freundinnen war. Eine begeisterte Paula hatte ihr morgens am Telefon erklärt, dass sie und ihr Freund lange arbeiten würden, Helen und Thorne jedoch jederzeit kommen und sich häuslich einrichten könnten. Ein Schlüssel läge für sie bereit.

»Nett von ihr, wenn man bedenkt, dass sie mit Jenny befreundet war«, sagte Helen.

»Deine Schwester hat Freunde?«, fragte Thorne.

»Sie war netter als Kind.«

»Das will ich doch schwer hoffen.«

»Ob du's glaubst oder nicht, wir haben uns mal nahegestanden.«

»Aha. Und was ist dann passiert?«

»Man wird älter.« Helen blickte auf ihre Füße. »Entwickelt sich auseinander.«

Sie hatten beschlossen, zuerst etwas essen zu gehen. Da Helen den Punjab Palace nicht sehr ansprechend fand, die Auswahl an Lokalen jedoch sehr begrenzt war, hatten sie das Auto in der Nähe der Abtei geparkt, und spazierten gerade zurück zum Magpie's Nest, um die »umfangreiche« Speisekarte zu testen, auf die der Pub so stolz zu sein schien.

»Klingt für mich immer noch wie eine Art Notlösung«, wandte Thorne ein. »Wenn du diese Frau nicht mal richtig kennst.«

»Wird schon gut gehen.« Helen blieb am Eingang der Abtei stehen und spähte durch den Torbogen.

»Willst du mal reinschauen?«, fragte Thorne.

Es war fast sechs, und außer einem Licht in der Ferne beim Besucherzentrum lagen Gebäude und Gelände in Dunkelheit. Helen schüttelte den Kopf, und sie setzten ihren Weg zum Pub fort.

»Weiß sie, dass du Polizistin bist? Paula, meine ich?«

»Bin ich mir nicht ganz sicher«, antwortete Helen. »Wahrscheinlich.« Sie blieb vor dem Pub stehen und betrachtete die Tafel, auf die Thorne bereits ein paar Stunden zuvor geblickt hatte. »Warum?«

»Vielleicht hofft sie, durch dich den neusten Tratsch zu erfahren.«

»Vielleicht ist sie einfach nur nett«, entgegnete Helen.

Thorne drückte die Tür auf und ließ Helen an sich vorbei. Dann folgte er ihr in den Pub. »Ja, vielleicht«, sagte er.

Die Bausubstanz des Gebäudes mochte schon viele Jahrhunderte alt sein, doch war der Innenbereich entkernt worden, und die neue Einrichtung war alles andere als bestechend. Die

Bar war mit glänzendem Kiefernholz verkleidet, das Mobiliar von billigster Machart; der kleine Gastraum und das Extrazimmer waren grell erleuchtet. Eingequetscht zwischen einer handgeschriebenen Tafel, die auf die verschiedenen Veranstaltungen im Pub hinwies, und einem Plakat mit der Liste der im Fernsehen übertragenen Paarungen der Premier-League-Spiele, hing an einer geweißten Wand eine Sammlung ausgestopfter Fische mit kleinen gravierten Schildern darunter.

Thorne und Helen bahnten sich einen Weg durch die Menge zum Essbereich und setzten sich an einen der vier Resopaltische. Der Raum roch leicht nach Putzmittel, und ein Lied von Simply Red erklang aus einem Lautsprecher, der an der Wand gegenüber oben in der Ecke angebracht war.

»Bist du dir sicher mit dem Inder?«, flüsterte Thorne.

Außer ihnen saß nur noch eine vierköpfige Familie da, die gerade aß. Vater, Mutter und zwei kleine Kinder, die in dem Moment laut zu zanken begannen, als Thorne und Helen sich niederließen.

»Ich bin zu hungrig, um darüber nachzudenken«, antwortete Helen.

Thorne erwiderte nichts. Der Gestank nach Putzmittel wurde noch überlagert von dem des Speisefetts, und die Musik hätte durchaus in einem Wartezimmer von Dignitas erklingen können, doch Thorne hatte außer ein paar Keksen seit dem Frühstück nichts mehr gegessen.

Eines der Kinder am Tisch nebenan stieß einen gellenden Schrei aus. Die Blicke von Thorne und der Mutter trafen sich, und sie formte ein »Entschuldigung!« mit den Lippen. Der Vater drehte sich um und starrte Thorne so lange wütend an, bis er wegsah.

Thorne schnappte sich die Speisekarte, die oben am Rand

mit Herzen und Blumen verziert war. Ein einzelner schlapper Luftballon hing hinten in der Ecke auf halber Höhe an der Wand. Thorne vermutete, dass der Wirt ein gewisses Maß an Feingefühl zeigen wollte und die Valentinsdekoration in seinem Pub zurückgeschraubt hatte, ebenso wie der Besitzer des Ladens für Partyzubehör. Doch war es offensichtlich zu spät gewesen, das besondere »Menü für Liebende« zu ändern. Ein kurzer Blick genügte Thorne, um festzustellen, dass das einzige Besondere daran die abgebildeten Herzen und Blumen waren.

Thorne und Helen bestellten beide Steak und Pommes frites sowie ein Guinness.

Die Teller standen zum Glück schnell auf dem Tisch. Während auf Simply Red Adele und Mumford and Sons folgten, verputzten Thorne und Helen ihr Essen innerhalb einer Viertelstunde, ohne viele Worte miteinander zu wechseln. Das Paar, dessen Kinder mittlerweile beide schrien, sah erleichtert aus, als Thorne und Helen sich mit ihren restlichen Getränken zurück in den ziemlich belebten kleinen Raum mit der Bar begaben.

»Ich hab dir doch gesagt, wir hätten zum Inder gehen sollen«, erklärte Helen.

»Wie bitte?«

Grinsend blickte sie in Thornes empörtes Gesicht und schob ihn in die Menge.

Sie ergatterten einen kleinen Tisch in der Ecke und setzten sich. Bereits nach wenigen Minuten gesellte sich ein Mann in Jeans und Jeanshemd hinzu, der offensichtlich schon etwas mehr Alkohol im Blut hatte als Thorne und Helen. Er presste einen Schenkel gegen die Tischkante, bis sie schließlich aufsahen.

»Helen …?« Der Mann grinste und hob sein Glas.

Helen starrte ihn mehrere Sekunden an und riss die Augen auf, als sie ihn schließlich erkannte. »Pete?«

»Pete« nahm unverzüglich und ohne Einladung Platz, indem er sich neben Thorne quetschte. Nach einem etwas hölzernen Wortwechsel stellte sich heraus, dass Helen und er sich ebenfalls von der Schule kannten.

»War das erste Mädchen, das ich je geküsst habe«, sagte Peter und wirkte selbstzufrieden. Er wandte sich zu Thorne. »Nichts für ungut, Kumpel!«

Thorne hob die Hände: Kein Problem! Er saß da und hörte den beiden ein paar Minuten mit starrem Lächeln zu, bis sie über alte Lehrer zu sprechen begannen. Da kippte er den Rest seines Guinness herunter und verkündete, hinüber zur Bar zu gehen. »Bevor ihr anfangt, euch zu erzählen, was ihr beide hinterm Fahrradschuppen getrieben habt.« Er fragte, ob er sonst noch jemandem etwas zu trinken holen sollte, doch keiner der beiden machte von seinem Angebot Gebrauch. Das kam ihm sehr entgegen, denn er hatte nicht vor, gleich wieder zurückzukehren. Als er aufstand, traf ihn Helens Blick, der eindeutig verriet, dass sie überhaupt nicht begeistert davon war, mit ihrer ersten Liebe allein gelassen zu werden. Thorne erwiderte den Blick und gab ihr wortlos zu verstehen, dass es dafür etwas zu spät war. Jetzt konnte er sich wohl kaum wieder hinsetzen, oder? Mit leerem Glas …

Er kämpfte sich zur Bar vor und nahm die Sammlung ausgestopfter Fische näher in Augenschein, die stolz an der Wand prangten. Karpfen, Barsch und Regenbogenforelle, wie an den Schildern zu erkennen war. Alle in den vergangenen fünfzehn Jahren gefangen, der letzte erst vor ein paar Wochen. Der Reiz des Angelns hatte sich Thorne nie erschlossen. Noch weniger konnte er nachvollziehen, Fische auszustopfen. Genügte nicht ein Foto? Sein Blick wanderte weiter zu dem Plakat, und er stellte voller Interesse fest, dass das in ein paar Tagen stattfindende Spiel der Spurs gegen Manchester City abends hier im Pub gezeigt werden würde. Er fragte sich, ob Helen und er dann immer noch in Polesford sein würden. Er hoffte inständig, dass nicht.

Am Ende der Bar fand er einen freien Hocker und winkte mit seinem leeren Glas.

Der Mann hinter der Theke goss ihm ein frisches Guinness ein. Thorne bezahlte, und der Barkeeper brachte ihm das Wechselgeld. Anschließend schien er noch etwas bleiben zu wollen. Als Thorne einen Schluck getrunken hatte, streckte er ihm eine feuchte Hand entgegen und stellte sich als Trevor Hare vor. »Mein Name steht da über der Tür«, erklärte er, als Thorne ihm die Hand schüttelte. Er deutete mit dem Kopf zu einer blondierten Frau, die am anderen Ende der Theke Wein einschenkte. »Und das ist meine Frau, Jacqui.«

Er war Mitte bis Ende fünfzig und trug Brille, sein graues Haar war kurzgeschoren. Auch wenn er etwas Fett angesetzt hatte, sah er immer noch so aus, als hätte er keine Schwierigkeiten damit, unangenehme Gäste eigenhändig rauszuschmeißen.

Hare beugte sich vor und senkte die Stimme. »Sie sind Polizist, nicht?«

Es war wohl zwecklos, den Wirt zu fragen, woher er das wusste. Hatte Helen nicht gesagt, dass man an diesem Ort nur schwer etwas geheim halten konnte?

Thorne nickte. »Und Sie *waren* mal einer«, sagte er.

»Verdammt!«, rief Hare. »Ist das so leicht zu erkennen?«

Thorne hatte lediglich eine begründete Vermutung angestellt, allerdings lag er mit so etwas meistens richtig. Es war eine gewisse … Aufmerksamkeit, die er normalerweise im

Blick von Polizisten ausmachen konnte, wobei Gastwirte sie tendenziell auch zeigten.

»Wie kommt es, dass ehemalige Polizisten so gerne Pubs betreiben?«

Hare lachte. »Ich glaube, ich gehöre mittlerweile eher einer Minderheit an. Die meisten landen bei privaten Sicherheitsdiensten oder werden technische Berater in der Film- und Fernsehbranche.«

»Wenn das stimmt, machen sie einen hundsmiserablen Job.«

»Aber ›Pub‹? Von wegen!« Hare richtete sich auf und tat so, als wäre er beleidigt. »Das Magpie's Nest ist genau genommen ein Hotel. Na ja … wir haben vier Gästezimmer oben.«

»Muss ganz schön schwer sein, die vollzukriegen«, sagte Thorne.

»Wem sagen Sie das! Aber zurzeit sind wir ausgebucht. Es gibt also keinen Grund, sich zu beklagen.«

Thorne grunzte etwas und trank von seinem Guinness. Noch jemand, der von den Ereignissen profitierte und die Einnahmen zählte, während die Eltern zweier Mädchen sich in den Schlaf weinten.

»Fast nur Polizisten in den Zimmern. Gibt nicht genügend Unterkünfte für sie in der Stadt.«

»Ja, das Problem kenne ich. Das hatten wir auch«, sagte Thorne. Er blickte hinüber zu dem Ecktisch. Helens alter Schulfreund lachte gerade über etwas, und Helen wirkte einigermaßen zufrieden.

Ein Mann an der Bar hatte offensichtlich die Unterhaltung zwischen Thorne und Hare belauscht. Er beugte sich vor und sagte über die Theke hinweg: »Ich hab was von Zelten gehört.«

Hare nahm das leere Glas eines Gasts und begann ein Bier zu zapfen. »Zelte?«

Der Mann nickte. »Für diejenigen von hier oder die aus Tamworth ist das in Ordnung, aber viele von uns wohnen ’n ganzes Stück weiter weg.«

Uns. Einer der Polizisten, die Trevor Hares Taschen füllten.

»Wo wir in den Schichten so viele Stunden damit verlieren, Leute in Bussen hin- und herzukarren, ist ein schlaues Kerlchen auf die Idee gekommen, uns alle in Zelte zu stecken. In diese großen auffälligen. Dutzende sollen aufgestellt werden, hab ich gehört.«

»Als wären wir hier auf dem Glastonbury-Festival.«

»Mir macht das Wetter Sorgen.«

Hare reichte dem Gast sein Bier, ging zur Kasse und kehrte wieder zurück. »Dazu wird’s nie und nimmer kommen«, sagte er.

Als Hare sich vorbeugte, um sein Gespräch mit Thorne fortzusetzen, brandete plötzlich kurzer Jubel auf. Thorne drehte sich um und sah einen Mann in einem unförmigen Filzhut und einer schmutzigen Barbour-Jacke eintreten. Er hatte ein schmales Gesicht, und auf seiner Nase und den Wangen schimmerten Äderchen durch. Leise redete er auf den Collie an seiner Seite ein. Altersmäßig war er schwer einzuschätzen – er konnte irgendwo zwischen fünfzig und siebzig sein.

»Na dann, auf ein Neues!«, sagte Hare.

Als der Mann auf die Bar zukam und der Hund sich zwischen den Beinen der Gäste durchschlängelte, begannen einige wie Schweine zu grunzen und zu quieken. Hier und da gab es Gelächter, doch der Gesichtsausdruck des Mannes war alles andere als amüsiert. »Sehr witzig«, murmelte er und bestellte dann bei Hare ein Helles.

»N’Abend, Bob«, begrüßte der den neuen Gast und griff nach einem frischen Glas. Er zwinkerte Thorne zu. »Bob war vor ein paar Wochen hier und hat sich lautstark darüber beschwert, dass ihm mitten in der Nacht eins seiner Ferkel vom Hof geklaut wurde.« Wieder gaben ein paar der in der Nähe stehenden Gäste Grunzgeräusche von sich. »Hat Gott und die Welt beschuldigt, nicht, Bob?«

Der Bauer nahm sein Bier und reichte Hare einige Münzen. »Irgendein Mistkerl muss es ja wohl gestohlen haben, oder?«

»*Mich* hat er als Erster ins Kreuzverhör genommen«, meinte Hare zu Thorne. »Und anschließend nachgesehen, ob ich Spareribs auf der Speisekarte habe.«

»Ja, und ich behalt dich auch weiterhin im Auge.« Als der Bauer zusammen mit seinem Hund und seinem Bier zu einem Tisch in die Ecke wanderte, grunzten und lachten die Gäste erneut.

»Ein Original«, sagte Hare. »Eigentlich harmlos.«

»Von denen hat jeder Pub einen«, erwiderte Thorne.

»Oh, wir haben da schon ein paar mehr.« Hare wischte die Theke ab, warf ein paar leere Flaschen in einen Plastikeimer und kehrte zurück zu Thorne. »Sie kommen also aus London, was?« Er nickte hinüber zu Helens Tisch, die noch immer mit Pete sprach. »Sie und Ihre … Frau?« Er fügte dem letzten Wort ein Fragezeichen hinzu und bemerkte Thornes zögerliche Reaktion. »Lebensgefährtin?«

»Passt schon eher«, sagte Thorne. »Sie ist hier aufgewachsen. Ich bin eigentlich nur ein Anhängsel.«

»Na, ob ich das glauben soll?«, meinte Hare lächelnd.

Plötzlich hob der Bauer sein Glas und tat so, als würde er die anderen grüßen. »Sind *allerdings* 'ne Menge Bullen hier …«, sagte er.

Daraufhin wurde gejohlt und höhnisch gepfiffen. Hare trat hinter der Bar hervor. »He, halt die Klappe, wenn du noch was zu trinken haben willst«, rief er, schüttelte den Kopf und verdrehte mit einem Blick zu Thorne die Augen. Dann bahnte er sich einen Weg durch die Menge und sammelte Leergut von verschiedenen Tischen ein.

Doch Thorne begriff, was der Bauer meinte.

Pensionierte Polizisten waren ja schon leicht zu erkennen, doch die noch im aktiven Dienst tätigen Beamten hätten genauso gut ihre Abzeichen tragen können. Thorne hätte das Gehalt einer Woche darauf gesetzt, dass fünf oder vielleicht sechs anwesend waren. Obwohl einige davon bestimmt oben in den Zimmern übernachteten, schien es, als wäre das Magpie's Nest auch für die einheimischen Polizisten ein beliebter Treffpunkt. Es zog sie stets in Lokale, deren Wirt ein ehemaliger Kollege war.

Thorne blickte hinüber zu Helens Tisch, konnte ihn aber nicht genau ausmachen. Er reckte den Hals und entdeckte nun Hare, der am Tisch des Bauern stehen geblieben war und sich offenbar über den Hund beschwerte. Das Tier wackelte mit dem Schwanz und hob den Kopf zur Hand des Wirts. Thorne blickte sich um, und glaubte drei oder vier Journalisten zu erkennen. Er trank einen Schluck und drehte sich wieder zur Bar. Dabei nickte er beiläufig einem der Reporter zu, den er auf der Pressekonferenz gesehen hatte.

Reporter mit Rhabarberohren und Polizisten mit einem Bier in der Hand.

Genauso gut hätte auf der Tafel draußen AUSKUNFT stehen können.

Als Hare auf seinem Weg hinter die Theke an ihm vorbeiging, sagte Thorne: »Was halten Sie eigentlich von ihm? Bates, meine ich.«

Hare überlegte kurz. Es schien ihm zu gefallen, nach seiner

Meinung gefragt zu werden. »War immer nett zu mir«, antwortete er. »Kommt während der Woche ab und zu abends vorbei. Trinkt was, isst was. Keinerlei Probleme.«

Thorne sah zu, wie Hare den Hebel des Getränkeautomats betätigte und das Glas mit etwas füllte, das aussah wie Limonade.

»Auch die Familie ist nett. Völlig normal.«

»Ist das nicht immer so?«, entgegnete Thorne. »Menschen, die solche Taten begehen, neigen nicht dazu, sie an die große Glocke zu hängen.«

»Wohl wahr.«

»Sind immer die nettesten in einem Pub, stimmt's?«

»Sie wollen wissen, was ich denke? Ich sag's Ihnen.« Hare beugte sich leicht vor und senkte die Stimme; er wusste genauso gut wie Thorne, wer sich alles unter seinen Gästen befand. »Ich glaube nicht, dass die Polizei genug hat, um ihn in Gewahrsam zu behalten.«

»Wieso?«

»Na ja, niemand bestreitet, dass dieses Mädchen in seinem Auto war. Jetzt gehen wir mal davon aus, das trifft auch für das erste Mädchen zu, und die Polizei findet von beiden DNA.« Er zuckte mit den Achseln. »Beweist trotzdem so gut wie gar nichts. Nicht, wenn man alles gegeneinander abwägt. Poppy und Jessica haben auch schon in *unserem* Auto gesessen.« Er nickte hinüber zu seiner Frau. »Unser Junge geht zur selben Schule wie sie. Man nimmt ständig jemanden mit. Gilt übrigens für viele hier, wenn Sie mich fragen.«

»Wäre aber anders, wenn sie Blut finden würden«, wandte Thorne ein.

»Klar, dann schon. Aber was, wenn nicht? Ich bin zu den Kollegen gegangen und hab ihnen erzählt, dass die beiden

Mädchen auch schon in unserem Auto waren. Hab nett mit Tim Cornish geplaudert. Na ja, man muss seinen Teil schon beitragen.«

Thorne fragte sich, wie Cornish reagiert hatte, als ihm jemand erklärte, dass seine Beweise nicht hieb- und stichfest waren. »Wohl wahr«, sagte er.

»Ich mein ja nur.« Hare trank sein Glas aus und schmatzte mit den Lippen. »Wenn die Polizei natürlich was in der Hand hat, von dem wir nichts wissen … Trotzdem, ich würde mich nicht wundern, wenn ich Stephen Bates morgen Abend hier wieder mit einem Bier in der Hand sähe.«

Thorne bemerkte plötzlich, dass Helen neben ihm stand. Er schaute an ihr vorbei und sah, dass ihr alter Schulfreund zu seinen Kumpels zurückgekehrt war. Den Kopf vornübergebeugt erzählte er ihnen etwas, woraufhin alle Helen anstarrten.

»Ich wär dann so weit«, sagte sie.

»Oh.« Thorne hob sein Glas, um ihr zu zeigen, dass noch ein Drittel seines Pints übrig war. »Alles in Ordnung?«

Bevor Helen antworten konnte, beugte sich Hare zu ihr. »Tut mir leid wegen dem Sauwetter.« Beiläufig streckte er die Hand aus und drückte kurz seine Frau, die gerade hinter ihm vorbeiging. »Hat Ihre Heimkehr wahrscheinlich ein bisschen getrübt.«

»Schon in Ordnung«, erwiderte Helen. »Wir sind eigentlich nicht deshalb hierhergekommen.«

»Allerdings haben wir mehr Glück gehabt als andere.« Er wandte sich seiner Frau zu. »Nicht, Schatz?« Sie nickte, und Hare klopfte rasch auf die Theke. »Toi, toi, toi.«

»Aber hier gibt's doch nie Hochwasser«, wandte Helen ein. »Auf jeden Fall nicht, soweit ich mich erinnern kann.«

»Stimmt. Wir werden davonkommen, aber man muss die

armen Schweine bedauern, die weiter runter am Fluss wohnen, nicht?«

»Muss schrecklich sein«, bemerkte Helen.

»Der Aberwitz daran ist, dass wir mal eine Pumpstation hatten. Zehn, fünfzehn Meilen weiter südlich. Ist inzwischen verfallen …« Er nickte seiner Frau bestätigend zu, die ihm auf dem Weg zum anderen Ende der Bar etwas über eines der Fässer zumurmelte. Hare seufzte leidgeprüft. »Keine Ruhepause für die Gottlosen …«

Helen beugte sich vor zu Thorne. »Können wir gehen?« Sie blinzelte müde und sah mit einem Mal blass aus.

Thorne stellte sein Glas mit dem restlichen Bier auf die Theke und stand genau in dem Moment auf, als der Bauer sich zwischen sie schob, um ebenfalls sein Glas abzusetzen und sich ein weiteres Pint zu holen.

»Du wirst ein paar Minuten warten müssen«, erklärte Hare. »Ich muss die Fässer austauschen.«

»Willst du zu deinem Bier eine Tüte Speckchips, Bob?«, fragte einer der Gäste an der Bar.

»Verpiss dich!«, blaffte der Bauer ihn an.

14

Es macht ihn fertig, sie nicht sehen zu können. Nicht einfach ins Auto springen und zu ihr fahren zu können.

Er kommt sich vor wie ein trockener Alkoholiker. Oder jemand, der versucht, sich das Rauchen abzugewöhnen. Er muss einfach kurz alles um sich herum ausblenden. Sich nur für ein, zwei Sekunden vorstellen, zu ihr fahren zu können, und sich darauf freuen. Ihm wird es leichter und gleich darauf wieder schwerer ums Herz angesichts der momentanen Situation: dass es ihm einfach nicht möglich ist, seinem Wunsch *sofort* nachzukommen. Im Gegensatz dazu kann man sich stets etwas zu trinken besorgen oder ein Päckchen Zigaretten kaufen, wenn einen das Verlangen nach einer Kippe zu erdrücken droht.

Die Vorstellung, sie zu besuchen, hat ihn den langweiligen alltäglichen Mist ertragen lassen. Die kleinen beschissenen Arbeiten, die eben so anfallen, den unvermeidlichen Austausch von Nettigkeiten. Die Vorstellung ist der Lichtstreif am Horizont gewesen.

Hell … und dunkel.

Der Gedanke an sie und all die Dinge, die er vermisst, lassen die Minuten jeder einzelnen Stunde fast unerträglich werden. Natürlich hat er gewusst, dass es dazu kommen könnte, doch ändert das nichts an dem Schmerz. Er kann sich noch lebhaft an sie erinnern, an dieses letzte Bild von ihr dort unten; sie hat an der Kette gerissen, von der er weiß, dass sie nie nachgeben wird, stampfte mit den Stiefeln in die flachen Pfützen, hat ihn angeschrien und beschimpft. Sie ist ausfallend geworden, doch das ist unter den gegebenen Umständen ja nur verständlich.

Ihr muss kalt dort unten sein, und sie hat sicherlich Hunger. Bestimmt versucht sie, den immer stärker werdenden Gestank auszublenden und den Gedanken zu verdrängen, was er womöglich mit ihr machen wird, wenn er wiederkommt. Was er *auf jeden Fall* mit ihr machen wird, wenn er nur die geringste Chance dazu hat.

»Keine Panik!«, hat er gesagt. »Ich komm wieder.«

Am schlimmsten, glaubt er, wird wohl die Einsamkeit sein. Die zu ertragen ist schwer. Im Laufe seines Lebens ist er oft allein gewesen und fand diesen Zustand nicht empfehlenswert. Er hat Glück, das Leben mit jemandem teilen zu können, der ihn liebt, das weiß er. Dafür ist er auch dankbar, jeden Tag. Doch die Wahrheit ist schlichtweg, dass es nie genügen wird. Egal wie eine Beziehung unter hetero- oder homosexuellen Paaren aussieht, ob verheiratet, befreundet oder sonst was, ein Mann braucht immer etwas ganz für sich allein. Etwas, dass nur ihm gehört. Wahrscheinlich ist es bei einer Frau genauso, doch würde er sich, was das betraf, nie als Experten bezeichnen.

Etwas Raum. Ewas Zeit. Etwas, dass sein Blut in Wallung bringt.

Züge, Briefmarken oder irgendein anderer Unsinn haben ihn nie interessiert, dafür ist er nicht geschaffen. Ein Schuppen voller Gartengeräte und anderem Plunder würde nie den Zweck erfüllen. *Das hier* ist sein Ding. Es … verschafft ihm Erleichterung. Ja, so ist es in einer Sendung bezeichnet worden, die er mal gesehen hat.

Doch im Augenblick verspürt er nichts als Frust, und manchmal kommt es ihm so vor, als könnte er kaum noch atmen. Dabei sitzt die Erleichterung doch da, nur zwanzig Minuten von ihm entfernt, und wartet auf ihn. Dieses hinreißende Mädchen, das in der Dunkelheit schreit. Und er kann nichts dagegen machen.

Zumindest nicht momentan.

15

»Also«, sagte Paula Hitchman. »Was gibt's Neues?«

Thorne sah Helen an, doch sie erwiderte seinen Blick nicht. »Wir wissen genauso viel wie du. Wahrscheinlich weniger«, sagte sie nur.

»Bestimmt nicht«, entgegnete Paula. Sie war Schwester in einem Krankenhaus in Nuneaton und erst eine halbe Stunde vor Thorne und Helen nach Hause gekommen. Sie hatte ihnen die Tür in Morgenrock und Jogginghose geöffnet.

»Raus aus der Kluft, schnell unter die Dusche, um den Krankenhausgeruch loszuwerden, und rein in die Wohlfühlklamotten«, erklärte sie lächelnd.

Thorne und Helen stellten die Taschen am Fuß der Treppe ab und folgten ihr in die Küche. Sie versicherten ihr, wie dankbar sie seien, bei ihr übernachten zu dürfen. Daraufhin meinte sie, die beiden sollten keinen Quatsch erzählen; immerhin hätten sie ein Gästezimmer, und es machte schlichtweg keinen Sinn, es nicht zu benutzen. Außerdem müssten Freunde zusammenhalten. Helen und Tom standen da und schauten Paula dabei zu, wie sie sich einen Toast zubereitete. Ihr Angebot, noch ein paar Scheiben mehr unter den Grill zu legen, lehnten sie dankend ab. Helen berichtete, dass sie bereits gegessen hatten, und als Thorne hinzufügte, wo, brach Paula in Lachen aus und bemerkte mit einem Wink zum Badezimmer, dass sie das vielleicht schon bald benutzen müssten.

Paula legte den Toast auf einen Teller. »Kommt, wir setzen uns rüber ins Wohnzimmer. Dann könnt ihr mich auf den neusten Stand bringen«, sagte sie.

Sie folgten ihr nach nebenan. Thorne warf Helen einen weiteren »Wusst-ich's-doch-Blick« zu, ohne jedoch eine Reaktion zu erhalten.

»Also, wie geht's ihr? Linda.«

Helen zögerte. »Ganz gut.«

»Wirklich?«

»Na ja, den Umständen entsprechend.«

»Klar«, sagte Paula. Sie biss herzhaft in den Toast und kaute genüsslich. »Das Gleiche erzählen wir auch immer den Leuten im Krankenhaus, wenn einer ihrer Angehörigen kurz davorsteht abzunibbeln.«

Sie saßen in einem Wohnzimmer, das genauso spärlich eingerichtet war wie das in Lindas vorübergehender Unterkunft, wenngleich die Möbel um einiges neuer und teurer wirkten. Überall Leder, Chrom und Glas, und in dem Regal unter dem riesigen Flachbildschirm standen ordentlich aufgereiht CDs und DVDs. Thorne konnte nur einige der Titel erkennen. *The Expendables. Iron Man.* Daneben noch eine Box mit Comedys mit Adam Sandler.

Das Haus lag auf einem gepflegten Anwesen. Der Vorgarten war ziemlich groß, hinten hinaus blickte man auf Felder. In der Einfahrt standen ein neuer Mini und ein Geländewagen. Thorne hatte keine Ahnung, womit Paulas Freund seinen Lebensunterhalt verdiente, wusste aber, dass das Gehalt einer Krankenschwester alles andere als üppig war. Da sie kinderlos waren, kamen sie aber wohl ganz gut zurecht.

»Hattest du denn noch Kontakt zu Linda?«, fragte Helen. »Ich meine, nach der Schule.«

»Na ja, sie ist nicht mein Jahrgang, aber ich sehe sie ab und zu. Beim Einkaufen oder im Pub. Auch wenn man uns nicht unbedingt als Freundinnen bezeichnen könnte, finde ich es trotzdem schrecklich, was da gerade passiert.« Sie aß den Toast auf. »Schrecklich für uns alle hier.«

»Was ist mit ihrem Mann?«, fragte Thorne.

»Was meinst du?«

»Kennst du ihn?«

»Genauso gut wie sie. Nur vom Hallosagen und so. Vor ein paar Monaten haben wir mal ein Bier miteinander getrunken, aber das war nicht geplant. Jason und ich haben sie zufällig im Harvester in Tamworth getroffen ... es wäre etwas komisch gewesen, wenn wir uns nicht zu ihnen gesetzt hätten. Mehr war da nicht. Jason kennt Steve etwas näher. Du solltest besser ihn fragen.«

Wie aufs Stichwort hörten sie draußen einen Wagen vorfahren. Sie warteten schweigend, bis die Haustür geöffnet wurde und ein paar Sekunden später fröhlich Paulas Freund hereinschneite. Nachdem sie sich gegenseitig vorgestellt hatten, warf Jason Sweeney seine Lederjacke auf die Rückenlehne eines Stuhls und verschwand kurz in der Küche. Gleich darauf kehrte er mit einem Bier für jeden zurück.

Thorne und Helen versuchten abzulehnen, aber ihr Einwand wurde überhört. Thorne war erschöpft. Helen sah sogar noch bettreifer als er aus. Beide wussten jedoch, dass der Anstand es ihnen gebot, aufzubleiben und mit den Menschen etwas zu trinken, die ihnen ein Dach über dem Kopf gaben.

Sweeney öffnete seine Dose, schlürfte den Schaum ab und beugte sich vor, um mit Thorne anzustoßen.

»Prost, mein Freund!«

Er sah gut aus, wenn auch ein bisschen rotgesichtig. Er trug helle Jeans und ein T-Shirt, das seinen wohlgeformten Bauch und die männliche Brust gut zur Geltung brachte. Das dunkle lockige Haar war zurückgekämmt, die Frisur ähnelte einer Vokuhila. Thorne vermutete, dass er Ende dreißig war.

Er setzte sich neben Paula und nahm ihre Hand.

»Wie war die Arbeit, mein Schatz?«, fragte sie ihn.

»Anstrengend. Keine Pause, seit heute Mittag.« Sweeney trank einen großen Schluck Bier. »Eine Fahrt nach der anderen.« Er schnippte mit den Fingern. »Zack, zack, zack.«

»Das ist gut.«

»Tamworth, Burton, hoch nach Derby ...«

»Was machst du?«, fragte Helen.

»Jason ist Taxifahrer«, antwortete Paula.

»Das musst du schon richtig darstellen, meine Schatz.« Sweeney strahlte. »Ich bin *der* Taxifahrer. Der einzige hier am Ort.«

»Da hast du bestimmt ganz schön was zu tun«, meinte Thorne.

»Ja. Zurzeit ist es aber völlig verrückt. Na, ihr wart ja schon in der Stadt und wisst, wovon ich spreche.«

Thorne nickte. Noch ein boomendes Geschäft in Polesford.

»Zusätzlich zu meinen ganzen normalen Fahrgästen kommen momentan noch all die Leute, die wegen der Vorfälle hier sind. Ich kutschiere ziemlich viele Journalisten herum, das kann ich euch sagen.« Er lächelte. »*Denen* knöpfe ich natürlich das Doppelte ab.«

Thorne lachte. Damit hatte er überhaupt kein Problem.

»Echt irre, ich schwör's dir, mein Freund.«

»Wie ein ganz normaler Samstagabend in Leicester«, erklärte Paula. »Dabei wollte er's hier doch ein bisschen ruhiger haben, stimmt's, Schatz?«

»Ich wollte schon gern Taxi fahren«, stellte Sweeney fest.

»Nicht dass ihr mich falsch versteht. Aber in einer Großstadt … da hat man's doch mit einem Arschloch nach dem anderen zu tun, oder? Pinkeln einem auf den Rücksitz, kotzen das Auto voll oder hauen ab, ohne zu zahlen. Das ging mir auf die Senkel.«

»Also hast du dir gedacht, du ziehst irgendwohin, wo es ein bisschen netter ist«, warf Thorne ein. »Wo nie was passiert.«

»Genau.« Sweeney drückte die Dose sanft zusammen, bis sich das Blech verbeulte und dabei ein ploppendes Geräusch von sich gab.

»Hast du Hunger?«, fragte Paula. »Soll ich dir einen Toast machen?«

Sweeney leerte seine Bierdose und reichte sie Paula, offensichtlich in der Erwartung, Nachschub zu erhalten. »Ich könnte sogar ein ganzes Sandwich verdrücken.«

»Schinken und Käse?«

»Gutes Mädchen.«

Als Paula gegangen war, deutete Thorne mit dem Kopf zur Straße. »Ist das dein Land Rover da draußen?«, fragte er, was Sweeney ihm bestätigte.

»Der Wagen ist sein ganzer Stolz«, rief Paula von der Küche aus. »Er verbringt mehr Zeit da drin als mit mir.«

Sweeney blickte Thorne kopfschüttelnd an, auf der vergeblichen Suche nach männlicher Solidarität. »Das Auto hat vor Kurzem tatsächlich Leben gerettet«, verteidigte er sich. »*Buchstäblich*. Ich bin ein paarmal in die überfluteten Gebiete gefahren, um zu sehen, ob ich helfen kann.«

»Sehr anständig von dir«, sagte Thorne.

»Ist schön, das Auto mal für was richtig Nützliches einsetzen zu können. Für 'ne Shoppingtour ist er ja wohl eher nicht geeignet, oder?«

»Vielleicht nicht hier.« Thorne trank einen Schluck Bier. »In London scheinen die Leute einen fetten Geländewagen durchaus für das passende Fahrzeug zu halten, um ihre Kinder zur Schule zu bringen oder zum Nagelstudio zu fahren.«

Als Paula mit einem Sandwich und einer frischen Dose Bier für Sweeney zurückkehrte, legte sie eine CD ein. Paolo Nutini. »Den find ich total klasse«, sagte sie. Sweeney verschlang die Hälfte seines Sandwichs mit zwei Bissen und gab dabei zufriedene Geräusche von sich.

Thorne tauschte einen Blick mit Helen aus. Es sah nicht so aus, als wären ihre Gastgeber bereit, den Abend bald zu beenden.

»Ist schon komisch, wenn man so drüber nachdenkt.« Paula hatte Sweeneys Hand genommen und blickte Helen mit einem schiefen Lächeln an. »Dass du hier sitzt.«

»Wieso?«, fragte Helen.

»Na ja, ihr wart auf der Schule nicht gerade besonders nett zu mir.«

Helen blinzelte. »Wie bitte?«

»Du und Linda.« Das Lächeln war zwar immer noch da, doch schlug es sich nicht in ihrem Tonfall nieder. »Ich denke, es lag daran, dass wir ein paar Jahre jünger waren, ich und Jenny, jedenfalls wolltet ihr nie, dass wir mit euch herumhingen.«

»Daran erinnere ich mich nicht.«

»Habt immer versucht, uns loszuwerden.« Paula schniefte und dachte ein paar Sekunden nach. Das Lächeln wurde noch schmallippiger. »Genau genommen habt ihr uns ganz schön gemobbt.«

Helen war rot geworden, nachdem sie die Blicke von Thorne und Sweeney bemerkt hatte. Der Taxifahrer schlug im

Rhythmus der Musik mit den Fingern auf den Knien. »Als Mobbing würde ich es nicht wirklich bezeichnen.«

Paula lachte trocken auf. »Also erinnerst du dich *doch* ein bisschen.«

»Na ja … ich glaube dir, was du sagst«, sagte Helen. »Ich meine … wenn dir das damals so vorkam, dann tut es mir leid.«

Paula nickte, und ihr Lächeln wurde mit einem Mal breiter. »Ach, Schwamm drüber, ist schon so lange her.«

Sweeney durchbrach die Stille, die unangenehm zu werden drohte. »Also, was passiert nun? Wird man ihn anklagen?«

Paula verpasste ihm einen scherzhaften Klaps aufs Bein. »Lass sie in Ruhe! Die beiden sind nur hier, weil Helen mit Linda befreundet ist. Außerdem dürfen sie sowieso nicht über den Fall sprechen, selbst wenn sie was wissen. Stimmt's?« Sie blickte Helen an und schüttelte den Kopf, als hätte sie den beiden nicht selbst vor fünf Minuten auf den Zahn gefühlt.

»Paula meinte, du kennst ihn ganz gut. Stephen Bates«, sagte Thorne zu Sweeney, der daraufhin seine Freundin ansah.

Er schüttelte kauend den Kopf. »Wir haben im Magpie mal ein Bier getrunken und Karten gespielt, mehr nicht. Wir stehen beide auf Rockmusik, und so kam es gelegentlich zu dem ein oder anderen Gespräch über Bands, die wir schon gesehen hatten. Vor ein paar Monaten waren wir dann gemeinsam auf einem Konzert von Metallica in Birmingham.«

»Wirklich?«

»Ja, die waren echt gut.«

Thorne merkte, wie sich Helen neben ihm anspannte. Abgesehen von der unangenehmen Unterhaltung mit Paula hatte sie kaum etwas gesagt und auch ihr Bier nicht angerührt.

»An und für sich ein ganz netter Kerl«, sagte Sweeney. »Na

ja, obwohl, offensichtlich wohl doch *nicht*, oder? Nicht, wenn er das getan hat, was alle von ihm glauben.« Er wandte sich Paula zu und griff wieder nach ihrer Hand. »Das beweist nur mal wieder, dass man die Menschen nicht wirklich durchschauen kann und sie eigentlich nie richtig kennt, oder?«

»Außer sie sind ernsthaft krank«, entgegnete Paula. »Da macht es keinen Sinn mehr, den anderen noch was vorzumachen. Wenn die Menschen Todesangst haben, erkennt man, wie sie wirklich sind.«

»Ich kenn diese Mädchen auch. Flüchtig.« Sweeney blickte zuerst zu Thorne und dann auf seinen Teller. »Ich meine, ich hab die beiden ein paarmal in meinem Taxi mitgenommen, Poppy und Jess. Wenn man das einzige Taxi am Ort ist, fährt man irgendwann jeden mal herum, nicht?«

»Wo hast du sie hingebracht? Kannst du dich daran erinnern?«

Sweeney dachte nach. »Ich glaube, sie fuhren wie alle anderen Mädchen ziemlich regelmäßig nach Tamworth. In einen Klub oder eine der Bars, freitag- oder samstagabends. Normalerweise waren sie zu dritt oder zu viert, alle höllisch aufgebrezelt. Quasselten auf dem Rücksitz, und fragten ständig, ob sie aus dem Fenster rauchen dürften. Wenn ich's ihnen verbot, jammerten sie rum. Sie teilten sich die Fahrtkosten, womit es für sie wahrscheinlich genauso günstig war wie mit dem Bus. Natürlich nicht, wenn sie alleine waren.« Er führte die Bierdose zum Mund. »Vielleicht würden Poppy und Jess immer noch leben, wenn sie etwas mehr Geld in den Taschen gehabt hätten.«

Paula blickte ihn an. »Moment mal, wir wissen doch gar nicht, ob sie nicht *doch noch l*eben.«

»Ja. Stimmt«, räumte Sweeney ein.

»Äh, das Bad?« Helen stand unvermittelt auf. »Oben im ersten Stock?«

Paula nickte. »Das Schloss funktioniert aber nicht richtig«, sagte sie.

Thorne drehte sich um und sah, wie Helen das Zimmer verließ, während Sweeney hinter ihm leise rülpste.

16

Danny knallte den Deckel des Laptops zu. »Flachwichser!« Er lehnte sich zurück und stieß das Gerät weg, sodass es über die Platte des kleinen Tischs rutschte, den einer der Polizisten ihnen nach oben gebracht hatte. »Billiges Drecksding! Wann kriegen wir endlich unsere eigenen Computer wieder zurück? Das ist nicht fair.«

Charli lag auf dem Bett. »Ich hab dir doch gesagt, du sollst es lassen.«

»Ich will's aber wissen«, entgegnete Danny. »Ich will wissen, was die Leute über ihn sagen.«

»Sind doch sowieso nur Vollidioten auf Facebook«, sagte Charli. »Die wollen nichts weiter als eine Reaktion sehen. Nur darum geht's denen.«

Danny schob den Stuhl zurück, ging durchs Zimmer und ließ sich auf das Bett fallen. »Die wissen gar nichts«, sagte er. »Dumm aus der Wäsche gucken werden sie, wenn das alles hier vorbei ist.« Sein Gesicht war angespannt. Charli konnte erkennen, dass seine Kiefernmuskeln wütend mahlten, doch in den Augenwinkeln schimmerten auch Tränen.

»Willst du schauen, was im Fernsehen läuft?«, fragte sie. Sie nickte zu dem tragbaren Gerät hinüber, das auf einer Kommode in der Ecke des Zimmers stand. Noch etwas, dass die Polizisten ihnen aufs Zimmer gebracht hatten.

»Damit wollen sie sich nur lieb Kind bei uns machen«, hatte

Dannys bissig gemeint. »Quasi als Wiedergutmachung dafür, dass sie unser Leben versaut haben.«

Jetzt schüttelte er den Kopf. »Kommt sicher auch im Fernsehen.«

»Ich schlag ja nicht vor, dass wir uns die Nachrichten reinziehen.«

»Mir egal.«

»Vielleicht läuft ein Film oder irgendwas anderes.«

»Keinen Bock«, sagte Danny.

Charli legte ihr Buch hin und knickte die Ecke der Seite um, auf die sie in den letzten zwanzig Minuten gestarrt hatte. Sie beugte sich zu dem tragbaren CD-Spieler und drückte auf PLAY. Die Auswahl an guter Musik auf CDs war beschränkt; sie hatten nur die paar Alben, die ihnen ihre Mum oder Steve gekauft hatten, in dem Glauben, zu wissen, was sie mochten. Sie hatten nicht mitgekriegt, dass den beiden Gutscheine oder Musik zum Herunterladen viel lieber gewesen wäre. So waren die richtig guten Sachen auf ihren Handys – die man ihnen ebenfalls weggenommen hatte.

Wahrscheinlich gar nicht so schlecht, dass sie weg waren, dachte Charli. Sie wollte an die schwachsinnigen Nachrichten, die einige ihrer Freundinnen und Schulkameraden bestimmt geschickt hatten, nicht einmal denken. Beleidigungen und Angriffe, die waren ja selbstverständlich, doch die mitfühlenden Nachrichten, die mit den traurigen Emoticons, wären noch viel schlimmer gewesen.

Als die Musik einsetzte, drehte sie den Ton leiser. Sie wollte ihre Mutter nicht wecken. »Du schnarchst übrigens«, sagte sie.

»Klar. Sehr witzig.«

»Letzte Nacht hast du geschnarcht wie ein Walross. Ich

musste dir die Nase zuhalten.« Sie lachte in der Hoffnung, ihr Bruder würde vielleicht einstimmen, was aber nicht geschah. Zum ersten Mal seit Jahren teilten sie sich wieder ein Zimmer. Es gab nur drei Schlafzimmer in dem Haus. Ihre Mutter war im Elternschlafzimmer untergebracht. Die Abstellkammer war für den Polizisten reserviert, der über Nacht hierblieb. In der letzten Nacht war es der männliche Beamte gewesen, wogegen Charli überhaupt nichts einzuwenden gehabt hatte, denn sie fand ihn ziemlich attraktiv. Heute würde aber wahrscheinlich Carson bleiben, die alte Zicke. Zog ständig ein Gesicht, als hätte ihr jemand ins Essen geschissen, und lesbisch war sie vermutlich auch noch. Charli hatte mitbekommen, wie sie ihre Mutter angesehen hatte. Als ob sie glaubte, Linda würde irgendwas *wissen.*

Hielt sich wohl für was Besseres.

»Wie lange, glaubst du, wird's noch dauern?«

»Keine Ahnung.«

»Bis Steve zurückkommt.«

»Hab ich dir doch grade gesagt.«

»Bis wir wieder nach Hause können. Tage oder Wochen?«

Charli zuckte mit den Achseln und beobachtete, wie Danny ein Kissen nahm und es gegen die hintere Wand warf. Als es schlaff auf dem Teppich landete, musste sie unwillkürlich lachen. Doch sie schaffte es auch diesmal nicht, ihrem Bruder etwas anderes zu entlocken als einen bösen Blick.

»Wie kannst du nur lachen?« Er schubste leicht gegen ihre Füße. »Hast du dir 'n Joint reingezogen, oder was?«

»Ich wünschte, ich hätte.« Sie fragte sich, ob die Polizei ihren kleinen geheimen Vorrat im Nachttisch zu Hause gefunden hatte und deshalb etwas unternehmen würde.

»Dann hast du sie einfach nicht mehr alle.« Er wandte sich

angewidert ab. »Oder hast du mich oder Mum in letzter Zeit lachen hören?«

Charli drehte den Kopf weg und versuchte, in die Musik abzutauchen. Sie fragte sich, ob sie je wieder normal zur Schule gehen würde. Also, zur selben Schule. Die Polizisten hatten ihr erlaubt, ihre Schulbücher mitzunehmen, nachdem Linda ihnen erklärt hatte, dass sie gerade vor wichtigen Prüfungen stand. Wie bescheuert war das denn? Als könnte sie sich einfach hinsetzen und sich in dem verfickten Chaos um sie herum den ganzen Stoff reinziehen! Die Russische Revolution und *Der Kaufmann aus* Scheiß-*Venedig*.

Sie lag da und fragte sich, ob die Lehrer, die die Klausuren korrigierten, berücksichtigen würden, was geschehen war. Wie bei Kindern mit einer schlimmen Krankheit, oder bei denen ein Elternteil gestorben war. Würde sie vielleicht deshalb bessere Noten bekommen?

Sie schämte sich ein bisschen für ihre Gedanken und spürte, wie sie rot wurde.

Sie dachte an die Frau, die wie aus dem Nichts plötzlich aufgetaucht war, um ihrer Mutter Gesellschaft zu leisten; sie und ihr Freund. Okay, sie war eine alte Freundin, aber die beiden waren *Bullen*. Möglicherweise war sie ja aus einem ganz anderen Grund da. Irgendeine verdeckte Ermittlung. Vielleicht hoffte sie, Mum würde ihr etwas erzählen, das sie den anderen Polizisten gegenüber nie erwähnen würde. Die zwei hatten viel miteinander geredet, ihre Mum und diese Frau. Helen. Charli hatte allerdings so gut wie nichts davon mitbekommen, da Linda sie gebeten hatte, Danny im Auge zu behalten. Und so war nur schwer zu sagen, was sonst noch vor sich ging.

Trotzdem hatte sie gehört, wie die beiden Polizistinnen, Carson und diese Schottin in Uniform, sich unterhalten hatten.

Es war um Steve gegangen. Wie lange man ihn noch auf dem Revier festhalten konnte. Dann noch irgendwas über einen Richter und »weiteren Gewahrsam«. Davon würde sie Danny lieber nichts erzählen.

»Ich muss mal pinkeln«, sagte ihr Bruder und stand auf.

Auf dem Weg zur Tür hob er das Kissen auf und warf es ihr zu. Endlich deutete sich ein Lächeln an, doch sah er noch immer blass aus; irgendwie ganz anders als sonst.

Als Charli hörte, wie die Badezimmertür geschlossen wurde, sprang sie auf und setzte sich vor den Laptop. Sie öffnete ihn und loggte sich rasch auf ihrer Facebookseite ein.

Es waren mehr Nachrichten darauf, als sie in der Zeit bis zur Rückkehr von Danny würde lesen können. Sie blätterte die Einträge durch, die unter jedem Kommentar standen.

perverser vater = perverse kinder! lol!
du bist so ein ignorant
zumindest bin ich kein perverser
nein, nur ein vollidiot
wenn er das diesen mädchen angetan hat, dann wahrscheinlich auch seinen eigenen kindern …

Als sie die Toilettenspülung hörte, loggte sie sich blitzschnell aus und machte den Laptop zu. Als Danny hereinkam, lag sie wieder auf dem Bett. Er wirkte aufgeregt.

»Sag mal, können wir die eigentlich nicht verklagen? Hört man doch immer wieder in den Nachrichten. Wenn sich rausstellt, dass Menschen zu Unrecht verhaftet oder angeklagt worden sind, kriegen sie tierisch viel Kohle dafür. Nennt sich … Schadensirgendwas.« Er nickte. »Den Arschgeigen auf Facebook wird das Grinsen noch vergehen, wenn wir in einer fetten Villa wohnen mit ’n paar Sportflitzern vor der Tür.« Er schnippte so *gangstamäßig* mit den Fingern, wie es für einen vierzehnjährigen weißen Jungen aus Polesford möglich war. »Hundertpro!«

»Hört sich gut an«, sagte Charli. Sie blickte ihren Bruder an und zerbrach sich den Kopf darüber, ob je der richtige Zeitpunkt kommen würde, ihm die eine Frage zu stellen. Und ob es ihm je in den Sinn gekommen war, sie *ihr* zu stellen.

Ob er diese Mädchen angefasst hatte …

Beide erstarrten, als das Lied endete und das leise Weinen ihrer Mutter nebenan durch die dünne Pappwand drang. Charli sah Danny an, der jedoch den Kopf senkte und auf den Teppich stierte. Als endlich das nächste Stück einsetzte, war er mit zwei Schritten beim CD-Player und drehte den Ton so laut, dass das Weinen nicht mehr zu hören war.

17

Helen war bereits im Bett, als Thorne aus dem Bad kam. Sie saß mit einem Kissen im Rücken am Kopfende und entfernte ihr Make-up mit Wattebäuschen, die sie neben sich auf den Boden fallen ließ. Thorne begann sich auszuziehen.

»Ganz schön frisch hier.« Er rieb sich die Arme und beugte sich vor, um eine Hand auf den Heizkörper zu legen, der nur lauwarm war. »Also, keine Schokolade auf dem Kissen zu haben war ja schon schlimm genug, aber das hier wird sie ganz klar die Fünf-Sterne-Bewertung kosten«, sagte er. »Wenn das Frühstück morgen früh nicht mit allem Schnick und Schnack ist, bin ich nicht geneigt, noch mal wiederzukommen.« Er schaute hinüber zu Helen, um ihre Reaktion zu sehen. Sie blickte auf. »Vielleicht schreibe ich ihnen sogar was Schnöseliges ins Gästebuch.«

Sie lächelte dünn und entfernte weiter ihr Make-up.

Sie hatten es geschafft, noch eine weitere halbe Stunde unten im Wohnzimmer sitzen zu blieben, bis schließlich Paula bemerkte, dass Thorne zum dritten oder vierten Mal ein Gähnen unterdrückte. Daraufhin meinte sie, dass die beiden nicht unnötig höflich sein müssten. Thorne hörte noch immer Musik von unten. Natürlich war es möglich, dass ihre Gastgeber sich nur ihren Gäste zuliebe bemüht hatten, gesellig zu sein, und eigentlich genauso gern ins Bett gegangen wären, doch Thorne schätzte die beiden als Nachteulen ein.

Er konnte das Bedürfnis einer Krankenschwester nachempfinden, nach einem langen anstrengenden Tag in einem großen Krankenhaus langsam herunterzuschalten und sich zu entspannen. Egal, wann er oder Helen von einer Spätschicht nach Hause kamen, auch selbst wenn Alfie schon schlief, gingen sie selten sofort ins Bett. Es dauerte immer eine Weile, bis die Anspannung nachließ oder der Ekel verschwand. Oft half man mit einem Glas Wein oder etwas anderem nach. Setzte sich zum Relaxen vor den Fernseher, oder, was äußerst selten vorkam, weckte sanft denjenigen, der bereits im Bett lag, um einige der düsteren Momente des Tages mit ihm zu teilen.

Zumeist waren es Helens Erlebnisse, die am schwersten zu verarbeiten waren.

Natürlich war es möglich, dass Taxifahrer am Ende eines langen Tages das gleiche Bedürfnis nach Entspannung hatten, doch Thorne vermutete stark, dass Jason Sweeney einfach nur gern trank.

Wenngleich Thornes Begeisterung sich über ihr Hiersein immer noch sehr in Grenzen hielt, war er doch froh, auf Helen gehört und einen Schlafanzug eingepackt zu haben. Er zog ihn schnell an und tauschte sein schmutziges T-Shirt gegen ein sauberes aus. Auch Helen trug eins seiner Shirts. Die obere Hälfte lugte unter der Bettdecke hervor und offenbarte einen den Stinkefinger zeigenden Johnny Cash.

Als Thorne gemächlich zum Bett wanderte, hörte die Musik plötzlich auf zu spielen. Dann, eine halbe Minute später, vernahm er das Tapsen ihrer Gastgeber auf der Treppe, Geflüster und Kichern. Er kletterte schnell ins Bett, nicht wirklich sicher, warum er vermeiden wollte, dass die beiden ihn im Zimmer herumgehen hörten. Dann lag er still da und horchte. Die Dielen auf dem Treppenabsatz knackten, als sie nacheinander das Bad benutzten. Schließlich ging die Tür ihres Schlafzimmers zu.

Helen legte den Make-up Entferner auf den Nachttisch, rückte ihr Kissen zurecht und machte es sich unter dem Federbett bequem.

»Deine verdammten Füße behältst du schön bei dir«, sagte Thorne. »Die Eisklötze.«

»Ich hab Socken an«, beschwichtigte ihn Helen. Sie löschte ihre Nachttischlampe und rollte wieder zurück. Dann starrte sie an die Decke.

Schweigend lagen sie eine Weile lang da.

»Worum ging es da unten eigentlich vorhin?«

»Was meinst du?«

Thorne schnalzte mit der Zunge und schüttelte den Kopf. »Dass du an der Schule mal die Mobberin vom Dienst warst, hätte ich nie gedacht.«

»*War* ich auch nicht«, protestierte Helen.

»Nur ein Spaß.«

»Na gut, Linda und ich wollten sicherlich nicht, dass die beiden uns hinterhertrotten, aber zu behaupten, wir hätten sie gemobbt, ist lächerlich. Außerdem, warum sollte sie sich freuen, dass wir bei ihr übernachten, und dann diese alten Geschichten aufs Tapet bringen?«

»Vielleicht *genau* aus diesem Grund«, sagte Thorne. »Wahrscheinlich sollten wir besser die Tür abschließen.«

Helen fand seine Bemerkung offenbar nicht witzig und enthielt sich jeglichen Kommentars.

»Wie kommt sie denn nun klar?« Thorne sprach leise. »Linda.«

Es dauerte ein paar Sekunden, bevor Helen antwortete. »Eigentlich so, wie ich schon zu Paula gesagt habe.«

»Wirklich?« Thorne war davon ausgegangen, dass Helen nur versucht hatte, jedweder ausführlichen Unterhaltung aus dem Weg zu gehen, die sie und Linda Bates betraf. Jetzt fragte er sich, ob Helen die gleiche Vermeidungstaktik bei ihm anwandte.

»Sie ist hart im Nehmen.«

»Das ist gut«, meinte Thorne. Er gab sich Mühe, so zu klingen, als meinte er es ehrlich. Da Helen sich von dem »zähen« Charakter ihrer alten Schuldfreundin hatte überzeugen können, hoffte er, sie würde ihre Entscheidung überdenken und erkennen, dass es eigentlich für sie beide keinen Grund gab zu bleiben.

»Ich meine, sie führt natürlich keine Freudentänzchen auf.«

»War sie froh, dass du gekommen bist?«

Helen zuckte mit den Achseln und zog das Federbett etwas höher. »Ja, ich denk schon.«

»Tja, ich glaube, DC Carson war nicht ganz so begeistert. Noch bevor jemand das Teewasser aufsetzen konnte, hing sie bereits am Telefon, um mit ihrem Chef zu sprechen.« Tatsächlich hatte Thorne mit nichts anderem gerechnet. Wäre *er* der Senior Investigating Officer in diesem Fall gewesen, hätte er einen Wutanfall bekommen, wenn sie nicht sofort angerufen hätte – bei zwei Polizisten aus einer anderen Einheit, die plötzlich vor der Tür standen. »Cornish war gar nicht mal so angefressen, wie er hätte sein können. Vielleicht hat er sich nur Mühe gegeben, aber er machte wirklich einen ganz anständigen Eindruck.« Auch wenn der besorgte Blick am Schluss vielleicht etwas zu dick aufgetragen war, dachte Thorne. »Er wusste von Bardsey.«

»Ach ja?«, sagte Helen.

Er schwieg einen Moment. »Und? Was ist mit dir?«

Helen antwortete nicht, und Thorne war sich nicht einmal sicher, dass sie ihn gehört hatte. Ihre Miene war leer und abwesend. Es war das Gleiche wie auf der Fahrt nach Polesford und im Magpie's Nest, kurz bevor sie das Lokal verlassen hatten. Sie war sehr ruhig, als würde sie den Atem anhalten. Dann bemerkte sie mit einem Mal Thornes prüfenden Blick und wandte das Gesicht ab.

»Was meinst du?«

»Bist du froh, dass wir hergekommen sind?«

»Ja, es war richtig.«

»Das war nicht meine Frage.«

Helen seufzte. »Hör mal, ich bin müde, okay?«

In dem Moment, als Thorne zu ihr rückte, rollte sie sich zur Seite. Er schlang den Arm um ihre Taille. »Übrigens, alles Gute zum Valentinstag.«

»Sehr witzig«, sagte Helen.

Thorne presste sich gegen ihren Hintern. »Der Tag ist noch nicht zu Ende.«

»Geht nicht.« Helen nahm Thornes Hand und drückte sie gegen ihren Bauch, als wollte sie verhindern, dass sie weiter nach unten wanderte. »Wir sind hier nicht zu Hause.«

»Wir können ja leise sein«, flüsterte Thorne.

»Ich schlaf sowieso immer dabei.«

Thorne lachte und stieß noch einmal sanft gegen sie.

»Nein.« Helen hatte plötzlich die Stimme erhoben, und ihr Körper versteifte sich. »Ich bin nicht …«

»Okay, okay«, sagte Thorne. »Entschuldigung.« Er drehte sich weg und griff nach der Lampe, um sie zu löschen.

»Ich bin einfach nur erledigt«, murmelte Helen. »Das ist alles.«

Thorne war noch vor ihr eingeschlafen.

18

Polesford war vor die Hunde gegangen, so viel stand fest.

Der alte Mann hatte in den letzten zehn, fünfzehn Jahren beobachtet, wie die Stadt, die er liebte, sich in etwas verwandelt hatte, das er kaum noch wiedererkannte. In den Geschäften fühlte er sich nicht willkommen und wäre eher tot umgefallen, als in einem der Imbissläden etwas zu essen. Den Menschen schien es egal zu sein, dass aus der Stadt ein Drecksloch geworden war.

Als seine Frau noch lebte, hatte es noch einen richtigen Metzger und Eisenwarenhändler gegeben. Die Menschen, die kamen, um sich die Abtei anzusehen oder sich an der Landschaft zu erfreuen, schienen die Stadt wirklich zu mögen und die Zeit hier zu genießen.

Die Zugereisten waren das Problem. Mit ihnen hatte alles begonnen. Sie waren es, die den Verfall in Gang gesetzt hatten. Menschen, die zwar im Grünen wohnen wollten, um sich Gummistiefel kaufen zu können, die aber jeden Morgen nach Burton oder Birmingham düsten, um zu arbeiten. Sie *brachten sich nicht ein*, das war das Problem. Ja, diese Formulierung beschrieb es gut, der Ort war nicht Teil von ihnen, zumindest nicht emotional.

Und jetzt auch noch diese schreckliche Geschichte mit den Mädchen. So etwas wäre früher nie passiert, als er – oder auch eines seiner Kinder – so alt gewesen war wie sie.

Er bückte sich, ließ den Hund von der Leine und blickte dem Terrier hinterher, der davonjagte und zwischen den Bäumen verschwand.

Doch egal, wie schlimm alles geworden war, er hatte immer noch den Wald, an dem er sich jeden Tag erfreute. Seine Nähe war für ihn und seine Frau damals ausschlaggebend gewesen, um das Haus zu kaufen, denn er lag direkt dahinter. Beide waren leidenschaftliche Spaziergänger gewesen. Wenn er heute den Hund ausführte, verspürte er jedes Mal einen leisen Stich, weil sie nicht mehr an seiner Seite war. Es war ihr *gemeinsamer* Wald gewesen und würde es auch immer bleiben, ganz gleich, wie viele lärmende Jugendliche auf ihren Motorrädern hindurchrasten oder abends Feuer machten.

All ihre Tage hatten mit einem Spaziergang begonnen und geendet, seit der Hund ein Welpe war; morgens hatten sie ihre Pläne besprochen und abends auf den Tag zurückgeblickt. Jetzt sprach er größtenteils nur noch mit dem Hund.

Er lächelte. Wenigstens gab der ihm keine Widerworte, ging es ihm durch den Kopf.

»Entschuldigung, mein Schatz, war nur ein Scherz«, sagte er zu sich selbst.

Der Hund tauchte keuchend zwischen den Bäumen auf und rannte auf ihn zu. Kurz schnüffelte er an den Füßen des alten Mannes, dann raste er zurück ins Gebüsch. Der arme Kerl war fast genauso alt wie sein Besitzer, auf jeden Fall in Hundejahren gerechnet, besaß aber trotzdem noch viel Energie. Den Eichhörnchen im Garten machte er noch immer das Leben schwer, und wenn er den Geruch eines Fuchses oder Kaninchens in die Nase bekam, drehte er durch.

Der alte Mann ging weiter. Es schien, als würde der Tag mit jedem Schritt etwas heller. Schon tauchte die Sonne über den

Wipfeln der Ahornbäume und Weißbirken auf. Zumindest sah es so aus, als würden die bemitleidenswerten Menschen, die bis zu den Achseln im Wasser des Anker standen, besseres Wetter bekommen.

Er drehte sich suchend nach seinem Hund um, pfiff und tastete nach dem kleinen knochenförmigen Leckerli in der Tasche, das er stets dabeihatte.

Er hatte das, was er gestern Abend beim Pressetermin der Polizei zu dem widerlichen Mistkerl gesagt hatte, ernst gemeint. Jetzt würde es mit der Stadt nur noch schneller bergab gehen. Sensationsgeile Dummköpfe würden scharenweise aus Reisebussen strömen, um die Straße zu fotografieren, in der das Mädchen entführt wurde, schnatternd herumlaufen und sich mit falschem Bedauern in der Stimme darüber auslassen, wie schrecklich das doch für alle gewesen sein musste. Dann würden sie sich für ein Brathähnchen anstellen und es den Menschen, die tatsächlich hier lebten, schwer machen, am Ende des Tages zur Bar vorzudringen.

Seine Frau hätte wegziehen wollen, wenn sie noch gelebt hätte. Er hatte mehr als einmal darüber nachgedacht. So sehr sie Polesford geliebt hatte, hätte sie es nicht ertragen können, was aus der Stadt geworden war. Überall Supermärkte und Schönheitssalons. Geschrei auf der Straße, wenn die Sperrstunde angebrochen war, Gedränge in der Post, wenn die Schecks der Sozialhilfe eingelöst wurden.

Er drehte sich noch einmal um, doch sein Hund war immer noch nirgendwo zu sehen.

Vielleicht würde er noch einmal einen Leserbrief an die lokale Zeitung schreiben. Nicht, dass sie den letzten abgedruckt hätten. Es war eine Schande, denn schließlich wusste er, wovon er sprach, und er war nicht der Einzige, dem es so erging. Er wollte seine Stadt zurück. Was sollte daran falsch sein?

Mittlerweile konnte er den Hund kläffen hören, doch klang es ziemlich weit weg. Er drehte sich um, schlurfte den Weg zurück und bog zwischen den Bäumen ab. Er zog den Mantel etwas fester und schob den Schal nach oben. Es war zwar hell, aber immer noch verdammt kalt.

Er pfiff noch einmal und wartete.

Rief nach dem Hund, einmal, zweimal. Dann machte er sich leise fluchend dorthin auf, woher das Bellen kam.

Diese verdammten Kaninchen …

19

Thorne und Helen wachten früh auf. Da nichts darauf hindeutete, dass sonst noch jemand munter war, blieben sie in ihrem Zimmer und warteten, bis Paula oder Jason aus ihrem Schlafzimmer auftauchten.

Helen rief ihren Vater an, um sich nach Alfie zu erkundigen. Sie war überzeugt, dass ihr Sohn lange vor ihnen aufgewacht war und seinen Großvater seitdem auf Trab hielt. Ihr Vater versicherte ihr, dass alles in Ordnung war und er jede Minute mit seinem Enkel genoss. Sie sprach kurz mit Alfie, ermahnte ihn, brav zu sein, und erklärte ihm, dass sie bald wieder bei ihm sein würde.

Sie verabschiedeten sich voneinander mit den Worten »Ich hab dich lieb«.

Als ihr Vater wieder am Telefon war, erinnerte sie ihn daran anzurufen, falls es ein Problem gab. Er meinte, sie solle nicht albern sein, und ermunterte sie dazu, das Beste aus ihrem Urlaub zu machen und sich zu amüsieren.

Interessiert verfolgte Thorne das Gespräch. Ihm fiel auf, dass Helen bemüht war, nicht durchblicken zu lassen, dass sie sich an einem anderen Ort aufhielten als ursprünglich geplant; genau genommen in der Stadt, wo ihr Vater so viele Jahre gelebt hatte. Als Helen schließlich auflegte, sah sie ihn an, als wüsste sie genau, was er gerade dachte. Thorne kam zu dem Schluss, dass es wahrscheinlich besser war, nicht nachzuhaken.

Sie lagen im Bett, lasen ein bisschen und unterhielten sich. Thorne freute sich, dass Helen besserer Stimmung zu sein schien als am Abend zuvor. Er hoffte, dass sie nach einem Tag in ihrer Heimatstadt die gemischten Gefühle, mit denen sie offensichtlich zurückgekehrt war, hinter sich lassen konnte.

Helen blätterte eine Zeitschrift durch, während Thorne in einen Krimi hineinzufinden versuchte, den er bereits unzählige Male zur Hand genommen und immer wieder weggelegt hatte. »Der Polizist in diesem Buch ist völlig unglaubwürdig«, murmelte er.

»Was du nicht sagst«, meinte Helen. »Lass mich raten. Er hat ein Alkoholproblem und ist etwas eigenbrötlerisch.«

»Ist dir je so ein Polizist begegnet?«

Nach einem kurzen Moment sagte Helen: »Tut mir übrigens leid wegen gestern Abend.«

Das fehlende Lächeln auf Helens Gesicht ließ Thorne erahnen, dass sie nicht von dem ausgefallenen Schäferstündchen am Valentinstag sprach. »Schon gut«, versicherte er ihr.

»Ich glaube, ich tue mich einfach nur ein bisschen schwer damit, dass Alfie nicht bei mir ist.« Sie griff nach Thornes Hand, der daraufhin sein Buch weglegte. »So lange war ich noch nie von ihm getrennt. Na ja, außer …«

Die bewaffnete Belagerung.

Drei Tage, in denen Helen mit der ständigen Angst gelebt hatte, ihr Kind vielleicht nie wiederzusehen.

»Ich weiß«, sagte Thorne. »Völlig verständlich.« Wenngleich er nicht überzeugt war, dass das der einzige Grund war für Helens eigenartiges Verhalten, seit sie den Fluss nach Polesford überquert hatten. Doch schien sie ihm keinen weiteren nennen zu wollen. »Wie schon dein Dad am Telefon meinte: Du solltest das Beste draus machen.«

Sie nahm die Zeitschrift wieder zur Hand. »Unter den gegebenen Umständen nicht gerade einfach, oder?«

»Wir müssen nicht hierbleiben«, wandte Thorne ein. »Wir können wieder zurück in die Cotswolds fahren, wenn du willst.«

Helen schüttelte den Kopf. »Geht nicht.«

»Deine Entscheidung«, erwiderte Thorne. Überrascht stellte er fest, wie eine Erleichterung sich in ihm ausbreitete, die nicht nur auf seine Abneigung gegenüber den versnobten Begleiterscheinungen des englischen Landlebens zurückzuführen war. Soweit es den Polizeieinsatz in Polesford betraf, war er selbstverständlich nur Zuschauer und stand unter keinerlei Druck, da er keine Verantwortung hatte.

Er hatte nichts damit zu tun.

Trotzdem konnte er seine Aufregung bei dem Gedanken, dass nur fünf Minuten entfernt von ihm eine wichtige Ermittlung im Gang war, nicht unterdrücken. Ein Verdächtiger war festgenommen worden, Beamte bearbeiteten einen Fall, und – das Allerwichtigste überhaupt –, die Opfer waren noch immer nicht gefunden. Das war es, was ihm als Erstes durch den Kopf gegangen war, als er die Augen aufgeschlagen hatte.

Ich bin im Urlaub.

Es war nicht gerade schwer, ihn zu finden.

Ich glaube nicht, dass sie genug Beweise haben …

Nein, diese Aufregung hatte sich über Nacht nicht gelegt.

Als Thorne und Helen hörten, wie jemand die Treppe hinunterstapfte, standen sie auf. Helen duschte, zog sich an und ging nach unten. Thorne tat das Gleiche und saß fünfzehn Minuten später in der Küche.

Das Frühstück bestand zwar nicht aus allem »Schnick und Schnack«, wie Thorne abends zuvor gewitzelt hatte, trotzdem biss er mit großem Vergnügen in ein dickes Sandwich mit geröstetem Frühstücksspeck. Er und Helen aßen an einem schmalen Tisch in der Küche, während Paula im Bademantel am Herd stand und ein weiteres Sandwich zubereitete, um es Sweeney hochzubringen, der offensichtlich seinen Rausch vom Abend zuvor ausschlief.

»Tut mir leid, dass wir euch gestern Abend mit unseren Fragen zu Linda so in Verlegenheit gebracht haben«, entschuldigte sich Paula.

»Kein Problem«, sagte Helen.

»Aber wenn so was passiert, kann man einfach nicht anders.«

»Mir würde es bestimmt genauso gehen.«

»Du bist schon gern Polizistin, oder?« Paula trat vom Herd zurück, da Fett aus der Pfanne spritzte. »Ich meine, das musst du wohl sein.«

»Ja, ich bin gern Polizistin. Zumindest meistens.«

»Die ganzen Sachen, die da passieren, das ist sicher ganz schön hart.«

»Nicht härter als die Arbeit einer Krankenschwester.«

Paula begann, das Brot mit Butter zu bestreichen. »Mitunter kommt man schon mal nach Hause und fühlt sich toll, das will ich gar nicht bestreiten. Aber dann gibt's wieder Tage … na ja, du weißt schon, was ich meine.«

Thorne erinnerte sich, was Paula abends zuvor gesagt hatte, als sie vom Krankenhaus nach Hause gekommen war. Er vermutete, dass es nicht nur der Geruch gewesen war, denn sie sich hatte abwaschen müssen.

»Schön, dass du zurückgekommen bist. Ich meine, natürlich hast du dein Leben in London, deine Familie und so.« Paula drehte sich um, blickte Helen an und deutete mit dem

Messer auf sie. »Linda kann echt froh sein, eine Freundin wie dich zu haben.«

»Sie hat aber doch viele Freunde hier, oder?«, fragte Helen.

»Bestimmt … bloß die Menschen neigen dazu, sich von einem abwenden, wenn so was wie hier passiert. Sie befürchten, ein Zusammentreffen könnte unangenehm sein, wissen nicht, was sie sagen sollen …« Sie wandte sich wieder dem Herd zu. »Vielleicht fragen sich einige, ob Linda von all dem was gewusst hat. Das denken die Leute doch immer, oder?«

»Denkst *du* das?«, fragte Thorne.

Sie beobachteten, wie Paula den Kopf zu Seite neigte.

»Ich würde lügen, wenn ich behaupte, dass mir der Gedanke nie gekommen ist. Ich weiß, das macht mich wahrscheinlich zu einer schrecklich misstrauischen Person.«

Helen blickte Thorne eindringlich an. »Wie du schon gesagt hast, so denken viele Leute.«

»Ich mein ja nur, dass sie verdammt froh sein kann, dich hierzuhaben. In Zeiten wie diesen zeigt sich, wer die wahren Freunde sind.«

»Das ist nett von dir«, sagte Helen.

Paula drehte sich noch einmal um. »Das meine ich wirklich so.«

Ihr Gesicht war plötzlich angespannt, der Blick ihrer Augen leer. Nur ganz kurz. Ein, zwei Momente. Thorne glaubte, diesen Ausdruck wiederzuerkennen, ihn schon gelegentlich gesehen zu haben. Damals vor seiner Zeit in der Mordkommission, bei ein paar Fällen häuslicher Gewalt und Vergewaltigung. Paulas Arbeit war ohnehin schwer genug, doch begann er nun den Verdacht zu hegen, dass sie in ihrer wenigen freien Zeit meistens damit beschäftigt war, ihrem Freund ein kostenloser dienstbarer Geist zu sein. Sollte er mit seiner Vermutung richtigliegen, stellte sich ihm die Frage, inwiefern Jason Sweeney Kontrolle ausübte. Wie viele Freunde Paula Hitchman erlaubt waren.

Paulas Handy klingelte in der Diele. Sie hob die Pfanne von der Herdplatte und ging hinaus, um den Anruf entgegenzunehmen.

»Wirst du Linda heute sehen?«, fragte Thorne.

»Ich hab ihr versprochen zu kommen.«

»Sie hat recht mit dem, was sie gesagt hat.« Thorne deutete mit dem Kopf zur Diele, wo Paula in ihr Handy sprach. »Linda kann froh sein, dich hierzuhaben.«

»Ich bin keine wahre Freundin«, entgegnete Helen.

Sie hörten, wie Paula draußen sagte: »Im Ernst?«

»Was willst du damit sagen?«, fragte Thorne.

Helen schüttelte den Kopf. »Eine wahre Freundin hätte nicht gewartet, bis so was passiert, oder? Die wäre vor langer Zeit zurückgekommen.« Sie wandte sich ab und starrte aus dem Fenster auf ein durchweichtes braunes Stoppelfeld, das sich bis zu mehreren verstreut liegenden Gehöften zog.

»Was sollte dieser Blick vorhin?«, fragte Thorne.

»Welcher Blick?«

»Als sie davon sprach, dass sie sich gefragt hat, wie viel Linda weiß. Da hast du mich ganz komisch angeschaut.«

»Hab ich nicht.«

»Als würde ich mir die gleiche Frage stellen.«

»Na gut«, sagte Helen. »Ich weiß sehr genau, dass es dir durch den Kopf gegangen ist.«

»Ach ja? Und *dir* etwa nicht?«

Paula kam zurück in die Küche, das Handy in der Hand. Sie zeigte auf die Reste von Thornes und Helens Sandwich.

»Kommt, nehmt euer Essen mit ins Wohnzimmer. Ich denke, wir sollten den Fernseher einschalten.«

»Was ist?«, fragte Helen. Thorne war bereits aufgestanden.

Paula wedelte mit dem Telefon. »Ich hab gerade mit einer Frau aus meinem Steppkurs gesprochen. Sie betreibt ein Café auf der Hauptstraße. Das Cupz ... na, egal. Da wimmelte es auf jeden Fall heute Morgen von Polizisten, deren Gespräche sie zufällig mitgekriegt hat.« Sie schüttelte den Kopf. »Glaubt mir, wenn *sie* was weiß, dann weiß es mittlerweile *jeder*.«

»Was weiß?«

»Dass eine Leiche gefunden worden sein soll.«

ZWEITER TEIL

MEHR POLIZISTEN ALS DICHTER

20

Poppy freut sich, als das Auto anhält.

Wenn sie sich das Geld für die Busfahrt spart, kann sie sich ein Getränk mehr leisten. Callum hat zwar einen Teilzeitjob und spendiert ihr gern etwas, aber sie kann ihn nicht alles bezahlen lassen. Sie weiß, dass viele Mädchen kein Problem damit haben, den ganzen Abend dazusitzen und kostenlos Cola Rum in sich hineinzuschütten. Aber es gibt Kerle, die das falsch verstehen. Die meinen, dass man ihnen am Ende des Abends etwas schuldig ist.

Außerdem ist es kalt, und es sieht nach Regen aus. Mitgenommen zu werden lohnt sich also doppelt.

»Wo willst du hin, Pops?«, fragt er.

»Nach Tamworth«, antwortet sie. »Die All Bar One in der Nähe des Bahnhofs …?«

Er überlegt kurz, als versuchte er, sich zu orientieren. Dann sagt er, dass er sie wahrscheinlich den ganzen Weg mitnehmen könne, da er jemanden treffen will, um etwas Geschäftliches zu besprechen.

»Glückspilz«, meint er, während er sich herüberbeugt, um ihr die Tür zu öffnen.

Es ist warm in seinem Auto, und er bietet ihr an, den Radiosender zu wechseln, um etwas einzustellen, was sie gern mag. Er hat sich irgendeinen Mist mit endlosen Gitarrensolos angehört. So beginnt sie die Sender durchzusuchen.

»Du siehst nett aus«, sagt er. »Tolle Stiefel.«

»Sind neu«, erklärt sie. Sie schaut nach unten auf ihre glänzend roten Dr. Martens-Stiefel und wackelt mit den Füßen. »Geburtstagsgeschenk.«

»Hast du ein Rendezvous?«

Sie lacht und erklärt ihm, dass heute niemand mehr »Rendezvous« sagt. Damit würde er sich anhören wie ein Hundertjähriger. Es scheint ihn nicht zu stören, dass sie sich über ihn lustig macht, tatsächlich fühlt er sich manchmal alt, meint er. Er sei es gewöhnt, von Jugendlichen daran erinnert zu werden, ein bisschen von Gestern zu sein. »Wie heißt es denn richtig?«, fragt er.

Die Straße kreuzt die M42, und sie blickt auf den Verkehr, auf die Kette von Lichtern, rot in die eine, weiß in die andere Richtung. »Weiß nicht«, sagt sie lachend. »Ich treff mich nur mit einem Freund, mehr nicht.«

»Wirst wahrscheinlich ein paar Gläser trinken.«

»Wahrscheinlich mehr als nur ein paar«, grinst sie.

Schließlich findet sie etwas Vernünftiges im Radio, und er muss lachen, als er sieht, wie sie rhythmisch mit dem Kopf nickt.

»Ich kann mit solcher Musik nichts anfangen«, erklärt er.

»Sollst du ja auch gar nicht, oder?«

»Ich weiß, ich bin zu alt.« Er greift mit einem Arm nach hinten und zerrt eine Plastiktüte nach vorn, behält die Straße aber im Auge. »Hier«, sagt er. »Da hast du was. Steck's in die Tasche oder so.«

Sie fährt mit der Hand in die Tüte und zieht eine Halbliterflasche Wodka heraus. Sie wurde offenbar geöffnet, sieht aber noch voll aus. »Ernsthaft?«, fragt sie.

»Was man in den Bars dafür hinblättern muss, ist völliger Wucher«, sagt er.

»Sicher?«

»Kauf dir einfach einen Cranberrysaft oder so, damit du ihn mixen kannst.«

Sie bedankt sich und beugt sich nach unten zum Fußraum, wo ihre Handtasche liegt.

»Kannst ja jetzt schon 'nen Schluck nehmen, wenn du willst«, schlägt er vor. »Ist schließlich genug da.«

Am Rand von Glascote wird die Straße enger, und ab da, wo die Straßenlampen weiter entfernt voneinander stehen, kurviger. Er schaltet das Fernlicht ein.

»Willst du auch was?« Sie hält ihm die Flasche hin.

»Ich fahre doch«, sagt er. »Außerdem kann ich zu meinem Termin nicht betrunken aufkreuzen.«

Sie schraubt den Deckel der Flasche ab und nimmt einen Schluck. Der Wodka schmeckt ein bisschen komisch und ist ziemlich warm. Er liegt wohl schon eine ganze Zeit lang auf dem Rücksitz, trotzdem genießt sie das brennende Gefühl in ihrer Kehle. Sie nimmt noch einen Schluck und macht die Flasche dann wieder zu.

»Mach dir wegen mir keine Sorgen«, sagt er. »Ich werd's niemandem erzählen.«

»Ich trink gleich noch was«, erklärt sie.

Ein Auto taucht mit großer Geschwindigkeit hinter ihnen auf. Die Scheinwerfer leuchten auf, und der Wagen überholt. Er schaltet das Fernlicht aus, bis das Fahrzeug hinter einer Kurve verschwunden ist. Bäume ziehen an ihr vorbei, dahinter sind ein paar Häuser. Die Fenster sind beleuchtet, doch plötzlich sind sie weg.

»Wie lang dauert's noch, bis wir da sind?«, fragt sie.

»Zehn Minuten?«

Sie blickt auf die Uhr ihres Handys. »Klasse, danke.«

»Ich bin mir sicher, dein Freund wird nichts sagen, wenn du ein bisschen zu spät kommst«, sagt er. »Du weißt doch: Schür das Feuer, und ihm ist nichts zu teuer …«

Poppy schließt die Augen, nur ganz kurz, und genießt die Musik. Sie hat die Flasche zwischen die Beine geklemmt und das Gefühl, als könnte sie hören, wie der Wodka rhythmisch zum Trommelschlag der Musik durch ihren Körper rauscht, so wie Wellen an einen Kieselstrand.

Sie spürt, wie ihr Oberkörper sich nach links neigt, als das Auto plötzlich abbiegt, und öffnet die Augen.

»Das ist nicht der richtige Weg«, bemerkt sie. Sie weiß das ganz genau, denn sie ist die Strecke schon zigmal mit dem Bus gefahren, und der ist nie abgebogen. Erst im Stadtzentrum, wo es nur Einbahnstraßen gibt.

»Der Verkehr am großen Kreisel kann schon mal richtig schlimm sein«, sagt er. »Da sind Baustellenampeln.« Er ist auf einen schmalen Weg abgebogen, und sie kann rechts und links nichts als Gebüsch erkennen; dahinter nur Dunkelheit und vor ihnen Matsch und Steine. »Das hier ist eine gute Abkürzung, vertrau mir!«

Er blickt sie lächelnd an und schlägt ihr vor, noch einen Schluck zu trinken.

»Keine Angst! Ich bring dich schon hin«, sagt er.

21

Die Vermutung von Paulas Freundin bewahrheitete sich zwar in den Nachrichten, doch wurden nur wenige Details bekanntgegeben. Das hinderte allerdings weder den Reporter vor Ort noch den Nachrichtensprecher im Studio daran, die wenigen Fakten so darzustellen, als gäbe es an ihnen nichts mehr zu rütteln. In den Ermittlungen zu den verschwundenen Mädchen Poppy Johnston und Jessica Toms zeichne sich eine wichtige Entwicklung ab, eine *Wende im Fall.* Die Worte liefen als Schlagzeile alle dreißig Sekunden über den oberen Rand des Bildschirms. Die Leiche, von der man annahm, dass es sich um einen weiblichen Teenager handele, sei in einem nahegelegenen Waldgebiet gefunden worden.

Von der man annahm …

Thorne wusste, dass das zweierlei bedeuten konnte. Entweder war die Leiche unter freien Himmel gefunden worden oder man hatte ein Grab aufgespürt. Voreilig zogen die Medien diejenigen Schlüsse, die ihnen einleuchtend erschienen.

Kurz nachdem sie den Fernseher eingeschaltet hatten, war Sweeney aufgetaucht. Er kam ins Wohnzimmer geschlichen und sah genauso zerknittert aus, wie er sich offenbar fühlte. Er beschwerte sich darüber, sein Specksandwich nicht bekommen zu haben, und bemerkte dann, dass sie alle auf den Bildschirm starrten. Er setzte sich schnell neben Paula und beugte sich vor.

»Na, das ist ja wohl keine große Überraschung, oder?« Er

saß breitbeinig da, ein schäbiger Bademantel verdeckte gerade so viel, dass der Anstand einigermaßen gewahrt wurde. Falls er so etwas überhaupt kannte.

»Denkt nur mal an die Eltern der beiden Mädchen«, sagte Paula bestürzt. »Die beten jetzt, dass es nicht ihre Tochter ist, sondern die von den anderen.« Sie wandte sich zu Helen. »O Gott, kannst du dir das vorstellen?«

»Ja, ich glaub schon«, erwiderte Helen.

»Es wird das erste Mädchen sein«, meinte Sweeney, die Hand unter dem Bademantel, um sich zu kratzen. »Jessica.«

Paula nickte. »Ja, bestimmt.«

»Warum?«, fragte Thorne.

»Weil sie schon länger vermisst wird.«

»Das muss nicht unbedingt so sein.«

»Ist es aber.«

»Es gibt keinen Grund, warum das letzte Opfer nicht zuerst gefunden werden sollte«, wandte Thorne ein. »Das kann dann bedeuten, dass der Mörder leichtsinnig geworden ist oder Verwirrung stiften will. Manchmal ergibt es sich auch einfach so.«

Es sah aus, als dächte Sweeney über Thornes Worte nach und wäre *vielleicht* bereit zuzugeben, dass der Detective der Mordkommission etwas mehr Ahnung in diesen Dingen hatte als er. Auf dem Bildschirm erschien jetzt die Hubschrauberaufnahme einer Waldlichtung. Gestalten in Overalls bewegten sich um ein weißes Zelt herum, das zwischen den Bäumen hervorstach.

»Tja, dann werden wir wohl warten müssen, bis die Identität geklärt ist«, sagte Sweeney. Als er anfing, über irgendetwas aus einer Episode von *CSI* zu schwadronieren, schaltete Thorne auf Durchzug.

Eine halbe Stunde später, Paula war mittlerweile oben unter

der Dusche, standen Thorne und Helen in der Küche. Der Blick auf die Felder wurde leicht getrübt durch Jason Sweeney, der sich in den Garten verzogen hatte, wo er mit wehendem Bademantel eine Zigarette rauchte.

»Er ist nicht gerade das, was man als guten Fang bezeichnen würde, oder?«, sagte Thorne.

Helen blickte ihn an. »Sie sind schon ein paar Jahre zusammen, also wird Paula ihn dafür wohl halten, denke ich.« Thorne war nie besonders gut darin gewesen, seine Gefühle zu verbergen. Zumeist spiegelten sie sich in seinem Gesicht wider, das Helen jetzt betrachtete. »Es gibt viele Menschen, die glauben, dass *ich* mir was viel Besseres als dich hätte angeln können.«

»Meinst du damit deine Schwester, oder was?«

»Unter anderem.«

»Seit wann hörst du auf sie?«

Helen lehnte sich an ihn. »Ich würde mir um einiges mehr Gedanken machen, wenn sie dich mögen würde.«

»Heißt das, ich kann meine Bemühungen einstellen, nett zu ihr zu sein?«, fragte Thorne.

Sweeney versuchte, sich eine weitere Zigarette anzuzünden, und schützte sie mit dem Bademantel gegen den Wind. Als es ihm schließlich gelungen war, zog er sein Handy aus der Tasche und begann darauf zu tippen.

»Soll ich dich bei Linda absetzen?«

»Ich will vorher noch woandershin.«

»Okay …«

Sie machte einen Schritt von ihm weg und atmete tief aus. Ihre Lippen waren zu einem schmalen Lächeln zusammengepresst. »Ich will meine Mutter besuchen.«

Das Zellophanpapier, in das der Blumenstrauß eingewickelt war, flatterte im Wind, als Helen ihn auf das Grab legte. Die Blumen stammten von der Tankstelle; das Beste, was sie an einem Sonntagmorgen hatte auftreiben können. Sie machte einen Schritt zurück und griff nach Thornes Hand.

Er betrachtete den verwitterten Grabstein und die Daten unter dem Namen von Sandra Weeks. Helen ersparte ihm das Rechnen.

»Sie war neunundvierzig«, sagte sie. »Nur zwölf Jahre älter als ich jetzt.«

Darauf gab es nicht viel zu sagen, zumal Thorne sowieso nicht Passendes einfiel. Er wusste zwar, dass Helens Mutter an Brustkrebs gestorben war, aber nicht, dass sie noch so jung gewesen war. Er drückte Helens Hand.

»Sie starb sechs Jahre, nachdem ich Polesford verlassen hatte.«

»Da warst du … wie alt?«

»Vierundzwanzig«, stellte Helen fest. »Ein Jahr, nachdem ich bei der Metropolitan Police angefangen hatte.«

»Warst du … hattest du damit gerechnet?«

»Irgendwie schon. Die Krankheit war in meinem letzten Jahr am College festgestellt worden.«

»Muss schrecklich gewesen sein.«

»Lieferte mir zumindest eine Entschuldigung für meinen schlechten Abschluss.« Ein Lachen lag in ihrer Stimme – der Versuch eines Lachens. »Ich meine, ich hätte meine Prüfungen so oder so verhauen, aber ich hab mir damals eingeredet, dass es daran lag. Den anderen hab ich es auch so verkauft.«

»Verständlich«, sagte Thorne.

Helen nickte langsam. Sie bückte sich, um die Blumen zu richten und ein paar Kieselsteine neu zu arrangieren, die auf den Weg geweht worden waren. »Der Krebs verschwand für ein paar Jahre, doch als er wieder ausbrach, ging es schnell.«

»War für sie bestimmt eine Erleichterung, denke ich«, sagte Thorne. Er scharrte mit den Füßen und spürte, wie sich sein Magen zusammenzog. Ein Gefühl, das er kannte. So nutzlos und verlegen war er sich schon Dutzende Male vorgekommen, wenn er Angehörigen gegenüber Plattitüden von sich gegeben hatte, die gerade einen geliebten Menschen verloren hatten. Die Eltern des Jugendlichen zum Beispiel, der wegen des neuesten Samsung-Handys erstochen worden war. Oder die Frau, deren Mann erschossen worden war, als er versuchte, einen Autoräuber abzuwehren. Oder der Mann, dessen Frau am 7.7.2005 in der falschen U-Bahn gesessen hatte.

Ich bedauere Ihren Verlust …

»Sie starb in weniger als sechs Monaten nach der zweiten Diagnose«, erklärte Helen.

»Verstehe.« Auch wenn Thorne nicht direkt gesagt hatte, dass es ein Segen gewesen sein musste, kam es dem sehr nahe.

»Jenny lebte damals noch hier. Ich denke, sie ist deshalb manchmal so komisch zu mir. Immer noch sauer, weil ich damals von hier wegzog und nicht da war, als Mum starb. Könnte zumindest einer der Gründe sein.«

Thorne starrte auf die Inschrift des Grabsteins, aus Angst, in Helens Gesicht zu blicken und den Schmerz darin zu entdecken.

Den Schmerz und vielleicht auch Schuldgefühle.

»Wann ist Jenny von hier weggegangen?«

»Ein Jahr später oder so. Von Dad und ihren Jobs in Pubs oder sonst wo, geradewegs hinein ins Eheglück mit Tom, dem Langweiler.«

Thorne lachte. Die Gespräche mit Jennys Ehemann über

Autopflege und Formel Eins hatten sich in sein Gedächtnis gebrannt.

»Dad blieb noch ein paar Jahre hier. Dann hat er das Haus in Sydenham gekauft.« Sie zog ihre Hand aus der von Tom und schlang den Schal fester um sich. »Ich weiß nicht mehr, ob er Andrea da schon kannte.« Sie steckte ihre Hand in die Tasche. »Ich bin mir noch nicht mal sicher, *wo* er sie kennengelernt hat.«

Die zweite Ehe von Robert Weeks hatte nur achtzehn Monate gedauert. Weder Helen noch ihre Schwester wussten genau, weshalb sie gescheitert war. »Ich denke, Dad wollte einfach, dass sie so war wie Mum«, hatte Helen einmal gesagt. »Und irgendwann hatte sie genug davon, das zu versuchen.«

Die beiden sahen auf, als sie das Knirschen von Schritten auf dem Kies hörten. Ein älteres Paar ging langsam an ihnen vorbei. Der Mann, gekleidet in einen braunen Anorak und Hut, trug ein großes Blumengesteck. Thorne lächelte die Frau an, die einen halben Schritt hinter ihm ging. Sie lächelte zurück, und Thorne wusste mit einem Mal, dass sie das Grab ihres Kindes besuchten, auch wenn es dafür keinen Anhaltspunkt gab.

»Komm, wir gehen!«, sagte Helen.

»Sicher?«

»Ich friere.«

Sie drehte sich um und begann loszumarschieren, Thorne folgte ihr erleichtert. Egal wie hübsch oder altehrwürdig die Umgebung auch gestaltet war – ein Friedhofsbesuch war nie angenehm. Wie auch, wenn Trauer oder Schuldgefühle einen übermannten oder schlechte Erinnerungen in einem hochstiegen? Das galt auch dann, wenn es einem dort nur die Sprache verschlug, und erst recht, wenn der Besuch lediglich dazu diente, sich daran zu erinnern, wie lange man schon nicht mehr am Grab seines Vaters gestanden und einen schäbigen Strauß Narzissen vom Supermarkt hingelegt hatte.

Als sie durch den alten Torbogen auf die Hauptstraße traten, klingelte Helens Handy. Das Gespräch dauerte nur wenige Sekunden, ihr Tonfall war knapp. Thorne konnte sehen, wie Helens Miene sich verdunkelte. »Okay«, »wann« und »gut«, waren ihre wenigen Worte.

»Was ist?«, fragte er, als sie aufgelegt hatte.

»Das war Carson. Ich hab ihr meine Nummer gegeben.«

»Alles in Ordnung?«

»Scheint so, als würde ich Linda erst später besuchen.«

»Ist sie okay?«

»Das bezweifle ich«, sagte Helen. Sie ging weiter. »Carson bringt sie gerade zum Revier nach Nuneaton. Sie wollen sie verhören.«

22

Cornish erinnerte Linda daran, dass man das Verhör aufzeichnen und ihr im Anschluss eine Kopie vorlegen würde. Dass sie als Zeugin vernommen werden würde, sie über ihre Rechte aufgeklärt worden sei, und auf einen Anwalt verzichtet habe.

»Ich brauche doch keinen, oder?«, fragte Linda.

»Sie haben das Recht auf einen. Wir müssen sicherstellen, dass Sie vollständig darüber in Kenntnis gesetzt wurden, mehr nicht.«

Linda nickte und lächelte nervös zu Sophie Carson, die auf der anderen Seite des Tischs neben Cornish saß. Carson erwiderte ihr Lächeln nicht.

»Sie wissen wahrscheinlich, dass heute früh in einem Waldgebiet im Westen der Stadt eine Leiche gefunden wurde.«

Linda nickte. Selbst wenn sie die Nachrichten nicht gesehen hätte, wäre die rasch steigende Zahl Schaulustiger vor dem Haus ein eindeutiges Indiz dafür gewesen, dass etwas passiert war. Eine Angst hatte sie während des Fernsehberichts beschlichen, die immer größer geworden war; ein Gefühl der Übelkeit hatte sich von ihrem Magen aus ausgebreitet, bis ihre Arme und Beine prickelten. Doch sie hatte sich nichts anmerken lassen, da sie ganz genau wusste, dass Carson, Gallagher und die anderen Polizisten im Wohnzimmer bloß auf eine Reaktion von ihr warteten; sie beim Fernsehen beobachteten.

»Welche der beiden ist es?«, fragte Linda. »Poppy oder Jess?«

»Eine offizielle Identifizierung hat noch nicht stattgefunden«, antwortete Cornish. Aus gutem Grund, doch wollte er darauf erst einmal nicht eingehen. Das behielt er sich bis zum passenden Zeitpunkt vor. »Ich kann Ihnen aber versichern, dass es sich um die Leiche von Jessica Toms handelt.«

»O Gott …«

Cornish und Carson warteten ein paar Sekunden, registrierten, wie Lindas Schultern nach unten sackten und sie langsam den Kopf schüttelte.

»Haben Sie sie gekannt?«, fragte Cornish.

»Ich wusste, wer sie war. Gekannt hab ich sie nicht.«

»Und Steve?«

»Auch nicht.«

»Sie war nie in seinem Auto?«

»Nicht soviel ich weiß.«

»Verstehe«, sagte Cornish. »Das hat er uns ebenfalls erzählt.«

Linda hatte auf eine Stelle des Tischs gestarrt. Auf Sophie Carsons Hand, die gegenüber von ihr auf einer Aktenmappe lag. Manikürte Fingernägel, rot lackiert wie ein englischer Briefkasten. Jetzt betrachtete sie das Gesicht der Polizistin und ihres Vorgesetzten. Beide schwiegen. »Ich habe Fragen dieser Art bereits beantwortet«, erklärte Linda.

»Ihr Mann hat uns gegenüber ausgesagt, dass Jessica Toms nie in seinem Auto war«, sagte Cornish. »Doch hat er leider nicht die Wahrheit gesagt, denn die kriminaltechnischen Untersuchungen haben etwas anderes ergeben.«

»Dann muss ein Fehler vorliegen.«

»DNA lügt nicht«, entgegnete Cornish.

»Aber Menschen machen Fehler. Auch die Polizei.«

Cornish blickte ein paar Sekunden weg. »Steve raucht doch Marlboro Lights, oder?«

Linda antwortete nicht sofort. Ihr kam es langsam so vor, als würde sie mit jeder Frage, die ihr gestellt wurde, egal wie einfach sie auch klang, immer weiter hinaus auf ein Minenfeld geschoben. »Ja, und?«

»Wir haben eine Zigarette bei der Leiche gefunden. Hatte sich in der Plastikhülle verfangen.«

»Welcher Plastikhülle?«

»Jessicas Leiche war in Mülltüten eingewickelt«, antwortete Carson.

Linda schluckte. »Und?«

»Es war eine Marlboro Light.« Cornish legte die Fingerspitzen aneinander. »Wir werden die Ergebnisse der DNA noch heute bekommen. Mit etwas Glück heute Nachmittag. Ich bin mir sicher, dass es die Ihres Mannes ist.«

»Nie und nimmer«, sagte Linda wie aus der Pistole geschossen. »Unmöglich.«

»Sie müssen das nicht tun«, erklärte Carson.

»Was?«

»Dinge sagen, die Sie glauben, sagen zu müssen, um Ihren Mann zu schützen.«

»Das tu ich nicht.«

»Um ihn sollten Sie sich keine Sorgen machen, okay?«

Linda blickte Carson an. Die Beamtin hatte sich leicht vorgebeugt, doch ihre Miene war ausdruckslos.

»Ach, Sie meinen … um *mich*? Denken Sie etwa, ich weiß etwas?«

»Ich meine lediglich, *wenn* Sie etwas wissen sollten, egal was, dann ist jetzt der richtige Zeitpunkt, um damit herauszurücken. Mehr nicht.«

»Ich habe Ihnen gesagt, was ich weiß und was ich nicht weiß. Wie können Sie nur denken, dass ich versuche, irgendwas zu verheimlichen? Warum zum Teufel sollte ich das tun?« Sie sah Carson kopfschüttelnd an und hob die Hände. »Kommen Sie, Sophie, Sie haben doch genügend Zeit mit mir und meinen Kindern verbracht.«

Die Beamtin sagte nichts, zeigte keinerlei Regung. »Sophie« war sie, wenn sie Tee machte und die Hand beruhigend auf Lindas Schulter legte. Im Verhörraum war sie »DC Carson«.

Cornish schlug eine Akte auf und studierte sie. »Wie Sie wissen, haben wir den Computer Ihres Mannes mitgenommen.«

»Ich weiß, dass Sie alles Mögliche mitgenommen haben.«

»Wir haben gewisses Material auf seiner Festplatte gefunden, von dem wir glauben, dass es wichtig ist.«

Linda starrte geradeaus. Ihr musste nicht erklärt werden, wovon der Polizist sprach. Sie hatte ein- oder zweimal das Zimmer betreten und bemerkt, wie ihr Mann hastig eine Seite auf dem Bildschirm zumachte. Sie zuckte mit den Achseln. »Männer schauen sich so was nun mal an, na und? Ich wette, Sie auch, oder?« Sie wartete auf eine Reaktion, doch es kam keine. »Das, wovon Sie da sprechen, was Sie auf dem Computer gefunden haben, Sie meinen damit so was wie Pornos, oder?«

»So was *wie* Pornos.« Cornish betonte das zweite Wort.

»Was soll das jetzt heißen?«

»Ich glaube nicht, dass Sie wirklich Details erfahren wollen, Linda. Sagen wir mal, das Material war … speziell.«

Linda rutschte nervös auf ihrem Stuhl herum. Ihr Bauch begann sich wieder zu verkrampfen und dieses Kribbeln breitete sich auf ihren Armen aus.

»Beruhigen Sie sich erst mal«, sagte Carson.

Linda schloss ein paar Sekunden die Augen, unfähig an etwas anderes zu denken als an die Details, die die beiden ihr so fürsorglich ersparten. Die widerlichen Bilder, die sie einfach nicht verdrängen konnte. »Ich weiß nicht, was Sie von mir hören wollen.«

Cornish nickte. »Okay, lassen Sie uns über den Abend sprechen, als Poppy Johnson verschwand.« Linda bemerkte plötzlich einen anderen Tonfall in der Stimme des Polizisten, etwas, das wie Anteilnahme oder Mitgefühl klang. Das erinnerte sie an die Ärztin, die ihr damals erklärte, dass ihr Vater im Sterben lag. »Letzten Donnerstag.«

»Okay.«

»Steve hat Ihnen erzählt, dass er im Pub war.«

»Da war er nun mal.«

»Na gut, wir wollen nicht darüber streiten. Warum aber sollte er bis nach Atherstone fahren und dort ganz allein in einem Pub was trinken?«

»Um sich das Haus anzusehen, dass er anstreichen soll.«

»Trotzdem hätte er einfach zurückfahren und hier ein Bier trinken können, in seiner Stammkneipe. Das ist doch das Magpies's Nest, oder?«

»Er geht auch in andere Pubs.«

»Und warum war er dann nicht in einem von denen?«

»Das müssen Sie ihn schon selbst fragen.«

»Habe ich.«

»Und was hat er geantwortet?«

»Das Gleiche wie Sie gerade.« Cornish verzog das Gesicht, als wäre ihm das, was er gleich sagen würde, etwas unangenehm. »Das Problem ist nur, Linda, dass die ganze Geschichte erstunken und erlogen ist. Ich glaube nicht, dass er überhaupt in dem Pub war. Genauso wenig wie ich glaube, dass er sich ein Haus in Atherstone oder sonst wo angesehen hat. Weder auf Ihrem Anrufbeantworter zu Hause noch auf seiner

Mailbox auf dem Handy gibt es einen Anruf mit der Bitte um ein Angebot. Egal, was er Ihnen erzählt hat, ich glaube, dass er Poppy Johnston an diesem Abend aufgegabelt und sie in seinem Auto irgendwohin gebracht hat.« Er hielt kurz inne. »Und Sie sind klug genug, um zu wissen, was er unserer Meinung nach dann gemacht hat.«

Carson atmete langsam aus. »Gab es für Sie einen Grund zu vermuten, dass Ihr Mann Sie möglicherweise letzten Donnerstag belogen hat?«

Linda schüttelte den Kopf.

»Hat es in letzter Zeit für Sie einen Grund gegeben zu glauben, er würde Sie belügen?«

»Wie bitte? Sind Sie verheiratet?«

»Sie wissen, was ich meine.«

Linda schüttelte noch einmal den Kopf. Carson gab ihr mit einem Nicken in Richtung Aufnahmegerät zu verstehen, sich laut zu äußern. »Nein«, erklärte Linda, doch ihre Stimme hörte sich selbst in ihren eigenen Ohren erstickt an.

»Wie ich schon gesagt habe, Linda, ich weiß, dass Sie klug sind.« Cornish beugte sich jetzt vor. Als er weitersprach, begann er Fotos aus der Mappe vor ihm zu ziehen, doch Linda konnte nicht genau erkennen, was darauf zu sehen war. »Was immer passiert ist, es gibt immer noch Sie und Ihre Kinder, und das Leben, das Sie mit ihnen führen. Das sollten Sie bedenken.« Er zog das letzte Bild heraus und begann sie zurechtzulegen. »Darauf müssen Sie sich konzentrieren. Ich weiß, Sie würden nie etwas tun – und uns nie etwas erzählen –, was das gefährden könnte.«

»Sie und Ihre Familie sind ebenfalls Opfer«, fügte Carson hinzu. »Das sollten Sie nicht vergessen.«

Linda konnte sich mit einem Mal nur noch an das Gesicht

der netten Ärztin mit den strahlenden Augen und den vielen Fältchen auf den Wangen und um den Mund herum erinnern. Eine schmale Frau mit einer wuchtigen Brille und grauem Haar, das sie hinten zusammengebunden hatte. Auf ihrer Stirn war dieser kleine Punkt aufgemalt, wie immer der auch hieß. Wenn sie sprach, war es nicht mehr als ein Flüstern, und Lindas Vater, das Arschloch, war bis zum Ende furchtbar unhöflich zu ihr gewesen.

23

Sie fuhren aus der Stadt nach Norden, in Richtung des Hochwassergebiets.

»Ich kenne einen Pub mit einer anständigen Mittagskarte«, hatte Helen gesagt.

»Wo?«

Ein paar Meilen nördlich, hatte sie erwidert, auf dem Weg nach Burton-on-Trent. Genau das Essen, das er mochte, hatte sie ihm versichert. Ordentliche Portionen und eine gute Auswahl an Bieren.

»Das bedeutet aber, dass wir das Hochwassergebiet umfahren müssen«, hatte Thorne eingewandt.

»Macht doch nichts.«

Sie hatten sich über das schmutzige Dach des BMW hinweg unterhalten, er auf der Fahrer-, sie auf der Beifahrerseite. »Es wird Umleitungen geben. Wir werden ewig brauchen.«

»Was sollen wir sonst unternehmen?«

»Willst du nicht lieber irgendwo in der Stadt essen gehen?«

»Eigentlich nicht.«

»Wir wär's dann mit Dorbrook?«, hatte Thorne gefragt. »Wir könnten einen deiner früheren Treffs ausprobieren.« Kurz hatte er mit dem Gedanken gespielt, sie zu fragen, wie und wann sie von dem Pub erfahren hatte, zu dem sie unbedingt hinwollte. Oder sie darauf hinzuweisen, dass das Lokal, selbst wenn sie es vor zwanzig Jahren gekannt hatte, nicht zwangsläufig noch existieren musste. Stattdessen zuckte er mit den Achseln und stieg ins Auto. Ihm war plötzlich klar, dass, egal, ob der Pub anständig war oder nicht, Helen unbedingt für eine Weile rauswollte.

Mittlerweile fuhren sie durch Bramsworth und Warmwood, und Thorne verlangsamte das Tempo gemäß den Schildern, auch wenn es eigentlich keinen Grund dafür zu geben schien. Außer einer Filiale von Greggs Bakery und ein paar wenigen Fußgängern hatte der Ort wenig zu bieten. Als die Häuser erneut dunklen Feldern wichen, wurde die Straße kurviger, enger und holpriger; hinter den überwucherten Hecken und teilweise zerfallenen Bruchsteinmauern lagen weiter in der Ferne grau anmutende Industriegebiete.

Nach fünfzehn Minuten, ohne das geringste Anzeichen von Hochwasser, erreichten sie die erste Umleitung. Neben einem ramponierten dreieckigen Warnschild mit der Aufschrift ACHTUNG HOCHWASSER gab es noch eine provisorische Absperrung, die nur Rettungsfahrzeuge passieren durften. Ein streng wirkender Polizist in Sicherheitsjacke hob eine Hand, während die andere dem BMW gebieterisch bedeutete, in eine andere Richtung zu fahren.

»Wie schön, dass es noch Leute gibt, die Freude an ihrem Beruf haben«, sagte Thorne. Er blickte in den Rückspiegel und zeigte den Stinkefinger, als er Gas gab.

»Klar. So wie du.«

»Hab ich. Zumindest meistens.«

Helen grinste.

»Was?«

»Dann solltest du das mal dein Gesicht wissen lassen!«

Sie folgten den Umleitungsschildern, die sie um das Hochwassergebiet herumführten. Thorne erzählte Helen von seinem Gespräch mit Cornish, in dem der Detective Inspector ihm erklärt hatte, dass sie das Gebiet polizeilich überwachen müssten, um Plünderer fernzuhalten, und dass es schwierig war, dafür Personal bereitzustellen.

»Lächerlich«, meinte Helen.

»Du verstehst aber sein Problem.«

»Eigentlich nicht.« Helen blickte aus dem Beifahrerfenster.

»Dass er eins aufs Dach kriegt, wenn er nichts unternimmt, meine ich.«

»Das ist doch eine Frage der Prioritäten!«

»Ich weiß …«

»Zusätzliche Hände, die mit anpacken, um ein vermisstes Mädchen zu finden, oder Leute, die versuchen, ein paar Arschgeigen in Geländewagen zu schnappen? Kann das wirklich wichtiger sein?«

»Nein.«

»Dafür zu sorgen, dass keiner ins Hochwassergebiet zurückkehrt, um festzustellen, dass irgendwelche Penner in Watstiefeln sich die Flachbildschirme unter den Nagel gerissen haben? Meine Güte …«

»Die Menschen sind nun mal beunruhigt. Ist schon schlimm genug, dass sie ihre Häuser verlassen mussten.«

»Da geht's aber doch nur um Sachen!« Helen wandte sich ihm zu. »Die sie von der Versicherung wieder zurückkriegen. Also, was soll der Aufstand? Was kriegen denn Poppys und Jessicas Eltern zurück?«

»Ich streite mich nicht mit dir«, sagte Thorne.

Er bog ab und musste langsamer fahren, da sie sich von hinten einem Lastwagen mit einer Ladung Sand oder Zement näherten, der auf die Windschutzscheibe seines BMW wehte. Er murmelte etwas und scherte kurz aus, um nachzusehen, ob er überholen konnte. »Ich denke mal, es ist schwer, überhaupt was von der Versicherung zurückzukriegen. Fast unmöglich, wenn man in einem hochwassergefährdeten Gebiet lebt.« Er blickte Helen an, doch sie schien ihren Teil gesagt zu haben, oder dachte gerade an etwas anderes. Er wartete noch ein paar Minuten. Dann verlor er die Geduld und drückte aufs Gaspedal, um den Lkw an einer Stelle zu überholen, die nicht unbedingt dafür geeignet war. Er wartete auf das Donnerwetter, dass ihm so etwas normalerweise eingebracht hätte, doch es kam keins.

Trotz Thornes Bedenken verlängerte sich die Fahrt aufgrund der Umleitungen nur um vierzig Minuten. Die Strecke führte sie einige Meilen in Richtung Westen, bevor sie wieder nach Norden abbog. Als sie durch Bagford-on-the-Hill fuhren, konnten sie das Hochwassergebiet sehen, das sich links vor ihnen erstreckte.

Thorne stoppte am Straßenrand.

Es war nicht so dramatisch, wie er erwartet hatte. Das Wasser auf den Feldern wirkte mit den kahlen Bäumen, die sie umgaben, schlammig, doch die Mauern und Hecken schauten alle noch heraus. Weder irgendein Haus noch ein Bauernhof war komplett abgeschnitten und zu einer dieser »Inseln« geworden wie beim Hochwasser der Somerset Levels im Jahr zuvor, als die Bilder von dort die Nachrichten in den Zeitungen und im Fernsehen dominierten. Er erinnerte sich an das scheinbar aktuelle Foto der Familie, die per Schlauchboot einkaufte, und fragte sich, ob das Lokalblatt ein altes Bild verwendet oder sogar eins genommen hatte, das ganz woanders entstanden war. Es hätte ihn nicht verwundert.

»Ist gar nicht so schlimm, wie ich gedacht habe«, sagte Thorne.

»Anscheinend um einiges besser als vor ein paar Wochen«, meinte Helen. »Was bestimmt nicht den zuständigen Behörden zu verdanken ist.«

»Das überrascht mich nun wiederum nicht«, sagte Thorne.

»Die Menschen waren darauf angewiesen, sich selbst zu helfen. Mitanzupacken. Zu tun, was immer sie konnten.«

»Alle Mann ran an die Pumpen.« Thorne ließ ein paar Sekunden verstreichen. Sollte Helen der lahme Witz gefallen haben, deutete sie es in keiner Weise an. »Ähnlich wie Paulas Freund.«

»Genau«, sagte Helen. »Dass der Regierung alles schnurzegal ist, scheint ziemlich offensichtlich. Nichts als Lippenbekenntnisse. Bis die Themse über die Ufer tritt, und sie und ihre Kumpels in den fetten Häusern der schicken Vororte von London was abkriegen.«

Thorne hob eine geballte Faust. »Recht so, Genossin!«

»Das ist nicht witzig!«

Thorne wollte schon eine Bemerkung machen, dass heute Morgen wohl jemand mit dem falschen Fuß aufgestanden war, überlegte es sich dann aber anders. Und das nicht nur deshalb, weil er befürchtete, es könnte dumm oder unsensibel klingen, wo doch Helen erst vor Kurzem noch am Grab ihrer Mutter gestanden hatte. Vielmehr erkannte er, dass sie aus ihrer jetzigen Stimmung nicht so leicht herauszureißen war oder darin hinterfragt werden konnte. Ihm fiel auf, dass er ihre Reaktionen merkwürdig exakt vorhersagen konnte, seit sie in Polesford angekommen waren.

Er ließ den Motor wieder an und fragte, wie weit es noch bis zum Pub war.

Ein paar Meilen später kamen sie wieder auf der Straße, die sie normalerweise innerhalb von fünfzehn Minuten nach

Verlassen von Polesford erreicht hätten. Ungefähr eine Meile weiter entdeckte Thorne ein Schild in einer engen Kurve und bremste ab.

»Was ist?«, fragte Helen.

Thorne fuhr rückwärts und zeigte auf das Schild.

PRETTY PIGS POOL.

»Wo hab ich das schon mal gesehen?«

»Keine Ahnung«, erwiderte Helen.

Thorne starrte auf die weiße Tafel mit den schwarzen Buchstaben, von denen die Farbe abblätterte. Es wollte ihm einfach nicht einfallen, warum ihm der Name so bekannt vorkam. »Was hat das hier überhaupt mit den Schweinen auf sich?« Sie waren bereits an einem Pub vorbeigefahren, der Three Pigs geheißen hatte. Auf den Markständen in der Stadt hatte es allen möglichen Krimskrams gegeben mit Schweinemotiven. Hinter der Bar im Magpie's Nest hatte eine Sammlung von Keramikschweinen gestanden, und auch die Zucker- und Milchgefäße im Café waren wie Schweine geformt gewesen.

»Die Gegend hier ist einfach bekannt dafür«, erklärte Helen. »Es gibt viele Schweinezuchtbetriebe. Die Würste aus Polesford sind eine Spezialität.«

Thorne erinnerte sich an den Bauern mit dem gestohlenen Ferkel. Jetzt fiel ihm wieder ein, wo er den Namen auf dem Schild schon einmal gelesen hatte. Er hatte auf einer der Tafeln an der Wand im Magpie's Nest gestanden, unter irgendeinem ausgestopften Fisch. Er erzählte Helen davon, was sie mit einem »Aha« quittierte.

Er blickte durch das Tor auf das Wasser dahinter: Dort lag eine lange Reihe von Teichen, die sich längs eines Waldes bis zum Horizont über die Wiesen zog. Die Erde um den ersten Teich herum schien unter Wasser zu stehen, aber nicht viel.

Wasser lief die Straße hinunter in einen Gully, der sich neben dem Auto befand, doch das Rinnsal war nur wenige Zentimeter tief.

»Dann sind das Fischteiche?« Es war weit und breit niemand zu sehen, der hier angelte, doch Thorne bezweifelte ohnehin, dass die Wetterbedingungen dergleichen überhaupt zugelassen hätten.

Helen nickte. »Es gibt auch viele Vögel hier. Die Seen sind durch die Bergsenkung nach dem Krieg entstanden.«

Thorne versuchte, sie nicht anzustarren. Ihre Stimme war tonlos, das Gesicht blass. Sie schien sich unwohl zu fühlen. Er fragte sich, ob sie etwas ausbrütete. »Hast du Lust auf einen Spaziergang?«

Sie sah ihn mit einem Blick an, als hätte er gerade vorgeschlagen, sie sollten hier und jetzt nackt schwimmen gehen. »Muss nicht sein«, sagte sie.

»Ach, komm schon!« Thorne öffnete die Autotür. »Wir holen uns etwas Appetit für diese ordentlichen Portionen, die du mir versprochen hast. Diese berühmten Würstchen.«

»Mir ist wirklich nicht nach einem Spaziergang zumute.«

»Im Kofferraum sind Gummistiefel.«

»Lass uns einfach zum Pub fahren.« Sie lächelte zaghaft, doch hätte dieses Lächeln genauso gut vom Gesicht eines der ausgestopften Fische stammen können.

»Na gut.« Thorne schloss die Tür. Ihm war ganz und gar nicht danach, über durchweichte Felder zu stapfen, doch hatte er gedacht, es könnte Helen vielleicht guttun. Sie war schließlich diejenige, die ständig davon sprach, gern zu wandern und es häufiger tun zu wollen. Ihm war nicht entgangen, dass sie trotz ihrer Vereinbarung heimlich die Wanderstiefel eingepackt hatte.

»Vielleicht später«, murmelte sie.

Thorne brummte und legte den Gang ein. Ja, er machte sich zunehmend Sorgen um sie. Um ihre Stimmungen und Reaktionen, die so untypisch für sie waren. Und dabei war es für ihn nicht einfach, seine Zunge im Zaum zu halten und einen solchen Eiertanz aufzuführen. Tatsächlich war er verärgert, dass sie seinen Versuch, sie aufzumuntern, so abgeschmettert hatte.

»Wahrscheinlich wäre ich wirklich besser zurück nach London gefahren«, sagte er.

»Wann denn?«

»Als du mir gesagt hast, dass du hierherwillst, und ich dir erklärte, dass ich das für eine dumme Idee halte. Da hast du gemeint, ich bräuchte nicht mitzukommen – erinnerst du dich? Ich sollte ruhig nach Hause fahren und ein bisschen Zeit mit Phil verbringen.« Seine Hände umklammerten das Lenkrad. »Wenn ich's mir recht überlege, hätte ich besser auf dich gehört.«

»Du hörst nie auf jemanden«, lautete Helens bissige Antwort, als er losfuhr.

Thorne fluchte leise und streckte die Hand nach dem Radio aus.

Zur gleichen Zeit steuerte DC Sophie Carson ein Zivilfahrzeug Richtung Polesford. Linda Bates starrte geradeaus, ein Beamter in Uniform saß neben ihr auf dem Rücksitz. Linda zuckte leicht zusammen und hielt den Atem an, als das Funkgerät des Polizisten zu knacken begann.

Carson blickte in den Rückspiegel. »Alles in Ordnung mit Ihnen?«

Linda nickte. »Könnte nicht besser sein.«

Der Polizist neben ihr murmelte etwas in sein Funkgerät. Er erklärte der Polizeileitstelle in Polesford, dass er, DC Carson und die Zeugin in ungefähr zehn Minuten da sein würden. Er lächelte, als die Frau am anderen Ende ihm mitteilte, dass sie das Teewasser aufstellen würde.

»Ich weiß, dass das hart für Sie war«, sagte Carson. »Im Verhörraum.«

»Was an Ihnen und Ihrem Chef lag.«

»Wir müssen unseren Job machen.«

»Klar.«

Carson zog ein Pfefferminzbonbon aus einer Packung auf dem Vordersitz. Dann hob sie die Packung hoch und bot sie Linda an. Linda schüttelte den Kopf, während der uniformierte Polizist nach vorne griff, um sich ein Bonbon zu nehmen.

»Versuchen Sie jetzt wieder, nett zu mir zu sein, oder was?«

»Ich versuche gar nichts«, entgegnete Carson.

»Sie hätten es sich auf jeden Fall sparen können, in diesem Verhörraum das Biest zu mimen. Wobei – es fiel Ihnen ja offenbar nicht schwer«, erklärte Linda.

»Tut mir leid, wenn Sie das denken.«

»Jetzt machen Sie wieder auf gut Freund, nehme ich mal an. Guter Bulle, böser Bulle, alles in einer Person.« Sie war sich bewusst, dass der Blick des uniformierten Polizisten auf sie gerichtet war. Auch ohne sich zu ihm umzudrehen, war sie sich sicher, dass ein Grinsen auf seinem Gesicht lag – oder fast ein Grinsen. »Sie wollen nicht, dass ich zur Ruhe komme. Sie hoffen, dass ich meinen Schutzschild runterlasse oder irgend so 'n Mist.«

Carson blickte wieder in den Rückspiegel. »Was ist es denn, was Sie wollen, Linda?«

Linda schloss die Augen. »Im Moment will ich, dass Sie mich nach Hause zu meinen Kindern bringen«, erwiderte sie.

24

Es weht kaum ein Lüftchen, und das funkelnagelneue Boot mit den gelben Segeln gleitet sanft durchs Wasser. Ein Klipper, so heißen diese Boote doch? Sie beobachtet es ein paar Minuten, bevor zwei Libellen sie ablenken, die einige Meter weiter herumschwirren. In wilden Sturzflügen nähern sie sich ihrem Bruder, der sie nicht beachtet. Sein Blick ist fest auf die Hebel seiner Fernsteuerung gerichtet. Die Spitze seiner Zunge lugt aus dem Mund, er ist voll konzentriert. Jedes Mal, wenn er aufschaut, um nach seinem Boot zu sehen, breitet sich ein Grinsen auf seinem Gesicht aus, so wie bei ihrem Dad, der neben ihm steht. Seine Hand liegt auf der Schulter ihres Bruders. Murmelnd erteilt er Anweisungen, feuert seinen Sohn an. Ihre Mutter ist irgendwo in der Nähe, holt Sandwichs aus Tupperwaredosen und gießt Orangensaft in Pappbecher. Sie hat unter einem Baum gegessen, doch jetzt scheint sie plötzlich verschwunden zu sein.

Sie ruft nach ihrer Mutter, während ihr Vater weiter Anweisungen erteilt und der kleine Klipper geschickt ein Gewirr aus Tang umfährt.

Sie hat keine Ahnung, warum sie aufgewacht ist und an Libellen und Spielzeugboote gedacht hat. Eine verzerrte Erinnerung. Vielleicht ein Traum, dessen Bilder eine Weile brauchten, um wiederaufzutauchen. Als sie vor ein paar Minuten die Augen aufgeschlagen hat, konnte sie an nicht viel anderes denken als an das Gewicht, das sie auf ihren Beinen spürte. Etwas triefend Nasses, das sich glitschig bewegte. Die Ratte, die durch das Wasser davonhuschte, als sie sich aufsetzte.

Ihre Augen brennen, und das Schlucken fällt ihr schwer.

Das Klebeband auf dem Mund hat sich an einer Stelle seitlich etwas gelöst, und sie sinkt mit dem Gesicht nach unten, um etwas Wasser aus der flachen Pfütze auf dem Boden zu schlürfen.

Das Wasser schmeckt rostig, widerlich.

Sie glaubt, dass gerade Tag ist, doch ist das nur eine Vermutung. In der Dunkelheit ist es unmöglich, das genau zu bestimmen. Manchmal nickt sie ein, und wenn sie aufwacht, weiß sie nie, wie lang sie geschlafen hat. Doch dieses Mal, als sie die Beine ausstreckt, hat sie das Gefühl, als wären es mehrere Stunden gewesen. Ist das der dritte Tag, den sie hier ist? Sie wünscht sich, sie würde eine Uhr tragen, statt sich immer nur auf ihr dämliches Handy zu verlassen.

Ihr Handy …

Aufgeregt gibt sie hinter dem Klebeband auf ihrem Mund einen Laut von sich. Na klar, ihr Handy! Das könnte von Nutzen sein. Menschen werden über Telefone geortet, oder? Über das Signal, das sie abgeben oder was auch immer. Hoch zum Satelliten. Dann fällt ihr ein, dass er ihre Tasche mitgenommen hat, als er ging. Er leuchtete mit der Taschenlampe hinein und kramte darin herum, während er die Steintreppe hinaufstieg. Er wird das Handy bestimmt gefunden haben und es irgendwie losgeworden sein, oder? Dumm ist er nämlich nicht. Ganz und gar nicht.

Oder vielleicht doch. Menschen wie er sind nicht wie die Killer im Fernsehen, diese schräg aussehenden Typen in den Serien, die ihre Oma so gern mag. Da sind sie immer wahnsinnig clever, halten die Polizei zum Narren und sind ihr stets einen Schritt voraus.

Ist es bei ihm genauso?

Ist sie deshalb noch am Leben, kommt er deshalb nicht zurück?

Vielleicht hat er der Polizei erzählt, dass er sie irgendwo gefangen hält, und gibt den Ort nur gegen eine entsprechende Gegenleistung preis. Geld oder so.

Sie atmet durch die Nase ein und riecht unweigerlich wieder diesen widerlichen Geruch. Sie weiß, wenn er sie aus diesem Grund festhält, dann weil es beim letzten Mal nicht funktioniert hat. Sie haben nicht bezahlt, und er ließ das letzte Opfer sterben.

Sie wird alles tun, was er will, das weiß sie mittlerweile. Wenn er also nur wegbleibt, um abzuwarten, dass ihr Widerstand bricht, hat er lang genug gewartet.

Er hat gewonnen. Das will sie ihm so gern sagen.

Sie schreit, doch das Geräusch wird durch das Klebeband erstickt, das von ihrer Spucke feucht geworden ist.

Sie drischt mit der Kette so lange auf das Metallrohr ein, bis sie keine Kraft mehr im Arm hat.

Tatsächlich hat sie nirgendwo mehr Kraft, und sie erkennt, dass wirklicher Hunger genau das bedeutet. Bei Hunger geht es nicht um Gelüste, wie auf ein Sandwich mit Schinkenspeck oder eine Tüte Chips. Richtiger Hunger fühlt sich an, als wäre man fast tot. Er macht einen so schwach, dass man keinen klaren Gedanken mehr fassen kann. Man ist so gut wie leer. So wie die Tankanzeige im Armaturenbrett vom Auto ihres Vaters, wenn sie im roten Bereich liegt.

Ihr fällt ein, dass sie einen Energieriegel und Kaugummis in der Tasche hatte.

Sie lehnt sich gegen das kantige Rohr, verzieht das Gesicht und drückt mit der Zunge gegen das Klebeband. Sie versucht, sich an sämtliche Liedtexte des letzten Albums der Arctic Monkeys zu erinnern, kommt aber schnell durcheinander und schafft selbst die Hälfte des ersten Stücks nur mit Mühe.

Sie schließt die Augen und bemüht sich, an gar nichts zu denken. Nicht an Essen, nicht an ihr weiches Bett. Nicht an das tote Etwas, das irgendwo in der Nähe herumdümpelt. Nicht an wie Würmer aussehende Schwänze, nicht an Krallen und nicht an Zähne.

Es war blau, fällt ihr ein, nicht rot.

Das Modellboot ihres Bruders.

Blau mit gelben Segeln.

25

»Sie haben mir diese Fotos gezeigt«, sagte Linda. »Von der Leiche. Jessicas Leiche. Warum in Herrgotts Namen haben sie das gemacht?«

»Ich weiß es nicht«, log Helen.

Sie saßen nebeneinander auf der Bettkante in Lindas Schlafzimmer. Die Vorhänge waren noch immer zugezogen. Der Lärm von der Menge auf der Straße drang zu ihnen hoch; Stimmengewirr und gelegentliches Rufen.

»Sie waren so widerlich«, sagte Linda. »Mir ist richtig schlecht geworden.«

»Ich weiß.«

»Warum also?«

Helen wusste nicht, was sie sagen sollte. Dass es eine List war, ein Trick? Dass sie versucht hatten, eine Reaktion aus ihr herauszukitzeln? Dass sie so viel Ekel in ihr auslösen wollten, bis sie sich von ihrem Mann distanzierte? Sie wusste nicht, was sie sagen sollte, denn sie hatte selbst schon so oft das Gleiche getan. Bilder misshandelter Kinder über den Tisch in einem Verhörraum geschoben, als wären es Urlaubsschnappschüsse. Ein Bluterguss, so groß wie das Gesicht des Babys, ein winziger Körper, übersät mit Brandwunden von ausgedrückten Zigaretten. Frische Wunden und verschorfte …

Bilder, die dazu gedacht waren, Entsetzen, Schuldgefühle und ein Geständnis herbeizuführen.

»Das ist ihr Job«, erklärte Helen.

»Ich hab's satt, das ständig zu hören. Es macht mich krank.« Linda sah aus, als müsste sie sich gleich übergeben. »Genau das Gleiche hat diese Kuh da unten auch gesagt. Es war ihre Rechtfertigung, um mit mir zu reden, als wäre ich ein Stück Dreck. Als würde ich versuchen, irgendwas zu verbergen.«

»Sie bemühen sich nur, rauszufinden, ob du etwas weißt, von dem du nicht weißt, dass du es weißt. Macht das Sinn?«

»Nichts hier macht Sinn.«

»Manchmal halten die Leute eine winzige Information für unwichtig, tatsächlich aber kann sie entscheidend sein, verstehst du? Etwas, dass sie gehört haben. Oder eine Sache, die sie gesehen, aber schon fast vergessen haben.«

Linda schüttelte den Kopf. »Ach … das ist es nicht.« Sie schleuderte die Schuhe weg, lehnte sich gegen das Kopfteil des Betts und rieb sich die Füße. »Hör mal, ich weiß, dass sie glauben, Steve hätte diese beiden Mädchen entführt, und das eine umgebracht. Ich bin nicht blöd.«

»Das weiß ich.«

Linda stieß ein Lachen aus. »Das haben sie auch die ganze Zeit zu mir gesagt. Dass sie mich für clever halten. Als könnte nur jemand, der dumm wie Bohnenstroh ist, glauben, dass er's nicht getan hat.« Sie verzog das Gesicht, als hätte sie einen schlechten Geschmack im Mund. »›Wir wissen, dass Sie sehr *klug* sind, Linda.‹« Sie sah Helen an. »Um das zu wissen, brauche ich keinen Polizisten.«

»Natürlich nicht«, pflichtete ihr Helen bei. Auch das hatte Helen schon getan. Geschmeichelt, wenn nötig. Selbst wenn der Betreffende die Intelligenz einer Kaulquappe besaß. Alles nur, um einen Fall zu untermauern, eine Anklage zu sichern, ein Kind in Sicherheit zu bringen.

»Sie haben über alles Mögliche mit mir geredet«, sagte Linda. »Über DNA-Ergebnisse, die vorliegen, und über irgendwelches Zeug, das sie auf Steves Computer gefunden haben.« Sie holte tief Luft und räusperte sich. Dann beugte sie sich vor, griff durch die Strumpfhose nach ihren Zehen, und bog sie nach hinten.

»Willst du mir davon erzählen?«

»Man hat DNA in Steves Auto gefunden. Von diesem Mädchen.«

»Verstehe.« Zumindest schien sie darüber reden zu wollen.

»Was offensichtlich beweist, dass er ein Lügner ist, denn er hat ihnen erklärt, dass sie noch nie in seinem Wagen gesessen hat. Und wenn er, wie's aussieht, ein Lügner *ist*, dann ist er auch ein Mörder, oder was? Was für ein Schwachsinn ist das denn?«

»Wenn sie nicht mehr haben als das, können sie sich keinen Fall daraus zurechtzimmern«, sagte Helen. »Nicht aufgrund einer einzigen Lüge. Sie liefert ihnen lediglich einen triftigen Grund, alles noch genauer unter die Lupe zu nehmen, mehr nicht.«

»Meine Rede.« Linda setzte sich aufrechter hin. »Sie stützen alles auf diese eine Lüge und ignorieren die Tatsache, dass es zahlreiche mögliche Gründe gibt, warum die Ergebnisse falsch sein können.«

»Die von der DNA?«

Linda hielt den Daumen hoch und begann zu zählen. »Erstens kann es schlichtweg ein Versehen sein. Irgendein Idiot hat Mist gebaut und hat … ich weiß nicht, das Reagenzglas vertauscht? Es falsch etikettiert.« Ein weiterer Finger streckte sich. »Oder … nehmen wir mal an, die DNA stammt *tatsächlich* von dem Mädchen. Trotzdem muss es nicht das bedeuten, was sie denken, dass es bedeutet.«

Helen wartete.

»Ihre DNA könnte in seinem Auto gelandet sein, ohne dass sie je da drin gesessen hat. Was, wenn die DNA durch eine ihrer Freundinnen in Steves Wagen geraten ist? Durch ein Haar oder so.«

»Haben sie gesagt, dass es ein Haar ist?«

»Nein, das haben sie mir nicht verraten, aber das ist es doch normalerweise, oder?«

Helen wackelte mit dem Kopf; es war kein Nicken, kam dem aber ziemlich nah. Ein Haar stellte eine von vielen Möglichkeiten dar. Darüber hinaus gab es noch Schweiß, Spucke, Haut …

Und Blut. Den augenscheinlichsten Nachweis.

»Sagen wir mal, eins ihrer Haare klebte an der Jacke von einer ihrer Freundinnen. Hat sich im Reißverschluss oder an einem Knopf verfangen. Du weißt doch, wie so was passiert. Haare landen überall.«

»Ich nehme es an.«

»Die Mädels heutzutage gehen doch ständig untergehakt und umarmen sich. So wie wir früher, weißt du noch?«

Helen nickte, erinnerte sich daran, wie sie einander am Ende eines Abends betrunken im Arm gelegen, nach billigem Wein gerochen und wegen irgendeines Jungen eine Träne verdrückt hatten. Tröstende Umarmungen …

»Dass das Haar von einer ihrer Freundinnen, einer Verwandten oder so stammt, kann ich mir wirklich gut vorstellen. Es könnte einfach so passiert sein.«

»Möglich.«

»Ich wette, Charlis DNA ist überall an mir.« Linda streckte die Arme aus, starrte darauf, als könnten sich die Zellen ihrer Tochter irgendwie sichtbar machen und zwischen den

Sommersprossen und feinen Härchen wie Diamantstaub aufblitzen. »Und Dannys.«

»Kann sein.«

»Ja, nicht?«

Helen stand auf und spazierte hinüber zum Fenster.

»Aber so was ziehen die noch nicht mal in Erwägung, weil sie nur an den Dingen interessiert sind, die zu ihren Theorien passen«, fuhr Linda fort. »Auf diese Weise landen unschuldige Menschen im Knast.« Sie beobachtete Helen, die den Vorhang kurz beiseite schob, um hinauszublicken. »Wie viele sind es?«

»Fünfundzwanzig oder dreißig«, sagte Helen. »Vielleicht noch ein paar mehr.«

»Auch Journalisten?«

»Ja.« Neben der üblichen Anzahl an Handys, die hochgehalten wurden und auf das Haus gerichtet waren, gab es noch ein paar teurere Fotoapparate, die entweder das Haus im Visier hatten oder an den Hälsen ihrer Besitzer baumelten.

»Wie viele Bilder von einer Haustür kann man wohl gebrauchen?«

Helen drehte sich um. »Soll ich dir irgendwas bringen?«

»Ich glaube, ich leg mich für zehn Minuten hin.«

»Okay.«

»Du denkst, ich verschließe die Augen vor der Wahrheit, stimmt's?«, sagte Linda, noch bevor Helen die Tür erreicht hatte.

»Wie bitte?«

»Du findest, ich bin dumm und mach mir im Hinblick auf Steve was vor. Will nicht wahrhaben, was uns allen ins Auge springt. Richtig?«

»Komm, reg dich nicht auf!« Helen ging zurück zum Bett und setzte sich wieder.

»Du musst mir glauben, Hel. Er war's nicht. Nie und nimmer. Es gibt für alles, was sie meinen gegen ihn in der Hand zu haben, eine Erklärung. Und wenn diese Polizisten ihre Arbeit richtig machen, werden sie das am Schluss auch herausfinden. Das müssen sie doch, oder?« Sie lehnte sich zurück und stieß mit einem pfeifenden Geräusch tief in der Brust einen Seufzer aus. »Nie im Leben. Er hat das nie im Leben getan …«

»Du solltest jetzt besser schlafen«, sagte Helen.

»Hel?« Linda sah sie an und griff nach ihrer Hand. Die Frage musste nicht gestellt werden.

»Ihr solltet alle eingebuchtet werden«, rief in diesem Moment jemand draußen vorm Haus, der von der Schuld der Familie Bates bereits überzeugt war und sich offenbar einen Mannschaftswagen herbeiwünschte. Helen konnte das blechern klingende Radio unten in der Küche mit irgendeinem Bericht hören.

»Ich kenne Steve nicht«, sagte sie – was in der momentanen Situation wahrscheinlich von Vorteil war, ging es ihr durch den Kopf. Sie drückte Lindas Hand und blickte zu dem Fenster mit den zugezogenen Vorhängen.

Und dich *auch nicht*, dachte sie.

Als Helen die Schlafzimmertür schloss, trat Charli aus dem Bad. Die Hände des Mädchens steckten in den Gesäßtaschen ihrer Jeans. Helen betrachtete das aufgestickte Muster auf den Hosenbeinen. Ein Friedenssymbol und ein Hanfblatt.

»Alles in Ordnung?«, fragte Helen.

Charli zuckte mit den Schultern, und ein schiefes Grinsen huschte über ihr Gesicht angesichts des Aberwitzes dieser Frage.

Helen spürte, wie ihr das Blut ins Gesicht stieg. »Wollt ihr was zu essen, du und dein Bruder?«

Das Mädchen blickte auf und sah an ihr vorbei. Hinter der Tür füllte sich geräuschvoll der Wasserkasten der Toilette. »Was gibt's zum Abendbrot?«

»Ich weiß nicht.« Helen vermutete, dass das Essen regelmäßig gebracht wurde, doch waren ihr keinerlei Details bekannt; tags zuvor war sie zum fraglichen Zeitpunkt nicht hier gewesen. »Soll ich's rausfinden?«

»Können wir Pommes haben?«

»Ich werde mal nachfragen«, antwortete Helen.

Charli spielte für ein paar Sekunden mit dem bunten Armband an ihrem Handgelenk. Dann drückte sie sich dicht an der Wand entlang an Helen vorbei. Helen drehte sich um und sah Lindas Tochter hinterher, die die Tür zum zweiten Schlafzimmer gerade so weit öffnete, dass sie durch den Spalt hindurchschlüpfen konnte.

Als Helen in die Küche kam, hatte sie das untrügliche Gefühl, eine Unterhaltung unterbrochen zu haben. Auf dem Weg nach unten hatte sie das An- und Abschwellen murmelnder Stimmen gehört. Ein Funkgerät lag auf der Arbeitsplatte neben der Spüle. Carson und Gallagher beobachteten sie, wie sie die Handtasche über eine Stuhllehne hängte, und mangels anderer Betätigungsmöglichkeiten das Teewasser aufsetzte.

»Wie geht's ihr?«, fragte Carson.

Helen wollte gar keinen Tee. Was sie wirklich brauchte, war ein großes Glas Wein, doch verwarf sie den Gedanken sofort wieder, da sie bereits vor einer Stunde zwei Gläser zum Mittagessen gehabt hatte.

»Nicht so berauschend.«

Der Pub, den Paula ihr empfohlen hatte, hatte sich als nur durchschnittlich herausgestellt. Dennoch hatte Thorne fröhlich einen Teller Lammhackfleisch mit überbackenem Kartoffelpüree verdrückt und zwei Guinness getrunken, ein großes und ein kleines Glas. Sie vermutete, dass er selbst dann nichts gesagt hätte, wenn er enttäuscht gewesen wäre. Ihr war aufgefallen, dass er im Umgang mit ihr … vorsichtig war. Den Streit am Fischteich hatte er noch nicht verwunden. Auch wenn sie ein schlechtes Gewissen deshalb hatte, wollte sie nicht noch einmal darauf zu sprechen kommen. Sich nicht in irgendwas verwickeln lassen. Sie wusste, dass er nur ihr zuliebe den Vorschlag gemacht hatte, spazieren zu gehen; Frischluft und Bewegung waren für ihn genauso absonderlich wie Heavy Metal und Masochismus. Sie konnte ihm ansehen, wie wütend sie ihn mit ihrem Verhalten gemacht hatte.

Sie hatten beim Mittagessen über Alfie und ihren Vater gesprochen, in der stillschweigenden Übereinkunft, die aktuellen Geschehnisse in Polesford für ein paar Stunden hinter sich zu lassen. Sie redeten über Hendricks, Helens Schwester und den Urlaub in Portugal oder auf Teneriffa, von dem sie mittlerweile wussten, dass er wohl ins Wasser fallen würde.

Helen hatte die richtigen Dinge gesagt, an den passenden Stellen gelacht, und versucht, nett zu sein. Normal zu sein.

»War nicht leicht für sie«, sagte Carson jetzt.

»Äh, was?«

»Heute Morgen, auf dem Revier. Da gab's viel, was sie nicht hören wollte.«

»Hat sie mir erzählt.«

»Hat sie sonst noch was gesagt?«

»Wie etwa?«

»Weiß nicht. Irgendwas.«

Helen betrachtete sie. »Wie etwa, dass sie weiß, wo die Leiche des anderen Mädchens ist? Oder dass sie und ihr Mann unter einer Decke stecken und irgendeine abartige sexuelle Vorliebe teilen. Dass sie sich danach das Hirn wegvögeln? So was in der Art?«

»Kommen Sie!«

»Ernsthaft, was glauben Sie denn, was sie mir erzählt?«

»Tut mir leid«, warf Gallagher ein. Helen und Carson wandten sich ihr zu. »Ich habe den Vormittag mit den Eltern von Jessica Toms verbracht. Deshalb ...«, sie sah zur Decke und nickte, »hält sich mein Mitgefühl ziemlich in Grenzen.«

»Ach, und darum hat sie's verdient, wie Dreck behandelt zu werden?« Helen trat auf sie zu. »Wollen Sie das sagen?«

»Nicht ›verdient‹ ...«

»Hat sie's verdient, von diesen Idioten da draußen angepöbelt zu werden?« Helen zeigte zur Vorderseite des Hauses. »Sie können *schon* hören, was die da draußen rufen, ja? Oder sind Sie neben Blödheit auch noch mit Taubheit geschlagen?«

»Haben wir das nicht alles schon mal durchgekaut?« Carson wartete, bis Helen sich zu ihr umgewandt hatte. »Beruflich gesehen geht Sie das hier überhaupt nichts an.«

»Genau«, pflichtete Gallagher ihr bei. »Ich meine, Sie sind ihre Freundin. Darum geht's doch, oder?«

»*Wie bitte?*«

Wieder war das Gesicht der PC rot angelaufen, und die Sommersprossen hoben sich deutlich ab, doch sie wehrte sich standhaft. »Ich sage lediglich, dass Sie vielleicht nicht am besten dafür geeignet sind, die Lage zu beurteilen, mehr nicht.«

Helen zwang sich, leise zu sprechen, und den Tonfall so ruhig wie möglich zu halten. Vor Sophie Carson wollte sie nicht ausrasten. »Hören Sie, was immer der Blödmann angestellt hat, mit dem sie verheiratet ist, ist eine Sache, die sich im

Übrigen erst noch als wahr erweisen muss. Doch hat *sie*, soweit es das Gesetz betrifft, nichts gemacht. Okay? *Nichts*!«

Gallagher schnaubte und sah weg.

»Also, *Constable*, solange Sie nicht die geringste Idee haben, wovon Sie reden, schlage ich vor, dass Sie einfach Ihren Mund halten, dann werden wir uns auch nicht in die Quere kommen.« Sie ging hinüber zu dem Kessel, der sich gerade ausgeschaltet hatte. Obwohl ihr Bedürfnis nach Wein fast übermächtig war, agierte sie völlig mechanisch. Sie öffnete den Schrank, griff nach einem Becher und stellte ihn vorsichtig auf die Arbeitsplatte. Anschließend trat sie zum Kühlschrank, um nach der Milch zu suchen.

»Sie haben ihn vor einen halben Stunde wegen Mordes angeklagt«, verkündete Carson.

Helen fuhr herum, eine Hand auf der offenen Kühlschranktür.

»Den Blödmann, mit dem sie verheiratet ist.« Carson blickte sie ausdruckslos an. Gallagher stellte sich breitbeinig hin und zupfte eine der Manschetten ihrer blütenweißen Bluse gerade. »Ich dachte mir, Sie würden ihr das vielleicht gern selbst sagen.«

26

Nur ein einziges kurzes Gespräch mit der Frau im Café war notwendig, um zu erfahren, wo sich das Waldstück befand. Lediglich fünfzehn Minuten zu Fuß entfernt, mehr nicht. Hätten er und Helen gewusst, wo man hinsehen musste, hätten sie es vom Auto aus entdeckt, als sie vor wenigen Stunden aus der Stadt hinausgefahren waren.

Thorne war immer noch dabei, sich an die rasante Geschwindigkeit der Verbreitung von Neuigkeiten in Polesford zu gewöhnen.

Innerhalb eines Reviers sprachen sie sich schon herum wie ein Lauffeuer, das wusste Thorne ganz genau, und noch rasender innerhalb eines Dezernats. Neuigkeiten, Gerüchte, Tratsch; seriös, böswillig oder einfach nur aus Langeweile in die Welt gesetzt.

Solche Tage kamen nicht zu häufig vor, doch Polizisten litten schnell unter Langweile.

Chief Superintendent Soundso hatte die Interne am Hals.

Sergeant XY ist wieder auf Alk.

Detective Inspector Dings hat Probleme im Bett.

Thorne wusste, wie es lief. Er war schon häufig genug selbst zum Opfer geworden. Im Laufe der Jahre hatte er gelernt, den Blick auf den Gesichtern zu erkennen, kurz bevor sie sich abwandten; den subtilen Wandel der Atmosphäre, wenn er eine Einsatzzentrale betrat. Die Ereignisse von Bardsey Island lagen mittlerweile Monate zurück, doch die Buschtrommeln waren noch immer nicht verstummt. Die Behauptung, dass Thorne lieber einen Gefängnisbeamten geopfert hatte, als das Leben eines Freundes zu riskieren. Wenn er wach wurde von seinen Träumen, in denen geschwärzte Knochen vorkamen und Blut, das sich in einem Schwall über den Klippenrand ergoss, hatte er daran gedacht, einfach zu verkünden, dass die Gerüchte der Wahrheit entsprachen und er die gleiche Entscheidung noch einmal treffen würde, wenn er müsste. Doch letztendlich hatte er beschlossen, nichts zu sagen. Wenngleich er genau wusste, dass diejenigen, die ihm nicht freundlich gesinnt waren, schon bald einen anderen Grund finden würden, schlecht über ihn zu reden. Außerdem war er froh, dass diese Geschichte zumindest eine war, deretwegen er sich nicht schämen musste. Ob Tatsache oder Tratsch, Wahrheit oder Wahnwitz; er hatte gelernt, damit zu leben.

Diese Stadt hier aber …

O Mann.

Thorne vermutete, dass es immer etwas gab, worüber sich die Leute das Maul zerrissen. Wer mit wem ins Bett ging, wen Geldprobleme plagten. Das Übliche eben. Klatsch war ein Zahlungsmittel an einem Ort wie diesem, und plötzlich waren alle zusammen auf Gold gestoßen. Auf einem Revier oder in einem Mannschaftsraum hingegen waren es immer die Gleichen, die die Buschtrommeln auspackten. Thornes Pech war gewesen, dass der großmäulige DS, eine verlässliche Bank in Hinblick auf aktuellste Infos, mit auf Bardsey Island gewesen war.

Er fragte sich, wer in Polesford mitmischte, wenn es darum ging, die jüngsten Neuigkeiten zu verbreiten.

Die Frau, die das Café betrieb, war sicherlich eine Kandidatin.

Hatte Paula nicht gesagt, sie sei eine Freundin? Hare, der Wirt des Magpie's Nest, unterhielt sich offensichtlich ebenfalls gern, und mit einer Bar voller Polizisten bezog er seine Informationen von sehr vertrauenswürdigen Quellen. Es war interessant zu spekulieren, wer von den Anwohnern noch dazugehören mochte. Doch Thorne wusste, dass so etwas einfach herauszufinden war. Er musste nur beobachten, mit wem die Presse sprach. Wem die Reporter ihre Mikrofone hinhielten oder Geld zusteckten.

Er marschierte auf den Wald zu und dachte an den feinen Unterschied zwischen dem Geruch der Wahrheit und dem Gestank einer Lüge. Dachte an die Menschen, die die Rolle des seriösen Spürhundes übernahmen, um diesen Unterschied zu erschnüffeln.

Dachte an Wölfe – und an Menschen, die mit Frischfleisch herumwedelten.

Den Wald zu finden war schon ein Kinderspiel, doch den Fundort der Leiche aufzuspüren war fast noch einfacher. Obwohl es sicher eine weitere Stunde hell bleiben würde, waren die Bogenlampen am Tatort bereits eingeschaltet. Thorne konnte vom Waldrand aus den Halbkreis erkennen, den sie bildeten. Ihr milchiges Licht schien bis zu hundert Meter auf die Stämme und kahlen Äste der Bäume; darunter herrschte emsiges Treiben.

Auf halbem Weg stieß Thorne auf ein Absperrband. Es schlängelte sich um Baumstämme und junge Bäume, an denen es festgebunden war, und bildete einen Kreis um das Grab. Er wartete. Endlich stapfte ein uniformierter Beamter herbei, und er zeigte seinen Dienstausweis. Dann duckte er sich unter dem Band hindurch.

Und da war er wieder. Dieser Moment …

Egal wo oder wann. Ob auf einem Hügel oder in einem Wohngebiet. Allein die Bewegung, wenn er das Band anhob und sich darunter hindurchbückte, wie es seine Schulter streifte und sein zickiges Knie dabei knackte – das genügte schon, um sein Blut in Wallung zu bringen.

Freude an ihrem Beruf … So wie du …

Meistens …

Auch wenn die Leiche schon lange weg war, arbeiteten immer noch vier oder fünf Spurenermittler fleißig vor sich hin. Die allgegenwärtigen Schutzanzüge aus Plastik, das vertraute Rascheln bei jeder Bewegung. Als er den Trupp im Fernsehen gesehen hatte, in Paula Hitchmans Wohnzimmer, aufgenommen von einem Hubschrauber aus, hatten sie an Außerirdische erinnert, die im Wald herumspazierten. Wie in einem Film von Spielberg. Als würden sie Proben einsammeln oder auf ein Raumschiff warten, das sie abholte.

Ein weißes Zelt deckte das Grab ab. Soeben ging einer der Spurenermittler hinein, und ein anderer kam heraus. Plastikschalen und Beweisbeutel stapelten sich auf einem Tisch in der Mitte der Lichtung. Die meisten schienen nur Erde zu enthalten, die vom Grab stammte.

Thorne trat zu einem der Spurenermittler, der ein Sieb in der Hand hielt. Er hatte Nitrilhandschuhe übergestülpt und sang leise vor sich hin, während er mit einem Finger in klumpiger schwarzer Erde herumstocherte. Er schaute kurz zu Thorne auf und wandte sich wieder seiner Arbeit zu.

»Irgendwas Interessantes?«, fragte Thorne.

Der Spurenermittler sah wieder auf und warf einen flüchtigen Blick auf den Dienstausweis, den Thorne erneut gezückt hatte. »Das interessante Material ist bereits auf dem Weg zum Labor«, antwortete er. Der Mann trug eine Brille und hatte einen dunklen Schnurrbart. Unter der blauen Plastikhaube war sonst nicht viel zu erkennen. Er hätte tatsächlich ein Außerirdischer sein können, wenn auch mit einem Akzent aus Newcastle. »Eigentlich räumen wir nur noch auf. Aber Sie wissen ja, doppelt gemoppelt hält besser.«

»Was für Material?«

Der Spurenermittler legte das Sieb hin und kratzte sich durch den Schutzanzug hindurch die Brust. »Da gab's einen Zigarettenstummel, der alle in hellen Aufruhr versetzt hat.« Er deutete mit dem Kopf zum Zelt. »Lag bei der Leiche.«

»Haben *Sie* ihn gefunden?«

»Nein, jemand anders.«

»Wer ist auf die Leiche gestoßen?«

»Ein alter Mann mit einem Hund. Die übliche Geschichte.«

Wenn der Spurenermittler es merkwürdig fand, dass ein Detective die Antworten auf diese grundlegenden Fragen nicht längst wusste, ließ er es sich nicht anmerken. Häufig kam das Team der Spurenermittlung von außerhalb. Mitunter bestand keine direkte Verbindung zum Morddezernat, das mit der Ermittlung betraut war, und möglicherweise kannten sie noch nicht einmal die Namen der zuständigen Beamten.

»Der Hund hat das Buddeln schon zum größten Teil erledigt«, erklärte der Spurenermittler. »Das Grab war nicht tief.«

»Wie war ihr Zustand?«, fragte Thorne.

Der Spurenermittler starrte ihn ein paar Sekunden an, dann lachte er. »Entschuldigung, ich dachte gerade, Sie sprechen über den Hund. Da bin ich mir nämlich tatsächlich nicht sicher, ob es ein Er oder eine Sie war.«

»Ich spreche von der Leiche«, stellte Thorne klar.

»Sie hat ganz gewiss schon eine Weile dort gelegen.« Der Mann schob die Unterlippe vor und pustete sich Luft ins

Gesicht. Das Wetter hatte sich seit dem Morgen erheblich gebessert. Auch wenn es nicht unbedingt als mild bezeichnet werden konnte, wusste Thorne, wie warm es in diesen Schutzanzügen werden konnte. »Na, auf jeden Fall war sie schon eine Zeit lang tot.«

»Irgendwelche Kleidung?«

Der Spurenermittler schüttelte den Kopf. »Wie ich schon gesagt habe, da war nicht viel.«

»Dann ist sie also schon mehrere Wochen tot?«

»Gott, ja … ihre Haut war größtenteils aufgeplatzt. Eine Menge Krabbeltierchen, die sich an ihr bedienten.«

»Verstehe.«

»So wie's aussah, war sie auch verbrannt. Stank gehörig.«

Thorne blickte zum Zelt und sog unwillkürlich die Luft ein. Er hätte schwören können, vorhin für ein, zwei Sekunden den Geruch in der Nase gehabt zu haben. Da nicht gerade Grillwetter war, musste es wohl eine Assoziation gewesen sein. Ähnlich wie bei dem Bedürfnis, sich zu kratzen, wenn jemand von Kopfläusen sprach.

Er wusste, wie verbranntes Fleisch roch.

»Damit ist jegliche DNA des Mörders dahin«, sagte der Spurenermittler.

»Aus dem Grund wird er's wohl gemacht haben«, meinte Thorne.

»Muss für euch Jungs echt nervig sein.«

»Was?«

»Zu versuchen, die Schlauen zu schnappen.«

»Manchmal halten sie sich für schlauer, als sie's sind.«

Der Spurenermittler lächelte und nahm das Sieb wieder zur Hand. »Trifft leider auch auf manche Polizisten zu.«

»Für viele«, entgegnete Thorne.

Der Spurenermittler nickte und blickte Thorne an, als versuchte er herauszufinden, zu welcher Sorte er gehörte. Thorne dankte dem Mann für seine Zeit und überließ ihn seiner Erde und seinem Song, dessen Titel ihm einfach nicht einfallen wollte. Als er das Absperrband erreichte, merkte er, dass er dringend pinkeln musste. Er schlüpfte unter dem Band hindurch und hastete tiefer in den Wald hinein auf der Suche nach einem geeigneten Platz.

Fünf Minuten später tauchte er erleichtert hinter einem Gebüsch auf und trat auf den Weg, auf dem gerade ein Mann mit einem großen schwarzen Hund entlangging. Der Hund begann sofort zu bellen und zerrte an der Leine, offenbar um zu dem Busch zu laufen, hinter dem Thorne gerade »sein Revier« markiert hatte.

Der Mann starrte Thorne an und zog den Hund zurück.

»Netter Hund«, meinte Thorne. Das stimmte zwar nicht unbedingt, war aber eine etwas salonfähigere Aussage, als zu erklären, was er gerade hinter dem Gebüsch getrieben hatte. Der Mann starrte ihn weiter an, und Thorne fragte sich, ob er ihm seinen Dienstausweis zeigen sollte. »Was für eine Rasse ist das?«

»Ein Labradoodle«, erwiderte der Mann.

Thorne schoss durch den Kopf, dass das vielleicht der Hund war, der die Leiche entdeckt hatte. Dann erinnerte er sich jedoch, dass der Spurenermittler von einem alten Mann gesprochen hatte. Der Hundebesitzer, der vor ihm stand, war Mitte vierzig, wenn überhaupt. Auch wenn er, soweit Thorne das beurteilen konnte, weder alt noch klapprig aussah, hatte er einen Spazierstock dabei. Thorne konnte nur vermuten, dass es sich dabei um irgendeine Art von manieriertem Gehabe handelte. »Eine Kreuzung aus Labrador und Pudel, richtig?«

Der Hund zerrte immer noch an der Leine. »Normalerweise würde ich ihn ableinen«, sagte der Mann. »Frei laufen lassen. Die Polizei hat uns aber davon abgeraten aufgrund der Arbeiten da drüben.« Er deutete mit dem Kopf zu dem Waldstück, aus dem Thorne gekommen war.

»Die werden morgen wahrscheinlich wieder weg sein«, erklärte Thorne.

»Eins der Mädchen, oder?«

»Ich glaub schon«, antwortete Thorne.

Der Mann schaute weg, sah ein paar Sekunden in eine andere Richtung. »Man darf gar nicht dran denken.« Er zog den Hund zurück. »Ich habe eine Tochter, die fast genauso alt ist.«

»Verstehe.«

»Na, scheint so, als hätten sie den Kerl. Wenigstens etwas.«

Der Hund begann wieder zu bellen. Thorne und der Mann drehten sich um und bemerkten eine weitere Person, die ihren Hund ausführte. Eine junge Frau mit einem Dackel kam auf sie zu und blieb bei ihnen stehen. Die beiden Hundebesitzer nickten sich zu und schauten ihren Hunden bei der Begrüßung zu. Der übliche Austausch von Hundefreundlichkeiten.

Ich beschnuppere deinen und du meinen Hintern.

Der Mann und die Frau kannten sich offensichtlich und begannen ein Gespräch. Über das Wetter, das besser aussah, was bei dem Hochwasser ein Glück war. Über ihre Hunde, die sie an der Leine führen mussten – wirklich schade, aber angesichts der schrecklichen Umstände verständlich. Die Frau warf ein- oder zweimal einen Blick hinüber zu Thorne, sprach aber nicht direkt mit ihm. Vielleicht fragte sie sich, wo sein Hund war.

»Gehen Sie oft mit Ihrem Hund hier spazieren?«, fragte Thorne, als die Frau schließlich weiterging.

»Normalerweise jeden Tag«, erwiderte der Mann.

»Hier kommen wohl einige Hunde vorbei.«

»Ja. Wie ich schon gesagt habe, man kann sie hier gut laufen lassen.«

Thorne nickte und trat von einem Fuß auf den anderen. »Dann lass ich Sie mal weiterlaufen.« Er nickte zu dem Labradoodle. »Scheint, als würde ich ihn mittlerweile langweilen.«

»Sind Sie Polizist?«

»Wie kommen Sie darauf?«

»Sie sehen aus wie einer«, sagte der Mann.

27

»Bei der Frau kriege ich eine Gänsehaut «, sagte Charli.

Danny lag auf dem Bett, die Ohrhörer eingestöpselt, und starrte vor sich hin. Er schüttelte, wütend über die Störung, den Kopf und riss einen der Hörer heraus. »*Was*?«

»Sie«, sagte Charli. »Die Neue.«

Danny zuckte mit den Achseln. »Was erwartest du? Sie ist 'ne Bundesbeamtin. Sind alles Wichser.«

»War klar, dass du das sagst.«

Danny zog ein Gesicht.

»Staatsfeind Nummer eins.« Charli zog ebenfalls ein Gesicht. »Der Gangstaboy vom Viertel.«

Danny zeigte ihr den Stinkefinger und steckte den Ohrstöpsel wieder ein.

Vor ein paar Monaten hatte ein Polizeibeamter vor ihrer Tür gestanden, um mit Linda zu sprechen. Danny und ein paar seiner Freunde hatten andere Leute belästigt. Es war Anzeige erstattet worden und dabei von Alkohol und Gras die Rede gewesen. Daraufhin wurde er verwarnt, mehr nicht. Der Polizist stammte aus Polesford, ihre Mutter kannte ihn. Sie versprach, ein ernstes Wort mit ihrem Sohn zu reden. Damit war die Sache nach außen hin erledigt. Intern hatte es mehr als nur ein ernstes Wort gegeben und obendrauf ein, zwei Backpfeifen. Zusätzlich war Danny für zwei Wochen der Computer weggenommen worden, was ihn wirklich bis ins Mark getroffen hatte. Charli hatte ihren Bruder später nach dem Gras gefragt, und er hatte geantwortet, dass es einer seiner Kumpels gewesen war, der gekifft hatte – ganz offensichtlich eine Lüge. Sie wusste immer, wenn ihr Bruder log, und sie vermutete, dass er sich von *ihrem* Gras bedient hatte. So stellte sie klipp und klar fest, dass sie Bescheid wusste, und suchte sich ein neues Versteck für ihren Vorrat.

Sie hatte aufgehört, sich zu sorgen, dass die Polizei bei der Hausdurchsuchung das Gras finden könnte. Selbst wenn, gab es für sie Wichtigeres, um sich den Kopf zu zerbrechen. Sie würden sie wohl kaum wegen zwanzig Tüten Gras belangen, oder? Sie fragte sich, ob sie mit dieser Polizistin, dieser Weeks, reden sollte. Wenn sie wirklich eine Freundin ihrer Mum war, konnte sie vielleicht ihre Beziehungen spielen lassen oder so.

Können wir Pommes haben? Kannst du ein gutes Wort für Steve einlegen? Vielleicht könntest du auch versuchen, mir mein Gras wieder zu besorgen …

Sie ließ sich aufs Bett fallen. Sie sehnte sich nach einem Joint, um den ganzen Mist wenigstens für kurze Zeit zu vergessen, und würde ihn sogar anstandslos mit Danny teilen.

Sie fixierte ihren Bruder, bis er schwer seufzend die Musik stoppte und die Ohrhörer erneut herausriss.

»Was ist?«

»Nichts.«

»Du machst wieder dieses Gesicht.«

»Was für eins?«

»So wie wenn du mich fragst, ob du mir einen Pickel ausdrücken oder irgendwas Bescheuertes mit meinen Haaren anstellen kannst.«

»Hast du gesehen, wie viele draußen vorm Haus stehen?«, fragte Charli.

»Alles Vollpfosten.«

»Hast du sie gesehen?«

»Ja. Na und?«

Schon morgens hatte sich eine ziemlich große Menge versammelt. Nachdem Charli ihre Facebookseite gecheckt hatte, war ihr auch klar geworden, warum. Es hatte alle möglichen Meldungen gegeben über den Fund einer Leiche; um welches Mädchen es sich dabei handelte und was ihr angetan worden war.

Natürlich lief die Nachricht auf allen Sendern im Fernsehen, weshalb sie nachvollziehen konnte, warum die Polizisten sie nicht nach unten eingeladen hatten, um sie mit ihnen anzuschauen. Doch das war Blödsinn, denn Neuigkeiten dieser Art verbreiteten sich im Internet, lange bevor sie im Radio oder Fernsehen auftauchten. Sie und Danny hatten wahrscheinlich schon vor den Polizisten unten im Wohnzimmer Bescheid gewusst.

»Ich meine, *jetzt*. Es sind noch viel mehr aufgetaucht.«

Sie hatte das in der vergangenen Stunde verfolgt, seit sie und ihr Bruder das Geräusch von nebenan gehört hatten. Irgendwas war zwischen ihrer Mum und Weeks vorgefallen. Sie hatten sich unterhalten, dann waren ihre Stimmen lauter geworden, bis ihre Mutter schließlich geschrien hatte. Charli wusste nicht, worum es gegangen war, aber irgendwas ließ sie immer wieder zum Fenster wandern. Sie wusste, dass das Anwachsen der Menschenmenge mit den Geschehnissen im Haus zusammenhing.

»Es ist wie bei 'nem Unfall auf der Autobahn«, sagte Danny. »Mehr nicht. Wenn die Leute so …«

»Gaffen«, ergänzte Charli.

»Genau. Die Leute fahren langsamer, weil sie Polizeiwagen

oder Feuerwehrautos sehen.« Er zuckte mit den Achseln. »Bedeutet aber nicht, dass es tatsächlich was zu glotzen gibt oder irgendjemand umgekommen ist.« Er nickte. »So ist es auch bei Leuten, die mitten auf der Straße stehen bleiben und auf irgendwas zeigen, selbst wenn's gar nichts zu gucken gibt. Irgendwer bleibt immer stehen, nur für den Fall, er könnte womöglich was verpassen.« Er nickte zum Fenster. »Und mal ehrlich, hier in der Gegend gibt's ja auch sonst nichts zu tun, oder?«

Danny lag zwar falsch, das konnte Charli spüren, trotzdem war etwas dran an dem, was er sagte. Ihr fiel ein Gespräch mit ihrer Mum ein, wo sie sich über ihre Jugendzeit unterhalten hatten. Das war an dem Abend gewesen, als der Polizist wegen Danny da gewesen war. Nachdem ihre Mum ihren Bruder angeschrien und sich dann wieder etwas beruhigt hatte, hatten sie beide im Wohnzimmer gesessen. Ihre Mum hatte eine Flasche Wein geöffnet, Charli ein Glas eingegossen und angefangen zu reden.

»Ich kann ihm eigentlich keinen Vorwurf machen«, hatte ihre Mum gesagt. »Hier gibt's nicht viel, was Jugendliche unternehmen können, oder? Außer sich zu betrinken oder in Schwierigkeiten zu geraten. Wenn ich ehrlich bin, war ich nicht viel besser.«

Sie hatte ernst geklungen, doch plötzlich war ein Lächeln über ihre Lippen gehuscht. Charli hatte dagehockt, ihren Wein getrunken und zugehört. Und das Gespräch genossen.

»Wir haben uns damals den billigsten Fusel gekauft, den wir kriegen konnten. Vier Flaschen, die genauso viel kosteten wie eine von denen hier. Ein bisschen Gras haben wir uns auch besorgt, wenn's welches gab.« Ihr Blick war zu Charli gewandert. »Ja, ja, ich weiß … aber es ist was anderes, wenn's deine eigenen Kinder sind. Eines Tages wirst du verstehen, was ich meine.« Anschließend hatte sie ihr Glas ausgetrunken und sich nachgeschenkt. »Es ging eigentlich nur darum, aus dem Haus zu kommen und sich mit allem zuzudröhnen, was gerade griffbereit war.«

Charli fragte sich nun auf ihrem Bett, ob Helen Weeks auch zu dieser Gruppe gehört hatte. Ihre Mum und diese Polizistin. Sie stellte sich die beiden vor. Im Bushäuschen mit irgendeinem Fusel, den sie in sich hineinkippten, so wie die Kids heute, und irgendeinen Stuss redeten ...

»Damals sprachen wir nur davon, hier wegzukommen«, hatte ihre Mum erzählt. »Irgendwohin, wo's nicht so langweilig war. Ich wusste schon damals, dass einen dieser Ort nicht loslässt, wenn man nicht aufpasst. Dass er einen aussaugt. Natürlich war das nur Gerede. Ich meine, ich bin immer noch hier, oder? Ich würde gern behaupten, dass es an den mangelnden Möglichkeiten gelegen hat, aber so war's nicht. Ich war schlicht nicht mutig genug. Hab mich für die einfache Variante entschieden.« Sie hatte ihr Glas abgestellt und nach Charlis Hand gegriffen. »Du musst mutiger sein als ich, okay? Du und dein Bruder. Versprichst du mir das, meine Schatz?«

Jetzt saß Charli da und horchte auf ihren eigenen Atem; lauschte auf das Stimmengewirr, das von der Straße heraufdrang. Sie beugte sich zu Danny und stieß sanft gegen sein Bein. »Als der Polizist damals vorbeikam und meinte, du hättest Gras geraucht ... Das hattest du doch, oder?«

Danny zögerte und überlegte kurz. Das machte er immer vor einer Lüge. »Nein. Hab ich dir doch erzählt. Das war nicht mein Gras.«

»Stimmt. Denn es war meins.«

»Ich schwör dir, mein Kumpel hat's mitgebracht.«

»Lüg mich nicht an, Dan!« Sie legte eine Hand auf sein Bein. »Wir beide müssen ab jetzt ehrlich miteinander sein, okay? Das ist wichtig. Du sagst mir die Wahrheit, und ich dir. Ich schwör's. Kein Scheiß mehr, in Ordnung? Nicht jetzt.«

Die beiden schauten auf, als sie das Geräusch einer sich öffnenden Tür nebenan hörten. Kurz darauf klopfte es leise, und ihre Mutter trat herein.

»Ich muss euch erzählen, was mit Steve ist.«

Als Charli den Blick ihrer Mutter sah, sprang sie vom Bett. Ihre Mutter nahm sie in die Arme, und als sie sprach, klang ihre Stimme brüchig.

»Alles wird gut, ich versprech's. Es wird sich alles klären …«

Charli legte den Kopf auf die Schulter ihrer Mum und schaute ihren Bruder an. Sie bemerkte, wie er schluckte und seine Kiefernmuskeln sich spannten. Tränen schimmerten in seinen Augen.

Sie konnte sich nicht erinnern, wann sie ihn das letzte Mal hatte weinen sehen.

28

Thorne stand an der Bar im Magpie's Nest und nippte an dem Half Pint, das er seit zwanzig Minuten in den Händen hielt. Seine Augen wanderten zu dem ausgestopften Fisch, der im Pretty Pigs Pool gefangen worden war. Laut dem kleinen Schild ein zwölfpfündiger Karpfen; dick und grünlich-braun, das Maul mit den Bartfäden offen stehend, was ihn etwas überrascht wirken ließ. Genau das ist er wohl auch gewesen, dachte Thorne.

»Oje, nicht noch ein verflixter Angler …«

Thorne drehte sich um und entdeckte die Frau des Wirts, die lächelnd hinter der Bar stand. Er konnte sich nicht erinnern, ob Trevor Hare ihren Namen erwähnt hatte. Wenn ja, hatte Thorne ihn vergessen. »Nein, ich schau mir das nur an.«

»Sagen Sie Ihrer Frau, dass sie dankbar sein kann«, sagte sie. »Ich komme mir deshalb schon vor wie eine Witwe. Ist der Fluch meines Lebens. Ich hätte nichts dagegen, wenn er irgendwann mal was fangen würde, was wir essen könnten, und nicht immer nur nach Hause kommt und nach Fisch stinkt.«

»Ich bin nicht verheiratet«, stellte Thorne richtig.

»Und das wird auch so bleiben, wenn Sie je auf die dumme Idee kommen sollten, angeln zu gehen.«

Hare tauchte grinsend aus dem Raum hinter der Bar auf. »Du weißt schon, dass ich dich hören kann …?«

Seine Frau schüttelte den Kopf. »Halt die Klappe und mach dich nützlich!«, sagte sie.

Allmählich belebte sich der Pub. Als Thorne vor einer halben Stunde aus Ermangelung an Ideen, seine Zeit anderweitig totzuschlagen, das Magpie's Nest betreten hatte, war es fast leer gewesen. Doch jetzt füllte es sich langsam mit den Stammgästen, die ihre üblichen Tische oder Plätze an der Bar einnahmen.

Als Thorne sein Bier ausgetrunken hatte, schlüpfte er in eine Lücke an der Bar und bestellte sich ein weiteres Half Pint. Er ging davon aus, dass es noch ein paar Stunden dauern würde, bevor er Helen abholen konnte.

»Ich muss noch fahren«, sagte er, als Hare ihm das Glas herüberreichte.

»Soll ich ein bisschen Limo reinmixen?«

Sie sprachen ein paar Minuten über Autos und anschließend über Fußball. Hare ließ durchblicken, dass er West-Ham-Fan war. Die Unterhaltung kam in Schwung, und Thorne konnte spüren, dass der Wirt gern über wichtigere Themen sprechen wollte.

Er musste nicht lange warten.

»Scheint, als hätte ich mich bei Bates geirrt«, sagte Hare. »Ich meine, dass sie nichts gegen ihn haben.«

»Ja, scheint so.« Auf seinem Weg zurück aus dem Wald hatte Helen Thorne angerufen und ihm erzählt, dass Stephen Bates unter Anklage gestellt worden war. »Ich muss Linda noch eine Weile Gesellschaft leisten«, hatte sie gesagt. »Ist das in Ordnung?« Thorne hatte geantwortet, dass er sich gern ein paar Stunden allein vergnügen würde. Sie solle ihn anrufen, wenn sie abgeholt werden wollte.

»Ich denke, nachdem sie Jessica gefunden hatten, war es nur noch eine Frage der Zeit«, sagte Hare.

Soweit Thorne wusste, musste die Leiche noch offiziell identifiziert werden. Die Polizei hatte bisher keine öffentliche Erklärung dazu abgegeben. In der Stadt hatte sich aber bereits herumgesprochen, dass Jessica Toms' Leiche im Wald gefunden worden war. Daran hegte Thorne keinen Zweifel. Ihm fiel auf, dass diejenigen, die die neusten Neuigkeiten verbreiteten, auffallend gut informiert waren. »Sie haben gesagt, dass Sie Jessica gekannt haben.«

Hare nickte. »Tolles Mädchen. Nette Familie. Nicht so verrückt wie manch andere in ihrem Alter. Na ja, gut … hier und da 'n bisschen Alkohol, ein albernes Tattoo … Aber damit ist man hier ja schon ein Vorbild an Tugend.« Er schnappte sich eine leere Flasche von der Bar und warf sie in einen großen Plastikmülleimer. »Er hat wahrscheinlich einfach gehofft, dass sie sie nicht finden würden. Bates. Wollte es aussitzen.«

»Ist nicht anders zu erwarten.« Thorne nippte an seinem Bier.

»Ja. Ich denke, seine Anwältin hat ihm empfohlen, besser die Klappe zu halten.«

»Ja, ich kann an einer Hand abzählen, wie oft ein Mörder dagesessen und seine Tat freiwillig gebeichtet hat.«

»Ist schwierig, ein Geständnis ohne eine Leiche zu bekommen.«

»Aber nicht unmöglich«, entgegnete Thorne.

»Er weiß mittlerweile bestimmt, dass das Spiel aus ist.« Hare blickte sich um und bemerkte, dass seine Frau wütend in Richtung einiger Gäste nickte, die darauf warteten, bedient zu werden. »Nicht nur er.«

»Keine Ruhe den Gottlosen.«

Hare lachte und beugte sich vor. »Glauben Sie mir, Sie sind besser dran, wenn Sie *nicht* verheiratet sind.«

Thorne fragte schnell, ob er noch etwas zu essen bestellen konnte. Hare drückte ihm eine Speisekarte in die Hand, bevor er hinüber zu den anderen Gästen ging, um sie zu bedienen. Thorne bestellte an der Bar und nippte gelegentlich an seinem Bier, während er wartete. Mit einem Auge schielte er auf den Fernseher oben in der Ecke. Der Ton war leise gestellt worden, doch die am unteren Bildrand vorbeiziehenden Schlagzeilen waren so gut wie Untertitel. Der alte Mann wurde interviewt, dessen Hund die Leiche entdeckt hatte, und Thorne erkannte die beiden wieder. Abends zuvor hatten sie vor der Memorial Hall neben ihm gestanden, als die Polizei ihre Pressemitteilung rausgegeben hatte. Eine Schlagzeile lautete, dass ein dreiundvierzigjähriger Mann aus Polesford unter Mordanklage gestellt worden war. Nach der x-ten Nahaufnahme des Hunds erklärte ein weiterer Reporter, dass ein zweites Opfer immer noch vermisst werden würde.

»Der Mistkerl bekommt das, was er verdient …«, sagte ein Mann neben Thorne an der Bar.

Thorne trug seinen Teller mit Schinken, Eiern und Pommes frites zu einem freien Tisch und machte sich über sein Essen her. Nach ein paar Minuten blickte er auf und erkannte in dem stämmigen jungen Mann in Jeans und Sweatshirt am Tisch nebenan den rotgesichtigen Police Constable, den er tags zuvor draußen vor der Einsatzzentrale getroffen hatte. Er saß mit einem Freund zusammen und trank etwas. Thorne war sich noch nicht einmal sicher, ob der PC ihn wiedererkannt hatte, doch als der Freund aufstand, um zur Bar zu gehen, ließ Thorne sein noch nicht aufgegessenes Essen stehen und setzte sich kurz zu ihm.

»Ich wollte mich nur dafür entschuldigen, dass ich gestern so ein Idiot war und den Chef rausgekehrt habe.«

Der PC sah ihn nicht an, zuckte nur mit den Achseln. Er hatte Thorne eindeutig bemerkt. »Keine Sorge«, sagte er. »Ich hab schon Schlimmeres erlebt.«

»Eines Tages sind Sie dran.«

»Kann's kaum erwarten.«

Thorne prostete dem PC zu, was dieser erwiderte, und die beiden tranken einen Schluck.

»Müssen alle ziemlich zufrieden sein heute Morgen«, meinte Thorne.

Der PC blickte ihn zum ersten Mal an. »Da kann ich nicht mitreden.«

Thorne wusste, dass der PC an die Eltern des toten Mädchens dachte und Thorne jetzt für einen noch größeren Idioten hielt als ursprünglich. »Ich meine, Cornish und die Jungs vom Morddezernat.«

»Ja, ich denk schon.«

»Wissen Sie was von dem Zigarettenstummel, der gefunden wurde?«

»Nicht mehr als Sie.«

Vielleicht hatte der junge Polizist rumgefragt, doch das halbe Lächeln auf seinen Lippen verriet, dass er mittlerweile wusste, welche Rolle Thorne in dieser Untersuchung spielte. Nämlich gar keine. Auf jeden Fall keine offizielle. Im Moment waren beide einfach nur zwei Männer außer Dienst, die im Pub miteinander redeten, was Thorne sehr recht war. »Ich weiß überhaupt nichts«, sagte er. »Ich unterhalte mich nur.«

Der PC schwenkte den Rest seines Biers für ein paar Sekunden im Glas herum. »Sie haben jetzt schon viel gegen ihn in der Hand. Auf seinem Computer wurde fast sofort dieses Zeug gefunden«, sagte er schließlich.

»Was für Zeug?«

»Was wohl? Mädchen im Teenageralter.«

Auch wenn das schon schlimm genug war, hatte Thorne aufgrund des Tonfalls des PC angenommen, dass es noch etwas viel Schrecklicheres sein könnte. »Wenn Sie Teenager sagen …«

»Junge Mädchen eben.«

»Wie alt? Dreizehn, vierzehn? Siebzehn?«

»Ich hab sie nicht gesehen.«

»Viele Kerle schauen sich Pornos mit Teenagern an.«

»Aber nicht alle entführen Mädchen in diesem Alter.«

»Manche von den Mädchen auf diesen Seiten tun so, als wären sie viel jünger. Ziehen sich an wie Schulmädchen.«

»Ich glaub nicht, dass sich viele Mädchen damit aufhalten, ihren Ausweis zu zeigen, oder?«

»Nein …«

»Auf jeden Fall kümmert's die Männer, die sich so was reinziehen, einen Dreck, wie alt die Mädels sind.«

»Ich mein ja nur …«

»Sie scheinen sich jedenfalls bemerkenswert gut auszukennen.«

Thorne erstarrte. Er hatte ein schlechtes Gewissen gehabt, weil er tags zuvor dem PC gegenüber den Chef rausgekehrt hatte. Jetzt fragte er sich, wie groß seine Schuldgefühle wohl sein würden, wenn er ihm eine runterhaute. »Sie haben gesagt, dass sie sofort auf das Zeug gestoßen sind.«

»Nach dem, was ich gehört habe.«

»Also hat er sich nicht sehr viel Mühe gemacht, es zu verbergen, oder?« Thorne wusste, dass diejenigen, die ihre Vorlieben wirklich geheim halten wollten, sich in der Regel mehr anstrengten. Die schrecklichsten Seiten wurden normalerweise irgendwo im sogenannten Dark Web versteckt. Dort konnten die Bilder nur mithilfe von Spezialisten der Computerforensik ausgegraben werden. »Wenn Sie wirklich heikel sind, hätte es viel länger gedauert.«

»Versteh ich nicht«, sagte der PC.

»Was?«

»Warum Sie die Beweise kleinreden.«

»Sie klingen eben nicht wie Beweise.«

»Als würden Sie ihn verteidigen.«

»Tu ich nicht.«

Thorne blickte auf, als der Freund des PC wieder an den Tisch zurückkehrte. Er stellte zwei frische Pints hin, setzte sich und nickte Thorne zu, der zurücknickte. Die drei saßen eine halbe Minute schweigend da, bis Thorne mit der Bemerkung aufstand, wieder zurück zu seinem Essen zu müssen.

Fünfzehn Minuten später brachte Thorne seinen leeren Teller zurück zur Bar und bestellte ein weiteres Bier. Das Mädchen, das ihn bediente, war um die achtzehn, vielleicht auch jünger. Auf jeden Fall hätte sie jünger aussehen können, wenn sie gewollt hätte, so wie manch Vierzehnjährige älter aussehen konnten. War das nicht die häufigste Erklärung von Männern, wenn sie mit minderjährigen Mädchen schliefen?

Er fragte sich, warum ihn das so beschäftigte. Warum er nach Erklärungen suchte. Nach Entschuldigungen. Vielleicht weil die Vorliebe für jugendliche Mädchen, egal wie verwerflich sie auch war, einen nicht zum Mörder machte.

Thorne stattete der Toilette einen Besuch ab. Auf dem Weg zurück trat er hinaus in den kleinen Garten des Pubs, wo es auch eine Spielecke für die Kinder gab. Die Lichter waren eingeschaltet, und neben ein paar Biertischen mit Bänken standen noch zwei Heizstrahler auf der Terrasse. Auf dem kleinen Rasenstück waren eine Wippe, eine Schaukel und ein schmutzig aussehendes Spielhaus aus Plastik aufgestellt worden, das wie ein großer Schuh geformt war. Thorne musste unwillkürlich an das alte englische Kinderlied denken und versuchte, sich zu erinnern … Eine alte Frau lebte in einem Schuh, sie hatte so viele Kinder und kam nie zur Ruh …

Ein Mann saß auf einer der Bänke und rauchte, den Rücken zu Thorne gewandt. Er hatte sein langes lockiges Haar zu einem Pferdeschwanz gebunden und trug eine schwarze Schürze über einem weißen T-Shirt.

»Der Schinken mit den Eiern und den Pommes frites war ein Gedicht«, sagte Thorne.

Der Mann blickte sich um und hob einen Daumen. Er war etwas jünger, als Thorne vermutet hatte. Nicht älter als Mitte zwanzig, mit Zottelbart und Brille. »So soll's sein«, sagte er. »Wir mögen glückliche Gäste.« Er konnte sich gut ausdrücken und hatte eine klangvolle Stimme, wie ein Radiosprecher.

Thorne trat zu ihm. »Gestern hatte ich Steak mit Pommes frites.«

»Meine Spezialität.«

»War auch ziemlich gut.«

»Sie können Ihr Lob gern an den Chef vom Magpie weitergeben. Vielleicht ist er dann eher geneigt, mir mein Gehalt zu erhöhen. Zwar müssen die Schweine vorher noch fliegen lernen, aber die Hoffnung stirbt ja bekanntlich zuletzt.«

Er genoss seinen Sarkasmus, der gekrönt wurde durch ein hinterlistiges, leicht schiefes Grinsen. Auch wenn Thorne nichts riechen konnte, fragte er sich, ob vielleicht etwas anderes als nur Tabak in der dünnen selbstgedrehten Zigarette war. Er setzte sich, ganz froh darüber, draußen zu sein und etwas Zigarettenrauch einzuatmen.

»Tom Thorne.«

»Shelley.« Die Armbänder am Handgelenk des Mannes klapperten, als er Thorne die Hand schüttelte. Silbern, ledern, perlenbesetzt.

»Vor- oder Nachname?«

»Die Leute sagen einfach nur Shelley zu mir.« Er nahm ein Buch zur Hand, das vor ihm lag, und hielt es hoch. Englische Liebeslyrik. »Gedichte lesen hier nicht allzu viele.«

Thorne griff danach, drehte es um und betrachtete die Rückseite. Blake, Coleridge, Byron. Die Abbildung eines Pferds. Es kam ihm so vor, als wäre der Mann ziemlich stolz auf seinen Spitznamen, und ihm drängte sich unwillkürlich die Frage auf, ob er ihn sich nicht selbst gegeben hatte.

»Sind auch nicht gerade mein Spezialgebiet«, räumte Thorne ein. Die einzige Dichterin, die er je leibhaftig getroffen hatte, war Pam Ayres. Seine Eltern waren völlig begeistert von ihr gewesen, vor allem von diesem Gedicht über ihre Zähne. Sie hatten einen ihrer Auftritte besucht, in irgendeinem Kulturzentrum, als Thorne noch zur Schule ging. Er beschloss, das besser nicht zu erwähnen.

»Ich schreibe auch ein bisschen.«

»Ein Koch, der Gedichte schreibt?«

»Eigentlich andersrum.«

»Muss einem da drinnen schon mal vorkommen wie in einer Reality-Show.«

In Shelleys Gesicht blitzte kurz ein Lächeln auf. »Ich mache das nur wegen der Kohle«, sagte er. »Um das Geld für die Uni zusammenzukriegen.« Er zog ein letztes Mal an seiner selbstgedrehten Zigarette. »Das erste Mal hat's nicht so ganz gepasst.« Er schnippte den Rest seiner Zigarette ins Gebüsch. »Ehrlich gesagt, hab ich *denen* nicht gepasst.«

»Ich war nie auf einer Uni«, sagte Thorne. Etwas, dass er ab und zu bedauerte, und von viel jüngeren, ranghöheren, auf der Überholspur dahinjagenden Beamten mit beeindruckend klingenden Abschlüssen auch zu spüren bekam. »Deshalb …«

»Die Schule des Lebens.«

»So was in der Art.«

»Ist nichts dran auszusetzen.« Der junge Mann lächelte wieder, auf eine Art, als hätte er gerade etwas Witziges von sich gegeben, dass alle anderen nicht verstanden, weil sie nicht schlau genug dafür waren.

»Haben Sie eine Wohnung hier in der Stadt?«

Der Koch schüttelte den Kopf und zeigte auf zwei eingeschossige Nebengebäude gleich hinter dem Spielplatz. Durch den dunkelgrauen Himmel und den Schein der Lampen wirkte ihren Silhouetten vollkommen schwarz. Thorne konnte erkennen, dass eine Reihe von Mülltonnen und zwei Fahrräder davorstanden. »Lord und Lady Magpie stellen ihrem Personal großzügigerweise eine Unterkunft zur Verfügung, was natürlich bedeutet, dass sie uns weniger zahlen müssen.« Er zuckte mit den Achseln. »Im Grunde ist es ein Schuppen mit einem Waschbecken, aber es erfüllt seinen Zweck.« Er griff wieder nach dem Buch und tätschelte es sanft. »Solange ich so was habe, geht's mir gut. Sie wissen doch, Bücher schmücken ein Zimmer.«

Thorne fand zwar, dass eher Möbel ein Zimmer schmückten, erwiderte aber nichts.

Shelley lehnte sich zurück, zog eine Dose mit Tabak und Blättchen aus der Tasche seiner Schürze und begann sich noch eine Zigarette zu drehen. »Was treiben Sie denn so?« Sein Akzent schien Thorne künstlich auf Arbeiterklasse getrimmt.

»Ich bin Polizist«, antwortete Thorne.

»Aha.« Der Koch nickte wissend. »Tja, hier gibt's auf jeden Fall zurzeit mehr Polizisten als Dichter. Das steht fest.«

»Ich bin nicht im Dienst«, erklärte Thorne. »Bin nur mit einer Freundin hier.«

Shelley schien das witzig zu finden. »Ähnelt wohl eher einem Arbeitsurlaub.«

»Ist nicht auf meinem Mist gewachsen, ehrlich nicht.«

Shelley leckte den Rand des Blättchens. »Dann also aus reinem Interesse?«

Ein Paar kam auf die Terrasse heraus, und Lärm drang aus der Bar, bis sich die Tür wieder schloss. Sie setzten sich mit ihren Getränken an einen der anderen Tische, hielten Händchen und sprachen leise miteinander.

Shelley beobachtete sie. »Junges Glück«, sagte er.

»Nett.«

Thorne wurde es langsam kalt.

»Denken Sie, es gibt das Böse?«

»Wie bitte?« Thorne hatte die Frage durchaus verstanden, doch der abrupte Themenwechsel und die Beiläufigkeit, mit der sie gestellt worden war, überraschten ihn.

»Ich hab mich nur gefragt, ob Sie daran glauben. Angesichts der Vorfälle hier. Glauben Sie, dass der Mann, der dafür verantwortlich ist, böse ist?«

Thorne musste ein paar Sekunden nachdenken, bevor er antwortete. »Na ja, ich denke, man kann das, was er *getan* hat, als böse bezeichnen … Allerdings glaube ich, dass die Menschen, die so eine Tat begehen, schlichtweg gierig, pervers oder krank im Hirn sind. Ich bin mir nicht sicher, ob ›böse‹ das richtige Wort ist. Ob wir uns mit dem Begriff einen Gefallen tun. Ich glaube aber genauso wenig, dass die Menschen von Natur aus *gut* sind … falls das hilft.«

»Interessant«, sagte Shelley.

»Ach ja?«

Der Koch legte die fertig gedrehte Zigarette in die Dose und steckte sie zurück in die Schürzentasche. »Wissen Sie, ich hab mir überlegt, vielleicht was über die Geschehnisse hier zu schreiben. Vermisste Mädchen und Leichen im Wald. Ich finde, irgendjemand *sollte* es tun.«

Thorne blickte ihn an.

Shelley zuckte mit den Achseln. »Dichter haben immer über Gut und Böse geschrieben. Über Leben und Tod. Das sind die Themen, die uns beschäftigen. Ich meine, so was ist elementar, oder? Grundlegend.«

Thorne nickte und dachte an Pam Ayres, die sich nicht anständig um ihre Zähne gekümmert hatte.

»›Alle Menschen sind böse und werden sich als solche zu erkennen geben, wenn sich die Gelegenheit bietet‹, sagte einmal Walter Raleigh.«

»Der Kerl, der die Kartoffel nach England brachte?«

»Er war auch Dichter.«

»Das wusste ich nicht.«

Shelley lächelte, als hätte er nichts anderes erwartet. »Er meinte, dass das Böse in uns allen ist, irgendwo.« Er breitete die Arme aus und wartete einen Augenblick, damit die Tiefgründigkeit seiner Worte sich entfalten konnte. »›Mord ist eine Tat, die ganz leicht in Erwägung gezogen werden kann.‹«

»Von wem ist das?«

»Von Emerson.«

»Und was haben Lake und Palmer dazu gesagt?« Thorne wartete und genoss es, dass jetzt der Koch derjenige war, der verwirrt blickte.

»Äh, okay.« Shelley stand auf und streckte sich. »Ich mache

mich besser mal wieder an die Arbeit und räume auf. Chefkoch und Spüler in einem.« Er deutete mit dem Kopf zum Pub. »Die erwarten auf jeden Fall eine Gegenleistung für ihr Geld.«

Thorne folgte Shelley zurück in den Pub. Als sie den Flur vor den Toiletten betraten, kam das junge Mädchen, das Thorne vorhin bedient hatte, aus der Damentoilette. Sie lächelte ihn an und errötete leicht, als sie Shelley erblickte. Der Koch warf Thorne daraufhin einen letzten Blick zu und zog dabei kritisch die Augenbraue hoch. Dann spazierte er weiter zur Küche, den kostbaren Gedichtband fest in der Hand.

Thorne schlenderte zurück in den Gastraum, der nicht mehr ganz so voll war. Diejenigen, die für ein Feierabendbier vorbeigekommen waren, hatten sich auf den Weg nach Hause gemacht. Thorne hatte noch immer keine Nachricht von Helen, und so gelangte er zu dem Schluss, dass wohl noch genügend Zeit für ein weiteres Getränk war. Er zog einen Zehn-Pfund-Schein aus der Brieftasche und winkte damit, um sich bei dem Mädchen bemerkbar zu machen, das wieder bediente.

Also aus reinem Interesse?

Das sich unaufhörlich steigerte.

Das Mädchen hinter der Bar nickte, um Thorne wissen zu lassen, dass er der Nächste war.

Er wartete und fragte sich, warum er das Bedürfnis verspürt hatte zu betonen, dass er mit der Aufklärung des Falls nichts zu tun hatte; ob seine Worte für den Gedichte lesenden Koch genauso schwach geklungen hatten, wie sie ihm selbst erschienen waren. Er fragte sich, warum er mit diesem PC gesprochen hatte und warum dessen Vorwurf, dass Thorne die Beweise gegen Bates infrage stellte, ihn so getroffen hatte.

Er dachte an den Wald.

An die Spaziergänger mit ihren Hunden …

29

Er findet die Musik aus der Zeit, als er vierzehn oder fünfzehn war, immer noch klasse; er ist ihr eigentlich nie entwachsen. Genauso verhält es sich mit der Fußballmannschaft und dem Essen.

Aber daran ist ja wohl nichts komisch, oder?

Ungefähr zur gleichen Zeit hat er begonnen, auf Mädchen wie Jessica und Poppy zu stehen. Sogar schon etwas früher, mit zwölf oder dreizehn. Damals waren diese Mädchen ein oder zwei Klassen über ihm. Meistens hingen sie mit älteren Jungs herum und ließen ihn links liegen, doch er beobachtete sie: wenn sie zusammenstanden, auf dem Schulhof flüsterten oder in der Mensa Tratsch austauschten. Er beobachtete sie und merkte, dass er heftiger atmete und sich vorstellte, wie es wäre, es mit ihnen zu treiben. Nachts fummelte er an sich herum, unter der Bettdecke, im Dunkeln, und malte sich alles ganz genau aus. Was sie zu ihm sagen würden. Wann und wo es passieren würde. Das Beste war immer die Vorstellung, dass sie es genauso aufregend finden und als Abenteuer betrachten würden, einem jüngeren Kerl zu zeigen, wo's langging.

War das nicht völlig normal? Dachten nicht alle Jugendlichen in dem Alter daran? Er wusste, dass es so war, wusste, dass die meisten Jungs seines Alters genauso fühlten, denn sie erzählten es ihm. Die Hormone sprudelten los und fuhren

Achterbahn mit einem. Die Jungs machten alle das Gleiche wie er, *dachten* alle das Gleiche wie er, jede Nacht.

Warum also soll es normal sein, diesem Zustand zu entwachsen? Aufzuhören, an Mädchen dieses Alters zu denken, wenn man älter wird? Vorlieben sind nun mal Vorlieben. Außerdem, wer zum Teufel legt so etwas überhaupt fest? Er kennt ein paar Männer, die älter sind als er und die der Gedanke anmacht, es mit Frauen mittleren Alters zu treiben. Die das Web gezielt danach durchsuchen. Nach geilen Muttis. Sogar nach scharfen Omis. Er erinnert sich an einen Kerl, der ihm von solch einer Pornoseite erzählt hat. Sie törnten ihn mehr an, weil der Sex realistischer aussehe, hat er gesagt und hinzugefügt, er finde es viel erregender, weil es … eher erreichbar sei.

Also, *das* ist nun völlig bescheuert. *Völlig* unnormal. Der ganze Sinn einer Fantasie besteht doch darin, *un*erreichbar zu sein.

Im Allgemeinen …

Als die Fantasie nicht mehr reichte, hat er Wege gefunden, diesen Mädchen näherzukommen, mehr nicht. Das Wann und Wie haben variiert. So wie die Jessicas und Poppys, die Mädchen, die ihn damals links liegen ließen.

Alte Lieder, Lieblingsessen, die Fußballmannschaft, die man schon als Jugendlicher mochte. Nichts davon ist besorgniserregend oder stellt ein Problem dar, um das man sich kümmern muss. Andere Sachen sind da schon etwas kniffliger zu organisieren.

Knifflig, aber nicht unmöglich.

30

Helen bei dem Haus abzuholen, in dem Linda Bates und ihre Kinder vorübergehend wohnten, war alles andere als einfach, doch damit hatte Thorne gerechnet. Es gab keinen Hinterausgang, außer man kletterte gern über Gartenzäune und turnte über Brachland. Helen hatte vorgeschlagen, ihn irgendwo in der Nähe zu treffen, doch Thorne hatte darauf bestanden, sie abzuholen. Er hatte ihr entgegengehalten, dass sie der Menge schon einmal getrotzt hatten und bereits mehrfach zusammen fotografiert worden waren.

Der Geist war definitiv aus der Flasche.

Die Menge war natürlich mittlerweile größer – und wütender. Die Fotografen und Journalisten um einiges entschlossener.

Wird Linda ihm beistehen?

Wie kommen die Kinder mit der Situation zurecht?

Glauben Sie, dass Linda etwas wusste?

Helen und er liefen so schnell wie möglich zum Auto und sagten nichts. Ihr Blick war auf das Pflaster gerichtet. Thorne wollte automatisch nach Helens Hand greifen, doch er hielt sich zurück. Es machte wenig Sinn, der Meute noch mehr zum Fraß vorzuwerfen.

Sie schwiegen, bis sie auf der Straße zu Paula Hitchmans Haus waren. Bis Thorne niemanden mehr im Rückspiegel sah.

»Wie lang bleiben wir noch?«

»Ich weiß nicht.«

»Ein paar Tage … oder länger?«

Helen schaute ihn an. »Ich kann jetzt noch nicht weg. Linda ist wirklich in keiner guten Verfassung.«

»Okay.«

»Ich hab ihr gesagt, dass ich eine Weile bleiben werde.«

»Was ist mit Alfie?«

»Ich hab mit Dad gesprochen und ihm gesagt, dass wir noch ein paar Tage dranhängen in den Cotswolds«, antwortete Helen. »Er passt gern weiter auf Alfie auf. Es macht ihm Spaß.«

»Wirklich?«

»Hat er zu mir gesagt.«

»Ich wette, der arme Kerl ist schon völlig erledigt.«

»Ein bisschen Bewegung tut ihm gut.«

Helen lächelte. Ein sanfter Ausdruck legte sich auf ihr Gesicht. Er wusste, dass sie es hasste, von ihrem Sohn getrennt zu sein, und ihn furchtbar vermisste. Thorne erging es nicht anders.

»Ist das in Ordnung?«

»Was?«

»Hierzubleiben.«

»Wie du meinst«, sagte Thorne.

»Aber blöd für dich.«

»Mach dir keine Sorgen. Ich komm schon klar.« Thorne dachte darüber nach, ihr zu erzählen, was er im Wald beobachtet hatte. Sein Unbehagen über das, was der PC ihm erzählt hatte. Er beschloss, seine Bedenken erst einmal für sich zu behalten, zumindest so lange, bis das Gespräch, das er für morgen Vormittag geplant hatte, stattgefunden hatte. »Ich werde schon eine Beschäftigung finden.

Sie fuhren einen Straßenabschnitt entlang, der nicht beleuchtet war, und Thorne schaltete vom Abblendlicht auf Fernlicht um. »Verflucht noch mal, wenn's hier düster wird, dann aber richtig.« Er blickte Helen an und wusste sofort, was sie dachte.

Die gesamte Lage war düster.

Thorne hatte seine Einstellung zum Land oft genug deutlich gemacht. Man konnte ihm durchaus einen gelegentlichen – und kurzen – Besuch abstatten, aber bestimmt nicht dort leben. Doch mittlerweile begann er seine Haltung zu überdenken, zumindest was die Fähigkeit der eher ländlichen Bevölkerung wie der von Polesford betraf, sich gegenseitig schlimme Dinge anzutun. Er hatte immer gedacht, dass das Land für ihn nicht der richtige Ort war, um Polizist zu sein. Nicht wenn man sein Leben mit etwas anderem verbringen wollte als mit Minderjährigen, deren Vergehen darin bestand, Alkohol zu trinken, und mit Bauern, die mit Traktoren herumfuhren, deren Steuerplaketten abgelaufen waren.

Dieses Bild kam Thorne inzwischen wie ein billiger Witz vor.

Was hatte der Koch zu ihm gesagt? Mord sei ganz einfach in Erwägung zu ziehen, so was in der Art.

Anscheinend empfanden Menschen von hier das genauso, und für Freunde und Verwandte der Opfer war es gleichermaßen schwer, damit umzugehen. Wahrscheinlich noch schwerer als in einer Großstadt, wo man zähneknirschend hinnahm, dass Kriminalität Teil des täglichen Lebens war, so wie überhöhte Immobilienpreise und Stadtfüchse; auf dem Land aber rechnete man nicht damit.

Thorne bog um eine Ecke, und die Scheinwerfer beleuchteten den Kadaver eines Dachses. Verdreht und staubgrau lag er an der Bordsteinkante.

»Weißt du, warum so viele Dachse auf den Straßen sterben?«, fragte Thorne.

»Weil sie die Verkehrsregeln nicht kennen?«

»Weil sie immer denselben Weg gehen. Ist einfach so drin in ihnen. Sie folgen alten Fährten, und zwar völlig egal, ob sie inzwischen über die M42 führen. Sie können einfach nicht anders.«

»Gewohnheitstiere.«

»Die Gewohnheit bringt sie um.«

Helen nickte. »*Du* bist ein Dachs«, sagte sie.

Thorne blickte zu ihr hinüber und lachte, während er sich mit der Hand durchs Haar fuhr. »Noch etwas mehr Grau, und ich werde ganz bestimmt wie einer aussehen.«

»Der Dachs da eben muss aber nicht unbedingt überfahren worden sein«, erklärte Helen. »Die Bauern hier in der Gegend erschießen sie und lassen sie dann auf der Straße liegen. Oder es waren Nachtjäger.«

Thorne musterte sie fragend.

»Irgendwelche Blödmänner, die nachts mit ihren Geländewagen übers Feld fahren. Haben riesige Scheinwerfer vorne draufmontiert und schießen auf alles, was ihnen über den Weg läuft. Kaninchen, Dachse, manchmal Rehe. Angesoffene Söhne von Bauern … Jungs aus dem Ort, die versuchen, Mädels zu beeindrucken. Idioten …«

»Dich haben sie also nicht beeindruckt?«

»Ich war einmal mit dabei, als ich vierzehn war.« Sie schüttelte sich theatralisch, als sie sich daran erinnerte. »Linda hat regelmäßig mitgemacht. Ich weiß noch, dass wir uns deshalb mal richtig gestritten haben. Ich meinte zu ihr, dass die Typen alle Wichser sind, woraufhin sie mir erklärte, ich sollte mich um meinen eigenen Kram kümmern.« Sie blickte weg, hinaus in die Dunkelheit. »Wichser gibt's hier 'ne ganze Menge.«

»Hasst du Polesford deshalb so sehr?«

Ihr Kopf schnellte herum, und sie starrte ihn an. »Wie bitte?«

»Ich dachte nur …«

»Das ist lächerlich.«

»Na ja, so wie du dich gerade verhalten …«

»Und wie genau verhalte ich mich?«

Thorne stand kurz davor, ihr zu sagen, dass er sie seit ihrer Ankunft hier launisch und gereizt fand. Stattdessen nahm er kurz die Hände vom Lenkrad und hielt sie hoch. Kapitulierte.

»Ich hasse Polesford nicht«, stellte Helen fest.

Den Rest der Fahrt saßen sie schweigsam nebeneinander. Thorne dachte an das Beweismaterial, das gerade gegen Stephen Bates zusammengetragen wurde. Dachte an das eine entscheidende Beweisstück.

Die Leiche von Jessica Toms.

Er erinnerte sich daran, was er zu Jason Sweeney gesagt hatte. Dass Mörder mitunter Verwirrung stiften wollen.

31

»Der Anzug sieht sogar noch besser aus als der, den Sie das letzte Mal trugen.«

DI Tom Cornish blickte erneut auf sein Jackett und fuhr sich mit Daumen und Zeigefinger über die Krawatte. »Ich muss heute Morgen noch zum Gericht.«

»Ist doch nur der Haftprüfungstermin.«

Cornish zog an seiner E-Zigarette. »Sie sollten mal sehen, was ich für die Verhandlung vorbereitet habe«, sagte er.

Thorne erwiderte das Lächeln des DI. Es war eins von vielen, das er seit Betreten des Reviers in Nuneaton gesehen hatte. Die Atmosphäre in der Einsatzzentrale war anders, als man es an einem kalten Montagmorgen erwartet hätte. Sie erinnerte an den letzten Schultag vor den großen Ferien. »Schöner Wochenbeginn«, sagte er.

»Haben Sie Kuchen mitgebracht?«

»Wie bitte?«

»Na ja, dann wenigstens ’ne Glückwunschkarte, denn Sie sind ja wohl gekommen, um uns zu gratulieren.«

»Ich werde Ihnen eine nach der Verurteilung schicken«, sagte Thorne.

»Machen Sie das!« Cornish stand vor seinem Schreibtisch und war damit beschäftigt, Unterlagen in eine Aktentasche zu stecken und andere herauszunehmen. Dabei spähte er immer wieder auf sein Handy.

»Ich habe nur eine dumme Frage«, sagte Thorne.

Cornish blickte wieder auf das Handy. »Die sind mir am liebsten.«

»Ich habe mich gefragt, wann der Wald das letzte Mal durchsucht wurde. Also, an der Stelle, wo die Leiche gefunden wurde …«

»Sie meinen anscheinend das letzte Mal, *bevor* sie gefunden wurde.«

»Genau.«

Cornish überlegte kurz und blickte verwirrt drein. »Nun, da muss ich nachsehen. Wie bereits gesagt, die ganze Suchaktion war durch das Hochwasser ein einziger Albtraum.«

»Der Wald war aber nicht überschwemmt.«

»Nein, natürlich nicht. Damit habe ich nur die organisatorische Seite gemeint.« Sein Handy summte kurz. Er überprüfte die SMS und legte es wieder zurück auf den Schreibtisch. »War bestimmt ein paar Tage vorher, vielleicht sogar an dem Tag, bevor sie gefunden wurde.«

»Waren Leichenspürhunde dabei?«

»Weiß ich nicht. Da müsste ich nachsehen.« Er blickte Thorne an. »Warum?«

»Ich war gestern dort.«

»Ach ja? Kleiner Spaziergang?«

»In dem Wald wimmelt es von Leuten mit Hunden.«

»Gott sei Dank, sonst hätten wir die Leiche vielleicht nie gefunden.«

»Warum ist das aber nicht früher passiert?«

»Das kann ich Ihnen nicht sagen.«

»Es gibt Hundebesitzer, die kommen jeden Tag dorthin«, erklärte Thorne. »Morgens und abends. Warum also wurde die Leiche erst gestern von einem der Hunde gefunden?«

Cornish schaute ihn nur an, zog an der E-Zigarette, deren Spitze blau aufleuchtete, und hob die Arme.

»Entschuldigung«, sagte Thorne. »Hab ja gesagt, dass es eine dumme Frage ist … Nur – das Grab lag ja nicht irgendwo am Ende der Welt. Wäre das Gelände gestern nicht abgesperrt gewesen, wären überall Hunde herumgelaufen, so wie sonst auch.«

»Ich will wirklich nicht komisch klingen, aber das müssten Sie dann schon mit den Hunden besprechen. Einer von denen hat sie gefunden, und das ist alles, was zählt.«

»Wie kann sie aber so lange dort gelegen haben?«

»Nun, außer dass sie ganz bestimmt dort begraben wurde, bevor Bates verhaftet wurde, können wir über den Zeitraum eigentlich keine sicheren Angaben machen, oder?«

»Genau das meine ich ja …«, sagte Thorne.

Cornish fiel ihm ins Wort. »Doch den Zeitpunkt ihres Todes, den können wir mittlerweile genauer bestimmen.«

Cornish schien zwar immer noch ziemlich vergnügt, doch konnte Thorne eine leichte Verärgerung spüren, die der DI versuchte, in Schach zu halten. Abgesehen davon war er mit anderem beschäftigt oder gab sich zumindest größte Mühe, so zu tun, als ob. Eine verständliche Reaktion. Obwohl Thorne seine Bedenken noch nicht in aller Schärfe vorgebracht hatte, schimmerte bereits jetzt eine Skepsis in seinen Fragen durch, die in fast jedem Stadium der Ermittlungen gegen Stephen Bates unerwünscht gewesen war. Heute jedoch machte Thorne sich damit endgültig zum Spaßkiller.

Er beschloss, sich etwas zu zügeln. »Ich vermute mal, sie war in keinem schönen Zustand.«

Cornish nickte. *Sie wissen ja, wie's ist. Wir beide haben schon genügend Leichen gesehen.*

»Es ist Jessica, nicht?«

Cornish nickte wieder. »Da der Anblick den Eltern nicht zuzumuten war, konnten wir keine offizielle Identifizierung vornehmen. Es gab ein Armband, das sie erkannt haben. Den Rest übernimmt der Abgleich mit den zahnärztlichen Unterlagen. Die Ergebnisse dazu sollten wir noch heute reinbekommen.«

»Mir wurde gesagt, dass sie auch verbrannt war.«

Cornish schien sich nicht besonders viele Gedanken zu machen, wer ihm das erzählt haben könnte. Er hatte sich offensichtlich an undichte Stellen und Buschtrommeln gewöhnt. So wie Thorne. »Nicht vollständig, aber genug, um seine DNA zu beseitigen. Bates wusste, was er tat.«

Thorne nickte und dachte, dass man schon ziemlich unterbelichtet sein musste, um nicht zu wissen, dass durch Feuer Beweise vernichtet wurden. »Hat aber einen Zigarettenstummel hinterlassen, stimmt's?«

»Stimmt. Hatte sich in der Plastiktüte verfangen.« Jetzt schien Neugierde in Cornish aufzukommen, doch hielt er sich zurück und kniff die Augen zusammen. »Eine fünfundneunzigprozentige Übereinstimmung wurde gestern kurz vor Dienstschluss festgestellt. Wird wohl bei hundert liegen, wenn die Jungs vom Labor mit der Untersuchung fertig sind.«

»Das ist eindeutig, unbestreitbar.«

»Irgendwas Dämliches machen sie immer, oder?«

»Wie die Pornos auf der Festplatte«, sagte Thorne.

Cornish grummelte und ging zurück hinter seinen Schreibtisch, um in einer der Schubladen nach etwas zu suchen. Ganz betriebsam. In der Einsatzzentrale brach Gelächter aus. Jubel.

»Widerliches Zeug?«

»Ist es immer.«

»Sie wissen, was ich meine«, sagte Thorne.

»Bates steht auf Teenager.«

»Oder Frauen, die so aussehen.«

Cornish hielt inne, lächelte und nahm einen weiteren Zug. »Hören Sie, der Mann soll in einer Stunde im Gericht sein. Deshalb müssen ein paar von uns kurz einen Zahn zulegen.«

»Tut mir leid«, sagte Thorne. Er trat zurück zur Tür, um Cornish bei seinem geschäftigen Treiben nicht im Weg zu stehen.

»Kein Problem! Sie wissen ja, ansonsten jederzeit ...«

»Sie haben vorhin über den Todeszeitpunkt gesprochen. Was ist damit?«

Cornish hielt kurz inne, um sich zu konzentrieren. »Der Entomologe arbeitet immer noch an seinem Bericht, aber Insekten und Käfer gab's genügend.« Das Handy piepte wieder. Er griff danach, wischte über das Display und tippte mit dem Finger darauf. »Wir sprechen von Wochen.«

»Dann hat er sie also direkt umgebracht, nachdem er sie entführt hatte.«

»Sieht so aus.«

»*Sieht so aus*?«

»Hören Sie, ich bin kein Idiot«, sagte Cornish. »Mir ist durchaus klar, dass sie schon lange tot war, bevor sie in diesen Müllsack gesteckt wurde oder der Müllsack in diesem Loch im Wald landete. Schmeißfliegen wühlen sich nicht durch eine meterdicke Schicht von Erde hindurch, um über eine Leiche herzufallen. Das sind Fliegen, keine Maulwürfe, wie der Name schon sagt. Außerdem befanden sich in dem Sack keine Löcher.«

»Was hat er dann mit ihr gemacht, nachdem er sie umgebracht hatte?«

Cornish blickte auf. »Na ja, sie irgendwann verscharrt.«

Thorne neigte den Kopf zur Seite, ohne etwas zu erwidern.

Cornish gab ihm mit einem Blick zu verstehen, dass die Diskussion zu diesem Thema beendet war. »Nun denn«, sagte er und ließ seine E-Zigarette in die Brusttasche gleiten. Er nahm die Aktentasche an sich und schnallte sie zu, während er zur Tür schritt. »Hören Sie, das alles kommt zu den restlichen Beweisen *hinzu*. Zu seiner Browser-Chronik zum Beispiel. Es ist lediglich das Tüpfelchen auf dem i, nicht? Wir haben eine Leiche, wir haben seine DNA, wir wissen, dass er in Bezug auf die Mädchen in seinem Auto gelogen hat. Die Geschworenen werden wohl nicht lange brauchen, denke ich.«

»Also ist er dran.«

»Ich schätze schon.«

»Gute Arbeit!«, lobte Thorne. »Ich wünschte mir, die bösen Jungs wären immer alle so leicht zu kriegen.«

»Na ja, als ›leicht‹ würde ich es jetzt nicht gerade bezeichnen, aber es ist definitiv kein Fall, wo wir irgendwelche Hilfe brauchen. Verstehen Sie?« Cornish öffnete die Tür und wartete, dass Thorne vor ihm hinausging. »Wie läuft's mit Ihrer besseren Hälfte und der Frau von Bates?«

Thorne sah ihn an. Helen war ebenfalls auf dem Weg zum Amtsgericht. Genau in diesem Moment. Zusammen mit Linda Bates. Sie und Thorne waren nach ihren beiden Terminen zum Mittagessen im Stadtzentrum von Nuneaton verabredet.

»Ganz gut.«

»Schön.«

»Für Linda ist sie die Schulter zum Ausweinen.«

»Die Ärmste.« Cornish blinzelte Thorne zu. »Ich meine, Linda Bates.«

»Sagen Sie, hätten Sie was dagegen, wenn ich schnell einen Blick in die Akte werfe?«

Cornish zog die Tür seines Büros zu und musterte Thorne kurz. Er tätschelte die Brusttasche seines Jacketts. »Wie schon gesagt, wir brauchen eigentlich keine … Unterstützung. Gibt's einen triftigen Grund dafür?«

Thorne sah eine junge Frau näher kommen. »Eigentlich nicht.«

»Also dann nur aus einer Art professioneller Höflichkeit heraus?« Cornish sprach zwar gelassen, ließ aber durchblicken, dass er glaubte, die Begriffe »professionell« und »Höflichkeit« wären Thorne bestenfalls flüchtig bekannt.

Die Frau in Jeans und taillierter Lederjacke berührte Cornishs Schulter und sagte: »Viel Spaß, Chef!«

»Als Urlaubslektüre«, antwortete Thorne.

Er zog den Inhalt der beiden dicken Aktenmappen heraus und legte sie auf den leeren Schreibtisch, den Cornish ihm gezeigt hatte. Als Thorne die Unterlagen sortierte, wusste er genau, dass er von mehreren Leuten aus dem Team des DI beäugt wurde. Sie machten daraus keinen Hehl.

Er sah auf, und sein Blick traf den der Frau, die er zehn Minuten vorher vor Cornishs Büro getroffen hatte. Er lächelte sie an. Ein älterer Mann, dessen Nase an eine alte verschrumpelte Kartoffel erinnerte, starrte ihn von einem Schreibtisch gegenüber aus an und drehte ein Gummiband zwischen den Fingern. »Gibt wohl keinen Tee hier, oder?«, sagte Thorne, woraufhin der Mann sich wieder dem zuwandte, worum er sich an und für sich kümmern sollte.

Alle Informationen zu den Ermittlungen im Fall Bates waren umgehend in HOLMES eingegeben worden, das

Computersystem des Innenministeriums. Thorne aber bevorzugte noch immer Papierunterlagen. Er mochte das haptische Gefühl von Dokumenten, ein Bild, das man ins Licht halten konnte. Am Computer konnte beim Durchblättern der Seiten schnell etwas übersehen werden.

Er war eben ein Gewohnheitstier, wie Helen so treffend erkannt hatte.

Sein Blick fiel sofort auf die Fotos der Leiche von Jessica Toms.

Brei in einem Müllsack.

Cornish hatte recht. Die Leiche war nur teilweise verbrannt und lediglich an den verwesten Stellen geschwärzt. Die Hitze war zwar groß genug gewesen, um die Haut platzen zu lassen, trotzdem gab es noch genügend Muskeln und Fett, um Insekten anzuziehen. Thorne kannte den Anblick: Die Überreste hatten mittlerweile mehr flüssige als feste Form; das Gewebe an Kopf und an den natürlichen Körperöffnungen war fast völlig verschwunden; die cremefarbenen Knochenstücke begannen, aus der breiigen Konsistenz herauszustechen.

Ihr Tod lag auf jeden Fall mehrere Wochen zurück.

Er legte die Fotos beiseite, um die ersten Berichte nach dem Verschwinden der beiden Mädchen innerhalb weniger Wochen zu studieren. Die nackten Tatsachen: Tag des Verschwindens, Zeitpunkt der letzten Sichtung, Zeugenaussagen.

Er las sich die Ergebnisse zur Durchsuchung von Bates' Haus und Garage durch. Die Auswertung der Daten seines Handys und Computers, einschließlich der Zeiten, wenn er Webseiten wie *Barely Legal* und *Teasing Teens* besucht hatte. Er sah sich den Bericht an, der bestätigte, dass es eine Übereinstimmung zwischen der DNA des Materials gab, das in Stephen Bates Auto gefunden worden war, und den Proben, die

die Eltern der beiden vermissten Mädchen zur Verfügung gestellt hatten.

Er konnte an den Fragen von Cornish und Sophie Carson erkennen, dass beide frustriert waren.

Es war unmöglich festzustellen, ob Linda Bates ihren Mann schützte oder nicht. Falls ja, war es gleichermaßen schwer zu sagen, ob es daran lag, dass sie ihn für unschuldig hielt. Thorne hatte schon viele Frauen und Männer erlebt, die schlichtweg aus Liebe zu ihrem Partner nach Strich und Faden gelogen hatten, obwohl sie genau wussten, dass sie schuldig waren.

Er würde Helen fragen, was sie glaubte.

Thorne steckte die Unterlagen und Ausdrucke wieder zurück in die Mappen und stapelte sie aufeinander. Dann sah er auf und bemerkte, dass er wieder die ungeteilte Aufmerksamkeit des Mannes mit dem Gummiband hatte.

Thorne ignorierte ihn, weil ihm nicht mehr nach Lächeln zumute war.

Er nahm die Fotos der Leiche von Jessica Toms wieder zur Hand, legte sie nebeneinander und starrte so lange darauf, bis er sich unanständig vorkam.

32

Stephen Bates trendete auf Twitter.

Normalerweise hätte Charli sich sofort darauf gestürzt. Themen, die in aller Munde waren, interessierten sie immer brennend. So erfuhr sie stets das Neuste vom Neuen. Welcher Promi gerade mit wem schlief. Wer was Dämliches gesagt oder getan hatte. Wer gestorben war.

Dieses Mal beteiligte sie sich natürlich nicht daran, denn sie wusste, wie es sein würde. Warum sah sie überhaupt noch auf den Seiten nach? Hatte sie nicht zu Danny gesagt, er solle einen Bogen um den Scheiß machen?

Stattdessen überprüfte sie die Kommentare der Menschen, die sie persönlich kannten, und bereute es augenblicklich. Es gab ein paar nette Nachrichten, ein *#bleibstark* Hashtag, aber in den restlichen ging es nur um Steve. Widerliche Andeutungen wurden gemacht und Fragen gestellt, über die sie nicht nachdenken wollte. Möglich, dass es von denjenigen, die sie eigentlich für ihre Freundinnen gehalten hatte, weniger Nachrichten gab, weil deren Eltern ihnen befohlen hatten, sich von ihr fernzuhalten. In der Schule liefen Mädels herum, die wie Aussätzige behandelt wurden, nur weil sie irgendwelche dämlichen No-Name-Schuhe trugen oder mit dem falschen Jungen geredet hatten.

Es war nicht wirklich überraschend, dass Charli wie eine Pädophile oder so behandelt wurde.

Danny kam mit einer Flasche Cola und einer großen Tüte Chips herein. Er schaute kurz zum Computer und wusste sofort, dass Charli drangesessen hatte, obwohl sie am anderen Ende des Zimmers vorm Spiegel stand. Immer genügte ihm ein Blick auf seinen Laptop oder sein Handy, um zu wissen, ob jemand daran herumgefummelt hatte. So war es auch zu Hause. Er änderte alle fünf Minuten sein Passwort, um zu verhindern, dass Linda seine Nachrichten las. Charli hatte ihn einmal beobachtet und sich das Passwort gemerkt. Als er zur Toilette gegangen war, hatte sie sich eingeloggt. Es hatte nicht viel zu sehen gegeben, nur den üblichen Jungensscheiß. Mädchen, die richtig geil aussahen, und irgendein Junge, der schwul war. Die Schule war schwul. Alles war scheißschwul …

Sie hatte ihm gesagt, dass er aufhören müsse, dieses Wort zu benutzen, weil es beleidigend war. Was, wenn einer seiner Freunde sich tatsächlich als schwul herausstellte? Was, wenn er es *selbst* war? Natürlich hatte er sie daraufhin verarscht. Zu ihr gemeint, vielleicht sei *sie* ja schwul.

»Was wolltest du?«, fragte er.

»Bloß checken, was die Leute sagen.«

»Du hast doch gemeint, wir sollen uns nicht darum kümmern.«

»Mir ist halt langweilig.«

»Versteh ich. Wann dürfen wir endlich wieder raus?«

Charli drehte sich vom Spiegel weg und toupierte weiter ihr Haar. »Du willst raus?«

Danny zuckte mit den Achseln. »Meine Kumpels treffen.«

»Die werden dir das Leben zur Hölle machen.«

»Sollen sie mal versuchen.«

Charli hätte ihn am liebsten sofort in den Arm genommen, aber sie wusste, dass er das nicht zulassen würde. »Egal, was passiert, vielleicht müssen wir umziehen. Das ist dir schon klar, oder?«

»Das ist nicht fair. Ich zieh nirgendwohin!«, sagte er.

»Möglich, dass uns nichts anderes übrig bleibt. Ist das Sicherste für uns beide.«

»Ich kann auf mich selbst aufpassen.«

»Für Mum auch.«

»Was meinst du mit ›egal, was passiert‹?«

»Nichts.«

»Was glaubst du, was passiert?«

»Ich mein bloß. So oder so halt.«

»Kommt Steve ins Gefängnis?«

»Woher soll ich das wissen?«

Danny betrachtete sie eine Weile, dann ließ er sich aufs Bett fallen. Er öffnete die Chipstüte. »Weißt du noch, als du dich nach dieser Fahrt auf der Achterbahn so heftig übergeben hast?«

»Was?«

»Ja, hast du.«

»Wann?«

»Als Steve mit uns im Vergnügungspark war, in Alton Towers. Erinnerst du dich noch? Als er mit uns da hingefahren ist?«

Charli zuckte mit den Achseln. »Ja, und?«

»Du hattest Geburtstag, und Steve meinte, du könntest dir was aussuchen, egal was, und da hast du gesagt, du würdest gern die neue Achterbahn ausprobieren.« Er schob sich eine Handvoll Chips in den Mund und nickte. »Steve hatte uns davor riesige Burger und Cola gekauft, erinnerst du dich? Dann hast du alles im hohen Bogen rausgekotzt, und Steve und ich haben uns bepisst vor Lachen.« Er nickte wieder und blickte zur Decke. »Ja, das war geil. Das war ein echt geiler Tag …«

»Ja«, sagte Charli.

»Unten ist nur noch ein einziger Polizist.« Danny drehte die Flasche auf. »Der in der Uniform.«

»Der ist in Ordnung.«

»Er ist ’n Arschloch.« Danny richtete sich auf und trank einen Schluck. »Sagt andauernd ›Kumpel‹ zu mir und fragt, welche Musik ich mag.«

»Mann, der versucht einfach nur, nett zu sein.«

Danny starrte sie wütend an. »Ich bin dem doch scheißegal.«

Charli erinnerte sich an den ersten Schultag ihres Bruders. Er stand auf dem Schulhof in einem viel zu großen Blazer und Schuhen, die er innerhalb weniger Sekunden geschafft hatte zu verschrammen, nachdem er das Tor durchquert hatte. Ihre Mum hatte sie gebeten, ihn im Auge zu behalten. Charli hatte es ihr versprochen, doch innerhalb weniger Tage vergessen. Sie war zu sehr damit beschäftigt gewesen zu feiern, sich bei den Jungs aus der Oberstufe einzuschmeicheln und mit ihren Freundinnen zu quatschen. Ehe sie sich versah, stolzierte Danny zusammen mit ein paar anderen Jungs über die Flure; die Krawatten lose, die Hände im Schritt, wie eine Gang von Drogendealern im Miniformat.

Er grüßte sie nicht einmal, wenn sie aneinander vorbeigingen.

Völlig albern, denn sie kannte ihn schließlich besser als jeder andere. Wusste, wie sanft er war, wie leicht zu beeinflussen. Wusste, dass er einfach nur den ganzen Tag mit seinen Kumpels Computerspiele spielen wollte und es sich am liebsten in seinem Schlafanzug auf dem Sofa bequem machte und *Monster AG* oder *Die Eiskönigin – Völlig unverfroren* sah.

Vielleicht gar nicht so schlecht, wenn sie nicht mehr zu dieser Schule zurückkehrten, dachte sie.

Sie ging hinüber zum Fenster und spähte hinaus.

»Viel weniger als gestern.«

»Hab ich dir doch gesagt«, meinte Danny.

»Was?«

»Dass sie nach 'ner Weile das Interesse verlieren.«

Charli ließ den Vorhang wieder zurückfallen und zupfte ihn zurecht. Sie wusste, dass die Leute nicht lange wegbleiben würden, sondern einfach nur kurz dorthin verschwunden waren, wo die Musik jetzt gerade spielte.

Natürlich standen Fotografen am Eingang der Besuchertribüne des Gerichtssaals, aber nicht so viele, wie Linda erwartet hatte. Helen erklärte ihr, dass das Gros bestimmt an der Rückseite des Gebäudes warten würde, um die wichtigste Aufnahme des Tages zu machen, nämlich die von dem Mannschaftswagen mit Steve darin. Sie würden auf viel Geschrei und eine Schar wütender Schaulustiger hoffen. Vielleicht auch darauf, dass einer von denen etwas auf den Wagen warf, was immer ein gutes Fotomotiv war.

Tatsächlich wusste Helen von Reportern, die vor einem solchen Ereignis Eier in der Menge verteilten.

Heutzutage steckte man nicht mehr in einem so großen Dilemma wie früher, wenn man an zwei Orten gleichzeitig sein sollte. Die meisten Zeitungen blätterten Geld hin für den einigermaßen brauchbaren Schnappschuss von einer Handykamera aus. War das Handy nicht das Erste, wonach die meisten Menschen griffen? In einem zerbombten U-Bahn-Wagen oder vor einem Haus, das lichterloh in Flammen stand. Die Smartphones schnellten nach oben, noch bevor irgendjemand daran dachte, den Verletzten zu helfen oder den Rettungsdienst zu rufen.

Sie warteten still, während einige Besucher ihre Ausweise zeigten. Dann gingen sie hinein; langsam und ruhig.

Helen hatte Linda bereits Anweisungen erteilt. »Zeig keine Reaktion!«, hatte sie zu ihr gesagt. »Das ist genau das, was sie wollen. Lächle nicht, sonst verwandelt sich das hinterher in ›Sie sah selbstzufrieden aus‹ oder ›Sie machte einen unbekümmerten Eindruck‹. Versteck dein Gesicht nicht, und egal was passiert, versuch nicht sauer zu werden. Da stehen sie total drauf.«

»Sie wollen, dass ich schuldbewusst wirke.«

Es gab keine freien Plätze mehr auf der kleinen Zuschauertribüne. Die Pressevertreter waren bereits mit ihren Handys beschäftigt, und Gerichtsdiener standen in einer Reihe an der Wand, bereit einzugreifen, sollte jemand dazwischenrufen oder versuchen aufzustehen. Helen saß auf der einen Seite von Linda, während zwei uniformierte Polizisten auf der anderen Seite Platz genommen hatten, um die Frau des Angeklagten und die Familien der beiden Opfer voneinander zu trennen.

Helen wandte sich ihnen unauffällig zu. Die beiden Elternpaare waren leicht zu erkennen; sie hielten die Hand ihres jeweiligen Partners umklammert und atmeten schwer. Aufgrund der Bilder, die Helen gesehen hatte, glaubte sie die Eltern zuordnen zu können. Die Frau, die sie für Jessicas Mutter hielt, hatte das gleiche runde Gesicht wie ihre Tochter, den gleichen Teint. Poppys Vater war groß und dünn, so wie das Mädchen. Die Vier saßen nebeneinander in der ersten Reihe, und Helen fragte sich, ob sie sich schon vorher gekannt hatten, ob sie miteinander befreundet waren. Sie fragte sich, was die Eltern des toten Mädchens gegenüber dem anderen Elternpaar fühlten, dessen Tochter noch immer nur vermisst wurde.

Nur …

Mitgefühl? Neid? Missgunst?

Helen konnte spüren, dass die beiden Paare wussten, wer sie da musterte und deshalb nicht herübersahen. Es kam ihr vor wie eine Verweigerung.

Seit sie sich entschieden hatte zurückzukommen, lag sie zum ersten Mal mit ihren Gefühlen im Widerstreit. Jetzt, nur wenige Plätze von den Eltern des toten Mädchens entfernt, konnte sie die Blicke verstehen, die ihr einige der in der Nähe sitzenden Bewohner von Polesford zuwarfen.

Sie sagte sich, dass sie gute Gründe hatte, hier zu sein. Triftige Gründe.

Sie rief sich diese Gründe gerade in Erinnerung, als der Richter den Saal betrat und die Anwesenden aufgefordert wurden, sich zu erheben.

Ihre innere Zerrissenheit dauerte nicht lange.

Als der Richter an seinem Platz angekommen war, ordnete er an, den Beklagten hereinzubringen. Bates wurde zur Anklagebank geführt. Linda beobachtete ihn die ganze Zeit, doch er starrte nur geradeaus.

Der Gerichtssekretär ersuchte Bates, seinen Namen und seine Anschrift zu bestätigen.

Er gehorchte und wurde aufgefordert, sich zu setzen.

Die Staatsanwältin verkündete, dass der Beklagte des einmaligen Mordes und der zweimaligen Entführung beschuldigt werde. Sie bat um die Festlegung einer Voruntersuchung am Strafgerichtshof in Warwick in zwei Wochen.

Die Verteidigerin sagte, dass kein Antrag auf Kaution gestellt werde, was der Richter entsprechend vermerkte, und ergänzte, dies geschehe zum Schutz ihres Mandanten.

Der Richter wies Bates an aufzustehen. Er teilte ihm mit, dass der nächste ordnungsgemäße Gerichtstermin in zwei Wochen stattfinde, und erklärte, dass er bis zu diesem Zeitpunkt in Untersuchungshaft bleibe.

Bates wurde wieder abgeführt. Er nickte, während der Beamte neben ihm nach seinem Arm griff und ihn von der Anklagebank begleitete. Linda sagte seinen Namen, aber nicht so laut, dass jemand außer Helen es hätte hören können. Die Polizeibeamten standen auf, um nun auch Linda von der Tribüne zu eskortieren, und sorgten dafür, dass sie vor den Eltern oder irgendjemand anderem die Tribüne verließ.

Die Reporter simsten oder schickten eilige Tweets, als Linda die Stufen zum Eingang hinaufstieg. Eine Stimme hinter ihr zischte: »Miststück!«

Linda und Helen drehten sich um. Mehrere Gesichter hatten sich ihnen zugewandt. Verachtung, Abscheu und nackter Hass schlug ihnen entgegen.

Es hätte jeder von ihnen gewesen sein können.

33

Thorne rief vom Parkplatz des Polizeireviers in Nuneaton aus an.

»Wie war's in den Cotswolds?«

»Wir waren nicht lange da.«

»Hast du dir eine rosa Kordhose gekauft?«

»Hast du 'ne Minute Zeit, Phil?«

»Na ja, ich hab gleich noch einen Termin mit einem Banker, aber angesichts der Tatsache, dass er sich gestern von einem Gebäude in Canary Wharf geworfen hat, wird er mir wohl nicht weglaufen, denke ich.«

Thorne war den schwarzen Humor derjenigen gewöhnt, die sich in ihrer Arbeit mit Toten beschäftigten, doch der seines Freundes übertraf den der anderen in der Regel an Schärfe und Witz. Phil Hendricks war der beste Pathologe, mit dem Thorne je zusammengearbeitet hatte, trotz seines Erscheinungsbilds, das selbst Besucher eines Konzerts von Slipknot in Angst und Schrecken versetzt hätte. Thorne freute sich immer, wenn Hendricks gut gelaunt war. Seit den grausamen Ereignissen auf Bardsey Island sogar noch mehr.

Die der Preis gewesen waren für ihre Freundschaft, bezahlt mit Blut und Haut.

Thorne erklärte Hendricks, wo er gerade war und warum. Wie alle anderen, die Zeitung lasen oder Fernsehen schauten, waren seinem Freund die Geschehnisse in Polesford bekannt, doch war er entsetzt, als er hörte, dass Helen persönlich damit etwas zu tun hatte.

»Seit wir hier sind, ist sie nicht mehr sie selbst.«

»Nach Hause zurückzukehren ist nie ganz einfach«, meinte Hendricks.

Thorne verstand. Hendricks hatte sich früh geoutet. Obwohl er nie besonders viel davon erzählt hatte, vermutete Thorne, dass das Leben für einen schwulen Arbeiterjungen an einer harten Schule im Norden Englands nicht besonders einfach gewesen war. Hendricks war zweifelsohne stolz auf seine Wurzeln, trotzdem fuhr er nicht häufig nach Manchester.

»Du hast doch bestimmt gehört, dass sie eine Leiche gefunden haben?«

»Das erste Mädchen?«

»Jessica.«

Thorne legte seine Bedenken dar, während er zusah, wie Polizeifahrzeuge kamen und gingen, und sich leichter Nieselregen nebelartig auf die Windschutzscheibe legte. Er führte die gleichen Gründe an wie schon eine Stunde zuvor in seinem Gespräch mit Cornish, wenn auch ohne auf die Details einzugehen.

»Ich bin mir nicht sicher, ob es da genug gibt, um ein Fass aufzumachen«, sagte Hendricks, als Thorne fertig war. »Mit all den anderen Beweisen.«

»Ja, ich weiß. Klingt dürftig.« Hendricks Worte spiegelten Cornishs Meinung wider. Und die jedes anderen wohl auch.

»Außerdem sind Hunde nicht immer so zuverlässig.«

»Im Aufspüren von Leichen normalerweise schon.«

»Viele sind aber auch völlig übergeschnappt. Der Golden Retriever meines Kollegen zum Beispiel sitzt den ganzen Tag da, bellt Wolken an und frisst Katzendreck, als wären's Tapas.«

»Okay, ich weiß, es ist nicht grade viel.«

»Es ist rein gar nichts, Tom. Das ist es. Sie haben seine DNA, sie haben Zeugen. Außerdem wissen wir, dass er gelogen hat, was die Mädchen betrifft.«

»Aber die Leiche …«

»Hast du bereits gesagt.«

»Da ist was faul.«

Hendricks lachte. »Wenn sie nur halb so schlimm ausgesehen hat, wie du's mir geschildert hast, überrascht mich das gar nicht.«

»Jetzt komm schon, Phil …«

Nicht sehr tief, hatte der Spurenermittler gesagt. Nicht schwer zu finden. Thorne stellte sich vor, wie dieser Terrier kläffend zurück zu seinem Herrchen geflitzt war, das Maul verschmiert mit dem verflüssigten Fleisch des toten Mädchens.

»Na gut.« Hendricks stieß einen leidgeprüften Seufzer aus, wie Thorne ihn schon oft zuvor gehört hatte. »Lass mich erst noch diesen geplätteten Banker erledigen, dann denke ich drüber nach.«

»Danke, Kumpel.«

»Und hör mal, ich hoffe, Helen geht's bald wieder ein bisschen besser.«

»Danke«, sagte Thorne und ließ den Motor an.

»Grüß sie schön von mir, ja?«

Sie trafen sich in einem kleinen italienischen Restaurant auf einem Platz in der Nähe des Einkaufzentrums. Menschen schlenderten zwischen den üblichen Filialen der Großbäckereien, karitativen Second-Hand-Läden und Imbissketten herum. Dabei aßen sie ihr Mittagessen entweder im Gehen oder saßen zusammengequetscht auf Bänken. Jugendliche standen herum, rauchten und telefonierten; ein paar lehnten am Sockel einer großen Statue auf der Mitte des Platzes, die eine nachdenklich aussehende sitzende Frau mit niedergeschlagenen Lidern darstellte.

»George Eliot«, erklärte Helen, während sie auf ihre Getränke warteten. »Wurde hier geboren.«

Thorne ließ die Speisekarte sinken und blickte hinüber zu der Statue.

»Kein Kerl«, stellte Helen fest.

»Dachte ich mir schon. Ließ der Rock irgendwie vermuten.«

»Hast du das gewusst?«

»Klar.«

»Lügner«, sagte Helen. Sie schien guter Stimmung zu sein; auf jeden Fall im Vergleich zum vorherigen Abend. Thorne war zehn Minuten vor Helen im Restaurant eingetroffen und hatte sich gefreut, als er sie mit diesem Blick im Gesicht hereinkommen sah und sie ihn an einem Tisch in der Ecke entdeckte.

»Na gut, du kleine Besserwisserin. Wusstest du, dass Walter Raleigh auch Dichter war?«, fragte Thorne, nachdem ihnen das Peroni-Bier gebracht worden war und sie ihr Essen bestellt hatten.

»War das der Walter Raleigh, der seinen Mantel über eine Pfütze legte, damit Königin Elisabeth I. drüberlaufen konnte?«

»Hm, ich betrachte das dann mal als Nein.«

»Und woher zum Teufel weißt *du* das?«

Thorne lachte und erzählte ihr von seiner Begegnung mit dem in Polesford ansässigen Dichter.

»Klingt ein bisschen nach einem Arschloch«, sagte Helen. Sie erklärte Thorne, dass es in einer Kleinstadt wie Polesford immer solche Typen gab wie Shelley, und sie sich an ein paar aus ihrer eigenen Jugendzeit erinnern konnte. »Tun gern so, als wären sie schlauer als alle anderen, und machen auf geheimnisvoll. Stolzieren mit ihren Büchern herum, um auf die Art irgendwelche dummen Mädels abzugreifen, die ihre Masche für exotisch halten.«

»Wie Ian Brady«, sagte Thorne. Er hatte irgendwo gelesen, dass der Moormörder Myra Hindleys Herz auf ähnliche Weise im Sturm erobert hatte. Langer dunkler Mantel und die Nase in einem Buch.

»Du solltest aufpassen, was du dir bestellst, wenn du das nächste Mal in diesen Pub gehst«, warnte ihn Helen. »Der Typ könnte ein Giftmörder sein.«

Thorne fügte der schärfsten Pizza, die das Restaurant im Angebot hatte, noch etwas Tabasco hinzu, während Helen ihre Linguine mit Muscheln zu essen begann. Nach der Hälfte bestellten sie sich noch ein Bier.

»Bates hat Linda noch nicht mal angesehen«, sagte Helen. »Im Gericht. Sie starrte ihn die ganze Zeit an, aber er hat nicht rübergeschaut. Nicht ein einziges Mal.«

»Aus Scham?«

»Die Erklärung, die ich bestenfalls dafür finde.«

»Wie ging's ihr dort?«

»Na ja, auf dem Weg dahin ziemlich gut, da sie sich darauf freute, ihn zu sehen. Danach war sie nicht mehr ganz so fröhlich.«

»Hat sie viel geredet?«

Helen schüttelte den Kopf. »Ich hab zu ihr gesagt, dass ich später bei ihr vorbeikommen werde.« Sie griff nach dem Bier. »Um ganz ehrlich zu sein – ich hab eine kleine Pause gebraucht.«

Thorne hatte den Fehler begangen, den Tabasco hinzuzufügen, ohne die Pizza vorher probiert zu haben. Die Peperoni waren schärfer gewesen als erwartet. Helen hatte die Augen verdreht, als er sich schnell Wasser aus dem Krug eingoss, der auf dem Tisch stand. Jetzt trank er erneut davon.

»Meinst du, dass sie ihm glaubt?«, fragte er.

Helen zuckte mit den Achseln. »Ich kann nur von dem ausgehen, was sie mir erzählt hat.«

»Was sie *sagt*, weiß ich, aber sie muss ja ein tapferes Gesicht aufsetzen, oder? Für dich und all die anderen Polizisten, die im Haus herumschwirren. Vor allem für ihre Kinder.«

»Also, sie hat davon gesprochen, die Augen vor der Wahrheit zu verschließen.«

Thorne nickte und kaute.

»Aber nur, weil sie meinte, ich würde das denken.«

»Und … verschließt sie die Augen?«

»Sie ist nicht dumm. Sie weiß, dass er gelogen hat, was die Mädchen in seinem Auto betrifft. Aber wenn ich jetzt Geld darauf setzen müsste, würde ich sagen, sie glaubt wirklich, dass er niemanden umgebracht hat.«

Thorne wischte sich die Hände ab und trank noch mehr Wasser. »Ich habe die Abschrift ihrer Befragung gelesen, die Cornish vorgenommen hat.«

Helen öffnete den Mund und schloss ihn wieder. »Du hast die *Akte* gelesen?«

Er hatte ihr erzählt, dass er am Morgen noch einmal zum Revier fahren würde, doch sie hatte ihn nicht nach dem Grund gefragt. Sie war abgelenkt gewesen und machte sich gerade fertig, um Linda zum Amtsgericht abzuholen. Thorne war sich nicht einmal ganz sicher gewesen, ob sie überhaupt irgendwas mitbekommen hatte. »Was hast du denn geglaubt, warum ich hinfahre?«

Helen starrte ihn immer noch fassungslos und verwirrt an. »Ich weiß nicht. Ich dachte, du würdest den anderen nur auf den Wecker gehen, weil dir nichts Besseres einfällt. Klingt irgendwie, als hätte ich ins Schwarze getroffen. Meine Güte, Tom …«

»Ich hab die Bilder der Leiche gesehen«, sagte Thorne. »Ich hab alles gesehen. Und mit ein paar Leuten gesprochen.«

»Findest du nicht, dass es so schon schwer genug ist?«

Er stutzte. »Wie bitte?«

»Du kannst nie was auf sich beruhen lassen, oder?« Sie verschränkte die Arme. Wütend. »Immer musst du im Elend herumstochern, als würdest du alles besser wissen, während ein paar von uns einfach nur versuchen, das Richtige zu tun.«

»Helen …«

»Du kannst manchmal so ein Arsch sein …«

»Bitte, ich erklär's dir.«

Helen schüttelte den Kopf und schob den Teller weg. Hörte dennoch zu.

Thorne legte seine Bedenken noch einmal dar, so wie er es bei Phil Hendricks gemacht hatte. Erzählte ihr von der Leiche, von deren Zustand. Von den Hunden. Von den Zeitabläufen.

Als Thorne seinen Teil gesagt hatte, dachte Helen darüber nach oder gab das zumindest vor. »Was ist mit all dem, was sie haben? Den *Beweisen*.«

»Das kann ich nicht erklären.«

»Wie schade.«

»Aber das ist doch was, oder?«

»Nichts als Zeitverschwendung, das ist es.«

»Ich dachte, du würdest dich freuen.«

Helen lachte kurz auf, nur einmal, und kniff die Augen zu

schmalen Schlitzen zusammen. »Jetzt sag bitte bloß nicht, du würdest das alles für mich tun.«

»So hab ich das nicht gemeint.«

»Denn sollte das ein verspätetes Valentinsgeschenk sein, wäre mir eine Packung Scheißpralinen lieber …«

»Jetzt *hör* mir mal zu.« Thorne hatte seine Stimme nicht erheben wollen, wusste aber, dass die Leute am Nebentisch sich umgedreht hatten. »Ich habe für vieles keine Erklärung, nein. Für das Meiste nicht … Aber selbst wenn an einer Sache nur eine *Kleinigkeit* nicht stimmt, ist sie trotzdem nicht richtig, oder? Wenn das Ergebnis keinen Sinn macht, muss man die Summe noch mal neu zusammenaddieren. Das ist alles.« Er beugte sich zu ihr und senkte die Stimme noch weiter. »Linda Bates glaubt, dass ihr Mann diese Mädchen *nicht* entführt hat, dass er Jessica Toms nicht umgebracht hat, richtig?«

Helen wartete, ihre Miene war ausdruckslos.

»Nun, zufällig denke ich, sie hat recht.«

»Übrigens, viele Grüße von Phil«, sagte Thorne auf dem Weg zurück zum Auto.

»Wann hast du mit ihm telefoniert?«

»Heute Vormittag, nachdem ich das Revier verlassen hatte. Ich hab alles kurz mit ihm besprochen, einschließlich der Leiche.«

»Ich wette, er hat das Gleiche gesagt wie ich.«

»Mehr oder weniger.«

Die Jugendlichen an der Statue waren weitergezogen und durch eine kleine Menge Pasteten mampfender Gruftis ersetzt worden. George Eliot wirkte nicht übermäßig besorgt.

»Am besten sagen wir Linda nichts. Auf jeden Fall noch nicht jetzt.«

Helen blieb stehen und sah ihn an. »Was genau, glaubst du denn, habe ich vor, ihr zu erzählen?«

»Nur falls du es vorgehabt haben solltest.«

»›Mach dir keine Sorgen, Linda, denn mein neunmalkluger Freund denkt, dass mit der Leiche was nicht stimmt. Ja, ich weiß, sie haben DNA von deinem Mann im Grab gefunden und auch die von dem Mädchen überall in seinem Auto. Aber glaub mir, alles wird gut‹. Also bitte, *ernsthaft* …«

Thorne hatte aufgehört Helen zuzuhören. »O Scheiße …«

Helen drehte sich um und folgte seinem Blick zu einem Zeitungsständer, der draußen vor einem Kiosk stand.

Das bekannteste Boulevardblatt. Stephen Bates in seinem Hochzeitsanzug. Die Schlagzeile: ANGEKLAGT.

Darüber am Rand ein Foto.

Thorne und Helen.

34

Sie träumt vom Boot ihres Bruders und weiß, dass es ein Traum ist, denn dieses Mal ist sie an Bord.

Das Wasser ist aufgewühlt und sie klatschnass; es ergießt sich über den bunt gestrichenen Bug, während das Boot versucht, Tang, Holzscheite, leeren Dosen und Plastiktüten zu umfahren. Sie kann ihren Bruder am Ufer sehen, doch er hört sie nicht, als sie ihn ruft und drängt, das Boot zurück an Land zu holen. Sie sieht eine riesige Welle auf sich zukommen und versucht verzweifelt, sich abzustützen, aber die Kette hindert sie daran. Sie schließt die Augen, und das Wasser erhebt sich wie eine Faust und schleudert sie von Bord.

Sie fällt und fällt.

Ihre Augen sind offen, während sie schnell nach unten sinkt und das erste Wasser schluckt. Sie kann den Mann sehen, der sie entführt hat. Sein Gesicht wird immer kleiner und schimmert weit entfernt an der Oberfläche. Er ruft und streckt eine Hand aus, aber sie ist schon zu tief, um herausgezogen zu werden, und schluckt weiter Wasser. Etwas Kaltes streift ihr Bein, und sie weiß, dass es andere Dinge gibt, die sie verfolgen.

Als sie die Augen öffnet, liegt sie seitlich mit dem Gesicht im Wasser auf dem harten Beton. Sie muss sich anstrengen, um ihren Kopf zu heben, der sich furchtbar schwer anfühlt. Als sie es endlich schafft, sich aufzusetzen, spürt sie, wie ihr das eisige Wasser über den Nacken läuft und unter die Bluse tropft. Sie fragt sich, was in diesem Wasser ist, das sie trinkt und wieder ausstößt; die verfaulenden Bestandteile, die sich inzwischen aufgelöst haben und auf ihrer Haut trocknen.

Sie starrt in die Dunkelheit.

Sie zittert und schreit, und die Zeit vergeht.

Manchmal bildet sie sich ein, dass sie etwas in der Dunkelheit sehen kann. Zerlumpte Gestalten, die auftauchen und sich dann wieder zurückziehen. Doch sie weiß, dass sie nicht wirklich da sind, und so fürchtet sie sich nicht vor ihnen. Es sind der Gestank und die Geräusche, vor denen sie sich fürchtet; alles kommt von dem, was hier so stinkt. Das Brummen, Kratzen und Scharren, das Flattern von Flügeln und Knacken von Zähnen. Sie weiß, dass die Fliegen, die ihr Gesicht streifen, und die Käfer und Ratten nur da sind, weil es für sie Nahrung gibt und sie ihre Eier ablegen können. Weil irgendwas gestorben ist, und schon bald irgendwas anderes sterben wird.

Sie bildet sich ein, dass auch sie bereits nach Tod stinkt.

35

Kaum zu Hause, schaltete Linda sofort den Fernseher aus. Sie sah nach den Kindern, weinte eine Weile im Bad und ging dann nach unten. Rastlos wanderte sie von Zimmer zu Zimmer, bis sie schließlich begann, planlos die Schränke zu durchwühlen. In einer Plastiktüte fand sie mehrere CDs, die die Ex-Bewohner dagelassen hatten. Sie lächelte, als sie auf einen Mix von Neunziger-Hits stieß, legte die CD ein und hörte sich das erste Lied an. Sie konnte sich an den Text erinnern und freute sich darüber. In der Küche wechselte sie ein paar Worte mit Gallagher und dem anderen uniformierten PC, bevor sie mit einer Flasche Wein zurück ins Wohnzimmer ging.

Sie hatte sie zur Hälfte leer getrunken, als Helen eintraf.

»Willst du auch ein Glas?«, fragte Linda und hielt ihres hoch.

»Nein, danke. Ich hatte zum Mittagessen schon zwei Bier«, antwortete Helen, und setzte sich in einen der Sessel.

»War's nett?«

»Nicht schlecht. Irgendein Italiener, den Tom ausfindig gemacht hatte.«

»Alles in Ordnung mit Tom?«

»Ja, es geht ihm gut«, erwiderte Helen. Sie dachte immer noch daran, was Thorne ihr im Lokal erzählt hatte. Leichen, die zu lange unentdeckt geblieben waren. Summen, die noch einmal neu addiert werden mussten.

Linda nickte zur Stereoanlage. »Erinnerst du dich?«

»Klar«, sagte Helen. Sie hörte eine Weile zu. R. E. M. mit »Man on the Moon«. »Ich glaube, das spielte gerade, als Colin Sharples versuchte, während einer Schuldisco an mir herumzufummeln.«

Linda lachte. »Ich *hab* ihn an mir herumfummeln lassen. Aber zu Whitney Houston, soweit ich mich erinnern kann.« Sie sang leise ein paar Zeilen des R. E. M.-Titels mit und summte, wo sie die Worte nicht mehr wusste.

»Den Teil hab ich auch nie verstanden«, sagte Helen. »Irgendwas mit ... Wrestling?«

Linda trank einen Schluck Wein und ließ den Kopf nach hinten fallen. »Steve hat abgenommen«, bemerkte sie.

»Wirklich? Er ist doch erst seit ein paar Tagen weg.«

»Der Anzug hat an ihm geschlottert.«

Helen wusste, dass seine Kleidung, einschließlich seiner Anzüge, sofort nach der Verhaftung beschlagnahmt worden war, um von der Kriminaltechnik untersucht zu werden. »Das war nicht seiner, sie haben ihm einen gegeben«, sagte sie. »Auf dem Revier steht immer irgendwo eine Kleiderkiste herum.«

»Muss einem Dartspieler gehört haben«, meinte Linda. »Blass war er auch.«

»Wird wohl nicht viel Schlaf bekommen.«

»Wahrscheinlich, weil sie ihn nicht haben schlafen lassen, stimmt's?« Linda blickte Helen an. »Das macht ihr doch, oder? Ihr zerrt die Leute mitten in der Nacht aus dem Bett in den Verhörraum, sodass sie nicht klar denken können.«

»Niemand wird irgendwohin gezerrt«, entgegnete Helen. »Und sollte ein Verdächtiger müde sein, würden die Verteidiger uns sofort die Hölle heiß machen. Es gibt nämlich Gesetze.«

Sie schwiegen ein paar Sekunden, während das Lied von

R. E. M. langsam verhallte. Beide stöhnten auf, als es durch Right Said Fred ersetzt wurde, die »Deeply Dippy« sangen.

»Tut mir leid«, entschuldigte sich Linda, und hob ihr Glas. »Ich wollte dich nicht anpflaumen, echt nicht. Er sah einfach nur schrecklich aus, mehr nicht. Es war schlimm … ihn zu sehen.«

»Ich weiß.«

Beide blickten zur Tür, die plötzlich geöffnet wurde. Sophie Carsons Kopf tauchte auf.

»Alles in Ordnung hier?«

»Ja«, antwortete Helen.

»Was hören Sie da?«

Helen wusste, dass die Polizistin lediglich ihren Job machte und weiter die Ohren spitzte. Für einen kurzen Augenblick aber wirkte Sophie Carson wie eine Frau, die ein bisschen eingeschnappt war, von einem Mädelsplausch ausgeschlossen worden zu sein.

»Was geht draußen vor sich?«, fragte Linda.

»Das Übliche.« Carson trat herein und richtete ihr Jackett. »Mittlerweile werden wohl ein Dutzend uniformierte Polizisten vorm Haus stehen, um alles unter Kontrolle zu halten.«

»Bescheuert«, sagte Linda.

»Genau das ist es«, erwiderte Carson. »Denn viele dieser Beamten wären bei der Suche nach Poppy Johnston um einiges nützlicher.«

»He«, sagte Helen warnend. Carsons Blick war fest auf Linda gerichtet. »Es ist nicht ihre Schuld.«

»Hab ich nie behauptet.«

»Klang aber so.«

»Ich sage lediglich: Wenn es noch schlimmer wird, müssen wir Sie woanders hinbringen.«

»Ich geh nirgendwohin«, stellte Linda fest. »Man hat mich nicht verhaftet, also können Sie mich nicht dazu zwingen.« Sie wandte sich Helen zu. »Können sie doch nicht, ober?«

»Es wäre zu Ihrer eigenen Sicherheit«, erklärte Carson. »Und die der Kinder.«

»Warum sind wir hier nicht sicher?« Linda schaute zum Fenster. »Sie haben ja wohl nicht vor, einen von denen ins Haus zu bitten, oder?«

Helen freute sich zu sehen, dass Carson keine passende Antwort einfiel. Plötzlich, wie aus dem Nichts, stieg eine Erinnerung in ihr auf. Ein Streit zwischen Linda und einem ihrer Lehrer an der Schule, den Helen miterlebt hatte.

Sie waren beide zwölf, vielleicht dreizehn. Die Ergebnisse eines Verständnistests in Englisch waren ihnen mitgeteilt worden; der Text hatte von einem Zigeunerlager gehandelt, und in einer der Fragen war es darum gegangen, warum Zigeuner bei der Zubereitung von Igeln die Tiere in Lehm wickelten und im Feuer garten. Linda hatte nachgefragt, warum ihre Antwort als falsch angestrichen worden war. »Sie garen sie in Lehm, um ihnen das Rückgrat rausziehen zu können«, hatte sie beharrlich behauptet, woraufhin der Lehrer den Kopf geschüttelt und ihr das Schulheft zurückgegeben hatte. »Aber das steht nirgendwo in dem Abschnitt, oder?«, war sein Kommentar gewesen. Linda hatte entgegnet, dass sie genau *wisse*, dass das der Grund war. Außerdem sei es egal, ob es in dem Abschnitt stand oder nicht. Der Lehrer hatte ihren Einwand ignoriert und erklärt, ihre Arbeit um eine weitere Note herabsetzen zu müssen, weil sie ihm widersprach. Als Linda zu ihrem Schreibtisch zurückstampfte, hatte sie das Heft aus dem Fenster geworden.

In dem Moment hatte Helen erkannt, dass Linda schlau

war und keine Auseinandersetzung scheute; dass es witzig sein würde, mit ihr herumzuhängen.

»Warum wollte er mich nicht ansehen?«, fragte Linda, als Carson das Zimmer verlassen hatte. »Steve.«

»Ich weiß nicht«, antwortete Helen.

»Doch. Tust du. Oder *glaubst* es zumindest.«

»Auf der Anklagebank verhalten sich viele Leute merkwürdig.«

»Weil sie ein schlechtes Gewissen haben, oder?«

»Linda …«

»Schon in Ordnung, echt.« Linda lächelte. »Warum solltest du was anderes denken als die anderen? Würde ich die Geschichte nur aus dem Fernsehen oder den Zeitungen kennen, ginge es mir genauso.« Sie beugte sich vor zu der Flasche und goss sich den Rest ein. »Witzig, wie sich die Einstellung ändert, wenn man selbst betroffen ist und auf der anderen Seite steht. Ich meine, die Art, wie man Menschen beurteilt, von wegen ›kein Rauch ohne Feuer‹ und so 'n Scheiß. Tja, auf einmal weiß man's, was?«

Helen musterte sie nachdenklich.

Linda griff hinter das Kissen, das neben ihr lag, und zog das zusammengefaltete Exemplar einer Boulevardzeitung hervor. Sie faltete sie auseinander, strich sie auf ihrem Schoß glatt und blickte auf die Titelseite, auf das Foto von Thorne und Helen. »Die haben sie in der Küche gelesen«, sagte sie. »Carson und der Rest.«

»Glaub ich dir gern«, sagte Helen.

»Steht alles Mögliche über deinen Freund drin.«

»Hab ich gelesen.«

»Sachen, für die man ihn in der Vergangenheit beschuldigt hat.«

»Sieh dir doch nur die Sorte Zeitung an, die du da liest«, entgegnete Helen.

»Da steht, er könnte für den Tod eines Mannes verantwortlich sein, der auf irgendeiner Insel umgekommen ist.«

»War er aber nicht.«

»Na ja, dass du das sagt, ist kein Wunder, oder?«

»Ich kenne ihn, okay?« Helens Tonfall blieb freundlich. »Was immer in diesem Schundblatt steht, ich glaube nicht, dass Tom irgendwas Falsches gemacht hat.«

Linda nickte. Sie faltete die Zeitung wieder zusammen und steckte sie hinter das Kissen. »Gut, dann weißt du, wie ich mich fühle«, sagte sie.

36

In der Polizeileitstelle ging es noch betriebsamer zu als bei Thornes letztem Besuch. Für sechs Uhr abends war eine Pressekonferenz geplant, auf der die Eltern von Poppy Johnston sich zum ersten Mal an die Öffentlichkeit wenden wollten. Dementsprechend herrschte überall reges Treiben. Während die Kamerapositionen bestimmt, eine kleine Bühne installiert und Stühle aufgestellt wurden, traf man am anderen Ende der Memorial Hall völlig andere Vorkehrungen.

Der letzte Suchtrupp des Tages hatte sich formiert, um nach Poppy Johnston zu suchen, da es nur noch eine Stunde hell bleiben würde. Er sollte in Kürze ausrücken. Circa zwanzig Anwohnern und doppelt so vielen uniformierten Polizisten wurden gerade ihre Aufgaben erklärt. Während Landkarten hinzugezogen und Anweisungen erteilt wurden, fielen Thorne mehrere Beamte mit Hunden auf. Es war für ihn noch immer unfassbar, dass kein ähnlich ausgestatteter Suchtrupp schon viele Tage vor dem Fund von Jessica Toms Leiche den Wald durchforstet hatte. Trotz Hendricks Bedenken wusste Thorne, was Leichenhunde imstande waren zu finden. Wie unwahrscheinlich es war, dass sie eine stinkende Leiche *nicht* aufspürten, die nur einen halben Meter unter der Erde lag.

»Heute mit von der Partie, Detective?« Thorne drehte sich um und erkannte den PC, mit dem er abends zuvor gesprochen hatte. Denjenigen, den er am ersten Tag so unhöflich behandelt hatte. Der Polizist trug Wanderstiefel und Regenkleidung. Seine Miene wirkte ziemlich selbstzufrieden. »Mal Lust, sich die Hände schmutzig machen?«

»Würde ich sehr gern«, antwortete Thorne.

»Tatsächlich?«

»Aber ich muss zur Pressekonferenz.«

»Ja, das ist wahrscheinlich eine gute Idee.«

Thorne betrachtete ihn. »Gibt's irgendwas, das Sie mir mitteilen wollen?«

»Ich dachte nur, dass Sie vielleicht hören möchten, was die Eltern von Poppy Johnston zu sagen haben.«

»Weil …?«

»Weil Sie dann vielleicht noch mal über Ihr Mitgefühl gegenüber diesem Mistkerl nachdenken, der ihre Tochter entführt hat.«

»Für denjenigen habe ich kein Mitgefühl, egal wer's ist.«

Der Suchtrupp begann aufzubrechen. Der PC blieb bei Thorne stehen, während Kollegen und zivile Helfer an ihm vorbeidrängten und durch den Haupteingang auf die Straße strömten.

»Gut zu wissen«, sagte der PC. »Ich meine, Mitgefühl erwartet man ja nicht unbedingt, oder?«

»Kommt drauf an, gegenüber wem.«

»Nicht von jemandem, der bei der Polizei arbeitet.«

Thorne begann zu begreifen, worauf das Gespräch hinauslief.

»Ich meine, Sie hätten doch bestimmt kein Mitgefühl mit jemandem … ich weiß nicht … mit jemandem, der einen Gefängnisbeamten auf dem Gewissen hat. Also, nur so als Beispiel. Ich bin mir verdammt sicher, dass ich es nicht hätte.«

Thorne starrte auf die Wanderstiefel des Polizisten.

Abgewetztes braunes Leder, rote Schuhbänder. Plötzlich wurde ihm ganz heiß, und er hatte Mühe, eine passende Antwort zu finden. Als er es endlich geschafft hatte, gedanklich ausreichend viele Schimpfworte aneinanderzureihen, hatte der PC sich bereits abgewandt; er schloss sich seinen Kollegen an und verließ die Halle, ohne noch einmal zurückzublicken.

Trotzdem fluchte Thorne eine Weile leise vor sich hin.

Er schlenderte hinüber zum anderen Ende der Halle und bahnte sich einen Weg durch die Männer und Frauen, die ordentlich die Stühle nebeneinander aufbauten. Er beobachtete, wie zwei Polizisten auf dem hinteren Teil des Podiums die Flagge mit dem Logo der Polizei von Warwickshire aufhängten: ein Bär und ein gezackter Stab.

Wissen Sie, nur so als Beispiel …

Die Reaktion des Polizisten kam für Thorne nicht besonders überraschend. Bereits in dem Moment, als er die Halle betrat, hatte er die Blicke bemerkt. Er konnte sich das Gelächter von Cornish und seinen Kumpanen auf dem Revier in Nuneaton nur zu gut vorstellen.

Ein wichtiges Ergebnis und als Sahnehäubchen noch ein Riesenfoto von diesem besserwisserischen Wichser von der Metropolitan Police auf der Titelseite der größten Boulevardzeitung. Der mit seinen ganzen Leichen im Keller.

Als Thornes Handy wenige Minuten später klingelte und er den Namen des Anrufers auf dem Display sah, fragte er sich nur, warum es so lange gedauert hatte.

Er bekam nicht einmal die Chance, die Frage zu stellen.

»Gut gemacht!« Detective Chief Inspector Russell Brigstocke kam wie üblich direkt zum Punkt. »Was kommt als Nächstes? Wirst du auf Seite drei deine Titten präsentieren?«

»Ich dachte, du liest keine Schundblätter«, knurrte Thorne.

»Ließ sich wohl nicht vermeiden, oder?«

»Wahrscheinlich nicht.«

»Menschenskind noch mal, der Artikel hängt an der Pinnwand.«

»Bevor du an die Decke gehst, ich hab nichts damit zu tun, okay?«

»Hast du ja nie.«

»Ich bin nur hier, um Helen Gesellschaft zu leisten.«

»Ich weiß ganz genau, was du da gerade treibst. Vergiss nicht, ich hab's in der Zeitung gelesen.«

»Und, was hätte ich deiner Meinung nach tun sollen?«

»Zunächst mal den Scheißjournalisten aus dem Weg gehen.«

»Du willst, dass ich anfange, Fotografen eine zu verpassen wie ein beknackter Filmstar?«

»Ich will, dass du das machst, was du mir gesagt hast, dass du machen würdest. Eis essen, Schlösser besichtigen oder sonst irgendwas.«

»Polesford stand nicht auf meinem Plan.«

»Du hättest wissen müssen, dass sie anfangen werden rumzuwühlen, um irgendeinen Dreck auszugraben«, sagte Brigstocke. »So wie Schweine Trüffel. Wobei dein Dreck mühelos zu finden ist, nicht?«

»Da gibt's nichts, wofür ich nicht einstehen könnte«, sagte Thorne. »Genauso wenig wie du.« Soeben trugen zwei Polizisten einen Tisch an ihm vorbei. »Stimmt's, Russell?«

Es blieb ein paar Sekunden lang still in der Leitung. »Darauf will ich jetzt nicht eingehen«, sagte Brigstocke schließlich. Seine Stimme klang plötzlich undeutlich. Thorne vermutete, dass er gerade aß. »Ich habe mit Warwickshire gesprochen.«

»Ach, mit der ganzen Grafschaft?«

»Sehr witzig. Hörst du mich lachen, Tom?«

Thorne erwiderte nichts.

»Ich vermute, es ist auch nicht deine Schuld, dass du wie der große Zampano da reinspaziert bist und alle auf die Palme gebracht hast.«

Thorne nahm mit leichter Genugtuung zur Kenntnis, dass er mit Tim »Wir-bleiben-in-Kontakt« Cornish instinktiv richtig gelegen hatte. Mit seiner Art. Ein Polizist in Schickimicki-Anzug und einem gewinnendem Lächeln; nicht fähig, einem ins Gesicht zu sagen, dass man ein Blödmann war, aber sofort bereit, zum Hörer zu greifen, um bei den Vorgesetzten über einen zu meckern, kaum dass man draußen war. »Er hat gesagt, ich kann mir die Akte ansehen. Was ist da schon dabei?«

»Warum hast du überhaupt gefragt?«

»Es gibt hier nicht unbedingt viel zu tun.«

»Du hältst ab sofort die Klappe und hörst auf, dich wie ein Klugscheißer aufzuführen, okay?«

Thorne schwieg.

»Ich meine … Herrgott noch mal, du erzählst mir, du bist nur dort, um Helen Gesellschaft zu leisten. Warum also steckst du deine Nase in was rein, worum dich niemand gebeten hat …?«

»Was ist denn da so schlimm dran?«

»Keine Ahnung, aber höchstwahrscheinlich wird sie dir in Kürze amputiert. Und weißt du was, ich könnte es ihnen noch nicht mal verübeln.«

»Die Sache mit Bates ist nicht hieb- und stichfest.«

»O ja, ich weiß.« Brigstocke kaute weiter. »Irgend so ein Scheiß mit Hunden und Leichen. Ganz ehrlich, das ist mir völlig egal.«

»Selbst wenn der falsche Mann dafür in U-Haft sitzt.«

»Selbst dann.«

»Also willst du nicht, dass ich dir davon erzähle?«

»Es ist mir schnurzpiepegal, ob du glaubst, dass Jack the Ripper dieses Mädchen umgebracht hat und das Ungeheuer von Loch Ness ihm beim Verscharren der Leiche geholfen hat«, sagte er. »Nicht, wenn ich der Trottel bin, der vom Chief Superintendant der Polizei von Warwickshire eins aufs Dach kriegt.«

»Jetzt komm schon!«

»Das ist mein völliger Ernst, Tom.« Brigstockes Stimme war plötzlich leise geworden und hatte einen bedrohlichen Unterton, der Thorne unmissverständlich zu verstehen gab, dass er meinte, was er sagte.

»Na gut.«

»Über so was verlieren Leute schon mal ihren Job. Besonders Leute wie du.« Es trat eine kurze Stille ein. »Tom?«

»Was?«

»Halt dich von den Jungs vor Ort fern! Hast du das kapiert?«

Thorne grummelte ein »Ja«.

»Und wenn du Helen überzeugen kannst, schlage ich vor, dass ihr beide bei der erstbesten Möglichkeit zurück in die Cotswolds verschwindet.«

Thorne blickte hoch zur Flagge, die mittlerweile ausgerollt hinter einem langgestreckten Tisch hing; das zwanzig Zentimeter große Logo prangte auf dem weißen Segeltuch. Er stellte sich den Bären in einem teuren Anzug vor, wie er eine E-Zigarette rauchte, sich umdrehte und die Zähne bleckte, bevor er zuschnappte.

Thorne erinnerte sich, irgendwo von einer bestimmten Gattung Bär gelesen zu haben, dass man am besten weglief, wenn sie angriff. Bei einer anderen Gattung war diese Taktik jedoch genau die falsche; da stellte man sich am besten tot.

Es wollte ihm partout nicht einfallen, welcher Bär welcher war.

37

»Ich begreife einfach nur nicht, warum du gelogen hast. Das ist alles.«

»Ich weiß.«

»Warum wolltest du mir nicht sagen, wo du bist?«

»Es tut mir leid, Dad.« Die Wahrheit war, dass Helen es auch nicht begriff. Zumindest nicht ganz.

Sie war allein im Wohnzimmer. Linda war nach oben gegangen, um etwas Zeit mit den Kindern zu verbringen. Carson und die anderen schwatzten in der Küche. Sie entschuldigte sich noch einmal, einfach um die Stille zu durchbrechen. In dem Moment, als sie die Titelseite der Zeitung gesehen hatte, hatte sie gewusst, dass dieses Gespräch mit ihrem Vater unausweichlich sein würde.

»Wahrscheinlich hätte ich nie erfahren, dass du überhaupt dort bist, wenn nicht einer der Nachbarn mit der Zeitung vorbeigekommen wäre.«

Helen biss die Zähne zusammen. »Wie nett von ihnen.«

»Sie dachten, ich würde es vielleicht gern wissen.«

»Ich wollte dich anrufen.«

»Ich meine, ich habe die Sache natürlich in den Nachrichten verfolgt.«

»Klar.«

»Vor deiner Abfahrt haben wir ja sogar noch darüber gesprochen. Als gerade das erste Mädchen vermisst wurde.«

»Ja …« Helen konnte sich an mehrere Gespräche über die Ereignisse in Polesford erinnern. Jedes Mal hatte ihr Vater darauf bestanden, dass »so etwas« zu seiner Zeit dort nie passiert wäre. Sie fragte sich, ob die Menschen an dem Tag, da sie das Rentenalter erreichten und eine kostenlose Busfahrkarte beantragen konnten, gleich auch rosa Brillen geschenkt bekamen.

»Schreckliche Sache.«

»Kann ich mit Alfie reden?«

»Er schläft, mein Kind.«

»Oh.«

»Ich dachte, er hätte sich im Park ausgetobt, aber er war noch immer voller Tatendrang, als wir zurückkamen. Warte mal, ich stelle kurz den Fernseher etwas leiser …«

Es knackte in der Leitung, als er das Telefon hinlegte. Helen trat zum Fenster und spähte durch einen Spalt im Vorhang zu der Menge draußen. Ein Mann schrie gerade einen der Polizisten an.

»Vielleicht kannst du später noch mal anrufen, bevor er ins Bett geht.«

»Ja, mach ich«, sagte Helen. »Danke noch einmal, dass du auf ihn aufpasst.«

»Sei nicht albern!«

»Ich hab trotzdem ein schlechtes Gewissen.«

»Es hat mich nur etwas aus der Fassung gebracht, dass du in Polesford bist, mehr nicht. Ausgerechnet Polesford, und du erzählst mir nichts davon.«

»Ich weiß«, sagte Helen. Sie ließ sich aufs Sofa fallen. »Ich war … bei Mum.« Sie hörte, wie ihr Vater schwer atmete. »Tom war mit dabei. Es war schön.«

»Gut.«

Mit einem Mal überfiel sie das schlechte Gewissen, weil sie

das Thema gewechselt hatte. Vor allem so abrupt. »Wir hatten Blumen dabei.«

»Siehst du, das hätte ich nie erfahren, oder? Du hättest es mir nie erzählt.«

»Irgendwann schon.«

»Ich verstehe es immer noch nicht.«

Das Geschrei draußen wurde lauter.

»Ich wollte nur nicht, dass du dir wegen dieser ganzen Sache hier Sorgen machst«, meinte Helen beschwichtigend.

»Das ist lächerlich.«

»Warum?«

»Ich mache mir jeden Tag Sorgen um dich, mein Schatz. Bei deiner Arbeit wohl kein Wunder, oder?«

Es wurde gegen die Haustür gehämmert, und Helen hörte, wie jemand hastig aus der Küche über den Flur lief. Ihr Vater fragte, woher der Lärm kam, und Helen antwortete, dass sie ihn später noch einmal anrufen würde.

Sie legte erleichtert auf.

Helen sah Linda die Treppe herunterkommen, sie wirkte leicht nervös. Sie erreichte die Haustür genau in dem Moment, als Carson sie öffnete. Ein gleichermaßen nervös wirkender PC stand vor ihnen. Helen konnte zwei seiner Kollegen am Ende des Vorgartens erkennen. Sie bemühten sich, einen kräftig gebauten Mann zurückzuhalten, der tobte und ständig etwas von seinen Rechten brüllte.

»Was ist?«, blaffte Carson den Beamten an.

»Der Kerl da«, sagte der Polizist und deutete auf den Mann im Vorgarten. In diesem Moment nahm einer der PCs den kämpfenden Mann in einen festeren Griff und fragte ihn, ob er unbedingt eingebuchtet werden wollte. »Er behauptet, Linda Bates' Exmann zu sein.«

38

Die beiden handgeschriebenen Namensschilder vor Michael und Annette Johnston schienen eher überflüssig zu sein. Unter den Anwesenden auf der Bühne waren sie unschwer zu erkennen. Obwohl sie genauso schick gekleidet waren wie die beiden Polizeibeamten und die Pressereferentin, mit denen sie das Podium teilten, waren sie die Einzigen, deren Blick auf den Tisch gerichtet war. Diejenigen, die sich an die Hand des jeweils anderen klammerten und von jedem im Raum angestarrt wurden, als Assistant Chief Constable Harris zu sprechen begann. Worte, die mit an Wahrscheinlichkeit grenzender Sicherheit von der Frau geschrieben worden waren, die am Rand des Podiums stand.

»Wie die meisten von Ihnen bereits wissen werden, befindet sich Stephen Bates, der Mann, den wir für den mutmaßlichen Mörder von Jessica Toms halten, inzwischen in Untersuchungshaft und wartet auf seinen Prozess. Während ich Detective Inspector Cornish und sein Team für ihre hervorragende Arbeit in diesem tragischen Fall lobend erwähnen möchte, dürfen wir die Tatsache nicht aus den Augen verlieren, dass es noch eine weitere Ermittlung gibt, die unsere volle Aufmerksamkeit fordert …«

Thorne saß im hinteren Bereich der Halle. Er hatte schon viele solcher Pressetermine erlebt und zahllose Reden dieser Art gehört. Die Wortwahl hatte zum jeweiligen Anlass vielleicht leicht variiert, doch war die Vortragsweise fast immer die gleiche. Die gleichen Pausen, die gleichen Momente, in denen der Polizeibeamte in die Kameras blickte. Thorne war noch immer davon überzeugt, dass Cornish und seine Mannschaft alles andere als hervorragende Arbeit geleistet hatten. An Harris' Auftritt konnte er jedoch nichts bemängeln. Ernst und aufrichtig. Keine unangemessene Euphorie trotz der schnellen Aufklärung eines Mordes. Trotzdem fand Thorne, dass die Sache eine Nummer zu groß für ihn war.

»Unser Mitgefühl gilt natürlich der Familie von Jessica, doch müssen wir jetzt all unsere Anstrengungen darauf konzentrieren, Poppy Johnston zu finden, die immer noch vermisst wird.« Harris blickte seitlich zum Vater von Poppy Johnston, der einen Augenblick aufsah. »Deshalb werden Poppys Eltern, Michael und Annette, eine kurze Erklärung abgeben, nach der ich gern ein paar Fragen beantworten werde.« Der ACC räusperte sich und schob seine Unterlagen zusammen.

Tim Cornish beugte sich zu Poppy Johnstons Mutter und flüsterte ihr etwas ins Ohr. Sie nickte, woraufhin er eine Hand auf ihren Arm legte.

Michael Johnston faltete ein Blatt Papier auseinander, zog eine Brille hervor und begann mit gesenktem Kopf zu lesen. »Stephen Bates weigert sich beharrlich, der Polizei den Aufenthaltsort unserer Tochter zu verraten.« Für einen Moment versagte ihm die Stimme. Cornish schob ihm ein Glas Wasser zu, nach dem er jedoch nicht griff. »Also … appellieren wir heute an all diejenigen, sich zu melden, die vielleicht irgendetwas wissen, was dazu beitragen könnte, Poppy zu finden. Auch die kleinste Kleinigkeit. Sollte irgendjemand irgendetwas gesehen oder gehört haben, bitte rufen Sie die Einsatzzentrale an. Tag oder Nacht. Egal was es ist, rufen Sie einfach an. Sie müssen

Ihren Namen nicht nennen.« Er faltete das Papier wieder zusammen und blickte zaghaft auf. »Wir wollen einfach nur, dass unser Kind gefunden wird.« Jetzt griff er nach dem Wasser.

»Bitte«, sagte Annette Johnston. Sie hatte kein Blatt Papier vor sich liegen, von dem sie ablas. Die Art, wie sie plötzlich das Wort ergriff, ließ in Thorne unwillkürlich die Frage aufsteigen, ob sie überhaupt vorgehabt hatte zu sprechen. »Irgendjemand *muss* irgendetwas wissen.« Sie beugte sich vor und fand eine Kamera, in die sie sprach. »Solltest du das hier zufällig sehen, Pops, wir versuchen alles, um dich nach Hause zu bringen.« Ihr Körper spannte sich, und es war schwer zu sagen, ob sie die Hand ihres Mannes drückte oder umgekehrt. »Wir lieben dich so sehr …«

»In Ordnung«, sagte Cornish und legte ihr erneut eine Hand auf den Arm. Stühle scharrten geräuschvoll über den Boden, als sie nacheinander aufstanden und Cornish den beiden zum Rand des Podiums half. Ein uniformierter Polizist begleitete sie von dort aus zu einer schmalen Tür in der Ecke des Raums. Kameras blitzten auf, als würden sie über einen roten Teppich laufen.

Assistant Chief Constable Harris wartete, bis Cornish wieder zu seinem Platz zurückgekehrt war, bevor er der Front von Journalisten zunickte.

»Glauben Sie, dass Poppy Johnston noch am Leben ist?«

Köpfe schnellten herum. Alle waren sich dessen bewusst, dass die Eheleute Johnston noch im Raum waren. Annette Johnston wirbelte herum. Ungläubig überflog sie die Menge nach dem Fragesteller, doch hatte der Mann seine Hand bereits wieder heruntergenommen. Noch einmal gab es ein Blitzlichtgewitter, bevor sie sich endgültig abwandte und durch die Tür geleitet wurde.

Das würde das Bild der morgigen Titelseiten sein.

»Wir bleiben allem gegenüber aufgeschlossen«, antwortete Harris schließlich. »Sie zu finden hat für uns absolute Priorität, und ja, solange wir keine anderweitigen Erkenntnisse haben, hoffen wir weiter.«

»Obwohl Bates Jessica Toms fast unmittelbar nach ihrer Entführung umgebracht haben muss?«

Die Presse wusste offensichtlich genauso gut über den Zustand der Leiche Bescheid wie über alles andere. Präzise zielte die Frage des Journalisten auf die einzig mögliche Erklärung.

Jene Erklärung, die Thorne so viel Kopfzerbrechen bereitete.

»Wie ich schon gesagt habe, wir hoffen weiter.«

Wenige Meter von Thorne entfernt hob jemand die Hand. Als der Blick der Anwesenden auf dem Podium in seine Richtung wanderte, malte Thorne sich aus, wie er selbst aufstand und eine Frage stellte.

Wenn Stephen Bates des Mordes an Jessica Toms schuldig ist, wieso macht es Sie dann nicht stutzig, dass die Leiche mindestens *zwei Tage lang nicht entdeckt wurde? Trotz der großangelegten Suchaktion in dem Gebiet, in dem es normalerweise von Spaziergängern mit Hunden nur so wimmelt?*

Harris beantwortete inzwischen die Frage, die tatsächlich gestellt worden war. Irgendwas über das Verhalten von Bates in der Haft. Sie löste weitere Fragen aus.

»Poppys Vater hat gesagt, dass Bates sich weigert, irgendwas über den Aufenthaltsort zu verraten.«

»Richtig.«

»Aber hat er zugegeben, sie entführt zu haben?«

»Das kann ich nicht kommentieren.«

»Hat er zugegeben, Jessica Toms umgebracht zu haben?«

»Tut mir leid, aber ich kann mich von jetzt an nicht mehr zu Angelegenheiten äußern, die sich unmittelbar auf die Anklage auswirken können.«

Es folgten noch mehr Fragen in dieser Richtung, doch wurden sie allesamt mit ungefähr den gleichen Worten abgeschmettert. Der Pressetermin endete daraufhin sehr schnell. Die Pressereferentin nickte Harris zu, der eine abschließende Erklärung abgab.

Wie bereits zuvor dankte er den Bewohnern von Polesford für ihre anhaltende Unterstützung und betonte, wie dankbar er und alle anderen für das von den Medien gezeigte Feingefühl waren. Er bat die anwesenden Journalisten dringend, sich auf die Suche nach Poppy Johnston zu konzentrieren, statt sich mit Angelegenheiten zu befassen, die unwichtig waren oder bestenfalls »eine Nebenrolle in dem Fall« spielten. Thorne bemerkte, dass Cornish in seine Richtung blickte, und fragte sich unwillkürlich, ob diese Äußerung auf ihn gemünzt war.

Wahrscheinlich – was konnte Harris sonst schon damit meinen?

Er konnte sich gut vorstellen, dass Helen ihn dafür als paranoid bezeichnet hätte. Immerhin gab es genügend andere Perspektiven – mindestens ebenso nebensächlich wie die Anwesenheit eines für die Medien interessanten Polizeibeamten der Metropolitan Police –, unter denen die Presse den Fall beleuchten konnte. Thorne kannte die Art von Geschichten, für die Zeitungen Bares hinblätterten.

Ich habe in der Schule neben Stephen Bates gesessen.

Stephen Bates hat mich mal komisch angeschaut, als ich an einer Bushaltestelle stand.

Er hatte schon immer etwas an sich, das ich nicht mochte.

Das waren die Geschichten, die Thorne am meisten aufbrachten. Die Nachbarn oder alten Schulfreunde, die aus ihren Löchern hervorkrochen und Schlange standen, um Geld zu kassieren und zu erklären, dass ihnen Mörder X oder Vergewaltiger Y schon immer verdächtig vorgekommen waren.

Dabei war es völlig anders. Solche Menschen *fielen nicht auf*. Ganz einfach.

Genau aus diesem Grund kamen sie mit ihren Verbrechen so lange ungestraft davon. Weil sie sich völlig normal verhielten, so wie jeder andere auch. Man konnte genauso freundlich wirken wie der örtliche Pfarrer und ein Sexualstraftäter sein. Oder wie ein Bilderbuchserienmörder aussehen – und harmlos sein wie ein Kind.

Stephen Bates sah aus wie ... Stephen Bates. Nein, nicht wie ein Mörder, aber wahrscheinlich auch nicht wie ein Chorknabe. Wahrscheinlich ...

Thorne kam plötzlich eine gänzlich neue Idee.

Was, wenn Bates in den Fall verwickelt *war*, aber zusammen mit jemand anderem? Das würde auf jeden Fall die Vielzahl von Beweisen gegen ihn erklären. Vielleicht *hatte* er die Mädchen entführt und sein Komplize die Leiche entsorgt. Nun, das Rätsel um den Zigarettenstummel mit seiner DNA, die im Grab gefunden worden war, würde es trotzdem nicht lösen. Vielleicht hatte Bates' Partner einfach schnell reagiert und versucht, ihn hereinzulegen, als er verhaftet worden war.

Oder Stephen Bates wurde von jemand völlig anderem hereingelegt.

Die Halle leerte sich schnell, die Mehrzahl der Anwesenden musste so schnell wie möglich ihre Berichte fertigstellen. Thorne stand auf und nahm sein Jackett von der Rückenlehne des Stuhls. Oben auf dem Podium plauderte Tim Cornish mit der Pressereferentin. Er nickte und paffte an seiner E-Zigarette, während die Flagge hinter ihm abgehängt wurde.

Plötzlich drehte er sich um und sah Thorne direkt ins Gesicht. Er lächelte breit und zeigte dabei viele Zähne.

Thorne erwiderte das Lächeln.

Stell dich tot.

39

Als Carson und ihre Kollegen sich vergewissert hatten, dass niemand in körperlicher Gefahr war, zogen sie sich in die Küche zurück. Helen war sich aber sicher, dass sie das Geschrei hören konnten. Sie vermutete auch, dass die sich noch immer draußen befindende Menge es hören konnte.

»Ich will meine Kinder sehen! Wo sind sie? Ich verlange verdammt noch mal, meine Kinder zu sehen …«

Während ihr Exmann herumschrie, saß Linda nur da, als wäre sie dieses Verhalten gewöhnt. Helen stand in der Wohnzimmertür und fragte sich, ob das explosive Naturell des Mannes einer der Gründe gewesen war, weshalb sich die beiden getrennt hatten. Sie beobachtete ihn, während er durch den Raum stapfte, und fand, dass die Wut des Mannes langsam etwas theatralisch zu wirken begann. Als spielte er die Rolle des aufgebrachten Vaters nur. Vielleicht war ja genau das seine Absicht. Den Leuten eine Vorstellung zu bieten, die kaum zu übersehen und zu überhören war.

»Du kannst mich nicht daran hindern, meine Kinder zu sehen!«

»Ich weiß.«

»Hast du das verstanden?«

»Hindert dich jemand daran?«, entgegnete Linda.

»Na ja, du versuchst es besser erst gar nicht.« Schwer atmend lehnte sich Wayne Smart gegen die Wand. Er trug eine

Cargohose im Camouflage-Stil, Sportschuhe und eine grüne Armeejacke. Für Helen deutete nichts darauf hin, dass er einmal Soldat gewesen war. Er wirkte eher wie jemand, der sich für einen Soldaten hielt. Einer, der vielleicht abgelehnt worden war. Groß genug war er, aber etwas aufgeschwemmt, mit blonden Strähnen und kleinen Ringen in beiden Ohren. Helen hatte seine Fahne gerochen, als er sich im Flur an ihr vorbeigedrängt hatte.

Alkohol. Etwas, das er und Linda gemeinsam hatten.

Smart griff in die Jackentasche und zog Zigaretten heraus.

»Nicht hier drin«, sagte Linda. »Das ist nicht unser Haus.«

»Na und? Ist mir scheißegal.« Smart zündete sich eine Zigarette an und zog schnell daran. Er wies mit einem Daumen zur Küche. »Soll doch einer deiner Wachhündchen kommen und mich verhaften. Sind ja genügend da.« Er nahm einen weiteren Zug, drehte sich um und starrte Helen an. »Wer ist das?«

»Noch so ein Wachhündchen«, antwortete Helen.

»Aha. Warum verpissen Sie sich nicht und gesellen sich zu Ihren Kollegen? Ich und meine Exfrau haben ein paar Dinge zu bereden.«

»Sie ist eine Freundin«, sagte Linda.

»Sie ist *was*?«

»Eine alte Freundin.«

Smart drehte sich noch einmal zu Helen um.

»Ich gehe nirgendwohin«, stellte Helen fest.

Smart betrachtete sie ein paar Sekunden mit sichtlicher Neugier. Dann zuckte er mit den Achseln und marschierte zum Fenster. Er schob einen Vorhang beiseite und blickte hinaus. Helen sah, wie die Menge sich draußen bewegte, um hereinzuglotzen, während die Kameras aufblitzten.

»Machen Sie den Vorhang zu!«, forderte sie ihn auf.

Smart rührte sich nicht. »Sie haben mir hier gar nichts zu sagen.«

»Machen Sie ihn zu, oder ich loche Sie ein.«

»Weshalb?«

»Weiß nicht. Dafür, dass Sie 'ne beschissene Frisur haben?« Helen machte einen weiteren Schritt ins Zimmer. »Ich bin mir aber auch sicher, dass ich Sie für Ruhestörung drankriege.«

Smart ließ den Vorhang wieder fallen und drehte sich um. Er schnippte die Zigarettenasche auf den Teppich. Die Wut war wieder in sein Gesicht zurückgekehrt – oder neu entfacht worden. »Wo sind Charli und Danny?«

»Oben«, antwortete Linda.

»Gut.« Er ging zu einem der Sessel und ließ sich hineinfallen. »Geh und hol sie!«

»Warum gerade jetzt?«

»Was meinst du?«

»Warum sorgst du dich gerade jetzt um sie? So plötzlich?« Linda beugte sich vor. »Wie lange hast du sie nicht mehr gesehen? Achtzehn Monate? Wie lange ist es her, dass du dir auch nur die Mühe gemacht hast, sie anzurufen?«

»Na ja, die Situation ist ja wohl jetzt 'ne andere, oder?«

»Ach, hast du dich plötzlich in einen Vorzeigevater verwandelt, oder was?«

Smart zeigte wütend mit einem Finger auf sie. »Ich bin ein Vater, der rausgefunden hat, mit wem seine Kinder zusammenleben.«

»Du weißt gar nichts«, entgegnete Linda kalt.

Der Finger stach weiter in die Luft. »Nimm du mal nicht den Mund zu voll von wegen Vorzeigedies oder Vorzeigedas, denn du kannst dich hier in keinster Weise rausreden.«

»Hör auf …«

»Ich bin nicht derjenige, der sich einen Kinderschänder ausgesucht und ihn geheiratet hat, oder? Einen Kinder*mörder*, verflucht noch mal!« Er blickte zu Helen, um sie in das Gespräch miteinzubeziehen. »Nicht, dass sie je eine tolle Mutter gewesen wäre. Ich meine, im Sinne von verantwortungsbewusst.« Er griff nach der leeren Weinflasche auf dem Tisch und ließ sie zwischen zwei Fingern baumeln. »Aha, wie ich sehe, säufst du immer noch wie ein Loch.« Er ließ die Zigarettenkippe in die Flasche fallen und knallte sie zurück auf den Tisch.

»Sind Sie fertig?«, fragte Helen.

Smart wandte sich ihr wieder zu. »Noch lange nicht«, erwiderte er. Er lehnte sich zurück in den Sessel, als würde er schon seit Jahren in dem Haus leben. »Was haben Sie noch mal gesagt, wer Sie sind?«

»Das hat Ihnen Linda bereits erzählt«, antwortete Helen.

»Tja, ich hab zwar keinen blassen Schimmer, wer Sie sind, aber *sie* kenn ich seit fast zwanzig Jahren«, sagte er und zeigte auf Linda. »So verdammt enge Freunde könnt ihr also nicht sein.« Es schien ihm zu gefallen, dass Helen keine Antwort parat hatte. »Ich sag Ihnen jetzt mal was, und zwar gratis. Egal, wie lange sie schon befreundet sind, ich kenn sie zehnmal besser als Sie.«

»Nein«, widersprach ihm Linda. »Tust du nicht.«

»Sie weiß ganz genau, was das für ein Perverser ist, den sie geheiratet hat. Und wenn sie Ihnen was anderes erzählt, dann labert sie nur Scheiße.«

»Na gut«, sagte Helen.

»Und ich sag Ihnen noch was.« Smart beugte sich vor zu Linda, und zum ersten Mal spürte Helen echte Wut bei ihm; schwelend und gefährlich, gerade noch unter Kontrolle. »Sollte ich rausfinden, dass dieser Scheißkerl meine Kinder angefasst hat, dann bist du diejenige, hinter der ich her sein werde.«

Linda senkte langsam den Kopf.

»Jetzt kann ich Sie auch noch für Bedrohung verhaften«, sagte Helen.

»Das war ein Versprechen«, erklärte Smart. Sein Blick haftete weiter auf seiner Exfrau. »Keine Drohung.« Er atmete langsam aus und griff wieder nach den Zigaretten. »Also, sehe ich jetzt meine Kinder oder nicht?«

»Woher wissen Sie, dass sie Sie sehen wollen?«, fragte Helen.

»Wieso denn nicht?« Er versuchte die Zigarette anzuzünden, schüttelte das Feuerzeug. »*Ich* bin schließlich ihr Vater. Nicht der Perverse.«

»Linda?«

»Ja ...«

Helen wies Wayne Smart an zu warten, und fragte Linda, ob sie sie kurz allein lassen könne. Linda nickte.

»Was glauben Sie denn, was ich tun werde?«, fragte Smart verächtlich.

Helen verließ das Zimmer, ohne ihm zu antworten, ließ aber vorsichtshalber die Tür einen Spalt offen. Als sie sich zur Treppe wandte, erblickte sie Charli und Danny. Sie kauerten auf halber Höhe nebeneinander auf einer Stufe und sahen sie aus großen Augen an.

Wie zwei kleine Kinder in ihren Schlafanzügen, die sich mitten in der Nacht nach unten geschlichen hatten.

40

Dieser Wald, in dem er Jessica nachts zurückgelassen hat, war eine gute Wahl. Der perfekte Ort für ihre letzte gemeinsame Stunde. Er ist froh, dass sie an einem friedlichen Ort eingeschlafen ist. Kopfschüttelnd berichtigt er sich. Er ist froh, dass sie ihre *letzte Ruhe* dort gefunden hat.

Eingeschlafen ist sie natürlich woanders.

Selbst nach all der Zeit fühlen sich Orte wie dieser, der *still* mitten in der Natur liegt, noch immer ein bisschen merkwürdig an. So anders als der Ort, an dem er aufgewachsen ist. So anders als die Orte, wo er vorher gelebt und gearbeitet hat. Manchmal sieht er, wie einheimische Jugendliche sich in den Wald schleichen, die Taschen voller Kondome, mit Tüten beladen, in denen Flaschen klirren. Er ist neidisch, denn unwillkürlich wünscht er sich, seine ersten Male hätten ebenfalls in einer Umgebung wie dieser stattgefunden. Unter Bäumen und nicht unter Straßenüberführungen. Mit Vögeln und duftenden Sträuchern. Mit Moos und nicht mit Ziegelstaub im Rücken des Mädchens.

Er kann sich an sein erstes Mal noch erinnern, so wie jeder andere auch. Wenn man das vergisst, kann man sich genauso gut schon mal auf den Weg zum Grab machen. Es war eine Woche vor seinem sechzehnten Geburtstag. Das Mädchen hieß Julia und war ein Jahr älter als er. Sie schlug eine Abkürzung vor vom Kino zur Bushaltestelle, die durch eine schmale

Gasse führte. Natürlich wusste sie genau, was sie tat, und ebenso natürlich hatte er nichts dagegen.

Es passierte in einem stinkenden Eingang. Irgendwo in der Nähe klackerten Absätze auf dem Asphalt; das übliche Herumfummeln und Gezerre an Reißverschlüssen. Es dauerte nicht lange, doch das war für das Mädchen in Ordnung. Seine Erinnerung ist dahingehend richtig, das weiß er.

Anschließend trug sie ihren Lippenstift wieder auf, und er fragte sie, wie es gewesen war. »Gut« oder »großartig«, antwortete sie, irgend so was in der Art.

Er erinnert sich, wie er sie gefragt hat.

Bestimmt gibt es Leute, die glauben, er täte das alles nur, weil er sich minderwertig fühlt; weil er diese Mädchen tief in seinem Innern hasst, da er in der Vergangenheit ausgelacht worden ist. Sie könnten nicht weiter danebenliegen. Im Gegenteil, alle Mädchen, mit denen er *je* zusammen gewesen war, haben ihm versichert, wie gut und nett er sie behandelt. Er hat sie alle gefragt, mehr als einmal, und jede einzelne scheint glücklich gewesen zu sein. Alle haben ihm ziemlich deutlich zu verstehen gegeben, dass er auch im Bett keine Niete ist.

Er lächelt. Seine Hand wandert zu seinem Schritt.

Im Bett, im Bad, auf dem Rücksitz, wo auch immer.

Natürlich weiß er, dass er Mädchen wie Jessica und Poppy viel einfacher mit seinem Geschick beeindrucken kann, da ihnen zumeist noch die Vergleichsmöglichkeiten fehlen. Wenn überhaupt, dann neigen eher Frauen seines Alters dazu, kritisch zu sein. Kenn ich schon alles, hab ich schon alles gemacht, bla, bla, bla. Die Beschwerden haben sich im überschaubaren Rahmen gehalten, doch läuft in der Welt bestimmt kein Kerl herum, der nicht schon einmal die leichte Enttäuschung im Blick einer Frau gesehen hat. So viele kann es nicht geben, die *nicht* bereits zu hören bekommen haben, dass es keine Rolle spielt – wo sie doch genau wissen, dass es nicht so ist.

Jüngere Mädchen sind … netter.

Und dafür ist er nett zu ihnen. Am Schluss. Er ist schnell dabei.

Poppy aber. Die süße Pops …

Es ist nicht seine Schuld, nicht ganz. Er hat sich verkalkuliert, mehr nicht. Hat nicht geglaubt, dass alles so hektisch werden würde. Das hätte er besser planen können. Nein, *müssen*. Das Ende, wenn es nicht schon eingetreten ist, wird alles andere als angenehm, und mit diesem Schmerz muss er jeden Tag leben. Wie mit einem Geschwulst. Einem Krebsgeschwür …

Grausamkeit passt einfach nicht zu ihm.

So ist er nicht.

41

Thorne vermutete, dass er der einzige Spurs-Fan im Pub war. Auf jeden Fall war er der Einzige, der das Spiel verfolgte und bestürzt zur Kenntnis nahm, dass sein Verein bereits innerhalb von fünfzehn Minuten ein Tor gegen Manchester City zurücklag, und das bei einem Heimspiel. Langsam wünschte er sich, nicht gekommen zu sein. Sollte Fußball nicht dazu dienen, dem Stress und den Qualen der Arbeit zu entfliehen?

Dem Schmerz und der Trauer.

Im Vergleich dazu war Mord ein Kinderspiel …

»Nicht der Abend Ihrer Jungs, wie's aussieht«, sagte Trevor Hare und sammelte leere Gläser ein.

»Da liegt noch ein weiter Weg vor uns«, murmelte Thorne bedrückt.

Sie schauten eine halbe Minute zu. Thorne zuckte zusammen, als die löchrige Verteidigung seiner Mannschaft den Gästen fast ein zweites Tor bescherte.

»Steve Bates hat genau da gesessen, wo Sie jetzt sitzen. Vor ein, zwei Wochen«, sagte Hare. »Hat sich das Spiel angesehen, so wie Sie.«

Thorne blickte ihn an. Erzählte der Wirt ihm das, weil er glaubte, er würde sich deshalb lieber an einen anderen Tisch setzen? Oder wollte er etwa eine weitere von diesen ›Da-denkt-man-nun-man-kennt-seine-Mitmenschen‹-Unterhaltungen anfangen, die Thorne so satthatte?

»Jetzt wird er wohl nicht mehr so entspannt sein, was?«

»Kaum«, antwortete Thorne.

»Warum bloß *erzählt* er es ihnen nicht?« Hare schüttelte den Kopf. »Das kapier ich überhaupt nicht. Er wird so oder einsitzen, richtig? Also, warum befreit er dann nicht die Eltern von ihren Qualen und sagt einfach, wo sie ist?«

Thorne starrte in sein Glas und entschied sich, seine Vermutung für sich zu behalten.

Weil er es nicht weiß.

»Ich bin überrascht, dass die Presse Ihnen noch nicht auf die Pelle gerückt ist. Expolizist, Besitzer der Stammkneipe des Mörders, die nur ein paar Häuser weiter von seinem Zuhause liegt«, sagte er stattdessen.

»Oh, keine Sorge, die *sind* mir auf die Pelle gerückt«, entgegnete Hare. »Und ich hab Ihnen gesagt, dass sie sich ihr Scheißgeld sonst wohin stecken können.« Er schlenderte zurück hinter die Bar und sprach über die Schulter hinweg. »Die Presse konnte ich schon nicht ausstehen, als ich noch im Dienst war …«

Thorne widmete sich wieder dem Spiel.

In der Halbzeit bestellte er ein Käsesandwich und Pommes frites. Er hatte gerade fertig gegessen, als die Spurs fünf Minuten nach Wiederanpfiff zwei Tore zurücklagen. Fluchend schob er den Teller von sich. Es war nicht schwer, sich den Kommentar eines leidenschaftlichen Arsenal-Fans vorzustellen.

Und das musste er auch nicht.

»In London hat's schon immer nur eine vernünftige Mannschaft gegeben, mein Freund.«

Thorne blickte auf, direkt in Phil Hendricks grinsendes Gesicht.

»Wer immer von uns beiden einen Nietenverein unterstützt, besorgt die Getränke«, sagte Hendricks. »Oh, warte, das bist ja du.«

»Was …?«

»Spuck's aus!«

»Was zum Teufel machst du hier?«

»Wie nett.« Hendricks schien sich diebisch zu freuen, dass es seinem Freund so die Sprache verschlagen hatte. Er forderte ihn auf, ein Stück zu rücken, und quetschte sich neben ihn. »Weißt du, du bist nicht der Einzige, der Urlaub braucht.«

»Ja, aber … deine Arbeit?«

»Ich habe meinen zermatschten Bänker erledigt, den Dienst mit ein paar Kollegen getauscht und bin ins Auto gesprungen. Weißt du, das geht, meine Position gibt das her.«

»Aber du hasst das Landleben genauso wie ich«, wandte Thorne ein.

»Noch ein Opfer auf der langen Liste, das ich für dich bringe.« Dann erstarb sein Lächeln langsam, und eine bleierne Schwere breitete sich zwischen ihnen aus, ausgelöst durch die Erinnerung an die Ereignisse auf Bardsey Island. Hendricks gab sich schließlich einen Ruck, um die Stimmung wieder zu heben. »Also, du *musst* jetzt nicht sagen, wie sehr du dich freust, mich zu sehen. Du kannst von mir aus auch einfach nur eine stille Träne vergießen, wenn du willst. Wird mir nicht peinlich sein.«

»Natürlich freu ich mich. Ich bin bloß ein bisschen baff, dass du hier auftauchst.«

»Du hast doch gemeint, du bräuchtest meine Hilfe.«

»Eine E-Mail hätte genügt.«

»Ach, ich arbeite lieber vor Ort.« Hendricks schmatzte theatralisch mit den Lippen. »Ehrlich gesagt, geht mir die Arbeit besser von der Hand, wenn ein Getränk vor mir steht. Aber da dein Portemonnaie wie immer fest verschweißt ist, geh ich wohl besser selbst los und hole uns zwei Bier.« Er glitt von der Bank und stand auf.

»Wo übernachtest du?«, fragte Thorne.

»Hm … darüber habe ich mir noch gar keine Gedanken gemacht.«

»Wie gut arbeitest du denn nach einer Nacht auf der Parkbank?«

»Ich bin mir sicher, dir wird schon was einfallen.«

Thorne erklärte Hendricks, dass er Helen anrufen werde; vielleicht konnte sie ihre Freundin fragen, ob sie eventuell noch einen weiteren Gast unterbringen konnte. »Mir persönlich ist zwar völlig egal, wo du bleibst, aber Helen wird sich bestimmt freuen, dich zu sehen«, sagte Thorne. »Sie ist in letzter Zeit nicht sie selbst.«

Hendricks zog seine Jacke aus und warf sie Thorne zu. »Hast du bereits erwähnt.«

»Offen gesagt, geht sie mir langsam auf den Senkel.«

»Ich dachte, das wäre meine Aufgabe.«

Während Thorne sein Handy herausnahm und wählte, beobachtete er, wie Hendricks eine Lücke an der Bar fand und sofort einen Mann mit Lederjacke und zurückgegeltem Haar ansprach. Hendricks blickte über die Schulter des Mannes zurück zu Thorne und riss die Augen auf. Thorne schüttelte den Kopf. *Schlampe*, formte er mit den Lippen.

Helen klang *tatsächlich* erfreut, als sie hörte, dass Hendricks aus heiterem Himmel aufgetaucht war, sagte aber nicht viel mehr. Sie versprach Thorne, mit Paula zu sprechen, und bot sich an, die beiden später vom Pub abzuholen. »Ihr wollt doch bestimmt einen draufmachen«, sagte sie.

Hendricks stellte die Getränke und Chips auf den Tisch und setzte sich. »Vielleicht brauch ich das Bett bei Helens Freundin gar nicht«, erklärte er. Er schlürfte den Schaum von seinem Bier. »Schaut der Typ in Leder gerade her?«

»Machst du Witze?«, meinte Thorne. »*Alle* schauen her.«

Hendricks Frisur war wie immer grausam. Sein Schädel war der einzige Teil seines Körpers (soweit Thorne wusste), den der Pathologe noch nicht hatte tätowieren lassen; das wäre bestimmt durch die Haarstoppeln zu sehen gewesen. Er trug ein T-Shirt mit einer Abbildung menschlicher Rippen auf der Front; die Flügelärmel dienten dazu, die außergewöhnlichen Tattoos auf seinen Armen hervorzuheben, und das Shirt selbst war so eng, dass sich die Konturen seiner Brustwarzenpiercings darunter abzeichneten. Metall war auch noch an anderen Stellen im Angebot. Genauer gesagt an Ohren, Nase und Lippen.

Wenngleich Thorne nicht gern hinter Hendricks in der Schlange einer Sicherheitskontrolle in einem Flughafen stecken wollte, genoss er doch stets die Reaktionen, die dessen Erscheinungsbild bei anderen hervorrief.

»Hier mögen sie Leute wie dich nicht«, flüsterte er.

Hendricks starrte zur Bar. »Ein paar, glaub ich, schon«, entgegnete er.

Sie schauten sich noch zehn Minuten das Spiel an, doch City wirkte mit seiner Führung zufrieden, und die Spurs schienen nichts dagegen zu haben.

»Also, wer verbrennt eine Leiche nur zur Hälfte?«, fragte Hendricks schließlich. Er hätte Thorne genauso gut um die Chips bitten können.

»Wie bitte?«

»Das ist das einzig Interessante in all dem, was du mir erzählt hast. Der Rest ist, ehrlich gesagt, nicht so spannend.«

»Immerhin spannend genug, um dich den ganzen Weg hierherkommen zu lassen.«

»Mein Leben ist sehr langweilig.«

»Die Leiche lag nicht lange genug da«, erklärte Thorne. »Ich denke, das ist verdammt interessant.«

»*Wozu* lang genug? Und komm mir ja nicht wieder mit den dämlichen Kötern. Sie kann durchaus ein paar Tage dort gewesen sein.«

»Das bezweifle ich sehr.«

»Lang genug, um von Bates dort verscharrt worden zu sein.«

Thorne schüttelte den Kopf. »Die Leiche ist mehrere Wochen alt.«

»Bedeutet nicht, dass Bates sie nicht umgebracht hat.« Hendricks blickte sich um und merkte plötzlich, dass sich das Paar am Tisch nebenan leicht zu ihnen herüberneigte. Er senkte die Stimme. »Er bringt das Mädchen um, kurz nachdem er sie entführt hat, verscharrt sie aber erst viel später. Keine große Sache.«

»Und wo ist die Leiche in der Zwischenzeit?«

Hendricks zuckte mit den Achseln. »Vielleicht hat er sie gern um sich gehabt.«

»Klar, weil so was völlig normal ist.«

»Wie bei Nilsen. Der gab an, er hätte die jungen Männer umgebracht, um Gesellschaft zu haben.«

»Ja, aber er hat nicht einfach dagesessen und zugeschaut, wie sie in seinem Wohnzimmer vor sich hingammeln, oder? Er hat sie zerstückelt und im Klo runtergespült.«

Hendricks nickte zustimmend. »Ja, viel zivilisierter.«

Auf dem Bildschirm nahmen die Experten mittlerweile das Spiel der Spurs auseinander. Die junge Kellnerin kam vorbei, um Thornes Teller abzuräumen. Nach einem kurzen Plausch mit Hendricks hob er das T-Shirt für sie hoch, um ihr die Piercings zu zeigen. Das Paar am Tisch nebenan trank währenddessen schweigend, als würden sie darauf warten, dass Thorne und Hendricks ihre Unterhaltung fortsetzten.

»Deine Bedenken machen nur dann Sinn, wenn die Leiche nicht so alt war, wie sie aussah.« Hendricks beugte sich vor, um einen besseren Blick auf die Bar zu haben.

Thorne wartete. »Ja?« Er räusperte sich. »*Phil …?*«

Hendricks richtete sich auf und seufzte. Der Mann, mit dem er vorher an der Bar gesprochen hatte, war nirgends mehr zu sehen. »Ich sag dir, mein Schwulenradar funktioniert in letzter Zeit nicht mehr richtig.«

»Wie meinst du das, nicht so alt?«

Hendricks grinste und hielt sein leeres Glas hoch. Der Preis für sein weiteres Fachwissen. »Wie schon gesagt, wer zum Teufel verbrennt eine Leiche nur zur Hälfte?«

42

»Warum ist er hergekommen?«, fragte Danny.

»Er ist unser Vater. Es darf sich Sorgen machen. Ist sein gutes Recht.«

»Und dabei rumbrüllen und rumfluchen?«

»Er hatte was getrunken«, sagte Charli.

»Wie immer.« Mittlerweile schrie Danny selbst und trat mit den Füßen gegen das Bett. »Mum ist auch nie nüchtern. Warum ist unsere Familie bloß so beschissen?«

Ihr Dad war nicht lange geblieben. Charli hatte sich trotzdem gefreut, ihn zu sehen, auch wenn sie sich gleichzeitig dafür hasste. Es hatte die üblichen Umarmungen und Küsse gegeben, als könnte er es nicht ertragen, von ihnen getrennt zu sein. Das gleiche dumme Gerede, wie groß sie und Danny geworden seien, und wie sehr er sie vermisste. Aber was erwartete sie schon? In Bezug auf ihren Vater gab sie sich keiner Illusion hin. Sie wusste, dass es ihrer Mum ohne ihn besser ging und sie mit Steve glücklicher war.

Jetzt aber würde sie sich daran gewöhnen müssen, ohne Steve zu leben. Noch ein Punkt, in dem Charli sich keiner Illusion hingab. Sie fragte sich, wie es ihr ergehen würde ohne Steve. Es würde anders sein als bei ihrem Vater. Egal was für ein Versager er war und wie er sie alle im Stich gelassen hatte, er würde immer ihr Dad bleiben. Sie würde ihm gegenüber immer etwas empfinden und diese Gefühle nie abstreifen können, egal wie sehr sie es auch versuchte. Musste wohl am gleichen Blut liegen. Darin bestand der Unterschied.

Echt bescheuert, ließ sich aber nichts dran ändern.

»Ich will zur Schule«, sagte Danny. »Ein paar Sachen abholen.«

»Was für Sachen?«

»Bücher und so 'n Mist. Wenn wir hier schon festsitzen, kann ich auch was lernen.«

Charli starrte ihren Bruder an und versuchte, nicht zu lachen. Er konnte kaum als Vorzeigeschüler bezeichnet werden und war mehr als einmal aufgeflogen, weil er seine Aufsätze aus dem Internet geklaut hatte.

Er streckte die Arme aus, als wollte er sie zu einer sarkastischen Bemerkung auffordern. »Was ist?«

Sie wusste, dass ihm langweilig war. So ging es allen hier im Haus. »Sie werden dich nicht gehen lassen.«

»Sie können mich nicht dran hindern«, entgegnete er. »Was glaubst du, was passiert, wenn ich gleich runtergehe und einfach aus der Tür spaziere?«

»Du wirst dein Gesicht in der Zeitung sehen.«

»Das wär in Ordnung.«

»Ja, aber Mum würde ausrasten. Und dir außerdem noch Hausarrest aufbrummen und den Computer für 'ne Woche wegnehmen.«

»Welchen Computer denn?« Danny stampfte durchs Zimmer und schlug mit der Hand auf den PC, den die Polizeibeamten ihnen gebracht hatten. »Das Scheißteil hier zählt nicht.«

»Besser als nichts.«

»Und überhaupt, wann kriegen wir eigentlich unsere Computer wieder zurück? Die müssten sie ja wohl inzwischen durchforstet haben.«

Wahrscheinlich, dachte Charli, fragte sich aber, wie lange sie an Steves Computer noch herumbasteln würden. Und was sie schon gefunden hatten. »Also, worauf sind sie auf deinem Computer gestoßen?«, fragte sie. Sie grinste, doch Danny mied ihren Blick. »Dämliche Nachrichten von deinen jämmerlichen Kumpels? Bilder von irgendwelchen scharfen Mädels?«

Jetzt wandte er sich zu ihr. »Klar. Und was ist auf deinem? Ich wette, irgendein Scheiß, der noch viel peinlicher ist.«

Charli konnte den Gedanken nicht ertragen, dass Polizeibeamte sich ansahen, was auf ihrem Laptop war. Die Fotos, die Nachrichten auf Facebook und Instant Messenger. Sie spürte, wie sich ihr Magen zusammenzog, und erinnerte sich an die letzten Online-Chats zwischen ihr und ihrer besten Freundin, Gabby. Sie hatten sich wegen einer Party verkracht, zu der Charli gegangen war. Ein Junge, mit dem Gabby herumgeknutscht hatte und der danach überall damit herumprahlte, war dort gewesen, sodass Gabby sich kategorisch geweigert hatte mitzukommen. Sie hatte Charli vorgeworfen, selbst mit dem Jungen herumknutschen zu wollen, und sie als schreckliche Freundin bezeichnet, weil sie hingegangen war.

Ihr Magen zog sich noch fester zusammen

dachte, wir sind freundinnen
komm schon, gabz, ist nur 'ne party
freundschaft = vorbei

Gabby und eine ganze Menge anderer Mädchen taten sich jetzt bestimmt nicht schwer damit, sie fallen zu lassen, dachte Charli. Partys und missverstandene Nachrichten waren nichts im Vergleich hierzu. Jessica Toms und Steve …

Es klopfte leise an der Tür, und ihre Mum kam herein. Sie hatte ein Glas Wein in der Hand, ging hinüber zu Charlis Bett und setzte sich.

»Alles in Ordnung?« Charli hockte sich neben sie und lehnte sich an sie.

Linda nickte und lächelte. »War es schön, euren Vater zu sehen?« Sie wandte sich zu Danny. Er saß am Schreibtisch und studierte aufmerksam eine der Zeitschriften mit einer Gitarre auf der Titelseite, die die Polizisten ihm gebracht hatten.

»Bin mir nicht sicher, ob's nett war«, antwortete Charli. »Er war ja nur fünf Minuten da.«

»Trotzdem gut, dass er euch sehen wollte.«

»Gut?«

»Du weißt schon.«

»Welcher Vater würde seine Kinder nicht sehen wollen?«

»Ja, stimmt«, pflichtete Linda ihr bei. »Er ist voll aggro.« Der Wein machte ihr Grinsen zu einer albernen Grimasse. »Ist das das richtige Wort? Das sagt ihr doch immer, oder? Voll aggro?« Sie blickte wieder zu Danny. »Ein Vollpfosten?«

Charli setzte sich aufrecht. »Wir haben gehört, was er unten gesagt hat.«

Linda kniff die Augen leicht zusammen. »Tut mir leid.«

»Weißt du, wir sind nicht blöd.« Danny schleuderte die Zeitschrift auf den Boden. Charli und ihre Mutter drehten sich beide zu ihm um. »Wir wissen, dass Steve wahrscheinlich nicht mehr zurückkommt.«

»Das wissen wir *nicht*«, entgegnete Linda.

»Ich habe gesagt ›wahrscheinlich‹, okay?« Er stand auf, rammte die Hände in die Taschen seiner Trainingshose. »Natürlich hoffe ich, dass er zurückkommt. Aber egal, ob Steve wieder rausdarf oder nicht, ich will, dass du schwörst, dass *er* nicht mehr zurückkommt. Nie wieder. Das ist mein völliger Ernst, Mum. Ich will, dass du es schwörst, okay?«

»Er ist dein Vater.«

Tränen traten in Dannys Augen, die Hände in seinen Taschen waren zu Fäusten geballt.

»*Schwör's!*«

43

Der Fernseher in der Ecke war glücklicherweise ausgeschaltet worden. Nicht dass Thorne überhaupt einen Blick darauf hätte werfen können. Viele der Kräfte, die nach Poppy Johnston suchten, waren mittlerweile von den Suchgebieten zurückgekehrt, sodass es nur noch Stehplätze im Pub gab. Sie standen dichtgedrängt in kleinen Gruppen, um sich aufzuwärmen, auszutauschen und vor Lokalschluss noch schnell ein paar Bier zu trinken.

Thorne schnappte hier und da Gesprächsfetzen auf, als er vorsichtig die Getränke zum Tisch balancierte. Zwar gab es nicht viel zu erzählen, doch die Unterhaltungen waren für Thorne und Hendricks Grund genug, ihr eigenes Gespräch noch diskreter zu halten.

»Natürlich vernichtet man durch Verbrennen DNA«, sagte Hendricks. Er hatte sich vorgebeugt und flüsterte, als würde er gleich die Pointe eines schmutzigen Witzes loslassen. »Belastende Flüssigkeiten.«

»Vorausgesetzt, es gab welche.«

»Selbst wenn nicht, gibt's immer vereinzelt Haare, Fasern, was auch immer. Seine Fingerabdrücke auf ihrer Haut.«

»Also weiß er, was er tut«, erklärte Thorne.

»Bates.«

»Wer auch immer.«

»Ja, davon geh ich mal aus.«

»Aber trotzdem schafft er's irgendwie, eine Zigarettenkippe in den Müllsack fallen zu lassen, als er sie verscharrt.«

»Wir machen alle Fehler.«

»Ich bin mir nicht so sicher, ob das ein Fehler war.«

Hendricks nickte, aber er dachte offensichtlich an etwas anderes. »Trotzdem ein bisschen eigenartig, die Sache nur zur Hälfte durchzuziehen, findest du nicht? Vielleicht sollten wir uns fragen … ob das der einzige Grund ist?«

Thorne wartete.

»Um die Leiche anzuzünden.«

Thorne wartete noch etwas länger. Schließlich hielt er es nicht mehr aus. »Und? Was ist der andere Grund?«

»Tja, ich denke immer noch drüber nach …«

Hendricks saß vor seinem vierten Glas Guinness, ohne gegessen zu haben, und seine Aussagen wurden langsam etwas vage. Trotzdem wusste Thorne, dass er schlauer war als die meisten Menschen, selbst wenn er zu fünfundsiebzig Prozent betrunken war.

»Irgendeine Idee musst du doch haben.«

Hendricks schnitt eine Grimasse, schloss kurz die Augen, und suchte nach Worten, um seine Gedanken in die richtige Reihenfolge zu bringen. »Es ist einfach nur seltsam, finde ich. Mehr nicht. Man zündet eine Leiche an, schüttet Benzin oder was auch immer darüber, zückt die Streichhölzer … und schon steht sie in Flammen.« Er warf die Hände hoch. »Dann aber hat man nichts Besseres zu tun, als das Feuer hektisch wieder zu löschen, bevor sie vollständig verbrannt ist.« Er neigte den Kopf zur einen und dann zur anderen Seite. »Ich weiß nicht … Vielleicht liege ich ja falsch mit meinen Überlegungen, und er konnte einfach nur den Anblick ihrer völlig verkohlten Leiche nicht ertragen. Vielleicht war sie für ihn … kostbar.«

»Vor einer Stunde hast du gesagt, er hätte dagesessen und zugesehen, wie sie verwest.«

Hendricks nickte langsam, dann schüttelte er den Kopf. Er trank von seinem Bier und behielt es ein paar Sekunden im Mund, bevor er herunterschluckte. »Er verbrennt die Leiche gerade so viel, dass er Spuren zerstört, aber nicht *sie*. Verstehst du, was ich meine?«

»Eigentlich nicht.« Allmählich stieg in Thorne der Gedanke auf, dass sein Freund heute nichts mehr zu sagen hatte, was noch Sinn ergab.

»Gerade genug für was anderes.«

»Wie zum Beispiel?«

Nach ein paar Sekunden erstarrter Konzentration lehnte Hendricks sich zurück und schüttelte den Kopf. Was immer es war, das beinahe das Licht der Welt erblickt hätte, es verschwand wieder zurück in die Dunkelheit, die so undurchdringlich und schwarz war wie das Guinness, das er eifrig in sich hineinschüttete. »Also, was glaubst du, was ist los mit Helen?«

»Das würde ich auch verdammt gern wissen«, sagte Thorne.

Hendricks nickte verständnisvoll. »Was denkst du, warum mir Kerle lieber sind?«

»Weil sie Schwänze haben?«

»Weil sie einfacher gestrickt sind.«

»Es ging ihr gut, bis wir hierherkamen.«

»Es war ihre Idee, oder?«

»Ja. Ich hab noch versucht, sie ihr auszureden.«

»Wie ich schon gesagt habe, es kann schon mal seltsam sein, nach Hause zu kommen. Erinnerungen, was auch immer.«

»Soviel ich weiß, gibt's da nichts Schlimmes in ihrer Vergangenheit.« Thorne starrte in sein Glas. »Ich meine, ihre Mum ist hier gestorben, aber ich glaube nicht, dass es irgendwas damit zu tun hat.«

»Irgendwelche Leute von früher, die sie vielleicht nicht mehr treffen wollte?«

»Bisher nur ein Exfreund«, antwortete Thorne.

»Oh, wie schade, dass ich den verpasst habe.«

»War am ersten Abend hier im Magpie's Nest.«

»Wahrscheinlich gibt's etliche von denen in Polesford«, bemerkte Hendricks. Er deutete mit seinem Glas auf Thorne. »Sie hat ja keine allzu hohen Ansprüche.«

»Wie lange wolltest du noch mal bleiben?« Thorne lächelte trotz der Spitze gegen ihn. Außerdem hatte Hendricks wahrscheinlich gar nicht so unrecht, was seine Beziehung zu Helen betraf.

Er hatte sich eindeutig eine Liga zu hoch hinaufgewagt.

Thorne sah auf seinem Handy nach, ob Helen eine Nachricht hinterlassen hatte. Als er wieder aufblickte, stand Trevor Hare an ihrem Tisch, sein eigenes Bier in der Hand.

»Was für ein Betrieb, ich lauf mir heute Abend die Hacken ab«, sagte er.

So schlimm dann aber doch nicht, ging es Thorne durch den Kopf, denn immerhin fand er noch genügend Zeit, um herüberzukommen, das neue Gesicht in Augenschein zu nehmen und ein schnelles Bier zu trinken. »Das ist Trevor«, sagte Thorne zu Hendricks. »Der Wirt.«

Hendricks streckte ihm eine Hand entgegen und stellte sich vor.

»Spielen Sie in 'ner Band oder so?«, fragte Hare.

Hendricks lachte und klärte ihn auf.

»Aha«, erwiderte Hare nickend. »Berufliches Interesse also? Ich meine, weswegen Sie hier sind.«

»Nur, um ihn aus Schwierigkeiten rauszuhalten«, antwortete Hendricks und zeigte auf Thorne.

»Da könnten Sie ganz schön was zu tun bekommen«, bemerkte Hare.

»O ja, ich weiß.«

»Nicht, was mich betrifft«, entgegnete Thorne. Hare hatte wohl die Zeitung gelesen oder mit einem seiner Gäste gesprochen.

»Die einzigen Pathologen, die ich je kennengelernt habe, trugen Anzüge und Krawatten«, stellte Hare fest. »Sahen eher konventionell aus, wissen Sie?«

Hendricks grinste. »Ich schlag da 'n bisschen aus der Art.«

»Noch 'ne Runde?« Hare sah auf seine Uhr. »Letzte Möglichkeit.«

»Ich glaube, wir haben genug«, sagte Thorne.

Hendricks wollte gerade etwas einwenden, als er Thornes missbilligenden Blick bemerkte. Er trank sein Glas aus und starrte darauf. »Ja …«

»Na, dann versuch ich mal den Rest der Menge loszuwerden«, sagte Hare. Er kämpfte sich zurück zur Bar und läutete die Glocke.

»Rieche ich hier einen Exbullen?«, fragte Hendricks.

Hare verkündete seinen Gästen, dass es Zeit war, ihre Gläser zu leeren. Die Glocke erklang noch einmal, und die Leute begannen, seiner Aufforderung nachzukommen.

Thorne nickte. »Metropolitan Police. Deshalb wimmelt's hier von Polizisten. Auf jeden Fall mehr als üblich.« Er sah den Wirt Gläser von der Theke abräumen und drehte sich genau in dem Moment um, als Helen zur Tür hereinkam. »Ah, unsere Eskorte.«

»Das ist vielleicht *dein* Escortservice«, entgegnete Hendricks.

»Meiner ist schon vor Ewigkeiten gegangen.« Er grinste und wackelte mit den Augenbrauen wie ein in Salford geborener Groucho Marx, der auf außergewöhnlichen Körperschmuck stand.

»Schaut euch nur an«, sagte Helen, als sie sich zum Tisch durchgekämpft hatte. »Habt ihr Spaß?«

Sie standen auf und griffen nach den Jacken. Helen beugte sich vor, um Thorne auf die Wange zu küssen. Danach zog Hendricks sie an sich, um sie fest zu umarmen.

»Wie geht's dir, meine Hübsche?« Hendricks drückte Helen noch fester und blickte Thorne über ihre Schulter hinweg an. »Du weißt schon, dass ich wegen dir gekommen bin und nicht wegen ihm, oder?«

»Klar«, sagte Helen, machte einen Schritt zurück, und erklärte Hendricks, dass er besoffen war.

»Ich hab nur ... meinen Flüssigkeitshaushalt in Ordnung gebracht.«

»Mit zu viel Guinness «, sagte Thorne.

»Dann lasst uns mal aufbrechen, ihr beiden Witzfiguren.«

»Was ist nun? Hab ich ein Bett?«, fragte Hendricks.

»Ein Sofa«, antwortete Helen.

An der Tür blieb Helen stehen und gab Thorne den Autoschlüssel. »Der Wagen steht draußen«, erklärte sie. »Ich muss noch kurz zur Toilette.«

»Wenn sie los ist, um Kondome zu ziehen, völlig unnötig. Ich hab immer genügend dabei«, sagte Hendricks und beobachtete, wie Helen wieder hineinging. Er tätschelte seine Jackentasche und setzte zu einem unbeholfenen Pfadfindergruß an. »Sei stets gewappnet!«

»Ich glaube nicht, dass ich dich in der Sache behelligen muss«, sagte Thorne.

Helen trat aus der Toilette auf den schmalen Flur, der zurück zur Bar führte. Hier roch es nur geringfügig besser als in den Toiletten selbst. Sie wischte sich die Hände hinten an ihrer Jeans ab und lugte durch die Glastür in den Garten. An dessen Ende tauchten aus einem Gebäude zwei Gestalten auf. Sie gingen an einem Tisch vorbei, an dem drei Jugendliche saßen und rauchten. Als sie unter einer der Deckenlampen vorbeikamen, erkannte sie die Bedienung wieder, die soeben ihre Bluse richtete und sich zu einem älteren Mann mit zotteligem Bart und Brille neigte. Sie öffneten die Tür und betraten den Flur. Das Mädchen sah sie nicht an, aber der Mann lächelte eindeutig selbstzufrieden, als er an ihr vorbeiging. Sie sah, wie sie zur Bar traten, und versuchte sich an diesen Witz zu erinnern, der sich darum drehte, dass unter Pferdeschwänzen immer Arschlöcher steckten …

Sie zuckte zusammen, als die Tür hinter ihr zuknallte. Sie drehte sich um und sah, dass die drei Jugendlichen ebenfalls hereingekommen waren.

»Ach, wen haben wir denn hier? Linda Bates' Lieblingsfotzenleckerin.« Der größte von ihnen trat auf sie zu. Dunkelblond, pickliges Gesicht, der Kragen des Polohemds hochgestellt.

»Scheiße, ist die dreist!«, rief ein asiatischer Junge in einem schlabbrigen American-Football-Trikot.

Der dritte starrte sie lediglich an, die Hände in den Taschen seiner Windjacke vergraben.

Alle drei stanken nach Zigaretten und Bier.

»Wie kannst du es bloß wagen, dich hier blicken zu lassen?«

»*Dummdreist.*«

»Wo issn deine Freundin?«

»Wartet sie schon zu Hause auf dich, mit breiten Beinen?«

»Schmiert wahrscheinlich schon mal den Umschnalldildo ein.«

»Okay, Jungs«, sagte Helen. Sie lächelte zwar, doch drückte sich das nicht in ihrem Tonfall aus. »Verzieht euch einfach, okay?«

Der Junge in dem Poloshirt spreizte die Beine und legte sich ordentlich ins Zeug vor seinen Freunden. »Ich schätz mal, du kannst uns bestimmt erklären, was wir tun müssen?«

»Du schmutziges Luder.«

»Ihr wisst schon, dass ich Polizistin bin, oder?«

»Als würd uns das interessieren«, sagte der asiatische Junge.

Helen blickte nach unten, um den Reißverschluss ihrer Tasche zu öffnen und nach ihrem Dienstausweis zu kramen.

»Du bist echt eine Schande …«

Sie hörte, wie Schleim hochgezogen wurde und hob den Kopf in genau dem Augenblick, als der Brocken ihr Gesicht traf. Sie versuchte, eine Hand zu heben, um die Spucke wegzuwischen, doch für ein paar Sekunden verweigerte sich ihr Körper ihrem Befehl. Sie konnte nur zusehen, wie die drei Jungs die Tür hinaus zum Garten aufrissen, hinausschossen und johlend in der Dunkelheit verschwanden, während der kalte Speichel an ihrer Wange herunterkroch.

44

Paula Hitchman verkündete, dass sie sich sehr über einen weiteren Gast freue. Ihre bessere Hälfte klang gleichermaßen begeistert. In der Tat schien Jason Sweeney von dem Neuzugang ganz besonders angetan zu sein. Nachdem sich Hendricks dafür bedankt hatte, ihr Sofa nutzen zu dürfen, taute er sichtlich auf. Dosenbier wurde geöffnet und ein Teller mit Sandwichs herumgereicht, und innerhalb von zehn Minuten war Hendricks den wiederholten Aufforderungen seiner Gastgeber nachgekommen und hatte ihnen um einiges mehr an Tattoos und Piercings gezeigt, als es der Kellnerin im Magpie's Nest vergönnt gewesen war.

»Du stehst also auf Metal?«, fragte Sweeney. »Ich mein, auf die Musik.«

»Ich steh auf alles, worauf man tanzen kann«, antwortete Hendricks.

»Hab einfach 'n paar Leute wie dich bei Konzerten gesehen, deshalb. Ich glaub, die fahren aber eher auf Drachen und so 'n Zeug ab. Adler. Totenköpfe.«

Paula fragte, ob er auch Piercings an »intimeren« Stellen hätte. Hendricks zwinkerte ihr zu und meinte, dass sie das ganz leicht herausfinden könnte, wenn sie ihre Karten nur richtig ausspielte.

Sweeney nickte beeindruckt. »Echt Hardcore, Kumpel. Wirklich.«

»Man soll davon abhängig werden können«, meinte Paula.

»Ich bin von vielen Dingen abhängig«, sagte Hendricks.

Sweeney knuffte Thorne, der neben ihm auf dem Sofa saß. »Nicht gerade Quincy, was?«

Thorne verneinte. Mit seiner Dose in der Hand lauschte er auf die Geräusche, die von oben aus dem Bad drangen. Gleich nachdem sie angekommen waren, hatte Helen verkündet, dass sie duschen und früh zu Bett gehen wolle. Das waren ihre ersten Worte gewesen, seit sie den Pub verlassen hatten. Auf dem Weg zu Paulas Haustür hatte Hendricks Thorne einen vielsagenden Blick zugeworfen. *Jetzt weiß ich, was du meinst*, hatte Thorne darin gelesen.

»Zumindest können sich deine Patienten nicht über dein Aussehen beschweren«, sagte Sweeney. »Nennst du sie überhaupt so? Patienten?«

»Die Gemeinde der Grabhorcher«, sagte Hendricks. »Teilen sich in unterschiedliche Kategorien auf.« Er begann sie an den Fingern abzuzählen. »Da gibt's die Selbstabfackler… die Wasserweichen … und schließlich die Gruppe der Gehwegklatscher. Von denen lag einer sogar noch heute auf meinem Tisch, bevor ich hierherkam. Ein Banker. Hatte vergessen, dass er nicht fliegen kann.«

»Na, da war die Todesursache ja nicht allzu knifflig«, sagte Sweeney.

»Ach, den Kram kann ich im Schlaf.«

Hendricks haute schwer auf den Putz oder vermutlich das Guinness, das er intus hatte; es war eine Rolle, in die er schlüpfte, wenn das Publikum es verlangte. Zurückzuführen auf Alkohol, gepaart mit Schwachsinn. In Wahrheit war Hendricks nämlich der einfühlsamste Pathologe, dem Thorne je begegnet war, und der einzige, der einen solchen Willen und eine solche Fähigkeit besaß, den Toten ihre Geheimnisse zu entlocken.

»Ich bin der Leichenflüsterer«, sagte Hendricks und zwinkerte Thorne zu.

»Den Namen mag ich«, sagte Paula. »Der ist gut.«

Thorne kannte den wahren Grund, warum Hendricks gekommen war. Sie beiden hofften, dass Jessica Toms ihm vielleicht etwas zu sagen hatte.

»Trotzdem erstaunlich, was man heute alles machen kann«, bemerkte Sweeney. »Die ganzen technischen Verfahren.«

»Ach, die werden völlig überbewertet, finde ich«, sagte Hendricks. »Ich persönlich trauere den Blutegeln immer noch nach.«

Sweeney hatte den Witz nicht verstanden. »Aber man bekommt heute innerhalb von Minuten Ergebnisse, stimmt's?« Er sah seine Freundin an. »Wusstest du, dass man feststellen kann, ob ein Verdächtiger in einem Raum war, nur indem man eine Probe von der Luft nimmt? Nur von der Luft, verdammt noch mal.«

Paula blickte Thorne an. »Ihr werdet bald nichts mehr zu tun haben.«

»Von mir aus gern«, erklärte Thorne.

»Lass mich raten«, sagte Hendricks. »Du bist ein großer Fan von *CSI*.«

»O Gott, er verpasst keine Folge«, warf Paula ein. Sie nickte zu dem Regal unter dem Fernsehtisch. »Da unten stehen sämtliche DVDs. Alles, wo ein paar Leichen drin vorkommen. Und ständig steckt er seine Nase in irgendeinen blutrünstigen Thriller mit Dutzenden von Mördern. Ich mag's ja lieber ein bisschen literarischerer.«

»Na und? Ich steh halt auf Krimis.«

»Mord und Totschlag müssen aber nicht unbedingt bei dir vor der Haustür passieren.«

»Nein, eher nicht«, sagte Sweeney.

Thorne fand, dass der Taxifahrer etwas geknickt aussah. Enttäuscht von der grausamen Gewöhnlichkeit realen Mords.

Er lauschte der Unterhaltung noch ein paar Minuten. Als noch mehr Sandwichs gereicht und blutrünstige Geschichten verlangt wurden, entschuldigte sich Thorne. Er hatte gehört, dass die Dusche vor zehn Minuten ausgestellt worden war.

»Hat Helen eigentlich irgendwas von Linda Bates erzählt?«, fragte Paula. »Im Hinblick auf ihren Mann?«

»Mir nicht«, antwortete Thorne.

Thorne musste eine Hand ausstrecken, um sich abzustützen und geradeaus pinkeln zu können. Er hatte zwar nicht so tief ins Glas geschaut wie Hendricks, und auch etwas gegessen, bevor sie richtig losgelegt hatten, doch war er noch nie wirklich trinkfest gewesen.

Er drückte die Toilettenspülung und schloss den Deckel. Dann wusch er sich das Gesicht und setzte sich für ein, zwei Minuten hin, um einen klaren Kopf zu kriegen.

Es waren genau jene Verfahren, die Jason Sweeney so faszinierend fand, aufgrund derer Stephen Bates verurteilt werden würde. Zumindest diejenigen davon, die es tatsächlich gab.

Seine DNA auf einer Zigarettenkippe in einem Grab.

Die DNA des Opfers überall in seinem Wagen.

Stichhaltige Beweise, die nicht nur zeigten, dass Stephen Bates ein Lügner war, sondern die auch belegten, dass ein totes und ein vermisstes Mädchen genau an dem Ort gewesen waren, von dem er das Gegenteil behauptete.

Technische Verfahren und gute altmodische Lügen.

Aber auch technische Verfahren erzählten nicht immer die Wahrheit. Denn am Ende des Tages waren Fakten einfach nur Fakten und stellten nicht das heilige Evangelium dar. Sie waren nicht der Weisheit letzter Schluss. Sie waren Summen, die noch einmal addiert werden mussten.

Langsam und mit einem Stöhnen stand Thorne auf. Er hätte vor einer halben Stunde aufhören sollen zu trinken.

Als er aus dem Bad kam, stand Hendricks wartend auf dem Treppenabsatz. Er trat dicht zu ihm. »Es dreht sich alles um die Käfer«, sagte er gedämpft.

»Wie bitte?«

»Na, bei der Sache mit der Leiche.« Hendricks nickte. »Wie lang sie in dem Wald begraben war, und wie lang sie schon … eine Leiche war. Sollte es eine *Abweichung* geben … dann, glaub mir, mein Freund, dreht sich *alles* um die kleinen Krabbeltierchen.« Er grinste und ahmte sie nach, indem er mit den Fingern wackelte.

»Geh ins Bett!«, sagte Thorne.

Hendricks beugte sich noch dichter zu ihm und zog eine verschwörerische Miene. »Wie denn?« Er sprach wie jemand, der das Flüstern in einem Hubschrauber gelernt hatte. »Solange die beiden noch nicht entschieden haben, dass Schlafenszeit ist, *kann* ich mich nicht aufs Ohr hauen. Ich penne doch im Wohnzimmer, oder?«

»Bis morgen früh«, verabschiedete sich Thorne.

Hendricks schob sich summend an ihm vorbei ins Bad; irgendein Lied, das im Pub gespielt worden war. Thorne tappte leise über den Treppenabsatz ins Schlafzimmer.

Das Licht war ausgeschaltet, und Helen schlief bereits. Oder tat wenigstens so.

45

Helen war früh aufgebrochen, um zu Linda zu fahren. Sie hatte Hendricks mitgenommen, damit er sein Auto in der Stadt abholen konnte. Hendricks, der mehrere Becher starken Kaffee intus hatte, war auf dem Weg nach Nuneaton, um den Pathologen zu treffen, der die Obduktion bei Jessica Toms durchgeführt hatte. Sweeney hatte sich angeboten, Thorne nach Polesford zu bringen, doch solange er noch nicht angezogen und startklar war, blieb Thorne nicht viel anderes übrig, als irgendwie die Zeit totzuschlagen.

Um kurz nach elf kam Sweeney schließlich die Treppe herunter. Er machte sich selbst Frühstück und setzte sich in seinem labberigen Bademantel ins Wohnzimmer.

»Was Paula gestern Abend über Blut und Tod gesagt hat … dass sie beides nicht mag …« Er verschlang mit einem einzigen Biss die Hälfte seines Toastbrots. »Liegt wahrscheinlich daran, dass sie 'ne ganze Menge davon im Krankenhaus sieht. Die richtig schlimmen Sachen, weißt du? Sie schafft es noch nicht mal, sich eine ganze Folge von *Grey's Anatomy* anzugucken.«

Thorne nickte. Er kannte nicht viele Polizisten, die nach Hause kamen und den Abend damit verbrachten, sich Polizeiserien wie *The Bill* auf DVD anzuschauen.

»Bei mir ist es genau andersrum«, sagte Sweeney. »Wenn man sein Geld mit Taxifahren verdient, gibt's nicht viel, was einem den Puls in die Höhe jagt. Zumindest nicht hier. Ab und zu übergibt sich mal jemand auf dem Rücksitz. Aufregender wird's aber nicht.«

»Schon zu aufregend für mich«, sagte Thorne. Er stieß leise auf und schmeckte das Bier vom Vorabend. Der fleischig metallische Geruch von Blut war etwas, womit er umgehen konnte, aber schon allein die Vorstellung von Erbrochenem löste ein mulmiges Gefühl in ihm aus.

Hing wohl schlicht davon ab, woran man gewöhnt war, vermutete er.

»Deshalb sind die Leute auch so außer sich über das, was hier passiert ist«, erklärte Sweeney. »Polesford ist normalerweise nicht gerade der spannendste Ort.«

»Ich dachte, genau aus dem Grund bist du hierhergezogen.«

»Ja, schon.« Er überlegte kurz. »Schaukeln und Kreisverkehr, nicht?«

»Es ist auf jeden Fall ein bisschen bieder«, sagte Thorne.

»Und sicher.«

»Wirklich?«

Sweeney gestand seine unglückliche Wortwahl mit einem Kopfschütteln ein. Er schob sich den Rest seines Toasts in den Mund. »Bis dein Freund aufgetaucht ist, war *ich* wahrscheinlich der Paradiesvogel hier.«

»Ein paar Köpfe haben sich im Pub schon nach ihm umgedreht«, bestätigte Thorne.

»Jetzt sag mal, weswegen ist er wirklich hier?« Sweeney strich die Brotkrümel vom Schoß und stellte den Teller auf den Boden. »Er hat gestern Abend ja ein kleines Geheimnis draus gemacht.«

»Na ja, das ist seine Sache.«

»Ist er so 'ne Art Berater in der Geschichte mit Bates und deshalb hier?«

Thorne zuckte mit den Achseln. »Ich glaube, er wollte nur ein paar Tage raus.«

»Echt?«

»Irgendwohin, wo's nett und ein bisschen bieder ist.«

»Komm schon, ich werd's auch nicht herumerzählen. Ist er ein Gutachter oder so?«

»Er ist einfach aufgetaucht«, sagte Thorne. »Mehr nicht.«

Sweeney lächelte und nickte, als ob das Ausbleiben einer überzeugenden Antwort genau jene Antwort war, die er erwartet hatte. Als wüsste er, dass Thorne etwas zurückhielt, und freute sich diebisch darüber, Teil der Intrige zu sein. Er griff nach der Fernbedienung und zappte durch die Programme, bis er schließlich bei Sky News landete.

Nach einer Zusammenfassung der Sportereignisse und dem Wetterbericht folgten die neusten Nachrichten aus Polesford.

»Auf geht's.« Sweeney lehnte sich zurück und seufzte enttäuscht, als der Reporter eingeblendet wurde. »O Gott, dieser Typ ist so langweilig, findest du nicht auch? Diese junge Reporterin berichtet viel besser.« Er rückte seinen Bademantel zurecht. »Ich hab sie vor Kurzem abends zu ihrem Hotel gefahren. In natura sieht sie sogar besser aus.«

Es wurde über eine Geschichte aus der Zeitung berichtet. Die Exklusivstory eines anderen Senders, an die man sich dranhängte. Die Titelseite wurde herangezoomt und detailliert beschrieben, wenngleich das nicht notwendig war. Die Schlagzeile prangte über dem Bild.

»O verdammt«, stieß Sweeney hervor. »Ich hatte mich schon gefragt, wann er auftauchen würde.«

Thorne kannte den Mann auf der Titelseite zwar nicht, doch die Worte auf dem Bildschirm ließen keinen Zweifel an seiner Identität.

Sweeney blickte Thorne an. »Nun denn, damit seid ihr wenigstens wieder von der Titelseite, du und deine bessere Hälfte.«

»Er ist ein Schwein«, sagte Linda. »Das war er schon immer. Aber das hier ...«

Helen betrachtete das Foto. »Sie werden ihm wahrscheinlich viel Geld geboten haben.«

Linda saß auf der Bettkante, und die Knöchel ihrer Finger, mit denen sie die Zeitung umklammerte, traten weiß hervor. »Er ist es, der ihnen das Angebot gemacht hat«, erklärte sie. »Darauf kannst du Gift nehmen. Und er wird es für fünfzig Pfund gemacht haben. Ach, für zwanzig ...«

Es war der zweite Tag hintereinander, an dem Linda eine Zeitung von den Polizeibeamtem bekommen hatte. Doch heute hatten sie sie ihr nur widerwillig gegeben. Als wären die Seiten mit irgendeinem Gift überzogen. In ihren Gesichtern glomm nicht das hinterhältige Lächeln vom Vortag, als Helen und Thorne die Titelseite geziert hatten.

»Deshalb ist er gekommen«, sagte Linda. Sie reichte Helen die Zeitung. »Es war alles arrangiert, oder? Es ging nur darum.«

Helen schaute sich das Bild an. Wayne Smart im Ringkampf mit einem uniformierten Polizeibeamten am Rand des Vorgartens. Ein weiteres, etwas unverfänglicheres Foto von ihm daneben. Dazu ein Aufmacher, der auf die gesamte doppelseitige Story innen verwies. Die Überschrift: fast ein wörtliches Zitat aus seiner Unterhaltung mit Linda tags zuvor.

SOLLTE ER MEINE KINDER ANGEFASST HABEN, WERDE ICH IHN UMBRINGEN.

Linda hatte natürlich recht. Der ganze Aufruhr draußen war

inszeniert gewesen, die Auseinandersetzung drinnen lediglich Stoff für die Exklusivstory vom traumatisierten Vater. Helen erinnerte sich, wie Smart die Treppe heruntergestapft war und dabei herumgeschrien und Drohungen ausgestoßen hatte. Das Ganze hatte wie einstudiert gewirkt. Sie ertappte sich, wie sie sich fragte, ob er irgendein Aufnahmegerät dabeigehabt hatte.

Sie blätterte zu der Geschichte innen, überflog den Text und starrte wie gebannt auf Smarts Beschreibung von ihr. Der »sogenannten Freundin« seiner Exfrau. Eine Polizeibeamtin im aktiven Dienst solle sich besser hüten, eine Frau zu trösten, die einen Kindsmörder in ihr Haus gelassen hatte, meinte er. In das Haus *seiner* Kinder.

Die Anspannung in ihren Schultern, die Abscheu, die sich auf ihrem Gesicht ausbreitete, war offenbar zu sehen.

»Ja, du bekommst auch ziemlich dein Fett weg«, sagte Linda. »Tut mir leid.«

»Nicht deine Schuld.« Helen war zu müde, um sich allzu viele Gedanken zu machen. Abgesehen davon war es sowieso zu spät. Einerseits blieb Lindas Exmann der gleiche Widerling, der er war, andererseits wussten die Menschen schon seit vierundzwanzig Stunden, wer und was *sie* war; sie steckte bereits fest in einer Schublade.

Das hatte die gestrige Titelseite besorgt.

Sie erinnerte sich an den vorherigen Abend und den Blick des Jungen vor der Toilette. Der Triumph, das *Vergnügen*, die darin gelegen hatten, als er sich mit dem Handrücken die Lippen abwischte und die Spucke von seinem Polohemd strich, um sich sofort danach auf dem Absatz umzudrehen und mit seinen Freunden davonzustürmen.

Du bist eine Schande …

»Der ganze Mist über eine einvernehmliche Trennung.«

Linda beugte sich vor und stach mit dem Finger auf die Zeitung. »Sein *tolles Verhältnis* zu den Kindern. Klar. Du hättest hören sollen, was Danny gesagt hat, als er weg war.«

Helen las weiter. *»Ich würde für meine Kinder sterben«, sagt Wayne, der verzweifelte Vater. »Und ich werde alles tun, um sie zu beschützen!«*

Daneben war ein Foto von Wayne Smart, auf dem er entsprechend sorgenvoll aussah. Am entsetzlichsten war jedoch ein Bild der Kinder, das vor mehreren Jahren aufgenommen worden war. Beide trugen Fußballtrikots von Manchester United. Charli versuchte im Gegensatz zu Danny zu lächeln.

»Das können die nicht machen, oder?«, fragte Linda. »Ich meine, das ist doch ein Verstoß gegen die Privatsphäre, oder wie sich das nennt.«

»Es sind – auch – seine Kinder«, erinnerte Helen. »Und das ist ein Bild aus seinem Besitz, nehme ich mal an. Charli und Danny sind beide noch unter achtzehn, also kann er der Zeitung die Erlaubnis erteilen, es abzudrucken.«

»Was aber nicht heißt, dass er deshalb nicht trotzdem ein Wichser ist.«

»Nein, das heißt es nicht«, sagte Helen.

»Tut so, als wäre er Herr Saubermann«, sagte Linda und spie die Worte förmlich aus. »Ich wette, niemand ist auf die Idee gekommen, mal sein Vorstrafenregister zu überprüfen, oder? Sachbeschädigung, Diebstahl, Körperverletzung. Die Polizei stand alle zwei Monate bei uns vor der Tür, weil die Nachbarn ihn angezeigt hatten.«

»Warum hast du ihn geheiratet?«, fragte Helen.

Linda stand langsam auf. »Ich hab mich nun mal entschieden. Für ihn, für diesen Ort.« Sie wanderte hinüber zum Fenster. Durch einen winzigen Spalt in den Vorhängen drang gedämpftes Licht herein. »Für eine Reihe mieser Jobs … nicht dass es in letzter Zeit überhaupt welche gegeben hätte.« Sie drehte sich mit einem Mal um, von Panik erfasst. »Werden sie mir jetzt die Sozialhilfe sperren?«

»Warum sollten sie?«

»Wegen all dem hier.«

»Du hast nichts gemacht«, erklärte Helen.

Linda nickte und wandte sich wieder dem Fenster zu. Dann öffnete sie plötzlich seelenruhig die Vorhänge. Sie stand da und blickte über die Köpfe der Polizisten hinweg zu der auf der anderen Straßenseite versammelten kleinen Menschenmenge. Sie bewegte sich nicht einmal, als die Leute begannen zu rufen und auf sie zu zeigen. Als die Handys und Kameras gezückt und auf sie gerichtet wurden.

»Du solltest von da weggehen«, sagte Helen.

»Ist doch sowieso scheißegal!«, entgegnete sie. »Gib ihnen, was sie wollen, vielleicht finden sie ja jemand anders, den sie ans Kreuz schlagen können.«

»Oder sie machen einfach mit dir weiter.«

Linda drehte sich um und für einen kurzen Augenblick sah es so aus, als würde sie gleich in Ohnmacht fallen. »Ich hab das Gefühl, als würde ich ertrinken«, sagte sie. »Ich muss hier raus.«

»Ich weiß«, sagte Helen.

»Nicht zu einem Polizeirevier oder einem Gericht. Ich muss hier raus, nur für ein paar Stunden.« Sie hörte Stimmen von nebenan. »Ich sollte wirklich rübergehen und mit den Kindern über das reden, was in der Zeitung steht. Ich meine, ich bin mir sicher, dass sie es bereits wissen …«

»Willst du was trinken?«, fragte Helen.

»Meinst du Tee?«

»Ich meine damit, was immer du willst.«

Als Helen die Treppe herunterging, dachte sie an den zuvorkommenden Nachbarn, der ihrem Vater bestimmt auch die heutige Zeitung gebracht hatte. Dachte daran, dass er sie gelesen hatte und sich Sorgen um sie machte.

Sie dachte an Alfie, der zwar zurzeit von alldem nichts mitbekam, aber in ein paar Jahren das Bild mühelos im Internet finden konnte. So was wie »die Nachrichten von heute sind morgen schon Schnee von gestern« gab es nicht mehr. Sie dachte an den Blick in seinem Gesicht, wenn er auf der Hälfte der Strecke durch den Park stehen blieb, die Arme verschränkte und verlangte, getragen zu werden. Dachte an die Art, wie er einen Schmollmund machte und nur noch pampiger wurde, je mehr sie lachte. Dachte an die weiche Haut auf seinem Nacken, und wie sie roch.

Sie dachte an das röchelnde Geräusch im Hals dieses Scheißkerls, als er den Schleim hochzog.

Sie war keine Schande, für niemanden.

Gallagher saß mit einem ihrer Kollegen am Küchentisch. Helen ging hinüber zum Kühlschrank und nahm den Wein heraus. Dann nahm sie sich zwei Gläser. Sie konnte Carson im Wohnzimmer telefonieren hören.

»Ich wollte mich entschuldigen.« Gallagher stand auf, ihr Hang zu erröten war wieder offensichtlich. »Für das, was ich letztens über Linda gesagt habe. Das war nicht in Ordnung.«

Helen stellte Flasche und Gläser auf die Küchenplatte. »Wollen Sie's wiedergutmachen?«

46

Sie trafen sich am Waldrand und spazierten zu der Stelle, wo Jessica Toms gefunden worden war. Die als Beweismittel gesicherte Erde war ersetzt worden. Die Spurenermittler hatten ihre Gerätschaften eingepackt und waren abgezogen, doch war es immer noch leicht zu erkennen, wo sie gearbeitet hatten. Das nahegelegene Unterholz war durch Dutzende, mit Plastiktüten überstülpte Stiefel niedergetrampelt worden, und die Stelle, wo das Zelt aufgespannt worden war, zeichnete sich auf dem Boden ab.

Die Umrisse des Grabs waren noch deutlich genug, wenn man wusste, wo man hinsehen musste.

»Ist ja nicht so, als gäb's zwischen uns einen geheimen Handschlag oder so«, sagte Hendricks.

»Trotzdem versetzt ihr mich immer noch in Staunen.« Thorne schob die Hände in die Taschen seiner Lederjacke. »Die Art, wie ihr zusammenhaltet und Informationen austauscht.« Er dachte an das Lächeln von Cornish, als sie sich das letzte Mal gesehen hatten. »Polizisten sind nicht ganz so gut darin, auch wenn sie immer so tun, als ob.«

»Was soll ich sagen? Ich bin eben viel charmanter als du. Wenngleich das nicht viel heißt.«

»Das bestreitet keiner«, sagte Thorne.

»Also, ich habe zuerst einen Blick auf den Obduktionsbericht geworfen und mir dann die Leiche angeschaut.«

Sie starrten beide auf die Stelle im Boden, aus der die fragliche Leiche entfernt worden war. Von wo sie wohl mit größerer Behutsamkeit aus der feuchten dunklen Erde gehoben worden war, als der Mann beim Ablegen hatte walten lassen.

Auf jeden Fall mit mehr Fürsorge.

»Ist nicht viel von ihr übrig geblieben«, stellte Hendricks fest. »Aber das weißt du ja.«

Thorne nickte und erinnerte sich an die Fotos, die er gesehen hatte.

»Die Haut auf Gesicht und Oberkörper war verkohlt, auf Rücken und Beinen allerdings noch vorhanden, bis sie dann größtenteils durch eingedrungene Insekten entfernt wurde.« Hendricks betonte die letzten Worte mit einem Blick, den Thorne bereits kannte: Er gab ihm zu verstehen, dass Hendricks es schließlich geschafft hatte, seine Gedanken zu ordnen. Dass ein Verdacht sich bestätigt hatte.

»Erzähl mir was von dem Bericht.«

»Die Todesursache war aufgrund des Zustands der Leiche unmöglich festzustellen.«

»Gibt's eine Vermutung?«

»Nicht mal das«, antwortete Hendricks. »Es gab keinerlei Anzeichen von stumpfer Gewalteinwirkung auf den Schädel, das ist alles. Vielleicht wurde sie erwürgt? Erstickt?«

»Was ist mit dem Todeszeitpunkt?«

»Nun, ich bin zu dem forensischen Entomologen gefahren. Und ob du's mir nun glaubst oder nicht, der hat mich sogar noch mehr gemocht als der Pathologe.«

»Ja, ja, ich weiß, die Sache mit dem Charme.«

»Nein, im Ernst.« Hendricks grinste. »Er hat mich *wirklich* gemocht.«

Thorne seufzte. »Also, was ist jetzt mit dem Todeszeitpunkt?«, fragt er.

»Der ist etwas leichter zu bestimmen, trotzdem aber nur eine grobe Schätzung. Vier Wochen, ungefähr, basierend auf der Aktivität der Insekten. Die unterschiedlichen Arten, die in sterblichen Überresten gefunden werden. Die Reihenfolge, in der sie eindringen, und sich über ihr Abendessen hermachen. Zuerst die Schmeißfliegen, dann die Stutzkäfer und Aaskäfer, die sich im aktiven Stadium der Verwesung von den Maden ernähren. Aber diese Materie ist dir ja bekannt, nicht?«

»Ja.« Thorne kam zu dem Schluss, dass Hendricks Ausführungen lediglich das bestätigten, was Cornish ihm erzählt hatte. Er konnte nur hoffen, dass es noch einen anderen Grund gab, warum Hendricks einen so beschwingten Eindruck machte.

»Ich meine, es ist ja nicht so, als wärst du noch nie Zeuge von so einem Festschmaus gewesen.«

Sie drehten sich um, als in der Nähe ein Hund bellte. Einer von mehreren, die sie entweder gesehen oder gehört hatten, seit sie vor zehn Minuten im Wald angekommen waren. »Da, verstehst du, was ich meine?«, sagte Thorne.

»Von denen gibt's hier eine ganze Menge, so viel ist klar.«

»Und es kann nicht sein, dass sie alle keinen Geruchssinn haben.«

»Mein Hund hat keine Nase«, sagte Hendricks.

Thorne hatte keinen Nerv für alte Witze von Monty Python. »Wenn Jessica wirklich schon so lange tot war, dann bedeutet das, dass sie fast unmittelbar nach ihrer Entführung umgebracht wurde. Dieser Auffassung sind jedenfalls Cornish und sein Team.«

»Aber du glaubst das nicht, oder?«

»Nein.« Thorne bemerkte wieder diesen Ausdruck auf Hendricks Gesicht. »Und du auch nicht mehr, oder?«

»Wie ich schon gesagt habe, alles dreht sich um die Käfer und die Rückschlüsse, die man daraus ziehen kann.«

Sie wandten sich wieder um, als sie ein Geräusch in der Nähe hörten. Ein Hund sprang zwischen den Bäumen hinter ihnen hervor. Thorne erkannte sowohl den Labradoodle als auch den Besitzer, der ein paar Sekunden später auftauchte und nach seinem Hund pfiff.

Der Mann schlenderte zu ihnen herüber und bahnte sich mit seinem Spazierstock einen Weg durch die tieferliegenden Äste. Er nickte Thorne zu und warf einen etwas längeren Blick auf Hendricks.

»Guten Tag«, begrüßte ihn Thorne.

»Das letzte Mal, als ich Sie gesehen habe, kamen Sie gerade aus dem Gebüsch.«

»Ich musste mal dringend«, erläuterte Thorne seinem Freund.

Hendricks schaute den Hundebesitzer an und schüttelte den Kopf. »Glauben Sie ihm kein Wort.«

Der Mann starrte ihn an, als wäre er sich nicht sicher, wie er reagieren sollte. Als hegte er den Verdacht, Zielscheibe eines Witzes zu sein, den er nicht verstand. Langsam erschien ein zaghaftes Lächeln. »So was passiert doch immer nur im Fernsehen in irgendwelchen Krimiserien, oder?«, sagte er. »Der Polizist kehrt zum Tatort zurück.« Er blickte Hendricks an. »Sind Sie auch Polizist?«

»Nein«, erwiderte Hendricks, bückte sich zu dem Hund, der um seine Füße herumschnüffelte, und machte viel Aufhebens dabei.

»So ist es nicht«, stellte Thorne fest.

»Der Polizist oder der Mörder«, erklärte der Mann. »Einer davon kehrt immer zum Tatort zurück. Manchmal beide.«

»Nur wenn der Serie die Ideen ausgehen«, warf Hendricks ein, ohne dass der alte Mann auf ihn achtete.

»Kann aber hier nicht passieren, oder?« Der Mann schnalzte mit den Fingern, woraufhin der Hund zu ihm zurücktrottete und an ihm hochsprang, um an seiner Jackentasche zu schnüffeln. »Auf jeden Fall nicht unserem Mörder. Außer Stephen Bates hat vor, aus dem Gefängnis auszubrechen.« Der Hund bellte ohne besonderen Grund, woraufhin der Mann ihn ermahnte, still zu sein.

Thorne schaute Hendricks an. »Wir sollten wieder zurück.«

Sie verabschiedeten sich von dem Mann, nickten und murmelten etwas, und der Alte sagte: »Schön, dass wieder alles normal ist und wir unsere Hunde ausführen können.«

Thorne und Hendricks stapften den Weg zurück, den sie gekommen waren. Der Hund folgte ihnen, bis Thorne ihn wegscheuchte. Ein Blick über die Schulter zeigte ihm, wie der Mann zu der Stelle trat, wo Jessica Toms verscharrt worden war und vorsichtig mit dem Stock über den Boden fuhr.

»Das Verbrennen hat mich beschäftigt«, sagte Hendricks, als sie außer Sichtweite waren. »Dass es nur teilweise geschah. Jetzt, da ich den Bericht gelesen und die Leiche gesehen habe, beschäftigt es mich nicht mehr.«

»Dafür beschäftigt dich nun was anderes«, stellte Thorne fest.

»Nehmen wir mal an, du hast recht, und sie war nicht vier Wochen tot, nicht mal *annähernd* vier Wochen.« Hendricks schritt voraus, drehte sich um und ging rückwärts vor Thorne her. »Wie schafft man es, bei einer Leiche den Eindruck zu erwecken, dass sie schon länger verwest, wenn sie in Wirklichkeit noch relativ frisch ist?«

»Lassen wir mal das Wie außer Betracht«, sagte Thorne. »Was ist mit dem Warum?«

»Na, so weit bin ich in meinen Überlegungen noch nicht.« Hendricks wedelte ungeduldig mit den Händen, weil er auf seinen Punkt kommen wollte. »Außerdem, hab ich gedacht, ist das dein Job.«

Thorne war sich da nicht so sicher. Im Moment konnte er nur Hendricks folgen und zuhören.

»Wir beide wissen, wenn eine Leiche mehr als eine Woche tot ist, dann spielen die normalen Indikatoren für den Todeszeitpunkt – Temperatur, Leichenblässe und so weiter – eigentlich keine Rolle mehr. Besonders dann, wenn von der Leiche nicht mehr viel übrig ist. In so einem Fall hängt es mehr oder weniger von der Einschätzung des Entomologen ab, stimmt's? Wenn du mich fragst, weiß das fast jeder, der auch nur ein, zwei Folgen einer Polizeiserie gesehen hat.«

»Warum beschäftigt es dich nicht mehr, Phil?«, fragte Thorne.

»Was?«

»Dass die Leiche nur teilweise verbrannt wurde.«

Hendricks lächelte, genoss den Augenblick. »Weil ich weiß, *warum* er's gemacht hat. Er hat die Leiche nur so weit verbrannt, bis er sie öffnen konnte. Um das freizulegen, was er brauchte.«

»Wozu hat er sie geöffnet?«

Hendricks zuckte mit den Achseln, als wäre die Antwort sonnenklar.

»Um die Käfer reinzusetzen.«

Trotz der Geschwindigkeit, mit der die Menschen aus dem Haus zu dem wartenden Auto eilten, reagierten die Schaulustigen so schnell wie erwartet.

Der junge PC führte die Frau am Arm, deren Kopf unter einer Decke steckte.

Es war das Aufmacherbild schlechthin …

Die Polizisten, die auf dem gegenüberliegenden Bürgersteig positioniert waren, konnten nicht verhindern, dass einige Leute sich an ihnen vorbeidrängten und auf die Straße liefen. Eine oder zwei schafften es, bis auf wenige Meter zu der Frau vorzudringen und sie wüst zu beschimpfen, bevor die Tür des Streifenwagens geöffnet und sie schnell in den Fond gesetzt wurde.

»Fahr los!«, rief der PC.

Beamte versuchten, dem Fahrzeug einen Weg zu bahnen, aber die wenigen Journalisten, die ihre Kameras auf das Seitenfenster gerichtet hatten, waren nach vorne gestürmt, direkt vor das Auto. Sie begannen sofort, Bilder durch die Windschutzscheibe zu schießen, sodass der Wagen sich kurzzeitig nur zentimeterweise bewegen konnte, bis sie schließlich beiseite geschoben wurden. Die schreienden Schaulustigen vom Bürgersteig folgten dem Auto währenddessen bis zum Ende der Straße. Als der Polizeiwagen endlich etwas Fahrt aufnehmen konnte und Blaulicht und Martinshorn einschaltete, begannen die Leute zu rennen, um Schritt zu halten. Motorräder und Roller wurden angelassen, deren Motoren wie wütende Wespen brummten. Ein kleiner Konvoi bildete sich, der dem Auto folgte und um die Ecke verschwand.

In diesem Moment öffnete sich die Haustür noch einmal, und Helen Weeks spazierte mit Linda Bates seelenruhig zu einem zweiten Zivilfahrzeug. Vor dem Haus standen mittlerweile nur noch eine Handvoll Menschen, und keiner schenkte den beiden große Aufmerksamkeit.

Eine Frau blickte auf, nachdem sie eine Zigarette ausgetreten hatte, und zog die Frau neben sich am Ärmel. Beide starrten hinüber zu der Ecke, um die der Polizeiwagen soeben gebogen war, und dann wieder zurück. Die Verwirrung stand ihnen in die Gesichter geschrieben und war noch von der anderen Straßenseite aus zu erkennen.

Linda lächelte und stieg in den Wagen.

Sie zeigte den Frauen den Stinkefinger, und Helen trat aufs Gas.

47

Helen fuhr die gleiche Strecke wie vor ein paar Tagen mit Thorne. Es herrschte noch immer ziemlich viel Chaos, doch das Hochwasser war offensichtlich weiter zurückgegangen, denn viele der Straßen, die an jenem Tag abgesperrt gewesen waren, zeigten sich mittlerweile passierbar. Als Erstes hielt sie vor dem Pub an, in dem sie und Thorne gegessen hatten, und ließ Linda im Auto zurück, um die Lage zu sondieren. Obwohl der mittägliche Ansturm bereits vorbei war, saßen für ihren Geschmack noch immer zu viele Gäste herum. Also fuhr sie noch einmal zwanzig Minuten weiter, bis sie etwas gefunden hatte, das nicht so voll war.

»Wir gehen aber nirgendwohin, wo gar nichts los ist, oder?«, hatte Linda gesagt. »Da fallen wir dann auch nur auf, und der Laden ist wahrscheinlich eine miese Kaschemme.«

»Solange sie was zu essen und einen einigermaßen anständigen Wein haben, werden wir's schon überleben«, hatte Helen erwidert.

Der zweite Pub bot beides, und Helen trug das Essen und die Getränke zu einem Tisch in einer Ecke außer Sichtweite der Tür.

Linda begann sofort zu essen und redete mehr als je zuvor. Ihre Stimmung hatte sich erkennbar verbessert, seit sie das Haus verlassen hatten. Sie hatte gejubelt, als sie losgefahren waren, und den Trick, den sie angewandt hatten, zweifellos genossen. Bei dem Gedanken, wie Gallagher sich unter der Decke aus dem Haus hatte führen lassen, brach sie immer wieder in Kichern aus und quasselte aufgeregt, als wären sie und Helen gerade auf einem Abenteuertrip à la *Thelma und Louise*. Mittlerweile hatte sie das erste Glas Wein getrunken und fuhr fort, über ihre Beziehung zu Wayne Smart zu sprechen. Sie habe von Anfang an gewusst, dass die Heirat ein Fehler gewesen war, meinte sie zu Helen. Ausgenommen natürlich die Kinder, die waren das einzig Gute daran. Mit Charlis und Dannys Geburt hatte sie das Beste aus etwas Schlechtem gemacht.

Helen nickte. »Was Menschen eben so tun.«

»Dumme Menschen«, meinte Linda selbstkritisch.

»Du bist nicht dumm.«

»Man kann aus einem Ackergaul kein Rennpferd machen.« Linda lächelte bei ihren Worten. »Und genau das war's. Genau das war *er*.«

»Ist er immer noch, so wie's aussieht«, sagte Helen. Sie dachte wieder an ihren Vater und wie sehr es ihn erschüttern würde, dass Smart den Zeitungen diese Story geliefert hatte.

»Das war das Tolle an Steve«, sagte Linda. »Er war alles, was Wayne nicht war. Er kam großartig mit den Kindern klar und schien mich tatsächlich gern zu haben. Ihm war eben *nicht* alles egal, und das kann ich über die Jahre hinweg gesehen nicht von allzu vielen Menschen behaupten.«

»Das ist einiges wert«, sagte Helen.

»Ich hab mir immer die falschen Kerle ausgesucht, bis Steve auftauchte.« Sie schaute Helen an. »Ja, ich bin mir durchaus bewusst, wie das unter den Umständen klingen muss.«

»Es klingt gut.«

»Tut's nicht, verdammt noch mal«, widersprach Linda. »Es

klingt völlig verrückt, aber ich glaub immer noch nicht, dass er das getan hat, was sie ihm vorwerfen. Wie also könnte ich nicht zu ihm stehen?« Sie lachte und schenkte sich Wein nach. »O Gott, das hört sich an wie aus dem Lied ›Stand by your man‹, nicht?«

Sie begann die Melodie des Klassikers von Tammy Wynette zu summen. Thorne mochte diesen Song, fiel Helen ein. Sie blickte sich um. Ein Mann arbeitete hinter der Bar, aber er war nicht gerade von Gästen umzingelt. Ein Paar saß an einem Tisch am Fenster, und zwei Männer tranken ein Bier in der Ecke gegenüber. Eine Frau hockte an der Bar und tippte eifrig in ihr Handy.

»Würdest du zu ihm stehen, wenn er schuldig wäre?«, fragte Helen.

Linda trank einen Schluck Wein und dachte nach. »Ja, ich glaub schon. In guten wie in schlechten Tagen, nicht? Ich hab solche Frauen früher immer für erbärmlich gehalten, aber ich bin nur ehrlich.«

»Schon in Ordnung.«

Linda lehnte sich zurück und grinste. »Wir haben uns mal wegen eines Jungen gestritten, erinnerst du dich? Wir haben beide auf ihn gestanden.«

»Meinst du den, der nachts jagen ging?«

»Ja.«

»Ich hab nicht auf ihn gestanden.«

»Nein, überhaupt nicht«, meinte Linda ironisch.

»Na ja, vielleicht ein bisschen.« Helen lächelte. »Aber nicht genug, um irgendwohin zu fahren und auf irgendein Tier zu schießen.«

»Ich denke, deine Ansprüche waren einfach höher als meine«, sagte Linda.

»Die sind im Laufe der Jahre ganz schön gesunken.« Helen versuchte, keine Miene zu verziehen, schaffte es aber nicht.

»Tut mir leid, dass du hier so reingezogen wirst«, sagte Linda, als sie aufgehört hatten zu lachen.

»Hab mich selbst reingezogen, oder?«

»Trotzdem.«

»Gestern Abend im Pub hat mich einer angespuckt.«

Linda schien aufrichtig entsetzt. »Wer?«

»Da waren ein paar großmäulige Jugendliche vor der Toilette.« Helen sah hinunter auf ihr Getränk. »Keine große Sache, echt nicht.«

»Hättest du sie nicht verhaften können?«

Helen hatte eine dreitägige bewaffnete Belagerung überlebt und mehr als einmal einen Angreifer mit einem Messer bezwungen. Letzte Nacht, auf diesem nach Pisse stinkenden Flur, war sie lediglich nackter Feindseligkeit begegnet, doch die hatte sie erstarren lassen. Wie die meisten anderen Polizisten hatte sie sich an den Hass gewöhnt, den eine Uniform oder ein Dienstausweis auslösen konnten, aber das gestern war etwas Persönliches gewesen, und es hatte sie erschüttert. »Das war's nicht wert«, sagte sie.

Die Frau an der Bar bestellte sich ein weiteres Getränk und stand danach auf, um zur Toilette zu gehen. Sie lächelte Helen an, als sie am Tisch vorbeikam, und Helen erwiderte das Lächeln.

»Du würdest doch das Gleiche tun, oder?«, fragte Linda. »Zu Tom stehen?«

»Du meinst, wenn er irgendwas verbrochen hätte?«

»Na ja, nicht so was, wie das hier … Aber nehmen wir mal an, er hat irgendwas Schlimmes gemacht. Stellt sich raus, dass er geschmiert wurde oder so.«

Die Vorstellung, Thorne könnte korrupt sein, zumindest so, wie Linda es beschrieb, war für Helen völlig absurd. Aber sie wusste, dass er Dinge getan hatte, die für die meisten Menschen nur schwer nachvollziehbar oder gar entschuldbar wären. »Ja«, sagte sie schließlich. »Ich würde zu ihm stehen.«

Linda blickte zufrieden. Sie beugte sich vor. »Was habt ihr beide eigentlich für 'ne Beziehung?«

»Wie meinst du das?«

»Na ja, er ist 'n bisschen älter als du, oder?«

»Rentner ist er noch nicht.«

»Entschuldigung. Ich mein ja nur.«

»Ich denk mal, ich weiß, was ich tue.« Diesen Satz hatte Helen schon mehr als einmal zu ihrer Schwester gesagt, doch hatte er dann immer etwas spitzer geklungen. »Jedenfalls hoffe ich das.«

Linda stieß mit ihrem Glas gegen das von Helen. »Ich denke, wir sind beide alt und faltig genug.«

»Belassen wir's bei alt«, meinte Helen.

»Witzig, jetzt, wo wir hier miteinander sitzen und reden, komme ich mir überhaupt nicht so alt vor. Ich hab das Gefühl, als wären wir wieder fünfzehn.«

»Ich würde mal sagen, wir sind 'n bisschen besser angezogen als damals.«

Linda lächelte und trank ihr Glas aus. »Warum bist du zurückgekommen?«

»Hab ich dir doch schon am ersten Tag erzählt.«

»Jetzt mal ehrlich.«

»Ich dachte einfach, du könntest vielleicht eine Freundin brauchen.«

»Brauche ich auch«, sagte Linda. »Nur hätte ich nie vermutet, dass du das sein würdest. Du warst so lange weg. Außerdem, Kontakt gehalten haben wir ja nicht.«

»Ich hatte ein schlechtes Gewissen, weil ich weggegangen war.« Helen spürte Angst in sich hochsteigen. »Und … das hab ich immer noch.«

»Warum?«

Inzwischen flüsterten sie. »Warum wohl?«

Lindas Hand wanderte zu der Flasche, die jedoch leer war. »Das ist doch schon ewig her.«

»Ich war ein Feigling«, sagte sie.

»Das ist völliger Schwachsinn.« Linda klang plötzlich verärgert. »Du hast deine Chance genutzt und bist rausgekommen. Hätte ich eine gehabt, hätte ich das Gleiche getan. Ich wär auf der Stelle weg gewesen.«

»Ich dachte, du würdest mich deshalb hassen«, sagte Helen. »Ich hatte eine Heidenangst, wieder herzukommen. Ich dachte, du würdest diejenige sein, die mir ins Gesicht spuckt …« Helen hielt inne, als ihr bewusst wurde, dass jemand neben dem Tisch stand. Sie sah auf und erblickte die Frau, die an der Bar gesessen hatte.

»Entschuldigung, dass ich Sie unterbreche.« Die Frau war Anfang fünfzig und hatte graues Haar, das zu einer modischen Kurzhaarfrisur geschnitten war. Eine hellrote Brille baumelte an einer Kette um ihren Hals. »Ich wollte nur sagen, dass ich weiß, wer Sie sind, und verstehe, was Sie gerade durchmachen. Ehrlich. Also, sollten Sie irgendwann mal reden wollen …« Sie beugte sich vor und legte eine Visitenkarte auf den Tisch.

Helen griff blitzartig danach und erkannte den Schriftzug einer weiteren großen Boulevardzeitung. »Sie will nicht reden. Und bestimmt nicht mit Ihnen.«

»Das ist schade.«

»Sie können Ihr Scheckbuch also wegstecken.«

»Kann sie nicht für sich selbst sprechen?«

»Sind Sie immer noch hier?«

Die Frau hob eine perfekt manikürte Hand. Sie hatte offensichtlich Erfahrung darin, sich aufzudrängen, ähnlich wie eine Drückerkolonne. »Ich finde nur, dass sie es verdient hat, ihre Seite der Geschichte erzählen zu dürfen, mehr nicht.«

Helen stand abrupt auf. »Sind Sie taub?« Sie bemerkte den Schreck im Gesicht der Journalistin, sah, wie er sich in Angst verwandelte, und freute sich, als die Frau einen hastigen Schritt nach hinten machte. »Nein, ich glaub nicht. Sie hauen jetzt besser ganz schnell ab und kriechen zurück in das Loch, aus dem Sie gekommen sind, bevor ich Ihnen Ihre dämliche Brille in Ihren knöchernen Arsch stecke.«

48

Donna Howland hätte sich selbst nie als neugierig bezeichnet, da das eins dieser Worte war, die einen in ein schlechtes Licht rückten. »Wissbegierig«, fand sie, war ein viel besseres Wort. *Interessiert.* Die Arbeit mancher Menschen bot ihnen die Möglichkeit, mit Leuten zu sprechen und zuzuhören. Friseure zum Beispiel oder Taxifahrer. Man unterhielt sich einfach. Da war ja wohl nichts Schlimmes dran, oder?

Ins Cupz kamen alle möglichen Leute, und so kriegte sie auch alles Mögliche mit. Man musste nicht lauschen – die Gäste waren meistens froh, mit jemandem zu plaudern, während man sich um die Getränke oder das Essen kümmerte. Mitunter kam es auch vor, dass man unwillkürlich etwas aufschnappte, während man einen Tisch in der Nähe bediente oder Teller abräumte.

In dem Moment, als die beiden hereinspazierten, wusste sie, dass sie interessant waren.

Den Polizisten erkannte sie natürlich sofort. Nach dem, was Paula ihr heute Morgen erzählt hatte, als sie im Cupz war, musste der andere sein Freund sein, der auf dem Sofa schlief. Irgend so ein CSI-Typ, der mit Leichen zu tun hatte. In Polesford gab es bestimmt nicht noch jemanden, der so aussah wie er.

Zweimal Tee, ein Baguette mit Hähnchensalat und ein Schinken-Käse-Toast.

Wenn es im Laden ruhig war, hörte sie gern Musik, während

sie hinter der Theke arbeitete: aufräumte, den Kühlschrank auffüllte oder irgendwas anderes machte. Etwas von Ed Sheeran oder von Rihanna, sofern ihr nach Tanzen zumute war. Natürlich wollte sie die Gäste nicht stören und trug deshalb immer Kopfhörer. Wahrscheinlich wirkte sie wie eine Irre, wenn sie vergaß, dass irgendjemand da war und zur Musik nickte oder gelegentlich sogar *mitsang*. Einen Ohrhörer unauffällig herauszuziehen und die Musik leiser zu drehen war ganz einfach, wenn es so aussah, als könnte es sich lohnen, bei einem Gespräch zuzuhören.

Donna räumte zuerst die Regale auf. Dann wischte sie den Teil der Theke ab, der am nächsten zu dem Tisch lag, wo der Polizist mit seinem tätowierten Freund saß, der gerade kurzen Prozess mit seinem Toast machte.

Sie griff in die vordere Tasche ihrer Schürze und drehte die Lautstärke leiser. Anschließend schob sie sich eine Haarsträhne aus dem Gesicht und zog dabei einen der Ohrhörer heraus. Nachdem sie ein, zwei Worte aufgeschnappt hatte, schaltete sie die Musik ganz aus und wischte weiter die Theke, wenngleich die schon lange blitzeblank war.

Wenn Paula das nächste Mal vorbeikam, hatte sie zweifellos eine Menge zu erzählen.

»Also, ich bin er, okay?«

»Sehr schräge Vorstellung, aber nehmen wir's für den Moment mal an«, sagte Hendricks.

»Ich verbrenne die Leiche gerade so weit, dass die Haut sich öffnet und die Muskeln und Organe oder was auch immer freiliegen.«

»Das mögen sie am liebsten.« Hendricks biss in sein Sandwich und kaute. »Innereien. Sind für den Durchschnittskäfer wie ein Fünf-Gänge-Menü in einem Drei-Sterne-Restaurant. Oder wie eine schöne fette Bratwurst von der Imbissbude, wenn man's gern etwas einfacher hat.«

»Muss ich die Leiche warmhalten?«

»Na ja, wie du dich erinnerst, ist sie schon zur Hälfte verbrannt. Aber gut, es wäre empfehlenswert, jedenfalls so lange, bis die Käfer die Leiche gänzlich besiedelt haben. Sie fressen dann schneller und legen auch schneller ihre Eier.«

»Der Müllsack würde die Wärme halten, oder?«

»Ja, er wäre perfekt. Du verbrennst die Leiche, gibst die Käfer dazu und wickelst alles in eine Tüte. Sache erledigt!«

»Und vorher lass ich noch schnell die Zigarettenkippe mit der DNA von Stephen Bates darin verschwinden.«

»Wo immer du die auch herhast.«

»Ich bin ihm gefolgt, hab gesehen, wie er sie in den Rinnstein fallen ließ oder so. Um *die* Erklärung mache ich mir keine großen Gedanken.«

»Na gut.«

Thorne nippte an seinem Tee. »Also ... ich schiebe sie einfach in die Leiche rein, oder was? Die ganzen Insekten.«

»Mehr oder weniger«, antwortete Hendricks. »Ist aber 'ne ziemliche Schweinerei, könnte ich mir vorstellen, denn du musst ordentlich in den Überresten wühlen, um sie tief genug einzusetzen.«

»Er macht auf mich keinen besonders zimperlichen Eindruck«, meinte Thorne.

»Wenn du dich da mal nicht vertust. Was immer er mit Jessica gemacht hat, als sie noch lebte, ist eine Sache, im Umgang mit Leichen können Menschen aber schon ganz schön komisch sein. Natürlich gibt's auch solche, bei denen es genau andersherum ist.«

»Wo hatte er sie eigentlich her?«, fragte Thorne. »Die ganzen Fliegen und Maden. Die unterschiedlichen Käfer.«

»Das können auch ganz gewöhnliche Kleidermotten sein. Die mögen beispielsweise zerfallendes Haar besonders gern. Normalerweise entdecken wir die aber nur auf Leichen in Wohnungen.«

»Woher also sind sie gekommen, Phil?«

»Die Vierundsechzigtausend-Dollar-Frage.«

»Mein Geld reicht nur fürs Mittagessen.«

Hendricks verdrückte den letzten Bissen von seinem Sandwich und stocherte in den Resten seines Salats herum, der noch auf dem Teller lag.

»Was, wenn er einfach in die nächste Zoohandlung marschiert ist?«

»Du wirst lachen, mein Freund, aber ein paar von denen halten sich tatsächlich einen ordentlichen Vorrat an Käfern für Leute mit irgendwelchen exotischen Haustieren ... wie Chamäleons oder Leguanen.«

»Aber Aaskäfer? Jetzt mal im Ernst.«

»Vielleicht irgendwo aus dem Internet.«

»Wirklich?«

»Komm schon, glaubst du tatsächlich, es gibt irgendwas, dass du dir nicht besorgen kannst, wenn du weißt, wo du suchen oder wen du fragen musst?«

»Trotzdem ...«

»Er könnte sie ganz einfach über eine dritte Person bezogen haben. Im Dark Web, wenn er schlau ist. Keine Fragen. Bezahlung mit Bitcoins. Zurückverfolgung so gut wie unmöglich.«

Thorne grummelte. Seit das Dark Web vor ein paar Jahren erstmalig entdeckt worden war, arbeitete die Metropolitan Police daran, die schändlichen Aktivitäten darin aufzuspüren.

Das Problem war nur, je besser sie darin wurden, das Kaufen und Verkaufen harter Drogen, Waffen, Killer und *Menschen* aufzudecken, umso besser wurden diejenigen darin, die diese Dienste anboten, sie irgendwo anders zu verstecken. Wenn Hendricks mit seiner Vermutung richtiglag und der Mörder sich die Insekten dort beschafft hatte, um einen falschen Todeszeitpunkt vorzugaukeln, könnte Thorne noch mehr Schwierigkeiten haben, das zu beweisen, als eine Erklärung für eine herrenlose Zigarettenkippe zu finden.

»Bist du damit fertig?«, fragte Hendricks.

Thorne schob ihm seinen Teller hin. Er hatte sein Baguette kaum angerührt. Trotzdem war er lang nicht mehr so hungrig wie vorhin, als er sich an den Tisch gesetzt hatte.

Auf dem Weg zurück nach Polesford war Linda noch aufgekratzter als vor ihrer Flucht aus dem Haus, und der Wein war wohl nicht ganz unschuldig daran. Helen bremste ab, als ein behelfsmäßiges Straßenschild auftauchte und ein uniformierter Polizist in Sicherheitsjacke sie durch das Wasser winkte, das auf der Straße stand.

»Ehrlich, du warst toll im Pub.« Linda gratulierte ihr zum dritten Mal. »Der dreisten Kuh hast du echt die Meinung gegeigt.«

»Ich hätte meine Beherrschung nicht verlieren dürfen.«

»Sei nicht albern! Das war klasse.«

»Das ist aber genau das, was ich dir im Gerichtssaal gesagt habe. So gibt man denen nur, was sie wollen.«

»Na und?« Linda trommelte mit den Händen auf ihren Beinen und blickte aus dem Fenster. »Ich schwör's dir, ich dachte echt, du würdest sie gleich umhauen.«

Auch Helen hatte das gedacht.

Sie bedankte sich mit einem Nicken bei dem Polizisten und gab Gas.

Sie war nicht stolz darauf, die Beherrschung verloren zu haben, verspürte aber auch kein allzu großes Bedauern darüber, der Journalistin gesagt zu haben, was sie von ihr hielt. Das flaue Gefühl im Magen, das sich gemeldet hatte, als sie und Linda aus dem Pub marschiert waren, und das sich weiterhin ausbreitete, war ausgelöst worden durch die so plötzlich aufgetretene Wut.

Durch das, worüber sie und Linda gesprochen hatten. Durch die Vergangenheit, die sie gerade im Begriff gestanden hatten auszugraben.

Ich weiß, wer Sie sind und was Sie gerade durchmachen …

Durch die Tatsache, dass Helen für ein, zwei Sekunden fälschlicherweise gedacht hatte, die Journalistin würde zu *ihr* sprechen.

Linda quasselte weiter, kichernd und aufgedreht. Sie begann, von der Landschaft zu schwärmen, zeigte auf kahle Bäume oder Felder, die immer noch unter Wasser standen, als wäre es das Tollste, was sie je gesehen hatte. Trotz all seiner Fehler sei Steve immer gern aufs Land hinausgefahren, erzählte sie. Das sei sogar einer der Hauptgründe gewesen, warum er überhaupt hierhergezogen war. Wayne hingegen, das Arschloch, sei das völlige Gegenteil. Auch wenn er von hier stammte, habe er jeden Strauch und Grashalm gehasst. Habe das Landleben für »langweilig« gehalten. Sei allein bei dem Vorschlag, spazieren zu gehen oder vielleicht rauszufahren und ein Picknick zu machen, wenn das Wetter es erlaubte, giftig geworden.

»Irgendwann haben wir den miesepetrigen alten Fiesling dann sich selbst überlassen«, sagte sie. »Unser Leben selbst in die Hand genommen.«

Helen wollte gerade erwähnen, dass sie schon ähnliche Gespräche mit Thorne geführt hatte, als ihr Handy klingelte. Sie blickte darauf und berührte das Display.

»Ist Ihr Handy auf Lautsprecher?«, fragte Sophie Carson.

»Ich fahre gerade.«

»Stellen Sie ihn aus.«

Helen griff nach dem Telefon, das zwischen den beiden Vordersitzen lag, und schaltete die Lautsprecherfunktion aus. Sie fuhr langsamer, obwohl sich hinter ihr eine Schlange zu bilden begann, und hielt nach einer Möglichkeit Ausschau, an die Seite zu fahren.

»Okay …«

»Was ist?« Linda klang plötzlich ziemlich nüchtern.

Helen hörte zu, sagte »Gut« und »Wo?«.

Hinter ihnen wurde gehupt. »Helen?«, sagte Linda.

Helen blinkte, scherte aus und blieb vor einem breiten Holzgatter stehen. Sie ignorierte die rüde Geste des Lkw-Fahrers, der an ihr vorbeirauschte. »Wir kommen hin, sobald wir können«, erwiderte sie, und stellte den Motor ab.

Noch einmal sagte Linda ängstlich Helens Namen.

»Wir müssen nach Bromsgrove fahren«, erklärte Helen. »Zum Krankenhaus.«

»O Gott, ist was mit einem der Kinder?« Linda schüttelte sofort den Kopf. »Nein, Bromsgrove wäre blödsinnig …«

»Es ist Steve«, klärte Helen sie auf. »Das Krankenhaus dort liegt am nächsten zum Gefängnis Howell.« Sie dachte kurz nach, darum bemüht, sich die schnellste Route zurechtzulegen. »Er hat versucht, sich umzubringen.«

49

Thorne erhielt die SMS von Helen, als er das Cupz verließ. Nach einer Fahrt von vierzig Meilen, auf der Hendricks mit seinen jüngsten Eroberungen prahlte und mehrfach witzelte, dass die Frau von Thornes Navi eine vielversprechende Karriere als Domina hätte, erreichten sie eine halbe Stunde nach Helen und Linda das Krankenhaus in Bromsgrove.

Sie trafen die beiden Frauen in einem trostlosen überheizten Wartezimmer. Thorne stellte Hendricks vor. Dann wechselten Helen und Thorne einen vielsagenden Blick und traten hinaus auf den Krankenhausflur.

»Er ist irgendwie an einen Kugelschreiber rangekommen«, sagte Helen. Sie mimte einen Stich in ihr Handgelenk. »Hat wohl eine ziemlich Sauerei gegeben, was man so hört.«

»Ist er in Ordnung?«

»Uns scheint keiner was erzählen zu wollen, aber ich glaube nicht, dass er in Gefahr ist.«

»War er das überhaupt zu irgendeinem Zeitpunkt?«

»Ich weiß nicht, wie schnell sie ihn gefunden haben.«

»Kommt drauf an, ob er gefunden werden wollte«, wandte Thorne ein. »Wie ernst es ihm war.« Er blickte durch das kleine Fenster zurück ins Wartezimmer. Hendricks und Linda saßen sich schweigend gegenüber. »Wie geht's ihr?«

»Auf dem Weg hierher war sie verzweifelt, aber jetzt ist sie nur noch wütend.«

»Auf Steve?«

Helen schüttelte den Kopf. »Auf jeden *außer* auf Steve.«

»Und wie geht's dir?«, fragte Thorne.

»Mir?« Helen sah, wie Linda zur Tür blickte und eine Hand hob. Sie winkte zurück. »Komm, wir sollten wieder reingehen.« Sie streckte die Hand nach Thornes Arm aus. »Und Phil erlösen …«

Zurück im Zimmer setzten sie sich. Ein halbes Dutzend unterschiedlicher Lehnstühle stand nebeneinander vor gelben Wänden, die mit Kinderzeichnungen geschmückt waren. In einer Ecke befand sich ein Kaffeeautomat, und auf einem niedrigen Plastiktisch, um den sich mehrere Stühle gruppierten, lagen zahlreiche Becher und Zeitschriften. Thorne trug zusätzliche Stühle herbei, setzte sich und studierte das Lesematerial. Es war ziemlich offensichtlich, warum die Zeitschriften dem Krankenhaus gespendet worden waren

Practical Boat Owner. Home Building & Renovating. Investors Chronicle.

»Möchte jemand was zu trinken?«, fragte Thorne.

»Wie konnten sie nur zulassen, dass er sich einen Kugelschreiber schnappt?«, sagte Linda. »Einen verdammten *Kugelschreiber*!« Sie umfasste die Lehne ihres Stuhls und blickte in die Runde auf der Suche nach einer Antwort, die ihr offenbar niemand geben konnte. »Ich meine, beobachten die Gefangene wie Steve denn nicht? Gefangene, die gefährdet sind?«

»Sollten sie«, erwiderte Helen. »Keine Ahnung, ob er wegen Selbstmordgefahr unter besonderer Beobachtung stand. Ob er ihnen dazu Anlass gegeben hat …«

»Dafür muss es doch bestimmt so was wie ein Warnsystem geben.«

Helen nickte, da ihr nichts Passendes einfiel. Sie sah Thorne an.

»Vielleicht ist es genau das, was sie wollten«, sagte Linda. Thorne und die anderen merkten, dass der Alkohol aus ihrer Stimme sprach, doch war ihre Stimmung völlig anders als noch vor dem Anruf von Sophie Carson. »Erspart allen viel Ärger, nicht? Einen Wust an Papierkram, die Kosten für eine Verhandlung. Geld, mit dem man stattdessen die Überstunden von Polizisten bezahlen kann.«

»Das glaube ich nicht«, warf Helen ein.

»Nein? Passiert aber häufig, wenn man mal so drüber nachdenkt. Shipman hat sich erhängt, oder? Fred West auch. Da beginnt man sich schon zu fragen, ob Gefängniswärter, Polizisten, wer auch immer, absichtlich wegsehen.« Linda beugte sich vor, spie die Worte aus. »Schau mal, Kumpel, hier ist 'n Bettlaken in passender Größe, da 'ne Rasierklinge … bedien dich. Wir setzen uns derweil hier rüber und schauen weg.« Sie lehnte sich zurück und nickte. »Ja, damit hätte Steve allen einen Gefallen getan. Diesen Arschgeigen …«

Es vergingen ein, zwei Minuten. Das piepende Geräusch des Rückwärtsgangs eines Lieferwagens ertönte in der Nähe des Fensters. Draußen vor der Tür waren Stimmen und dann Gelächter zu hören, bevor es wieder still wurde.

Linda schloss die Augen. »Tut mir leid.«

»Du hast allen Grund, wütend zu sein«, sagte Helen.

»Warum sagt uns auch niemand was?« Sie sah Helen und Thorne an. »Wie lange sind wir schon hier?«

»An Orten wie diesem will die Zeit nie vergehen«, sagte Thorne.

»Stimmt«, bekräftigte Hendricks. »Da erscheint eine Minute wie zehn.«

Linda nickte und rang sich ein Lächeln ab. »Hört mal, vielen Dank für eure Unterstützung. Wäre furchtbar, wenn ich hier alleine säße.« Sie riss die Augen auf. »Oh, Scheiße, die Kinder. Ich sollte sie anrufen.«

»Mit denen ist bestimmt alles in Ordnung«, sagte Helen. »Ich kann sie anrufen, wenn du willst, aber das ist eigentlich nicht nötig.«

Linda blickte Thorne an. »Weißt du, deine bessere Hälfte ist echt klasse. Du hättest sie mal vorhin erleben sollen.«

Thorne sah Helen an. »Was hast du gemacht?«

»Erzähl ich dir später«, antwortete Helen.

»Hat sich für mich eingesetzt, das hat sie gemacht.« Linda stand auf, trat zu Helen und legte ihr einen Arm um die Schulter. »Deshalb sind sie in den Zeitungen über sie hergezogen. Deshalb wurde sie angespuckt.«

»*Was*?« Thorne war von seinem Stuhl aufgesprungen.

»Von wem?«, fragte Hendricks.

Helen rückte von Linda weg. »Von ein paar Idioten gestern Abend im Pub, als ich zur Toilette ging.« Sie bemerkte den Blick auf Thornes Gesicht. »Erzähl ich dir ebenfalls später.«

Thorne erinnerte sich an Helens Verhalten am Vorabend auf dem Weg zurück zu Paula. An die Stille und an etwas, dass er nicht einordnen konnte. Ein übler Geruch, der von ihr auszugehen schien. Er hoffte, dass er die Verantwortlichen nie zu fassen bekam, um derentwillen. Zumindest gab es aber jetzt eine Erklärung für Helens Benehmen.

»Kümmer dich um sie!« Linda zeigte mit einem Finger auf Helen. »Sie ist ein guter Mensch.«

Thorne zog eine Runde dünnen Tee aus dem Automat, und sie setzten sich alle wieder. Helen unterhielt sich ein paar Minuten leise mit Hendricks über die Arbeit, während Thorne sich bemühte, über alles Mögliche mit Linda zu reden, außer über den Grund, weshalb sie alle hier waren.

Das Hochwasser, das Essen im örtlichen Café, wie die Kinder in der Schule zurechtkamen.

Die Verschnaufpause währte nicht lange.

»Warum, glaubst du, hat er's getan?«

Wieder etwas, worauf niemand eine Antwort geben konnte, doch Thorne wusste genau, was die meisten Menschen gesagt hätten. Er fragte sich, ob das eine Antwort war, die Linda überhaupt in Betracht zog.

»Die Frage schwirrt mir schon die ganze Zeit im Kopf herum«, fuhr sie fort.

»Es war nicht deine Schuld«, sagte Helen.

»Ich meine, Hoffnung gibt's doch immer, oder? Er muss doch wissen, dass ich und die Kinder für ihn da sind, egal was passiert.« Sie schaute Helen an, die ihr zunickte, was sie offenbar etwas aufmunterte. »Ist ja klar, dass das Gefängnis schrecklich ist, aber Steve ist stark, echt.«

»Ich bin mir sicher, dass er das weiß«, erklärte Helen. »Es wird nicht daran gelegen haben, dass ...«

Sie standen alle unwillkürlich auf, als sich die Tür öffnete, doch erschien nicht wie erwartet eine Krankenschwester oder ein Arzt.

»Alles in Ordnung bei Ihnen?« Tim Cornishs Frage klang, als ob sie Gäste in einem Restaurant wären, die darauf warteten, zu ihrem Tisch gebracht zu werden. Er betrachtete eingehend zuerst Thorne und dann Hendricks.

Linda trat auf ihn zu. »Was ist los?«

»Nun, ich denke, Sie werden sich freuen zu hören, dass es Ihrem Mann gut geht. Er ist verarztet worden.«

»Kann ich ihn sehen?«

»Jetzt nicht, aber wenn er eine Besuchserlaubnis beantragt, bestimmt.«

Linda blickte verwirrt, doch Thorne und Helen verstanden sofort.

»Wollen Sie uns veräppeln?«, fragte Helen.

Cornish zuckte mit den Achseln. »Ich kann nichts machen.«

»Was ist los?«, fragte Linda. »Warum kann ich Steve nicht sehen?«

»Sie haben ihn schon wieder zurück ins Gefängnis gebracht«, antwortete Cornish. »Der Polizeiwagen ist vor zwanzig Minuten abgefahren.

»*Was*?« Linda klang wie kurz vor einem hysterischen Anfall.

Cornish lehnte sich gegen die Tür. »Die Schnittwunden haben sich letzten Endes als oberflächlich herausgestellt«, sagte er. »Er wurde genäht, und ihm ist ein Schmerzmittel verabreicht worden. Das war's.«

Helen schüttelte den Kopf. »Das kann nicht wahr sein.«

»Sie wissen genauso gut wie ich, dass die Strafvollzugsbehörde dafür verantwortlich ist, einen Gefangenen so schnell wie möglich zurück ins Gefängnis zu bringen, sobald er sich nicht mehr in unmittelbarer Gefahr befindet.«

»*Man hat mir gesagt, ich soll kommen*!« Linda brüllte mittlerweile und warf Helen einen hilfesuchenden Blick zu. »Jetzt haben wir hier ganz umsonst gesessen und wie Idioten gewartet!«

»Es war die Entscheidung des Gefängnisdirektors.« Cornish hielt die Hände hoch. »Nicht meine.«

»Sie haben mich hier antanzen lassen, bloß um mich zu verarschen! Um mich leiden zu lassen.«

»Linda, Sie sind wütend. Ich …«

»O ja, verdammt noch mal, das bin ich!«

»Fahren Sie zurück zu Ihren Kindern«, sagte Cornish. »Sind Sie einfach dankbar, dass Steve lebt, hm?«

Helen erkannte, dass Linda kurz davorstand, zu einem Schlag auszuholen, so wie sie selbst vor ein paar Stunden im Pub. Sie trat schnell zu ihr, nahm sie fest um die Schultern und führte sie aus dem Raum.

Thorne wartete, bis sich die Tür geschlossen hatte. »Das war nicht nötig.«

»Was denn?« Cornish bot ein Bild gekränkter Unschuld. »Ich weiß, dass Sie im Urlaub sind, aber Sie können nicht schon nach so kurzer Zeit vergessen haben, *wie* schnell die Dinge nun mal laufen.«

Thorne riss sich zusammen und wandte den Blick ab. Er war lediglich der Freund einer Frau, die eine Freundin unterstützte. Mehr nicht.

Cornish musterte Hendricks, der einen Schritt auf ihn zu machte, um sich vorzustellen. Doch Cornish hob eine Hand. »Ich weiß, wer Sie sind.«

Hendricks versuchte, erfreut auszusehen. »Mein Ruhm eilt mir anscheinend voraus.«

»Hier kann man sehr schnell berühmt werden«, warf Thorne ein.

Cornish lächelte und öffnete den obersten Knopf seines Hemds. Er stieß einen langen Seufzer aus, als hätte er einen anstrengenden Tag gehabt. »Also, ein Kugelschreiber, hm?« Er spazierte hinüber zum Kaffeeautomat, kramte in seiner Hosentasche nach Kleingeld. »Als ich gehört habe, was passiert ist, dachte ich, er hätte uns vielleicht einen Gefallen getan.«

Thorne starrte ihn an. »Wie bitte?«

Cornish steckte die erste Münze in den Automaten und drehte sich um. Wieder dieser gespielt harmlose Ausdruck, als

könnte er sich nicht vorstellen, wessen man ihn beschuldigte.
»Ja, natürlich. Ich hatte gehofft, er hätte uns ein hübsches kleines Geständnis geschrieben.«

50

Auf der Fahrt zurück schien Hendricks den strengen Ton der Frau, die ihnen Fahranweisungen erteilte, nicht mehr so amüsant zu finden. »Sie hat aber nicht ganz unrecht«, sagte er.

»Wer?«

»Bates' Frau. Wenn sie fragt, warum er versucht hat, sich umzubringen.«

»Dafür kann es alle möglichen Gründe geben.«

»Ja, klar, vielleicht wurde er unter der Dusche bedroht oder sein Lieblingsfußballverein hat mal wieder verloren. Aber schuldig zu sein, steht schon ziemlich weit oben auf der Liste.«

»Was, wenn er unschuldig ist, ihn aber alle für schuldig *halten*?« Thorne blickte seinen Freund an. »Was, wenn du weißt, dass du deine Familie nie in Freiheit wiedersehen wirst?«

»Na gut, aber ziehst auch *du* mal die Möglichkeit in Betracht, dich irren zu können?«

»Ich dachte, wir wären uns einig.«

»Okay, also dass *wir* uns irren könnten.«

Die ultrastrenge Navi-Frau wies Thorne an, die erste Abfahrt nach dem nächsten Kreisverkehr zu nehmen.

»Nein«, erwiderte Thorne. Noch ein Blick zu Hendricks. »Damit mein ich dich, nicht sie.«

Ein Auto kam ihnen mit Fernlicht entgegen. Thorne blinkte auf, und der Fahrer schaltete auf Abblendlicht, doch Thorne fluchte trotzdem.

»Was, wenn er gestorben wäre?«, fragte Hendricks.

»Ich kann dir nicht ganz folgen.«

»Wenn Bates es tatsächlich geschafft hätte, sich umzubringen. Hättest du es dann auf sich beruhen lassen?«

»Hat er aber nicht.«

»Ja, aber wenn. Ob schuldig oder nicht, wenn er tot gewesen wäre, hättest du die ganze Sache einfach vergessen und weiter Ferien machen können. Und deine käsigen Beine in die Sonne gelegt.«

Für ein paar Sekunden spielte Thorne mit dem Gedanken, einen Satz zu sagen, den man oft in amerikanischen Polizeiserien hörte. Ein ernstes Gesicht und ein paar äußerst tief empfundene Worte kurz vor der Werbung.

Die Toten verdienen genauso Gerechtigkeit wie die Lebenden.

So was in der Art.

Leider wusste er, dass Hendricks ihm das nie abkaufen und sich sofort darüber lustig machen würde. Also entschied er sich für die Wahrheit.

»Wenn ich recht habe, will ich das auch verdammt noch mal beweisen.«

Linda Bates hatte das Haus verlassen, als wäre sie eine Schülerin auf einem Klassenausflug, doch sie kehrte zurück wie eine Frau mittleren Alters, auf deren Schultern die Last der gesamten Welt ruhte. Sie hastete, so schnell sie konnte, über den Weg, den die immer größer werdende Zahl uniformierter Polizisten freigeräumt hatte, dicht gefolgt von Helen. Als die Kameras links und rechts aufblitzten, blieb ihr Blick weiter starr auf die Haustür gerichtet; die Kommentare und Flüche ließen keinen Zweifel daran, dass viele bereits wussten, wo sie die letzten Stunden verbracht hatte und warum.

Er hätte die Sache zu Ende bringen sollen.

Er kann offenbar mit seiner Tat nicht leben. Wie zum Teufel also kannst du es?

Sie spürten sofort die Stimmung im Haus. Carson, Gallagher und zwei andere Beamte in Uniform standen schweigend in der Küche, als hätten sie dringend auf ihre Rückkehr gewartet. In dem Moment, als die Tür zugeschlagen wurde, hatte Charli von oben begonnen, nach ihrer Mutter zu rufen.

»Was ist los?«, fragte Helen.

Carson blickte Linda an, die in der Tür stand und offenbar Angst hatte, über die Schwelle zu treten. »Ich wollte Sie nicht anrufen, solange Sie sich noch um andere Dinge Sorgen machen mussten. Übrigens bin ich froh, dass es Ihrem Mann gut geht.«

»Weshalb anrufen?«

Erneut konnten sie Charli von oben hören, und Helen bemerkte, dass Gallagher auf ihre glänzenden Schuhe starrte.

»Danny ist attackiert worden.« Carson schluckte und sprach schnell weiter. »Er ist in Ordnung, ehrlich. Es war nichts.«

»*Wo*?«, fragte Helen.

Carson fuhr herum, und ihr Blick bohrte sich in Gallagher. »Fragen Sie *die*!« Sie deutete mit dem Kopf zu den beiden PCs, die in der Ecke standen. »Fragen Sie diese beiden Idioten.«

Schließlich sah Gallagher auf, die Wangen dunkelrot verfärbt. »Der arme Junge hat uns bekniet, zur Schule gehen zu dürfen. Er hat ständig gejammert, dass ihm langweilig ist, und er ein paar Schulbücher holen will.«

»Und da haben Sie ihn *ziehen* lassen?«

»Nein, natürlich nicht … Ich meine, nicht allein. Aber ich hab irgendwann gesagt, dass wir ihn hinbringen, wenn er's unbedingt will. Ich und zwei andere Beamte.« Sie äugte kurz zu den beiden PCs hinüber, die wie zwei Ölgötzen dastanden. Beide hatten offensichtlich einen Riesenanschiss verpasst bekommen, bevor Helen und Linda zurückgekehrt waren.

»Was war mit der Menge da draußen?« Helen zeigte zum Vorgarten.

»Darauf hab ich ihn aufmerksam gemacht«, antwortete Gallagher. »Er meinte, es wär ihm egal, die Zeitungen hätten sowieso schon allen möglichen Mist über ihn und seine Schwester geschrieben. Er sagte, die Leute würden ihn nicht kümmern, er wollte nur für ein paar Minuten zur Schule, um seine Bücher zu holen.«

Linda schüttelte den Kopf und murmelte: »Das kann nicht wahr sein.«

»Nur damit das klar ist, *ich* war nicht hier«, verteidigte sich Carson. »So was hätte ich nie im Leben zugelassen.«

Helen blickte die DC an, die zweifellos sehr viel Übung darin hatte, dafür zu sorgen, den Schwarzen Peter rechtzeitig jemand anderem zuzuschieben. »Also, was ist genau passiert?«

Es dauerte ein paar Sekunden, bevor einer der PCs sprach. »Wir haben die Schule benachrichtigt, dass wir kommen«, sagte er. »Dann brachten wir ihn in einem der Streifenwagen hin.« Er blickte nach links. Jetzt war sein Kollege an der Reihe.

»Ja … also, er war die ganze Zeit bei uns. Wir hätten ihn nie allein gelassen. Am Schluss dann, wir waren gerade auf dem Weg zurück zum Auto … ich weiß auch nicht … vielleicht hab ich ein paar Sekunden lang in eine andere Richtung geschaut … Jedenfalls taucht da wie aus dem Nichts dieser Blödmann auf und fängt an, einfach draufloszuschlagen.« Er räusperte sich. »Es ist nicht viel passiert, ehrlich. Nur eine aufgesprungene Lippe.« Er rieb sich mit einem Finger über den Kiefer. »Und hier eine kleine Beule.«

»Ehrlich gesagt, schien es Danny nicht viel auszumachen«, warf sein Kollege ein.

Der zweite PC nickte zustimmend. »Wir haben ihn natürlich verhaftet. Also den Angreifer.«

Helen blitzte die beiden an. »Glückwunsch!«

»Was zum Teufel haben wir bloß verbrochen?« Linda ergriff plötzlich das Wort. Alle drehten sich zu ihr um, sichtlich schockiert von dem Schmerz in ihrer Stimme. »Was zum Teufel haben ich oder meine Kinder verbrochen?« Sie blickte Gallagher, Carson und die beiden PCs an. »Kann mir das mal jemand von Ihnen erklären?«

Schon wieder rief Charli von oben nach ihrer Mutter. Gleich darauf brüllte Danny seine Schwester an, die Klappe zu halten.

»Ich geh jetzt hoch und schau nach ihnen«, sagte Linda und trat hinaus auf den Flur.

Helen wandte sich um und deutete auf Carson. »Sie sind hier die leitende Beamtin, also fällt das auf Sie zurück«, sagte sie. Dann marschierte sie hinaus und folgte Linda.

Als sie am Fuß der Treppe ankam, war Linda schon halb oben. Sie blieb stehen und sah zurück. Vor ein paar Stunden hatte sie sich vielleicht noch wie fünfzehn gefühlt, doch jetzt erschien sie mehr als dreimal so alt. Sie wirkte völlig kaputt, ihr Blick war leer. Schwer stützte sie sich auf das Geländer.

»Ich kann nicht mehr«, sagte sie, drehte sich um und ging weiter nach oben.

Helen setzte sich auf die unterste Stufe, zog ihr Handy heraus und schrieb Thorne eine SMS, in der sie ihm erklärte, dass sie über Nacht bleiben würde.

Erleichtert nahm Thorne Paulas Entscheidung zur Kenntnis, früh zu Bett zu gehen. Er war müde und eigentlich nicht in der Stimmung für einen weiteren Plausch bis spät in die Nacht mit ihr und ihrer übertrieben begeisterungsfähigen besseren Hälfte. Sie erklärte Thorne und Hendricks, dass Jason wahrscheinlich bis drei oder vier Uhr arbeiten würde und sie am nächsten Tag zur Frühschicht im Krankenhaus sein müsste. Er und Hendricks könnten aber gerne so lange aufbleiben, wie sie wollten, fuhr sie fort, und sich vom Kühlschrank bedienen.

Thorne bedankte sich. Sie würden vielleicht ein Feierabendbier trinken und, wenn sie Lust hatten, sich auch ein Sandwich oder irgendwas anderes machen.

Noch bevor Paula sich oben abgeschminkt hatte, stand Hendricks am Herd und briet Würste.

»Ganz schön hart für Linda Bates«, meinte er.

»Kann man wohl sagen.« Thorne saß am Küchentisch und schickte Helen eine SMS.

schlaf gut, seh dich morgen. kuss

»Sie hatte auf jeden Fall einen verdammt miesen Tag.«

Thorne drückte auf *Senden* und legte das Handy auf den Tisch. »Trotzdem verstehe ich immer noch nicht so ganz, was die beiden verbindet, Helen und Linda.« Er griff wieder nach dem Telefon und überprüfte, ob die Nachricht gesendet worden war. »Warum sie ihr unbedingt helfen will. Es ist, als würde sie sich … verpflichtet fühlen.«

Hendricks wendete die Würste und erhob die Stimme über das Brutzeln und Knacken. »Sie sind doch alte Freundinnen, hast du gesagt. Steckt also kein großes Geheimnis dahinter.«

»Sind sie eben nicht«, wandte Thorne ein. »Das ist es ja. Ich habe ihren Namen zum ersten Mal gehört, als diese Geschichte passierte. Helen hat nie jemanden von hier erwähnt.«

»Manchmal ist es einfacher, etwas für Menschen zu tun, die einem nicht so nahestehen. Völlig Fremden zu helfen. Weniger Ballast.«

»Vielleicht.«

»Ich meine, es ist ja nur Zeit, die sie ihr schenkt. Wir reden hier ja nicht von einer Niere, oder?«

»Soweit ich weiß, nicht.«

Hendricks wandte sich zu Thorne, sein Lächeln wirkte etwas nervös. »Und es ist nicht vergleichbar mit Bardsey, oder?«

Sie hatten noch immer nicht über Bardsey gesprochen, zumindest nicht ausführlich. Darüber, was Thorne auf dieser Insel für Hendricks getan hatte, und was Hendricks im Gegenzug genommen worden war aufgrund seiner Freundschaft zu Thorne. Sie hatten lediglich Witze darüber gemacht, die eigentlich nicht lustig waren, oder gelegentlich eine Bemerkung fallen lassen, so wie gerade eben. Thorne war sich noch immer nicht sicher, ob er sich damit zufriedengeben sollte.

»Ich denke nicht«, sagte er.

Thorne hatte einen Bärenhunger, da er sein Mittagessen so gut wie nicht angerührt hatte. Er biss in ein Würstchen und stand auf, um in Paulas Küchenschränken nach HP Sauce zu suchen.

»Die sind verdammt lecker«, sagte Hendricks mit vollem Mund.

»Regionale Spezialität.« Thorne öffnete und schloss Türen. »Wir befinden uns hier angeblich in der Würstchenhauptstadt der westlichen Welt.« Er fand die Soße im letzten Schrank. »Überall, wo man hinsieht, Schweinehöfe.«

Er setzte sich, nahm sich ein Stück Brot und drückte die Soße aus der Flasche. Als er aufblickte, bemerkte er, dass Hendricks mittendrin aufgehört hatte zu kauen. Den Mund noch voll, das Sandwich in der Hand.

»Was ist?«

»Er muss sie nicht gekauft haben.« Hendricks schluckte schnell. »Dein Mörder. Die Insekten.« Er ließ das Sandwich auf den Teller fallen. »Ich meine, du hast recht, *natürlich* hast du recht! Man kann nicht einfach in den Supermarkt gehen und sich eine Schachtel verschiedener Käfer kaufen. Und ja, vielleicht findest du sie im Internet – aber da gibt's noch eine viel einfachere Methode.«

Thorne sah das Lächeln im Gesicht seines Freunds breiter werden, und er spürte ein Kribbeln im Nacken. Die Erfahrung hatte ihn gelehrt aufzuhorchen, wenn diese beiden Ereignisse hintereinander auftraten. »Aha. Dann schieß mal los.«

»Du entnimmst sie *einer anderen Leiche*.«

»Wie bitte?«

»Du lässt eine andere Leiche auf natürliche Weise verwesen. Du wartest zuerst auf die Fliegen, die sich darüber hermachen und ihre Eier legen, und anschließend auf die Käfer, die die Maden fressen. Du wartest, dass der ganze Prozess in Gang kommt, und wenn du irgendwann genug Krabbeltierchen hast, überträgst du sie einfach von der alten auf die neue Leiche.« Hendricks schüttelte den Kopf und grinste. »*Natürlich* hat er's so gemacht. Er ist ein verdammtes Genie.«

»Es gibt eine andere Leiche?«

Hendricks beugte sich vor. »Muss ja nicht menschlich sein, oder?«

»Hör mal, ich weiß nicht, was in diesen Würstchen ist …«

»Mann, von den Würstchen rede ich doch die ganze Zeit, du Flachpfeife!« Hendricks klappte sein restliches Sandwich auf, zog ein Stück Wurst heraus und hielt es Thorne entgegen. »Die

Haut von Schweinen ähnelt der von Menschen so sehr, dass sie im Medizinstudium zu Übungszwecken verwendet wird. Verstehst du? Sanitätern wird anhand von Schweinehaut beigebracht, wie sie Kriegsverletzungen zu behandeln haben. Neue Operationstechniken werden damit getestet. Alles Mögliche. Da Grabraub mittlerweile gesetzlich verboten ist, kommt das den Leuten sehr gelegen.« Er nickte und steckte sich das Stück Wurst in den Mund. »Wenn dir keine menschliche Leiche zur Verfügung steht, kannst du einfach das Nächstbeste benutzen.«

»Willst du mir etwa sagen, dass er ein totes Schwein verwendet hat, um seine Insekten zu züchten? Dass er ein Schwein umgebracht hat?«

»Muss kein ausgewachsenes Schwein gewesen sein.« Hendricks zuckte mit den Achseln. »Ein Ferkel würde reichen. Auch auf einer kleinen Leiche können sich *viele* Insekten ansiedeln.«

»Scheiße!« Thorne ließ sich gegen die Stuhllehne fallen. Hendricks starrte ihn an. »Da war ein Bauer hier aus der Gegend im Pub und redete die ganze Zeit davon, dass ihm eins seiner Ferkel gestohlen wurde.«

»Du musst mir nicht danken«, sagte Hendricks. »Aber ich hätte nichts gegen eins dieser Biere einzuwenden, von denen du vorhin gesprochen hast.«

Thorne erhob sich langsam von seinem Stuhl, immer noch dabei, die Information zu verarbeiten.

»Außerdem, jetzt, da du schon stehst ... du hast nicht zufällig in den Schränken irgendwo Ketchup gesehen, oder?«

51

»Sie haben verdammt lange gebraucht.«

»Stimmt, aber bei dem, was hier los ist, verstehen Sie das doch bestimmt.«

Bob Patterson verstand ganz offensichtlich gar nichts. Aus seiner Perspektive war ein vermisstes Ferkel wohl mindestens genauso wichtig wie ein vermisstes Mädchen. Er beugte sich zur Tür, die er nur einen Spalt geöffnet hatte, um sich den Dienstausweis anzusehen, den Thorne ihm hinhielt. »Na ja, wenigstens haben Sie einen Detective geschickt und nicht irgend so einen behelmten Vollidioten.«

»Ja«, sagte Thorne und blickte sich wieder zu dem Collie des Bauern um, der am Zaun des nächstgelegenen Felds entlangjagte. Er hatte nicht aufgehört zu bellen, seit Thorne und Hendricks auf den Hof gefahren waren.

»Sie hat kein Problem mit Leuten, die sie kennt«, sagte Patterson. Er rief der Hündin zu, still zu sein, doch das Tier bellte weiter. Patterson trat zurück und öffnete die Tür. »Dann kommen Sie mal rein …«

Der Hof lag fünf oder sechs Meilen von Polesford entfernt auf einer Anhöhe jenseits von Dorbrook. Nachdem Thorne von einer Straße abgebogen war, die nur in geringem Maß schonender zu seinen Reifen gewesen war als der holprige Weg zu Pattersons Hof, hatte er festgestellt, dass es sich um einen ziemlich kleinen Betrieb handelte. Er hatte keine Ahnung, wie viel von dem Land, das vor ihm lag, Patterson gehörte; das Gehöft selbst bestand nur aus einem einfachen Bauernhaus, einer Scheune und ein paar kleinen Nebengebäuden. Links vom Weg hatte er mehrere bogenförmige metallene Schweineunterstände auf der Weide entdeckt, die verrostet aus dem Schlamm ragten.

»Ich mag Schweine«, hatte Hendricks gesagt und auf die Ställe vor ihnen geblickt, in denen Tiere herumlagen oder gelegentlich schnüffelten.

»Das hab ich gestern Abend an der Art und Weise gemerkt, wie du diese Würstchen verdrückt hast«, sagte Thorne.

»Schweine sind um einiges sauberer als allgemein angenommen wird, wusstest du das? Wenn einer sagt, da lebt jemand wie ein Schwein, ist das im Grunde genommen eine Beleidigung gegenüber den Schweinen.« Er ließ das Fenster heruntergleiten und machte Grunzgeräusche.

»Riecht allerdings nicht sonderlich sauber«, stellte Thorne fest.

»Außerdem sind sie schlauer als Hunde.«

»Ich hab noch nie ein Schwein ein Stöckchen holen sehen.«

»Ja, aber bloß, weil sie dazu keine Lust haben«, erklärte Hendricks. »Schweine sollen die schlausten Tiere sein. Noch vor Schimpansen, Delfinen und Elefanten.«

»Ja, und ganz am Ende der Liste kommen ein paar der Kerle, mit denen du ausgegangen bist.«

»Stimmt.« Hendricks ließ das Fenster wieder hochgleiten. »Spitz wie Nachbars Lumpi, aber dumm wie Brot«, sagte er. »So mag ich sie …«

Jetzt führte Patterson die beiden in eine Küche, die geräumig gewesen wäre, hätte nicht überall auf dem Boden und den Arbeitsflächen etwas herumgestanden. Stapelweise zusammengeschnürte Zeitungen, prall gefüllte Müllsäcke, Kisten, vollgestopft mit Zeitschriften, und große Blechdosen, bis zum Rand voll mit Muttern, Schrauben, altem Besteck und Gummibändern.

Thorne blickte Hendricks an, der die Augenbrauen hob. Beide wussten, wann sie es mit potenziellen Messies zu tun hatten. Hendricks hatte einmal eine Obduktion an einer Frau mittleren Alters durchgeführt, die nach Jahren exzessiver Sammelwut zu Hause gestorben war. Die Polizei hatte mehrere Stunden gebraucht, um die Leiche überhaupt zu finden.

Patterson deutete auf einen Tisch, der ebenso gut eine Werkbank hätte sein können. Er war übersät mit Kabelresten, Elektronenröhren und Leiterplatten; an einem Tischende lagen die Holzgehäuse mehrerer alter Radios.

»Mein Vater hat das früher gemacht«, sagte Thorne. »Dinge auseinander- und wieder zusammengebaut.«

»Ist entspannend«, meinte Patterson. »Man hat was zu tun.«

Was Thorne gesagt hatte, war nur zur Hälfte wahr. Kurz nachdem sein Vater an Alzheimer erkrankt war, hatte er die Angewohnheit entwickelt, voller Begeisterung Radios und Fernseher auseinanderzunehmen – die dann zumeist in diesem Zustand blieben.

»Sie können Tee haben, ist aber keine Milch da.« Patterson stand auf einer der wenigen freien Stellen des rot-weiß karierten Linoleumbodens. Da, wo der Boden sich noch nicht vom Untergrund gelöst hatte, war er stark verschmutzt und eingerissen.

»Kein Problem«, erwiderte Thorne.

»Wahrscheinlich kann er den Kühlschrank nicht finden«, hauchte ihm Hendricks fast unhörbar ins Ohr.

Patterson setzte sich zu ihnen an den Tisch. Er schob ein paar der Radioteile beiseite.

»Sprechen wir mal über Ihr Ferkel «, sagte Thorne.

Patterson nickte. »Wollen Sie eine Beschreibung?«, fragte er.

»Ich glaube, ich weiß, wie ein Ferkel aussieht«, antwortete Thorne. Er war sich nur allzu deutlich bewusst, dass Hendricks in eine andere Richtung schaute und sich bemühte, ein Kichern zu unterdrücken.

»Sie wissen, wie ein Tamworth-Schwein aussieht?« Patterson wartete. »Dacht ich's mir doch, dass nicht.« Er verschränkte die Arme. »Das hier ist ein kleiner Hof, anders als die riesigen Mastbetriebe überall. Dort gibt's Tausende von Tieren, die Säue in Holzverschlägen.«

»Ich denke, wir sind an einem vorbeigekommen«, sagte Thorne. Ein Schweinestall neben dem anderen, alle zirka fünfzehn Meter lang. Metalltürme und daneben ein riesiges Schlachthaus aus Beton mitsamt Kran.

Patterson schnaubte. »Meine Schweine sind draußen auf der Weide. Ist besser für sie, besser für das Fleisch. Alles alte Rassen. Tamworth und Berkshire.«

»Aha«, sagte Thorne. Er hatte einen Notizblock gezückt, aber die Seite blieb leer.

»Ich hab nur ein Dutzend Säue, die ferkeln. Also kann ich's mir nicht leisten, auch nur ein Ferkel zu verlieren.«

»Es war … ein Tamworth-Ferkel, nicht?«

Der Bauer nickte. »Hellbraun. Ein süßes kleines Ding. Ich kann Ihnen ein Foto raussuchen, wenn Sie wollen.«

»Das wäre hilfreich.« Thorne vermutete, dass es sich nur um eine exemplarische Abbildung handelte und Patterson nicht jedes einzelne Ferkel fotografiert hatte. »Seit wann vermissen Sie es?«

»An das genaue Datum kann ich mich nicht mehr erinnern … vielleicht so seit sechs Wochen.«

Thorne blickte Hendricks an. Drei Wochen, bevor Jessica entführt wurde. »Über Nacht verschwunden, oder?«

Patterson nickte. »War abends zum Füttern noch da. Am nächsten Morgen war's weg.«

»Sie haben keine elektrischen Zäune oder so?«, fragte Hendricks.

»Wie schon gesagt, der Hof ist klein.«

»Aber es sind nicht nur Sie hier«, sagte Thorne.

Patterson musterte ihn fragend.

»Sie betreiben den Hof nicht allein, vermute ich.«

»Ich habe ein paar Aushilfen, Jungs aus 'm Ort«, erwiderte Patterson. »Ansonsten bewirtschafte ich alles selbst.«

»Könnte es einer von denen gewesen sein?«

»Hab ich auch schon drüber nachgedacht, aber das sind gute Jungs.«

»Sicher? Immerhin hat Ihre Hündin nicht gebellt«, wandte Thorne ein. »Davon wären Sie wach geworden.«

»Ja, ging mir auch schon durch den Kopf.«

Thorne legte seinen Notizblock weg. Das Blatt zeigte nichts als ein grässlich hingeschmiertes Schwein. »Die Leute im Pub meinten, Sie hätten alle möglichen Leute beschuldigt.«

Patterson sah aus, als hätte er gerade auf etwas richtig Saures gebissen. »Die sind mir alle schnurzpiepegal.«

»Der Wirt erzählte, Sie hätten sogar *ihn* zur Schnecke gemacht und ihn gewarnt, dass Sie seine Speisekarte im Auge behalten.«

»Das habe ich in sämtlichen Pubs der Umgebung getan. Auch beim Inder. Wenn irgendjemand Fisch klaut, schaut man doch auch zuerst mal bei der Fischbude nach, oder? Völlig einleuchtend, find ich.«

Als Thorne und Hendricks aufstanden, um zu gehen, fing

Patterson an, in ein paar der Kisten herumzuwühlen, bis er das Foto gefunden hatte, nach dem er suchte. Er gab es Thorne. Ein halbes Dutzend hellbrauner Ferkel blickten ihm entgegen.

Er zeigte auf eins. »Das hier. Das ist gestohlen worden.«

Thorne betrachtete das Bild aus Höflichkeit. Dann legte er eine Visitenkarte auf den Tisch. Er sagte den Satz, den er schon Hunderte Male zuvor gesagt hatte. Sollte Ihnen noch etwas einfallen, das nützlich sein könnte, dann … bla bla bla.

»Das verstehe ich nicht«, sagte Hendricks. »Offensichtlich mögen Sie Ihre Tiere. Ist es dann nicht noch viel schwerer, sie zu schlachten?«

Der Bauer blickte Hendricks an, als wäre er ein Volltrottel. »Sie sind bares Geld, mehr nicht. Und Geld mag ich auch. Wenn man mir eins meiner Tiere klaut, ist das so, als würde man mir die Brieftasche klauen.«

»Ich bin mir sicher, dass ich mit dem Ferkel richtigliege«, sagte Hendricks, als sie den Weg zurückfuhren und die Hündin ihnen hinterherbellte. Er betrachtete das Foto, das Thorne aufs Armaturenbrett gelegt hatte. »Trotzdem, irgendwas macht da immer noch nicht richtig Sinn.«

Thorne bremste ab und rumpelte über ein Viehgitter.

»Warum hat er sich die ganze Mühe gemacht?«

»Um Bates mit reinzuziehen.«

»Ja, aber so spricht immer noch nichts dagegen, dass Bates sie umgebracht hat, egal wie alt die Leiche ausgesehen hat. Alle hielten ihn für schuldig, warum sie also älter erscheinen lassen?«

Die Frage hatte sich Thorne auch schon gestellt. Die Antwort war alles andere als tröstlich.

»Du hättest recht, wenn er es nur einmal tun will.«

Hendricks verstand. »Das war also ein Probelauf.«

»Alle glauben jetzt, dass Bates der Mörder ist. Und genau das ist es, was der wahre Mörder will. Mit einem zweiten Mord kann er nicht davonkommen, nicht mit Bates in Haft. Außer die Leiche passt in den Zeitraum.«

Thorne hielt am Ende des Wegs an, überprüfte den Verkehr, und zog zügig auf die Straße. Das Foto von Pattersons Schweinen rutschte über das Armaturenbrett.

»Du gehst also davon aus, dass er noch mehr Krabbeltierchen in petto hat?«

Thorne nickte. »Und ich denke, Poppy Johnston ist immer noch am Leben.«

52

Sie hat aufgehört, in der Dunkelheit zu schreien, denn mittlerweile weiß sie, dass es zwecklos ist. Außerdem hat sie keine Stimme mehr. Ihr Hals ist rau, und sie hat Schmerzen, wenn sie schluckt oder das Wasser ringsherum aufschlürft. Ihr Kopf hat am Schluss von den Schreien gepocht, die von den Wänden zurückprallten, doch hat sie wenigstens eine Zeit lang geglaubt, dass es sich lohnen könnte. Sie weiß, wenn hier Ratten hereinfinden, dann muss es auch einen Weg nach draußen geben. Ein fehlender Ziegel in der Wand, ein Loch irgendwo im Boden. Sie hat gehofft, ihre Stimme würde vielleicht über die Schlupflöcher der Ratten nach oben und nach draußen dringen. Mittlerweile aber nimmt sie an, dass ihre Schreie irgendwo in der weichen Erde über ihr enden, oder sich in einem Gewirr von Baumwurzeln verlieren. Vielleicht würde einer ihrer Schreie wie eine Gasblase entweichen, wenn ein Spaziergänger dort oben anfinge zu graben. So wie diese heißen Quellen oder was immer es gewesen ist, was sie im Fernsehen gesehen hat. Orte auf Island und in Amerika, von denen sie immer gesagt hat, dass sie sie eines Tages mal sehen will.

Sie denkt an den einen außergewöhnlichen Ort, den sie tatsächlich gesehen hat; auf einem Schulausflug nach Frankreich das Jahr zuvor.

Sie denkt an den Jungen, den sie an jenem Abend hat treffen wollen, der aber, ehrlich gesagt, ein ziemlicher Idiot war. Und sie denkt an einen anderen Jungen, zwei Klassen über ihr, der nett zu sein schien. Sie hat von ein paar anderen Mädchen erfahren, dass er sie mag, und selbst bemerkt, wie er sie immer mal wieder anschaute.

Sie denkt an das Mädchen auf ihrer Schule, das mit vierzehn ein Kind bekam. Sie hat sie für eine dumme Schlampe gehalten, so wie alle anderen, und geglaubt, sie würde ihr Leben wegwerfen. Doch jetzt ist sie von Neid zerfressen und verspürt einen Schmerz an einer Stelle, wo sie noch nie zuvor einen Schmerz verspürt hat.

Verrückt, welche Gedanken ihr so kommen …

Könnte ich eine Ratte essen?

Ich hoffe, die Polizei verwendet ein nettes Foto.

Wird mein Handgelenk dünn genug sein, um diese Kette abzustreifen, ehe ich vor Hunger sterbe?

Und sie denkt an ihre Mum und ihren Dad, die bestimmt völlig aufgelöst sind, denn schon der Tod des Hundes war schlimm genug für sie. Und an ihren schrecklichen süßen Bruder und sein Boot. Und an den Geruch in der Küche, wenn sie nach Hause kam. Und an ihre Musik. Und an ihr Bett. Und daran, wenn sie irgendeinen Blödsinn im Fernsehen schaute und lachen musste. Und an ihre Freundinnen, einfach an alles. Auch daran, wie dumm sie ist. Und daran, wie leid es ihr tut.

Wie dumm.

Wenn du was trinken willst, bedien dich …

Sie wünscht sich nichts sehnlicher, als mehr von dem Zeug in der Flasche getrunken zu haben, was immer es gewesen ist. Viel mehr. Sie stellt sich vor, es hier unten zu entdecken, weil er aus irgendeinem Grund massenhaft Flaschen zurückgelassen hat. Literweise billigen warmen Wodka, angereichert mit so vielen Drogen, dass es selbst einen Elefant umhauen würde.

Dann könnte sie alles in sich hineinkippen, Flasche für Flasche, bis sie selbst Teil der Dunkelheit wird.

Und hätte eine Wahl.

DRITTER TEIL

TROTZDEM, IMMER NOCH WIE TOT

53

Charli beobachtete von der Bettkante aus, wie ihr Bruder sich im Spiegel musterte. Er berührte das perfekt geformte halbrunde Veilchen unter seinem rechten Auge vorsichtig mit einem Finger und tastete sich weiter zu der geschwollenen Unterlippe, die er betupfte. Ein Lächeln umspielte seine Lippen, während er die Schultern straffte.

»Ich weiß immer noch nicht, warum du zur Schule wolltest«, sagte Charli.

Danny studierte weiter sein Spiegelbild. »Hab ich dir doch gesagt, ich musste 'n paar Bücher holen.«

»Ich weiß, was du *gesagt* hast.«

»Also, dann halt die Klappe!«

»Seit wann scherst du dich um deine Hausaufgaben?«

»Gibt eben nichts zu tun, oder?«

Charli wandte sich wieder ihrer Pinzette zu und zupfte die kleinen Härchen von ihren Schienbeinen. Musik drang von der Straße hoch. Das Radio von irgendeinem Idioten. Die Menschenmenge war nicht so groß wie in den letzten Tagen, doch als sie vorhin hinausgeschaut hatte, hatte sie ein paar Gesichter wiedererkannt. Es war klar, dass manche von ihnen immer wiederkamen. Sie fragte sich, ob sie mittlerweile auf irgendeiner Art touristischer Landkarte verzeichnet waren. *Besuchen Sie die historische Abtei und spazieren Sie dann zum Gaffen hinüber zum Haus der Monsterfamilie.* Manche Menschen hatten Klappstühle aufgestellt und es sich in Mantel und Hut darauf gemütlich gemacht. Im Internet hatte sie die geposteten Selfies der Leute gesehen, die sie vorm Haus geschossen hatten. Den Daumen nach oben, dämlich grinsend. Es gab blöde Witze, und manche hatten Kommentare zum »Motel Bates« geschrieben, die sie nicht verstand.

»Ich glaube, du wolltest nur angeben«, sagte sie.

Danny drehte sich um. »Wovon redest du?«

»Deine Aktion mit der Schule.«

»Du spinnst ja.«

»Als würdest du's genießen, berühmt zu sein oder so.«

»Klar, ich wollte unbedingt eine verpasst bekommen.«

Charli wechselte das Bein und zupfte weiter. »Dein Veilchen gefällt dir doch, ich hab dich grinsen sehen.«

Danny blickte zurück in den Spiegel. »Ich hab nur daran gedacht, was ich mit dieser Arschgeige machen werde, wenn ich wieder in der Schule bin.«

»Ich hab dir schon gesagt, dass wir nicht zurück an unsere alte Schule gehen werden«, sagte Charli.

»Das ist egal. An welcher Schule wir dann auch sind, ich werde zurückkommen und es ihm richtig zeigen. Ich weiß genau, wer's war und wo er wohnt. Dann wird sich ja rausstellen, was er ohne seine Kumpels so draufhat.«

Charli lachte. »Du hattest zwei Polizisten dabei.«

»Die waren nicht in der Nähe.« Wütend starrte Danny sie im Spiegel an. »Er kam von hinten, als ich gerade nicht hingeschaut hab. Außerdem warst du gar nicht dabei, du weißt also überhaupt nicht, wovon du redest.«

Charli kannte den Kerl ebenfalls. Warum auch immer ihr Bruder zur Schule gegangen war, nun war der Junge, der ihn angegriffen hatte, derjenige, der überall eine Show abzog. Sie hatte Bilder von ihm entdeckt, gepostet auf Instagram, in der Pose des siegreichen Boxers, umringt von seinen Kumpels, die seine Arme hochhielten. Darunter ein Kommentar:

nicht dass erste mal, dass danny bates bekanntschaft mit einer faust gemacht hat!

Charli legte die Pinzette beiseite und strich die winzigen Härchen von der Bettdecke. Wahrscheinlich war es einer dieser dämlichen Schwulenwitze gewesen, die Jungs wie Danny machten, ohne darüber nachzudenken. Trotzdem fragte sie sich, ob die Leute das vielleicht tatsächlich dachten; ob sie glaubten, dass aufgrund dessen, was Steve getan haben sollte, er das Gleiche auch zu Hause getan haben musste.

Mit ihr und mit Danny.

Sie wusste, dass Danny das Bild ebenfalls gesehen hatte. Er hatte sofort danach gesucht, als er nach Hause gekommen war, und es nicht erwähnt.

Sie schwiegen ein paar Minuten, lauschten den Stimmen aus dem Schlafzimmer nebenan. Charli blätterte eine Zeitschrift durch. Danny kauerte am Fußende des Betts und starrte zur Tür.

»Sie soll eine alte Freundin von Mum sein, aber sie war noch nicht mal auf ihrer Hochzeit, oder? Als Mum und Steve geheiratet haben, mein ich.«

»Na und?«

»Wie kommt's dann, dass sie jetzt die ganze Zeit aufeinanderhocken und heimliche Gespräche führen, als wären sie die besten Freundinnen?«

Charli blickte von ihrer Zeitschrift hoch. »Frag Mum!«

Danny fuhr mit der Hand über den schmuddeligen Teppich, sodass Staub und kleine Schmutzpartikel aufflogen. »Sag schon, vertraust du ihr?«

»Hab ich noch nicht drüber nachgedacht.«

»Letztendlich ist sie 'ne Polizistin wie der ganze Rest auch.«

»Du hast nicht mitgekriegt, was sie zu dieser Schlampe Carson und den anderen gesagt hat.« Charli legte die Zeitschrift weg. »Als sie und Mum vom Krankenhaus zurückkamen und rausfanden, was an der Schule passiert war. Sie hat denen allen einen brutalen Anschiss verpasst.«

Danny zuckte mit den Achseln, nicht überzeugt. »Ich denke, sie weiß was über Mum«, sagte er. »Aus ihrer gemeinsamen Schulzeit.«

»Und das wäre?«

»Keine Ahnung. Halt so, als hätte sie was gegen sie in der Hand. Muss einen Grund geben, warum sie die ganze Zeit hier ist. Über Nacht bleibt. Warum wäre Mum sonst plötzlich so vertraut mit ihr?«

»Vielleicht ist es genau andersrum«, sagte Charli.

Danny drehte sich um und strich den Staub von den Händen.

»Vielleicht hat Mum was gegen *sie* in der Hand.«

Zum ersten Mal sah Linda wirklich glücklich aus. Seit dem Moment, als sie vor ein paar Stunden das Stück Papier aus dem braunen Briefumschlag gezogen hatte. Sie hielt es umklammert wie ein Gewinnlos der Lotterie, faltete es immer wieder auseinander, nickte und lächelte. Jetzt hielt sie es Helen entgegen.

»Komm schon, das ist der Beweis. Bestimmt.«

Helen tat so, als würde sie das Stück Papier betrachten. Linda hatte es ihr bereits mehrfach gezeigt. Die Besuchserlaubnis war heute Morgen im Briefkasten der Familie Bates gelandet, und ein Beamter, der alles andere als erfreut ausgesehen hatte, den Postboten zu spielen, hatte es kurz danach zusammen mit einem letzten Mahnschreiben des Stromversorgers und mehreren Werbesendungen zu ihrem jetzigen Wohnsitz gebracht.

»Er hat das vor ein paar Tagen ausgefüllt, oder?« Linda zeigte auf das Datum des Antrags. »Warum also sollte er das tun und dann versuchen, sich umzubringen? Ich meine, *wirklich* umzubringen.« Sie faltete die Besuchserlaubnis wieder zusammen und drückte sie gegen die Brust. »Es war offensichtlich nur ein Schrei nach Hilfe, oder wie das heißt. Man macht keine Pläne, organisiert was wie das hier und versucht dann, sich umzubringen. Das ist doch einleuchtend.«

»Nicht unbedingt«, wandte Helen ein.

Linda sah sie an, presste die Hand noch fester auf das Stück Papier.

»Ich sage nur, wenn Leute Selbstmord begehen – wenn sie's *versuchen* –, dann können sie normalerweise keinen klaren Gedanken mehr fassen. Dinge wie diese gehen ihnen dann nicht mehr durch den Kopf.«

Linda nickte, das Lächeln war leicht säuerlich geworden. »Vielen Dank für die Aufklärung. Wie blöd, dass ich gedacht hab, du würdest auf meiner Seite stehen.«

»Ich sage nicht, dass du falschliegst.« Helen unterdrückte ein Gähnen. »Aber ich hab es schon mit Selbstmorden zu tun gehabt, da waren Ferien gebucht und in den Jackentaschen steckten Zugfahrkarten. Kommt alles vor. Wenn man so niedergeschlagen ist, sind einem die Dinge einfach egal, weißt du?«

»Ja, aber ich lass mir von dir keinen Dämpfer verpassen, egal wie sehr du's versuchst.«

»Was? Warum sollte ich das tun?«

»Steve braucht einfach Hilfe, mehr nicht.«

»Du hast wahrscheinlich recht«, sagte Helen. Sie streckte eine Hand aus, um Lindas Arm zu berühren. »Tut mir leid ... Ich wollte nicht negativ sein.«

»Schon gut.«

»Und ich bin auf deiner Seite«, sagte Helen. »Ich bin nur müde.«

Sie und Linda hatten die Nacht zuvor das Bett geteilt. Der eine hat mit dem Kopf am Kopfende, der andere mit dem Kopf am Fußende geschlafen, so wie sie es als Teenager unzählige Male gemacht hatten. Helen hatte kaum geschlafen und war nach dem Aufstehen in die Kleider vom Vortag geschlüpft. Sie war kaputt und fühlte sich schmuddelig. Ihr sehnlichster Wunsch war ein heißes Bad und ihr eigenes Bett. Und endlich wieder Zeit mit Alfie.

»Wann besuchst du ihn?«

Lindas Miene hellte sich wieder auf. »Morgen.« Sie stand auf und spazierte hinüber zu dem Ganzkörperspiegel seitlich am Schrank. »Mist, ich wünschte, ich könnte zum Friseur gehen. Die Chancen dafür stehen aber nicht besonders gut, oder?«

»Nein, nicht wirklich.«

»Ich kann mir das Gespräch beim Friseur lebhaft vorstellen.« Linda lachte. »›Und wo fahren Sie dieses Jahr in Urlaub hin? Ich hoffe, Ihre bessere Hälfte hat in letzter Zeit nicht wieder irgendwelche Mädchen umgebracht.‹«

»Ich könnte ja versuchen, was aus deinem Haar zu machen.«

Linda beugte sich weiter vor zum Spiegel und zog an ein paar Strähnen. »Verdammt, wie ich aussehe.«

»Du siehst gut aus.« Das Lügen fiel ihr immer leichter, seit sie nach Polesford zurückgekehrt war.

»Findest du, ich sollte die Kinder ins Gefängnis mitnehmen?«

»Liegt ganz bei dir«, antwortete Helen.

»Sie würden ihn schrecklich gern sehen.«

»Vielleicht das nächste Mal?«

»Ja.« Linda holte tief Luft. »O Gott, ich bin jetzt schon nervös.« Sie ging wieder zurück zum Bett und setzte sich. »Es kommt mir vor wie eine Ewigkeit.«

»Er wird sich freuen, dass du kommst.«

Linda nickte. »Es wird sicher toll. Denkst du, ich darf ihn anfassen? Ich meine, wird's da eine dieser Trennwände geben?«

»Keine Ahnung, wirklich nicht«, sagte Helen. »Aber ich glaube nicht, dass ihr viel Körperkontakt haben werdet.«

»Ich möchte ihn nur sehen und ihm zeigen, dass es jemanden gibt, der an seine Unschuld glaubt.« Linda blickte Helen. »Verstehst du?«

Helen war immer noch nicht so weit, ihrer Freundin zu erzählen, dass es noch jemanden gab, der das glaubte. Noch nicht. Sie dachte an ein Gespräch, das sie am Vortag im Krankenhaus geführt hatte. Eine zufällige Begegnung; jemand hatte etwas aufgeschnappt und weitererzählt. Sie wusste, dass die banalste Unterhaltung sich über Stille Post in etwas völlig Skurriles verwandeln konnte, doch klang das, was sie gehört hatte, nicht ganz so eigenartig, wenn man wusste, wer die Gesprächsteilnehmer gewesen waren.

Für die beiden war es nicht mehr als ein beiläufiger Plausch gewesen.

Helen musste unbedingt mit Tom reden.

54

»Nur von einer Beratertätigkeit für die Polizei kann man nicht leben«, erklärte Hendricks. »Immerhin ist sein Fachgebiet was Besonderes, also lehrt er hauptsächlich an der Uni.«

Dr. Liam Southworth hatte zugestimmt, Thorne und Hendricks zwischen den Vorlesungen zu treffen. Auf der vierzigminütigen Fahrt zur Warwick University besprachen sie, wie sie vorgehen wollten. Hendricks glaubte genau zu wissen, wie sie sich dem Thema am besten näherten, doch Thorne war von seiner Strategie nicht überzeugt.

»Er ist Wissenschaftler«, gab Thorne zu bedenken. »Wir sollten es mit dieser Schiene versuchen.«

»Das ist eine Möglichkeit.«

»Sag ihm, dass er mit seiner Arbeit einem Unschuldigen hilft.«

Hendricks verzog zweifelnd das Gesicht. »Letztendlich bitten wir ihn um einen Gefallen, der außerdem auch noch schnell erledigt werden muss, oder? Ich denke, ich weiß, welche Register ich ziehen muss.«

Thorne scherte aus und überholte einen Lieferwagen, der auf der mittleren Spur sechzig Meilen fuhr. »Du hast dich schon bei dem Typen im Pub geirrt, erinnerst du dich? Am ersten Abend.«

»Zwanzig Pfund drauf, dass ich mich bei dem Insektenmann nicht irre.«

»Na gut ...«

Das Gebäude der wissenschaftlichen Fakultät war nicht einfach zu finden, aber sie waren früh da, und nachdem sie mehrere Studenten nach dem Weg gefragt hatten, klopften sie schließlich um kurz nach drei an die Tür von Liam Southworths Büro.

Er führte sie in ein kleines Zimmer, das auf einen schmalen Rasenstreifen blickte, hinter dem weitere moderne Gebäude standen. Der Regen begann Streifen auf dem Fenster zu hinterlassen. Thorne und Hendricks schleppten zwei unbequem aussehende Stühle von der Wand zu Southworths chaotischem Schreibtisch, hinter dem dieser nun wieder auf seine Tastatur eintippte.

»Bin gleich fertig«, sagte er.

»Keine Eile, Liam«, erwiderte Hendricks.

Die eine Wand war voll mit Büchern, an der anderen hingen eingerahmte Zeugnisse, dazwischen befanden sich Glaskästen mit verschiedenen Insekten. Käfer, Motten und so viele Spinnen, dass ein Arachnophobiker einen Herzinfarkt erlitten hätte. Thorne starrte auf einen schwarz-gelben Käfer, der so groß war wie seine Hand, und kam zu dem Schluss, dass er, sofern er einmal auf ein solches Exemplar in einer Leiche stieß, ihn sofort für den Hauptverdächtigen halten würde.

Southworth hob den Kopf und folgte Thornes Blick. »Das ist ein Elefantenkäfer.« Sein Dubliner Akzent hörte sich an wie aus einer Guinness-Reklame. »Kommt hauptsächlich in Mittel- und Südamerika vor.«

»Gott sei Dank«, stieß Thorne erleichtert hervor.

Der Entomologe schaute Hendricks an. »Schön, dich wiederzusehen.«

»Gleichfalls«, erwiderte Hendricks. Er zog beiläufig seine Lederjacke aus, unter der ein enges weißes T-Shirt auftauchte, und deutete mit dem Kopf zu Thorne. »Das ist Tom.« Er rieb sich mit der Hand über den tätowierten Unterarm. »Ich hab dir von ihm erzählt.«

Der Mann hinter dem Schreibtisch beäugte Thorne etwas intensiver, als man es vielleicht erwartet hätte. »Ja, stimmt. Hallo.«

Thorne nickte.

»Einer von den kräftigen schweigsamen Typen«, meinte Hendricks.

Southworth wurde leicht rot. Er war eher klein geraten und von stämmiger Statur. Das Haar, das ihm bis zum Kragen reichte, war blond, sein Gesicht kindlich rund. Er erinnerte Thorne an diesen Schauspieler, der an einer Überdosis Heroin gestorben war und dessen Name ihm gerade nicht einfiel. Southworth trug eine Khakihose und ein blaues Hemd, schien sich darin jedoch nicht ganz wohlzufühlen. Er wirkte wie jemand, der allzu sehr darum bemüht war, wie ein amerikanischer Collegeprofessor auszusehen.

»Du meintest am Telefon, du hättest was Interessantes.« Southworth hatte sich wieder Hendricks zugewandt.

»Sagen wir mal so, es ist was, wovon du noch nie zuvor gehört haben wirst«, sagte Hendricks.

»Ich bin ganz Ohr.«

Irgendwas mit Hoffman, dachte Thorne. Dieser Schauspieler.

Hendricks legte los. Er sprach von ihren Vermutungen zur Todeszeit von Jessica Toms, seiner Theorie zum klugen Einsatz entomologischer Beweise durch den Mörder und schließlich von ihrem Besuch bei Bob Patterson. Thorne erkannte an Southworths Reaktion, dass sie zweifelsohne seine volle Aufmerksamkeit hatten.

»Mir ist niemand Besseres eingefallen als du, an den wir uns hätten wenden können«, sagte Hendricks, als er am Ende der Geschichte angelangt war. »Ich habe zu Tom gemeint, dass du derjenige bist, den wir brauchen.«

Wieder wurde Southworth rot. Er nahm seine Nickelbrille ab, putzte sie an seinem Hemd ab und setzte sie wieder auf. »Verdammt!«, sagte er.

»Sie behalten doch einige der Exemplare, oder?«, fragte Thorne. Er deutete mit dem Kopf zu den Insekten an der Wand.

»Nicht hier«, antwortete Southworth.

»Nein, aber Sie behalten sie. Mehrere Exemplare unterschiedlicher Insekten von der Leiche.«

»Natürlich. Manche dienen später als Beweismittel, andere behalten wir nur … aus Liebhaberei. Ich bringe es manchmal nicht übers Herz, sie wegzuwerfen. Damit meine ich natürlich die interessanten Exemplare.« Southworth lächelte. »Es ist nicht so, als hätte ich eine riesige Sammlung von Maden.«

»Dann ist das, worüber wir reden, möglich?«

»Es wäre zweifellos was Neues.«

»Aber möglich?«

Southworth lehnte sich zurück. Der Regen prasselte etwas heftiger gegen das Fenster hinter ihm. »Ja, sicher, zumindest theoretisch. Wenn Sie recht haben, und die aus der Leiche entfernten Insekten haben ursprünglich die Leiche eines Schweins besiedelt und sich davon ernährt, dann müsste die DNA des Tiers immer noch auf den Insekten vorhanden sein.« Er nickte und blies die Wangen auf. »Darüber veröffentlichen Fachleute sogar Artikel.«

»Da hast du's«, warf Hendricks ein. »Noch ein Grund mehr, uns zu helfen.«

»Nun, eigentlich bin da nicht ich gefragt«, berichtigte ihn Southworth. »Das ist nicht ganz mein Fachgebiet. Ich glaube, ich muss jemand anders im Labor darum bitten. Doch haben bestimmt noch nicht allzu viele von denen eine Obduktion an einem Käfer durchgeführt.«

Hendricks lachte. »Du musst eben jemanden finden, der Herausforderungen mag.«

»Ich denke, ich weiß, an wen ich mich zuerst wende«, sagte Southworth. »Sie steckt zwar immer bis über beide Ohren in Arbeit, aber man weiß ja nie. Es ist eine Kollegin.«

»Tun Sie alles, was in Ihrer Macht steht.«

Southworth sah Thorne an. »Das ist aber schon innerhalb des Rahmens dieser Ermittlung, oder?«

Thorne und Hendricks blickten sich an. Das war stets der kniffligste Teil.

»Ich meine, Sie arbeiten doch bei der Metropolitan Police, und Dr. Hendricks ist … nun ja, ich bin mir nicht sicher, welche Rolle er in der Angelegenheit spielt.«

»Es kommt darauf an, wie Sie den Rahmen definieren«, sagte Thorne.

»Äh …«, sagte Southworth.

»Im Moment wäre es uns lieber, wenn das unter uns bliebe. Falls das in Ordnung ist.«

»Na ja, das wirft natürlich ein etwas anderes Licht auf die Sache.« Southwark schien es plötzlich etwas unbehaglich zumute zu sein. »Das ist nicht der erste Fall, bei dem ich für die Polizei arbeite, und es soll auch nicht der letzte werden, verstehen Sie? Ich bin mir nicht sicher, ob ich mich auf etwas einlassen soll, dass die Verantwortlichen nicht gutheißen.«

Thorne und Hendricks blickten sich noch einmal an. Es war doch alles so schön gelaufen.

»Das kannst du bestimmt nachvollziehen«, sagte Southworth zu Hendricks. Er betrachtete ihn und blinzelte hinter seiner Brille. »Versteh mich bitte nicht falsch, die Sache klingt wirklich interessant, aber wenn es sich um etwas Inoffizielles handelt, muss ich mir das gut überlegen.«

Es klopfte an der Tür. »Herein«, sagte Southworth, und ein nervös aussehender Student steckte den Kopf zur Tür hinein. Er fragte, ob er kurz mit ihm sprechen könne, woraufhin Southworth sich bei seinen Besuchern für fünf Minuten entschuldigte.

Als Southworth hinausgegangen war, sagte Thorne: »Also, dann war das letztens nicht der einzige Schwule hier in der Gegend?«

»Du vermasselst mir die Tour«, sagte Hendricks.

»Tut mir leid.«

»Ich bin mir ziemlich sicher, dass ich ihn überreden kann.«

»Ich hätte eher gedacht, dass er nicht dein Typ ist.«

»Nein?«

»Gut, ich weiß, dass du seinen Akzent sexy findest, aber so besonders sieht er nun nicht gerade aus.«

»Er ist knuddlig.«

»Und scheinbar nicht dumm.«

»Diese Käfer müssen untersucht werden, oder?«

»Sagst du mir hier etwa, dass du dich opfern willst?«

Hendricks zuckte mit den Achseln. »'Ne Nummer ist 'ne Nummer. Abgesehen davon ist das Sofa wirklich unbequem.«

Als Southworth zurückkehrte, erklärte ihm Tom, dass er gerade einen Anruf erhalten hatte und woanders ziemlich dringend benötigt werden würde. Southworth schaute etwas enttäuscht, bis ihm klar wurde, dass Hendricks nirgendwohin musste.

»Vielen Dank für Ihre Zeit«, sagte Thorne und stand auf.

»Nun ja, es war genauso interessant, wie Phil angekündigt hat.«

»Und auch dafür, dass Sie es in Betracht gezogen haben.«

»Ich ruf dich später an«, sagte Hendricks.

Thorne war erst auf der Hälfte des Wegs zurück nach Polesford, als Hendricks anrief.

»Ein Kinderspiel.«

»Echt?«

»Hol mich morgen früh ab«, antwortete Hendricks. »Und bring die zwanzig Pfund mit.«

55

Nachdem sie sich erneut gegen den gesonderten Essbereich entschieden hatten, bestellten sie und setzten sich an einen Tisch am Ende der Bar. Das junge Mädchen, das ihnen ihre Teller brachte, war das von ihren Gästen offensichtlich gewöhnt.

»Shelley hat versucht, es ihnen zu erklären, aber sie wissen ja immer alles besser.« Sie senkte die Stimme. »Trevor und seine Frau. Der Essbereich liegt zu nahe an den Toiletten und stinkt immer nach Putzmitteln. Vergrault jeden Gast, oder?« Sie lächelte. »Guten Appetit …«

Thorne machte sich über den Schinken, die Eier und Pommes frites her, während Helen nicht ganz so begeistert in ihrem Salat und den Scampi herumstocherte. Thorne fragte nach Linda, und Helen berichtete von der Besuchserlaubnis und von Lindas für morgen geplanten Besuch im Gefängnis.

»Schön, sie mit einem etwas fröhlicheren Gesicht zu sehen«, sagte sie.

Thorne nickte und nippte an seinem Bier. »Tja, ich nehme an, dass wir sie mit etwas Glück schon bald mit einem noch fröhlicheren Gesicht sehen werden.«

Helen verschränkte die Arme. »Ach ja? Wann genau hattest du eigentlich vor, mir von den Käfern zu erzählen?«

»Wie bitte?«

»Was du und Phil rausgefunden habt: dass sie in Wirklichkeit in der Leiche platziert worden sind. Dass sie von woanders stammen.«

»Wir haben uns nicht gesehen, oder?«

Helen griff nach ihrem Handy und hielt es hoch. »Schon mal hiervon gehört?«

Thorne bemühte sich, seine Verärgerung nicht zu zeigen. Was war denn mit all dem, was Helen beschlossen hatte, für sich zu behalten? Er hatte von der Spuckattacke dieser Jugendlichen erst erfahren, nachdem Linda sie erwähnt hatte, und er war sich sicher, dass es noch mehr Geheimnisse gab.

Er trank einen weiteren Schluck von seinem Bier. »Wie hast du's erfahren?«

»Ich bin Paula gestern zufällig im Krankenhaus begegnet.«

»Und wie zum Teufel wusste *sie* davon?«

»Sie kam von ihrer Station nach unten, weil sie gehört hatte, was los war und weshalb Bates eingeliefert worden war. Sie erzählte mir, dass ihre Freundin, die das Café betreibt, das Gespräch zwischen dir und Phil über Leichen und Käfer mitbekommen hat.«

»Herrgott noch mal, wo bin ich hier nur gelandet!«

»Ich musste so tun, als wüsste ich Bescheid.«

»Ich hoffe, du hast ihr gesagt, dass sie es für sich behalten soll.«

»Dafür könnte es ein bisschen zu spät sein«, wandte Helen ein.

Die Bedienung blieb an ihrem Tisch stehen, als sie Gläser einsammelte. Sie fragte, ob alles in Ordnung sei, was Thorne ihr bestätigte. Dann nickte er Trevor Hare zu, der kurz aufhörte zu zapfen, um ihnen zuzuwinken. Obwohl im Pub schon einiges los war, gab es immer noch genügend Platz an der Bar, und auch einige Tische waren noch leer. Thorne fragte sich, ob ein Suchtrupp unterwegs war, um Poppy Johnston zu finden.

»Ich habe dir nichts davon erzählt, weil es nichts zu erzählen gab. Es war lediglich eine Theorie von Phil, mehr nicht.«

Helen beugte sich zu ihm vor. »Ist aber inzwischen ein bisschen mehr als das, oder? Das sehe ich dir doch an.«

Während sie zu Ende aßen, erzählte ihr Thorne, woher die Käfer laut Hendricks Vermutung stammten und dass sie den Schweinehof besucht hatten. Er verschwieg ihr auch nicht, wo sie den Nachmittag verbracht hatten und warum Hendricks heute nicht nach Polesford zurückkehrte.

Die Neuigkeiten versetzten Helen in sichtliche Aufregung, die Bissigkeit von vorhin war verschwunden. »Also können wir's beweisen!«

»Ich denke schon«, sagte Thorne. »Du kennst doch Phils Überredungskünste.«

»Das ist toll.« Helen leerte ihr Glas mit einem Zug. »Ich kann's kaum erwarten, Linda die guten Nachrichten zu überbringen.«

Thorne musterte sie nachdenklich.

»Was ist?«

»Als ich dir anfangs erzählt habe, dass ich Bates nicht für den Mörder halte, hast du nicht so interessiert geklungen«, sagte Thorne.

»Nur weil ich Linda keine falschen Hoffnungen machen wollte.«

»›Reine Zeitverschwendung‹. Ich glaube, das waren deine Worte.« Thorne deutete ein Lächeln an, um sie wissen zu lassen, dass er seine Kritik nicht ganz ernst meinte. »›Im Elend herumstochern.‹«

»Tut mir leid«, entschuldigte sich Helen. Sie griff nach Thornes Hand. »Auch dass ich dich gerade so angegiftet habe.«

»Mann, von dir möchte ich auch nicht verhört werden.«

»Du machst dir keine Vorstellung«, sagte Helen.

Thorne ging zur Bar, um Nachschub zu holen. »Danke, dass du das gemacht hast«, sagte Helen, als er zum Tisch zurückkehrte.

»Ist nur 'n Glas Wein.«

»Im Ernst.«

»Ich rechne mit einer angemessen Anzahl von Pluspunkten.«

»Dafür gibt's ganz viele.«

Thorne lächelte. »Und ich musste noch nicht mal in einen Antiquitätenladen ...«

Helen hatte ihren Vater angerufen, nachdem sie von Linda weggefahren war. Sie erzählte Thorne von der Unterhaltung, die genau so unangenehm gewesen war wie die erste, nachdem die Bilder in der Zeitung erschienen waren. Sie sprach gerade von dem viel netteren Plausch mit Alfie, als sie aufblickte. Eine Gestalt näherte sich aus der Küche.

Sie lehnte sich zurück. »Idiot im Anmarsch.«

Thorne drehte sich um und sah Shelley auf ihren Tisch zukommen, den Gedichte schreibenden Koch.

»Hat's geschmeckt?«, fragte er, was Thorne bestätigte.

»Sie haben aber nicht aufgegessen.« Er zeigte auf die Reste, die auf Helens Teller lagen.

»Tut mir leid«, sagte Helen. »Droht mir jetzt ein Bußgeld?«

Shelley lachte etwas zu angestrengt und zupfte an seinem Bart herum. Dann schüttelte er sich die Armbänder zum Handgelenk hinunter. »Schön, dass es nach Ihrem Geschmack war.«

»Der Schinken und die Eier waren gut«, versicherte ihm Thorne.

Shelley bedankte sich für das Kompliment mit einer Verbeugung, bestand aber darauf, dass er nicht allzu viel dazu beigetragen hatte. »Der Schinken aus der Gegend hier ist einfach sehr gut.«

»Solange er nicht von dem gestohlenen Ferkel stammt.«

Shelley lachte wieder. »Sie haben also mit Bob geredet, dem Schweinezüchter. Der hält uns alle für Diebe.«

»Egal, das betreffende Schwein wäre jetzt wohl kaum noch frisch.«

Der Koch blickte auf den Tisch. »Dann sind Sie also fertig?« Als Thorne bejahte, bat Shelley die junge Bedienung, die Teller abzuräumen. Er trat beiseite, als sie etwas ungelenk danach griff. »Ist einfach kein anständiges Personal zu bekommen«, sagte er und blickte ihr hinterher, als sie zur Küche ging, bevor er sich wieder Thorne zuwandte. »Wollte nur sagen, dass ich in ungefähr einer Stunde mit der Arbeit fertig bin, falls Sie später noch was trinken wollen. Ich fand unser Gespräch neulich abends sehr interessant.«

»Ich weiß nicht, wie lange wir bleiben werden«, warf Helen ein.

Shelley nickte. »Na, das Angebot besteht. Ich bin wahrscheinlich im Garten, sollten Sie noch einen Absacker nehmen, wenn das Lokal geschlossen hat.« Er nickte zur Bar. »Deswegen werden seine Gnaden mich schon nicht rauswerfen, nicht mit all den geklauten Whiskyflaschen, die sich unten im Keller stapeln.«

»Wichser«, murmelte Helen, als der Koch gegangen war.

»Nimmt sich auf jeden Fall sehr wichtig.«

»Ich hab ihn neulich mit dem Mädchen gesehen. Der Bedienung. Sie sind aus einem der Gebäude im Garten gekommen.«

»Er wohnt da«, sagte Thorne.

»Sie ist total jung.«

»Er ist selbst noch nicht so alt.«

»Hat sie wahrscheinlich ins Bett gekriegt, indem er ihr ein dämliches Gedicht geschrieben hat.« Helen sah angewidert drein. »Schau ihn dir an!«

Thorne drehte sich um und bemerkte, dass Shelley in der Tür stand und die Menge musterte wie ein König seine Untertanen. Er folgte dem Blick des Kochs und sah ein junges Mädchen, das gerade hereingekommen war und etwas nervös zur Bar trat. Sie war ungefähr achtzehn, das Haar zu einem festen Pferdeschwanz gebunden. Helen und Thorne schnappten von ihrem Tisch aus vereinzelte Gesprächsfetzen auf, als sie die Bar erreichte.

»Was möchtest du trinken, Rory?« Trevor Hare schien sich über ihren Anblick zu freuen. »Cola, stimmt's? Oder willst du mal über die Stränge schlagen? Kannst 'n Radler haben, wenn du willst. Ich werd's niemandem verraten.«

»Cola ist schon in Ordnung«, erwiderte das Mädchen.

Hare drückte auf den Getränkeautomat und erkundigte sich nach ihrem Großvater. Sie erklärte, dem gehe es gut. »Na ja, nicht wirklich, aber du weißt ja, wie es da ist. Einfach schrecklich.«

»Grüß ihn von mir, wenn du ihn besuchst«, sagte Hare.

Das Mädchen nippte eine Weile an ihrem Getränk und hob immer mal wieder den Kopf, um einen Blick zum Tisch von Helen und Thorne zu werfen.

»Kennst du sie?«, fragte Thorne.

»Hab sie noch nie zuvor gesehen«, antwortete Helen.

Als das Mädchen seine Cola ausgetrunken hatte, trat sie von der Bar weg und spazierte in ihre Richtung. Sie schien zur

Toilette zu wollen, schwenkte aber im letzten Moment um zu ihrem Tisch.

»Ich habe Ihr Bild in der Zeitung gesehen«, sagte sie.

»Aha«, sagte Helen.

»Sie sind eine Freundin von Linda Bates.«

Helen nickte.

»Kann ich mich setzen?«

Thorne stand auf, und das Mädchen quetschte sich zwischen die beiden. Sie war schlank, die Beine in der engen Jeans so dünn wie Streichhölzer. Darüber trug sie eine kurze silberfarbene Daunenjacke. So nah betrachtet war sie hübsch, wenngleich das starke Make-up mit aller Macht bestrebt zu sein schien, dem entgegenzuwirken. Aus der Entfernung wirkte sie etwas streng, ob beabsichtigt oder nicht.

»Das hier ist, ehrlich gesagt, ein ziemlicher Albtraum für mich«, sagte das Mädchen. »Ich meine, dass Sie eine Freundin seiner Frau sind. Aber ich hoffe, es bedeutet, dass Sie mir helfen werden.«

»Dir helfen? Inwiefern?«, fragte Helen.

»Zu beweisen, dass Steve niemanden umgebracht hat.«

Das Mädchen blickte zuerst Helen und dann Thorne an. Sie bemühte sich redlich, ihre Nervosität zu verbergen. »Wieso glaubst du das?«, fragte Thorne schließlich.

»Weil er in der Nacht, in der er angeblich Jessica Toms entführt haben soll, mit mir verabredet war. Ich war diejenige, die er in dem Pub getroffen hat.«

Helen blickte Thorne über das Mädchen hinweg an. Er nickte ihr verstohlen zu, froh darüber, Helen die Federführung in dem Gespräch überlassen zu können.

»Ihr beide wart zusammen, du und Steve?«, fragte Helen. »Meinst du das?«

Das Mädchen nickte. »Ja, dieses Gerede von einem Angebot oder was auch immer, das war alles Blödsinn. Er hatte die gleiche Entschuldigung schon ein paarmal vorher benutzt. Wir mussten uns natürlich irgendwo weiter außerhalb treffen.«

»Klar«, sagte Helen.

»Ich kann ihm also ein Alibi geben?«

»Sieht so aus.«

Daraufhin lächelte das Mädchen und atmete tief aus. »Was machen wir also jetzt? Sie müssen mir sagen, was ich zu tun habe.«

»Wir werden nichts überstürzen«, sagte Helen. Das Mädchen hätte durchaus achtzehn sein können, aber Thorne und Helen hatten das Gespräch an der Bar mitbekommen. Die Bemerkung des Wirts zu ihrer Getränkewahl. »Wie alt bist du?«

»Sechzehn«, antwortete das Mädchen. »Siebzehn, in ein paar … in sechs Monaten.«

»Und wie lange triffst du dich schon mit Steve?«

Das Mädchen lehnte sich zurück und schüttelte den Kopf. »Ich wusste, dass Sie mich das fragen würden.«

»Dann verstehst du ja den Grund.«

»Wir treffen uns schon eine Weile, aber es ist *nichts* passiert, bis ich sechzehn war, okay? Ich schwör's.«

»Schon gut.«

»Steve wollte das nicht. Er ist nicht so.«

»Kein Grund, sich aufzuregen«, meinte Helen beschwichtigend. »Wir müssen nur die Fakten klarstellen.«

Das Mädchen griff in ihre riesige Handtasche und zog eine Puderdose heraus. Sie prüfte ihr Gesicht und legte den Spiegel auf den Tisch. »Sie sind beide Polizisten, oder?«

»Ja, aber nicht von hier«, erklärte Helen.

»Kommen Sie mit mir mit?« Der Blick des Mädchens wanderte zu Thorne. »Wenn ich zur Polizei gehe?«

»Das halte ich für keine gute Idee«, erwiderte Thorne. Er sah sich um und erkannte die Gesichter einiger örtlicher Beamten, wenngleich keiner davon ihm viel Beachtung zu schenken schien. Trevor Hare und er nickten sich noch einmal zu, dann blickte er wieder zurück zu dem Mädchen. »Aber wir werden dir genau erklären, was du sagen sollst.«

»Versprochen? Ich mach mir nämlich vor Angst echt in die Hose.«

»Sag ihnen einfach die Wahrheit!«, erklärte Helen.

»Tu ich.«

»Ich weiß.«

»Wir werden dir beistehen, so gut wir können«, sagte Thorne. Er zog sein Handy heraus. »Wir tauschen jetzt erst mal unsere Nummern aus. Du kannst mich jederzeit anrufen, okay?«

Das Mädchen nahm ihr eigenes Handy aus der Tasche, offenbar erleichtert, etwas so Normales tun zu können. Ihre Finger flogen über die Tasten, während Thorne ihr seine Handynummer gab.

»Jetzt ruf mich an!«, sagte er. Als das Telefon klingelte, drückte er den Anruf weg. »Gut, ich hab deine Nummer. Wie heißt du?«

»Oje …«

»Trevor nannte dich Rory, oder?«

Sie verdrehte die Augen. »Kurz für Aurora.« Sie bemerkte Thornes überraschten Blick. »Den Namen hab ich meiner Mutter zu verdanken. Heißt wohl Morgendämmerung auf Lateinisch. Hat sie in irgendeinem Buch gelesen. Hätte schlimmer kommen können, denke ich. Sie hätte mich auch Dawn nennen können, Abenddämmerung.«

»Ist doch ein netter Name«, meinte Helen.

»Finden Sie?«

Thorne schaltete sich wieder ein. »Aurora …?«

»Harley«, sagte das Mädchen. »Wie das Motorrad.«

Thorne fügte den Namen seiner Kontaktliste hinzu. »Also, du musst zuerst zur Polizeileitstelle gehen. Sag Ihnen, dass du wichtige Informationen hast. Die werden sich dann um alles Weitere kümmern.«

»So einfach?«

»Erst mal, ja«, antwortete Thorne. Er betrachtete die kleinen Hände des Mädchens mit dem abgeblätterten rosa Nagellack, die nervös gegen den Rand des Tisches trommelten. »Hör mal, es ist sehr mutig von dir, dich zu melden.«

Das Mädchen zuckte mit den Achseln. »Musste ich doch, oder?«

»Hätten nicht alle gemacht.«

»Muss eben jeder selber entscheiden.«

»Trotzdem.«

»Ich liebe Steve und er mich.«

Thorne bemerkte Helens gequälten Gesichtsausdruck. Er vermutete, dass sie an Linda dachte. »Ich mein ja nur. Da ich den Ort hier kenne, könnte es sein, dass es am Schluss nicht ganz so einfach wird.«

»Ich weiß, wie die Leute hier sind.« Das Mädchen blickte sich um. »Es war schon schwer genug, nur hier rüberzukommen und mit Ihnen beiden zu reden. Ich sag's Ihnen, 'n bisschen Wodka in dieser Cola hätte mir echt gutgetan.«

»Wir sind auf deiner Seite. Stimmt's, Helen?« Er blickte sie an.

Helen schob ihren Stuhl zurück, um aufzustehen. »Entschuldigung …«

Sie sahen Helen schnell zur Tür laufen. »Ist sie Ihre Freundin?«, fragte das Mädchen.«

Thorne nickte.

»Na, dann wissen Sie ja Bescheid.«

»Worüber?«

»Wie es ist, wenn man jemanden gernhat.« Sie griff wieder nach der Puderdose, um ihr Make-up zu überprüfen. »Mut hat damit nichts zu tun.«

Helen kniete sich hastig vor die Toilettenschüssel und umfasste den Rand des Sitzes. Nur wenige Sekunden später würgte sie einmal, zweimal, und erbrach dann das Essen, worauf der Koch so stolz gewesen war. Dessen Geschmack auf dem Weg nach oben war nicht viel besser als vor ein paar Minuten auf dem Weg nach unten. Sie würgte weiter, und ihr Magen krampfte sich zusammen, bis es nichts mehr zum Erbrechen gab. Sie spuckte aus und wischte sich die klebrigen braunen Fäden ab. Dann rappelte sie sich wieder hoch.

Etwas zittrig spülte sie die Toilette, trat aus der Kabine und ging zu dem schmutzigen Waschbecken. Sie befeuchtete sich das Gesicht mit kaltem Wasser und fuhr sich mit der nassen Hand durchs Haar.

Sie sah nicht ganz so schlimm aus, wie sie sich fühlte.

Als sie ein paar Minuten später zur Bar zurückkehrte, bemerkte sie, dass Thorne und das Mädchen nicht mehr an dem Tisch saßen. Stattdessen entdeckte sie die zwei draußen vor dem Pub auf dem Bürgersteig.

»Wir müssen zu Linda«, sagte sie. »Jetzt.«

Thorne nickte.

Das Mädchen blickte auf ihre Füße.

Helen ging zu ihr hinüber und schlang die Arme um sie.

Selbst in ihrer dicken Jacke war sie immer noch zierlich. »Hab keine Angst«, sagte sie. Sie zog das Mädchen noch näher an sich und hielt sie fest. »Es gibt keinen Grund, Angst zu haben.«

56

»Sie lügt«, sagte Linda. »Was sonst. In Polesford wimmelt es nur von so kleinen Schlampen wie ihr.«

»Ich glaube nicht, dass sie eine ist.«

»Aha. Und woher willst du das wissen?«

»Ich hab mit ihr gesprochen«, sagte Helen. »Sie versucht lediglich, Steve zu helfen.«

»Ach ja?«

»So wie wir ... Tom und ich. Wir denken, wir können beweisen, dass er nicht der Täter ist. Zusammen mit ihrer Aussage ...«

»Ihre Aussage interessiert mich einen Dreck. Genauso wie ihre Hilfe!«

Sie standen in der Küche. Linda schien nicht sonderlich besorgt zu sein, dass man sie drüben hören konnte. Sie hatte im Bett gelegen, als Helen an der Tür geklingelt hatte. Der Polizist, der im Zimmer nebenan Fernsehen schaute und Helen hereingelassen hatte, hatte selbst einigermaßen bettreif gewirkt.

»Ich weiß, diese Neuigkeit ist für dich nicht gerade einfach zu verdauen«, erklärte Helen.

»Ja, deshalb bist du auch so 'ne gute Polizistin. Wegen deines Einfühlungsvermögens.« Linda zog den Gürtel ihres Bademantels fester und durchbohrte Helen mit einem Blick, bis diese die Lider senkte. »Auf wessen Seite stehst du eigentlich?«

»Das habe ich schon gesagt. Auf deiner und auf der von Steve.«

»Und wie, glaubst du, wird die Beziehung zwischen mir und Steve aussehen nach dieser Botschaft?«

»Ist es nicht wichtiger, dass dadurch seine Unschuld bewiesen wird?«

»Im Moment gerade: nein«, entgegnete Linda.

»Soll ich dir einen Tee machen?«

Linda starrte sie an und stieß ein kurzes Lachen aus. »Du machst Witze, oder?« Sie schob sich an Helen vorbei zum Kühlschrank und riss eine halbleere Weinflasche heraus. Dann griff sie in den Küchenschrank nach einem Glas. Sie goss sich ein und trank einen Schluck. »Kannst du nun beweisen, dass Steve nicht der Täter ist?«, fragte sie.

»Tom denkt schon.«

»Gut.«

»Es hängt alles von dem Todeszeitpunkt des Mädchens ab. Die Insekten auf der Leiche …«

Linda hob eine Hand, um Helen zum Schweigen zu bringen. Sie verspürte zweifellos keinen Bedarf nach weiteren Details, der Grund ihrer Frage war fundamentaler. »Warum also sollte jemand von diesem Mädchen erfahren?«

»Ein Alibi zu haben schadet nicht«, sagte Helen.

»*Dir* vielleicht nicht.«

In dem Moment begriff Helen, dass Linda diesen Schmerz kannte und nicht das erste Mal spät in der Nacht nach der Flasche griff, zerfressen vor Wut und Selbstmitleid, gegen diese »kleinen Schlampen« wetternd, von denen es in Polesford scheinbar nur »so wimmelte«.

Doch war sich Helen nahezu sicher, dass sie diesen Schmerz zum ersten Mal mit jemandem teilte.

»Ich sollte besser gehen und dich schlafen lassen«, sagte Helen.

»Schlafen? Glaubst du, das kann ich jetzt?«

»Tut mir leid.« Helen rang nach Worten, die nicht oberflächlich oder kläglich klangen. Die Wahrheit war jedoch, dass sie hier rauswollte. Raus aus dem Haus. Raus aus der Schusslinie. Jedes von Lindas höhnischen Worten ließ Schuld und Scham noch schwerer wiegen.

Helens Kehle brannte, und sie konnte immer noch das Erbrochene in ihrem Mund schmecken.

Der Polizist nebenan schaute Fußball. Ein kurzer Aufschrei ertönte, ein Tor oder ein schlimmes Foul.

»Ich komm mir so blöd vor«, sagte Linda.

Warum? Weil sie ihm vertraut hatte? Weil sie sich entschieden hatte zu glauben, er würde es nicht wieder tun?

»Was soll ich nur den Kindern sagen?«

»Keine Ahnung.«

»Wie soll ich Charli beibringen, dass Steve unschuldig ist, weil er mit einem Mädchen zusammen war, das jünger ist als sie?« Der Wein war leer, und dementsprechend schnell verflog auch Lindas Streitlust.

»Was kann ich machen?«

»Sag mir, wie sie aussieht«, antwortete Linda. Sie verschränkte die Arme und lächelte grimmig, als würde sie Helens Unbehagen genießen. »Ist sie hübsch?«

»Sie schminkt sich zu stark.«

Linda verdrehte die Augen. »Ist sie klein? Groß? Hat sie schöne feste Titten?«

Helen seufzte. »Was soll das bringen?«

»Kenne deinen Feind«, sagte Linda grimmig. »Das haben wir doch vor langer Zeit gelernt, nicht, Hel?« Sie zupfte beiläufig an einem losen Faden ihres Bademantels und zerrte ihn dann heraus. »Also, wie heißt sie?«

Wieder ertönte ein Aufschrei nebenan. Der Polizist fluchte in Richtung Fernseher.

»Weiß ich nicht«, antwortete Helen.

Wie sich herausstellte, brauchte selbst der engagierteste Gaffer manchmal Schlaf. Nur eine Gruppe Jugendlicher stand noch draußen, rauchte unter einer Straßenlampe und trank Cidre aus Dosen. Sie beachteten Helen nicht. Zwei uniformierte Polizisten unterhielten sich am Ende der Auffahrt.

»Wie ist es gelaufen?«, fragte Thorne, als sie losfuhren.

»Was glaubst du?«

Helen konnte nur hoffen, dass das Gespräch damit beendet war. Sie hatte keine Lust zu erzählen, wie unangenehm die Situation im Haus gewesen war. Für Linda *und* für sie. Sie wollte nicht darüber reden, warum manches ausgesprochen worden und anderes unausgesprochen geblieben war.

Der eigentliche Grund für die Lügen.

»Wird nicht einfach gewesen sein.«

»Nein«, sagte Helen.

Die Fahrt zu Paulas Haus dauerte zu so später Stunde nur fünf Minuten. Schweigend fuhren sie durch den verlassenen Ortskern. Lediglich ein paar Menschen mit Dönern in der Hand liefen auf der Straße herum. Sie hatten wahrscheinlich nach Feierabend irgendwo etwas getrunken oder wussten einfach nichts Besseres mit sich anzufangen.

Als die Straße kurz nach den letzten Geschäften schmaler wurde und die Beleuchtung aufhörte, schaltete Thorne das Fernlicht ein. Drei Teenager kamen ihnen zu Fuß auf dem Weg zur Ortsmitte entgegen. Sie hielten die Hände schützend gegen das grelle Licht vor die Augen und machten eindeutige Gesten.

»Unverschämte Mistkerle.«

»Dreh um!«, forderte Helen ihn auf.

»Wie denn?«

»Dann fahr rückwärts!«

»Was ist los?«

»Diese Jungs …«

Thorne begriff und schaltete den Rückwärtsgang ein. Glücklicherweise verlief die Straße gerade, und es war kein Verkehr. Innerhalb von dreißig Sekunden erreichten sie die Gruppe. Thorne trat auf die Bremse, und Helen stieg aus.

Der Junge mit dem dunkelblonden Haar grinste, als er Helen auf sich zukommen sah. Doch das Grinsen verging ihm, als er Thorne erblickte und dessen Gesichtsausdruck bemerkte. Der Asiate und sein Kumpel zogen sich hinter den blonden Jungen zurück, den größten von allen.

»Schlauer Zug«, sagte Thorne. »Jetzt seid ihr wohl nicht mehr so mutig, was?«

»Was willste?« Der blonde Junge zuckte mit den Achseln und drückte die Schultern durch.

»Ich will nicht lang rummachen.« Thorne trat dicht vor ihn. »Im Moment könnte ich dich allein schon wegen tätlichen Angriffs auf eine Polizeibeamtin drankriegen, aber ich denke, du bist nicht sonderlich erpicht auf ein Vorstrafenregister, nicht, wenn du diesen tollen Job in der Imbissbude kriegen willst.«

»Da steht ihr Wort gegen unseres«, entgegnete der Junge.

»Außerdem hab ich, ehrlich gesagt, keine Lust auf den ganzen Papierkram.«

Der Junge baute sich vor ihm auf. Die beiden anderen waren noch etwas weiter zurückgewichen.

»Also, du entschuldigst dich brav, ich kleb dir eine, und wir können die ganze Sache vergessen. Okay?«

»Lass mich mal!«, sagte Helen.

Der Junge hob schützend die Hände vors Gesicht, als Helen sich vor Thorne schob, und auf ihn losging. Aber es war nicht sein Gesicht, worauf sie zielte.

Ihr Knie traf ihn mit aller Wucht, und sie trat schnell zurück, damit der Junge zu Boden gehen konnte.

»Oh, Scheiße«, sagte der Asiate.«

Der Junge griff sich in den Schritt, fiel stöhnend und fluchend auf die Knie und rollte seitlich auf den Grünstreifen. Thorne ging zurück zum Wagen, während sich Helen über die gekrümmte Gestalt beugte und sie anspuckte.

57

Thorne wollte gerade nach Warwick aufbrechen, um Phil Hendricks abzuholen, als Aurora Harley anrief.

»Können wir uns treffen?«, fragte sie. »Ich bin zur Polizei gegangen, wie Sie's mir gesagt haben, aber die waren furchtbar. Ich weiß nicht, was ich machen soll.«

Helen wollte den Vormittag mit Paula verbringen. Sie sagte, sie würde erst zu Linda fahren, wenn diese von ihrem Gefängnisbesuch zurückkehrte, vorausgesetzt sie war dazu in der Lage und wollte sie sehen. Helen ging mit keinem Wort auf den Abend zuvor ein; weder auf ihren spätabendlichen Besuch bei Linda, um ihr von Aurora zu erzählen, noch auf den Vorfall mit den Jungs am Straßenrand.

Thorne hatte Helen noch nie so wütend erlebt und war noch immer von ihrem Gewaltausbruch schockiert. Ihre Augen waren völlig ausdruckslos gewesen, als sie dem Jungen den Tritt verpasst hatte. Zweifellos hatte er verdient, was er bekommen hatte, doch war in Thorne unwillkürlich der Verdacht aufgekeimt, dass er zusätzlich für etwas bezahlte, womit er nichts zu tun hatte.

Diese Wut hatte sich in Helen aufgestaut, seit sie wieder einen Fuß in ihre alte Heimatstadt gesetzt hatte.

Sie trafen sich vor der Abtei. Das Mädchen trug dieselbe dicke Jacke wie am Abend zuvor, für die es auf jeden Fall kalt genug war. Glücklicherweise hielt sich der Regen erneut zurück.

Thorne hatte die örtliche Zeitung durchgeblättert, bevor er Paulas Haus verlassen hatte. Das Hochwasser war weiter zurückgegangen, doch waren die betroffenen Gebiete noch nicht ganz über den Berg.

»Also, was ist passiert?«

Sie spazierten durch den Torbogen auf den Friedhof. Ein Paar stand an der Anschlagtafel, ein Mann schlenderte über einen der schmalen Wege und begutachtete die Grabsteine.

»Ich bin zur Polizeileitstelle gegangen, wie Sie's gesagt haben. Ein Polizist hat meine ganzen Daten aufgenommen. Heute Morgen haben sie mich dann in aller Herrgottsfrühe mit einem Wagen abgeholt und nach Nuneaton gebracht.« Sie schüttelte den Kopf. »Reine Zeitverschwendung. Ich hätte besser ausgeschlafen.«

»Warum?«

»Weil sie mir nicht geglaubt haben. Darum.«

»Haben sie das gesagt?«

»Mussten sie nicht. Der Typ schaute mich an, als wär ich fünf Jahre alt oder so. Ich war nur 'ne Viertelstunde da.«

»Wie hieß er?«

Sie zuckte mit den Achseln. »Irgend so ein Idiot mit einer dieser dämlichen E-Zigaretten. Hat sich dafür bedankt, dass ich gekommen bin, hat viel genickt und ein paar Fragen gestellt. Dann meinte er, sie würden sich melden. Ließ ziemlich deutlich durchblicken, dass meine Aussage nicht den geringsten Unterschied macht.«

Sie hatten den Teil des Friedhofs erreicht, den Thorne und Helen ein paar Tage zuvor besucht hatten. Thornes Blick wanderte über die Reihe von Grabsteinen und blieb an dem von Sandra Weeks hängen. Die Blumen, die Helen auf das Grab gelegt hatte, waren nirgends zu sehen.

»Welche Fragen hat er dir gestellt?«

»Wollte was über den Pub wissen«, antwortete Aurora. »Über die Nacht, in der ich Steve getroffen habe. Welches Fußballspiel im Fernsehen lief.«

»Hast du's ihm sagen können?«

»Ich hab überhaupt keine Ahnung von Fußball. Außerdem waren wir nicht lange dort. Wir haben uns nur da getroffen, mehr nicht. Nachdem wir was getrunken hatten, sind wir zum Auto und weggefahren. Wir hatten was Besseres vor.«

»Natürlich.«

Sie sah ihn an, ein Lächeln umspielte ihre Lippen. Sie hatte sich für ihren frühmorgendlichen Besuch auf dem Polizeirevier offensichtlich Mühe gegeben und fast genauso viel Make-up aufgetragen wie am Abend zuvor. »Wir hatten Sex in Steves Auto.«

»Hab ich schon verstanden.«

Sie blieben am Eingang der Abtei stehen und blickten nach oben. Die Wasserspeier grinsten anzüglich und streckten ihre Zungen heraus. Es war fast windstill, und die Flagge über den Türmen hing schlaff an ihrem Mast.

»Wollen Sie rein?«

»Wenn du willst.«

Sie nickte. »Ich frier mir den Hintern ab.«

Drinnen war es noch kälter und stiller. Ihre Schritte hallten unnatürlich laut auf dem Steinboden, woraufhin sie die Stimmen unwillkürlich zu einem Flüstern senkten. Der Mann, den Thorne draußen bemerkt hatte, stand am anderen Ende der Kirche, wo die Stufen zu einem Hochaltar führten. Er beugte sich vor, um eine Inschrift auf dem Taufbecken zu lesen.

»Glauben Sie an das hier?«, fragte Aurora.

Thorne schüttelte den Kopf.

»Ich auch nicht. Völliger Stuss. Ist nur dazu da, den Leuten ein besseres Gefühl zu geben, wenn's mal wieder scheiße läuft. Wie so 'ne Art Krücke.«

»Für manche Menschen ist es wohl auch so, denke ich.«

»Trotzdem schön hier.« Sie machte einen Schritt nach vorne und blickte hoch zu den bunten Kirchenfenstern, in deren Lichtstrahlen Staubpartikel herumwirbelten. »Friedlich.«

»Bist du noch nie hier drin gewesen?«

»Waren Sie schon mal im Tower of London? Oder im Buckingham Palace?«

»Nicht mehr seit meiner Kindheit.«

»Sehen Sie! Was vor der eigenen Haustür liegt, weiß man einfach nicht zu schätzen.« Sie wanderte an den hölzernen Kirchenbänken vorbei und blieb vor einem normannischen Grab stehen; ein Ritter, in Stein gehauen, die Arme verschränkt über dem Schwert vor seiner Brust. Sie wartete, bis Thorne sie erreicht hatte. »Also, was mach ich jetzt?«, fragte sie.

»Du könntest mit einem anderen Polizisten reden.«

Sie schüttelte den Kopf. »Hab ich schon. Ich will, dass die Menschen Bescheid wissen. Die ganze Stadt redet von ihm, als wäre er ein Monster, ein Pädo oder so. Das ist er aber nicht, und ich will, dass sie es alle wissen.«

Thorne wartete, bis der Mann, der vorne am Taufbecken gestanden hatte, an ihnen vorbei zurück zum Eingang gegangen war. »Es wimmelt hier gerade nur so von Reportern. Ich bin mir sicher, dass die an deiner Geschichte interessiert sind. Wahrscheinlich gibt es auch ordentlich Kohle dafür.«

»Wie viel?«

»Eine ganze Menge, denke ich.«

Das schien dem Mädchen zu gefallen.

»Hast du Arbeit?«

Sie sah ihn an, als hätte er sie nicht mehr alle. »Ich geh noch zur Schule und mache gerade meinen Abschluss in Englisch, Französisch und Schauspiel.«

»Und, hast du schon einen Plan für danach?«, fragte Thorne.

»Ich will so schnell wie möglich von hier weg«, antwortete sie. »Vielleicht nach Birmingham oder so.«

»Was ist mit einem Job?«

»Lieber arbeite ich dort bei Burger King, als hier in irgendeinem vernünftigen Job festzustecken.« Sie lächelte. »Steve hat gesagt, er kommt mit.«

»Was ist mit einem Studium?«

Sie schob die Hände in die Taschen. »Steve meinte, das wär Zeitverschwendung. Wir möchten zusammenziehen, Spaß miteinander haben.«

Thorne schwieg. Er hatte Stephen Bates noch nie gesehen, vermutete aber, dass er zu jenem Typ Mann gehörte, der alles sagte, um Mädels wie Aurora Harley ins Bett zu kriegen. Der aufgeblasene Koch war auch so jemand, der seinen Schwanz nicht in der Hose behalten konnte und die Mädchen mit seinem dummen Gelaber und den Büchern bezirzte.

Er sah, wie sie mit einer Hand über die Statue fuhr. Ihre Finger glitten über die weichen Konturen des Sandsteins. Sie schien nicht zu jener Sorte Mädchen zu gehören, die sich ohne triftigen Grund von Leuten wie Shelley oder Steve Bates beeindrucken ließen. Vielleicht besaß sie einfach nur keine gute Menschenkenntnis. Möglicherweise war sie in allen anderen Bereichen schlau, nur nicht da, wo es wirklich drauf ankam.

»Sie finden also, ich sollte mit einem dieser Journalisten reden?«

»Liegt ganz bei dir«, antwortete Thorne. »Hauptsache, du

vergisst nicht, dass Reporter die Dinge ganz schön verdrehen können.«

Er erntete mit seinem Einwand nur ein Achselzucken. »Nicht mehr als jeder andere hier auch.« Sie zog eine Zigarettenpackung aus der Jackentasche, und die beiden schlenderten zurück zur Tür. »War das bei dem so, was über Sie in der Zeitung stand?«

»Ja, teilweise«, erwiderte Thorne.

Sie spielte beim Gehen mit dem Feuerzeug. »Auf mich machen Sie einen anständigen Eindruck.«

Furchtbare Menschenkenntnis, dachte Thorne.

58

Die Menschen um sie herum waren nicht gerade ein Ausbund an Fröhlichkeit, dachte Linda. Überhaupt schien der gesamte Ablauf darauf ausgelegt, eine bereits miese Laune noch mieser werden zu lassen. Den Anfang bildete die Schlange, in der sie standen, um in den ersten Empfangsbereich zu gelangen; dann wurde man auf einen Stuhl verfrachtet und angestarrt. Keiner hatte es eilig damit, einem zu helfen, egal wie höflich man war. Die Beamten hatten es offenbar selbst nicht mit der Höflichkeit, insbesondere die weiblichen. Man wurde fotografiert, und mit dem x-ten Formular, das man ausgefüllt hatte, ging irgendwann der eigene Lebenswille flöten. Dabei standen einem zu dem Zeitpunkt noch die Metalldetektoren und die Leibesvisitation bevor, bei der diese Arschgeigen grimmige Mienen zogen und sämtliche persönlichen Gegenstände einbehielten. Als könnte das Handy jederzeit explodieren oder als wäre in den Zigaretten Heroin oder sonst was.

Ging es bei einem Gefängniss nicht eher darum, Leute *drinnen* zu halten als draußen?

Linda verstand die Notwendigkeit der Maßnahmen, sie war nicht dumm, aber durch die Art und Weise, wie sie behandelt wurde, kam sie sich schmuddelig und unerwünscht vor. Als wäre man, wenn man einen Gefangenen besuchte selbst nur noch einen Tick davon entfernt, zum sozialen Abschaum zu gehören. Sie versuchte sich einzureden, dass sie sich daran gewöhnen musste. Das Ganze vermittelte ihr das gleiche Gefühl wie die Polizei, seit sie das erste Mal an ihre Tür geklopft hatte. Vielleicht war sie naiv gewesen zu denken, es würde hier anders sein.

Sie wussten schließlich, wer sie war, nicht?

Der Besuchsbereich war kleiner, als sie erwartet hatte. Ein PVC-Boden und vier oder fünf Tische und Stühle. Vielleicht gab es noch einen weiteren Bereich für die normalen Häftlinge. Diejenigen, die nicht in Untersuchungshaft saßen oder gefährdet waren. In einer Ecke stand ein Automat, neben dem ein Gefängniswärter mit einer Zeitschrift saß. Als Linda hereinkam und sich setzte, befanden sich in dem Raum mehr Wärter als Gefangene. Häftlinge waren nur zwei da. Einer war ein Mann Anfang zwanzig und saß einer Frau gegenüber, die wahrscheinlich seine Mutter war. Der andere war viel älter, vielleicht siebzig. Linda wusste, dass alle möglichen Leute in dem Trakt für gefährdete Häftlinge untergebracht waren, nicht nur Sexualstraftäter. Ehemalige Polizisten, Anwälte, was auch immer. Als sie die beiden musterte, stieg unwillkürlich die Frage in ihr auf, weshalb sie im Gefängnis waren.

War der alte Mann ein Richter oder ein Kinderficker? Vielleicht beides. Ihrer Meinung nach gab es viel zu viele Kinderschänder, die mit einer viel zu geringen Strafe davonkamen im Vergleich zu Leuten, die zum Beispiel bei einem Krawall irgendwas klauten.

Als Steve hereingeführt wurde, spürte sie, wie ihr Herz zu rasen begann.

Es war die gleiche Aufgeregtheit wie damals bei ihrer ersten Begegnung, doch verflog sie diesmal schnell. Damals war sie mit einer Freundin in diesem Pub in Dorden gewesen, um so richtig einen draufzumachen. Er und sein Kumpel hatten ihnen den ganzen Abend die Getränke spendiert und mächtig Gas gegeben. Er war witzig und sehr selbstbewusst gewesen, das Hemd weit aufgeknöpft. Einfach das, was sie brauchte.

Heute trug er eine graue Trainingshose und ein Sweatshirt mit einem Gefängnishemd darüber. Rot für die gefährdeten Häftlinge. Er sah noch dünner und blasser aus als im Gericht. Sein Haar war durcheinander.

Er setzte sich und lächelte. »Hallo, Traumfrau«, begrüßte er sie.

Als Linda mit Helen über den Besuch gesprochen hatte, war das genau jener Moment gewesen, den sie sich vorgestellt hatte. Hände, die über den Tisch griffen, gedrückt und gestreichelt wurden.

Er konnte froh sein, dass die Vorschriften es nicht zuließen. Vielleicht hätte sie ihm sonst ein Auge ausgestochen.

»Wie geht's den Kindern?«, fragte er.

»Ganz gut.«

Er nickte. »Hör mal, es tut mir leid wegen neulich. Ich weiß nicht, was ich mir dabei gedacht habe. Man hat mir gesagt, dass du im Krankenhaus warst.«

Linda bemerkte den ausgefransten Rand des Verbands, der unter dem Ärmel des Sweatshirts hervorlugte. »Du musst dich schrecklich gefühlt haben«, sagte sie.

»Ich war völlig durcheinander«, sagte er. »Du kannst dir nicht vorstellen, wie's hier drinnen ist.«

»Schlimm, was?«

»Schlimmer, als ich's mir je hätte vorstellen können. Das Schlimmste aber ist die Sehnsucht nach dir und den Kindern.«

»Ich weiß.«

Er lehnte sich zurück. »Entschuldigung, mein Schatz. Du bist nicht hierhergekommen, um mich jammern zu hören.« Er lächelte; das gleiche Lächeln wie an jenem Abend im Pub in Dorden. *Angeblich soll eine Frau, wenn sie abends ausgeht, immer eine Freundin dabeihaben, die nicht ganz so hübsch ist wie sie. Ist aber offensichtlich völliger Blödsinn, denn mein Kumpel und ich starren euch den ganzen Abend schon an, und wir können uns nicht entscheiden,* wer *die größere Sahneschnitte von euch beiden ist.* »Allerdings bin ich sehr froh, dass du gekommen bist. Letzte Nacht konnte ich gar nicht richtig schlafen vor lauter Vorfreude.«

»Erzähl mir von dem Mädchen!«, sagte Linda.

Sein Gesichtsausdruck war schwer zu deuten. Betroffenheit, Wut. Und so etwas wie echte Enttäuschung, als er endlich sprach. »Herrgott noch mal, ich dachte, wenigstens du würdest glauben, dass ich nichts verbrochen habe. Wie kannst du nur denken, dass ich so was mache? Du kennst mich doch besser als alle anderen.«

»Ich meine nicht das Mädchen, von dem sie glauben, dass du sie umgebracht hast. Ich meine das Mädchen, von dem ich weiß, dass du sie gevögelt hast. Die Sechzehnjährige?« Sie sah, wie sein Gesichtsausdruck sich erneut änderte. Der Adamsapfel wanderte auf und ab, und sie fragte sich, ob er seinen lockeren Plauderton gleich mit verschluckt hatte. Er blinzelte hektisch, und sie konnte fast hören, wie es in seinem Kopf ratterte, als er nach den richtigen Worten suchte, die ihm vielleicht aus der Bredouille helfen könnten. »Deshalb konntest du mir wohl im Gerichtssaal nicht in die Augen sehen, was? Wenn Schuld so aussieht, dann schau das nächste Mal besser nicht so drein, wenn du wieder auf der Anklagebank sitzt.«

»Ich hab sie nur ein paarmal getroffen«, verteidigte er sich. »Mehr nicht.«

»Lüg mich nicht an!« Sie beugte sich vor, gerade genug, um ihn daran zu erinnern, wozu sie fähig war, »Berührungsverbot« hin oder her. »Versuch's nicht mal!«

»Wirklich, ich schwör's.«

»Was genau ist dir durch den Kopf gegangen, als du sie ›getroffen‹ hast?«

»Bitte, Schatz …«

»Das Gleiche wie beim letzten Mal oder bei dem Mal davor? Nur dass sie nicht ganz so jung waren wie die hier, was? Die mussten keine Hausaufgaben mehr machen, soweit ich mich erinnern kann. Hast du gedacht: *Schau nur, ich hab's immer noch drauf?* Der arme alte Trottel, der sich sonst immer vor den Computer einen runterholen muss. Aber jetzt … Mann, wen kann ich wohl noch alles abschleppen? Hast du dich toll dabei gefühlt, wieder wie einundzwanzig, wenn du hochgeschaut hast und das Mädel auf dir rumgeturnt ist? Hast du dich daran hochgezogen, wie viel geiler ihr knackiger Arsch und ihre Titten doch sind? Viel geiler als das, was du zu Hause hast und womit du dich rumschlagen musst?« Sie schüttelte den Kopf und starrte kurz vor sich hin, genoss die Situation beinahe. »Nein, bestimmt nicht. Denn das Einzige, was ich sicher weiß, ist, dass du nicht an mich gedacht hast. Keine Sekunde. Weder an mich noch an meine Kinder hast du gedacht, als du gelogen und dich weggeschlichen hast, um die kleine Schlampe zu vögeln.«

Sie lehnte sich zurück und sah sich um. Der Gefängniswärter neben dem Automat senkte schnell den Blick auf seine Zeitschrift. Die Frau, die den jüngeren der beiden Häftlinge besuchte, wandte sich dem jungen Mann wieder zu.

»Ich … weiß nicht, was ich sagen soll«, murmelte Steve.

Linda erging es ähnlich. Sie hätte ihm zum Beispiel erzählen können, dass das junge Mädchen, über das sie gerade gesprochen hatten, entschlossen war, ihm ein Alibi zu geben. Sie hätte erwähnen können, dass ein Pärchen aus London, beides hochrangige Polizeibeamte, ihn für unschuldig hielten und gemeinsam mit einem Rechtsmediziner eifrig daran arbeiteten, das zu beweisen.

Doch fürs Erste entschied sie sich, diese kleinen Details für sich zu behalten.

59

Sie drangen gar nicht bis zu Cornishs Büro vor. Nachdem sie mit einem Polizisten am Empfang gesprochen hatten, kam er herbeigeeilt, um sie zu begrüßen. Dann führte er sie in einen Raum, der im Grunde genommen ein Wartezimmer war und direkt neben dem Haupteingang lag. Er wirkte ziemlich fröhlich und paffte vergnügt an seiner E-Zigarette, während er sprach. Als freute er sich über eine Unterbrechung der richtigen Polizeiarbeit.

»Aurora Harley war heute Morgen bei Ihnen«, begann Thorne.

»Ja, sie hat mir erzählt, dass sie mit Ihnen gesprochen hat.« Cornish sah auf seine Uhr. Es war kurz nach halb zwölf. »Sie verschwenden aber nicht viel Zeit, was?«

»Sie meinte, Sie hätten sie nicht ernst genommen.«

Cornish schüttelte den Kopf. »Stimmt nicht. Bloß, Jugendliche übertreiben schon mal gern, finden Sie nicht auch?« Er saß auf einem Plastikstuhl und zog einen zweiten mit dem Fuß heran, sodass er die Füße hochlegen konnte. »Hören Sie, ich habe genau das gemacht, was jeder andere machen würde. Auch Sie, da bin ich mir sicher. Das Mädchen wurde verhört und ihre Aussage aufgenommen. Wir leiten gerade alles weiter an die Staatsanwaltschaft, aber den Fall rollen wir deshalb, ehrlich gesagt, nicht neu auf. Ihre Angaben werden den Fokus unserer Ermittlungen und der bevorstehenden Anklage nicht verändern.« Er zog wieder an seiner E-Zigarette und summte vergnügt vor sich hin, während die Spitze blau aufleuchtete. »Sie wissen schon, dass man die in unterschiedlichen Geschmäckern bekommen kann, oder?« Er hielt die E-Zigarette hoch. »Das hier ist Cappuccino. So hat man gleichzeitig eine Kippe und eine Tasse Kaffee.«

»Warum verändert sich dadurch nichts?«

»Wie bitte?«

»Durch ihre Angaben.«

»Zunächst mal war sie völlig durcheinander«, erklärte Cornish. »Sie war nicht in der Lage, uns echte Details zu liefern. Sie konnte sich auch nicht dran erinnern, was an dem Abend im Fernsehen lief. Ihr fiel noch nicht mal der Name des Pubs ein.«

»Ich war vor ein paar Tagen ebenfalls dort«, sagte Thorne. »Zum Mittagessen. Ich könnte Ihnen auch nicht sagen, wie der Laden hieß, aber ich bin mir sicher, Sie würden mich deshalb nicht als Lügner bezeichnen.«

»Hören Sie, ich bin durchaus bereit zu glauben, dass Bates 'ne Nummer mit ihr geschoben hat. Aber wenn dem so sein sollte, dann würde sie alles sagen, um ihm aus der Patsche zu helfen, oder?«

»Nein, das glaube ich nicht.«

»Wollen Sie mir etwa weismachen, dass Sie das Alibi einer Person aus dem direkten Umfeld des Verdächtigen noch nie infrage gestellt haben? Die sind meistens nicht besser als Gefängnisbeichten.«

»Warum hat sie sich dann nicht sofort gemeldet?«

»Weiß der Geier.« Er lächelte, klopfte sich mit dem Ende der E-Zigarette gegen seine Zähne. »Vielleicht war sie mit irgendwelchen Prüfungen beschäftigt.«

»Ich denke, es hat deshalb so lange gedauert, weil sie all ihren Mut zusammenkratzen musste«, sagte Thorne. »Und den hat sie wirklich gebraucht.«

»Oh, ich bin durchaus dankbar, dass sie sich gemeldet hat.«

Thorne musterte ihn skeptisch.

»Ich meine, das bestätigt doch, dass Bates auf junge Mädchen steht, oder? Wenn überhaupt, dann erhärtet sich der Verdacht gegen ihn auf die Art doch nur noch mehr, deshalb denke ich, sollte ich Ihnen danken, dass Sie sie zu uns geschickt haben.«

Hendricks hatte bisher dagesessen, auf sein Handy geschaut und geschwiegen, als würde er dem Gespräch nur wenig Beachtung schenken. Jetzt aber schaltete er sich ein. »Nur damit Sie Bescheid wissen, wir werden nicht viel Aufhebens machen, wenn wir beweisen werden, dass Bates Jessica nicht umgebracht und auch niemanden entführt hat. Genauso wenig werden wir uns noch einmal hierherbemühen, um Ihnen zu erklären, welchen Mist sie bei den Ermittlungen gebaut haben. Das überlassen wir gern jemand anderem. Denn Sie sind der Polizist, der alles verbockt hat und dessen Visage dick und fett auf der Titelseite der Zeitung prangen wird. Dem die Prozesse nur so um die Ohren fliegen werden. Okay?« Er lächelte.

Cornish blinzelte. Bei dem Schlagabtausch mit Thorne hatte er sich offensichtlich auf sicherem Terrain gefühlt, doch Hendricks schien ihn kurz aus der Fassung zu bringen. Vielleicht lag es an seiner Art, an seinem bedrohlichen Erscheinungsbild oder an dem trügerisch netten Lächeln. »Beweisen? Wie?«, sagte er.

»Wer immer Jessica Toms umgebracht hat, hat den Todeszeitpunkt verschleiert«, antwortete Hendricks. »Er hat die Insekten in die Leiche eingebracht, um den Anschein zu erwecken, schon länger tot zu sein, als sie es tatsächlich war. Damit alle annehmen, dass Bates sie sofort nach ihrer Entführung umgebracht hat.« Cornish hob eine Hand, um etwas einzuwerfen, doch Hendricks schenkte ihm keine Beachtung. »Deshalb war die Leiche teilweise verbrannt. Gerade so viel, dass sich die Haut öffnete und den Käfern Nahrung lieferte. Alles nur, um es aussehen zu lassen, als wäre Bates der Mörder. Und *genau so* wird es auch aussehen, wenn er das nächste Mädchen umbringt.«

Cornish schüttelte den Kopf, als wäre diese Argumentation derart absurd, dass er sie einfach nicht stehen lassen konnte. »Wir alle wissen, dass Poppy Johnston tot ist.«

»Ach ja? Und warum haben Sie sie dann noch nicht gefunden?« Thorne sparte es sich, auf eine Antwort zu warten. »Aus dem gleichen Grund, weshalb auch Jessica erst dann aufgetaucht ist, als der Mann, der sie umgebracht hat, es wollte: Weil Poppy nicht da ist, um gefunden zu werden. Noch nicht.«

»Und wenn, dann krabbeln laut Ihrer Theorie Käfer in ihrer Leiche herum, die von woandersher stammen.«

»Das können wir vielleicht verhindern«, sagte Thorne. »Wenn Sie aufhören, sich wie ein Klugscheißer aufzuführen und sich anhören, was wir Ihnen zu sagen haben.«

Cornish nahm einen Zug, stieß den nach Kaffee schmeckenden Dampf aus und überlegte. »Woher stammten all diese belastenden Insekten?«

Thorne blickte Hendricks an. *Willst du es ihm erzählen, oder soll ich?*

Hendricks übernahm das.

Danach nickte Cornish. »Ich glaube, ich habe jetzt alles gehört.«

»Wie Sie sehen, ist alles ganz einfach zu beweisen. Diesen Käfern muss nur Schweine-DNA entnommen werden.«

»Aha. Und wer erledigt das für Sie?«

»Ich habe ein oder zwei Kontakte«, antwortete Hendricks. Er und Thorne hatten auf der Fahrt zu Cornish darüber gesprochen. Sollte er sich ihrer Theorie anschließen, würden sie ihm sofort alles übergeben und Liam Southworths Arbeit entsprechend offiziell machen, so wie er es sich wünschte. Falls nicht, würden sie nichts sagen und Cornish glauben lassen, Hendricks hätte ein vollständig ausgerüstetes mobiles DNA-Gerät dabei, das irgendwo auf einem Rastplatz stand.

Cornish steckte die E-Zigarette in die Brusttasche und schwang seine Beine zu Boden. »Gehen wir mal für einen kurzen Moment davon aus, dass Ihre Theorie stimmt, und es ist alles tatsächlich so passiert … das tote Schwein, die Käfer, mit denen die Leiche von Jessica Toms präpariert wurde … Dann verstehe ich immer noch nicht, warum Bates es nicht gewesen sein könnte.«

»Wie bitte?« Diese Aussage traf Thorne völlig unvorbereitet.

»Ja: warum nicht?«

»Nennen Sie mir einen triftigen Grund, warum er irgendwas davon hätte tun sollen.«

»Muss ich nicht«, erwiderte Cornish. »Wir reden hier über jemanden, der junge Mädchen entführt, irgendwelche entsetzlichen Dinge mit ihnen anstellt, sie anschließend umbringt und dann die Leichen wegwirft. Das sind keine normalen Menschen, und das wissen Sie genauso gut wie ich, Tom.« Die Worte schwebten ein paar Sekunden im Raum, während er aufstand. »Sie machen nichts aus ›triftigem Grund‹.«

»Selbst Sie müssen erkennen, wie armselig das klingt«, sagte Thorne. »Wie abgedroschen.«

Cornish schüttelte den Kopf. »Diese Leute sind krank im Kopf, und sollte je der Tag kommen, an dem ich beginne, ihre Taten zu verstehen, sehe ich mich nach einem neuen Job um.«

Jetzt erhob sich auch Thorne und baute sich zwischen Cornish und der Tür auf.

»Führen Sie sich nicht auf wie ein Vollidiot!« Cornish seufzte, richtete sein Jackett und blickte von Thorne hinüber zu Hendricks. »Zuerst tauchen *Sie* hier auf, dann auch noch Ihr tätowierter Freund … ganz ehrlich, es kommt mir vor, als hätten wir einen verdammten Zirkus in der Stadt. Clowns und Freaks. Wir hier in der Gegend sind nichts weiter als ganz normale Polizisten, die einen anständigen Job machen wollen. Und egal, wie Sie darüber denken, für uns bedeutet das, wir versuchen zu beweisen, dass jemand unschuldig oder schuldig ist. Ob's Ihnen nun passt oder nicht, dieses Mal haben wir unsere Arbeit anständig gemacht.« Er starrte Thorne an und wartete, dass sich dieser bewegte.

Hendricks eilte zu ihnen herüber, legte Thorne eine Hand auf die Schulter und lächelte breit. »Also, ich hab ein dickes Fell«, bemerkte er. »Das dicke Fell eines Freaks, deshalb fühle ich mich nicht so schnell beleidigt. Doch mein Freund hier … na ja, ich mache Ihnen besser mal den Weg frei, bevor er Ihnen mit seinen großen Clownsschuhen einen Tritt verpasst, was?«

Thorne wich zur Seite und beobachtete Cornish, der zügig an ihm vorbei zur Tür schritt. »Nein«, stellte er fest, »Sie haben Ihren Job nicht anständig gemacht.«

Hendricks bat Thorne, ihn zurück nach Polesford zu bringen, damit er seine Sachen bei Paula einsammeln, das Auto holen und schnurstracks wieder zurück nach Warwick zu Liam Southworths Wohnung fahren konnte.

»Er hat mir einen Schlüssel gegeben«, erzählte ihm Hendricks strahlend. »Ich meine, wahrscheinlich ist es sowieso das Beste, vor Ort zu sein, wenn sein Kollegin im Labor sich bei uns meldet. Außerdem hat er einen riesigen Flachbildschirm …«

»Glaubst du, wir haben ihn aus dem Konzept gebracht?«, fragte Thorne, während sie auf der M42 in zähfließendem Verkehr vorwärtskrochen.

»Cornish? O ja, ich denke schon.« Hendricks blickte zu Thorne und sah dessen Gesichtsausdruck. »Du *wolltest*, dass er uns rauswirft, nicht?«

»Wir haben bessere Arbeit geleistet als er bisher, oder?«

»Zumindest nicht schlecht für einen Clown und einen Freak«, meinte Hendricks.

»Vergiss nicht, einen Freak mit einem dicken Fell.« Thorne schaute seinen Freund an und lächelte. Er wusste besser als jeder andere, wie dünn dieses aufwändig verzierte Fell wirklich war. »Was hättest du am liebsten mit ihm angestellt?«

»Ihm diese dämliche Möchtegernkippe in den Arsch geschoben.« Hendricks blickte ein paar Sekunden aus dem Fenster und wandte sich dann wieder Thorne zu. »Mit diesem Gerede über Menschen, die nicht ›normal‹ sind, und dass du darüber genauso Bescheid weißt wie er, damit spielte er auf Bardsey Island an, oder?«

»Er hat das Thema bei unserer ersten Begegnung angeschnitten«, antwortete Thorne. »Wollte mir zeigen, dass er seine Hausaufgaben gemacht hat.«

Hendricks nickte. »Das wird ihn noch teuer zu stehen kommen.«

Thorne grinste, doch hatte er keine Ahnung, was DI Tim Cornish mit der Information anfangen würde, die sie ihm gegeben hatten. Wie lange er warten würde, bevor er versuchte, entweder die Zügel an sich zu reißen oder sie beide mundtot zu machen. Thorne konnte nur hoffen, dass sie in der Zeit, die ihnen noch blieb, das bekommen würden, was sie brauchten.

Hendricks begann leise zu singen, eine verhunzte Version von »Send in the Clowns«. Dabei kämpften sie sich zentimeterweise im Verkehr voran und warteten darauf, dass der Stau sich auflöste.

60

»Die Kinder haben ewig an diesen Briefen für Steve gesessen«, sagte Linda.

»Was hast du mit ihnen gemacht?«

»Sie im Schlafzimmer in eine Schublade gesteckt.«

Sie saßen in ihren Mänteln in dem kleinen Garten hinterm Haus. Linda hatte Kaffee gekocht, wenngleich Helen die Fahne an ihr trotzdem gerochen hatte, als sie hereingekommen war. Charli und Danny waren oben. Die Polizisten der Nachmittagsschicht hingen gelangweilt herum oder saßen vor dem Fernseher im Wohnzimmer. Carson war in der Küche und versuchte so zu tun, als würde sie die beiden nicht durchs Fenster beobachten. Sie war das erste Mal seit ein paar Tagen wieder im Haus, und Helen fragte sich allmählich, ob der Vorfall in Dannys Schule ein Nachspiel gehabt hatte. Die DC war freundlicher als vorher, vermutlich weil sie befürchtete, dass eine Beschwerde wegen des Angriffs auf Danny – sofern es denn eine gab – wahrscheinlich von Helen kommen würde.

»Ich behaupte nicht, dass das Schlimmste seine Lügen waren.« Linda zog einen Keks aus der Packung auf dem Tisch und tauchte ihn in den Kaffee. »Das Herumvögeln war viel schlimmer. Es dann aber noch abzustreiten, war die Krönung. Als ob er mir nicht nur untreu wäre, sondern mich auch noch für blöd verkaufen könnte.«

»Wie lief das Gespräch, nachdem er's zugegeben hatte?«

»Ich hab ihm eigentlich keine Chance gelassen, irgendwas zu sagen, sondern ihm nur erklärt, was ich von ihm halte.« Sie versuchte zufrieden mit sich auszusehen.

»Und das ist?« Helen musterte sie.

»Dass er mein Leben und das der Kinder zerstört hat, und ich ihm das nicht verzeihen kann.« Sie bemerkte Helens Reaktion. »Was ist?«

»Das ist schon mal vorgekommen, was?«

Linda nahm ihren Becher und umfasste ihn. »Ja, es hat mehrere Ausrutscher gegeben. Da war immer Alkohol im Spiel.«

»Aber ihr seid zusammengeblieben.«

»Es war nicht das Gleiche«, entgegnete Linda.

»Und was ist dieses Mal anders?«

»Sie ist sechzehn.« Linda schüttelte den Kopf, als läge der Grund auf der Hand. »Was denkst du, wie ich mich fühle?«

»Beschissen«, sagte Helen.

»Nutzlos. Wenn die Kinder in ein paar Jahren aus dem Haus sind und ich weder sie noch einen Kerl habe, dann wird mein Leben *völlig* sinnlos.« Sie starrte auf den Zaun. »Herrgott noch mal, sechzehn. Okay, er will was Jüngeres … Knackigeres. Ist ja nicht so, als würde ich das nicht verstehen. Aber wenn sie noch zur Schule geht, fängst du schon an, dir Fragen zu stellen, die du dir an sich nicht stellen möchtest, verstehst du?«

Helen nickte.

»Ich hasse ihn dafür. Für diese … Gedanken. Genauso wie ich ihn dafür hasse, dass er es überhaupt gemacht hat.«

Helen nickte wieder und lächelte, um Linda zu signalisieren, dass ihre Worte jetzt nicht ganz ernst gemeint waren. »Dann hast du's dieses Mal also nicht besonders eilig, ihn wieder in den Schoß der Familie aufzunehmen.«

Linda wirkte verwirrt. »Das ist eigentlich kein Thema, oder? Er wird ja ins Gefängnis wandern.«

»Stimmt«, sagte Helen. »Ich meine nur … falls nicht.«

»Ich denke, darüber muss ich mir nicht den Kopf zerbrechen, was?«

Helen blickte zurück zur Küche und bemerkte, dass Sophie Carson sich genau in dem Moment wegdrehte. Als hätte sie nur nach dem Wetter gesehen. »Wirst du's den Kindern erzählen?«

»Das von ihm und der kleinen Schlampe?« Sie schüttelte den Kopf. »Warum sollte ich sie damit belasten? Er wird ins Gefängnis gehen, und sie sehen ihn wahrscheinlich nie wieder, oder? Natürlich kann es sein, dass sie ihn besuchen wollen, aber dann werde ich ihnen einfach sagen, dass er das nicht will.«

Ihre Worte klangen nach gespielter Tapferkeit, fand Helen. Darin hatte Linda großes Können entwickelt. »Wahrscheinlich vernünftig«, sagte sie.

Linda nippte an ihrem Kaffee, verzog das Gesicht und beugte sich vor, um den Rest in einen Keramikübertopf mit einer längst eingegangenen Pflanze zu kippen. »Ich hasse diese durchweichten Kekskrümel am Boden«, murmelte sie.

In dem Moment hörten sie, wie die Menge vorm Haus kurz aufjubelte. Normalerweise geschah das, wenn einem Polizisten der Helm vom Kopf gerutscht war oder es irgendjemand geschafft hatte, ein Foto jenseits der Absperrung zu machen. Diese Momente waren zu einem festen Bestandteil eines vergnügten Familientags vorm Haus der Bates' geworden, so wie auch der Lärm, der sich mittlerweile in etwas Alltägliches verwandelt hatte, das sie gar nicht mehr beachteten.

»Das Dumme ist nur, dass ich trotz allem immer noch glaube, dass er unschuldig ist.« Linda zuckte mit den Achseln und lehnte sich in den Gartenstuhl zurück. »Ich weiß es, wenn er lügt. Das wusste ich schon immer.«

Helen nickte. Die Frage war stets, mit welchen Lügen man leben konnte, und welche einen auffraßen.

»Willst du mir etwa sagen, dass du nicht weißt, wann Tom dir irgendwelche Geschichten erzählt?«

»Ja, ich glaube, das weiß ich tatsächlich nicht«, antwortete Helen. »Dafür sind wir noch nicht lang genug zusammen.«

»Versteh mich nicht falsch, ich will, dass er dafür leidet, was er mir angetan hat. Und es würde mir auch keine schlaflosen Nächte bereiten, wenn irgendein riesiger Mistkerl ihm in der Dusche eine verpasst, trotzdem verdient er es nicht, den Rest seines Lebens im Gefängnis zu verbringen. Nicht, wenn er nichts verbrochen hat.«

Helen sah weg. Sie hatte mit Thorne gesprochen, der ihr das Gespräch mit Cornish detailliert geschildert hatte. Sämtliche Katzen waren aus dem Sack. Jetzt war es an der Zeit, dass auch Linda davon erfuhr. Selbst wenn sie vielleicht nicht begeistert davon war, verdiente sie es zu wissen, dass sie mit ihrer Unschuldsvermutung gegenüber ihrem Mann die ganze Zeit richtiggelegen hatte.

Doch da war etwas, das sich Helen noch davor von der Seele reden musste.

»Ich hab dir gestern nicht die Wahrheit gesagt«, begann sie. Ihre Stimme klang matt, und sie räusperte sich. »Als ich meinte, ich wüsste nicht, wer das Mädchen war.«

»Ich kann dir nicht ganz folgen«, sagte Linda.

»Sie heißt Aurora Harley.«

61

Thorne war seltsam enttäuscht, dass es so lange dauerte, bis der Anruf kam. War es so zur Gewohnheit geworden, ihm einen Dämpfer zu verpassen, dass es keine Dringlichkeit mehr besaß? Er hätte darauf wetten können, dass er innerhalb einer halben Stunde nach Verlassen des Reviers in Nuneaton einen Kopf kürzer gemacht werden würde, doch wie sich herausstellte, rief Brigstocke erst an, als er schon mehr als eine Stunde zurück in Polesford war.

Wahrscheinlich lag es nur an einer kleinen Störung in der Befehlskette. Es mussten erst drei oder vier Gespräche stattfinden, bevor die Beschwerde Brigstocke überhaupt erreichte. Thorne kam zu dem Schluss, dass es irgendwo zu einer Verzögerung gekommen war. Ein unbeantworteter Anruf oder eine E-Mail, die im Spamordner gelandet war. Vielleicht war auch Cornishs Chief Superintendent damit beschäftigt gewesen, seine Mütze ändern zu lassen.

Irgendwas Wichtiges eben.

Als Thorne über den Marktplatz geschlendert war, hatte er Brigstockes Namen im Display aufleuchten sehen und sich ausgemalt, wie sein Chef immer wütender wurde. Er hatte das Handy ein paarmal klingeln lassen, bevor er den Anruf schließlich weggedrückt hatte. Ohne Zweifel hätten ihn einige bestechend erfinderische Flüche erwartet.

Er hoffte, dass der unweigerlich folgende nochmalige Anruf nicht in den nächsten Minuten eingehen würde, da er sein Handy selbst benutzen wollte.

Er saß im Cupz an einem Tisch in der Nähe der Theke, auf dem ein Tee und ein getoastetes Sandwich standen, so wie beim letzten Mal. Die örtliche Zeitung, in die er morgens als Allererstes einen Blick geworfen hatte, lag ausgebreitet vor ihm. Die andauernde Suche nach Poppy Johnston beherrschte die Titelseite, wenngleich der Ton der Berichterstattung sich dezent geändert hatte. Nun wurde sowohl von den »verzweifelten Bemühungen« derjenigen gesprochen, die immer noch die Gegend nach ihr durchkämmten, als auch von der »schwindenden Hoffnung«, sie lebend zu finden. Auch wenn die Berichterstatter sich nicht eindeutig ausdrückten, war klar, dass sie genauso wie die Polizei davon ausgingen, dass man inzwischen nach einer Leiche suchte.

Auf den Innenseiten standen weitere Artikel zu Stephen Bates. In einem wurde vermutet, dass der Selbstmordversuch dazu diente, den tätlichen Angriffen im Gefängnis zu entfliehen; eine »verlässliche Quelle« dort schilderte die unverschämten Forderungen von Bates nach Filetsteak und neuester Spielekonsole; eine Frau, die vor zehn Jahren mit ihm gearbeitet hatte, meinte in einem Interview, er wäre »launisch und verschlossen« gewesen und hätte stets ein »eigenartiges Interesse« an ihrer fünfzehnjährigen Tochter gezeigt. Die wichtigen Adjektive waren fett gedruckt, und ein Bild zeigte die Frau mit einem entsprechend entsetzten Gesicht. Sie presste ein altes Foto ihrer jungen Tochter gegen den Busen.

Ein Beispiel hochprofessionellen Ausschöpfens letzter Möglichkeiten.

Thorne blickte zu der Frau, die hinter der Theke arbeitete – Donna, so hieß sie doch? –, und sie lächelten sich an. Er biss noch einmal in sein Sandwich und griff dann nach dem Handy.

Er tippte die Nummer ein und wartete.

»Ich bin's … ja, ich hab ihn heute Morgen gesehen.« Er horchte kurz. »Ja, es ist so, wie wir gedacht haben. Der Fall gegen Bates löst sich allmählich in Wohlgefallen auf.« Er sagte eine Weile lang nichts, klemmte das Mobilteil zwischen Kinn und Schulter, um einen Schluck Tee zu trinken. Er nickte, murmelte seine Zustimmung. »Mach dir keine Sorgen, ich halte dich auf dem Laufenden. Aber zurzeit kriegt die Staatsanwaltschaft Zustände, weil ihre sogenannten Beweise sich als nutzlos herausstellen. Ich weiß … Genau, sie sprechen bereits davon, dass sie wegen ungerechtfertigter Festnahme verklagt werden.« Er lachte. »Ja … ich sag dir Bescheid, sobald ich mehr weiß. Ruf mich später an, wenn du willst!«

Als er das Telefon weglegte, sah er wieder zu der Frau hinter der Theke. Er bat sie, ihm noch etwas Tee zu bringen, und sie versprach, sich gleich darum zu kümmern. Ihre Gesichtsfarbe verriet ihm, dass sie, wie beabsichtigt, alles mitgehört hatte.

Natürlich hatte er mit niemandem gesprochen.

Er wandte sich wieder der Zeitung zu, die sich auch mit der zweiten großen Geschichte befasste, dem Hochwasser. Genauer gesagt mit den Aufräumarbeiten, die in den Gegenden begonnen hatten, wo das Wasser mittlerweile zurückgegangen war. Es gab Berichte über totes Vieh und andere Tiere, deren Leichen mit sinkendem Wasserspiegel aufgetaucht und wegtransportiert worden waren. Auf der Seite der Leserbriefe wurde auf makabre Weise darüber spekuliert, ob Poppy Johnstons Leiche ebenfalls auf diese Art entdeckt werden würde.

Die Frau brachte Thornes Tee. Sie blickte auf die Zeitung. »Furchtbar, oder?«, sagte sie.

Thorne nickte und blätterte um.

Nichts konnte ihn von seiner Überzeugung abbringen, dass Poppy Johnston immer noch lebte. Das vermeintliche Telefongespräch war nichts weiter als eine Finte gewesen, die sich genauso gut als Dummheit entpuppen konnte, doch Thorne hoffte, dass einige lose Zungen dazu beitragen würden, den Mörder aufzuscheuchen.

Als Charli hörte, wie die Tür unten zuschlug, ging sie zum Fenster und zog den Vorhang zurück. Sie sah Helen Weeks den Weg hinuntereilen, in die Mitte genommen von zwei Polizisten. Währenddessen blitzten überall Kameras auf.

»Sie ist das, die grade gegangen ist«, sagte Charli. »Mums Freundin.«

»Wurde auch langsam Zeit.« Danny lag auf dem Bett und spielte *Donkey Kong* auf einem alten Nintendo Gameboy, den Gallagher ihm gegeben hatte. »Die versucht nur, mich zu kaufen«, hatte er zu Charli gesagt. »Damit ich Madame Fettarsch nicht verklage, weil ich verprügelt wurde.«

Charli hörte die Reporter Helens Namen rufen, während sie zu einem wartenden BMW eskortiert wurde.

»Verdammt, warum sind die überhaupt noch an ihr interessiert?« Sie beobachtete, wie das Auto losfuhr. »Ihr Freund sitzt da drin«, sagte sie und zeigte auf den Wagen. »Der andere Polizist. Der von der Titelseite der Zeitung.«

»Was?«

»Ihr Freund ist auch Polizist.«

Danny holte Luft durch die Zähne und warf den Gameboy ans Bettende. »Dieses Teil ist so dermaßen beschissen … Betreiben die das noch mit Dampf, oder was?«

»Besser als nichts«, entgegnete Charli.

Danny drehte sich um und boxte so lange auf das Kissen hinter sich ein, bis er bequem lag. Er berührte den Bluterguss über seinem Auge, der noch dunkler geworden war. »Die sind im Doppelpack wahrscheinlich besser dran«, sagte er. »Bullen. Wer zum Teufel kann die schon ausstehen? Wenn beide stinken, können sie sonst nichts riechen.«

Charli trat vom Fenster weg und ließ sich aufs Bett fallen.

Die beiden saßen eine Weile schweigend da. »Ich hab nachgedacht … Ich wette, dass Steve in diesem Gefängnis schon jetzt das Sagen hat«, meinte Danny schließlich. Er nickte und lächelte. »Werden bestimmt alle nach seiner Pfeife tanzen.«

»Glaubst du?«

Er setzte sich auf. »Mann, das *weiß* ich.«

Mit einem Mal wirkte Danny fröhlicher und gesprächiger. So hatte Charli ihn schon seit mehreren Tagen nicht mehr erlebt. Ein Teil von ihr hätte ihm am liebsten gesagt, dass er die Klappe halten sollte, weil er sich wieder anhörte wie ein dämlicher kleiner Möchtegerngangsta. Doch irgendwie war es nett, ihn so begeistert zu sehen. »Ach ja?«, sagte sie.

»Klar … man weiß doch, wie's da drinnen läuft. Zuerst musst du ein paar von deinen Mitknackis ordentlich eins auf die Fresse geben, nur um zu zeigen, was du draufhast, aber dann bist du die Nummer eins, und keiner kann dir mehr was. Dann lebst du wie ein richtiger Gangsta und kriegst alles, was du willst. *Echt.*«

»Das ist nur in Filmen so.«

»Nein, wirklich!«, entgegnete Danny. »Warte nur, bis er rauskommt. Ich wette, er kann uns die *besten* Geschichten erzählen.«

An der Tür klopfte es leise, und ihre Mutter trat herein. Charli rückte auf dem Bett, damit sie sich setzen konnte.

»Alles klar, Mum?«

»Nur müde.«

»Ich hab dich nicht gesehen, seit du zurückgekommen bist«, sagte Charli. »Du hast uns noch gar nicht erzählt, wie der Besuch bei Steve war.«

»Hast du ihm meinen Brief gegeben?«, fragte Danny.

Linda nickte. »Er hat sich gefreut.«

»Ich hab gerade zu Charli gesagt, dass er da drinnen klarkommen wird und am Schluss alle nach seiner Pfeife tanzen werden. Ich wette, er hat schon die Hälfte von denen weichgekocht. Stimmt's?«

»Tu mir bitte einen Gefallen«, sagte Linda zu Danny. »Geh schnell runter in die Küche und hol mir ein Glas Wein.«

Danny blickte entsetzt und stieß Charli mit einem Fuß an. »Warum kann sie dir den Wein nicht holen?«

»Mum hat *dich* gebeten.«

»Ja. Bitte, mein Schatz.«

»Krieg ich dann wenigstens auch ein Glas?«

»Du kannst dir eine Cola nehmen, und im Schrank sind Chips.«

Grummelnd schwang Danny die Beine vom Bett und schlenderte zur Tür. »Verarschen kann ich mich selber«, sagte er, bevor er die Tür hinter sich zuschlug.

Linda wandte sich augenblicklich zu Charli. »Ich muss dich was fragen, bevor dein Bruder zurückkommt.«

»Was ist? Ist irgendwas passiert …?«

»Lass mich kurz ausreden, ja?«

Charli nickte und wartete. Das Glas Wein, das Danny ihrer Mum bringen sollte, war offensichtlich nicht ihr erstes.

»Hat Steve dich je … angefasst?«

»*Was?*«

»Bitte, mein Schatz, du hast keine Ahnung, wie schwer das hier für mich ist. Und du weißt, wovon ich rede.« Linda holte tief Luft und wiederholte ihre Frage. »Hat er dich angefasst?«

Charli starrte ihre Mutter an.

62

Es ist, als wäre sie high.

Den Zustand von Schmerz und Angst hat sie mittlerweile hinter sich gelassen. Die Qualen haben sich in Taubheit verwandelt, und sie hat das Gefühl, als würden ihre Arme und Beine nicht länger zu ihr gehören und das tun, was sie von ihnen will. Die Angst ist einer eigenartigen Überdrehtheit gewichen; einer Heiterkeit, die ihr bekannt vorkommt. Einer Heiterkeit ähnlich der, die sie verspürte, wenn sie und ihre Freundinnen mit Cidre und Zigaretten in den Taschen draußen auf dem Feld waren. Zuerst schrien sie sich die Lunge aus dem Hals, und dann lachten sie wie verrückt.

Es ist nicht wie beim Chillen, nicht annähernd so. Auch nicht wie beim Grasrauchen, wenn sie mal genügend Geld hatte, um sich das zu leisten. Es ist eher wie auf dieser Party damals, als man sie überredet hat, Ecstacy auszuprobieren. Das erste und einzige Mal, dass sie es je genommen hat.

Alles war intensiver: lauter, leuchtender, schöner.

Sie muss lachen, als sie diese Nacht mit dem Ort vergleicht, an dem sie jetzt gerade ist.

Eigenartig, geht es ihr durch den Kopf, wie die Dunkelheit nach einer Weile aufhört, dunkel zu sein und sich lediglich in eine andere Art Licht verwandelt. Sich verändert; aufblüht und vergeht. Das Licht hat Launen. Vielleicht ändert es sich auch nach *ihren* Launen. Verdichtet sich, wird härter, kommt näher.

Klingt grotesk, aber sie weiß noch nicht einmal, ob sie klar denken kann.

Was sie jedoch ganz genau weiß, ist, dass die Dunkelheit völlig anders ist, wenn sie die Augen schließt. Schwarzer Samt mit Sprenkeln, die umherjagen wie Sternschnuppen. Dazu drei leuchtende Flecken, unverrückbar, wie Fixpunkte. Ganz dicht nebeneinander.

Ihre Mutter, ihr Vater, ihr Bruder.

Wann immer sie sie braucht, sind sie da.

Sie hat sich an den Geruch gewöhnt, der sie früher hat würgen lassen; mittlerweile kann sie ihn problemlos einatmen und seinen Geschmack ertragen. Das Rascheln und Kratzen wird jetzt fast völlig von dem tiefen Brummen übertönt, das mitunter in ihrem Kopf ist, manchmal aber auch tief aus ihrer Kehle dringt.

Sie erinnert sich an den Abend, als sie diese kleine blaue Tablette nahm, und an die Warnungen ihrer Freundinnen. Genieß es, solange du kannst, denn was danach kommt, ist nicht so toll.

Von den Warnungen hat sie sich natürlich nicht abhalten lassen.

Jetzt schwebt sie hoch über dem Schmerz und der Angst. Hoch über dem Wissen, dass es einen Mann gibt, der dafür verantwortlich ist und der vielleicht wiederkommt, um das beenden, was er begonnen hat. Ganz weit über dem Gedanken, dass sie dann wahrscheinlich tot sein wird, wenn sie es nicht bereits ist. Sie lächelt, und ihre trockenen Lippen platzen auf, aber sie spürt es nicht.

Tot zu sein – das würde bestimmt vieles erklären.

Poppy schließt die Augen, um diese drei nadelfeinen Fixpunkte aufzuspüren.

Und wartet darauf, dass dieser Trip zu Ende geht.

63

Es war seltsam befremdlich, fast als wären Thorne und Helen unsichtbar. Sie saßen in Paulas Wohnzimmer und tranken ein Bier; im Hintergrund lief Heavy-Metal-Musik, die nicht so recht zu dem Gespräch passte, das Paula und ihr Freund führten. Sie diskutierten den Fall Bates, als wären sie völlig allein.

»Ich sag ja nicht, ich würde daran zweifeln, dass er's getan hat, aber vielleicht sollte die Polizei sich nach Alternativen umsehen. Das ist alles.«

»Klingt so, als hätten sie genügend Beweise.« Jason Sweeney nickte ein paar Sekunden rhythmisch zur Musik. »Man klagt doch nur dann jemanden an, wenn man davon ausgeht, ihn einsperren zu können.«

»Trotzdem, irgendwas stimmt da nicht.« Wieder spähte Paula hoffnungsvoll zu Thorne und Helen hinüber, einer von vielen Blicken, die sie ihnen im Laufe des Gesprächs zugeworfen hatte. Thorne fragte sich, ob sie bereits mit ihrer Freundin Donna telefoniert und etwas erfahren hatte. »Ich meine, natürlich *wissen* wir es nicht, weil wir nicht nah genug dran sind.« Ein weiterer sehnsüchtiger Blick zu Thorne und Helen.

»Näher als die meisten.« Sweeney deutete mit seiner Bierdose auf Thorne und Helen. »Nicht alle in der Stadt haben in ihrem Haus Polizisten als Gäste, oder?«

»Wir sitzen quasi an der Quelle.« Paula blinzelte Thorne zu. »Nur dass die Quelle nicht viel ausspuckt.«

»Welche Musik spielt da gerade?«, fragte Thorne.

»Slayer.« Sweeney schloss die Augen und nickte wieder. »Ist ein Mix von mir. Hilft mir 'n bisschen dabei, den Kopf klarzukriegen am Ende des Tages. Pustet was von dem Mist raus.«

»Dein Freund wird also nicht mehr hier übernachten?« Paula nippte beiläufig an ihrem Wein.

»Nein, den hab ich euch vom Hals geschafft.«

»Er arbeitet woanders an dem Fall, oder?«

Thorne fand die Entschlossenheit der Frau bewundernswert. Ihren Versuch, über eine andere Schiene etwas zu erfahren.

»Er hat ein gemütlicheres Bett gefunden«, antwortete Thorne.

Paula schüttelte den Kopf und lächelte. Sie wusste, dass sie ein Spiel spielten, und begriff ziemlich schnell, dass sie es nicht gewinnen konnte. Sie tat so, als wäre sie frustriert, und knurrte. »Na ja, nachdem da jemand Gewisses noch lernen muss, sich bedeckt zu halten, wissen wir, dass sich alles um Käfer dreht. Um kleine Krabbeltierchen.«

Sweeney trank sein Bier aus. »Insekten auf einer Leiche.« Er rülpste leise. »Ein sehr genaues Verfahren, um den Todeszeitpunkt zu bestimmen, wenn Verwesung in fortgeschrittenem Stadium vorliegt.«

Paula verdrehte die Augen. »O Mann, hört euch den an.« Sie blinzelte Thorne zu. »Es *hat* aber was damit zu tun, oder? Was deinen Ermittlungsansatz betrifft … oder woran du auch immer gerade in aller Stille arbeitest.«

Thorne neigte den Kopf zur Seite, als müsste er überlegen, wie viel er preisgeben konnte. »Kann ich nicht drüber reden«, erklärte er mit einem Grinsen.

»Warum nicht? Du hast doch gesagt, du wärst hier nur in Urlaub und hättest mit dem Fall eigentlich nichts zu tun.«

Sie bemühte sich sehr, ihre wachsende Verärgerung nicht zu zeigen, doch war es ihr anzusehen. Sie glaubte, das Recht zu haben, etwas zu erfahren, einfach weil sie ihm und Helen ein Dach über dem Kopf gewährt hatte. Helen hatte sie schon vor fünfundzwanzig Jahren nicht bei Himmel und Hölle mitspielen lassen. »Wir möchten nicht, dass sich Gerüchte verbreiten«, erwiderte er. »Es wird immerhin noch ein Mädchen vermisst.«

Paula nickte, aber sie sah enttäuscht aus.

»Ich glaube, es ist so wie bei den Ärzten. Die müssen doch auch auf irgendwas schwören, und dieser Schwur gilt dann immer«, sagte Sweeney. »Egal ob sie gerade arbeiten oder nicht.«

»Der Hippokratische Eid«, erklärte Paula.

»Genau.«

»Ja, nur dass das völliger Schwachsinn ist.« Paula knuffte ihren Freund mit dem Ellenbogen in die Rippen. »Der hier ist mal wegen Hämorrhoiden zum Arzt gegangen. Am nächsten Tag im Pub haben sich seine Kumpels alle bepisst vor Lachen und ihn gefragt, ob er ein Kissen braucht.«

»Ich muss ins Bett«, verkündete Helen unvermittelt.

Thorne wandte sich zu ihr. Sie hatte das Angebot auf ein Bier zwar angenommen, nachdem sie angekommen waren, doch seitdem stumm dagesessen.

»Ich geh mit dir hoch«, sagte Thorne. Da Helen offenbar nichts dagegen einzuwenden hatte, stellte er seine noch halbvolle Dose auf den Couchtisch. »Danke …«

Paula nickte zur Stereoanlage und knuffte Sweeney ein weiteres Mal. »Wir drehen die Musik ein bisschen leiser«, sagte sie.

Als Thorne aus dem Bad kam und ins Schlafzimmer ging, sah er, dass Helen weinte. Sie machte nicht viel Lärm dabei, doch ihr Gesicht verzerrte sich zwischen den einzelnen unterdrückten Schluchzern, weil es sie so viel Mühe kostete, leise zu sein.

Flüsternd fragte er sie, was los war, wusste allerdings nicht, ob sie überhaupt mitbekommen hatte, dass er wieder im Zimmer war. Nach ungefähr einer Minute glaubte er, dass sie es bemerkt hatte, vielleicht hatte sie jedoch seine Frage nicht gehört. Die Musik war immer noch ziemlich laut unten.

Er hatte keine Ahnung, was er machen sollte.

Sie sah ihn nicht an.

Verunsichert legte er sich neben sie und wartete. Er beobachtete, wie ihre Brust sich hob und senkte, und starrte auf ihre Handballen, die sie sich auf die Augen drückte. Es dauerte einige Minuten, bis sie wieder einigermaßen normal atmete und in der Lage war, etwas zu sagen.

»Ich bin missbraucht worden.« Sie schaute ihn kurz an und fixierte dann die Wand gegenüber. »Hier in Polesford, mit zwölf. Auch mit dreizehn. Ich denke, es zog sich über mehrere Jahre …«

Sie verschränkte die Arme vor der Brust und lag eine Weile still da.

»Es war ein Freund von Dad, jemand, mit dem er eine Zeit lang zusammengearbeitet hatte. Er meinte, wenn ich es irgendjemandem weitererzähle, dann würde er zu meinem Vater gehen und ihm sagen, ich hätte ihn darum gebeten und wäre eine kleine Schlampe. Er überzeugte mich, dass mein Dad ihm und nicht mir glauben würde. Sagte, es sei alles meine Schuld und ich hätte ihn dazu gebracht, das zu tun. Es dauerte sehr lange, bis ich allmählich begriff, dass es nicht so war. Dass ich ihn nicht ermutigt hatte. Ich war nicht die Einzige.

Er hat das Gleiche zu Linda gesagt ... brachte auch sie dazu, zu schweigen.« Sie blickte Thorne an. »Wir haben darüber geredet ... anfangs nicht, aber später, nachdem die Sache bereits eine Weile lief. Von da an haben wir versucht, gegenseitig auf uns aufzupassen, zusammenzubleiben, wann immer es ging, Situationen zu vermeiden, wo er uns allein erwischen konnte. Beim ersten Mal hat er uns an einen anderen Ort gebracht. Danach aber kam er auch bei uns zu Hause vorbei ... tauchte einfach auf und tat überrascht, wenn mein Dad nicht da war, nur Jenny und ich. Nahm sich ein Bier, setzte sich neben mich und redete, als würde er lediglich auf Dad warten. Manchmal fasste er mich an, wenn Jenny im selben Zimmer war ...« Sie räusperte sich mühsam.

»Ich hab mir geschworen, dass ich ihn nie in ihre Nähe lassen würde, aber ich bin mir nicht sicher, ob ich es wirklich verhindert habe. Ich konnte ja nicht ständig bei ihr sein, tagein, tagaus. Vielleicht gab es da das ein oder andere Mal, verstehst du? Ich hab beobachtet, wie er sie ansah, und einmal, als er mich dabei erwischt hat, sagte er, dass ich ihn besser weiterlieben sollte oder er müsste sich jemand anders suchen, und ich wusste, dass er von meiner Schwester sprach. Ihn ›lieben‹. So hat er es genannt. Als würde lieben bluten bedeuten. Still liegen, als wäre man tot, um sich dann anschließend die Seele aus dem Leib zu kotzen.

Jenny hat nie was gesagt, aber sie war so abweisend zu mir, nachdem ich von Polesford weggegangen war. Ich hab mir deshalb immer Vorwürfe gemacht. Die Art, wie sie mich manchmal für irgendwas verurteilt. Ich hab seit jeher gedacht, dass ich sie wohl im Stich gelassen haben muss ... dass sie vielleicht denkt, ich hätte nicht genug getan, um sie zu beschützen.« Sie seufzte. »Genauso ist es auch mit Linda. Das ist vermutlich der

Grund, weshalb ich zurückwollte, als ich rausfand, dass sie in Schwierigkeiten steckte.« Sie schüttelte den Kopf. »Quatsch, ich *weiß*, das ist der Grund. Ich musste herkommen, um für sie da zu sein, denn damals bin ich einfach weggegangen. Ich hab ihr noch nicht mal was von meinen Plänen erzählt … und wir waren doch eigentlich ein Team. Mittlerweile ließ er uns in Ruhe, ich vermute, weil wir zu alt für ihn waren. Doch darüber zu reden, was er getan hatte, machte es viel leichter für uns. Und als ich wegging, hatte sie niemanden mehr. Sie musste ganz allein damit fertigwerden, dass sie ihn zufällig auf der Straße traf oder in einem Pub. Musste seine Blicke ertragen. Musste dafür sorgen, dass ihre eigene Tochter nicht in seine Nähe kam. Wie das gewesen sein muss, kann ich mir beim besten Willen nicht vorstellen. O Gott … und dann noch Steve, der in der Gegend herumvögelt, die ganze Situation … Doch er ist nicht der einzige Grund, weshalb sie täglich schon vor dem Mittag eine Flasche intus hat.«

Thorne rückte zu ihr. Er griff mit der Hand über die Bettdecke, bis er ihre fand, doch sie erwiderte den Druck nicht.

Still liegen, als wäre man tot.

Er schluckte und formte gedanklich eine Frage, aber sie kam ihm zuvor.

»Er ist nicht mehr hier … Ich wäre *nie* hierher zurückgekommen, wenn er noch in Polesford wohnen würde. Aber Dad erwähnt ihn noch immer ab und zu. Sie sind in Kontakt geblieben, als Mum starb und Dad in den Süden zog. Ich hab in ständiger Angst gelebt, dass er ihn irgendwann besucht. Vor ungefähr einem Jahr rief Dad mich an und erzählte, dass es mit seinem alten Kollegen bergab gegangen war, so rapide, dass er in ein Pflegeheim gehen musste, irgendwo auf der anderen Seite von Tamworth, glaube ich. Manchmal stelle ich mir vor, ihn dort zu besuchen … nur damit ich ihn sehen kann, wie er jetzt ist, zusammengeschrumpft und hilflos. Damit das meine Erinnerung an ihn ist, und nicht dieses Bild, das mich seit fünfundzwanzig Jahren tagtäglich verfolgt: Wo er sagt, dass es ihm leidtut … während er immer noch schwitzt und sich das Hemd zurück in die Hose steckt. Ich würde ihn beobachten und es genießen, wie er dasitzt, hilflos, nach Scheiße stinkend, unfähig, irgendwas zu tun.«

Jetzt spürte Thorne, wie seine Hand fest gedrückt wurde.

»Nur um ihn beobachten zu können.«

Sie drehte den Kopf zu Thorne und blickte ihn an. »Er heißt Peter Harley, und das Mädchen, das wir gestern im Pub getroffen haben, ist seine Enkelin. Das Mädchen, das auf ältere Männer steht.«

Thorne erinnerte sich daran, wie Helen verschwunden war, kurz nachdem sich Aurora vorgestellt hatte. Wie sie aussah, als sie zurückkam. Das Gesicht grau, aschfahl. Und wie irgendetwas in ihr zu schwelen schien, als sie die silberne Jacke des dünnen Mädchens umklammerte.

Es gibt keinen Grund, Angst zu haben …

Seine Gedanken torkelten herum wie betrunken, taumelten und überschlugen sich; Wortfetzen und Schreie und Bilder, die er nie wieder aus dem Kopf bekommen würde. Viele Bilder, aber nur ein Wort, das den Weg zu seinen Lippen fand.

Helens Name.

Eine kreischende Gitarre und ein Bass, so dumpf wie ein Faustschlag gegen das Herz, tönten von unten herauf, während im Zimmer das Schlucken, Stöhnen und stoßweise Atmen von Helen zu hören war, als sie gequält zu schluchzen begann.

64

Er bekommt Dinge mit.

So ist das nun mal an einem Ort wie diesem, doch letzten Endes ist es das, was er am meisten daran schätzt. In einer großen Stadt wissen die Leute nie, was der andere gerade vorhat, nicht wirklich, sie machen sich *nie* Gedanken darum. Kümmern sich nur um ihren eigenen Kram und sind jedem gegenüber misstrauisch, der sich vielleicht für ihre Angelegenheiten interessieren könnte. Sie vertiefen sich in ihre Zeitung oder drehen die Musik lauter, während im selben Zugabteil jemand überfallen wird. Sie schleichen sich beschämt davon, wenn andere zu streiten beginnen oder zu laut lachen.

Sie wollen nicht mit hineingezogen werden.

Das, worüber hier am Ort geredet wird, ist zugegebenermaßen nicht immer weltbewegend. Wer vögelt wen, wer hat sich verkracht, wer hat sich volllaufen lassen und jemandem eine verpasst. Trotzdem, dadurch gehört man irgendwie dazu. Er weiß auch, dass das, was er aufschnappt, selten die ungeschminkte Wahrheit ist. Das ist nun mal das Wesen von Gerüchten. Es kommt zu Übertreibungen, und die Fakten werden verdreht, je häufiger die Geschichte erzählt wird. Ein dummer Streit verwandelt sich innerhalb von drei Gesprächen in eine bevorstehende Scheidung, und aus einem harmlosen kleinen Flirt im Pub kann vierundzwanzig Stunden später durchaus knallharter Sex auf dem Klo geworden sein.

Er mag es trotzdem, alles mitzukriegen und das Gefühl zu haben, den Herzschlag der Stadt zu überwachen. Doch was ihm von diesem Polizisten aus London zu Ohren gekommen ist, das passt ihm gar nicht.

Thorne.

Selbst wenn man mögliche Übertreibungen berücksichtigt, ist es dennoch offensichtlich, dass er bessere Arbeit leistet als die Beamten, die dafür bezahlt werden. Die haben genau das gemacht, was er wollte. Sind sämtlichen wunderschönen Beweisen nachgegangen, wie Frettchen einer Rattenfährte, wofür er sich stillschweigend bedankt. Wie zum Teufel aber kann Thorne und seinem glatzköpfigem Freund etwas aufgefallen sein, das dem Rest dieser Idioten entgangen ist?

Glück und Pech. Er hat schon immer gewusst, dass beides dicht nebeneinander liegt und man sich vor Pech nicht schützen kann. Seine Portion Glück hat er aber in der Tat gehabt.

Kein Wunder, mit einem Mann wie Bates in der direkten Umgebung.

Er weiß bereits seit mehreren Tagen, welche Spur die beiden verfolgen. Es war die Rede davon, dass Insekten eine wichtige Rolle spielen, und dass es einen Besuch auf Bob Pattersons Hof gegeben hat. Sie haben also offensichtlich schon viele Puzzlestücke zusammengesetzt. Gott sei Dank scheint niemand an ihren Vermutungen interessiert zu sein, wie er hört. Im Gegenteil, Thorne und seinem Freund ist sogar empfohlen worden, sich um ihren eigenen Kram zu kümmern, was in Anbetracht der Situation ziemlich absurd ist.

Er hat sich gesagt, dass es noch keinen Grund gibt, panisch zu werden. Er muss einfach nur ganz normal weitermachen, mehr nicht. Abwarten und Augen und Ohren offenhalten.

Jetzt allerdings wird getuschelt, dass der Fall gegen Bates

doch nicht so wasserdicht ist, wie jeder angenommen hat. Jetzt beginnen Leute aufzuhorchen und Fragen zu stellen, die wirklich etwas zu sagen haben, zum Beispiel Cornish und sein Chef, die Staatsanwaltschaft. Gar nicht gut ...

Sein Plan ist stets gewesen, die Dinge zur Ruhe kommen zu lassen. So lange zu warten, bis weniger Polizisten herumlaufen, um dann zu Poppy zu fahren und stilvoll mit ihr zu feiern. Er ist davon ausgegangen, dass die Situation sich etwas entspannen und die Suche heruntergefahren wird, sobald Bates verhaftet ist. Dass er dann endlich die Chance auf etwas Spaß bekommt – zumal das Hochwasser es auch nicht gerade leichter macht.

Er hätte nie geglaubt, dass es *so* dumm laufen könnte. Die Polizei lässt einfach nicht locker. Nicht mit den ganzen Fernsehteams überall und der Hälfte aller Journalisten landesweit, die immer noch die Stadt belagern. So schwer es ihm auch fällt, hat er sich doch mit der schrecklichen Tatsache abgefunden, dass vielleicht nicht mehr genug von seiner süßen Poppy übrig sein könnte, wenn die Luft endlich rein ist, nicht genug, um sich daran zu erfreuen.

Und diese Vorstellung macht ihn wütend. An diese Ungerechtigkeit auch nur mehr als ein paar Sekunden zu denken, raubt ihm fast den Verstand und lässt ihn wie verbrannt zurück. Er hat sich so viel Mühe gegeben, sich so viele Gedanken gemacht.

Er fasst einen Entschluss. Sollte es noch mehr Gerede darüber geben, den falschen Mann verhaftet zu haben, muss er vielleicht das Risiko eingehen und die Sache geraderücken.

65

Als Thornes Handy morgens um kurz nach halb sieben klingelte, tastete er reflexartig danach. Wäre er nicht in Urlaub gewesen, hätte ein so früher Anruf fast sicher bedeutet, dass er einen Mörder gefasst hatte.

Er kannte die Nummer auf dem Display nicht.

»Ich hab Sie geweckt, was?«

»Ja.« Thorne rückte zur Bettkante und senkte die Stimme in der Hoffnung, dass nicht auch Helen hochgeschreckt war. Sie hatten beide nicht viel geschlafen. »Wer spricht da?«

»Ich bin's, Bob Patterson.«

Es dauerte ein paar Sekunden, bis Thorne den Namen zuordnen konnte. »Ziemlich früh.«

»Für Sie vielleicht. Ich bin seit fünf auf den Beinen.«

»Alle Achtung.«

»Also … ich hab noch mal drüber nachgedacht, wer mein Ferkel gestohlen haben könnte.«

»Okay«, sagte Thorne. Helen wandte sich zu ihm und stöhnte leise. Er streckte die Hand nach ihr aus und berührte ihre Schulter. Ihre Haut fühlte sich kalt an, und sachte zog er ihr das Betttuch hoch.

»Dachte, es könnte Sie vielleicht interessieren«, sagte Patterson. »Mehr nicht. Sie meinten doch, falls mir noch was einfällt …«

»Wer ist das?«, murmelte Helen.

Thorne schüttelte beruhigend den Kopf und setzte sich auf. »Ich höre Ihnen zu, Mr. Patterson.«

»Na, im Moment hab ich ja wohl keine Zeit, es Ihnen zu erzählen, was?« Der Bauer hörte sich verärgert an. »Ich muss noch die Tiere versorgen. Aber so in einer Stunde werde ich frühstücken gehen ...«

Während der Bauer ihm Anweisungen gab, bemerkte Thorne die ersten dünnen Sonnenstrahlen, die durch den Spalt der geblümten Vorhänge drangen. Nachdem er den Anruf beendet hatte, warf er das Handy aufs Bett. Eine Unterhaltung mit seinem Vater fiel ihm ein.

Und das nicht nur, weil er an diese alten Federn und Lautsprecher auf Bob Pattersons Küchentisch denken musste. Er hatte versucht zu verstehen, warum sein Vater das Bedürfnis hatte, jeden Morgen in aller Herrgottsfrühe aufzustehen. Je weniger der alte Mann zu tun hatte, desto früher wurde es.

»Ich kann aufstehen, wann ich will, oder?« Jim Thorne klang fast sofort verärgert. Seine Sicherungen brannten mit zunehmender Krankheit immer schneller durch. »Ich leb hier in 'nem freien Land, soweit ich weiß.«

»Ich mein's doch nur gut mit dir«, hatte Thorne erwidert. »Du hast jeden Morgen früh aufstehen müssen, um zur Arbeit zu gehen. Jetzt, da du die Möglichkeit hast ...«

»Warum soll ich im Bett liegen bleiben und vor mich hingammeln?« Der alte Mann war von Zimmer zu Zimmer geeilt und hatte sich in jedem umgesehen, ohne Thorne zu verraten, wonach er suchte. Schließlich blieb er stehen und blickte Thorne in einem dieser immer seltener werdenden Momente von Klarheit an. »Wenn man erst mal so alt ich wie ich, zählt jede Sekunde, und man darf sie nicht einfach so verstreichen lassen. Den Tag zu verschlafen, würde praktisch bedeuten aufzugeben.«

»Das weiß ich, aber meistens schläfst du doch sowieso vorm Fernseher ein.«

»Es geht darum, sich *Mühe* zu geben.«

Paula hatte Frühschicht. Thorne ging deshalb davon aus, dass die Heizung schon eingeschaltet war, auch wenn sich das Zimmer immer noch etwas kühl anfühlte. Rasch schlüpfte er wieder unter die Bettdecke.

»Was wollte er?«, fragte Helen.

»Irgendwas wegen dem gestohlenen Schwein. Er will mich nachher treffen.«

»Ach so.« Helens Augen waren noch geschlossen, und sie sprach leise, als wäre sie noch nicht bereit, sich dem Tag zu stellen.

»Fährst du zu Linda?«

»Weiß nicht.«

Thorne konnte Paula unten herumlaufen hören. Geschirr klapperte, ein Stuhl scharrte über den Boden, das Radio wurde eingeschaltet. Er versuchte auf den Titel des Lieds zu kommen, doch er fiel ihm nicht ein. »Wenn ich Patterson treffe – ist das in Ordnung?«

Jetzt öffnete Helen die Augen. »Warum nicht?«

»Ich weiß nicht. Nur ... falls du noch mehr reden möchtest.«

»Ich denke mal, ich hab alles gesagt.«

Thorne nickte. Helen gemurmelte Worte drangen nur gedämpft hinter dem Kissen hervor, doch schien eine eigenartige Betonung auf ihnen zu liegen. Steckte etwa die Andeutung dahinter, dass sie erwartete, *er* würde noch mehr sagen? Hatte er die Nacht zuvor nicht genug gesagt?

Hatte er nicht das *Richtige* gesagt?

»Ich ruf dich an, wenn ich mit dem Bauern gesprochen habe.«

Helen drehte sich langsam um. »Ich bin nicht krank, Tom.«

»Um dir zu erzählen, was er noch über das Schwein gesagt hat, meine ich.«

Helen beobachtete Thorne, der sich im Halbdunkel mit seinen Kleidern abmühte. Er bewegte sich so leise wie möglich und kramte in seinem Koffer, den auszupacken er bisher für unnötig gehalten hatte, nach sauberen Socken und Unterwäsche.

Sie war froh, dass er ging, da sie etwas Zeit für sich brauchte.

Sie hatte Thorne gegenüber nicht bissig sein wollen, aber es schien, als würden die Filter, die ihre spontanen Reaktionen in etwas Zivileres umwandelten, nicht mehr richtig funktionieren. Als wären sie langsam aufgezehrt worden, seit sie die Stadtgrenzen von Polesford überschritten hatte. Thorne hatte sich offenkundig eine Zeit lang Sorgen gemacht wegen ihres eigenartigen Verhaltens, doch sie hatte es unmöglich kontrollieren können. Es war, als hätte ein Irrer ihr Hirn neu verkabelt; als wären die Verbindungen zu ihrem Herzen fehlgeschlagen oder völlig ausgebrannt. Sie hätte diesen Jungen, der sie im Pub angespuckt hatte, ohne mit der Wimper zu zucken umbringen können. Genauso wie die Journalistin, die nur ihren Job gemacht hatte. Sie sehnte sich nach Zuneigung und Hilfe, doch wenn man sie ihr anbot, wusste sie nichts damit anzufangen.

Es war mehr als nur ein kleiner Trost für sie zu wissen, dass sie nicht allein war. Dass Linda Bates sich wahrscheinlich genauso fühlte.

Sie hatte zu Helen gesagt, dass sie anrufen würde, doch rechnete Helen nicht damit. Inzwischen fragte sie sich sogar, ob sie sich je wiedersehen würden. Das Gespräch mit Linda über Aurora Harley und über das, war ihr Großvater ihnen angetan hatte, hatte genauso wenig eine reinigende Wirkung gezeigt wie das mit Thorne.

Tränen waren geflossen, doch waren beide davor zurückgeschreckt, sich zu berühren, und hatten jegliche Form körperlichen Kontakts vermieden. Danach hatten sie sich gegenübergesessen wie Fremde.

Dabei hatte Helen schon so oft auf der Arbeit fremden Menschen versichert, dass sie sich viel besser fühlen würden, wenn sie ihre schreckliche Geschichte erst einmal erzählt hatten. Dass es wichtig sei, die Erlebnisse zu teilen, sie sich von der Seele zu reden. Weil man sie auf diese Weise verarbeiten und sein Leben weiterführen konnte.

Weil einem eine Last von den Schultern fiel.

So hatte es sich aber gar nicht angefühlt, als sie Tom ihre Geschichte erzählt hatte. Und so fühlte es sich auch jetzt nicht an. Er hatte sie lange festgehalten, alles gesagt, was jeder Mensch mit einem Funken Mitgefühl sagen würde. Doch sie hatte gespürt, wie sie mit jeder allzu sanften Berührung, jedem Versprechen, jeder geflüsterten Beteuerung innerlich versteinerte.

Die Last war nur verlagert worden, mehr nicht.

Jetzt lag sie still da und wusste, dass er fertig angezogen war. Dass er bereit war zu gehen, jedoch am Ende des Betts stand und sie betrachtete. Schließlich hörte sie, wie die Tür geöffnet und langsam wieder zugezogen wurde, bis sie so leise wie möglich ins Schloss klickte. Sie schlang die Bettdecke um sich und hoffte, noch einmal einschlafen zu können.

Es war nicht Tom, dem sie es hätte erzählen müssen.

Hendricks wachte auf zum Klang des selbstgefälligen Geplappers auf Radio 4 und dem Anblick von Liam Southworths

Fingern, die seine Brust kraulten. Sie spielten eine Zeit lang an einer Brustwarze herum, bis sie nach unten zu wandern begannen. Hendricks drehte den Kopf und sah Liams Grinsen, das, wie er schnell gelernt hatte, bedeutete, dass er gleich sehr ungezogen sein würde.

So bezeichnete es Liam. Ungezogen sein.

»Gut geschlafen?«

Hendricks nickte. »War völlig erledigt.«

Liams Grinsen wurde breiter. »Ich auch.«

»Hast du nicht gleich eine Vorlesung?«

»Ich habe den Wecker früher gestellt.«

»Komm her!« Hendricks streckte die Hand aus und zog Liam zu sich, breitete die Arme auf den Kissen aus, während Liam den Kopf auf seine Schulter legte. »Das ist schön.«

»Ja, ist es«, erwiderte Liam.

Hendricks meinte, was er sagte. Er fühlt sich so entspannt wie seit Langem nicht mehr und kam auch mit der überraschenden Tatsache zurecht, nicht sofort flüchten zu müssen, nachdem er Liam ins Bett gekriegt hatte. Müßig betrachtete er Liams Finger, die jetzt wieder durch die spärliche Behaarung auf seiner Brust kraulten. Liams eigene Brust war fast unbehaart, noch etwas, das Hendricks mochte. Seine letzten Freunde – oder Partner, was auch immer –, von denen es nicht viele gegeben hatte, waren eher stark behaart gewesen, auf jeden Fall mehr als Liam. Obwohl er es bis zu einem gewissen Punkt sexy gefunden hatte, waren wilde Zungenschlachten auf jeden Fall um einiges lustiger ohne gerötete Haut, die eine Brusthaarrasur zwangsläufig hervorrief.

Auch was den Rest betraf, war es in letzter Zeit nicht so sanft zugegangen. Sowohl er als auch die beteiligten Männer hätten das, was sie auf den Toiletten verschiedener Klubs trieben, mit drastischeren Worten beschrieben als Liam, wenngleich Hendricks damals kein Problem damit gehabt hatte. Es war genau das, was er gewollt und gebraucht hatte. Das hier jedoch, diese letzten Nächte, waren völlig anders gewesen, etwas, dass er schon lange nicht mehr erlebt hatte. Ja … das war gut.

Und es gab absolut nichts daran auszusetzen, ungezogen zu sein.

»Kann sein, dass sich meine Freundin vom Labor heute meldet«, sagte Liam.

»Das wär klasse.« Hendricks, der wusste, dass Thorne sich freuen würde, dachte wieder einmal, wie sexy er Liams Akzent fand.

»Sie hat uns einen ziemlich großen Gefallen getan. Das weißt du, oder?«

»Ja, weiß ich.«

»Und sie fragt noch immer danach, wer das alles bezahlen wird. Ich meine, dir ist klar, was dieser ganze Kram kostet. Die Proben zu entnehmen, die Analyse, die biochemischen Verfahren …«

»Kannst du ihr nicht einfach eine Schachtel Pralinen oder so was schenken?«

»Ich meine, allein der Einsatz des elektrophoretischen Lasers …«

»Oje«, sagte Hendricks. »Du musst echt noch am ›Gespräch danach‹ arbeiten.«

»Ich mein ja bloß.«

»War nur Spaß.« Erstaunt stellte Hendricks fest, dass er glaubte, seine Bemerkung relativieren zu müssen, damit Liam sich nicht schlecht fühlte.

»Noch eine Sache.« Liams Finger blieben auf Hendricks Brust liegen. »Tim Cornish hat mich angerufen.«

»Aha.«

»War nicht sehr erfreut, wie du dir vorstellen kannst.«

»O ja, kann ich.«

»Nachdem er mir die Meinung gegeigt hatte, machte er ziemlich deutlich, dass ich ihn zuerst anzurufen hätte. Also, wenn ein Ergebnis vorliegt.«

»Dabei hat der Wichser uns gegenüber so getan, als wäre er nicht interessiert.«

»Nun, ich kann dir versichern, er ist es.«

»Was will er überhaupt mit der Information anfangen, wenn er sie hat?«

»Was fängt denn dein Freund damit an?«

Hendricks setzte sich etwas auf. »Wirst du deswegen Probleme kriegen? Ich meine, mit deiner Beratertätigkeit?«

Liam schüttelte den Kopf.

»Du wirst also keinen Auftrag deshalb verlieren, oder?«

»Nicht, so lange ich Cornish das Ergebnis zuerst mitteile.«

»Sicher?«

»Ich hatte bloß Angst, du könntest deshalb sauer sein«, sagte Liam. »Mehr nicht.«

»Es ist, wie es ist.« Hendricks zuckte mit den Achseln. »Tom wird zwar nicht sehr begeistert sein, aber das ist wohl nicht zu ändern, oder?«

»Tut mir leid.«

»Schon in Ordnung.«

»Ich werd's wiedergutmachen.«

»Brauchst du nicht, ehrlich.« Dann sah Hendricks wieder dieses breite Grinsen, bevor Liams Kopf unter der Bettdecke verschwand.

Hendricks legte sich zurück. »Ach ja, das hatte ich schon wieder vergessen«, sagte er.

66

Es war ein billiges Schnellrestaurant, das Thorne noch nicht kannte und das ein paar Straßen hinter dem Marktplatz lag, zwischen einem Bauhof und einer Zahnarztpraxis. Das Lokal schien keinen Namen zu haben, vermutlich weil es keinen brauchte. In den beschlagenen Fenstern standen laminierte Bilder der angebotenen Köstlichkeiten, die mit an Wahrscheinlichkeit grenzender Sicherheit gegen das Warenkennzeichnungsgesetz verstießen, wenngleich nur jemand ohne Geruchssinn dahingehend Hilfe gebraucht hätte.

Wann immer Leute von ihren Lieblingsgerüchen sprachen, kam normalerweise so etwas Abgehobenes wie frisch gemähtes Gras, Seeluft oder gar *neue Bücher* heraus… wer's glaubt, wird selig, dachte er!

Er hatte bereits begonnen zu sabbern, als er noch eine Straße entfernt gewesen war.

Das Restaurant war klein, nicht mehr als ein halbes Dutzend Tische, alle belegt. Thorne entdeckte Bob Patterson sofort. Auch den Gast am Nebentisch erkannte er; es war, je nach Betrachtungsweise, der dichtende Koch oder kochende Dichter vom Magpie's Nest, mit dem der Bauer sich fröhlich zu unterhalten schien. Pattersons Teller war noch voll, doch Shelley schien fast fertig zu sein. Gerade griff er nach seiner Jacke und warf Pattersons Hündin, die unter dem Tisch des Bauern lag, ein paar kleine Speckschwarten zu.

Beide nickten Thorne zu, als er auf dem Weg zur Theke an ihnen vorbeiging. Er bestellte ein englisches Frühstück und holte sich einen Becher starken Tee, dann setzte er sich zu Patterson an den Tisch und achtete darauf, die Hündin nicht zu treten.

»Erstaunlich, dass sie hier reindarf«, sagte Thorne.

»Man kennt sie.« Patterson ließ einen Happen seines eigenen Frühstücks fallen und deutete mit dem Kopf zu dem Mann hinter der Theke, der völlig unbesorgt aussah. »Der Besitzer und ich haben ein gutes Verhältnis.«

»Liefern Sie den Speck?«

Patterson blickte entsetzt. »Sie machen wohl Witze, oder? Das hier ist Scheißmassenware.« Er schob sich ein Stück in den Mund. »Nein, ich hab 'nen Freund, der beliefert sie mit Billigeiern.«

Shelley stand auf. »Gut, ich verschwinde jetzt …«, sagte er.

»Probieren Sie die Konkurrenz aus?« Thorne schaute sich um. »Ich geh mal davon aus, dass der Laden auch mittags geöffnet hat.«

»Die Bude hier spielt wohl kaum in unserer Liga«, meinte Shelley spöttisch.

»Ich hätte Sie eher für den Müslitypen gehalten.«

»Ach ja?«

»Vielleicht auch Obst.«

Der Koch lächelte dünn und hängte sich seine Tasche aus braunem, abgewetztem Leder über die Schulter. Thorne vermutete, dass sich ein Notizbuch voll nichtssagender Gedichte darin befand, vielleicht ein Roman, den er bei passender Gelegenheit hervorziehen konnte. »Eine anständige kleine Portion Fett hin und wieder schadet schließlich nicht. Ach so …« Er griff nach dem Boulevardblatt neben seinem leeren Teller und hielt es Thorne hin. »Haben Sie das schon gelesen?«

Thorne betrachtete kurz das Bild und die Schlagzeile, bevor er sich wieder seinem Tee widmete.

»Die schreiben, dass Sie ganz schön viel Wirbel machen«, sagte Shelley. Als klar wurde, dass Thorne nicht vorhatte, irgendeinen Kommentar dazu abzugeben, legte er die Zeitung auf Pattersons Tisch und beugte sich vor, um die Hündin ein letztes Mal hinter dem Ohr zu kraulen, bevor er ging.

»Arrogantes Arschloch«, meinte Patterson.

»Als ich reinkam, sah's aus, als wären Sie die besten Freunde.«

»Hab nur 'n kleines Schwätzchen gehalten.«

»Sie glauben also nicht mehr, dass er ihr Schwein geklaut hat?«

Patterson starrte ihn an, das Fett aus einem gebratenen Stück Brot tropfte von seiner Gabel. »Mann, natürlich nicht.« Er stopfte sich das Brot in den Mund und fuhr fort. »Wer immer es gestohlen hat, hatte wohl kaum die Absicht, es zu *essen*, oder?«

Thornes Frühstück wurde serviert, und er machte sich sofort darüber her. Sie sprachen erst wieder, nachdem er die Hälfte verputzt und Patterson fast eingeholt hatte.

»Er hat aber nicht ganz unrecht, was?«

»Wer?«

»Na, *er*. Der Shakespeare für Arme.« Der Bauer fuchtelte erst mit seiner Gabel in Richtung Tür und stach dann damit auf die Zeitung. »Damit ändert sich natürlich die Sachlage etwas.«

»Ich habe keine Ahnung, wovon Sie reden.«

»Klar haben Sie. Wir sind hier nämlich nicht auf den Kopf gefallen, wissen Sie?«

»Das hab ich auch nicht angenommen.«

»*Sie* haben was damit zu tun.« Der Bauer deutete erneut auf die Zeitung. »Mit diesem Mädchen. Mit allem.«

Thorne blickte sich um und bemerkte, dass verschiedene Gäste die gleiche Zeitung lasen. Er dachte an die Harleys; noch ein Elternpaar, dessen Leben plötzlich aus den Angeln gehoben worden war. Und er dachte an ein anderes Mädchen. Daran, was sie hatte ertragen müssen, um ihre kleine Schwester zu schützen.

»Das hatte ich nie vor«, erklärte er.

Patterson lächelte und offenbarte vergilbte Zähne, zwischen denen ein kleines Stückchen Tomate steckte. »Wenn man beruflich damit zu tun hat, kommt man nicht davon los, was? Also, wenn ich irgendwo was Interessantes über Schweine finde, kann ich einfach nicht anders. Geht Ihnen wohl genauso, schätz ich. Mit Mord.«

Auch wenn er noch so hungrig war, schob Thorne die Blutwurst beiseite. »Sie haben gemeint, Sie hätten was für mich. Informationen.«

»Na ja, sagen wir mal so, ich hab eins und eins zusammengezählt.« Patterson tippte sich gegen den Kopf. »War nicht so schwer, als die Leute erst mal anfingen, Sachen aufzuschnappen und drüber zu reden. So hab ich zum Beispiel rausgekriegt, dass mein Schwein nicht gestohlen wurde, damit sich einer seine Sandwichs mit Speck belegen kann.«

Thorne grunzte und aß weiter.

»Das Schwein ist wichtig, das weiß ich.« Der Bauer beugte sich vor. »Wichtig für denjenigen, der diese Mädchen entführt und eins davon umgebracht hat. Wer immer das ist.«

»Wie Sie schon gesagt haben, ich habe was damit zu tun.« Thorne versuchte, seine Ungeduld zu verbergen. »Und mit Blick darauf muss ich leider sagen, dass es sich für mich bisher nicht unbedingt gelohnt hat, aus dem Bett zu steigen.«

Pattersons Achselzucken deutete an, dass ihm das egal war.

Er fuhr fort. »Sie wissen also offensichtlich, dass dieser Typ, dieser Bates, nicht der Täter ist, stimmt's? Dass die Polizei bei dem Ermittlungen Mist gebaut hat und der wahre Mörder immer noch frei rumläuft.«

Thorne nickte wieder. Es war immer das Gleiche, wenn man absichtlich Informationen streute. Am Schluss erzählten einem die Leute das, was man bereits wusste. »Sie haben gesagt, Sie hätten Informationen für mich zu dem Mann, der Ihr Schwein gestohlen hat.« Thorne senkte die Stimme. »Zum wahren Mörder.«

Patterson legte Messer und Gabel hin und wischte sich den Mund mit dem Handrücken ab. »Nun, zunächst mal weiß ich, dass er zu Fuß unterwegs war.« Er wartete auf eine Reaktion und nickte dann zu seiner Hündin. »Leute, die sie nicht kennt, bellt sie an, das haben Sie ja selbst erlebt. Übersinnlich veranlagt ist sie aber nicht, wenn Sie verstehen, was ich meine. Sie macht einen Höllenlärm, wenn *irgendein* Auto auf den Hof fährt – und in der bewussten Nacht hat sie nicht den leisesten Pieps von sich gegeben. Also gehe ich mal davon aus, dass derjenige sein Auto irgendwo geparkt hat und den Rest zu Fuß gegangen ist. Wahrscheinlich hat er das Ferkel in einen Sack gesteckt und es dann zurück zum Wagen gebracht.« Er nickte zufrieden. »Der hat bestimmt alles genau geplant.« Nach einem selbstgefälligen Blick Richtung Thorne widmete er sich wieder seinem Frühstück. »Also … fangen Sie damit an, was Sie wollen.«

Thorne schaute dem Bauern zu, wie er die Reste auf seinem Teller mit einer labbrigen Scheibe Toast aufwischte. Er musste sich beherrschen, um Patterson nicht vorzuhalten, dass seiner Hündin diese Sache wahrscheinlich schon seit Wochen klar war. Stattdessen bedankte er sich brav.

»Nun denn, ich kann hier nicht den ganzen Tag sitzen und rumquatschen.« Der Bauer schob seinen Stuhl zurück. »Hab schließlich noch was anderes zu tun.« Er stand auf und nickte dem Mann hinter der Theke zu. Dann marschierte er zur Tür, ohne sich zu verabschieden, die Hündin dicht auf den Fersen.

Thorne, der ihm nachschaute, konnte hören, wie der Wirt hinter ihm Bestellungen in die Küche rief. Selbst wenn der alte Mann den ganzen Tag nur damit verbrachte, vergilbte Zeitungen in Kartons zu stopfen – wenigstens hatte er Pläne. Thorne hatte Paulas Haus mit dem untrüglichen Gefühl verlassen, dass Helen froh war, allein zu sein. Und im Gegensatz zu Patterson hatte er keine Ahnung, was er mit sich anfangen sollte.

Ich bin nicht krank, Tom …

Er erinnerte sich an Helens Gesichtsausdruck; ein Gesichtsausdruck, den er noch nie zuvor gesehen hatte und den sie vielleicht selbst nicht kannte. Der Mund verzerrt vor Schmerz oder Wut oder Entschlossenheit. Vielleicht eine Mischung aus allem. Die Augen, weit aufgerissen und blutunterlaufen, auf eine Stelle in der Wand gegenüber starrend. So wie jemand auf einem schwankenden Boot, der seinen Blick auf den Horizont richtete, um nicht seekrank zu werden.

Helen brauchte jetzt Zeit und Raum, und er würde ihr von beidem geben, so viel sie brauchte.

Er spähte auf seine Uhr. Erst zehn nach acht.

Thorne bestellte sich einen weiteren Tee und griff nach der Zeitung.

67

Helen ging in einem Bademantel nach unten, den Paula ihr geliehen hatte und unter dem sie eine Unterhose und ein altes T-Shirt trug. Sie hatte noch ein paar Stunden schlafen können, trotzdem fühlte sie sich schlapp und bleiern; so gedämpft, als bewegte sie sich unter Wasser. Die Wärme, die sich mittlerweile überall im Haus verteilt hatte, war ihrer Verfassung nicht unbedingt zuträglich.

Sie ging zur Haustür, um die Zeitung zu holen, und brachte sie mit in die Küche.

Sie machte sich Kaffee; zwei Löffel Pulver und nur einen Spritzer Milch. Sie brauchte Koffein, brauchte *irgendwas*, um mehr als die Titelseite lesen zu können. Sie überlegte kurz, ob sie die Schränke nach Alkohol durchsuchen sollte, doch dann fiel ihr Linda ein, und sie änderte ihre Meinung.

DIE JUGENDLICHE FREUNDIN DES MORDVERDÄCHTIGEN. Ein Bild von Aurora Harley in Schuluniform.

Als sie das Foto noch einmal betrachtete, wurde ihr plötzlich schlecht. Eine Erinnerung stieg in ihr hoch. Der Kaffee hielt die Übelkeit in Schach und verlieh Helen neue Energie, doch hätte die genauso gut von der Wut herrühren können, die sich in ihr auszubreiten begann, während sie die Geschichte las.

Aurora Harley hatte mit der Zeitung gesprochen, das war offensichtlich. Vielleicht hatte sie sogar das Foto geliefert, doch war sie eindeutig nicht diejenige, die die Geschichte erzählte. Zitate waren so ausgewählt und platziert worden, dass sie zur Perspektive passten. Es überraschte Helen kaum, doch ihre Wut wurde dadurch nicht geringer. Sie wünschte sich noch immer, dass sie dieser Journalistin im Pub eine heruntergehauen hätte, als sie die Möglichkeit dazu gehabt hatte.

Das selbstgefällige Gesicht der Frau starrte Helen heute Morgen von einem kleinen Bild oberhalb des Artikels entgegen.

Helen konnte sich ihre Reaktion vorstellen, als Aurora Harley in ihrer silbernen Daunenjacke und mit großen Augen und purpurnem Rouge auf den zarten Wangenknochen zu ihr geeilt war.

Ich finde nur, dass sie es verdient, ihre Seite der Geschichte erzählen zu dürfen.

Die Schlampe hatte den Scheck wahrscheinlich gar nicht schnell genug ausstellen können.

Während die Zeitung sich mit diesem Thema gerade noch innerhalb des rechtlichen Rahmens bewegte, war deutlich zu erkennen, dass sie es aufgrund der Auflagenzahlen weiterhin für vorteilhaft hielt, sich dem Lynchmob anzubiedern und Stephen Bates im Sinne der Anklage schuldig zu sprechen. Egal, was seine jugendliche Freundin zu sagen hatte, der Artikel legte nur einen Schluss nahe: Sie war der lebende Beweis dafür, dass er genau jener Mistkerl war, den die meisten rechtschaffenen Menschen in ihm sahen. Die bloße Existenz des Mädchens war nur eine weitere Waffe für das bereits gut ausgestattete Arsenal der Anklage.

Mit kaum verschleierter Schadenfreude stellten die Berichterstatter ihren Ekel zur Schau.

»Es ist blödsinnig«, sagt die zierliche Teenagerin. »Wie soll er jemanden entführt haben, wenn er mit mir zusammen war?« Au-

rora Harley schüttelt den Kopf und streckt die Hände aus, um ihre Fassungslosigkeit zu betonen. Vielleicht ist es eine Geste, die sie von ihren Eltern gelernt hat. Ihre Mutter bezieht derzeit Invalidenrente. Ihr Vater ist Arbeiter, der mit seinen neununddreißig Jahren nur wenig älter ist als der Mann, mit dem seine Tochter laut ihrer Aussage geschlafen haben soll.

Auf der nächsten Seite gab Lindas Exmann seinen Senf zu den Enthüllungen Aurora Harleys dazu. Diesmal war ein Bild von Wayne Smart zu sehen, auf dem seine Kinder noch klein waren; Charli ohne Vorderzähne, Danny grinsend auf seinen Schultern. Der perfekte Vater.

»Selbst wenn Bates es nicht getan hat, bin ich jetzt entschlossener denn je, meine Kinder nicht mehr in seine Nähe zu lassen, besonders nicht meine Tochter.«

Selbst wenn Bates es nicht getan hat. Es war das erste Mal, dass Helen den Hauch eines Zweifels in gedruckter Form auftauchen sah. Vielleicht ein gutes Zeichen.

Sie schob die Zeitung weg und wandte sich ab, um so einen weiteren Blick auf die Titelseite zu vermeiden. Sie schaute hinaus auf die Felder und trank den Rest ihres Kaffees.

Ein Bild von Aurora in der Schuluniform, verdammt noch mal …

»Morgen.«

Helen zuckte zusammen und drehte sich um. Sie lachte nervös und entschuldigte sich. Sie hatte Jason Sweeney nicht kommen hören.

»Nein, *mir* tut's leid.« Sweeney hob die Hände. »Ich wollte dich nicht …«

»Ich dachte, ich wäre allein im Haus«, sagte Helen.

Er ging hinüber zum Wasserkessel, um ihn einzuschalten. »Ich arbeite erst heute Abend.«

»Ach so. Schläfst du denn normalerweise nicht aus, wenn du den Abend zuvor so lange Taxi gefahren bist?«

»Ja, schon.« Sweeney trug den schäbigen Bademantel, den Helen schon kannte. Er hatte Fäden gezogen, und einer der Gürtelschlaufen war abgerissen. Sie ertappte sich dabei, wie sie sich fragte, ob er etwas darunter trug. »Bin wegen irgendwas aufgewacht und konnte nicht mehr einschlafen.«

»Tut mir leid, ich hoffe, nicht wegen mir.« Als Sweeney sich umdrehte, um die Milch aus dem Kühlschrank zu nehmen, zog Helen ihren Bademantel über der Brust zusammen, trotz des T-Shirts darunter.

»Soll ich uns was zum Frühstück machen?«, fragte Sweeney.

»Nein, danke, schon in Ordnung. Mir genügt Kaffee.«

»Ich mach spitzenmäßige Rühreier. Irgendwo gibt's auch Tomaten.« Er beugte sich vor und begann das Gemüsefach des Kühlschranks durchzustöbern.

»Frühstück ist mir an und für sich egal«, warf Helen ein.

Sweeney legte die Packung Eier und die Tomaten, die er endlich entdeckt hatte, auf die Arbeitsplatte. »*Jeder* braucht ein Frühstück.«

»Ich wüsste nicht, warum.«

»Mit einem Frühstück ist man für den Tag gerüstet.«

»Wie schon gesagt …«

»Was machst du heute?«

»Bin mir noch nicht ganz sicher.«

»Ich dachte, du wärst schon bei Linda Bates.«

»Wahrscheinlich seh ich sie später.«

»Ich kann dich zu ihr bringen, wenn du willst.«

»Okay. Ich sag dir Bescheid.«

»Tom ist schon weg, oder?«

»Ja.«

»Wohl ’n Frühaufsteher wie Paula …«

Helen war froh, als ihr Handy in der Tasche des Bademantels summte. Sie war bereits aufgestanden, als sie es herauskramte und den Namen des Anrufers las. Sie zeigte auf das Telefon und entschuldigte sich, während sie zur Tür ging. Sweeney deutete achselzuckend sein Verständnis an. Sie wartete, bis sie draußen im Flur war, bevor sie den Anruf entgegennahm.

»Ich hab dich doch nicht geweckt, oder?«, fragte Thorne.

»Nein, ich bin schon eine Weile wach.«

»Bist du noch mal eingeschlafen?«

»Ja.«

»Alles in Ordnung?«

»Erzähl mir von dem Bauern!«, sagte Helen.

»Reine Zeitverschwendung«, antwortete Thorne. Ein kurzes Schweigen trat ein. »Dafür gab’s aber ein üppiges Frühstück.«

»Wie schade.«

Nochmaliges Schweigen, diesmal länger. »Hast du schon die Zeitung gesehen?«

»War gerade dabei, sie zu lesen.«

»Nicht sehr überraschend.«

»Wir haben das Mädchen den Wölfen vorgeworfen«, erklärte Helen.

»Also … *du* hast gar nichts getan«, entgegnete Thorne. »Ich war derjenige, der meinte, sie könnte mit der Presse reden.«

»Ist doch egal, wer’s gesagt hat.«

Helen wartete. Sie konnte Sweeney in der Küche herumlaufen hören, er summte vor sich hin. »Was machst du jetzt?«

»Sie hat gewusst, worauf sie sich einließ. Das habe ich ihr erklärt.«

»Sie ist noch ein Kind.«

»Für sie war es in Ordnung«, sagte Thorne. »Ich hab ihr gesagt, wie sie sind. Sie war scharf auf das Geld.«

»Also, was machst du jetzt?«

»Keine Angst, ich werd mich schon amüsieren.«

»Okay …«

»Ich ruf dich später noch mal an.«

»Brauchst du nicht, ehrlich.«

»Oder du rufst mich an. Wenn du … fertig bist.«

»Schon gut, Tom. Ruf mich an, wenn du willst.«

Ein paar Sekunden war nur das Knacken in der Leitung zu hören. »Na gut. Dann überlass ich dich mal wieder dir selbst.«

Helen beendete das Gespräch, drehte sich um und sah, dass Sweeney sie von der Küchentür aus beobachtete.

»Alles in Ordnung?«

Helen steckte das Handy zurück in die Tasche des Bademantels und trat zur Treppe. »Ich geh kurz hoch, mich duschen und anziehen.«

»Was ist mit deinem Frühstück?«

»Hab ich doch gesagt, ich bin eigentlich nicht hungrig.«

»Ich hab aber schon damit angefangen«, wandte er ein.

68

»Wie kommt's, dass Mum und du nicht miteinander redet?«

Charli starrte ihren Bruder an. »Was ist los?«

»Ihr habt gestritten, oder?«

»Ich weiß nicht, was du meinst«, antwortete Charli.

Sie waren unten im Wohnzimmer. Danny lümmelte auf einem Sessel herum, während Charli mit angezogenen Beinen auf dem Sofa saß, ein kleines braunes Kissen vor die Brust gedrückt. Danny starrte die Fernbedienung so finster an, als wäre ihr Unvermögen, Satellitenprogramme zu empfangen, ein unverzeihlicher Akt des Verrats. Aufgrund der eingeschränkten Auswahl schaute er *Bargain Hunt*. Er schüttelte den Kopf und sog Luft durch die Zähne ein.

»Wie gerade eben«, sagte Danny. »Vorm Bad.«

»Was?«

»Du und Mum. Lauter komische Blicke und kein Wort.«

»Kannst du nicht irgendwas anderes im Fernsehen schauen als diesen Scheiß?«, fragte Charli.

»Du hast doch gesagt, dir wär's egal, was wir gucken.«

»Ja, aber jetzt hab ich das Gefühl, als könnte ich spüren, wie meine Gehirnzellen absterben.« Sie legte ihr Kinn auf das Kissen und stieß einen theatralischen Schnarcher aus. »Alte Leute, die irgendwelches Gerümpel kaufen und dann versuchen, es anderen alten Leuten aufs Auge zu drücken.«

»Seit gestern seid ihr so komisch zueinander.« Danny zappte

durch die Programme. »Du und Mum. Weshalb auch immer. Seit sie mich runtergeschickt hat, um den Wein zu holen.«

»Keine Ahnung, was du …«

»Quatsch. Ich wusste, dass irgendwas los ist. Sie wollte gar keinen Wein, sie wollte mich draußen haben.«

»Warum denn?«

»Denk bloß nicht, ich bin blöd.«

»Nein, aber ich denke, du bist ein Idiot, der nicht in der Lage ist, was Anständiges im Fernsehen zu finden.«

»Es ging um Steve, oder?«

»Was?«

»Der Streit zwischen dir und Mum.«

Charli seufzte, als wäre das Ganze einfach zu lächerlich, um sich weiter damit abzugeben. So machte sie es auch, wenn er versuchte, mit ihr über ihre Musik zu reden. Sie wartete, bis er wieder zum Fernseher blickte, und rief dann »Hey!« Als er sich umdrehte, lachte sie und schmiss ihm das Kissen zu. Doch er hob einen Arm und schlug es weg. Ihm war offenbar nicht nach Herumalbern zumute.

»Was ist bloß los mit dir?«, fragte Charli.

»Mit *mir*?«

Sie schwiegen eine Weile. Es war viel stiller als sonst vorm Haus, sodass sie den Fernseher nicht lauter stellen mussten, um die Rufe zu übertönen. Wieder wandte sich Danny dem Fernseher zu und achtete nicht länger auf ihr spöttisches Gemecker darüber, wie langweilig das Programm war, wie langweilig *er* war. Nach ein paar Minuten knallte er die Fernbedienung hin und stand auf.

»Einfach ätzend.«

»Dann schalt um, vielleicht findest du was Besseres«, sagte Charli.

»Das mein ich nicht. *Du* bist ätzend. Du bist so ein Miststück, und ich hab's echt satt.«

»Mein Gott, beruhig dich!«

»*Du* hast doch groß getönt, wir müssten ehrlich miteinander sein.« Danny begann gegen den Sessel zu treten. »Immer die Wahrheit sagen. Keinen Scheiß erzählen.« Er trat fester gegen den Sessel, der begann, über den Teppich zu wandern. »Keinen Scheiß!« Er wandte sich zu ihr, sah sie an, schüttelte den Kopf. Sein Mund war angespannt, als müsste er gleich spucken oder in Tränen ausbrechen. »Das Witzige daran ist, dass *du* voller Scheiße bist.«

Ohne ein weiteres Wort marschierte er hinaus. Sie zuckte zusammen, als er die Tür hinter sich zuknallte, hob das Kissen vom Boden auf und drückte es noch fester an sich.

Er hatte allen Grund, wütend auf sie zu sein. Denn im Moment verschwieg sie ihm einiges. Dabei hatte sie ihm genau das Gegenteil versprochen, und er war alles andere als dumm. Doch so funktionierten Familien nun mal, oder? Man bekam alles mit. Jeden Krach, einfach alles. Die noch so kleinste Stimmungsänderung spürte man wie einen Windzug aus dem Nichts.

Wenigstens normalerweise.

Tags zuvor war sie wahnsinnig wütend gewesen, nachdem ihre Mum Danny aus dem Zimmer geschickt hatte. Wie um alles in der Welt hatte Mum sie nur so was fragen können? Wie war sie bloß auf einen solchen Gedanken gekommen?

Inzwischen war Charli das natürlich klar. Sie hatte das ganze Zeug auf ihrer Facebookseite gesehen, die Links zu der Geschichte in der Zeitung, wo das Mädchen über Steve gesprochen hatte. Auch Danny hatte die dämlichen Kommentare und die geposteten Fotos der Trolle gesehen, die nichts

Besseres zu tun hatten. Er wusste genauso wie Charly, warum nicht mehr so viele Leute vorm Haus standen. Viele Reporter waren zu dem Haus dieses Mädchens gezogen. Jetzt erfuhr *sie*, wie es war, angeschrien und begafft zu werden wie die bedauernswerten weißen Mäuse im Biologielabor in der Schule.

Und vielleicht war es ja genau das, was dieses Mädchen verdiente.

Vielleicht, denn Charli wusste tatsächlich nicht mehr, was die Wahrheit war. Nicht einmal, wenn sie mit sich selbst sprach. Sie wollte es mit ihrer Mum besser hinkriegen, wusste aber nicht, wie. Wahrscheinlich musste sie die Dinge einfach eine Zeit lang ruhen lassen. So lange warten, bis sich alles wieder etwas beruhigt hatte.

Sie rieb an dem kleinen dunklen Fleck auf dem schäbigen braunen Kissen herum, sah zu, wie sich der nächste Fleck bildete, und noch einer. Dann drückte sie das Kissen gegen ihr Gesicht, um die Tränen wegzuwischen.

Sie wusste, warum ihre Mum sich so verhielt. Warum sie genauso wütend auf sich selbst war wie auf alle anderen. Warum sie ein schlechtes Gewissen hatte und niemandem in die Augen sehen konnte. Warum sie in dem Haus herumschwebte wie ein Geist, der mit einer Flasche in der Hand gestorben war.

Ihre Mum hatte ihr eine Frage gestellt, die Charli beantwortet hatte.

Und ihre Mum hatte geglaubt, dass sie log.

Linda redete bereits eine ganze Weile.

Sie saß am Küchentisch und blickte abwechselnd von dem ramponierten Laminatboden zu den beiden Polizeibeamtinnen, um deren Reaktion zu sehen. Sie sprach, während Carson und Gallagher zuhörten, oder vielleicht auch einfach glaubhaft diesen Eindruck vermittelten. Beide kannten sich mit Situationen wie dieser aus – in den passenden Momenten nicken, lächeln oder den Kopf schütteln, und, solange nicht der Eindruck mangelnder Aufmerksamkeit oder Anteilnahme entstand, sich auch mal »ausklinken«. Carson hatte die letzte halbe Stunde größtenteils damit verbracht, darüber nachzudenken, was sie machen würde, wenn ihre Mutter sich nicht mehr selbst versorgen konnte, während Gallagher versuchte hatte, sich die Frage zu beantworten, ob sie mit diesem verheirateten Feuerwehrmann schlafen sollte, der ihr ziemlich eindeutig zu verstehen gegeben hatte, dass er auf sie abfuhr.

»Sie müssen ja wohl zugeben, dass das echt einen Unterschied macht, oder?« Linda schob den beiden Polizistinnen die Zeitung über den Tisch hinweg zu, legte dabei aber so viel Nachdruck in ihre Geste, dass das Blatt zerriss. Beide hatten die Geschichte bereits gelesen, doch Carson machte einen Schritt nach vorn und tat so, als würde sie die Titelseite noch einmal studieren. »Ja, ich weiß«, fuhr Linda aufgeregt fort, »es war klar, dass sie das sagen würde, bla, bla, bla, aber es muss doch genügend dran sein, sodass sie jetzt noch mal darüber nachdenken. Den Fall neu betrachten. Ich rede hier von Ihrem Chef. Ihrem Vorgesetzten. Dem … *leitenden Ermittlungsbeamten.*« Sie sprach mit einem eigenartig trällernden Akzent, die Worte sorgfältig artikulierend, als würde sie einen Würdenträger aus einem exotischen Land ankündigen, der auf Besuch war. »Vielleicht nicht genug, um die Anklage fallen zu lassen, aber vielleicht genug, um die Schwere der Anklagepunkte … *herabzusetzen.*« Sie lachte und betrachtete Carson und Gallagher auf der Suche nach einer Reaktion.

»Hören Sie, Linda. Selbst *wenn* ich etwas wüsste, dürfte ich es Ihnen nicht sagen«, erklärte Carson. »Aber ich kann Ihnen versprechen, dass ich nichts weiß.«

»Oh, jetzt bin ich also wieder ›Linda‹. Wie nett! *Linda.* Da krieg ich ein ganz warmes wohliges Gefühl. Vielleicht sollten wir uns alle mal ordentlich drücken oder so.«

»Wär's Ihnen lieber, wenn ich Sie nicht mehr mit Ihrem Vornamen anspreche?«

»Ja, wär's mir, ehrlich gesagt.« Linda lehnte sich zurück und verschränkte die Arme. »Ich möchte, dass Sie mich Mrs. Bates nennen … ach, Quatsch, nein … ich möchte, dass Sie mich *gnädige Frau* nennen.«

»Wie Sie wollen«, sagte Carson.

Linda neigte den Kopf zur Seite und schielte auf das Foto von Aurora Harley. »Ich frage mich, ob er sie auch angefasst hat, der alte Mistkerl. Ich könnte wetten, dass er selbst vor der eigenen Familie nicht haltgemacht hat.«

Carson sah Gallagher an, die mit den Achseln zuckte, genauso verwirrt.

»Wie auch immer«, sagte Linda. »Diese Alibigeschichte wird so oder so keine große Rolle spielen, denn es wird Beweise geben. O ja … richtige *kriminaltechnische* Beweise. Durch sie wird sich das Blatt wenden, und Ihnen wird nichts anderes übrig bleiben, als ihn mit den Worten gehen zu lassen: ›Oje … da haben wir uns wohl geirrt‹.«

Carson und Gallagher warteten stumm.

»Was ist?« Linda beugte sich über den Tisch. »*Was ist?* Verdammt noch mal, schauen Sie sich nur an … Stehen da wie zwei Ölgötzen. Die Eiskönigin und der Zwerg aus Schottland …«

»Soll ich uns einen Kaffee machen?«, fragte Gallagher dazwischen.

Linda lachte. »Sie können von mir aus trinken, was Sie wollen, aber ich will bestimmt keinen Kaffee. Was soll das? Wieso fragen Sie ständig, ob jemand was Warmes trinken will? Ich brauche weder Kaffee noch Tee … noch heiße Schokolade.«

»Okay.«

»Und verdammt noch mal auch keine dämliche *heiße Milch.*« Sie saß eine halbe Minute da und atmete schwer. Dann lockerte sie ihren Nacken, indem sie den Kopf kreisen ließ, blickte wieder auf und zeigte auf die beiden Polizistinnen. »Auf jeden Fall werden Sie nicht mehr lange hier sein, denn demnächst werden richtige Beweise auf dem Tisch liegen, und dann wird Ihr Fall in sich zusammenfallen wie eine Sandburg. Alle werden erfahren, dass Sie einfach bloß Ihre Zeit verschwendet haben. Hören Sie mich? Richtige Beweise.«

Carson schniefte. »Das haben Sie bereits gesagt, gnädige Frau.«

»Schon besser«, meinte Linda und nickte zufrieden. »Zur Abwechslung mal ’n bisschen Respekt.«

Doch nun verlor Gallagher die Geduld. »Und, was passiert denn dann, hm? Wenn diese erstaunlichen Beweise auf dem Tisch liegen, die unsere Sandburg zum Einstürzen bringen?« Auch wenn offensichtlich der Wein aus Linda sprach, konnte sich Gallagher nicht zurückhalten. Sie schob die zerrissene Zeitung zurück zu Linda, obenauf das Bild des Mädchens, das mit ihrem Mann geschlafen hatte. »Werden Sie ihn wieder mit offenen Armen empfangen?«

»Oh, ich will den Scheißkerl nicht *zurückhaben*«, erwiderte Linda. »Ich weiß verdammt genau, was er gemacht und was er nicht gemacht hat. Was immer passiert, wenn er rauskommt, er wird nicht zu mir und meinen Kindern zurückkehren. Ich werde ihn nicht in die Nähe von Charli lassen.« Sie schüttelte den Kopf. »Wir werden schon zurechtkommen, vielen Dank. Genauso gut wie vorher.« Sie hielt die linke Hand hoch und musterte den Abdruck, den ihr Ehering hinterlassen hatte. »Glauben Sie etwa ernsthaft, ich würde ihn zurücknehmen?«

Sie rieb über den kleinen dunklen Fleck auf der Zeitung und sah, wie sich der nächste bildete und der nächste …

69

»Nett«, meinte Thorne. Er nickte zustimmend und folgte Hendricks über einen mit Teppich ausgelegten Flur, dessen Wände gerahmte Schwarz-Weiß-Fotografien zierten, in eine schicke moderne Küche. Der Edelstahl und das gebleichte Holz waren makellos. »Scheint, als wärst du mal wieder auf die Füße gefallen.«

»O ja.« Hendricks war barfuß, trug ein schwarzes Unterhemd und eine Trainingshose. Er steckte eine Kapsel in den glänzenden Nespresso-Kaffeeautomaten. »Nicht dass ich viel Zeit auf denen verbracht hätte.« Er grinste Thorne an. »Meistens war ich auf den Knien.«

»Bitte, keine Details.«

»Vergiss nicht, ich tu das nur für dich.«

»Klar«, lautete Thornes trockener Kommentar.

Sie spazierten mit ihrem Kaffee in ein gleichermaßen schickes wie ordentliches Wohnzimmer. Holzböden und Kuhfellteppiche, Chrom und weiches Leder, raumhohe Regale voller Bücher, Hochglanzmagazine und CDs, die Thorne sofort zu inspizieren begann.

»Ich hab dir doch gesagt, dass ich dich anrufen werde.«

»Hm?«

»Sobald ich was vom Labor höre.«

Thorne nahm ein Album heraus und betrachtete es eingehend. Er hatte von der Band noch nie etwas gehört, war aber beeindruckt, dass die CD-Sammlung alphabetisch sortiert war. »Ich weiß; ich dachte bloß, ich könnte genauso gut vorbeikommen und dir in der Zwischenzeit etwas Gesellschaft leisten.«

»Ach ja?«

Thorne stieß auf eine CD von Emmylou Harris und winkte Hendricks damit zu. Es war das Album, das sie mit Daniel Lanois gemacht hatte. »Auf jeden Fall hat er einen guten Musikgeschmack.«

»Meistens.«

»Wie kann er sich eine Wohnung wie die hier von seinem Dozentengehalt und ein bisschen Beratertätigkeit leisten?« Liam Southworths Wohnung befand sich im obersten Stockwerk eines Wohngebäudes mit Pförtner, ein paar Meilen entfernt vom Gelände der Warwick University. Beim Betreten des Hauses hatte Thorne die Schilder für den Fitnessraum und den Eingang zur privaten Tiefgarage bemerkt.

»Er ist *Professor*.«

»Trotzdem.« Thorne stellte die CD wieder zurück an ihren Platz und begann sich in dem Zimmer umzusehen, wobei er das eine oder andere Stück berührte. Er nahm eine kleine Skulptur aus Marmor in die Hand, die auf einem niedrigen Schrank stand. Er hatte keine Ahnung, was sie darstellen sollte, doch sie sah teuer aus. »Gibt's irgendeine Art Schwarzmarkt für tote Käfer?«

»Ich glaube, er hat geerbt«, antwortete Hendricks. »Wir haben eigentlich nicht drüber gesprochen.«

Thorne setzte sich neben Hendricks, der auf einem Sofa Platz genommen hatte, das sehr viel bequemer wirkte, als es tatsächlich war. Hendricks gab Thorne einen hölzernen Untersetzer für seine Tasse, den er pflichtbewusst auf den Glastisch neben sich legte.

Er konnte ein Grinsen nicht unterdrücken. »Sieh einer an. Du und Untersetzer.«

»Ist ja nicht meine Wohnung, oder?«

»Mit dem Fernseher hast du ja wohl richtiggelegen.« Thorne deutete mit dem Kopf zu einem riesigen Bildschirm, der an der Wand befestigt war, umrahmt von einem Regal mit DVDs.

»Der Klang ist unglaublich«, bemerkte Hendricks.

»Das glaub ich dir gern.« Thorne hatte bereits den Subwoofer und die Bose-Lautsprecher in den oberen Ecken des Zimmers entdeckt.

»Also, was hast du heute gemacht?« Hendricks lehnte sich zurück und trank von seinem Milchkaffee.

»Ich hab mich mit Patterson getroffen, dem Schweinezüchter. Völlige Zeitverschwendung. Danach war ich im Wald spazieren.«

Hendricks starrte ihn an. Wäre er zu Hause gewesen, wo es ihm egal war, wenn er ein Chaos anrichtete, hätte er wahrscheinlich spontan seinen Kaffee ausgespuckt – nur um seine Überraschung zu demonstrieren.

Thorne zuckte mit den Achseln. »Ja, ich bin noch mal zu der Stelle hin, wo Jessicas Leiche gefunden wurde, und hab mich 'n bisschen umgesehen. Und dann bin ich … einfach spazieren gegangen. Weißt du, das Wetter war schön genug.«

Jetzt war Hendricks an der Reihe zu grinsen. »Sieh dich nur an. Gehst spazieren.«

»Es gibt kein Gesetz, dass das verbietet.«

»Nein, aber *du* bist normalerweise derjenige, der findet, es sollte eins geben.«

Thorne wollte Hendricks nicht verraten, dass er fast zwei Stunden durch den Wald gestapft war, nur um Zeit totzuschlagen – und dass er noch immer Zeit totschlug, obwohl er sich jetzt deutlich mehr amüsierte.

Er verspürte nicht den geringsten Wunsch, seinem Freund zu erklären, warum.

»Was treibt Helen denn so?«

Dummerweise kannte Hendricks ihn einfach viel zu gut. Sein Freund hatte wahrscheinlich seit dem Moment, als er aus heiterem Himmel hier aufgetaucht war, gewusst, dass irgendetwas nicht stimmte.

»Wird wohl zu Hause bei Paula sein, denke ich.«

»Klingt gut.«

»Ich glaube, sie wollte 'n bisschen allein sein.«

»Ach so …«

Dann stellte Hendricks die Frage.

»Du hast mit deiner Vermutung genau richtiggelegen«, antwortete Thorne nach einigem Zögern. »Erinnerst du dich noch, als du von zu Hause und schlechten Erinnerungen gesprochen hast? Wie sich herausstellt, hält diese Stadt ein paar ganz miese für sie bereit. Deshalb …« Thorne wollte nicht noch mehr preisgeben. Er wusste, dass Helen Hendricks alles erzählen würde, wenn sie dazu bereit war; dafür standen die beiden sich nah genug. Doch als Thorne den Gesichtsausdruck seines Freundes sah, fragte er sich, ob er es nicht bereits ahnte. »Die Sache ist, dass ich nicht weiß, was ich zu ihr sagen soll. Und nicht weiß, ob das, *was* ich zu ihr gesagt habe, das Richtige war.«

Hendricks stellte seine Kaffeetasse ab. »Ich bin mir nicht sicher, ob es überhaupt was *Richtiges* gibt. Weißt du … natürlich hängt es von der Situation ab, aber was immer es ist, man sagt einfach das, was man fühlt. Und damit kann man eigentlich nie so ganz falschliegen.«

»Ich wollte nur, dass es ihr besser geht«, erklärte Thorne.

»Klar wolltest du das. Ich bin mir sicher, dass du ihr das gegeben hast, was sie in dem Moment brauchte.«

»Ich hoffe es, Phil.«

»Ich meine, du bist ja kein Vollidiot, nicht?« Hendricks lächelte. »Zumindest nicht immer.«

Hendricks rief den Pizzaservice an, und sie saßen vorm Fernseher und aßen direkt aus den Schachteln. Sie sprachen eine Weile über Musik, und Thorne stellte noch ein paar Fragen zu Liam. Als Brigstocke wieder anrief und Thorne den Anruf erneut wegdrückte, amüsierten sich beide köstlich über die wütende Nachricht, die der DCI hinterließ. Wenige Minuten später ging eine SMS mit ungefähr dem gleichen Inhalt ein.

verflucht noch mal! vielleicht hättet du nach bardsey besser kündigen sollen. du kannst froh sein, wenn du noch mal als streifenpolizist arbeiten darfst. hab ne freie stelle für nen schülerlotsen gesehen, aber das ist wahrscheinlich ne nummer zu groß für dich …

»Ich glaube, ich werde von dem Fernsehprogramm tagsüber abhängig«, meinte Hendricks.

Thorne hatte sich über die fortwährenden Kommentare seines Freundes zu den unterschiedlichen Sendungen köstlich amüsiert. »Klingt bedenklich.«

»Ich weiß, und mir ist auch keine einzige Selbsthilfegruppe bekannt, genauso wenig wie eine Entzugsklinik.«

»Schrecklich«, meinte Thorne.

Sie machten sich lustig über die Sendung, die gerade lief. Die gestochen scharfen Bilder und das Surround-Sound-System verstärkten noch die unfreiwillig komischen Einlagen und die äußerst undramatischen Momente.

»So was könnten wir auch«, sagte Hendricks.

»Was?«

»Eine Reality-Show zusammenbasteln.«

»Glaubst du?«

»Ein Kinderspiel. Wir nehmen einfach das, worin wir uns gut auskennen. So schwer kann das ja wohl nicht sein, oder? Die Leute stehen doch auf Mord und Totschlag. Noch ein bisschen Kriminaltechnik dazu, und fertig ist der Straßenfeger. Wie wär's mit *Das kleine Einmaleins des Mordens*?«

Thorne lachte, wie immer. Die Fernsehabende mit Hendricks waren oft die einzige Zeit gewesen, wo er hatte entspannen können, während sie gemeinsam in schwierigen Fällen ermittelt hatten. Eine Möglichkeit, Druck abzulassen und zu vergessen, wenn auch nur für wenige Stunden. Doch was Helen ihm erzählt hatte, konnte er unmöglich vergessen. Den Schmerz, den sie dabei verspürt hatte, und der noch viel tiefere Schmerz, den diese Erinnerungen in ihr auslösten, fraß sie auch nach fast dreißig Jahren noch auf.

Obwohl sich Hendricks größte Mühe gab, ihn auf andere Gedanken zu bringen, sehnte sich Thorne nach der simplen Ablenkung, die der Fall Bates ihm bot.

Der Fall, in die er seine Nase nicht reinstecken sollte …

Liam Southworth rief an, und Thorne freute sich, als er sah, wie sich Gesichtsausdruck seines Freundes veränderte und *weicher* wurde. Hendricks wandte sich ab und senkte die Stimme – für Thorne ein deutliches Signal, dass dies ein passender Moment war, der Toilette einen Besuch abzustatten.

Als er zurückkehrte, hielt Hendricks das Handy hoch. »Jetzt kann's losgehen, mein Freund. Bei unseren Käfern gibt's eine hundertprozentige Übereinstimmung mit Schweine-DNA. Das ist eine gute Nachricht, oder?«, sagte er.

Thorne nickte, sein Kopf arbeitete bereits auf Hochtouren, ohne jedoch eine spezifische Richtung einzuschlagen.

»Eins noch«, bemerkte Hendricks und erzählte ihm, dass Cornish bereits informiert worden war. Liam hatte keine andere Wahl gehabt.

»Egal«, sagte Thorne. »Von dem erwarte ich keine Entschuldigung oder gar ein Dankeschön.«

»Und jetzt?«

»Ich hab keinen blassen Schimmer«, antwortete Thorne.

Sie saßen noch zehn oder fünfzehn Minuten zusammen, doch Thorne wurde zunehmend unruhig. Als Hendricks aufstand, um die Pizzaschachteln in die Küche zu bringen, verkündete er, dass er zurück nach Polesford fahren würde.

»Soll ich mitkommen?«, fragte Hendricks.

»Schon in Ordnung«, antwortete Thorne. »Ich halt dich telefonisch auf dem Laufenden.«

»Lass mich wissen, wie's Helen geht, ja?«

Thorne versprach es und zog seine Jacke an. Auf dem Weg zur Tür rief Hendricks aus der Küche: »Wie wär's mit *Thorne, ein Mann für alle Fälle*? Komm schon, das wird der Knüller.«

70

Jason Sweeney klopfte an die Schlafzimmertür und spazierte hinein, ohne die Antwort abzuwarten. Helen lag mit einem Buch in der Hand auf dem Bett. Da sie sich jedoch nicht konzentrieren konnte und denselben Satz schon mehrere Male gelesen hatte, ohne ihn zu verstehen, hatte sie schließlich aufgegeben.

Sie schwang die Beine vom Bett und zog das Poloshirt herunter, das sie über ihren Jeans trug.

»Tut mir leid.« Sweeney lief immer noch in seinem Bademantel herum.

Dann hättest du warten sollen, bis ich dich hereinbitte, dachte Helen. »Schon in Ordnung, hab nur gelesen«, sagte sie.

»Ich dachte … du willst vielleicht wissen, was gerade unten im Fernsehen läuft. Sie zeigen einen Bericht über dieses Schulmädchen, das Bates wohl gevögelt hat.« Er bemerkte Helens Reaktion. »Tut mir leid. Äh, eine Beziehung mit hatte.«

»Ehrlich gesagt, interessiert es mich eigentlich nicht.«

»Oh.« Sweeney sah etwas geknickt aus. Er verlagerte sein Gewicht von einem Fuß auf den anderen. Beide steckten in Pantoffeln. »Dann hab ich wohl falsch gedacht.«

»Ich habe es in der Zeitung gelesen«, erklärte Helen. »Es wird bestimmt nichts Neues im Fernsehen geben.«

»Du bist doch Lindas Freundin, oder?«

»Ja.«

Sweeney nickte langsam. »Sie ist ja schon ziemlich plötzlich aus der Versenkung aufgetaucht, findest du nicht?« Er lehnte sich gegen den Türrahmen. »Ich meine, dieses Mädchen.«

Helen betrachtete ihn. Der Bademantel klaffte oben auseinander, und schwarze Haare kräuselten sich auf dem blassen Fett seiner Brust. »Ich komm gleich runter«, sagte Helen.

Sie ließ zehn Minuten verstreichen. Als sie das Wohnzimmer betrat, wurde in den Nachrichten gerade über die Aufräumarbeiten nach dem Hochwasser berichtet, so wie sie es sich erhofft hatte. Der Schaden im Südwesten des Landes und in Teilen von Wales war viel schlimmer als in der Gegend um Polesford.

Sweeney saß in einem Sessel, eine Dose Bier im Schoß.

»Arbeitest du nicht noch später?«, fragte Helen.

»Ist nur das eine.«

Sie konnte von ihrem Platz aus die Zigaretten riechen. »Eins zu viel, wenn du vom Taxifahren lebst.«

Er lachte. »Ich hatte echt recht mit dem, was ich gestern Abend gesagt habe. Ihr seid nie außer Dienst.«

»Doch, bin ich. Gerade im Moment«, entgegnete Helen. »Das war nur ein freundlich gemeinter Rat.« Sie setzte sich auf das Sofa und konzentrierte sich auf den Fernseher. Es lief eine Zusammenfassung über die sportlichen Ereignisse. Sie fragte sich, was Thorne gerade machte.

»Glaubst du, sie werden ihn jetzt freilassen?«, fragte Sweeney. »Bates.«

»Nicht aufgrund der Aussage des Mädchens.«

»Nein?«

»Alibis von Ehegatten, Partnern und anderen nahestehenden Personen müssen erst eingehend überprüft werden, und selbst dann …«

»Dann also aus einem anderen Grund?«

»Wie bitte?«

»›Nicht aufgrund der Aussage des Mädchens‹, hast du gesagt. Hört sich an, als gäb's noch einen anderen Grund.«

»Nicht dass ich wüsste«, erwiderte Helen.

Sweeney lächelte und trank einen Schluck. »Ich denke mal, du bist nicht so außer Dienst, wie du behauptest.«

»Du kannst denken, was du willst.«

Noch ein Lächeln, noch ein Schluck. »Mir ist aufgefallen, wie ruhig du gestern Abend warst«, fuhr Sweeney fort. »Als Paula von den Käfern geredet hat und meinte, wie wichtig das ist. Da hast du nur dagesessen wie 'ne Schaufensterpuppe und keinen Piep gesagt.« Er beobachtete sie. Ihr Blick blieb weiter auf den Bildschirm gerichtet. »Ich meine, offensichtlich weißt du was.«

Helens Handy summte. Sie schaute darauf und entdeckte, dass Thorne ihr eine SMS geschrieben hatte.

bin auf dem weg nach polesford, hoffe dir geht's gut.

»Wolltest wohl im Beisein deiner besseren Hälfte nichts ausplaudern, was?«

Helen tippte die Antwort ein, während Sweeney redete.

komm und hol mich ab …

»Vielleicht hätte er's nicht gut gefunden und dir später gehörig die Leviten gelesen, wenn du irgendeine Bemerkung fallen gelassen hättest. Keine Sorge, ich versteh das.«

wir können was trinken gehen oder so …

»Manche Paare sind so, nicht?«

ein frühes abendessen! kuss

Sweeney beugte sich vor. »Aber jetzt ist er ja gerade nicht da, richtig?«

71

Thorne trat aufs Gaspedal.

Er hatte sich über Helens Nachricht gefreut, die ihm einen triftigen Grund bescherte zurückzufahren. Als er zu Hendricks meinte, er hätte keine Ahnung, wohin dieser DNA-Beweis führen würde – außer gegen die Wand –, hatte er nicht übertrieben.

Auch wenn Thorne nun zweifelsfrei wusste, dass Stephen Bates nicht der gesuchte Mann war, hatte ihn das bei der Entlarvung des wahren Mörders nicht im Geringsten weitergebracht. Er wusste zwar, wer es *nicht* war, doch würde das keinen Eindruck auf Leute wie Tim Cornish machen und auch keinen Beitrag dazu leisten, Poppy Johnston zu retten.

Sollte sie noch leben und gerettet werden können.

Er wollte so schnell wie möglich zurück nach Polesford und zu Helen, doch der Verkehr auf der M42 an einem Freitagnachmittag machte ihm schon bald einen Strich durch die Rechnung. Sein Frust verschlimmerte sich noch, als er sah, dass es in der entgegengesetzten Richtung relativ schnell voranzugehen schien. Vielleicht war das ja ein Zeichen.

Er legte eine CD ein, die er selbst zusammengestellt hatte. Johnny sang von der Dunkelheit, in die er hineinblickte, und Hank klang, als würde er etwas noch viel Schwärzeres in sich verbergen. Der Verkehr kroch an einer Anschlussstelle vorbei, und Thorne konnte sich nicht entscheiden, ob er von der Autobahn abfahren sollte oder nicht. Genauso wenig konnte er sich mit dem Gedanken trösten, dass die an der Ermittlung *offiziell* beteiligten Beamten mindestens so frustriert sein mussten wie er.

Trotz der Tatsache, dass die Beweislage falsch interpretiert worden war und Cornish sich geweigert hatte, diese Möglichkeit überhaupt in Betracht zu ziehen, war Thorne klar, dass das Team den Fall angepackt hatte wie jedes andere Team auch.

Ihnen waren einfach nur die Alternativen ausgegangen.

In einer Stadt von der Größe Polesfords wäre ein DNA-Test, an dem alle Männer im entsprechenden Alter hätten teilnehmen müssen, ein naheliegender Schritt gewesen. Doch ohne Vergleichs-DNA war es eine völlige sinnlose Maßnahme. Der Mörder hatte mit dem Verbrennen der Leiche von Jessica Toms zwar nicht primär das Ziel verfolgt, seine DNA zu beseitigen, doch war es sicher ein sehr nützlicher Nebeneffekt gewesen. Demnach suchten sie jemanden, der zumindest Grundkenntnisse in der Kriminaltechnik besaß. Und egal, was den Mann antrieb, der Jessica und Poppy entführt hatte, er war alles andere als dumm. Solange er keinen Leichtsinnsfehler beging – wobei den schon viele begangen hatten, denen Thorne begegnet war –, würde er weiterhin frei herumlaufen und morden können; in Polesford, wahrscheinlich aber eher woanders. Und zwar sobald den Ermittlungen die Luft ausging und der Medienzirkus seine Sachen zusammenpackte und weiterzog.

Thorne fragte sich, ob er sich damit zufriedengeben sollte, da er nun ja immerhin wusste, dass er die Unschuld eines Mannes bewiesen hatte. Die neu geknüpfte Beziehung zwischen Helen und Linda Bates schien sich schon wieder im Sande verlaufen zu haben. Falls dem wirklich so war, würden er und Helen Polesford wahrscheinlich eher heute als morgen verlassen. Konnte er sich damit begnügen, Stephen Bates aus der Patsche geholfen zu haben?

Er konnte nicht, das wusste Thorne ganz genau.

Trotz der vielen Mörder, die er hinter Schloss und Riegel gebracht hatte, waren es diejenigen, bei denen es ihm nicht gelungen war, die ihm immer wieder einmal den Schlaf raubten oder ihn frühmorgens aufwachen ließen. Und natürlich gab es da noch jene, die er zwar geschnappt, aber nicht endgültig dingfest hatte machen können.

Er dachte an den Mann namens Stuart Nicklin. Wo immer er gerade war und wie immer er sich auch gerade nannte, Thorne wusste genau, dass ihre Wege sich eines Tages wieder kreuzen würden. Dafür würde Nicklin schon sorgen. Eine Vorstellung, auf die sich niemand freuen konnte, der bei einigermaßen klarem Verstand war.

Nach vierzig Minuten zähfließendem Verkehr begann die Wagenkolonne sich endlich etwas schneller zu bewegen. Sollte es so bleiben, würde er vor Ende der CD bei Helen sein.

Er trat wieder aufs Gaspedal.

Als Thorne durch Polesford rollte, fiel ihm eine Gruppe Jugendlicher auf, die sich im Halbdunkel vor einem Laden versammelt hatte. Sie schlugen gegen das Fenster und schrien jemanden an, der sich offenbar im Inneren aufhielt. Er bremste ab. Als der Fahrer hinter ihm zu hupen begann, fuhr er auf den Bürgersteig und schaltete die Warnblinkanlage ein. Er hatte sich gefragt, ob die Jungs dabei waren, die er und Helen abends zuvor zur Rede gestellt hatten, doch bestätigte sich seine Vermutung nicht. Diese Jugendlichen, Jungs und Mädchen, waren sogar noch jünger. Thorne sah, wie einer von ihnen gegen die Tür trat, und registrierte in diesem Moment, dass sie vor der Milchbar standen, die er an seinem ersten Tag auf seinem Spaziergang durch die Stadt entdeckt hatte.

Jetzt kam eine junge Frau aus dem Laden, die die Jugendlichen zur Rede stellte. Er ließ das Seitenfenster herunter und hörte, wie sie ihnen mit einem Anruf bei der Polizei drohte, wenn sie nicht endlich abzogen. Nachdem die Jugendlichen noch ein paar abschließende Beleidigungen von sich gegeben hatten, schlenderten sie weiter, klopften sich lachend gegenseitig auf die Schulter und klatschten sich ab. Die Frau ging wieder zurück in die Milchbar. Thorne konnte endlich ausmachen, wen die Jugendlichen beschimpft hatten; der einzelne Gast saß mit dem Rücken zum Fenster über einen Tisch gebeugt in der Nähe der Theke.

Thorne parkte in einer Seitenstraße und lief zurück.

Als er gegen das beleuchtete Fenster klopfte, zeigte die Frau hinter der Theke auf das Schild mit der Aufschrift GESCHLOSSEN. Er schüttelte den Kopf, pochte noch einmal gegen das Fenster und zeigte auf die Gestalt an dem Tisch. Aurora Harley drehte sich um, erkannte ihn und sagte etwas zu der Besitzerin. Auch wenn die Frau alles andere als erfreut aussah, kam sie zur Tür und ließ Thorne herein.

»Wenn Sie irgendwelchen Ärger machen, ruf ich die Polizei«, empfing sie ihn.

Thorne setzte sich, doch Aurora Harley sah ihn nicht an. Er blickte auf ihre Hände, die Armbänder an ihren dünnen Handgelenken, den abgeblätterten Nagellack. Kurz überlegte er, ob er eine ihrer Hände nehmen sollte, entschied sich dann aber dagegen. Er deutete mit dem Kopf zu der Frau, die ihn widerwillig hereingelassen hatte. »Die Lady wirkt wie jemand, mit dem man sich besser nicht anlegt«, sagte er leise.

»Eine Freundin meiner Mutter.« Endlich hob sie den Kopf.

Ihre Augen waren rot unterlaufen, die Tränen hatten Spuren aus Eyeliner auf ihren Wangen hinterlassen. Sie zog die Schultern noch höher, bis ihr Kinn in der silbernen Jacke verschwand, die Thorne von der gegenüberliegenden Straßenseite aus erkannt hatte. »Wahrscheinlich die einzige, die ihr geblieben ist.«

»Tut mir leid«, sagte Thorne.

Sie zuckte mit den Achseln. »Sie hatten mich ja gewarnt.«

»Ich hätte es nie vorschlagen dürfen.«

Sie blickte wieder auf, versuchte zu lächeln. »Na ja, ich hab 'n bisschen Kohle bekommen, so wie Sie es vorausgesagt haben. Wird aber wahrscheinlich nicht reichen, dass wir alle von hier wegziehen können.«

»Das wird auch nicht nötig sein.«

»Glauben Sie?«

»Es wird eine andere Geschichte geben, eine größere. So ist es immer.«

Das zaghafte Lächeln auf Auroras Lippen verschwand jetzt völlig, und die Tränen kehrten zurück. »Irgendwelche Schweine haben meinen Eltern heute Morgen Hundescheiße in den Briefkasten gelegt.«

Thorne bemerkte, dass sie von der Frau hinter der Theke beobachtet wurden. Er nickte ihr kurz zu und hoffte, dass sie sein Mitgefühl und Verständnis erkennen würde, doch erntete er nichts weiter als einen verächtlichen Blick. Selbst wenn sie nicht wusste, dass es Thornes Vorschlag gewesen war, der Aurora in diese Lage gebracht hatte, war sie offensichtlich zu dem Schluss gekommen, ihn dafür verantwortlich zu machen.

Wir haben sie den Wölfen vorgeworfen.

Thorne zog eine Serviette aus dem verchromten Halter und reichte sie ihr. Aurora drückte sie sich aufs Gesicht und legte sie dann auf den kleinen Haufen bereits benutzter Servietten, der sich neben ihrem noch halb vollen Milchshake gebildet hatte. Sie setzte ein neues zaghaftes Lächeln auf und schüttelte den Kopf. »Ich hab doch bloß die Wahrheit gesagt. Wie können die Leute einen deshalb nur so hassen?«

»Sie hassen dich nicht«, entgegnete Thorne. »Sie brauchen nur eine Zielscheibe, mehr nicht. Ihr eigenes beschissenes Leben fühlt sich besser an, wenn sie einen Sündenbock haben. Sie brauchen eine Hexe zum Verbrennen.«

»O Gott, ich hoffe, so weit wird's nicht kommen.« Das Mädchen musste lachen, und Thorne stimmte mit ein. Wieder blickte er hinüber. Die Frau starrte ihn immer noch finster an. Schließlich schaute sie weg, um im zunehmenden Dämmerlich noch eine Lampe neben der Kasse einzuschalten.

»Es wird besser«, sagte er. »Du musst nur eine Weile den Kopf einziehen.«

»Was ist mit Steve?«, fragte sie. »Wird er freigelassen?«

»Ich hoffe es. Ich meine, er sollte, aber …«

»Das Ungerechte daran ist, niemanden scheint es zu kümmern, dass die ganze Sache auch mich mitnimmt. Ich trauere genauso um Jess wie jeder andere.«

»Ich wusste nicht, dass du sie gekannt hast«, bemerkte Thorne.

»Sie war eine meiner besten Freundinnen.«

»Oh, das tut mir leid.« Thorne verstand nicht, warum er so überrascht war. Warum es ihm nie in den Sinn gekommen war, dass die beiden gleichaltrigen Mädchen sich gekannt hatten.

»Wir waren zusammen auf der Grundschule, wurden zur gleichen Zeit bei den Pfadfinderinnen rausgeschmissen.« Das Lächeln blieb versonnen auf ihren Lippen liegen. »Wir haben uns gemeinsam Tattoos stechen lassen, das gleiche Motiv. Einen Delfin …«

Thorne konnte sich nicht daran erinnern, in dem Obduktionsbericht von einer Tätowierung gelesen zu haben. Doch natürlich war von der Haut herzlich wenig übrig geblieben. »Wo habt ihr sie euch machen lassen?«

»In einem Studio in Tamworth.«

»Nein, ich meine, wo am Körper?«

Aurora kicherte, wurde rot und beugte sich vor zum Strohhalm ihres Milchshakes. »Na ja, sagen wir mal so, an einer Stelle, die ich Ihnen nicht zeigen kann.«

Sie schlürfte an ihrem Shake. Thorne blinzelte …

… und dann durchfuhr ihn ein Geistesblitz, so leicht und schnell, als wäre ihm gerade eingefallen, wo er seinen Schlüssel zuletzt hingelegt hatte.

Er wusste, wer Jessica Toms umgebracht hatte.

»Äh, alles in Ordnung?«

Wahrscheinlich sagte er noch etwas zu Aurora Harley. »Auf Wiedersehen« oder »Pass auf dich auf«, irgendetwas in dieser Art.

Ich muss los …

Als Thorne sich später noch einmal an die Situation zu erinnern versuchte, waren diese Augenblicke aus seinem Gedächtnis gelöscht. Er konnte sich nur noch an das stapfende Geräusch seiner Schritte auf dem Bürgersteig und das Rasseln in seiner Brust erinnern, als er rannte.

72

Hätte im Pub jemand auf dem Klavier geklimpert, wäre das Spiel wahrscheinlich unterbrochen worden, als Thorne in die Bar des Magpie's Nest gestürzt kam. So fühlte es sich jedenfalls für ihn an, als eine kleine Gruppe von Stammgästen sich umdrehte und ihn mehrere Sekunden lang anstarrte, bevor sie sich wieder den Gesprächen und Getränken widmete.

Aus der Jukebox erklang irgendein altes Lied von Roxy Music.

Trevor Hare grinste ihn von seinem Platz hinter der Theke an. »Da braucht wohl jemand ein Pint, was?«, sagte er.

Thorne starrte ihn an und versuchte noch immer herauszufinden, wie er am klügsten vorging. Eine Sache gab es noch, die er überprüfen musste. »Ein Bier wär klasse«, antwortete er außer Atem, drehte sich um und marschierte nach hinten zur Wand.

Er beugte sich über einen Tisch, um einen ganz speziellen ausgestopften Fisch unter die Lupe zu nehmen, ohne auf das protestierende Paar zu achten. Der in Pretty Pigs Pool geangelte Karpfen. Er überprüfte das Datum auf dem kleinen Schild; dasselbe Datum hatte er mehrfach in einer Akte im Polizeirevier von Nuneaton gesehen.

Als er sich wieder umwandte, war Trevor Hare verschwunden.

Thorne eilte zur Bar, hinter der in diesem Moment Hares

Frau auftauchte und sich die Hände abwischte. »Was kann ich Ihnen bringen?«

»Wo ist er hin?«

»Wie bitte?«

»*Ihr Mann.*« Mit wenigen Schritten war Thorne beim Durchgang, der hinter die Theke führte, und riss die Klappe hoch. Hares Frau kam auf ihn zu, um ihm den Weg zu versperren.

»Sie können nicht einfach so …«

Thorne schob sie beiseite und stürmte an ihr vorbei in den Vorratsraum. Neben Kisten mit Gläsern, neben Fässern, Flaschen und Reinigungsgeräten stapelte sich Knabbergebäck vom Boden bis zur Decke. Er hastete weiter durch einen schmalen Flur zu einer mit Teppich ausgelegten Treppe, die, so vermutete er, zum Wohnbereich über dem Pub führte. Oben angekommen stellte er innerhalb von Sekunden fest, dass alle Zimmer leer waren.

Er lief die Treppe wieder herunter und nahm dabei drei Stufen auf einmal. Anschließend rannte er durch die Hintertür hinaus auf den kleinen Anlieferungsbereich. Atemlos, *hilflos*, stand er da und blickte die unbeleuchtete Gasse auf und ab. Sie war menschenleer. Von irgendwo hinter sich konnte er Trevor Hares Frau schreien hören und dann – das Geräusch eines davonbrausenden Wagens, ganz in der Nähe.

Er griff nach seinem Handy.

Thorne hetzte zurück durch die Bar und zur Vordertür hinaus, ohne den Gästen und der fluchenden Frau des Wirts Beachtung zu schenken. Er wählte bereits, als er den Gehweg erreichte.

»Wo bist du?«, fragte Helen. »Ich dachte, du kommst hier…«

»Trevor Hare«, unterbrach Thorne sie. Nach vorn gebeugt

strengte er sich an, die Autokennzeichen und Fahrer der vorbeirollenden Wagen auszumachen. »Der Wirt vom Magpie's Nest. Er ist der Mörder.«

»*Was?*«

»Ja, aber er ist weg.« Thorne keuchte noch immer und hatte Mühe, Helen alles möglichst schnell zu erzählen. »Er weiß, dass ich ihn durchschaut habe. Deshalb ist er verschwunden. Er ist mit dem Auto weg …«

»Okay, beruhig dich! Wir finden das Nummernschild raus, dann kriegen sie ihn.«

»Keine gute Idee.« Thorne schrie mittlerweile. »Ich hab eigentlich nichts in der Hand! Nur Indizien. Ich weiß, dass er's ist, und ich kann auch erklären, warum. Aber im Moment haben wir nichts, um ihn einzubuchten. Das schaffen wir nur mithilfe einer einzigen Person … Sie ist der einzig wahre Beweis.« Ein Motorrad röhrte vorbei. Thorne wartete, bis der Lärm sich gelegt hatte. »Er fährt zu Poppy.«

Helen schwieg ein paar Sekunden. Dann hörte Thorne, wie ihr der Atem stockte.

»Was ist?«

»Er kannte Peter Harley«, sagte sie.

»Wer? Hare?«

»Erinnerst du dich, als er mit Aurora im Pub gesprochen hat? Er hat sich nach ihrem Großvater erkundigt und sie gebeten, ihn zu grüßen.«

Jetzt fiel es Thorne wieder ein. Ein lächelnder Hare, der dem Mädchen ein Getränk einschenkte.

»Vielleicht waren sie mehr als Freunde«, erklärte Helen, und ihre Stimme klang erstickt. »Vielleicht haben sie … ihre Erfahrungen ausgetauscht.«

»Woran denkst du?«

»Ich denke an den Ort, an den Harley uns damals brachte«, erwiderte Helen. Noch einmal stockte ihr der Atem. »O Gott, Hare hat ihn sogar an unserem ersten Abend im Magpie's Nest *erwähnt*!«

»Was ist es?«

»Eine stillgelegte Pumpstation.« Ihre Stimme war kaum mehr als ein Flüstern, sodass Thorne sich anstrengen musste, sie zu verstehen. »Im Grunde genommen völlig verfallen. Aber darunter liegt ein Versorgungsraum, und der ist noch erhalten.«

»Wo liegt diese Pumpstation, Helen?«

»Am Waldrand, kurz hinter diesem Fischteich, wo wir waren.«

»Pretty Pigs Pool?«

»Ja.«

Thorne wusste sofort, dass Helens Vermutung ins Schwarze traf. Er setzte sich in Bewegung. »Ich denke, das finde ich.«

»Nein«, rief Helen. »Ich weiß, wie wir am schnellsten hinkommen. Warte auf mich beim Magpie. Ich hol dich ab.«

»Er hat einen ganz schönen Vorsprung.«

Thorne konnte zwar hören, dass Helen mit jemandem sprach, doch über seinem keuchenden Atem nicht verstehen, was sie sagte.

»Jason leiht uns seinen Allradwagen«, sagte sie.

73

Sie ist nicht mehr Poppy.

Poppy hat noch nie solche Dinge gespürt; den Schmerz, den stechenden Hunger, den eigenartigen und simplen Wunsch, tot zu sein. Sie hat noch nie so geschrien, dass sie glaubte, ihre Eingeweide würden platzen, hat noch nie gegen etwas getreten, das versucht, sie anzunagen. Poppy Johnston hat noch nie das Gefühl gehabt, über ihrem eigenen Körper zu schweben, hat noch nie Feuchtigkeit für Seide oder Dunkelheit für Sonnenschein gehalten. Genauso wenig hat sie je gelacht, weil sie glaubte, gerade zu sterben.

Mittlerweile ist sie jemand anders.

Sie ist sich nicht sicher, wer oder was aus ihr geworden ist. Sie findet es schon schwer genug, sich an das Mädchen zu erinnern, das Poppy genannt wurde. Das Mädchen, wonach vermutlich immer noch gesucht wird.

Dieses Mädchen ist wie jemand, den sie in einem Film gesehen oder über den sie gelesen hat. Die Freundin einer Freundin.

Überhaupt, was für ein dämlicher Name …

Ihre Oma hat ihn *nie* gemocht und ihrer Mutter deshalb immer das Leben schwer gemacht. Herrgott noch mal, hat sie zu ihrer Mum gesagt, Poppy ist der Name einer Blume. Wann immer ihre Mum darauf hinwies, dass viele Mädchennamen aus der Blumenwelt stammen, wie zum Beispiel Rose oder

Daisy, hat ihre Oma dagesessen und eine Zeit lang vor sich hingeschnauft und gekeucht, während sie ständig den Namen »Poppy« wiederholte und das Gesicht verkniff, als bisse sie in eine Zitrone. »Das ist ein verdammter Hundename«, erklärte sie schließlich.

Nein, kein Hundename, denkt Poppy jetzt, denn Hunde sind viel schlauer, als sie es je war …

Poppy, Poppy, POPPIIIEEE …

Sie sagt den Namen immer und immer wieder, so wie ihre Oma, bis er genauso dämlich klingt, wie ihre Großmutter es immer behauptet hat. Die ständige Wiederholung erinnert sie daran, dass sie dieses Mädchen einmal war. Jetzt ist es nur noch ein Name, den man in der Abtei in einen Stein ritzen oder auf eine Kondolenzkarte kritzeln wird. Der Name eines Mädchens, das wahrscheinlich ziemlich daneben war. Das andauernd Sachen verlegte und teure Handys verlor. Das das Leben ziemlich klasse fand und glaubte, schlimme Sachen würden nur solchen Menschen widerfahren, die es verdient haben.

Dieses Mädchen hat sich mittlerweile verflüchtigt und ist nur noch ein Schatten ihrer selbst.

Sie rutscht über den nassen Boden, bis sich das Metallrohr in ihren Rücken bohrt. Dann lässt sie den Kopf zurückfallen gegen die Ziegelwand. Der Schlag ist dumpf, und sie kann ihn bis in die Schultern spüren. Jeden Tag macht sie das mittlerweile, die Schläge werden immer schneller und fester; sie fordert sich selbst heraus, fragt sich, wie lange es dauern wird, bis sie spürt, dass etwas platzt.

Sie kann sich nicht mehr richtig an das Mädchen erinnern, das sie einmal war, und ist auch gerade erst dabei, das Mädchen zu verstehen, das aus ihr geworden ist. Sie weiß nicht, ob es gut oder schlecht ist, aber sie hat erkannt, dass ihre Eltern nicht das Kind zurückbekommen werden, das sie verloren haben. Sollte das denn je passieren.

Sie lässt den Kopf immer und immer wieder nach hinten fallen, genießt es.

Sie weiß nicht, wer oder wo sie ist oder wie lange sie schon hier ist.

Sie weiß nur, dass sie – egal was noch passieren wird – für das Ende bereit ist.

Sie erstarrt, als das Geräusch klappernden Metalls über ihr erklingt. Und als sich die Falltür öffnet und das Licht einer Taschenlampe über das Wasser huscht, das über die Steinstufen rinnt, weiß Poppy nicht, ob sie vor Angst schreien soll oder vor Erleichterung.

74

»Hare wusste von Jessicas Tattoo«, sagte Thorne. »Er hat es erwähnt, als ich an einem Abend im Pub war und er die große Nummer des allwissenden Wirts abzog. Meinte, sie sei so ein nettes Mädchen. Die Tätowierung befindet sich aber an einer Stelle, die er unmöglich kennen konnte, außer …« Er hielt inne und griff Halt suchend nach dem Armaturenbrett, als Helen den Land Rover in einer engen Kurve beschleunigte. In Ermangelung von Blaulicht und Martinshorn improvisierte sie; sie fuhr mit Fernlicht, eingeschalteter Warnblinkanlage und hupte vor jeder Kurve.

»Das könnte er auch anders erfahren haben«, sagte Helen. »Das mit dem Tattoo.«

»*Wie bitte?*«

»Komm schon, du weißt, wie hier getratscht wird.« Sie warf ihm einen kurzen Blick zu. »*Ich* weiß, dass du recht hast, okay? Ich zeige dir nur die Gegenargumente auf, so wie jeder ordentliche Verteidiger.«

Thorne nickte, froh, die anderen Gründe vortragen zu können, weshalb er Trevor Hare für den Täter hielt. »Er war mal Polizist, weiß also alles über DNA, und wie man ihre Spuren verwischt. Er kennt sich mit Käfern und im Bestimmen von Todeszeitpunkten aus, demnach war ihm klar, welche voreiligen Schlüsse Cornish und sein Team ziehen würden. Er war quasi von Beginn in diesen Fall eingebunden, bekam Informationen von all den Polizisten im Pub, fütterte sie unauffällig mit eigenen Hinweisen, wenn es ihm gerade in den Kram passte. Ganz am Anfang war er sogar bei ihnen, um einzuräumen, dass in seinem Auto überall DNA von diesen Mädchen war.«

»Er hat sich vor den Augen aller versteckt«, sagte Helen.

Sie fuhren dicht auf ein Auto auf, dessen Fahrer sich nicht von der Warnblinkanlage beeindrucken ließ. Helen hupte fluchend und scherte aus, um zu überholen.

»Mehr als das«, meinte Thorne. »Es war, als hätte er seine Taten zur Schau gestellt. Das Alibi, das er sich für den Tag gegeben hatte, an dem Jessica Toms entführt wurde, hing an der Wand seines Pubs. Einen alten Fisch auszustopfen, ihn mit dem Datum zu versehen, das für ihn praktisch war, und ihn dann an die Wand zu hängen, war ganz einfach. Genauso einfach, wie an die Zigarettenkippe ranzukommen. Steve Bates raucht im Garten seines Pubs, Hare leert den Aschenbecher am Ende des Abends aus. Ein Kinderspiel. Ach ja, nicht zu vergessen, dass Pattersons Hündin ihn kennt und keinen Mucks macht, wenn er sich nähert. Also kein Problem für ihn, das Ferkel vom Hof zu stehlen.«

»Er kannte *Bates*«, sagte Helen. »Das war das Wichtigste.«

»Ja, er wusste genau, wem er was anhängen konnte. Ob unschuldig oder nicht, Bates hatte auf jeden Fall die richtigen … Vorlieben.«

Sie fuhren in Richtung Norden, brausten durch dieselben kleinen Dörfer wie schon vor fünf Tagen und dann weiter über enge unbeleuchtete Straßen; hinter den Bäumen war es dunkel, eine Schicht schmutziges Rosa durchzog den Horizont. Dieses Mal gab es keine Umleitung, die die Fahrt unnötig verlängert hätte. »Noch zehn Minuten«, sagte Helen. »Vielleicht auch weniger. Dann noch etwa fünf Minuten zu Fuß, je nachdem, wie weit wir mit dem Wagen in das Gelände reinfahren können.«

»Okay«, sagte Thorne. Er rutschte in seinem Sitz herum, seine Unruhe wuchs. »Wir wollen ja sowieso nicht, dass er uns kommen hört.«

Auf der Straße stand immer noch Wasser, sodass die Reifen des Wagens die Hecken und Bruchsteinmauern vollspritzten. Eine einsame Spaziergängerin mit Hund wedelte mit ihrer Taschenlampe und schrie, als das Auto auf sie zuraste. Sie wandte sich im letzten Moment ab, um nicht von den Wassermassen getroffen zu werden.

»Verflucht«, rief Thorne. »Eine Taschenlampe.«

»Vielleicht liegt eine im Kofferraum.«

»Wie dilettantisch.« Thorne schüttelte den Kopf. »*Ich* bin dilettantisch. Dilettantisch und ein Idiot.« Helen neben ihm zuckte zusammen, als er mit der Hand auf das Armaturenbrett schlug. »Ich *weiß*, dass Hare der Mörder ist, aber das ist völlig egal, denn die Beweislage ist genauso dürftig wie bei Bates. Wenn nicht sogar noch dürftiger. Das ist ihm klar. Deshalb muss er das Mädchen umbringen, *auf jeden Fall.*« Wieder schlug er aufs Armaturenbrett. »Ich *Idiot* …«

»Das hast du bereits gesagt, Tom.«

»Scheiße, warum bin ich nicht so vorgegangen, wie es jeder vernünftige Polizist gemacht hätte? Warum hab ich nicht Verstärkung angefordert und gewartet? Wir wären mit genügend Leuten reingegangen – Sache erledigt.«

»Es ist nicht mehr weit …«

»Warum bin ich nicht einfach in den Pub reinmarschiert und hab ihn über die Theke gezogen?«

Helen drosselte das Tempo, dann bremste sie scharf und

fuhr rückwärts, bis die Scheinwerfer des Land Rover auf eine ziemlich große Lücke in der Mauer leuchteten.

»Weil die traurige Wahrheit ist, dass ich es … genießen wollte.«

Helen zeigte auf die Mauer und sprach schnell. »Die Straße wird jetzt kurvig. Es sind noch ungefähr fünf Meilen, aber wenn wir querfeldein fahren, können wir ein paar Minuten rausschlagen, denke ich. Dafür ist der Wagen doch gemacht.«

Sie hatte bereits den Gang eingelegt, bevor Thorne ganz genickt hatte.

Schnell schloss Hare die Falltür hinter sich und gab beruhigende Laute von sich, während er vorsichtig die steile Treppe hinunterstieg. Das Wasser, das eingedrungen war, als er die Falltür geöffnet hatte, lief über die Stufen. Er leuchtete mit der Taschenlampe auf seine Füße, bis er sicher unten angekommen war.

Dann richtete er den Lichtstrahl auf das Mädchen.

Poppy schrie noch immer und presste den Rücken gegen die Wand, als er sich ihr näherte.

»Ja, mir hätte klar sein müssen, dass das Klebeband sich lösen wird. Ist nass geworden, oder?« Er nickte in Beantwortung seiner eigenen Frage. »Ich wette, es war viel netter ohne irgendwas auf dem Mund, hm?« Er zuckte zusammen, als sie nach einem kurzem Atemzug wieder losschrie, und wartete, bis sie eine Pause einlegte, um erneut Luft zu holen. »Ich kann's auch einfach wieder draufkleben, hängt ganz von dir ab. Wenn du mit diesem schrecklichen Krach aufhörst, können wir alles so lassen, wie's ist. Andernfalls muss ich es wieder draufmachen, obwohl ich das gar nicht will.«

Er wartete, neigte den Kopf zur einen und dann zur anderen

Seite: *wirst du, wirst du nicht*? Er lächelte, als klar wurde, dass sie nicht weiter schreien würde.

Dann trat er heran und hockte sich neben sie. Als er die Taschenlampe auf ihr Gesicht richtete, kniff sie die Augen zusammen. Er betrachtete sie eine Weile, dann streckte er die Hand nach ihr aus. Sie wich zurück, als er ihr Haar berührte, und ihr Kopf schlug gegen die Ziegelwand.

»Ich weiß«, sagte er. »Ich wäre auch wütend, und es tut mir echt leid, aber ich konnte nicht früher kommen. Ich wollte es, wirklich. O Gott, du hast *keine* Ahnung, wie sehr ich mich nach dir gesehnt habe, aber die Lage war etwas heikel, sodass ich mich unmöglich wegschleichen konnte. Hast du dich verlassen gefühlt? Hast du gedacht, ich will nicht mehr mit dir zusammen sein? Oh, Pops, was für ein dummer Gedanke …«

Er stand auf und zog sich die Jacke aus. Dann leuchtete er mit der Taschenlampe die Wand ab, um den Nagel zu finden, den er vor Monaten hineingeschlagen hatte, und hängte sie auf. Anschließend hockte er sich wieder hin und schauderte theatralisch.

»Ich weiß, auf einer Südseeinsel wären wir jetzt irgendwo in einem netten Hotel mit einem wunderbaren weichen Bett. Wir würden teuer essen und einen leckeren Wein trinken, den ich dir übrigens auch hier gern spendiert hätte. Aber in der Not frisst der Teufel Fliegen, nicht? Deshalb müssen wir uns mit dem zufriedengeben, was wir haben.« Noch einmal streckte er die Hand nach ihr aus. Als er dieses Mal mit seinen Fingern über ihre Wange strich, schnellte ihr Kopf zur Seite, um ihn zu beißen, während ihre nicht gefesselte Hand nach ihm kratzte.

Er wich schnell zurück, stand auf und ging zu seiner Jacke.

»Wie du willst«, sagte er. »Wir können's auch so machen, wenn dir das lieber ist. Als müsste ich dich erst dazu zwingen.

Als würdest du mich nicht wirklich lieben und es wollen.« Er nickte und griff in eine der Jackentaschen. Er konnte hören, wie sie mit den Füßen gegen die Kette trat. »Wird so 'ne Art Spiel werden, so ein Fantasieding.«

Er drehte sich um. »Und bestimmt richtig lustig.«

Als sie das Messer sah, begann sie wieder zu schreien.

Sie ließen den Land Rover am Rand von Pretty Pigs Pool stehen und hasteten los.

Im Auto war keine Taschenlampe zu finden gewesen, doch der sichelförmige Mond spendete etwas Licht. Wenn der nasse durchweichte Boden des abschüssigen Felds, das zum Wald führte, sich tückisch anzufühlen begann, benutzten sie das Licht ihrer Handys.

Helen ging voran, leuchtete den Weg aus und zischte Thorne Anweisungen zu. Sie sanken mit jedem Schritt in den Boden ein; manchmal nur zwei, drei Zentimeter, manchmal einen halben Meter. Das Wasser durchweichte ihre Jeans bis zu den Knien.

»Alles in Ordnung?«, fragte Thorne.

Helen nickte und marschierte so schnell sie konnte auf die Bäume zu. Thorne konnte sich nicht daran erinnern, sie je zuvor so entschlossen und fokussiert erlebt zu haben. Das war eine Zielstrebigkeit, die im völligen Widerspruch zu ihren Gefühlen diesem Ort gegenüber stehen musste, dessen war sich Thorne sicher.

»Es ist nicht mehr weit«, flüsterte sie über die Schulter. »Das hier ist das schlimmste Stück.«

Ein paar Minuten später hatten sie den Waldrand erreicht. Auch wenn der Boden hier ein paar Zentimeter unter Wasser stand, war er fester, sodass sie schneller vorankamen.

Helen bewegte sich durch den Wald, als ginge sie hier täglich spazieren. Sie schlängelte sich an Bäumen vorbei und schlug Wege ein, offenbar ohne darüber nachzudenken. Thorne, der etwas Mühe hatte, mit ihr Schritt zu halten, musste unwillkürlich daran denken, dass sie als Jugendliche da gewesen war.

Hierhergeführt worden war.

Sagt, dass es ihm leidtut … während er immer noch schwitzt und sich das Hemd zurück in die Hose steckt …

Als stünde Thorne nicht schon genug unter Strom.

Nach ein paar Minuten hielt Helen an und wartete auf Thorne. Sie zeigte auf eine Lichtung, die circa hundert Meter entfernt lag. Zuerst konnte Thorne nichts erkennen außer den fehlenden Bäumen, doch als sie sich der Stelle näherten, bemerkte er den Grundriss eines kleinen Gebäudes und abgebrochene Ziegelsteinstützen, die emporragten wie ungerade Zähne.

»Warum zum Teufel hat die Polizei hier nicht gesucht?«, flüsterte Helen.

»Wahrscheinlich stand die Gegend einen halben Meter unter Wasser«, sagte Thorne. »Außerdem, nach allem, was du mir erzählst hast, würde man nie auf die Idee kommen, dass hier irgendwas sein könnte. Ich meine, unter der Erde.«

»*Ich* wusste von diesem Ort«, entgegnete Helen. »Ich hätte dran denken müssen, ich hätte was sagen müssen!«

Thorne bekam ihr Handgelenk zu fassen, als sie sich der Ruine näherten. »Hör mal, du musst dir keinerlei Vorwürfe machen. Sollte Poppy Johnston tot sein, ist nur einer von uns dafür verantwortlich, und das bist nicht du.«

Schweigend legten sie die letzten Meter zurück und traten über den gezackten steinernen Gebäuderand auf den verbliebenen Betonboden, der so gut wie trocken war. Nur die wenigen Pfützen an den unebenen Stellen und nasses Holz wiesen darauf hin, dass er noch bis vor Kurzem unter Wasser gestanden hatte. Thorne schaltete sein Handylicht ein und sah sich um.

Er entdeckte die Falltür sofort. Der Metallriegel war zurückgeschoben, und ein riesiges Vorhängeschloss lag daneben. Mehrere verrostete Eisenbleche und schwere Balken, die die Existenz der Tür wohl verborgen hatten, stapelten sich in der Nähe.

Er hielt das Handy hoch, um Helens Gesicht anzuleuchten.

Sie nickte und trat einen Schritt näher, ihre Brust hob und senkte sich unter der Jacke.

Thorne spürte die ersten Regentropfen auf seinem Gesicht, als er sich bückte. Sein Mund war trocken, und er fuhr mit der Zunge über einen Tropfen, doch der metallene Geschmack in seinem Mund wollte nicht verschwinden.

Schnell öffnete er die Falltür und richtete sich auf. Anschließend leuchtete er mit dem Licht seines Telefons in die Dunkelheit. Helen trat zu ihm, und beide spähten nach unten. Sie pressten die Hände über Nase und Mund, als eine Welle von widerlichem Gestank aus dem Loch aufstieg. Sie sahen nur Stufen, Spinnenweben und Wasser, das von der Kante der Falltür tropfte.

Dann drang Trevor Hares Stimme von irgendwo aus der Finsternis nach oben.

»Ich nehme mal an, dass sind Sie, Tom. Zusammen mit Ihrem Freund.« Eine Gestalt trat ans Ende der Stufen, und Thorne wurde augenblicklich vom Licht einer Taschenlampe geblendet, das um ein Vielfaches stärker war als der Strahl seines Handys. »O nein, da liege ich doch glatt falsch. Sie haben Ihre bessere Hälfte mitgebracht.«

Ein Schrei durchbrach die kurze Stille. »Ich bin hier. Ich bin *hier unten.*«

»Warum kommen Sie beide nicht runter und leisten uns Gesellschaft?«, sagte Hare.

75

Als sie hinabzusteigen begannen, wies Hare sie an, die Falltür hinter sich zu schließen. Dann richtete er seine Taschenlampe auf die Treppe, um den beiden den Weg zu weisen. Unten angekommen ließ er das Messer aufblitzen, ganz dicht bei Poppy Johnstons Gesicht, die mit dem Rücken zur Wand neben ihm kniete, das Handgelenk irgendwo festgekettet. Er befahl Helen, am Ende der Treppe zu bleiben, und winkte Thorne in die gegenüberliegende Ecke.

»Na, dann«, sagte er.

Die Größe des Raums ließ sich durch das herumtänzelnde Licht der Taschenlampe nur schwer bestimmen, doch Thorne vermutete, dass er nicht mehr als zwölf Quadratmeter groß war. Während das Licht über die verschrammten Ziegelwände und den nackten Steinboden huschte, wurden für einen kurzen Augenblick verrostete Rohre und die Überreste eines Elektromotors sichtbar, der auf ein paar abgebrochenen Trägern befestigt worden war. Kaputte Antriebsriemen aus Gummi lagen eingerollt wie tote Schlangen auf dem schartigen Boden in Wasserlachen. Thorne musste nicht hinsehen, um zu ahnen, wo der süße Gestank nach verwestem Fleisch herkam.

Hare richtete die Taschenlampe auf Helen, die ihre Hände hob, um die Augen vor dem grellen Licht zu schützen. »Eins müssen Sie mir erklären. Woher wussten Sie von dem Versteck hier?«

»Zufallstreffer«, antwortete Thorne.

Hare beachtete ihn nicht, hielt das Licht weiter auf Helen gerichtet. »Ich weiß, dass Sie mir nicht gefolgt sind.«

Helen schwieg. Sie spürte, dass Trevor Hare die Antwort bereits wusste, und selbst wenn er es nur vermutete, wollte sie ihm bestimmt nicht auch noch die Genugtuung verschaffen, seine Ahnung zu bestätigen.

»Waren Sie vielleicht schon mal hier?«

»Hören Sie.« Thorne machte einen Schritt nach vorne, woraufhin Hare sofort die Taschenlampe zu ihm herumschwenkte.

»Sachte!« Er hielt das Messer an Poppys Kehle, die zu wimmern begann und an der Kette zerrte.

Thorne hob die Hände. »Okay …, ich glaube nur, dass Sie eigentlich nicht viele Möglichkeiten haben, Trevor.«

»*Ich* habe nicht viele Möglichkeiten?«

»Wir wollen nicht, dass Poppy etwas geschieht, und Sie wollen nicht ins Gefängnis, denke ich.«

»Klingt bisher einleuchtend.«

»Deshalb denke ich, dass es wohl das Beste sein wird, wenn Sie einfach gehen.«

Helen schnappte nach Luft, als sie neben sich etwas trippeln hörte. Sie trat mit den Füßen in die Dunkelheit.

»Man gewöhnt sich dran«, sagte Hare. Er streckte eine Hand aus, um sie auf Poppys Kopf zu legen. »Haben dir nichts angetan, stimmt's, Pops?«

»Kommen Sie«, sagte Thorne. »Lassen Sie sie einfach in Ruhe und verschwinden Sie.«

»Und wie lange, denken Sie, wird's dauern, bis sie mich schnappen? Einen Tag? Eine Stunde?«

»Sie bekommen immerhin eine Chance«, schaltete Helen

sich ein. »Ansonsten wird das hier nicht gut enden, auf jeden Fall nicht für Sie.«

»Ich glaube, Sie haben eine Möglichkeit nicht in Betracht gezogen«, erklärte Hare. »Wir bleiben bei Ihrem Vorschlag, dass ich gehe und Sie hierbleiben.«

»In Ordnung«, sagte Thorne.

»Aber ich befürchte, ich werde Poppy mitnehmen müssen.« Er beugte sich nach unten, um einen Arm um das Mädchen zu legen, die sofort zu schreien und wieder an der Kette zu zerren begann. »Ich hab noch mehr von dem Wodka im Auto, den du so gern trinkst«, sagte er. »Davon nimmst du 'nen ordentlichen Schluck, und wenn du aufwachst, sind wir schon über alle Berge.«

Poppy zerrte noch fester. »Ich geh *verdammt noch mal* nirgends mit dir hin.« Ihre Stimme war ein heiseres Krächzen.

Hare richtete sich auf und schüttelte den Kopf. »Ach, das ist unser kleines Spielchen. Ich zwinge sie, und das mag sie nicht.«

»So wird das nicht laufen«, sagte Thorne. »Sie wissen, dass wir Sie nicht mit ihr ziehen lassen können.«

»Natürlich. Und ich kann mir gut vorstellen, dass ich damals, als ich noch Polizist war wie Sie beide und mir vorgemacht habe, was bewirken zu können, genau das Gleiche gesagt hätte. Das Problem ist aber – also ich meine natürlich, *Ihr* Problem ist –, dass ich das Mädchen und das Messer habe. Deshalb bin ich hier derjenige, der entscheidet, wer geht, und wer hierbleibt, um sich mit den Ratten zu vergnügen.« Hare schwenkte die Taschenlampe langsam auf sein Gesicht, um den beiden sein kaltes Lächeln zu zeigen. »Wie klingt das?«

»Für mich wie heiße Luft«, antwortete Helen.

»Wie was?«, rief Hare, und leuchtete sie an.

»Das sind nichts als leere Drohungen.«

»Sie haben die Leiche des anderen Mädchens gesehen, oder?«

»Sie lieben Poppy, das spüre ich doch. Ich glaube keine Sekunde, dass Sie ihr was antun könnten.«

»Natürlich liebe ich sie, auch wenn ich herzlich wenig Zeit hatte, es ihr zu zeigen. So ist das nun mal.«

»Ich weiß.« Helen wollte, dass Hare sich weiter auf sie konzentrierte. Geblendet, wie sie war, konnte sie Thorne nicht mehr ausmachen, doch hoffte sie, dass er die Chance nutzte, sich näher an Hare und das Mädchen heranzuschleichen.

»Natürlich liebe ich sie und will etwas Zeit mit ihr verbringen. Aber ich muss auch an mich selbst denken, oder?« Er schniefte. »Und eins kann ich Ihnen sagen: Wenn's hart auf hart kommt, werde ich sie genauso zerstückeln wie das Schwein.«

»Das glaube ich nicht.«

»Wie Sie meinen«, sagte Hare. »Riskieren Sie's. Sie sind diejenige, die mit den Folgen leben muss. Noch etwas, das Sie nachts nicht schlafen lässt.«

Helen konnte hören, dass Hare grinste.

»Also, Folgendes wird jetzt passieren.« Hare richtete die Taschenlampe abwechselnd auf Helen und Thorne. Wenn Thorne angeleuchtet wurde, konnte Helen zwar sehen, dass er sie anschaute, doch blieb der Lichtstrahl nie lange genug auf seinem Gesicht liegen, dass sie seine Absichten erraten oder Nachrichten entschlüsseln hätte können, die er ihr vielleicht versuchte zu schicken. »Ihr beide bewegt euch nicht, während ich die Kette aufschließe.« Poppy begann wieder zu schreien. Dieses Mal beugte sich Hare schnell zu ihr herunter und legte die Klinge des Messers an ihre Wange. »Psst. Du musst echt leiser sein, Pops. Ich krieg davon Kopfschmerzen …«

»*Bitte*«, rief Helen. »Lassen Sie sie in Ruhe und gehen Sie!

Sperren Sie uns alle ein! Wenn uns jemand findet, sind Sie doch schon über alle Berge.«

»Mit dem, was Sie da sagen, liegen Sie teilweise richtig. Aber eben nur teilweise.« Er schnippte mit den Fingern. »Zuerst werden wir mal Ihre Handys los. Schön langsam rausziehen und fest auf den Boden werfen!«

Helen war die Erste, dann beobachtete Hare Thorne, der brav ihrem Beispiel folgte. Helen zuckte zusammen, als sein Handy krachend auf dem Stein landete.

»Sehr gut«, sagte Hare. »So, und jetzt einfach nicht bewegen, während ich mich um die Kette kümmere. Dann sind wir auch schon weg.«

Von ihren gegenüberliegenden Ecken aus beobachteten Thorne und Helen, wie Hare zu seiner Jacke trat, die an der Wand hing. Dabei überwachte er die beiden abwechselnd mit seiner Taschenlampe. Schließlich griff er zuerst in die eine und dann in die andere Jackentasche, bis er gefunden hatte, wonach er suchte. Er hielt den kleinen Schlüssel ins Licht, sodass beide ihn sehen konnten. Danach beugte er sich langsam nach unten.

»Also, das wird einfacher funktionieren, wenn du … okay.« Er bugsierte Poppy vorsichtig von ihren Knien auf den Hintern. Sie weinte pausenlos und hatte dabei Mühe, Atem zu holen, leistete aber keinen Widerstand. »Du bist das Ding bald los, mein Schatz.«

Thorne schaute zu und wartete auf den richtigen Moment. Er wusste instinktiv, dass Helen das Gleiche dachte wie er. Würden sie zulassen, dass Hare Poppy mitnahm, wäre sie in Kürze tot.

Beide wussten, was Hare mit Jessica Toms gemacht hatte, nachdem er damit fertig gewesen war, sie zu »lieben«.

Mit dem Rücken zur Wand mühte Hare sich mit dem

Schlüssel an Poppys Fessel ab. »Dämliches Ding«, fluchte er. Als er zuletzt etwas ungeschickt versuchte, das Messer in dieselbe Hand zu nehmen wie die Taschenlampe, schlug Poppy los.

Zuerst war ein dumpfer Knall zu hören, als ihr Stiefel Hares Wade traf, anschließend ein krachendes Geräusch. Sowohl Taschenlampe als auch Messer waren auf den Boden gefallen.

Thorne und Helen stürmten los, genauso wie Hare.

»Er ist hier«, rief Poppy. »*Hier, hier* …«

Helen machte einen Satz in die Richtung, wo sie das Messer vermutete, und tastete im Wasser danach herum. Sie konnte hören, dass Thorne und Hare bereits miteinander kämpften; beide stießen keuchend den Atem aus, wenn der andere einen Treffer landete. Nach mehreren schier endlos dauernden Sekunden bekamen ihre Finger endlich den Griff des Messers zu fassen. Sie richtete sich auf und bewegte sich zurück zum Fuß der Treppe. Gleichzeitig hörte sie, wie in der hinteren Ecke Körper krachend zu Boden gingen.

Dann war es kurz still.

»Wo ist er?«, schrie Poppy.

»Tom?« Helen hörte ein Stöhnen und sah, wie eine Gestalt sich in der hinteren Ecke erhob. Sie machte einen weiteren Schritt zurück und schrammte mit der Ferse gegen die unterste Stufe der Treppe.

Thornes Stimme erklang irgendwo vom Boden. Schmerzverzerrt, atemlos. »Lass ihn nicht entkommen …«

Sie hörte ein wütendes Grunzen, von dem sie wusste, dass es nicht von Thorne stammte. Eine Sekunde später stürmte die Gestalt auf sie zu.

Sie verstärkte den Griff um das Messer und umklammerte es mit aller Kraft, selbst als sie spürte, wie die Klinge in Fleisch eindrang.

Hare – Helen konnte nur hoffen, dass *er* es war – seufzte, als er zurückwich und das Messer aus ihm herausglitt. Helen erstarrte, begriff erst jetzt, was sie getan hatte. Genau in dem Moment stürzte er sich wieder auf sie, stieß sie beiseite und kletterte die Stufen hoch.

Thorne rief Helens Namen.

Sie wirbelte herum und sah, wie Hare durch die Falltür stürzte. »Tom?«

Eine Sekunde später flimmerte das Licht der Taschenlampe über die Stufen. Als Helen sich umdrehte, um nachzuschauen, woher es kam, sah sie, wie Poppy sich wackelig hochrappelte. Die Hände des Mädchens zitterten so sehr, dass sie die Taschenlampe kaum ruhig halten konnte.

Helen hob ihre Hand mit dem Messer und betrachtete im flackernden Licht das Blut.

Dann bewegte sich Thorne langsam auf sie zu. Er keuchte und hielt sich die Seite.

»Er ist einfach ins Messer gelaufen«, sagte sie.

Thorne nickte und kniete sich hin, griff nach den beiden Hälften von Helens Mobilteil und dem Akku. Er wischte alles an seinem Hemd ab, setzte die Teile wieder zusammen und versuchte, das Handy einzuschalten. »Nichts«, sagte er.

Als Helen ihm hinterherblickte, wie er die Treppe hinaufstieg und in der Dunkelheit verschwand, um Trevor Hare zu verfolgen, erklang Poppys Stimme von hinten.

»Ich werd der Polizei sagen, dass ich es war … sagen Sie ihnen, dass *ich* es war.«

Helen drehte sich um und ging mit ausgetreckten Armen auf sie zu.

»Ich wünschte, ich wär's gewesen«, sagte Poppy.

LONDON

76

Helen lächelte stur weiter, als sie zum Empfang marschierte, ihren Ausweis vorzeigte, um durch die Sicherheitsschleuse zu gelangen, und anschließend die Treppe hinaufging zum zweiten Stock. Sie erwiderte jedes Nicken und sagte »gut« und »danke«, wenn man sie ansprach und sich nach ihrem Befinden erkundigte. Sie gab sich alle Mühe, nicht auf die überraschten Blicke und geflüsterten Gespräche zu reagieren, die fast augenblicklich einsetzten, wenn sie vorbei war.

Es war fast so, als wäre sie wieder in Polesford.

Ihrer Heimatstadt, die sie vor drei Wochen wohl zum letzten Mal gesehen hatte. Obwohl sie erst vor vier Wochen zum letzten Mal hier in diesem Gebäude gewesen war, schien es ihr viel länger her zu sein.

Sie entdeckte ihren DCI, der zwischen den Tischen in der Einsatzzentrale herumlief, und wartete, bis er sie bemerkte. Sie konnte deutlich sehen, dass er seine Verärgerung zu verbergen versuchte. Mit einem Nicken bedeutete er ihr, in sein Büro zu kommen.

DCI Adam Bonner lehnte sich in seinen Schreibtischsessel zurück und seufzte. Dann beugte er sich wieder vor und ordnete ein paar Papiere. »Eigentlich dürftest du gar nicht hier sein, Helen.«

»Ich weiß.«

»Also, warum machst du es uns dann unnötig schwer?«

»Das ist nicht meine Absicht.«

»Du weißt doch, das hier ist das übliche Verfahren, nichts weiter. In ein paar Wochen wird alles erledigt sein, und du kannst wieder zurück zur Arbeit. Aber bis dahin …«

Helen war unter Beibehaltung der vollen Bezüge vom Dienst suspendiert worden aufgrund der umfassenden Untersuchung zu den Ereignissen, die zum Tod von Trevor Hare geführt hatten. Die Zeugenaussage von Poppy Johnston schien Helen zwar völlig zu entlasten, doch solange das Dezernat für Interne Ermittlungen seine Arbeiten noch nicht abgeschlossen hatte, lag weiterhin … ein Schatten auf ihr.

Thorne hatte ihr versichert, dass sie sich keine Gedanken machen müsse. Er selbst konnte schon nicht mehr zählen, wie oft er mit der Internen Bekanntschaft gemacht hatte. Bonner hatte das Gleiche zu ihr gesagt und wiederholte seine Worte jetzt noch einmal.

»Du musst die Sache einfach aussitzen«, erklärte er. »Mach Urlaub oder sonst was. Der letzte war ja nicht unbedingt entspannend, oder?«

Hare war am nächsten Morgen bäuchlings im Pretty Pigs Pool gefunden worden, eingekeilt in Ufergestrüpp; Enten, Seerosenblätter und leere Dosen trieben in seiner Nähe auf dem Wasser. Tod durch Ertrinken, das hatte die Obduktion ergeben. Laut der Witwe war Trevor Hare für einen Fünfundfünfzigjährigen ziemlich gut in Form gewesen, ein guter Schwimmer. Der Pathologe hatte in seinem Bericht geschrieben, dass der schwere Blutverlust, erlitten durch die Stichwunde, zwar nicht lebensbedrohlich gewesen war, aber dazu beigetragen haben mochte, dass das Opfer sich nicht aus dem eisigen Wasser hatte retten können.

Es war unklar – und würde es wahrscheinlich auch bleiben –, wie Hare überhaupt im Wasser gelandet war, wo er doch die Gegend gut gekannt hatte. Andererseits war es dunkel und er verwundet gewesen, vielleicht auch desorientiert. Der Boden war heimtückisch, und so konnte er durchaus ausgerutscht sein.

»Mag sein«, hatte Thorne gesagt. »Ist mir auch egal.«

»Also, wie wär's?«, fragte Bonner jetzt. »Zu dieser Jahreszeit gibt's immer ganz gute Last-Minute-Angebote nach Griechenland.«

»Ich bin hier, um einen alten Fall von Kindesmissbrauch anzuzeigen«, sagte Helen.

Bonner starrte sie an.

»Ist doch unser Job, uns darum zu kümmern, oder? Zumindest war's so, als ich das letzte Mal hier war.«

Der DCI griff nach einem Notizheft auf der anderen Seite des Tischs. »Wie alt genau?«

»Fünfundzwanzig Jahre.«

Bonner legte seinen Stift behutsam hin. »Helen, du weißt genau wie jeder andere, was für ein Albtraum diese alten Fälle sind. Bist du dir sicher?«

»Ja, bin ich«, antwortete sie. »Und ich bin mir des Albtraums bewusst.«

Der DCI griff wieder nach dem Stift. »Kennst du den Namen des Täters?«

Helen nannte ihn. »Er lebt in einem Pflegeheim in der Nähe von Tamworth. Die genaue Adresse muss ich noch rausfinden.«

»Ein *Pflegeheim*?«

Helen schüttelte bestimmt den Kopf. »Ist mir egal, ob er alt oder bettlägerig ist, Adam. Oder ob er sich nur noch von Kartoffelbrei ernähren kann und in einen Katheter pinkeln muss. Ich will ihn dafür drankriegen.«

Bonner hatte über die Jahre gelernt, dass es ziemlich zwecklos war, mit Helen zu streiten, wenn sie für einen Fall brannte. »Na gut«, sagte er. »Wir werden mit den Voruntersuchungen beginnen, aber du weißt ja, solange diese interne Ermittlung läuft, kannst du den Fall nicht bearbeiten.«

»Kann ich sowieso nicht.«

Bonner sah sie wieder an, leicht verwirrt. Dann blickte er hinab auf sein Notizheft. »Also gut, wie lautet der Name des Opfers?«

»Das bin ich«, antwortete Helen. »Ich bin das Opfer.«

Sie blieb auf dem Parkplatz stehen und lehnte sich gegen eine Mauer, froh über die frische Luft und darüber, dass ihr Atem in einen normalen Rhythmus zurückfand. Ein Streifenwagen bog ein und parkte. Zwei uniformierte Beamte stiegen aus, die sie kannte. Einer von ihnen bemerkte sie und schien auf sie zukommen zu wollen. Sie senkte den Blick schnell auf ihr Handy und sah so lange darauf hinunter, bis er im Revier verschwunden war.

Sie musste erst noch einige schwierige Gespräche hinter sich bringen, bevor sie auch nur daran denken konnte, über die Arbeit zu reden.

Mit ihrem Vater. Mit Linda …

Sie hatten sich seit den Ereignissen am Pretty Pigs Pool nicht mehr getroffen, und bis jetzt hatte Helen es Linda anheimgestellt, den nächsten Schritt zu machen. Sie hatte ihre Nummer hinterlassen, doch Linda hatte nicht angerufen. Helen erinnerte sich an ihr letztes Gespräch in der Nacht, als sie über Aurora Harley geredet hatten und schließlich auch über ihren Großvater.

Muss schwer gewesen sein zurückzukommen.

Noch schwerer zu bleiben.

Es war nun mal mein Zuhause, oder? Hatte nie die Möglichkeit wegzukommen.

Hast du ihn je gesehen?

Ein paarmal. Ich wollte, dass Wayne oder Steve ihn umbringen, ein- oder zweimal hätte ich ihnen beinahe davon erzählt. Stell dir vor, er hat mich auf der Straße angelächelt …

Mittlerweile hatte Helen erfahren, dass Lindas Haus zum Verkauf stand, wusste aber ansonsten wenig von ihren Plänen. Sie vermutete, dass sie und ihre Kinder irgendwo ein neues Leben beginnen wollten. Weit weg von Polesford und ihrem Mann, gegen den die Anklage schnell fallen gelassen wurde und dessen Aufenthaltsort der Presse gegenüber nicht preisgegeben worden war.

Doch dann war vor wenigen Tagen ein Foto erschienen, auf dem Bates und Linda gemeinsam durch ein Einkaufszentrum in Tamworth schlenderten. Nun wurde über die Höhe der Ausgleichszahlung für die ungerechtfertigte Inhaftierung spekuliert.

Außerdem wurde von einem Buch gemunkelt …

Helen musste Linda erzählen, dass sie Anzeige erstattet und Lindas Namen bereits an diejenigen weitergegeben hatte, die Peter Harley in Kürze verhaften würden. Gut möglich, dass dem Buchvertrag dadurch noch eine weitere Null hinzugefügt wurde, doch Helen wusste nicht, ob Linda sich darüber freuen würde.

Das Gleiche galt natürlich auch für Aurora Harley, aber Helen hatte ihre Entscheidung getroffen und konnte sich darüber keine Gedanken mehr machen. Es gab Menschen, die ihr viel näher standen; an die musste sie denken.

Sie ging zum Auto und stieg ein. Sie saß ein paar Minuten

da, versuchte sich zu überlegen, wie sie das Thema am besten zur Sprache bringen sollte. Es machte nicht viel Sinn, um den heißen Brei herumzureden oder sich den Kopf darüber zu zerbrechen. Ihr Daumen strich über das Display ihres Handys, und sie wischte mit dem Saum ihrer Bluse einen Fleck weg.

Dann wählte sie die Nummer ihrer Schwester.

77

Als Thorne den Anruf beendet hatte, kehrte er ins Wohnzimmer zurück. Hendricks stellte den Fernseher leiser und drehte sich um. »Na, wie ist es gelaufen?«

»Ganz gut, glaube ich«, antwortete Thorne. »Sie klang … gut drauf. Ihre Schwester kommt später vorbei.«

»Na, schauen wir mal, wie lange sie ›gut drauf‹ bleibt.«

»Das Gespräch gestern am Telefon scheint gar nicht so schlecht gelaufen zu sein.« Thorne versuchte sich Helen zuliebe in Optimismus, wenngleich er wusste, was Hendricks meinte. Helens Schwester konnte schwierig sein. Nach dem heutigen Abend würde ihr Verhältnis sich auf jeden Fall ändern, und er konnte nur das Beste hoffen.

»Du gehst also nicht später noch zu ihr?«

Thorne schüttelte den Kopf. Seit sie aus Polesford zurück waren, hatte er mehr Abende als üblich in seiner eigenen Wohnung in Kentish Town verbracht, und er hatte es genossen. Hendricks war ziemlich häufig nach Warwick gefahren, sodass sie sich heute zum ersten Mal seit einer ganzen Weile wiedersahen.

»Dann ist das also ein Herrenabend.«

Thorne ging in die Küche, um Bier zu holen. »Glaubst du, sie tut das Richtige?«, fragte ihn Hendricks, als Thorne zurück im Wohnzimmer war.

»Du meinst das Treffen mit ihrer Schwester?«

»Alles.«

Thorne reichte ihm ein Bier und setzte sich. Da er gesehen hatte, wie schmerzvoll es für Helen gewesen war, ihm von den Ereignissen zu erzählen, die schon so lange zurücklagen, war die Vorstellung, wie sie in Verhörräumen und im Zeugenstand noch einmal alles detailliert schildern musste, einfach schrecklich. Doch sie hatte sich dafür entschieden, und er wusste, sie würde es schaffen. »Für sie ist es das Richtige«, sagte er.

»Hat sie was zur Suspendierung gesagt?«

»Die läuft noch.« Thorne trank einen Schluck. »Wird wohl noch ein paar Wochen dauern, denke ich.«

»Sie hätte das Angebot des Mädchens, die Schuld auf sich zu nehmen, akzeptieren sollen.« Hendricks schien noch mehr sagen zu wollen, doch da klingelte sein Handy, und er verschwand in die Küche und schloss die Tür hinter sich.

Thorne wusste, dass sein Freund die Bemerkung nur halb scherzhaft gemeint hatte. Es gab nicht sehr viele Menschen, die den Tod von Trevor Hare bedauerten. Obwohl Thorne wusste, dass die interne Ermittlung für Helen positiv ausgehen würde, schien es sehr ungerecht, dass eine gute Polizistin wie sie wochenlang suspendiert wurde, nur weil sie den Mann unbeabsichtigt mit einem Messer verletzt hatte.

»Helen wird suspendiert, und du bist der strahlende Held«, hatte Hendricks damals erklärt. »Du, der eine eigene Schublade im Aktenschrank der Internen besitzt. Damit habe ich *echt* nicht gerechnet.«

Das hätte in der Tat niemand, der auch nur ein Fünkchen Verstand besaß. Es folgten mehrere Tage äußerst positiver Presseberichte. Die Eltern von Poppy Johnston und Jessica Toms schrieben ihm Dankesbriefe.

Selbst Russell Brigstocke hatte ihm vergeben.

Nachdem Poppy Johnston im Krankenhaus untersucht und einige Tage später entlassen worden war, konnten die Puzzlestücke des Falls dank ihrer Zeugenaussage etwas zügiger zusammengesetzt werden. Doch ohne einen Täter, der befragt werden konnte, beruhten große Teile des Gesamtbilds immer noch auf Vermutungen. Poppy hatte bestätigen können, dass Stephen Bates sie an dem Abend mitgenommen hatte. Er habe mit ihr geflirtet und gewisse Andeutungen gemacht, woraufhin sie ihn gebeten habe, sie an der Bushaltestelle abzusetzen, erzählte sie der Polizei. Nur wenige Minuten später war Trevor Hare vorbeigekommen.

Ob Hare auch Jessica Toms an dem Abend entführt hatte, an dem Bates sie mitgenommen hatte, würde immer im Dunkeln bleiben, doch hatte er Bates offensichtlich eine ganze Zeit lang beobachtet und wusste sehr genau Bescheid über dessen Vorliebe für junge Mädchen. Wie auch darüber, dass Bates Jessica bereits mitgenommen hatte, weshalb ihre DNA in seinem Auto zu finden war. Und da sich nun ein passender Verdächtiger unwissentlich in die erste Reihe befördert hatte, wusste er, dass er Jessica und Poppy gefahrlos ins Visier nehmen konnte.

Es mussten nur noch ein paar weitere Beweise her.

Die Zigarettenkippe hatte sich angeboten und war leicht zu beschaffen gewesen. Die Tatsache, dass Bates die Polizei belogen hatte, konnte nur als Vorteil gesehen werden, und das Material, das auf seinem Computer gefunden wurde, musste für Hare eine angenehme Überraschung gewesen sein, sofern er nicht ohnehin bereits davon gewusst hatte.

Thorne glaubte noch immer, dass Jessica Toms nur ein oder zwei Tage nach Poppy Johnstons Entführung umgebracht worden war. Er hatte die Schlussfolgerung gezogen, dass Hare die Leiche in der Zwischenzeit im Kofferraum seines Wagens aufbewahrt hatte, bis er sich nach Bates Verhaftung entschied, sie im Wald zu verscharren. Die kriminaltechnischen Untersuchungen des Fahrzeugs, das in der Nähe von Pretty Pigs Pool gefunden wurde, bestätigten Thornes Theorie. Trotzdem hatte DI Tom Cornish es nicht als nötig erachtet, sich dafür zu bedanken. Poppy war überzeugt gewesen, dass sich Jessicas Leiche die ganze Zeit bei ihr in Hares improvisiertem Kerker befunden hatte. Doch wie sich herausstellte, handelte es sich um die Leiche von Pattersons Ferkel, in einem Stadium fortgeschrittener Verwesung. Jedenfalls um den Rest, den die Ratten davon übriggelassen hatten. Als das Ferkel schließlich untersucht wurde, wimmelte es noch immer von Insekten und Käfern, die Hare vorgehabt hatte, für die Leiche von Poppy zu verwenden.

»Dein Liam hätte seinen großen Tag gehabt«, hatte Thorne gesagt.

»Er ist nicht *mein* Liam«, hatte Hendricks entgegnet.

Mittlerweile schien sich auch das geändert zu haben.

Hendricks kam gut gelaunt zurück ins Wohnzimmer spaziert und griff nach der Bierflasche, die er versäumt hatte mitzunehmen. »Das war Liam«, erklärte er.

Thorne hatte nichts anderes erwartet. »Geht's ihm gut?«

»Ja …« Offensichtlich hatte Hendricks noch etwas zu sagen und wollte danach gefragt werden.

Thorne verbiss sich ein Grinsen. »Und?«

»Er denkt darüber nach, sich auf eine andere Stelle zu bewerben.«

»Was für eine Stelle?«

»Das Was ist nicht wichtig, sondern das Wo«, erklärte Hendricks.

Jetzt begriff Thorne. »London?« Hendricks nickte. »Und, was hältst du davon?«

»Na ja, vielleicht bekommt er sie gar nicht.«

»Und falls doch?«

»Ganz ehrlich, ich glaube, das wär für mich … okay.«

Doch für Hendricks schien es weit mehr als nur okay zu sein, und Thorne zog ein entsprechend entsetztes Gesicht. »Verflucht noch mal, du steckst echt voller Überraschungen.«

»Na ja, wenigstens einer von uns.«

»Was soll das denn heißen?«

»Das soll heißen, dass man nicht immer dieselben ausgetretenen Pfade gehen kann. Na ja, kann man schon, nur wird man dann irgendwann von einem Auto überfahren.«

»Wie bitte?«, fragte Thorne verdutzt. Doch auf einmal begriff er. Helen musste Hendricks von den Dachsen erzählt haben. Genauer gesagt davon, wer denen ihrer Meinung nach ähnelte. »Klar, ich bin ja so vorhersehbar. Ehrlich, das ist völliger Unsinn, Phil.«

»Dann hast du also nur Angst vor Veränderungen.«

Thorne schnaubte. »Was ist, bestellen wir nun unser Essen?«

»Von mir aus.«

»Indisch von Bengal Lancer?« Er sah Hendricks Grinsen und zuckte mit den Achseln. »Ihr Essen ist einfach das beste.«

Hendricks schlenderte in die Küche. »Ich kümmer mich schon mal um die Teller …«

Thorne hatte die Nummer des Restaurants in seinem Telefon gespeichert. Sie erkannten seine Nummer sofort und riefen die Lieferadresse auf. »Die übliche Bestellung, Mr. Thorne?«

»Ja, die übliche Bestellung.«

Der Kellner sagte noch etwas, doch war es über Hendricks lautem Lachen aus der Küche kaum zu hören.

DANKSAGUNG

Ich bin wie immer sehr vielen Menschen dankbar, die mir geholfen haben, dieses Buch über die Ziellinie zu bringen. Ohne sie hätte es seit der ersten Kurve unter Seitenstechen gelitten, und alle anderen wären schon lange nach Hause gegangen.

Mein Dank gilt Elizabeth Orcutt für ihren Hinweis zum Druckschluss von Zeitungen und Dr. John Manlove für seine Hilfe bei dem eher ungewöhnlichen Problem, DNA von Schweinen zu extrahieren. Wendy Lee war wie immer großartig, und ich bin äußerst froh, wieder von Deborah Adams' Fähigkeiten als Lektorin profitiert zu haben. Beide haben bei *vielen* Gelegenheiten verhindert, dass ich dumm dastehe.

Zum wiederholten Mal stehe ich in der Schuld von Frau Professor Lorna Dawson von der Environmental and Biochemical Sciences Group des James Hutton Institute. Sie verfügt nicht nur über unglaubliches Fachwissen und einen schrägen Sinn für Humor, sondern besitzt auch noch eine Vorstellungskraft, die so dunkel und bizarr ist, dass selbst Krimiautoren daneben blass aussehen. Ich zitiere nur die Betreffzeile von einer ihrer E-Mails, in der sie beiläufig auf den Insektenbefall einer verkohlten Schweineleiche eingeht. Sie lautete *Räucherspeck.* Vielen Dank, Lorna. Die Speckchips gehen auf mich.

Ich danke Michael Weston King und Lou Dalgleish. Die Lieder von My Darling Clementine haben mich während meiner Arbeit an diesem Buch begleitet, und die Zusammenarbeit mit ihnen bei *The Other Half* war ein reines Vergnügen.

Ein zehn Meter großes, in Neonbuchstaben geschriebenes »Dankeschön« an David Shelley und Sarah Lutyens dafür, dass sie die besten der Branche sind. Vor allem und wie immer aber danke ich Claire. Im Gegensatz zu den unglückseligen Menschen, die Tom Thorne begegnen, komme ich mit Mord weiterhin ungestraft davon.

Hat Ihnen *Zeit zu Sterben* gefallen?
Dann blättern Sie um zu der exklusiven Kurzgeschichte
Schlag des Glücks.

SCHLAG DES GLÜCKS

So vieles hätte anders sein können.

Fast unendlich viel. Die Flugbahn des Balls, der Winkel des Schlägers, das Tempo, in dem er übers Spielfeld lief. Das Wetter, die Zeit, der Wochentag, einfach alles.

Die noch so kleinste Veränderung an einem dieser Faktoren oder an deren Verkettung im entscheidenden Moment – und nichts wäre passiert, wie es schlussendlich passierte. Der Ball ein paar Zentimeter weiter weg, der Schlag eine Sekunde später, oder der Schritt etwas langsamer, und die Geschichte wäre völlig anders verlaufen.

Klar, es ist *immer* eine andere Geschichte; aber es ist nicht immer eine Geschichte, in der Leichen vorkommen …

Er war alles andere als ein guter Schlagmann, er war das Schlusslicht der Mannschaft, doch dieses Mal hatte er alles richtig gemacht. Fußarbeit und Schlag waren perfekt. Der Ball traf exakt die Mitte des Schlägers und flog weit über die Köpfe der Feldspieler ins hohe Gras am Rand des Waldes, der entlang beider Seiten des Spielfelds verlief.

Alan und ein weiterer Spieler suchten schon seit ungefähr einer Minute in einem Grasstück nahe einer Eiche nach dem Ball, als sie hinter dem Baum hervortrat. Es schien, als hätte sie auf sie gewartet.

»Habt ihr keine Ersatzbälle?«

Alan musterte sie, bevor er antwortete. Sie war groß, knapp einsachtzig, und hatte dunkles Haar. Die Beine unter dem cremefarbenen Rock waren nackt, und ihre Oberweite unter dem ärmellosen Oberteil war zweifellos sehr ordentlich. Sie sah südländisch aus, dachte Alan. Irgendwie kultiviert …

»Ich denke schon. Irgendwo«, antwortete er.

»Warum dann die Zeit damit verschwenden, den einen Ball zu suchen? Sind die Dinger teuer?«

Alan lachte. »Wir sind nur eine Truppe von Ärzten. Allein die Platzmiete kostet schon ein kleines Vermögen.«

»Du bist Arzt?«

»Neurologe. Leitender Oberarzt der Neurologie.«

Sie sah nicht so beeindruckt aus, wie er gehofft hatte.

»Hab ihn.«

Alan drehte sich um und sah seinen Teamkollegen den Ball schwingen. Als er ihn zurück auf den Platz warf, brandete Jubel unter den restlichen Mitspielern auf.

Er wandte sich wieder der Frau zu, die mit einer Hand ihre Augen vor der Sonne schützte.

»Bist du noch länger hier?«, fragte er. Sie schien unentschlossen. Er zeigte auf das Spielfeld. »Das Spiel ist bald zu Ende.«

Sie nahm die Hand herunter und lächelte, allerdings ohne ihn anzusehen. »Na, dann mach mal besser weiter!«

»Wir gehen danach noch was trinken. In den Pub neben der U-Bahn. Ins Woodman. Hast du vielleicht Lust vorbeizukommen?«

Sie spähte auf ihre Uhr. Zu schnell, um überhaupt erkennen zu können, wie spät es war, dachte Alan.

»Ich hab nicht viel Zeit.«

Er nickte und ging rückwärts zum Spielfeld zurück. »Na, du weißt ja, wo wir sind.«

Das Woodman war ein kleines Lokal, und die Spieler, insgesamt circa ein Dutzend aus beiden Mannschaften, belegten den größten Teil des hinteren Raums.

»Ich bin übrigens Rachel«, sagte sie.

»Alan.«

»Hast du gewonnen, Alan?«

»Ja, aber nicht, weil ich so gut spiele. Die andere Mannschaft war so schlecht.«

»Dann seid ihr also alle Ärzte?«

Er nickte. »Ärzte, Medizinstudenten, Freunde von Ärzten. Alle, die verfügbar sind, wenn mal Not am Mann ist. Es geht vor allem darum, sich zu treffen und miteinander Spaß zu haben.«

»Und um die Sandwichs in der Halbzeit«, warf Rachel ein.

Alan bemühte seinen vornehmsten Akzent. »Das heißt bei uns Teepause«, sagte er.

Rachel lachte, erkämpfte sich einen trockenen Weißwein und wurde vorgestellt. Sie sprach mit einem Pathologen, Phil Hendricks, der viel für die Polizei arbeitete, und ihr ein paar entsetzliche Geschichten erzählte. Sie machte Bekanntschaft mit einem langweiligen Kardiologen, dessen Name sie augenblicklich wieder vergaß, einem Krankenpfleger namens Sandy, der nicht müde wurde, darauf hinzuweisen, dass nicht *alle* Krankenpfleger schwul waren, und einem schleimigen Anästhesisten, dessen Atem bestimmt jeden in den Zustand der Betäubung versetzte, wenn ihm mal das Narkosegas ausging.

Als Rachel zur Damentoilette ging, legte ein aufgeblasener Kinderarzt, den Alan nicht wirklich mochte, eine fette Hand auf seine Schulter.

»Das ist ja mal wieder typisch. Mit dem Schläger kriegst du rein gar nichts auf die Reihe, aber *nach* dem Spiel punktest du ohne Ende, verflucht noch mal!«

Die anderen amüsierten sich köstlich über den Witz. Alan blickte sich um und sah Rachel aus der Toilette kommen. Er hoffte, dass sie nichts mitgekriegt hatte.

»Willst du noch einen Wein?« Alan zeigte auf ihr halb leeres Glas, bevor er sein restliches Bier austrank.

Das wollte sie nicht, folgte ihm aber trotzdem zur Bar. Alan beugte sich dicht zu ihr, und sie unterhielten sich, während er vergeblich versuchte, die mürrische irische Kellnerin auf sich aufmerksam zu machen.

»Ehrlich gesagt, kenne ich viele von ihnen eigentlich gar nicht richtig. Es sind auch nur ein paar, mit denen ich mich überhaupt abseits des Spielfelds treffe.«

»In einer Gruppe gibt's immer irgendwelche Idioten«, sagte sie. »Das ist der Preis, den man bezahlen muss, um in Gesellschaft zu sein.«

»Was treibst *du* denn so, Rachel?«

Sie lachte kurz auf. »Nicht viel. Ich habe studiert.«

Es klang wie das Ende des Gesprächs, und die beiden schwiegen eine Weile. Alan vermutete, dass sie ungefähr gleich alt waren. Sie war auf jeden Fall Anfang dreißig, was hieß, dass sie vor mindestens zehn Jahren ihren Abschluss gemacht haben musste. Irgendwas musste sie in der Zwischenzeit getan haben, irgendwas musste sie auch jetzt tun. Außer sie hatte mit ihrem Studium spät angefangen. Doch es schien noch etwas früh für neugierige Fragen.

»Und in deiner Freizeit? Triffst du dich mit Freundinnen oder …?«

Sie nickte zur Bar, und er folgte ihrem Blick. Die Bedienung stand vor ihm, um endlich seine Bestellung aufzunehmen. Alan spulte eine lange Liste von Getränken herunter, und sie schauten zu, wie sich das Tablett auf der Theke mit Gläsern zu füllen begann. Alan drehte sich um und setzte an, um etwas zu sagen, doch sie kam ihm zuvor.

»Ich mach mich jetzt auf den Weg.«

»Okay. Du würdest mir wohl nicht deine Telefonnummer geben, oder?«

Sie summte unverbindlich, während sie den restlichen Wein herunterschluckte. Alan hielt der Bedienung eine Zwanzig-Pfund-Note hin und grinste Rachel an.

»Handy?«

»Hab ich nie eingeschaltet.«

»Ich könnte eine Nachricht hinterlassen.«

Sie nahm einen Stift heraus und kritzelte die Nummer auf einen Bierdeckel, der wie die Ohren eines Hundes geformt war.

In dem Moment, als Alan das Tablett mit den Getränken anhob, streckte die Kellnerin ihm sein Wechselgeld entgegen, eine Fünfzig-Pence-Münze. Da er das Geld nicht annehmen konnte, nickte er Rachel zu. Sie griff danach.

»Steck es auf dem Weg nach draußen einfach in den Spielautomat«, sagte er.

Alan hatte gerade das Tablett auf dem Tisch abgestellt, als er hörte, wie der Automat den Jackpot ausspuckte. Er spazierte hinüber zu Rachel, die eine große Handvoll Zehn-Pence-Münzen aus der Auszahlschale kramte.

»Du Glückspilz«, rief er. »Ich hab seit Wochen Geld in das Ding reingesteckt.«

Als sie sich umdrehte, bemerkte Alan, dass sie rot geworden war. »Hier, ist deins!«, sagte sie. Sie versuchte, ihm die Münzen in die Hand zu drücken, doch als ein paar davon auf den Boden fielen, wirbelte sie nervös herum und warf den ganzen Haufen wieder zurück in die Auszahlschale.

»Ich … ich kann sie nirgendwohin stecken …«

Sie war bereits weg, als Alan die Münzen vom Teppich aufgesammelt hatte.

Rachel beruhigte sich relativ schnell. Sie lief den Hügel hinunter zur U-Bahnstation. Mit jedem Schritt kehrte ihre Beherrschung zurück.

Sie hatte sich im Pub über sich selbst geärgert, über ihr Verhalten. Aber was hätte sie schon tun können? Sie konnte unmöglich das ganze Kleingeld mit nach Hause nehmen, oder?

Während sie weitereilte, begriff sie, dass sie in der Tat etwas hätte tun können, und sie schimpfte mit sich selbst, weil sie so dumm gewesen war. Sie hätte die Bedienung bitten können, die Münzen in Scheine zu wechseln, denn die waren einfacher zu verstecken. Oder sie hätte nach den Münzen greifen, mit einem Lächeln gehen und einem Bettler eine Freude machen können.

Das musste sie sich merken. Es war wichtig, vorsichtig zu sein, aber man hatte stets eine Wahl.

Als sie die Stufen zur Station Highgate hinunterlief, ließ sie eine Hand in die Jackenasche gleiten und tastete nervös darin herum, bis sie den Ehering an der Handinnenfläche spürte. Jedes Mal gab es diese eine wunderbare, furchterregende Sekunde, wenn ihre Finger das Futter der Jackentasche absuchten und sie glauben konnte, den Ring vielleicht verloren zu haben. Doch er war immer da und wartete auf sie.

Sie stand auf dem Bahnsteig, den Ring fest in der zur Faust geballten Hand, bis der Zug einfuhr. Dann steckte sie ihn wieder an, so wie immer, und schob ihn jeden schrecklichen Zentimeter auf ihrem Finger nach oben.

Lee stocherte in seinem Hühnchen Madras herum, bis es kalt war. Der Appetit war ihm sowieso vergangen. Das Essen hatte er vor dem Streit bestellt. Jetzt hatte er keine Lust mehr darauf. Noch etwas, woran Rachel schuld war.

Sie war mittlerweile im Schlafzimmer und weinte.

Sie weinte nie, während es passierte. Er wusste auch, warum. Sie gönnte ihm die Genugtuung nicht … oder irgend so was in der Art. Doch stellte sie damit nur unter Beweis, was für eine dämliche Kuh sie war, denn er konnte es nicht ertragen, sie weinen zu sehen, *irgendeine* Frau weinen zu sehen. Vielleicht wäre er etwas sanfter, wenn sie *tatsächlich* ab und zu weinen würde, wenn es geschah.

Aber nein, das hob sie sich für danach auf. Und jetzt konnte er sie durch die Decke hören, was ihm sein Essen vermieste.

Bei dem Streit war es wie immer um das Gleiche gegangen. Darum, wie sie ihn verarschte.

Er war ihr entgegengekommen bei diesen nachmittäglichen Waldspaziergängen. Aber heute war sie fast sechs Stunden weg gewesen, den halben beschissenen Tag. Und kein Wort der Entschuldigung, als sie schließlich wieder auftauchte.

Das hatte das Fass zum Überlaufen gebracht.

Lee war schlau, war es schon immer gewesen. Er wusste ganz genau, dass es nicht nur um ihre Ausflüge ging und darum, dass sie zu lange wegblieb. Letztendlich lief alles auf diese Pillen hinaus.

Seit er die kleine Packung gefunden hatte, ganz hinten in der Schublade mit ihren Slips, hatten sie sich noch mehr gestritten, sie hatte noch länger im Schlafzimmer geweint. Er hatte genügend Grips, um die Ironie zu erkennen. Die Antibabypille, versteckt zwischen den sexy Höschen, die er für sie gekauft hatte.

Natürlich war er ausgerastet, als er die Dinger gefunden hatte. Waren sie sich nicht einig darin gewesen, eine Familie gründen zu wollen? Weil dann alles besser werden würde? Der Betrug hatte ihn wütend gemacht, genauso wie die Tatsache, dass sie ihn vorgeführt hatte und er die ganzen Wochen zuvor seine Zeit verplempert und sich umsonst angestrengt hatte, sie zu vögeln.

Seitdem hatte es noch mehr Auseinandersetzungen gegeben.

Obwohl er sie liebte, Herrgott noch mal. Sonst würde sie ihm ja nicht so auf die Nerven gehen, ihn nicht so auf die Palme bringen. Er konnte immer spüren, wie die Wut in ihm aufstieg, kurz bevor er die Beherrschung verlor. Wenn es dann vorbei war, zitterte er am ganzen Körper, und sie kroch davon, um irgendwo zu weinen, wo er sie nicht sah.

Er hoffte, dass sie es wusste, jetzt, wo sie im Schlafzimmer schluchzte, das Gesicht in einem durchnässten Kissen vergraben. Hoffte, dass sie wusste, wie sehr er sie liebte.

Lee ließ die Gabel fallen und fuhr mit der Hand unter den Teller. Er bewegte die Finger so lange, bis der Teller sicher auf seiner Handinnenfläche lag. Dann schleuderte er ihn quer durch die Küche.

Als der Teller die Wand traf, sah er zu, wie sein Essen daran herunterlief.

Er beobachtete sie.

Manchmal lag er auf dem Gras, nur ein weiterer Sonnenanbeter. Den Unterarm vorm Gesicht, spähte er durch die krausen feinen Härchen hinüber zu den beiden. Manchmal beobachtete er sie auch von seiner Lieblingsbank aus. Das Gesicht hinter einer Zeitung versteckt, aufrecht sitzend, den Rücken gegen das kleine Metallschild gepresst.

Für Eric und Muriel, die diesen Wald liebten …

Er beobachtete sie, und er wartete.

Natürlich beobachtete er *sie* auch sonst. Er war ihr an diesem ersten Tag zu ihrem Haus in Barnet gefolgt, und jetzt verbrachte er Stunden davor und dachte an sie, drinnen in der Dunkelheit.

Er konnte nicht sagen, warum er gerade sie ausgewählt hatte; genauso wenig, warum er überhaupt je eine ausgewählt hatte. Es hatte einfach klick gemacht. Letztendlich war alles nur Zufall. Nichts als Zufall – glücklicher oder unglücklicher Zufall, je nach Betrachtungsweise.

Wenn er irgendwann geschnappt wurde, was sehr wahrscheinlich war, würde er ihnen genau das sagen und nichts anderes.

Im Endeffekt war es nur eine Frage der Gelegenheit.

Sie hatten begonnen, die Nachmittage miteinander zu verbringen, waren im Highgate Wood spazieren gegangen und hatten dabei jeden Zentimeter des Parks kennengelernt. Sie picknickten unter dem Baum, wo sie sich zum ersten Mal begegnet waren, und eines Tages hielten sie Händchen über einen verwitterten Holztisch hinweg vor der Cafeteria.

»Warum können wir uns nicht abends treffen?«, fragte Alan.

Sie zuckte zusammen. »Ist doch nett so, oder? Lass uns nichts überstürzen.«

»Ich habe meine Schichten gewechselt, damit wir tagsüber Zeit miteinander verbringen können.«

»Darum hab ich dich nicht gebeten.«

»Ich habe auch den ein oder anderen Wunsch, Rachel.«

Sie musste grinsen. »Das glaube ich dir gern.«

»Ja, *das* auch. Natürlich. Aber da gibt's noch mehr. Ich möchte mit dir die Stadt erkunden, deine Freunde treffen. Ich möchte dich zu Hause besuchen. Ich möchte, dass du *mich* besuchst.«

»Es ist kompliziert. Das hab ich dir erzählt.«

»Du erzählst mir nie was.«

»Ich bin verheiratet, Alan.«

Er zog seine Hand weg und versuchte vergeblich, es auf die leichte Schulter zu nehmen. »Also, das erklärt vieles.«

»Ich glaube, das ändert alles, oder?«

Er sah sie an, als wäre sie verrückt. »Oh, nur ein kleines bisschen.«

»Ich wüsste nicht, warum.«

»Verdammt noch mal, Rachel!«

»Erklär's mir.«

Er schüttelte den Kopf. »Sagen wir mal so … Wenn *ich* dein Mann wäre, würde ich es nicht wollen.«

Sie senkte den Kopf.

»Nicht weinen!«

»Ich weine nicht.«

Alan sprach mit einem Lachen in der Stimme. »Außerdem könnte er auf die Idee kommen, mich zu vermöbeln …«

Dann weinte sie doch und erzählte ihm den Rest. Von den Kindern, die sie nicht wollte, und den Blutergüssen, die er nicht sehen konnte. Als sie fertig war, griff Alan nach ihrer Hand, drückte sie und sah sie eindringlich an.

»Wenn er dich noch mal anfasst, bring ich ihn um.«

Sie freute sich über die Geste, wusste aber, dass es nicht

mehr war als das. Sie lachte auf und bereute es sofort, als sie die Kränkung in Alans Augen sah.

Hinterher beugte sich Rachel vor und zog das Laken hoch über sie beide. Ein wenig von der alten Befangenheit war zurückgekehrt, doch war sie nicht unangenehm oder peinlich.

»Ich würde dir ja sagen, wie toll du warst«, erklärte sie. »Aber ich will nicht, dass du dir zu viel einbildest.« Sie drehte sich zu ihm auf die Seite und lächelte.

»Was für ein Glück, dass der Ball damals so weit geflogen ist und ich ihn suchen gegangen bin«, sagte er.

»Oder Pech.«

Er schüttelte den Kopf und fuhr mit seinem Handrücken über ihren Brustkorb.

»Wusstest du, dass ein Lächeln die Welt verändern kann?«, sagte sie. »Hast du von so was schon mal gehört?«

»Hört sich an wie ein Spruch aus einem dieser schrecklichen Ratgeber.«

»Nein, dahinter verbirgt sich tatsächlich eine Weltanschauung, die besagt, dass alles im Leben auf Zufall beruht. Dass *alle* unsere Handlungen Folgen haben, verstehst du? Dass alles miteinander *zusammenhängt*.« Sie schloss die Augen. »Du lächelst jemanden an der Bushaltestelle an, und dadurch ändert sich vielleicht seine Stimmung. Er erinnert sich auf einmal an einen Freund, mit dem er schon lange nicht mehr gesprochen hat, und beschließt, ihn anzurufen. Dieser Mensch am anderen Ende der Welt greift nach seinem Handy und nimmt den Anruf entgegen, während er mit neunzig Meilen auf der Autobahn fährt. Er freut sich so sehr, von seinem alten Freund zu hören, dass er sich kurz ablenken lässt und in den Vordermann kracht. Dabei tötet er einen Mann, der auf dem Weg war, eine Bombe zu legen, die Tausende von Menschen umgebracht hätte.«

Alan blies die Wangen auf und ließ die Luft wieder langsam heraus. »Und was wäre passiert, wenn ich den Typ an der Bushaltestelle finster angeguckt hätte?«

Rachel öffnete die Augen. »Irgendwas anderes.«

»Ja, vielleicht hätte ich mir eine Tracht Prügel eingefangen.«

Rachel lachte, doch Alan sah weg, in Gedanken schon woanders. »Ich will nachher mit dir reden«, sagte er. »Heute Abend.«

Sie seufzte. »Ich hab dir doch gesagt, dass das nicht geht.«

»Nach allem, was du mir vorhin erzählt hast, will ich dich anrufen. Ich will wissen, ob's dir gut geht. Das muss doch machbar sein. Ich ruf dich um sieben Uhr an, ja? Genau um sieben …«

Sie schloss erneut die Augen. Nach fünfzehn Sekunden nickte sie langsam.

Eine Minute später sprach Alan wieder. »Das Problem ist nur, dass die Leute dich für einen Irren halten, wenn du sie in London an einer Bushaltestelle anlächelst.«

Dieses Mal mussten sie beide lachen. Und dann schliefen sie noch einmal miteinander.

Danach sprachen sie über alles Mögliche. Über Filme, Fußball und Musik.

Unbedeutende Dinge.

Alan blieb im Bett liegen, nachdem Rachel gegangen war. Seine Gedanken kreisten um ihr Gespräch, darum, was sie heute alles gemacht hatten. Er wollte ihr so gern helfen, etwas dafür tun, dass sie sich besser fühlte. Doch trotz seines gespielten Wagemuts und seiner heldenhaften Einfälle fiel ihm nichts Besseres ein als ein Geschenk.

Er hatte sofort eine Idee und wusste auch schon, wo er es finden würde.

Es lag in einer Schuhschachtel hinten in einem Schrank zusammen mit Bündeln von Briefen, einer Tasche mit altem Werkzeug und anderem Krimskrams, den er aus dem Haus seines Vaters geholt hatte, nachdem der alte Mann gestorben war.

Alan hatte seit mehreren Jahren nicht mehr nach dem Armband geschaut und hatte ganz vergessen, wie schwer es war. Reines Gold, vermutete er, mit zahlreichen Anhängern. Als seine Finger jetzt über den glatten Körper des Tigers, über die Kanten des Schlüssels und über die Ränder der winzigen, sich drehenden Zugräder tasteten, erinnerte er sich an Rachels Körper, ihre Schulterblätter und Hüften, über die seine Hände vor wenigen Stunden noch geglitten waren.

Nach dem Tod seines Vaters hatte Alan mit seiner Mutter über das Armband gesprochen. Er hatte sie gefragt, ob sie wusste, woher es stammte, und sie hatte mit zusammengebissenen Zähnen geantwortet, sie würde sich nicht daran erinnern. Im nächsten Atemzug sagte sie, sie wolle mit dem verdammten Ding nichts zu tun haben.

Alan hatte daraufhin zwei und zwei zusammengezählt und sich für seine Dummheit verflucht. Er hatte von den Affären seines Vaters gewusst und vermutete, dass das Armband ein vor vielen Jahren fehlgeschlagenes Friedensangebot gewesen sein musste. Es konnte sogar sein, dass sein Vater es ursprünglich für eine seiner Geliebten gekauft hatte. Er war Gerichtsmediziner gewesen. Ein Mann, der in seinem Beruf großes Geschick bewiesen hatte, ganz im Gegensatz zu seinem restlichen Leben.

So konnte ihn die Reaktion seiner Mutter eigentlich nicht überraschen. Für sie war es befleckt.

Alan war nicht abergläubisch. Er spürte, dass das Armband Rachel gefallen würde. Allerdings würde er es ihr nicht einfach so schenken, wie es jetzt war. Er würde es in *ihr* Armband verwandeln.

Und er wusste schon genau, welchen Anhänger er hinzufügen wollte.

Die Busfahrt von Muswell Hill zur U-Bahn-Station Highgate dauerte fünf Minuten. Rachel lehnte sich seitlich gegen das Bushäuschen. Ihr Haar war noch immer nass vom Duschen in Alans Wohnung.

Sie hatte sich oft vorgestellt, wie sie sich danach fühlen würde. Der Gedanke daran hatte eine wichtige Rolle in ihrer Fantasie gespielt, nicht nur was Alan betraf, sondern auch andere Männer, die ihr aus der Ferne gefielen, mit denen sie aber nie gesprochen hatte. Sich den Sex auszumalen, war einfach gewesen. In der Realität hatte er länger gedauert und war sanfter gewesen als der, den sie gewohnt war, der Ablauf war aber mehr oder weniger der gleiche. In den Gefühlen danach jedoch hatte sie sich völlig geirrt. Sie war ganz selbstverständlich davon ausgegangen, Angst zu verspüren … doch dem war nicht so. Angst war ihr vertraut und ihre Abwesenheit unverkennbar. Ein berauschendes Gefühl.

Sie wartete ein paar Minuten auf den Bus, bevor sie aufgab und zu Fuß zur U-Bahn ging. Hätte noch jemand anders an der Bushaltestelle gestanden, hätte sie ihn vielleicht angelächelt.

Lee fand nicht, dass er zu viel verlangte. Nach einem langen Tag, den er damit verbracht hatte, mit irgendwelchen Idioten über Hypotheken zu sprechen und schüchternen Frischvermählten zu versichern, dass Feuchtigkeit im Haus ganz einfach behoben werden konnte, wollte er nur ein anständiges Essen und etwas Trost.

Er konnte es nicht ertragen, wenn sie so scheißfröhlich war. Wenn er nach dem Grund dafür fragen musste, nachdem er das Jackett und die Krawatte ausgezogen und eine Dose Bier aufgemacht hatte.

War sie wieder in diesem Scheißwald gewesen?

Ja.

Mit wem?

Red doch keinen Unsinn, Lee.

Ich wette, du hast irgendwelchen Pennern hinterm Gebüsch einen geblasen.

Sie hatte ihn ausgelacht und war nicht empört gewesen über seine Ausdrucksweise, so wie es hätte sein sollen. Sie war nicht wütend geworden, als er seine schmutzigen Andeutungen gemacht und wilde Verdächtigungen ausgestoßen hatte, die nur halbherzig als Witz verpackt waren.

Ein Schlag in den Bauch und noch einer gegen die Titten hatte sie zum Schweigen gebracht. Jetzt saß er rittlings auf ihrer Brust, die Knie auf ihren Armen, und fuhr sich frustriert durch die Haare.

»Wir wollten es doch später noch machen. Ich war richtig in Stimmung dafür, und vielleicht hätte heute Abend was Besonderes draus werden können. Vielleicht wäre ein neues Leben dabei entstanden.«

»Lee, bitte …«

»Scheiße! Du. Hast. Es. Vermasselt.«

»Wir können's immer noch machen, Lee. Lass uns hochgehen. Ich bin echt scharf auf dich.«

Er schüttelte angewidert den Kopf und sammelte Spucke im Mund. Sie wusste, was kommen würde, das sah er ihr an. Also wartete er darauf, dass sie versuchte, den Kopf wegzudrehen, während er sich vorbeugte, und den Speichel mit der Zunge durch die Zähne drückte. Doch sie schloss nur die Augen, und als er einen dicken Faden seiner biergeschwängerten Spucke langsam auf ihr Gesicht tropfen ließ, glaubte er so etwas wie ein Lächeln darauf zu erkennen.

In der Sekunde, als die Sieben-Uhr-Nachrichten begannen, griff Alan nach dem Telefon und wählte die Nummer.

Es wurde fast sofort abgehoben, doch niemand sprach.

Alan flüsterte und begriff im selben Moment, wie dumm das war. Er war nicht derjenige, der etwas verheimlichen musste.

»Rachel, ich bin's …«

Plötzlich hörte er ein Geräusch in der knisternden Leitung. Einen kehligen, widerhallenden Klang. Es dauerte ein paar Augenblicke, bis er begriff, was es war. Ein animalisches Geräusch; ein Schlingen und Würgen, ein Keuchen und Schlucken. Es war das Geräusch von jemandem, der unkontrollierbar schluchzte, aber doch mit aller Kraft versuchte, die Kontrolle zu bewahren. Verzweifelt versuchte, nicht gehört zu werden.

Alan setzte sich auf und presste das Handy gegen sein Ohr.

»Rachel, ich bin da, okay? Ich geh nirgendwohin.«

Er beobachtete das Kommen und Gehen mit einem gewissen Vergnügen.

Zwei Wochen lang sah er zu, wie sie vormittags das Haus in Barnet verließ und am späten Nachmittag wieder zurückkehrte. Er folgte ihr den größten Teil des Tages, wenn er konnte.

Beobachtete, wie die beiden sich im Wald trafen, oder gleich zu seiner Wohnung gingen, wenn ihnen nicht nach Vorgeplänkel zumute war.

Wenn sie direkt zur Sache kommen wollten.

Er fragte sich, ob der Mann, den er jeden Morgen in einen silbernen Sportwagen einsteigen sah, wusste, dass er betrogen wurde. Ein paarmal dachte er darüber nach, ihm einen Zettel unter die Windschutzscheibe zu stecken. Nur um ein bisschen Unruhe zu stiften.

Er verzichtete dann doch darauf. Er wollte nicht, dass der übliche Verlauf gestört wurde. Nicht jetzt, wo er bereit war, sie sich zu schnappen. Außerdem, Unfug nur um des Unfugs willen war überhaupt nicht sein Ding.

Trotzdem kam er nicht umhin, sich zu wundern, auf welche Ideen Menschen kamen.

An dem Tag, als Alan gehofft hatte, Rachel das Armband zu schenken, stolperte seine Mutter auf der Treppe.

So vieles hätte anders sein können …

Zwei Wochen zuvor hatte der Juwelier ihm einen Katalog mit Anhängern gezeigt, die alle ungefähr die gleiche Bedeutung hatten. Doch Alan wusste genau, was er wollte. Er hatte eine Sonderanfertigung bestellt, sich gegen Diamantsplitter und für Emaille entschieden, trotzdem war der Anhänger nicht billig. Es kostete ihn so viel wie zwölf reguläre Sitzungen mit einem Privatpatienten. Er dachte stets in diesen Begriffen, wenn er sich etwas gönnte.

Zwei Wochen später, eine halbe Stunde vor seiner Verabredung mit Rachel im Wald, trat er mit dem Armband in der Tasche aus dem Juweliergeschäft hinaus auf die Bond Street. In dem Moment rief seine Mutter an.

»Mach dir keine Sorgen, Alan! Es ist nur mein Knöchel, nichts weiter.«

Eine Botschaft, die besagte: *Komm sofort her, wenn ich dir nicht völlig egal bin.*

Er wählte Rachels Nummer und hinterließ eine Nachricht. Sie war wahrscheinlich schon auf dem Weg zu ihm und saß in einem Zug der Northern Line. Er selbst eilte zur U-Bahn und wappnete sich für den Besuch bei seiner Mutter, die in einer Einrichtung für betreutes Wohnen in Swiss Cottage lebte.

Auf dem Weg zu ihr wurde ihm mit einem Mal klar, dass sie die Tüte sehen würde. Sie war violett und hatte einen Henkel aus weißer Kordel. Der Name des Juweliers prangte in goldenen Buchstaben auf der Tüte. Das Armband konnte er ihr natürlich nicht zeigen.

So beschloss er, ihr zu erklären, dass er sich eine neue Armbanduhr gekauft hatte.

Lee war nicht dumm, o Gott, nein, ansonsten wäre alles viel einfacher gewesen, und es konnte nicht mehr lange dauern, bis er bemerken würde, wie oft sie um kurz vor sieben zur Toilette ging oder sich duschte.

Auf dem Weg nach oben griff sie nach ihrer Tasche. Nachdem sie die Badezimmertür zugesperrt hatte, schaltete sie das Handy ein. Sie änderte den Klingelton auf *Nur vibrieren* und wartete.

Heute Abend war sie verzweifelt. Das war sie, seit Alan mittags nicht aufgetaucht war. Sie hatte zwanzig Minuten im Wald gewartet, bis sie schließlich ein Signal empfangen hatte und auf dem Telefon Alans Nachricht angezeigt wurde. Sie hatte sie abgehört und wie immer sofort gelöscht. Dann war sie in einem Zustand der Auflösung zurück zur U-Bahn gewankt.

Als sie jetzt gegen die Wanne gelehnt auf dem Boden saß, ging ihr durch den Kopf, dass sie durchaus nie wieder etwas von ihm hören konnte. Seine Entschuldigung hatte sehr *wie* eine Entschuldigung geklungen. Nicht, dass sie ihm einen Vorwurf daraus machen konnte, die Notbremse ziehen zu wollen. Sie wusste, dass es in vielerlei Hinsicht schwer für ihn war.

Als das Handy in ihrer Hand zuckte, ließ sie es fast fallen.

»Wo warst du?«

»Hast du meine Nachricht nicht gekriegt? Ich musste zu meiner Mutter.«

»Ich dachte, du hättest das vielleicht … erfunden.«

»Ach, Rachel.«

»Tut mir leid …«

Sie seufzte. Schluckte und schniefte.

»Mein Gott, ich wünschte, ich könnte dich treffen«, sagte er. »Ich meine, jetzt. Ich hab was für dich. Ich wollte es dir heute Nachmittag geben.«

»Ich würde dich auch gern sehen.«

»Kannst du kommen?«

Die Hoffnung in seiner Stimme rührte sie. »Vielleicht gibt es eine Möglichkeit.«

»Am Baum in einer halben Stunde. Das Waldgelände wird erst um acht geschlossen.«

»Ich werd's versuchen.«

Als sie aufgelegt hatte, rief sie eine andere Nummer an. Sie sprach eine Minute lang mit eindringlicher Stimme und legte wieder auf. Als sie hörte, wie kurz darauf das Festnetztelefon klingelte, betätigte sie die Toilettenspülung und trat aus dem Badezimmer.

Lee hielt ihr das Telefon entgegen, als sie ins Wohnzimmer kam. Sie nahm den Hörer, sprach hinein und hoffte, dass er ihrer Stimme das Entsetzen und die Besorgnis anhören würde, auch wenn er es nicht für nötig gehalten hatte, den Fernseher leiser zu stellen.

»Das war Sue«, sagte sie, nachdem sie das Gespräch beendet hatte. »Ihr Bruder hatte einen Autounfall. Irgendein Idiot, der beim Fahren mit seinem Handy telefoniert hat, ist ihm auf der Autobahn hinten draufgefahren. Ich hab ihr versprochen vorbeizukommen.«

Lees Mannschaft war gerade ein Elfmeter zugesprochen worden. Winkend gab er ihr sein Einverständnis, ohne sich umzudrehen.

Er sah erstaunt, dass sie das Haus jetzt im Dunkeln allein verließ. Der Ehemann sprang zwar schon gelegentlich in seinen Sportwagen, um Essen zu holen, das er bestellt hatte, oder um zum Spirituosenladen zu flitzen, *sie* aber nie.

Er hatte vorgehabt, es tagsüber zu tun; mittlerweile kannte er die ruhigen Stellen, die toten Punkte auf dem Weg, an denen er sie sich ohne viel Risiko schnappen konnte, doch war er kein Mann, der sich eine Gelegenheit entgehen ließ, wenn sie sich ihm auf dem Präsentierteller darbot.

Diese Gelegenheit war perfekt, und er war mehr als bereit.

Er vermutete, dass sie zur U-Bahn-Station High Barnet ging. Er stieg aus seinem Wagen und folgte ihr.

Alan war innerhalb von zehn Minuten im Wald. Um halb acht war alles so weit fertig.

Er wollte ihr das Armband nicht einfach so geben. Sie sollte darauf stoßen, es durch einen glücklichen Zufall entdecken. Denn der Zufall hatte schließlich eine große Rolle gespielt, als sie sich kennenlernten. Deshalb hatte er auch genau diesen Anhänger ausgesucht, für den es tatsächlich nur einen Ort gab, um ihn zu verstecken.

Das Licht schwand schnell. Die wenigen Menschen, die noch da waren, spazierten alle zu einem der vielen Ausgänge. Er wählte ihre Nummer.

»Ich bin's. Wahrscheinlich bist du noch in der U-Bahn. Hör mal, komm zu unserem Baum, und mach dir keine Sorgen, wenn du mich nicht siehst! Ich bin in der Nähe, aber ich möchte, dass du zuerst etwas findest. Geh dahin, wo der Ball damals gelandet ist, und dann schau nach oben, okay? Bis gleich …«

Er trat ein paar Schritte weg von dem Baum, sodass er sie beobachten konnte, wenn sie das Armband entdeckte. Hoffentlich war es dann nicht zu dunkel, um ihr Gesicht sehen zu können, wenn sie es fand. Er setzte sich, lehnte sich gegen einen Baumstumpf und wartete.

Im Fernsehen war das Hinspiel in einem großen europäischen Wettbewerb zu sehen, und seine Mannschaft führte mit einem Tor zur Halbzeit, was ein sehr ordentliches Ergebnis war.

Lee stand gerade am Kühlschrank und suchte nach etwas Essbarem für die zweite Halbzeit, als die Auto-Alarmanlage losging. Schon wieder dieser verdammte Saab von der anderen Straßenseite. Er hatte dem Vollidioten bereits beim ersten Mal dringend empfohlen, sich darum zu kümmern. Das Geheul hörte nach ein paar Minuten auf, setzte aber gleich danach wieder ein. Lee war klar, dass er die zweite Halbzeit damit knicken konnte.

Er griff nach seinem Schlüssel und stürmte zur Tür hinaus. Der Trottel schien nicht zu Hause zu sein, doch ihm stand sowieso der Sinn nach einer Runde mit dem Auto. Vielleicht würde er sich danach ein Blatt Papier schnappen und dem Wichser eine nicht allzu spitzfindige Notiz durch den Briefkastenschlitz schieben. Eventuell mit einem Stück Hundescheiße als Zugabe.

In der Auffahrt sah Lee auf halbem Weg Rachels Handy auf dem Boden liegen.

Er hob es auf und schaltete es ein. Dank des Lederetuis war es unversehrt, und das Display leuchtete sofort auf.

Er gab den PIN-Code ein und wartete.

Jemand hatte eine Nachricht hinterlassen.

Rachel hatte sofort bemerkt, dass ihr Handy fehlte, nachdem sie aus der U-Bahn-Station gekommen war. Sie wusste, dass Alan sich Gedanken machen würde, wo sie so lange blieb. Deshalb wollte sie nach dem Telefon greifen, um zu sehen, ob er eine Nachricht hinterlassen hatte. Als sie es nicht fand, wurde ihr schlagartig übel, und sie hatte sofort begonnen zu laufen. Insgeheim hatte sie den egoistischen Idioten verflucht, der sich bei East Finchley vor den Zug geworfen hatte, sich aber sofort für den Gedanken geschämt.

Noch ein paar Minuten bis zum Wald und dann noch ein paar bis zu der Stelle, wo Alan auf sie wartete. Es war fast dunkel, und sie hatte niemanden gesehen, seit sie die Straße verlassen hatte. Sie spähte auf die Uhr; die Ausgänge würden in zehn Minuten schließen. Sie wusste, dass es Leute gab, die über die Zäune kletterten, um hereinzukommen. Idioten, die Feuer machten und mit dem Wachpersonal »Fangen« spielten. Also musste es eine Möglichkeit geben, den Park wieder zu verlassen, doch stand ihr trotzdem nicht der Sinn danach, hier zu sein, nachdem abgesperrt worden war.

Sie überlegte, ob sie Alans Namen rufen sollte; vermutlich würde er sie in der Stille hören können. Trotzdem, das war ein dämlicher Gedanke.

Immer noch außer Atem, ging sie wieder schneller und blickte erst auf, als sie schwere Schritte auf dem Weg hörte und einen Jogger auf sich zulaufen sah.

Alan rief noch einmal an und legte sofort auf, als er ihre Stimme auf der Mailbox hörte.

Er schaute auf seine Uhr und lehnte den Kopf gegen den Baum. In der Ferne hörte er den Verkehr brummen, etwas näher die grell piependen Fledermäuse, die allmählich begannen, aus ihren Futterkästen aufzutauchen. Sie jagten durch die Bäume wie Fetzen verbrannten Papiers, das der Wind davontrug.

Er lief langsamer, als er an ihr vorbeikam. Danach machte er noch ein, zwei Schritte, bevor er rasch umkehrte und sie wieder einholte. Sie erstarrte, und er erkannte die Angst in ihren Augen.

»Rachel?«, sagte er.

Sie blickte ihn an, immer noch skeptisch, doch dann begann die Neugier langsam zu überwiegen.

»Wir sind uns vor ein paar Wochen in dem Pub begegnet«, sagte er. »Alan hat uns vorgestellt.« Ihre Augen blieben starr auf ihn gerichtet. »Graham. Der Kardiologe?«

»O Gott. Graham … ja, na klar.«

Sie lachte, und ihre Schultern sackten nach unten, als die Spannung von ihr abfiel.

Er lachte ebenfalls und griff nach dem Gürtel, den er unter seiner Jogginghose trug. Tastete nach dem Messer.

»Tut mir leid«, sagte sie. »Mein Gehirn scheint sich verabschiedet zu haben. Ehrlich gesagt, bin ich verdammt schreckhaft.«

Er nickte, hörte aber nicht richtig zu. Blickte sich langsam um, die Hand auf der Hüfte, holte Atem. Vergewisserte sich, dass niemand in der Nähe war.

»Ja, also …«, sagte sie.

Er konnte sie innerhalb von Sekunden ins Gebüsch zerren, und noch bevor sie die Möglichkeit hätte, den Mund aufzumachen, wäre das Messer an ihrer Kehle.

Sie warf einen Blick auf ihre Uhr.

Es ist Zeit, dachte er.

»Rachel!«

Er schaute auf und sah die Gestalt eines massigen Mannes auf sich zukommen. Ihr Blick wanderte zu der Gestalt und wieder zurück zu ihm. Sie öffnete den Mund, während etwas in ihren Blick trat, das nicht zu deuten war.

Er setzte ein Lächeln auf. »War nett, dich mal wieder zu treffen«, sagte er.

Dann drehte er sich um, die Klinge des Messers flach gegen das Handgelenk gepresst, und entfernte sich auf dem Weg, der im rechten Winkel zu dem von Rachel verlief.

»War er das? *War er das?*«

»Das war nur ein Jogger. Er ist nur …«

Lee legte eine Hand auf ihren Hals und drückte zu, sodass ihr der Rest des Satzes in der Kehle stecken blieb. Langsam hob er die andere Hand und hielt triumphierend das Handy hoch. »Ich weiß alles«, stieß er hervor. »Also versuch ja nicht, mich anzulügen!«

Irgendwo aus der Ferne drangen Stimmen herüber. Menschen, die den Wald verließen. Gelächter. Worte, die unmöglich zu verstehen waren und schnell verhallten.

Lee schleuderte das Handy zu Boden und packte mit der freien Hand ihre Brust. Dicke klobige Finger schoben den Stoff beiseite, fanden eine Brustwarze und drückten erbarmungslos zu.

Sie konnte keinen Laut von sich geben. Tränen liefen über ihr Gesicht den Hals hinunter und über seine Hand, nach der sie krallte, während sie krampfhaft versuchte, durch die Nase einzuatmen. Genau in dem Moment, als sie spürte, wie ihre Beine nachgaben, ließ er ihren Hals los und hob die Hände.

»Lee, es ist nichts passiert. Lee ...« Sie konnte kaum sprechen.

Er presste die Handballen auf ihre Ohren und beugte sich dicht zu ihr, als wollte er sie gleich küssen oder beißen.

»Wie heißt er?«

Sie versuchte den Kopf zu schütteln, doch er hielt sie zu fest.

»Sag's mir, oder ich schaufle dir mit meinen bloßen Händen ein Loch, dann können die Füchse sich mit deiner Leiche verlustieren.«

So sagte sie den Namen, und er ließ los. Als er in den Wald hinein verschwand, rief er über seine Schulter hinweg: »Hau ab, lauf nach Hause ...«

Vor zehn Minuten hatte Alan beschlossen, noch eine weitere Minute zu warten, doch inzwischen war ihm klar, dass sie nicht kommen würde. Sie hatte geklungen, als wollte sie es wirklich versuchen, deshalb ging er davon aus, dass sie sich nicht hatte wegstehlen können.

Er hoffte, dass es nur Angst war, die sie abgehalten hatte.

Er stand auf und drückte ein letztes Mal die Wahlwiederholungstaste seines Handys. Erneut erklang ihre Stimme auf der Mailbox.

Die Ausgänge würden in wenigen Minuten zugesperrt werden. Er hatte gerade noch genügend Zeit, das Armband von dem Ast zu pflücken, an dem es baumelte.

Er würde es ihr an einem anderen Tag geben.

Als er allein in der Dunkelheit stand und sich fragte, wie es ihr wohl gerade ging, beschloss er spontan, ihre Aufmerksamkeit nicht auf den neusten Anhänger des Armbands zu lenken. Ein Würfel war ihm so passend vorgekommen in Anbetracht dessen, wie sie sich kennengelernt und über was alles sie gesprochen hatten. Doch mit einem Mal kam er sich genauso grobschlächtig vor wie sein Vater. Der Anhänger erschien ihm plötzlich geschmacklos.

Sie forderten ihr Glück heraus.

Er trat auf den Pfad und drehte sich um, als er die Stimme eines Mannes hörte, der seinen Namen rief …

Fußarbeit und Schlag waren perfekt.

Der erste Schlag zerschmetterte Alans Handy in mehr als ein Dutzend Teile, der zweite fügte seinem Schädel etwas Ähnliches zu, und die restlichen Hiebe taten ein Übriges.

Es dauerte eine halbe Minute, bis das Knurren in Lees Kehle erstarb.

Das Blut auf dem Ast, auf dem Gras rechts und links vom Weg und auf seinen Sportschuhen wirkte in der fast völligen Dunkelheit schwarz.

Lee beugte sich nach unten und hob den Arm des toten Mannes an. Und während er die Leiche ins Unterholz zu zerren begann, fragte er sich, ob seine Mannschaft den Vorsprung wohl hatte halten können.

Graham war so lange gerannt, bis er das Gefühl hatte, seine Lungen würden gleich den Geist aufgeben. Er war nicht viel trainierter als die meisten seiner Patienten, deren Herz mit cremefarbenen Fettstreifen durchzogen war wie billiger Fleischabfall.

Er ließ sich auf eine Bank sacken, um sich zu erholen und darüber nachzudenken, was gerade im Wald passiert war. Um sein unglaubliches Pech zu begreifen. Wenn dieser Mann nicht in dem Moment aufgetaucht wäre …

Ein paar Meter von ihm entfernt wartete eine junge, südländisch aussehende Frau darauf, die Straße zu überqueren. Sie nahm einen Schlüsselbund aus der Tasche, wahrscheinlich war sie auf dem Weg zu dem Wohnhaus gegenüber.

Sie schaute in seine Richtung, und sofort beugte er sich vor und stützte die Ellenbogen auf die Knie. Starrte auf den Gehweg. Peinlich darauf bedacht, dass sie keinen Blick auf sein Gesicht erhaschte.

Der nächste Zug nach High Barnet fuhr erst in acht Minuten.

Rachel stand auf dem Bahnsteig, und ihre Beine zitterten noch immer, während das brennende Gefühl in der Brust mit jeder Minute nachließ. Der Schmerz war gut gewesen. Er hatte sie davon abgehalten, zu viel nachzudenken; sich zu viele Gedanken zu machen. Auf der Suche nach noch mehr Schmerz schob sie die Hand in ihre Jackentasche, bis sie den Ehering fand. Dann presste sie den Fingernagel so lange und fest gegen den Rand, bis der Nagel brach.

Alan hatte es komisch gefunden, dass sie den Ring vor ihren

Treffen noch immer ablegte, selbst nachdem sie ihm die Wahrheit erzählt hatte. Doch für sie war es völlig logisch gewesen. Den Ring von ihrem Finger zu streifen, hatte für sie immer mehr mit Freiheit als mit Betrug zu tun gehabt.

Eine alte Frau, die neben ihr stand, stupste sie sachte an und nickte zu der elektronischen Anzeige hoch.

Berichtigung. High Barnet, 1 Minute …

»Was für ein Glück«, sagte die Frau.

Rachel sah zu Boden. Sie hob den Kopf erst wieder, als sie den Zug kommen hörte.